「十三五」国家重点图书出版规划项目
「中国近代日记文献叙录、整理与研究」
（项目编号：18ZDA259）阶段性研究成果

中国近现代稀见史料丛刊【第七辑】

张剑 徐雁平 彭国忠 主编

潘曾绶日记（上）

潘曾绶 著

张何斌 整理

本辑执行主编 张剑

凤凰出版社

图书在版编目（CIP）数据

潘曾绶日记 / 潘曾绶著 ; 张何斌整理. -- 南京 : 凤凰出版社, 2020.9
（中国近现代稀见史料丛刊. 第七辑）
ISBN 978-7-5506-3239-4

Ⅰ. ①潘… Ⅱ. ①潘… ②张… Ⅲ. ①日记—作品集—中国—近代 Ⅳ. ①I265

中国版本图书馆CIP数据核字(2020)第150057号

书　　名	潘曾绶日记
著　　者	潘曾绶 著　张何斌 整理
责任编辑	韩凤冉
装帧设计	姜　嵩
出版发行	凤凰出版社(原江苏古籍出版社) 发行部电话025-83223462
出版社地址	江苏省南京市中央路165号,邮编:210009
出版社网址	http://www.fhcbs.com
照　　排	南京凯建文化发展有限公司
印　　刷	苏州市越洋印刷有限公司 江苏省苏州市吴中区南官渡路20号,邮编:215104
开　　本	880毫米×1230毫米　1/32
印　　张	20.125
字　　数	523千字
版　　次	2020年9月第1版
印　　次	2020年9月第1次印刷
标准书号	ISBN 978-7-5506-3239-4
定　　价	158.00元(全二册)

(本书凡印装错误可向承印厂调换,电话:0512-68180788)

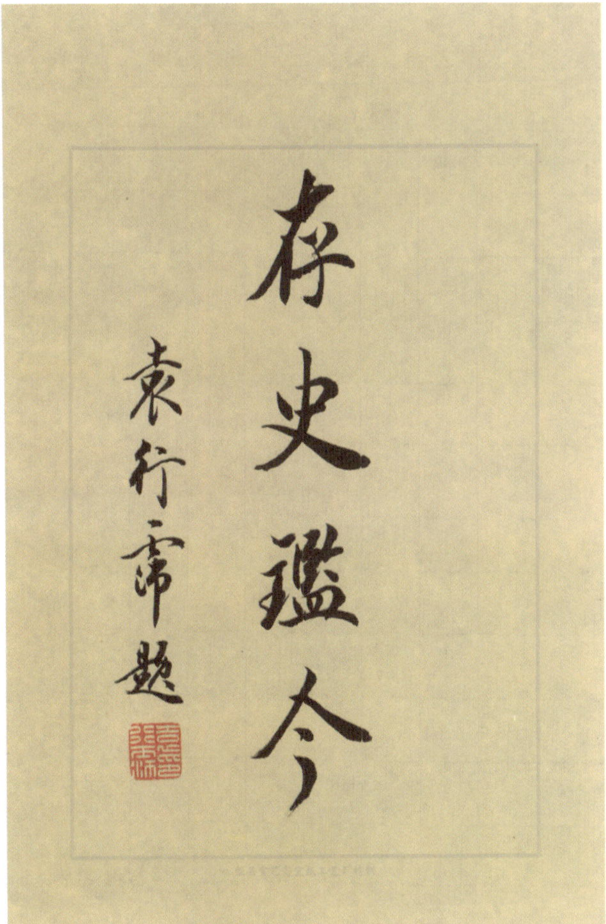

袁行霈先生题辞

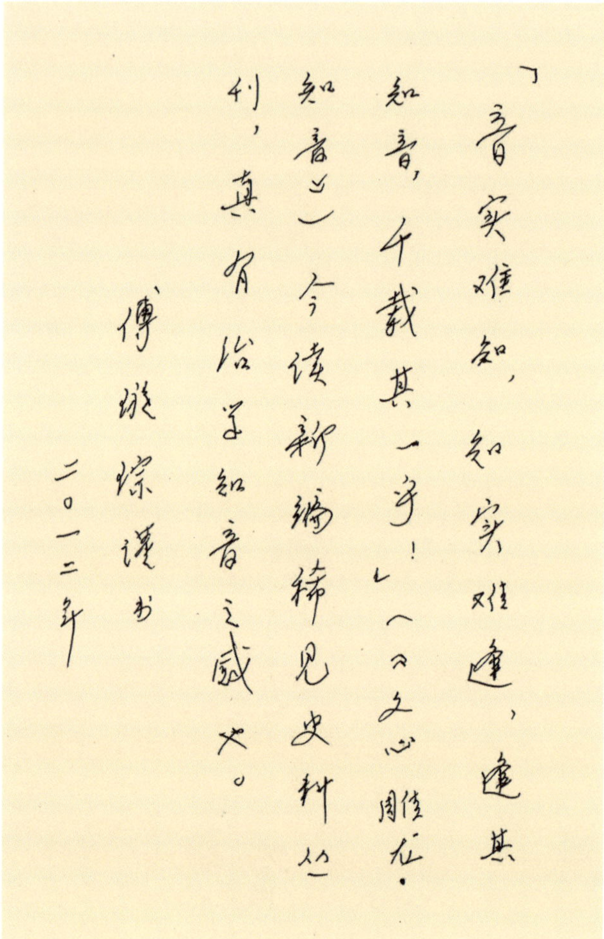

「音实难知，知实难逢，逢其知音，千载其一乎！」（《文心雕龙·知音》）今读新编稀见史料丛刊，真有治学知音之感也。

傅璇琮谨书

二〇一二年

傅璇琮先生题辞

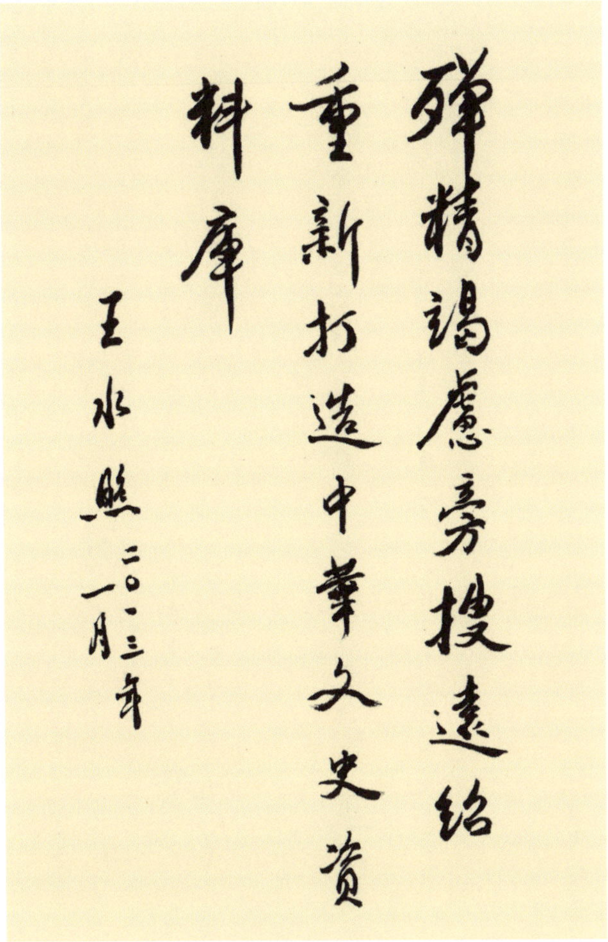
殚精竭虑旁搜远绍
重新打造中华文史资
料库
王水照
二〇一三年一月

王水照先生题辞

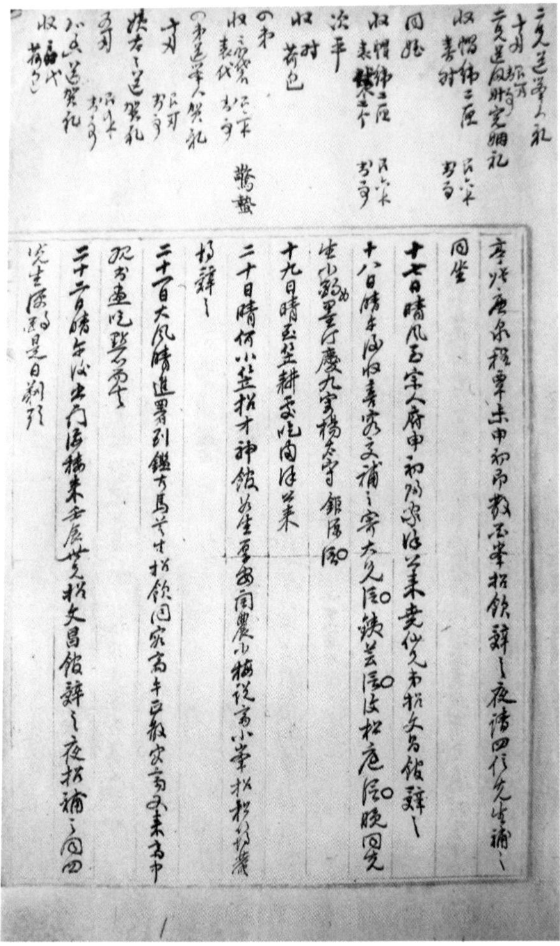

书影一

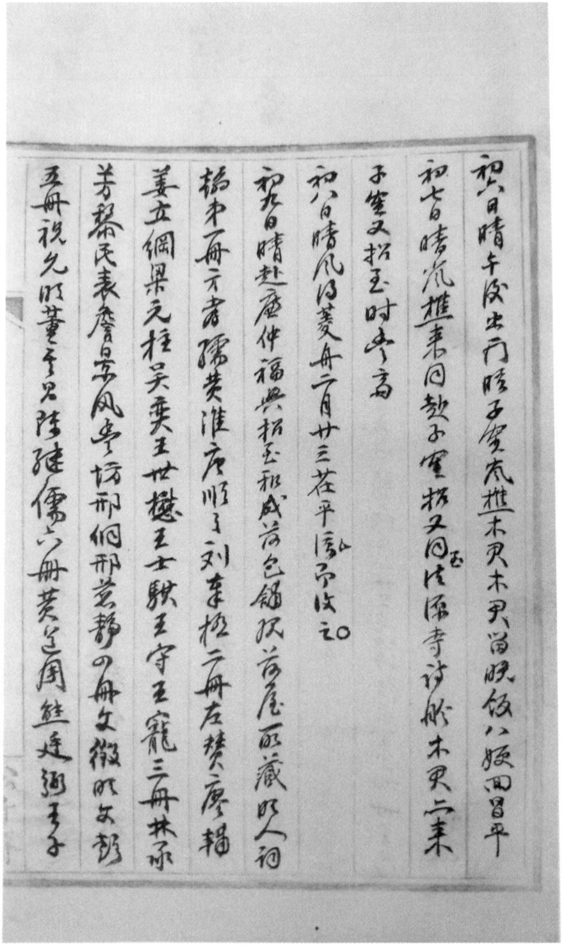

书影二

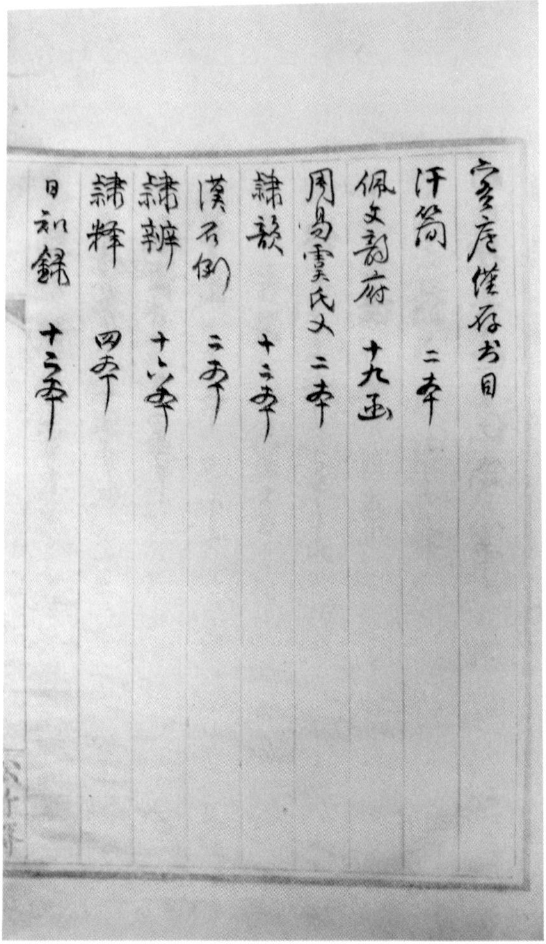
寒庐僅存书目
汗简　二本
佩文韵府　十九函
周易虞氏义　二本
隸韻　十二本
漢石例　二本
隸辨　十六本
隸释　四本
日知録　十二本

书影三

《中国近现代稀见史料丛刊》总序

在世界所有的文明中，中华文明也许可说是“唯一从古代存留至今的文明”(罗素《中国问题》)。她绵延不绝、永葆生机的秘诀何在？袁行霈先生做过很好的总结：“和平、和谐、包容、开明、革新、开放，就是回顾中华文明史所得到的主要启示。凡是大体上处于这种状况的时候，文明就繁荣发展，而当与之背离的时候，文明就会减慢发展的速度甚至停滞不前。”(《中华文明的历史启示》，《北京大学学报》2007年第1期)

但我们也要清醒看到，数千年的中华文明带给我们的并不全是积极遗产，其长时段积累而成的生活方式与价值观具有强大的稳定性，使她在应对挑战时所做的必要革新与转变，相比他者往往显得迟缓和沉重。即使是面对佛教这种柔性的文化进入，也是历经数百年之久才使之彻底完成中国化，成为中华文明的一部分；更不用说遭逢“数千年来未有之变局”、“数千年未有之强敌”(李鸿章《筹议海防折》)，“数千年未有之巨劫奇变”(陈寅恪《王观堂先生挽词序》)的中国近现代。晚清至今虽历一百六十余年，但是，足以应对当今世界全方位挑战的新型中华文明还没能最终形成，变动和融合仍在进行。1998年6月17日，美国三位前总统(布什、卡特、福特)和二十四位前国务卿、前财政部长、前国防部长、前国家安全顾问致信国会称：“中国注定要在21世纪中成为一个伟大的经济和政治强国。”(徐中约著《中国近代史》上册第六版英文版序，香港中文大学2002年版)即便如此，我们也不能盲目乐观，认为中华文明已经转型成功，相反，中华文明今天面对的挑战更为复杂和严峻。新型的中华文明到底会怎样呈现，又怎样具体表现或作用于政治、经济、文化等层面，人们还在不断探索。这个问题，我们这一代恐怕无法给出答案。但我们坚信，在历史上曾经灿烂辉煌的中华文明必将凤凰浴火，涅槃重生。这既是数千年已经存在的中华文明发展史告诉我们的经验事实，也是所有为中国文化所化之人应有的信念和责任。

不过，对于近现代这一涉及当代中国合法性的重要历史阶段，我们了解得还过于粗线条。她所遗存下来的史料范围广阔，内容复杂，且有数量庞大且富有价值的稀见史料未被发掘和利用，这不仅会影响到我们对这段历史的全面了解和规律性认识，也会影响到今天中国新型文明和现代化建设对它的科学借鉴。有一则印度谚语如是说："骑在树枝上锯树枝的时候，千万不要锯自己骑着的那一根。"那么，就让我们用自己的专业知识与能力，为承载和养育我们的中华文明做一点有益的事情——这是我们编纂这套《中国近现代稀见史料丛刊》的初衷。

书名中的"近现代"，主要指 1840—1949 年这一时段，但上限并非以一标志性的事件一刀切割，可以适当向前延展，然与所指较为宽泛的包含整个清朝的"近代中国"、"晚期中华帝国"又有所区分。将近现代连为一体，并有意淡化起始的界限，是想表达一种历史的整体观。我们观看社会发展变革的波澜，当然要回看波澜如何生，风从何处来；也要看波澜如何扩散，或为涟漪，或为浪涛。个人的生活记录，与大历史相比，更多地显现出生活的连续。变局中的个体，经历的可能是渐变。《丛刊》期望通过整合多种稀见史料，以个体陈述的方式，从生活、文化、风习、人情等多个层面，重现具有连续性的近现代中国社会。

书名中的"稀见"，只是相对而言。因为随着时代与科技的进步，越来越多的珍本秘籍经影印或数字化方式处理后，真身虽仍"稀见"，化身却成为"可见"。但是，高昂的定价、难辨的字迹、未经标点的文本，仍使其处于专业研究的小众阅读状态。况且尚有大量未被影印或数字化的文献，或流传较少，或未被整合，也造成阅读和利用的不便。因此，《丛刊》侧重选择未被纳入电子数据库的文献，尤欢迎整理那些辨识困难、断句费力、裒合不易或是其他具有难度和挑战性的文献，也欢迎整理那些确有价值但被人们习见思维与眼光所遮蔽的文献，在我们看来，这些文献都可属于"稀见"。

书名中的"史料"，不局限于严格意义上的历史学范畴，举凡日记、书信、奏牍、笔记、诗文集、诗话、词话乃至序跋汇编等，只要是某方面能够反映时代政治、经济、文化特色以及人物生平、思想、性情的文献，都在考虑之列。我们的目的，是想以切实的工作，促进处于秘藏、边缘、零散等状态的史料转化为新型的文献，通过一辑、二辑、三辑……这样的累积性整理，自然地呈现出一种规模与气象，与其他已经整理出版的文献相互关联，形成一个丰茂的文献群，从而揭示在宏大的中国近现代叙事背后，还有很多未被打量过的局部、日常与细节；在主流周边或更远处，还有富于变化的细小溪流；甚至在主流中，还有漩涡，在边缘，还有静止之水。近现代中国是大变革、大痛苦的时代，身处变局中的个体接物处事的伸屈、所思所想的起落，藉纸墨得以留存，这是一个时代的个人记录。此中有文学、文化、生活；也时有动乱、战争、革命。我们整理史料，是提供一种俯首细看的方式，或者一种贴近近现代社会和文化的文本。当然，对这些个人印记明显的史料，也要客观地看待其价值，需要与其他史料联系和比照阅读，减少因个人视角、立场或叙述体裁带来的偏差。

知识皆有其价值和魅力，知识分子也应具有价值关怀和理想追求。清人舒位诗云"名士十年无赖贼"(《金谷园故址》)，我们警惕袖手空谈，傲慢指点江山；鲁迅先生诗云"我以我血荐轩辕"(《自题小像》)，我们愿意埋头苦干，逐步趋近理想。我们没有奢望这套《丛刊》产生宏大的效果，只是盼望所做的一切，能融合于前贤时彦所做的贡献之中，共同为中华文明的成功转型，适当"缩短和减轻分娩的痛苦"(马克思《资本论》第一卷第一版序言)。

《丛刊》的编纂，得到了诸多前辈、时贤和出版社的大力扶植。袁行霈先生、傅璇琮先生、王水照先生题辞勖勉，周勋初先生来信鼓励，凤凰出版社姜小青总编辑赋予信任，刘跃进先生还慷慨同意将其列入“中华文学史史料学会”重大规划项目，学界其他友好也多有不同形式的帮助……这些，都增添了我们做好这套《丛刊》的信心。必须一提的是，《丛刊》原拟主编四人（张剑、张晖、徐雁平、彭国忠），每位主编负责一辑，周而复始，滚动发展，原计划由张晖负责第四辑，但他尚未正式投入工作即于2013年3月15日赍志而殁，令人抱恨终天，我们将以兢兢业业的工作表达对他的怀念。

《丛刊》的基本整理方式为简体横排和标点（鼓励必要的校释），以期更广泛地传播知识、更好地服务社会。希望我们的工作，得到更多朋友的理解和支持。

2013年4月15日

目　录

前言…………………………………………………………………… 1

道光十四年甲午(1834)……………………………………………… 1
道光十五年乙未(1835) …………………………………………… 25
道光十六年丙申(1836) …………………………………………… 50
道光二十年庚子(1840) …………………………………………… 72
道光二十一年辛丑(1841) ………………………………………… 98
道光二十四年甲辰(1844)………………………………………… 120
道光二十五年乙巳(1845)………………………………………… 142
道光二十七年丁未(1847)………………………………………… 157
道光二十八年戊申(1848)………………………………………… 183
道光二十九年己酉(1849)………………………………………… 207
道光三十年庚戌(1850)…………………………………………… 233
咸丰元年辛亥(1851)……………………………………………… 256
咸丰八年戊午(1858)……………………………………………… 283
咸丰九年己未(1859)……………………………………………… 305
咸丰十年庚申(1860)……………………………………………… 330
咸丰十一年辛酉(1861)…………………………………………… 353
光绪四年戊寅(1878)……………………………………………… 393
光绪五年己卯(1879)……………………………………………… 411

光绪六年庚辰(1880)…………………………………………… 430
光绪七年辛巳(1881)…………………………………………… 449

附录一　潘曾沂《小浮山人年谱》………………………………… 468
附录二　潘曾绶《潘绂庭自订年谱》……………………………… 493
附录三　潘曾玮《养闲年谱》……………………………………… 509

人名字号索引………………………………………………………… 527

前　言

潘曾绶(1810—1883),初名曾鉴,字若甫,号绂庭,又号小轩、秋碧、蝶园,室名同心堂、忆佩居,吴县(今属江苏苏州)人,为潘世恩第三子,潘曾沂、潘曾莹弟,潘曾玮兄,潘祖荫父。潘曾绶是晚清苏州潘氏家族承上启下的重要人物,其于道光十五年(1835)顺天乡试挑取誊录,道光二十年(1840)中举人,历官内阁中书、国史馆总校、内阁侍读等,赠三品卿衔。以其父世恩年高致仕,引疾归养。父丧终,不复出。后以其子祖荫贵,就养京师。生平主要事迹,可参见其自订《潘绂庭先生年谱》。

潘曾绶作品多有流传,有多种别集传世,《陔兰书屋笔记》《花影吹笙室笔记》等亦可见其视野与学识。此外,分藏几处的数种日记稿本,更是颇具价值。今将这些日记统一整理,以便读者使用。下面就日记相关情况略作交待。

一、日记稿本馆藏情况

潘曾绶的日记稿本,今存四种,分藏三家图书馆。兹略述如下:

《潘黻庭日记》,天津图书馆藏,存道光十四年甲午(1834),道光十五年乙未(1835),道光十六年丙申(1836),道光二十年庚子(1840),道光二十一年辛丑(1841),道光二十四年甲辰(1844),道光二十五年乙巳(1845),咸丰八年戊午(1858),咸丰九年己未(1859),咸丰十年庚申(1860)一至六月日记;此本间有梁鸿志、王式通、冯煦、邹嘉来、唐晏、王季烈、吴郁生、刘廷琛、章梫等人题跋。

《陔兰书屋日记》,上海图书馆藏,所记年份为道光二十七年丁未

(1847)，道光二十八年戊申(1848)，道光二十九年己酉(1849)，道光三十年庚戌(1850)，咸丰元年辛亥(1851)；此本前有其曾侄孙潘承弼识语。

《绂庭日记》，上海图书馆藏，载咸丰十年庚申(1860)七至十二月，咸丰十一年辛酉(1861)事；此本中后部分有较多笔记杂项。

《潘曾绶日记》，苏州博物馆藏，起自光绪四年戊寅(1878)，终于光绪七年辛巳(1881)。

此次整理据《天津图书馆孤本秘籍丛书》、《上海图书馆藏稿钞本日记丛刊》及《苏州博物馆藏晚清名人日记稿本丛刊》等影印本。馆藏分散，就日记记载而言亦各存片段，故本整理按时间先后统一整合，为保留文献原貌，相关题跋则随正文录于相应位置。间有眉批、旁注，较短者随文括注，较长者则以脚注形式说明。文中偶有漫漶不清之字，用"□"代替，原有之空格则用"○"标明。

二、日记所见潘氏家族活动

潘曾绶本人以诗文名，符葆森《国朝正雅集》云其"为诗清丽有则，无贵介气"，潘氏本人日记中对自身写作情况亦有不少记载。品鉴书画花鸟、宴饮唱酬的场合，是潘曾绶主要的创作环境，故其作品中亦不乏题画之作，比如：

> 琯香、小坪、崧甫来，留琯香便饭玉连环室。以《咏菊图》求题，原作云：软红深处亦柴桑，淡薄羞随时世妆。天意也怜花事了，今年特地闰重阳。　几日霜风木叶干，笑它蝶瘦与蛩寒。赏音只有陶元亮，不许寻常俗眼看。　管领秋光自不群，夕阳初下酒微醺。卷帘独立西风里，我比黄花瘦几分。　轻黄淡白总相宜，云母屏风隔座时。瓦缶金樽随意插，从今已免寄人篱。(道光十五年十一月十一日[1835年12月30日])

而从创作体裁看，词体更是尤为潘曾绶所偏好，比如：

为阮梅叔题《珠湖渔隐图》，调寄《虞美人》。（道光十四年四月廿三日[1834 年 5 月 31 日]）

与二兄联句，调寄《浪淘沙》。（道光十四年五月十三日[1834 年 6 月 19 日]）

梅梁以仕女画幅求题，填词一首。（道光十五年二月十六日[1835 年 3 月 14 日]）

潘氏家族内部的词学唱和乃至吴中词坛的发展兴盛，在潘曾绶日记中均有所反映。潘曾绶对自己的作品也十分看重，对相关文献的刻印流传亦保持关注：

《花影吹笙室词》刻成，先印出六十部。（道光十四年六月二十四日[1834 年 7 月 30 日]）

除了与友人日常性酬应往来中诗词及书信等写作需要之外，早年的潘曾绶因为要参加科举考试，也不免需要经常练习应试诗文，日记中对所选试题即多有记载，自己或族人亲身参加科举考试的记录亦时见其中，另外日记还记录了部分考官对其答卷的评语：

梅梁代领出卷，在有侍读庆房内，业经中式，因额满见遗。主司房考长批极华，浓圈密点。惋惜之词，具在批语中。（道光十四年九月初十日[1834 年 10 月 12 日]）

卷子在张小坡师房内，评云：辞旨腴润，气象光昌，次条剀之，有议论，有藻采，诗雅饬，经文有书有笔，策条理详明，水师、火器特详。王定九师评云：气局高阔，辞旨坚凝。诗叶以江苏卷已中桂林、引之及二兄共三人，故尔见遗同珍，扼腕之至。（道光

二十一年闰三月十二日[1841年5月2日])

卷领出，在蒋琦淳房批，松华堂批六“极好”。许滇生师所中，后为鹤松以额溢抽去。(道光二十五年四月十三日[1845年5月18日])

科举配额的限制、考官的好评与惋惜，多少也算是对自己屡试不利找的理由与自我安慰。总的来说，潘曾绶的科考之路并不如意。而在写作之外，潘曾绶的日记也对其阅读情况有所反映，其中不乏对经史典籍的研习，或亦与备考有关。此外，也能见出他对本朝人著述的关注度，而似乎对笔记掌故和诗文作品尤为感兴趣：

阅《更生斋集》。(咸丰八年六月十六日[1858年7月26日])

阅秦小岘诗集。(咸丰八年六月十七日[1858年7月27日])

阅《日知录》。(咸丰八年六月二十日[1858年7月30日])

阅《词苑丛谈》《五藩实录》。(咸丰八年六月廿六日[1858年8月5日])

阅《札朴》《词科掌录》。(咸丰八年七月二十日[1858年8月28日])

阅《明斋小识》。(咸丰八年八月廿二日[1858年9月28日])

阅《月令粹编》。(咸丰九年九月初一日[1859年9月26日])

阅《复初斋诗》。(咸丰九年九月初四日[1859年9月29日])

阅《朔方备乘》。(咸丰十年七月初一日[1860年8月17日])

潘曾绶并非独自枯坐书斋的举子，在文人常规性的交往酬应等文学活动外，他也热衷于宗族事务。事实上，潘氏家族具有较强的情感凝聚力。每逢元旦、除夕及至先人冥诞等日，潘曾绶等人均会对祖先行拜祭之礼。此外，潘曾绶对已故妻妾的悼念行为，也不时见载于日记中。

潘氏一族长期受帝王重视，潘曾绶虽科名平平，蒙恩亦不在少数。比如：

> 得大除夕日谕，知十二月廿二日派充文渊阁领阁事，廿六赏福字笺、笔等件，廿八进乾清宫面赏"福""寿"二字。（道光十四年正月十九日[1834 年 2 月 27 日]）
>
> 赐饽饽一碟、奶茶。（道光二十年九月十六日[1840 年 10 月 11 日]）

当然，潘曾绶之父潘世恩出身状元之贵，受赏赐更是频繁，潘曾绶对此亦有记载：

> 大人蒙恩，加太傅衔，赏紫缰。（道光二十八年正月初二日[1848 年 2 月 6 日]）
>
> 大人蒙颁《御制诗文余集》。（道光三十年十二月初十日[1851 年 1 月 11 日]）

潘曾绶之子潘祖荫，声名地位亦在潘曾绶之上，祖荫蒙赏的记录在其日记中也时常出现：

> 昨日，荫儿大考，引见，蒙赏大卷绌袍料一件，又加赏春绌一匹。（咸丰九年九月廿四日[1859 年 10 月 19 日]）
>
> 荫儿派初一日吃肉。（光绪五年九月二十六日[1879 年 11

月9日])

祖荫赏紫禁城内骑马。(光绪五年十月十六日[1879年11月29日])

看得出,不少赏赐都是高规格的待遇。清帝对内阁大臣例行赏赐,汉人蒙恩者不在少数。潘曾绶对此多有记载,更显示其对家族荣耀的重视。不过,虽然与其父、其子相较,潘曾绶蒙恩所眷不免逊色,但如刘廷琛在潘曾绶一册日记卷首所题:“时其父文恭健在,其子文勤已阶卿贰。家门鼎盛,而笔墨敛抑,无一毫矜满之气,犹可想见当年老辈风范。令人敬仰,不可及至。”潘曾绶有其值得称道处,以世胄立朝,不矜贵持满,亦可见世家大族雍容和易之风。作为承上启下的重要人物,潘曾绶在继承家族传统、尤其是在对潘祖荫的培养方面,显然有其不可忽视的作用。比如,尽力为潘祖荫营造良好的读书环境:

于大树傍开一门,书斋后另位置一间,为明年凤升读书处。(道光十四年十二月十五日[1835年1月13日])

胡若卿移住寓中,课荫儿。(道光十五年正月十五日[1835年2月12日])

潘曾绶前后聘请了多位塾师,对人选亦十分挑剔,足见其对子嗣教育的重视。除此之外,在潘曾绶的有意安排下,潘祖荫得以较早进入京城与吴中故里的社交圈,积极参与家族内外事务,为其日后在政坛、学林、文苑的声名地位做了积极铺垫。

潘世恩和潘祖荫在潘曾绶日记中频繁出现,潘氏家族其他成员如潘曾绶长兄潘曾沂、二兄潘曾莹、四弟潘曾玮、次子潘祖年、侄潘仪凤、侄潘祖同、侄潘祖颐、族兄潘遵祁、族侄潘观保等亦常见诸记载。这些人本身亦多有日记存世,相关文献的对读比勘亦能为研究提供更多新鲜详实的材料。

三、潘氏与晚清社会

潘氏家族富有收藏。收藏并非凭空而来，常规的交游中即包含物件的流通。仅琉璃厂一地，潘曾绶日记所载相关流通记录就高达八十次。日记记录的往来礼物中，除了食品之类一般性的礼品，亦不乏文具、碑帖、书画、古董等富有文人气息的物件。而在这之外，本朝人著述仍是送礼的常用选项，比如：

少穆送来叶小庚司马信、《本事词》四部。(道光十四年正月二十六日[1834年3月6日])

交少安寄友竹信、《刘礼部集》一套。(道光十四年十月二十九日[1834年11月29日])

云汀送《抚吴草》一本。(道光十五年十二月初二日[1836年1月19日])

交子山寄铁芸、李芝林试帖、《正字略》。(道光二十四年四月十三日[1844年5月29日])

晤鹤溪。交熊民怀寄大兄信、《蓼花词》十本、江匾一个、莪庵、春圃信。(道光二十五年四月初一日[1845年5月6日])

得履卿五月廿一信、杨补之梅花拓本、竹墨床，芸士五月十九信、《重论文斋笔录》四本。(道光二十七年八月初一日[1847年9月9日])

得铁芸五月初十信、叔美信、《仲则年谱》。交陆酉山寄芸士、叔美札、《百诗年谱》各一册。(道光二十八年二十七日[1848年6月27日])

得胡大令秋湖、学醇信博平、《石笥山房集》四套、隋碑、《水道记》。(道光二十九年闰四月二十四日[1849年6月14日])

叔裕送线绉马褂料、厚朴一枝、砖茶六合、蜜枣二篓、附子一

包、草解一匣、试牍、《蜀秀集》。(光绪六年三月十一日[1880年4月19日])

以眼镜袋、笔袋、冬菜、佛手、曼生印、《东塾读书记》、各答送质卿。(光绪六年四月十三日[1880年5月21日])

潘曾绶自己的作品亦在赠送之列:

得倪大令澧信,即复之,并寄潘研、《陔兰诗集》。(道光二十年六月初十日[1840年7月8日])

交三有寄廿八号平安禀,星玉信,顺、补信,《蓼花唱和》一本。(道光二十四年十二月初五日[1845年1月12日])

在政治事务、文学创作等之外,潘曾绶及其交游圈也有特定的娱乐活动,比如观赏戏曲,潘曾绶日记里记载在团拜、宴请聚会中,在文昌会馆、天和馆、燕喜堂、宴汇堂、才盛馆、长元吴会馆、汇元堂、财神馆、歙县会馆、真宝、广德楼、庆乐园、谢公祠等场所或家中观看春台班、三庆班、四喜班等戏班演出的经历,计有一百余次,其中不乏对剧目乃至演员情况的详细记载:

二兄、四弟、补之公送戏:《乔醋》荔仙、宝笙、《游惊》蕊、韫、《双拜》蕊仙、韫卿、《亭会》蝶仙、韫卿、《湖船》琴仙、蕊仙、《思凡》琴仙、蕊仙、《独占》宝笙、蕊仙、《拾叫》蝶仙、《偷诗》蝶仙、荔仙、《拾金》宋四、《茶叙》琴仙。(道光二十九年五月初六日[1849年6月25日])

从潘曾绶的日记中,也能见出他与多位伶人保持密切联系。而除了日常生活,重大历史事件也在潘曾绶的日记中有所反映,比如太平天国战争:

临安廿七被陷。(咸丰十年三月十二日[1860 年 4 月 2 日])

杭城于初三收复。(咸丰十年三月十三日[1860 年 4 月 3 日])

丹阳闰月廿九未刻失守。(咸丰十年四月十三日[1860 年 6 月 2 日])

闻江阴、常州、无锡、苏州失守。(咸丰十年四月廿九日[1860 年 6 月 18 日])

动乱发生时,潘曾绶与至亲均身在京城,相对安稳,但他对苏州等地信息仍十分关注。其弟潘曾玮,则更是亲身参与了江南前线的平乱活动:

四弟奉旨,往江南差委。(咸丰十年五月廿九日[1860 年 7 月 17 日])

得四弟九月十五泰州信。(咸丰十年十月十四日[1860 年 11 月 26 日])

潘曾绶的日记涉及众多历史人物,除以上所举,还有如政坛人物陈宝琛、邓廷桢、恭亲王、郭嵩焘、胡林翼、季芝昌、李鸿章、林则徐、穆彰阿、祁寯藻、陶澍、赛尚阿、翁同龢、翁心存、倭仁、叶名琛、叶名澧、曾国藩、张之洞、左宗棠,苏州同乡冯桂芬、季锡畴、庞钟璐、钱恩棨、宋翔凤、王颂蔚、翁同爵、翁同书、吴嘉淦、杨泗孙、杨沂孙、姚福增、殷兆镛、张星鉴,还有诸如陈寿祺、陈熙曾、陈宪曾、陈用光、程恩泽、冯志沂、甘熙、何秋涛、何绍基、何栻、贺长龄、黄爵滋、黄玉阶、勒方锜、李慈铭、李调元、李棠阶、梁章钜、刘宝楠、龙启瑞、陆继辂、梅曾亮、莫友芝、钮福保、钱勖、钱仪吉、钱振伦、秦缃业、阮福、邵懿辰、孙衣言、汪森、魏源、吴振棫、徐鼒、姚燮、姚莹、姚元之、张际亮、章梫、张曜孙、赵尔巽、赵之谦、周寿昌、周星诒、朱琦、朱学勤、左宗植等在学界、文坛有影响的人物。总之，潘曾绶日记虽文字记述较为简略，内容却十分丰富，值得进一步阅读与发掘。

正文之后，为便读者查找相关内容具体所在，就正文大字部分出现的主要人物编制人名索引。索引按音序排列，依照日记中出现的人物姓名、字、号或其他称谓尽力考定，以公历日期为落脚点。

潘氏家族成员多有日记传世，亦多有自订年谱，潘曾绶与其长兄潘曾沂、四弟潘曾玮的自订年谱皆存世，《北京图书馆藏珍本年谱丛刊》对这几种文献皆有影印，此次便将这些年谱一并整理，作为附录。从这些年谱中可看出日记的痕迹，也可见同一家庭环境、时代背景下兄弟之间的不同行止。由于潘曾沂日记今不存，潘曾玮日记亦仅存不足三个月的残缺记录，他们的自订年谱就更显珍贵。结合诗文集等相关文献进行互相对照阅读，或可为潘曾绶日记价值的挖掘以及其他相关研究提供更多的思路。此外，潘曾绶之父潘世恩、潘曾绶二兄潘曾莹亦皆有一定篇幅的日记，潘世恩更有《思补老人自订年谱》，这些便留待进一步整理与研究。

道光十四年甲午(1834)

非复承平选胜年，故家乔木郁风烟。校官琐记中朝事，冷客闲掷短陌钱。 滂憙声名接思补，纪群三世尽通家。自文恭公至郑盦尚书，三世与余家交好，载在日记。金銮密记无人续，会就陈编录《梦华》。

一山太史新得潘黻庭先生日记残本，承命古诗。 宣统二年秋九月，长乐梁鸿志谨识。(钤印：梁鸿志印)

西掖承平望若仙，故乡李越缦赵㧑叔共周旋。潜夫一掬伤时泪，开卷愁看甲乙年。

一山先生同年命题。 式通。(钤印：王式通印)

一月

甲午元旦(2月9日) 拜祖先。出门拜年。晤竹桥、梅垞、铁峰、二姊诸甥、大姊、二侄女、四甥、景庄母舅、叔之、介园、十三母舅、舅母、秉斋、三姨母、友竹、雪门。至阴元和堂拈香。在桃花坞早饭。

初二日(2月10日) 雪，冷。交陆莱庄司马寄大人禀。出门晤岳母、铁芸、三姊、豫庵、三叔叔、四甥。在苏绿山房同顺之早饭，又至三松堂同杏春、顺、补小酌。

初三日(2月11日) 大雪。翰楼、雪门、墨汀、莪庵、榕畴、砚贻来。榕、砚宿希言自然室。

初四日(2月12日) 晴。梅垞、铁华、铁蕉、凤笙、若卿、友竹来。榕畴粥后归，砚贻薄暮归。

初五日(2月13日) 阴雨。石心、馥堂、春山、介园、羹堂、同叔、富孙、饮渔、秋宾来。夜，雨。

初六日(2月14日) 雨,雪。艮甫来。

初七日(2月15日) 晴。到三松堂,大兄亦到。同大兄、顺、补至存诚送老二太太殓。出阊门拜年。晤朗源、朗峰。是日,大、二、三姊俱来。

初八日(2月16日) 阴。桐门、松泉、砚贻、墨汀、芷桥来。又山送来大人十二月十九谕。

初九日(2月17日) 晴。得二兄十二月十九信。到信孚早饭,并至花桥古市巷。内子、凤升归宁贺年,晚归家。得徐芸岘信。

初十日(2月18日) 晴。抚差送来大人十二月初八日谕、二兄信。

十一日(2月19日) 晴。交又山寄大人禀、二兄信。砚贻、榕畴来,榕畴夜饭后去。夜,月色皎洁。

十二日(2月20日) 晴。榕畴移尊东轩。同西生、闰生、大兄、砚贻夜集。是日,景庄母舅来。

十三日(2月21日) 小雨。斐园、松泉来。

十四日(2月22日) 雪。到顺之、铁芸处,在铁芸处早饭。午时,晴。内子、凤升住王洗马巷。

十五日(2月23日) 天气晴朗。至观前东岳、关帝、文昌、观音四处拈香。到顺之、大姊处,理庵留饭。饭后,归家。葛翁、薇园、同叔叔侄、仁山、砚贻来,砚贻宿希言自然室。夜,月色皎洁。

十六日(2月24日) 晴。石心来。内子归家。

十八日(2月26日) 晴,尖风。榕畴、篆香来。收容。

十九日(2月27日) 晴。得大除夕日谕,知十二月廿二日派充文渊阁领阁事,廿六赏福字笺、笔等件,廿八进乾清宫面赏"福""寿"二字。得二兄信。以"仁"字小铜印易大兄"万事平安"印、磁碗、剑。

二十日(2月28日) 阴。到玉树堂,同六母舅、友竹谈半刻。铁芸招集敬业堂。是日,同内子住山抹微云馆。

二十一日(3月1日) 阴。得望之师正月十三日信。作友竹古文序。

二十二日(3月2日) 雨。到桃花坞。老斐五七。少穆中丞招同石丈竹堂、朱年丈兰坡、吴丈棣华、高馥堂、胡小白、曹艮甫、魏默深饮平政堂。先至石丈花间草堂畅谈,同往。午后,大雨。散后,访毛叔美而归。

二十三日(3月3日) 阴。理庵来。作"苟日新"三句题文。

二十四日(3月4日) 晴。交徐莲峰令侄孙兆怀寄大人禀。翰香来。读欧阳《五代史·梁本纪》至《汉本纪》。

二十五日(3月5日) 晴。读《周本纪》至《死事传》。桂舲丈于是日丑时仙去。馥堂来。

二十六日(3月6日) 晴。少穆送来叶小庚司马信、《本事词》四部。莪庵来。读《一行传》至《杂传》。顺之于丑时得一男。

二十七日(3月7日) 晴。至顺之处贺喜。至桂翁处送殓。归,至春申君庙小步。读《五代史·杂传》,至《四裔》毕。

二十八日(3月8日) 晴。步至吴玉松年丈茧窝畅谈,适棣华年丈亦至。作"其始播百谷"至"有恒心"题文。

二月

初一日(3月10日) 晴。抚差送到大人正月十三日谕。梧庵来。

初二日(3月11日) 晴。出门晤顺之、补之、大兄、二姊、铁峰。

初三日(3月12日) 晴。交少穆寄大人禀。

初四日(3月13日) 晴。

初五日(3月14日) 阴。作"君子之道淡而不厌"四句题文。

初六日(3月15日) 晴。又山送来大人正月十八日谕、二兄信。

初八日(3月17日) 雨。作"昔者偃也"至"是也"题文。

初九日(3月18日) 雨。陆果泉以唐双鱼镜见赠。

十一日(3月20日) 雨。四母舅散生日,坐敬业堂,三席。交李长官寄大人禀书一包。

十二日(3 月 21 日)　晴，风甚大。作"骥不称其力"二句题文。梧庵来。晚，小雨。

十三日(3 月 22 日)　晴。铁峰招饮。出门晤兰卿、少穆、顺之、补之、大兄、大姊、玉松年伯。是日，预祝顺之夫人三十寿，明日正日。

十四日(3 月 23 日)　晴。理庵来。

十五日(3 月 24 日)　晴。果泉赠隆庆何鲢省置方镜一面。兰卿通知大人进军机。

十六日(3 月 25 日)　晴。出门晤顺之、补之、理庵、大姊、竹桥、梅垞、大兄。是日，理庵招饮。预祝竹桥四十生日。正日十八。访石丈竹堂不值。阅《杨大瓢日记》。

十七日(3 月 26 日)　晴。竹儒来。阅《大瓢日记》。

十八日(3 月 27 日)　晴。梧庵、益斋来。饭后，出门晤李兰卿、鉴斋、六母舅、友竹、铁蕉、铁峰、二姊。夜，观铁芸所藏各种帖。雨。

十九日(3 月 28 日)　阴。竹儒来。晚，雨。交正大寄大人禀、二兄信。

二十日(3 月 29 日)　雨。出门晤石竹堂丈、紫仙母舅，李兰卿招同棣华年丈、兰友年丈、高芾堂、胡小白、曹艮甫集琴月山房。散后，访顺之、补之、大兄。

二十一日(3 月 30 日)　小雨，即晴。豫庵招同顺之、补之至聚龙桥泛舟，游刘园。姚湘坡来。

二十二日(3 月 31 日)　晴。莪庵、翰香、铁蕉来，托莪庵叫定沈肇祥三号头太平船，言明水脚净洋四十八元，桅旗、门灯、神福在内，先付洋十元。

二十三日(4 月 1 日)　阴。至娄门扫墓。同大兄至善庆庵，借云出素面饷客。理庵来。

二十四日(4 月 2 日)　雨。果泉来。杏春赠紫玉光二匣、董帖一部。顾湘舟送《赐砚堂丛书》一部。

二十五日(4 月 3 日)　阴。芝林、松泉、莪庵来。

二十六日(4月4日) 阴。午后,雷雨。

二十七日(4月5日) 阴。梧庵来。以留余堂捐银三百番两典房租在内。交少穆。

二十八日(4月6日) 落沙。出门辞行。晤景庄母舅、叔叔、介园、朗甫、雨园、十三母舅、舅母、易门、六母舅、友竹、李兰卿。午正,归。知补之、玉松年丈、榕畴来送行,不值。酉生来,畅谈而去。

二十九日(4月7日) 晴。至娄门叩辞祖茔。到玉松年丈、翰楼、斐园、若卿、豫庵、姚石甫、酉生、榕畴、沈云巢、潘心畬、林少穆、石竹堂、龚木民、陶菊香、雪香叔、吴棣华丈各处辞行。晤大兄、二姊、顺之、大姊、登之、松亭、十二母舅、馥堂。至府城隍庙、长洲县阴元和堂拈香。是日,芝楣、兰卿、芸士、心畬、鹤生、竹堂、小泉、棣华丈来送行,未值。祁翰香来。得二兄花朝日信。翰香约同入都。

三十日(4月8日) 阴。祭江河。莪庵、翰香、木民、春山、玉庭、槐庭、松亭、朗甫、芝林、雨园、馥堂来送行。得大人二月初七日谕。棣华丈赠扇。夜间,各位母舅、表兄公饯敬业堂。

三月

初一日(4月9日) 阴。豫庵、理庵、介园、梅垞、顺之、朗源、一斋、铁峰来。巳刻,同内子、荫儿到胥门马头登舟,应日子,铁峰、介园、铁芸、铁华送至舟中。太子马头上岸,先发行李廿八件。木民来,以牟将军宝刀见赠,答以宋人四乳镜。

初二日(4月10日) 阴,小雨。梧庵来。

初三日(4月11日) 晴。铁芸招同顺之、铁华泛舟山塘。在陈苇汀香远益清室早饭,室中山茶极盛。归后,至大兄处。得二兄二月十八信。

初四日(4月12日) 晴。交又山寄大人禀。松泉、果泉来。大兄招同石心、酉生、榕畴、雪香叔、顺之、映榆晚酌。夜,雨。午后,发衣箱行李等件。梧庵先宿舟中。

初五日(4月13日)　晴。薇园、铁峰、友竹、馥堂、蓉畴、顺之来送行。未刻,同内子、凤升至太子马头登舟,大兄、顺之、松泉、理庵、铁芸、菊坪、砺甫、静叔送至舟中。翰香亦到,铁芸送至枫桥而别。泊枫桥宿。

初六日(4月14日)　阴。巳刻,过浒墅关,遇黄庚垣郎中立诚,正月二十五出京。夜,泊落社,遇卓如来,舟中夜话,小酌,托寄大兄、铁芸信。

初七日(4月15日)　阴。午后,晴朗,甚热。夜,泊连江桥。

初八日(4月16日)　晴,暖。夜,泊丹阳云阳驲。同梧庵小步至丹阳县前。县令练笠人廷璜送礼四色,收春茗、红烛,并送纤夫十名。

初九日(4月17日)　阴,风雨交作。夜,泊丹徒桃庄。

初十日(4月18日)　晴。申刻,泊镇江,同涵香乘舆至甘露寺。登绝顶,望扬子江。金、焦二山,俱在目前。坐三贤祠,李德裕、苏轼、米芾。寺为吴王孙皓甘露年建,唐李德裕重建。适甘露降,故云寺,距马头不过五里。寺额有“甘露禅寺”四字,王梦楼所书。北固山即在寺右。

十一日(4月19日)　守风。交抚差寄铁芸信、顺之信。同翰香、梧庵游银山,憩元坛宫。登练光阁,望江山一带,均在目前。炼师清泉出王梦楼札子、楹帖等见示。中有楷书《黄庭经》直幅,精妙绝伦。庵有大石山房,花木娟秀,山石高耸,昔梦楼读书于此,同炼师、桐门唱和之所。午初,舟子来催,因已转顺风。归舟,天气晴朗。午正,过江,泊瓜洲陈家湾。同梧庵、涵香上岸,小步。过锦春园,荒废凄凉,乱石春草,颇有宋人词意。

十二日(4月20日)　晴。泊扬州。同梧庵、翰香上岸,步至东园,复乘舆至阮梅叔处畅谈。梅叔赠《扬州画舫录》《众花楼诗略》《定香亭笔谈》《积古斋钟鼎彝器款识》《绿秋书屋诗钞》《女萝亭诗稿》《唐宋旧经楼诗稿》。江都令郑祖经送礼八色,收四色。甘泉令钟承露送礼八色,收二色。阮梅叔来,送菜四色。郑大令送纤夫十名。夜,宿钞关。

十三日(4月21日) 阴。泊邵伯镇。

十四日(4月22日) 天气晴朗。晚,泊高邮。

十五日(4月23日) 晴。顺风。泊宝应。

十六日(4月24日) 晴,大风。夜,抵清江浦。

十七日(4月25日) 晴。候补高邮州通判徐筱涟琮来。午刻,过河,住程韫华车行。小雨。子和有札来。麟河台送千总一名,护送到京。

十八日(4月26日) 晴。交子和寄大兄、铁芸、铁峰信书一包。车用官价,大车四辆,轿车二辆,每站每套四钱八分,一套八两六钱。四大车每两五套,一辆四十三两二钱,四辆一百七十二两八钱。轿车二辆,每辆二套三十四两五钱六分,共二百零七两。轿车布围五钱,两辆一两。大车篷笆一两。四辆四两。徐筱涟送凤升礼四色。

十九日(4月27日) 丑正,开车,渡河。辰正,至渔沟,三十里。店中紫荆花艳甚。申正,众兴宿,四十里。

二十日(4月28日) 晴。辰正,仰化尖,五十里。申正,顺河宿,六十里。

廿一日(4月29日) 晴。辰正,新店尖,五十里。未正,坝头宿,四十里。

廿二日(4月30日) 雨,仍晴。辰刻,官湖尖,三十里。申初,坌河宿,四十里。

廿三日(5月1日) 小雨,即晴。子正,开车。邳州黄知州送衙役四名。辰正,马连屯尖,五十里。申初,阴平宿,五十里,山东界。

廿四日(5月2日) 晴。辰正,临城驿尖,五十五里。申正,南沙河宿,五十五里。

廿五日(5月3日) 晴,风大。辰刻,界河驿尖,五十里。登奎星阁。过邹县,谒孟庙。酉初,至中山店宿,六十里。

廿六日(5月4日) 晴。巳刻,高鲁桥尖,六十里。申正,汶上县宿,五十里。

廿七日(5月5日) 晴。辰刻,东平州尖,七十里。申正,旧县宿,六十里。

廿八日(5月6日) 晴。巳初,桐城驿尖,五十五里。余翻车。酉初,茌平宿,六十里。

廿九日(5月7日) 晴。辰刻,新店尖,五十五里。未正,腰站宿,六十里。

三十日(5月8日) 晴。辰正,甜水铺尖,六十里。德州途中遇汤福,大人差来接,杨福亦来迎。德州知州李天锡送菜二席,办公馆。酉初,刘知庙宿。交张诗舲由官封寄大人禀。

四月

初一日(5月9日) 晴,大风。辰初,漫河尖,七十里。申正,富庄驿宿,六十里。雷雨。

初二日(5月10日) 晴。辰正,商家岭尖,六十里。申正,河间廿里铺宿,五十里。夜,雷雨。

初三日(5月11日) 晴。午初,任丘县尖,五十里。路上雨过后不好走,遂宿于此。

初四日(5月12日) 晴。午正,雄县尖,七十里。戌初,孔家马头住。

初五日(5月13日) 晴。固安尖。固安大令杨伯夔来拜,送轿一乘。未正,渡桑干河。夜,宿庞庄。

初六日(5月14日) 晴。黄村尖。辰正,四十里。大人差曹福等来接。午后,进南西门。未正,到家,叩见大人。

初七日(5月15日) 晴。辰正,下园,叩见大人。

初八日(5月16日) 晴。酉正,自园归。

初九日(5月17日) 晴。杏楼、咏莪、兰屏、树斋、曰谷、诗舲来。寄铁芸、顺之信。

初十日(5月18日) 晴。梅梁、颖艭、莘畬、琯香、筠心来,琯香招同翰初、二兄小酌。是日,答拜客,晤树斋、筠潭丈。

十一日(5月19日) 晴。为诗舲题《送花三百作重阳图》《转漕集》。惺庵、崧甫、醇士、宾嵎、吉人来。大人归家。酉初,下园。

十二日(5月20日) 晴。湘门、迪甫来。

十三日(5月21日) 晴。招筠潭丈、崧甫、梧庵、翰香饮诗舫。

十四日(5月22日) 晴,风大。子白、颖艭、杏楼来。作诗"瘦竹如幽人"。

十五日(5月23日) 晴。梧庵回南,同翰香送至下斜街,顺路拜客。晤子鹤。托梧庵寄铁芸信物三件,铁峰、理庵信。

十六日(5月24日) 晴,大风。午后,出门晤松盟先生、颖艭、咏莪,招同曹鼎泉、祁翰香、二兄申刻寓斋雅集。

十七日(5月25日) 晴。翰初、兰屏来。得铁芸三月廿三日信。申刻,招同翰初、小谷、翰香、子贞诗舫小集,作诗"松际露微月"。

十八日(5月26日) 晴。石梧、醇士、云书、迪甫、龚春溪来。大人归家。黄献之送香珠三匣、川笺四匣。

十九日(5月27日) 晴,风大。晋鱼、赵大令致和、杏楼来。作文"虽覆一篑"至"往也"。

二十日(5月28日) 晴。出门晤晋鱼、醇士,晋鱼以改七香美人画幅见赠。午后,崧甫、迪甫、吉人同招饮饮绿轩,同席者祁翰香、黄献之、二兄。

廿一日(5月29日) 晴。梅梁、柳臣、颖艭、玉叔来。夜,作京堂考差诗题"巢林栖一枝"得"模"字。

廿二日(5月30日) 晴。莘畬、筠潭丈、饴原、艮山、卓海帆、诗舲来,同诗舲小酌。翰香移住赐第。

廿三日(5月31日) 晴。出门答拜客,晤蘅畦、湘门、莲峰、海帆,送诗舲行。树斋来。为阮梅叔题《珠湖渔隐图》,调寄《虞美人》。

作文“康诰曰如保赤子心诚求之”。

廿四日(6月1日) 晴。笙陔、珊林、德余、条三、珠船来。内子出门。

廿五日(6月2日) 大风,雨。杏楼、咏莪、吴补之、晴江来。作文“枨也欲”二句。

廿六日(6月3日) 晴,大风。出门晤晴江。琯香令郎完姻,看结亲。内子出门。

廿七日(6月4日) 晴。醇士、琯香来。

廿八日(6月5日) 晴。醇士、翰初、石梧、筱村招同二兄龙树寺早集,先至树斋、至堂处谈。筠潭丈来。交长寿寄大兄、铁芸信。

廿九日(6月6日) 晴。辰刻,下园。筠潭丈来。晚,雷雨。

五月

朔日(6月7日) 晴。至翰林花园访滇生。申正,自园起身。酉正,到家。得宾衢信。云南主考李嘉端、汪振基,贵州主考德诚、李熙龄。曰谷来。

初二日(6月8日) 晴。曰谷来。杏楼送菜席。

初三日(6月9日) 晴。曰谷来。作文“其为物不贰”二句。

初四日(6月10日) 晴。笙陔、子白、吴补之、螺峰来。

初五日(6月11日) 晴。仙槎、崧甫、龚衍山庆祥、余庵来。大人归家,翰香亦回寓。大人酉时下园。

初六日(6月12日) 晴。到燕喜堂贺盛太翁七十一寿。

初七日(6月13日) 雷雨。周澍来。

初八日(6月14日) 晴。壬辰团拜。到文昌馆看春台班。交李长官寄铁芸信。

初九日(6月15日) 晴。作文“恭而无礼则劳”二句。梅梁来。晚,雷,大雨。

初十日(6月16日) 雨。

十一日(6月17日) 雨,仍晴。饴原招同蒋丹林丈、筠潭丈、卓海帆、二兄集左右修竹之居。先拜客,晤沈枫桥、琯香。

十二日(6月18日) 晴,雷。大人归家,翰香亦回寓。

十三日(6月19日) 晴。三桥年丈、蘅畦、宾嵎、曹相国来。题朱玉英女史诗。与二兄联句,调寄《浪淘沙》。

十四日(6月20日) 晴。拜客,晤廉峰、醇士、野云,在廉峰处晤珠船,在醇士处晤螺舟。筠潭年丈招同杏楼、二兄集寓斋。广东主考朱兰、徐堪,广西王庆云、朱国淳,福建吴钟骏、李国杞。东原、叶梦草、刘德熙来。

十五日(6月21日) 晴。醇士、石梧来。

十六日(6月22日) 晴。大同乡团拜。出门晤大竹,同到文昌馆。得铁芸四月廿三日信并仙诞日信。

十七日(6月23日) 晴。

十八日(6月24日) 晴。邓子期、曰谷来。

十九日(6月25日) 晴。作文"有不虞之誉"二句。梅梁、野云、琯香、惺庵来。

二十日(6月26日) 晴。交砚君寄二铁书、内子寄岳母禀。

廿一日(6月27日) 晴。翰初、大竹来。晚,雨。

廿二日(6月28日) 晴。莘畬、翰初、曰谷来。作文"文莫吾犹人也"二句。得顺之五月七日信。

廿三日(6月29日) 晴。出门晤德舆、至堂、兰屏,午前归。咏莪来。

廿四日(6月30日) 晴。作文题"礼之用"二句。得理庵五月九日信。兰屏来。

廿五日(7月1日) 晴。春溪、醇士来。大人归寓,仍下园。大雨。

廿六日(7月2日) 晴。廉峰来。杨清臣赠象牙诗牌一、翠版一。曰谷来。

廿七日(7月3日) 晴。崧甫来。

廿八日(7月4日) 晴,风大。翰初来。作文“日日新”二句。交崧甫寄理庵、顺之信。

廿九日(7月5日) 晴。湖南主考徐云瑞、许乃安,四川主考李星沅、彭作邦。朱蕉堂、张左泉、海秋来。

三十日(7月6日) 晴。得梧庵五月十日信、铁芸信。交崧甫寄梧庵、铁芸信。曰谷、崧甫来。

六月

初一日(7月7日) 晴。常南陔来。

初二日(7月8日) 晴。出门送崧甫,晤谈,并晤清臣,复到琯香处。同翰初、德舆、二兄早饭。午后,大雨。吉人、翰初来。夜饭后,去。

初三日(7月9日) 晴。作文“道之以政”二句。得阮梅叔信。翰初来。

初四日(7月10日) 晴。大人归家。酉正,下园。得文西镇信。曰谷来。

初五日(7月11日) 晴,热。树斋来。

初六日(7月12日) 晴。作文“是以君子有絜矩之道也”。石梧、曰谷、翰初来。夜,雷雨。

初七日(7月13日) 晴。清臣、陆费玉泉、翰香来。

初八日(7月14日) 晴。交陆兰亭寄梧庵信、铁芸信、衣包一个。

初九日(7月15日) 晴。内子出门。

初十日(7月16日) 晴。筠潭丈、翰初、珊林、陈春林来,留春林夜酌,月下弹琴数曲。

十一日(7月17日) 晴。出门晤珊林、子万。午后,作文“为命”一节。翰初来。

十二日(7月18日) 晴。梅梁来,留午饭。子万来,留晚饭。

十三日(7 月 19 日) 晴,热。王蔼棠、螺舟、曰谷、至堂来。夜,大风。

十四日(7 月 20 日) 晴。莫仙李来。

十五日(7 月 21 日) 晴。至国子监考到,韩子贞、黄艳之同坐一处。题“居敬而行简”“土润溽暑”。未正,出场,宿梅梁署内。浙江主考吴椿、徐宝善,江西吴孝铭、常大淳,湖北侯桐、张集馨。

十六日(7 月 22 日) 阴晴错。出城拜客,晤至堂、树斋。巳正,归寓。考到案出,予第八。小雨。

十七日(7 月 23 日) 大雨。

十八日(7 月 24 日) 晴阴错。醇士、翰初同来,留晚饭。

十九日(7 月 25 日) 晴阴错。得龚庆祥书。交查处寄铁芸、顺之信。得张诗舲信、古明湖笺一匣、条笔五枝。余庵、曰谷、喆生来。

二十日(7 月 26 日) 阴。答拜余庵。惺庵招同杨篑山廉访,刘默园、淡星亭、夏春圃三观察,朱颖艘,吴崧圃令郎集小有余芳观荷。王孚远之子晋斋来。覆诗舲信交梅梁。

二十一日(7 月 27 日) 晴。廉峰、北堂、次平来。二兄到监录科。晚,归家。

二十二日(7 月 28 日) 晴。蒋少霞、惺庵、春溪来,春溪晚饭后去。得铁峰信。

二十三日(7 月 29 日) 晴。问桃来。晚,雷雨。翰初馈绿头二。

二十四日(7 月 30 日) 晴。杨桂山来。《花影吹笙室词》刻成,先印出六十部。夜,大雷雨。

二十五日(7 月 31 日) 到国子监录科。《四书》题“学则三代共之”二句,诗题“不知谁是谪仙才”得“仙”字,策问“辟雍”。出场,仍宿梅梁署内。同伟堂夜酌。江苏主考龚守正、赵光。

二十六日(8 月 1 日) 晴。答拜琯香。辰正,归家。大人回寓。杏楼来。

二十七日(8 月 2 日) 晴,热。录科案出,予取第十二名。树斋、筠潭丈、咏莪来。得杨星山信。谢介园戌正到寓。

二十八日(8月3日) 晴,雨。迪甫、吉人来。出门晤琯香。

二十九日(8月4日) 忽晴忽雨。交亢公寄铁芸、铁峰、梧庵信。

七月

初一日(8月5日) 晴。翰初来。交子鹤寄小湖信。

初二日(8月6日) 晴。得理庵、丹谷信。问桃来。

初三日(8月7日) 杏楼、翰初来。

初四日(8月8日) 晴。出门晤晋鱼。同咏莪公请杏楼,并招子鹤、北堂文昌馆看剧。

初五日(8月9日) 大雨。交子鹤寄杨蕉雨信、覆杨星珊信。

初六日(8月10日) 晴。出门送杏楼,行,未晤。晤卓海帆、翰初、琯香、醇士。午后,醇士、吴增嘉令郎来。

初七日(8月11日) 晴。杏楼回南,托寄铁芸信、内子禀、木匣一个、青布包一个、册页一本,又铁峰信。树斋招集江亭,二席。散后,同洪子龄、二兄游龙泉寺、法源寺。

初八日(8月12日) 河南主考许球、李光涵,山东朱嶟、麟魁,山西刘源灏、易长桢。

初九日(8月13日) 晴。醇士、翰初、小谷、子贞集亦吾庐,醇士作画。

初十日(8月14日) 晴。条生来。得铁峰信。寄芸皋、皀香信。

十一日(8月15日) 晴。琯香、方木君来。

十二日(8月16日) 雨。大人回家。酉初,仍下园。

十三日(8月17日) 雨。梅梁、东川来。

十四日(8月18日) 雨,即晴。杨桂山、琯香、翰初来。

十五日(8月19日) 阴晴。张左泉送建兰二盆。

十六日(8月20日) 晴。吉人、莘畬来,吉人夜饭后去。

十七日(8月21日) 晴。交抚差寄铁峰、铁芸、梧庵信。李宝之来。

十八日(8月22日) 晴。覆西镇信。出门晤子彝、春溪、琯香，在琯香斋中便饭。得小湖、与可信。

十九日(8月23日) 大雷雨。午后，晴。筠潭丈、惺庵、车意园来。

二十日(8月24日) 交东川覆周小湖信、郭与可信。

二十一日(8月25日) 晴阴错。螺舟、春溪来。夜，大雷雨。

二十二日(8月26日) 晴。翰初来。

二十三日(8月27日) 晴。子彝、左泉、艳之来。午后，大雨，仍晴。晚，雨。夜，又大雨。

二十四日(8月28日) 晴。东川招天和馆看剧，同夏森圃、方仲容。

二十五日(8月29日) 阴。吴补之、戴笠人、迪甫来。

二十六日(8月30日) 晴，冷。寄邓嶰筠、曹玉水信。赵子白送菜点六色。

二十七日(8月31日) 阴。梅梁、左泉来。寄诗舲信。

二十八日(9月1日) 晴。大人归家。酉初，下园。子白来。寄铁芸、梧庵信。

二十九日(9月2日) 晴。誉侯来。寄梧庵、朗源信。

八月

初一日(9月3日) 晴。出门晤惺庵、莘畬。是日，李兰屏招集得琴意轩。

初二日(9月4日) 晴。湘圃、徐星伯、次平来。

初三日(9月5日) 晴。金亚伯、周晓村、周芝田、醇士、翰初来。寄季仙九信。

初四日(9月6日) 晴，热。大人归家，翰香同来。

初六日(9月8日) 晴,微雨,即晴,风。正主考穆彰阿,副主考汪守和、史致俨、姚元之。

初七日(9月9日) 晴。母亲大人寿辰,率妇、子叩贺。未正,同二兄、翰香、介园移住小寓胪题胡同。桂香岩年丈送礼。

初八日(9月10日) 晴。午正,进场。晚,大雨。

初九日(9月11日) 雨。题"君子之仕也行其义也中也者"四句、"徒善不足以为政"、"吉人辞寡"得"言"字。

初十日(9月12日) 晴。卯正,出场,回家。

十一日(9月13日) 辰正,由家中进场。

十二日(9月14日) 晴。题"圣人以顺动"至"而民服"、"肇十有二州"一节、"黍稷稻粱"四句、"秋郯子来朝"、"圭璋特"二句。梅梁、西谷送果饼。

十三日(9月15日) 卯正,出场,归家。晴。得铁芸六月十二日信、梧庵信。

十四日(9月16日) 小雨。卯正,自家起身。辰时,到贡院。是日,颜桐门来。

十五日(9月17日) 策问:帝学、经学、起居注、官制、积贮。子正,出场,同子鹤住小寓。

十六日(9月18日) 晴。归家。饴原、筠潭丈、醇士、条生、湘门、清臣、惺庵来。

十七日(9月19日) 晴。出门谢寿。同乡接场天和会馆。子白招饮,亦在天和馆。

十八日(9月20日) 晴。先祖九十冥诞。大人归家。树斋来。

十九日(9月21日) 交砚君寄铁芸信,内有覆梧庵信。子鹤招文昌馆。先拜客,晤琯香。

二十日(9月22日) 晴。少安来。

二十一日(9月23日) 晴。珊林、北堂、艳之来。臼谷送菜一席。招春溪、琯香夜集。

二十二日(9月24日) 晴。至文昌馆,顾洪度生日,内子、凤升、三官同去。

二十三日(9月25日) 晴。树斋来。夜,雨。

二十四日(9月26日) 晴。进城拜客,归家吃饭。颖艭、梅梁、子鹤、宝之、瑞芝生来。

二十五日(9月27日) 晴。湘坡来。

二十六日(9月28日) 晴。答吴醉生太守、朱颖艭,招同树斋、若溪、子鹤、二兄文昌馆。

二十八日(9月30日) 晴。仙槎招文昌馆观剧,琯香亦招饮文昌馆。

二十九日(10月1日) 晴。醇士、吉人、登之来。内子至顺天府署梅梁夫人处。

三十日(10月2日) 晴。出门晤登之、树斋、醇士,登之处晤王莲府丈,在醇士处便饭。

九月

初一日(10月3日) 晴。至关帝庙拈香,求得第三十六签。晤子期,即归。醇士、条山来,同至白幼迂处。是日,醇士、条三、幼瑜招同韩小舲、何子毅午集。

初二日(10月4日) 晴,雨,大风。梅梁、东川、刘德熙来。登之送款章一匣、笔一匣、扇一匣、诗笺四匣,东川送小屏一件、药四种。

初三日(10月5日) 晴。费耕庭太夫人七十寿,至汇元堂。

初四日(10月6日) 晴。何仙槎、砚君、露庵来。

初五日(10月7日) 晴。曰谷来。宾嵎招同子鹤、云墀、二兄宴汇堂。酉初,赴余庵招。

初六日(10月8日) 晴。得铁芸七月廿二信、梧庵八月六日信。筠潭丈、晋渔、惺庵、左泉来。交李元寄大兄信、口袋一个、铁芸信、杏仁十斤、冬菜二十斤。

初七日(10月9日)　晴。午初,报到,二兄中廿四名。大风。

初八日(10月10日)　晴,大风。

初九日(10月11日)　晴。醇士、子彝来。

初十日(10月12日)　晴。梅梁代领出卷,在有侍读庆房内,业经中式,因额满见遗。主司房考长批极华,浓圈密点。惋惜之词,具在批语中。

十一日(10月13日)　晴,冷。咏莪来。

十二日(10月14日)　晴。梅梁来。

十三日(10月15日)　晴,暖。大人回家。琯香来。

十四日(10月16日)　晴。出门,树斋处便饭。迪甫来。

十五日(10月17日)　晴。病。曰谷来。作落花诗。索醇士画图。

十六日(10月18日)　晴。曰谷来。

十七日(10月19日)　阴未退,凉。曰谷来。雨。

十八日(10月20日)　晴。曰谷来。得杨蕉雨信、范白舫著作六帙。大人归家。

十九日(10月21日)　晴。曰谷、翰初来。大人下园。交子鹤覆郑云麓信,交查处寄铁芸、梧庵信,闱墨一本,寄杨蕉雨信,内词三本托杨交范白舫。

二十日(10月22日)　晴。交花客寄铁芸信,内佩之禀,外青布包银八十两,洋二十二元、花布包、白布包。吴籥斋送来蕉雨太守信并荆州锦被二条、银耳一匣、墨画一幅。交子鹤寄覆蕉雨信。大风。翰香、曰谷来。李宝之移住小有洞。读《左传》至《庄公》。

二十一日(10月23日)　大风,晴。筠潭丈来。读《闵公》至《成公》。

二十二日(10月24日)　晴。到宴会堂。姚湘坡太翁寿。三庆班。

二十三日(10月25日)　晴。珊林、琯香来。

二十四日(10月26日)　晴。到与可处，又到汇元堂。张沅度工部太翁寿。

二十五日(10月27日)　晴。到有老师处，复至吉人处。晤北堂、宝之。在琯香斋中吃饭，之后同介园、琯香游琉璃厂。晤颖艭、晋鱼。夜，读《左传》至《襄公》。

二十六日(10月28日)　晴。得梧庵七月廿三信、铁芸七月初九信。大人回家。

二十七日(10月29日)　晴。筠潭丈来。读《襄公》。

二十八日(10月30日)　晴。醇士来。读《昭公》。

二十九日(10月31日)　晴，暖。吉人、梅梁来，留梅梁饭。作文"是故君子无所不用其极"，赋得"立中生正"得"中"字。得张左泉信。覆左泉、邹鸣鹤信。

十月

初一日(11月1日)　晴，暖。读《昭公》至《哀公》。

初二日(11月2日)　晴。大人下园。咏莪来。得梧庵六月八日信。交亢公寄铁芸、铁峰、梧庵信。

初三日(11月3日)　晴。出门晤马湘帆。到文昌馆贺宾嵎太翁寿。

初四日(11月4日)　晴。许玉叔来。

初五日(11月5日)　晴。饭后，同琯香、介园游琉璃厂。

初六日(11月6日)　晴。韩三桥年丈、与可、湘帆、林岵瞻来。

初七日(11月7日)　晴。接到铁芸八月廿六信、梧庵九月九日信、铁峰信。梅梁送来桐门叔信。琯香令弟送香光字卷、汪端己画册、叭吗香珠、冬笋、火腿、徽墨。夜，读《曲礼》。

初八日(11月8日)　晴。北堂来。读《檀弓》《王制》《月令》。

初九日(11月9日)　晴。出门晤羽可。是日，琯香招饮。饭后，同琯香、二兄、介园游琉璃厂。

初十日(11月10日) 晴。读《曾子》至《礼器》。

十一日(11月11日) 阴。翰初来。读《郊特牲》《内则》。夜，起风。

十二日(11月12日) 晴，大风。大人归家，翰香亦来寓。

十三日(11月13日) 晴，大风。祀魁星、文昌。启秀班。得沈丹谷信。

十四日(11月14日) 晴。同二兄、翰香至曹太傅处拜寿。得顺之、松泉信。

十五日(11月15日) 晴。祭祖。大人归家。住有清音。

十六日(11月16日) 晴。得杏楼信。作文“质直而好义”。

十七日(11月17日) 晴。东原来。覆杏楼信。交朱菽堂覆丹谷信。

十八日(11月18日) 晴。迪甫、心畬来。

十九日(11月19日) 晴。交查处寄大兄、顺之、松泉、铁芸、梧庵、铁峰信。余庵来。得卢立峰信。

二十日(11月20日) 晴，大风。狄广轩招宴汇堂。得玉水信、姚恭训信。答卢立峰信。

二十一日(11月21日) 晴。得铁芸十月初二日信。

二十二日(11月22日) 晴。得许海帆信。读《玉藻》至《学记》。

二十三日(11月23日) 晴。读《乐记》《祭法》《祭义》《祭统》《经解》。

二十四日(11月24日) 晴。得季仙九信。读《哀公问》《仲尼燕居》《闲居》《坊记》《表记》《缁衣》。

二十五日(11月25日) 晴，大风。与可、筠潭丈来。交艳之寄顺之、松泉信，对二副。寄杏楼信、手卷一个。程凤笙来。读《深衣》《投壶》《儒行》。

二十六日(11月26日) 晴。出门晤立夫、与可、南陔、竹泉、艳之。读《昏义》至《聘义》。

二十八日(11月28日) 晴。交艳之寄铁芸信、洋金补子一匣、口袋一个、坛子二个。

二十九日(11月29日) 晴。陈小坪、艳之来,交内子寄顺之夫人信、银十两、珠子四十粒。交少安寄友竹信、《刘礼部集》一套。作文“君子无终食之间违仁”。

三十日(11月30日) 晴。午后,雪。到琯香处。方仲鸿招同陆立夫、赵必顺、章琯香、张薇阶集寓斋。夜,雾。

十一月

初一日(12月1日) 晴。立夫、螺舟来。得杨桂山廉访信。

初二日(12月2日) 晴。鹭门来。

初三日(12月3日) 晴。艳之、少安饮双藤书屋。小湖来。

初四日(12月4日) 晴,大风。覆桂山信。

初十日(12月10日) 晴。莲峰来。寄杏楼信。石梧来。得顾赓庵、杨蕉雨信。

十一日(12月11日) 晴。答顾耕安、杨蕉雨信。

十二日(12月12日) 晴。程春海、珊林、咏莪来。作“执冲含和”诗得“心”字。

十三日(12月13日) 晴。石梧来。作“奇花初胎”诗。

十四日(12月14日) 晴。吉人来。作“履信思顺”诗。

十五日(12月15日) 晴。出门晤与可、醇士、卓海帆。得左泉信。树斋、徐石溪来。

十六日(12月16日) 晴。覆左泉信。作文“唯上知与下愚不移”,“斫梓染丝”得“丝”字。

十七日(12月17日) 晴。辛庵来。

十八日(12月18日) 晴。出门,火神庙拈香。晤琯香、晋鱼。午后,北堂来。

十九日(12月19日)　晴。交查处寄铁峰、铁芸、莪庵、杏楼信。朱菽堂、迪甫来。作“知白守黑”诗得“知”字、“洗金以盐”得“盐”字。

二十日(12月20日)　晴。出门，送蕉堂行。晤廉峰、筠潭丈。斋中水仙、红梅半放。子鹤、范轩来。

二十一日(12月21日)　晴。招徐石溪、梅梁、辛庵夜集。梅梁住楠木厅旁边会客厅。

二十二日(12月22日)　晴。冬至。得顺之十一月十一日信。娄大令谦、晋渔来。

二十三日(12月23日)　晴。吊小湖，复至琯香处便饭。清臣来。作“日长添线”诗得“添”字。

二十四日(12月24日)　晴。与可来。寄顺之信、文四十本。

二十五日(12月25日)　晴。汪巽泉年伯母六十寿，往祝，留面。到伯华、涧筠、筱村处，均晤。作“予一以贯之”题文。徐石溪来。

二十六日(12月26日)　晴。出门晤柳臣、温云心、子鹤。是日，易晴江、张集馨、李光涵招同曹老九、朱百顺饮晴江寓中。作诗“政平讼理”得“平”字。吴荷屋来。

二十七日(12月27日)　晴。沈饴原侍郎、石梧来，留石梧早饭。

二十八日(12月28日)　晴。醇士、翰初、吉人来。

二十九日(12月29日)　晴。出门晤姚伯昂、卓海帆，招同吴荷屋、汪巽泉年丈、叶筠潭丈、子鹤、二兄寓斋午集。

十二月

初一日(12月30日)　晴。

初二日(12月31日)　晴。同翰香至廉峰处。小湖太夫人点主。散后，至关帝庙。同马湘帆谈。

初三日(1月1日)　雪。招吴荷屋中丞、白小山、陈荔峰、王云岫三年丈集寓斋。

初四日(1月2日) 晴。得徐远堂大令信。

初五日(1月3日) 晴。覆远堂信。筱村来。得卞光河太守信。

初七日(1月5日) 晴。吴荷屋来。娄大令以《巡堤课柳图》求题。

初九日(1月7日) 晴。出门晤春农、琯香、涧筠。作"近说远来"诗。

初十日(1月8日) 晴。崧甫、莲峰、湘门来。胡升来。得梧庵信。得徐凤翔信。

十一日(1月9日) 晴。同春农、宝之、二兄至丰盛胡同看房屋,大人亦到。归,得铁芸十一月一日信。咏莪、筠潭丈来。吴荷屋赠多盛盘、燕窝、木耳、茶盘、漱口盂,崧甫赠印色、图书、荸荠粉、查糕。

十二日(1月10日) 晴。珠林来。得梧庵九月二十信、铁芸九月十六信。

十三日(1月11日) 晴。孙福来。得铁芸十月十三信件。寄桂杏农信。

十四日(1月12日) 晴。出门晤卓海帆、崧甫、琯香,在琯香处早饭。寄桂杏农信。咏莪来。杨福寄到梧庵七月初一日信。

十五日(1月13日) 晴。刘大令佳、桂林来。于大树傍开一门,书斋后另位置一间,为明年凤升读书处。交抚差寄顺之信、翠条一匣、铁芸信、梧庵信。作"石蛄扬葩"诗得"江"字。

十六日(1月14日) 晴。招廉峰、玉叔、石梧、崧甫寓斋午集。

十七日(1月15日) 晴。咏莪、吉人来。

十八日(1月16日) 晴。顾小雅、辛庵来。

十九日(1月17日) 晴。梅梁来,留饭。艮山来,赠三镶带版、紫宝帽、花笔、帽沿、袍料。交查处寄铁峰、铁芸信。

二十日(1月18日) 晴,大风。辛庵、宾嵎来。得卢立峰、韩子贞信。

二十一日(1 月 19 日) 晴。父亲寿辰,来贺者坐十席。得龚木民大令信。

二十二日(1 月 20 日) 晴。又园、徐石溪来。得郑梦白信。覆木民信。

二十三日(1 月 21 日) 晴。出门谢寿。在咏莪处早饭。覆梦白方伯信。

二十四日(1 月 22 日) 晴。出门谢寿。得铁芸十二月一日信、顺之信。

二十五日(1 月 23 日) 晴。得郑云麓信、呢袍套料一副。

二十六日(1 月 24 日) 晴。出门晤崧甫。白小山丈处祝寿,吃面。琯香处祝寿。吉人、北堂、撷孙来。得许海帆大令信。得杨桂山信。

二十七日(1 月 25 日) 晴。得张左泉信、灯。咏莪来。覆许海帆信。又园送唐花四盆、集楷一种、《尺云轩杂著》五本。

二十八日(1 月 26 日) 晴。四妹受盘,咏莪、宝之执柯。星江、实甫、一山、崧甫、迪甫、凤笙父子、小雅、子白、子贞、吉人、北堂、曰谷来。

二十九日(1 月 27 日) 晴。与可来。

三十日(1 月 28 日) 晴。同宝之、二兄至房东李公处,又同游琉璃厂,遇咏莪、翰香。至琯香处早饭。晤茂垣。夜,暖容,接灶。

道光十五年乙未(1835)

一月

乙未元旦(1月29日) 关帝庙拈香。堂上前叩贺。出门拜年。午后,进城拜年。

初二日(1月30日) 晴。进城拜年。寄覆杨桂山廉访、张左泉信。

初三日(1月31日) 晴。侍大人。同翰香游龙爪槐。作"春华秋实"题诗得"成"字。

初四日(2月1日) 晴。出门拜年。诗舫夜集。侍大人,同翰香、宝之、介园、二兄、玉泉。

初五日(2月2日) 晴。

初六日(2月3日) 晴。海帆阁学招大人、筠潭丈、二兄及予饮寓斋。饭后,同海帆、筠潭丈、二兄游火神庙。至陆心鉴处占课。

初七日(2月4日) 晴。至寿百龄处看相,同宝之、二兄复至琉璃厂。是日,李兰屏招饮寓斋。

初八日(2月5日) 晴。出门晤沈枫桥、雷竹泉。是日,筠潭丈招大人同沈饴原、竹泉、二兄及予午饭。作诗"二月杏花八月桂"得"联"字。

初九日(2月6日) 晴阴错。崧甫、醇士来。得铁峰信。

初十日(2月7日) 晴。至曹中堂处吊。答醇士弟兄,畅谈。交陈宗畴家人寄铁芸信、梧庵信。作诗"士先器识"得"先"字。内子出门拜年。

十一日(2月8日) 晴。大人下园住。同二兄至梅梁处,遇王莲甫丈,复至会馆晤咏仙、介轩、月坨。游琉璃厂。至琯香处小憩,即归。得友竹信。

十二日(2月9日) 晴。胡若卿来,留夜饭。内子出门拜年。

十三日(2月10日) 晴。华绮园招同孙小坪、侯大令、二兄文昌馆看春台班。

十四日(2月11日) 晴。侯叶塘、花咏春、梅梁来。作"苟志于仁矣"二句题文。

十五日(2月12日) 晴。徐惺庵、北堂、迪甫、吉人来。胡若卿移住寓中,课荫儿。得龚春溪信。

十六日(2月13日) 晴。晤子乔、海帆。

十七日(2月14日) 晴。交查处寄顺之、铁峰、铁芸信。莘畬来。翰香回寓。

十八日(2月15日) 晴。四妹发妆。筠潭丈、海帆、东原、曰谷、啸庵、任为琦、颖艭、咏莪、梅梁、吉斋来。黄年伯母、叶年伯母、顾南雅夫人、咏莪夫人、李太师母令爱、曰谷夫人、杏楼夫人来。大人未初归寓。黄右爰赠笔二匣、墨二匣、印合一匣。祭祖。

十九日(2月16日) 晴。梅梁、凤笙父子、莲甫太世叔、吉人、崧甫、迪甫、筱村、小谷来,坐二席,咏莪、宝之坐一席。午正,上轿。同二兄、若卿、介园、翰香送亲。未时,结亲。

二十日(2月17日) 阴。拜客。陈荔峰招财神馆。顾蔼庭招天和馆。

二十一日(2月18日) 晴。子乔、赋梅来。作文"此谓唯仁人为能爱人能恶人"。得铁峰、铁芸、梧庵、杏楼、卓如各信。

二十二日(2月19日) 晴。刘良驹太翁双寿,文昌馆看三庆班。得梧庵、顺之、铁芸、桐门信。赋梅送金腿二、酱蹄二。

二十三日(2月20日) 晴。崧甫、赋梅来。出门晤彭春农。寄覆杏楼信。许玉叔招寓斋夜集。

二十四日(2月21日) 晴。作文“曰修己以安百姓”二句。薇阶、廉峰来。交赋梅寄顺之、二铁、梧庵、竹如、桐门信。

二十五日(2月22日) 晴。作“君子上达”题文。湘门来。

二十六日(2月23日) 晴。到四妹处。壬辰团拜,公请文昌馆,看春台班。

二十七日(2月24日) 晴。石梧、张小轩、翰初来。

二十八日(2月25日) 晴。先到小谷处拜寿。同乡团拜,在燕喜堂,春台班。是日,壬子、癸丑年伯团拜,并请客二席。

二十九日(2月26日) 大风,晴。招与可小饮。梅梁来。作文“其行己也恭”二句。

二月

初一日(2月27日) 晴,风。余庵来。

初二日(2月28日) 晴。作“参以定之”诗得“盟”字。侯大令圻、花咏春来。

初三日(3月1日) 雪花,晴。宾嵎来。作文“君子务本”二句。涂孝廉岑来。

初四日(3月2日) 晴。到与可处。安徽团拜,文昌馆,春台班。

初五日(3月3日) 雪花,仍晴。出门晤朗渠。至文昌馆,大同乡团拜,三庆班。得陆祁孙讣闻。

初六日(3月4日) 晴。作文“有大人者正己而物正者也”。胡天培来。

初七日(3月5日) 晴。作“因云洒润”题诗得“珠”字。筠潭丈、尤范轩来。得吴锵如信。

初八日(3月6日) 晴。作“望杏瞻蒲”诗得“时”字。复锵如信。

初九日(3月7日) 晴。至曹文正宅吊。子乔招宴会堂,看春台班。叶棣如来。得杨庚信。

初十日(3月8日) 晴,风。凤升上学,崧甫、吉人来送上学,坐一席。子鹤来。

十一日(3月9日) 晴,大风。珠船、艮山来。

十二日(3月10日) 晴。四妹回门。得铁芸正月初十信。大人归家,酉刻下园。

十三日(3月11日) 晴。至琯香、珠船、鹤田处,均晤。程憩堂来。小湖送鬼子镜、桌橱。

十四日(3月12日) 晴。招赋梅、若卿、宝之、介园午集。梅梁、螺舟、陈景崧来。得杏楼信。

十五日(3月13日) 晴。作文“所谓大臣者以道事君”。铁珊、曰谷来。寄林少穆信。

十六日(3月14日) 晴,风大。覆祁孙令孙信。覆杨庚信。作“飞蓬不宾”题诗得“宾”字。梅梁以仕女画幅求题,填词一首。

十七日(3月15日) 晴。唁曹老九,并至醇士、立夫、梅梁处,均晤。覆杏楼信。

十八日(3月16日) 晴。辰正,下园,大人招牛镜塘、程憩棠、张小轩、吴梅梁,命予代陪。

十九日(3月17日) 晴。东原来。交查处寄铁芸信。

二十日(3月18日) 晴。申正,归寓。咏莪、闰生、子珊来,同饮双藤书屋。

二十一日(3月19日) 晴。

二十二日(3月20日) 阴。孙柳君、胡天培来。大人回寓。作“其所厚者薄”三句文。

二十三日(3月21日) 雪。杜石樵丈招饮才盛馆,看三庆班。招柳君、曰谷夜酌。

二十四日(3月22日) 晴。至醇士处。瞿侍御太夫人寿,到文昌馆,即归。大人回寓。内子、凤升亦去观剧。申正,大人下园。得徐凤翔信、顺之信。

二十五日(3月23日) 晴。作文“恭宽信敏惠”。交赋梅寄铁芸信、高丽纸十张、铁峰信、顺之信。于庭来。内子出门。

二十六日(3月24日) 晴。出门晤于庭、闰生。赴海秋招，同四农、与可饮浮邱阁。翰初来。

二十七日(3月25日) 晴。内子出门。得芸士信。醇士来。

二十八日(3月26日) 晴。石梧来。出门拜客，晤清溪、羹堂、子珊、酉生、介轩、月坨、咏仙。况澄、澍太夫人七十寿，到才盛馆。得铁芸、铁峰信。

二十九日(3月27日) 晴。作文“强恕而行”二句。崧甫、酉生、心畬、朱檠、吴鄂棠、仁山、顾条曾、东原、柳君、沈西雝来。得周芸皋信。莫潍太老师之孙榆芳有书来，送分十二金。得韩子贞信。

三十日(3月28日) 晴。崧甫、牧人、海秋、谢汉、黄增来。谢汉送墨刻画六幅、文一部。

三月

初一日(3月29日) 晴。玉叔、莫榆芳、黄增、方锴、冯敬庭、至堂、珠林、于庭、玉厓来，留于庭、玉厓夜饭。

初二日(3月30日) 晴。薇阶来。至文昌馆，易晴江年伯母七十寿诞。

初三日(3月31日) 晴。出门晤选楼、吴实甫。陶芝堂招长元吴会馆，看春台班。

初四日(4月1日) 晴。寄顺之、铁芸、铁峰信。内子寄岳母禀、木匣二个交顾朗瀛。

初五日(4月2日) 晴。辰初，下园，介园同往。巳初，到。于庭来。

初六日(4月3日) 晴。迪甫、吉人来。痰中吐红。

初七日(4月4日) 晴。辰刻，回家。病，延曰谷诊脉。

初八日(4月5日) 清明。晴。卧床。曰谷来。大人来家。

初九日(4月6日) 下黄沙。曰谷来。

初十日(4月7日) 晴。曰谷来。

十一日(4月8日) 晴。曰谷来。

十二日(4月9日) 阴。寄顾杏楼信。曰谷来。

十三日(4月10日) 晴。大人来家。若卿、宝之、曰谷来。

十四日(4月11日) 晴。曰谷来。大人命看定大课卷四十一本。

十五日(4月12日) 晴。曰谷来。风。

十六日(4月13日) 晴。曰谷来。

十七日(4月14日) 风,晴。得韩子贞信。玉厓来。

十八日(4月15日) 晴。于庭、仁山来。

十九日(4月16日) 晴,大风。交查处寄顺之、大兄、铁芸信。

二十日(4月17日) 晴。大人回寓。

二十一日(4月18日) 晴,风。大人丑刻下园。得顺之二月初十信。得桐门表叔信、诗笺二束。李太师母招母亲、内子、凤升家园看花。

二十二日(4月19日) 晴。于庭来。得郑梦白信。

二十三日(4月20日) 晴,大风。仁山来。

二十四日(4月21日) 晴。庄西樵太夫人寿,至会元堂。同乡接场,到燕喜堂,春台班。

二十五日(4月22日) 小宋、赋梅、柳君来。同若卿、介园、二兄游悯忠寺、龙树寺、龙泉寺。孔炽庭送洋被面一、水蜡石一合、花露水一瓶、牙靴折一个、怀镜一合、玳瑁合一个。

二十六日(4月23日) 晴。陈文灼来,送椒泥、朝珠、程乡茧䌷、方砚、厚朴、藏香。出门晤仁山、珠林、四妹。归后,一山来。得熊东岩信。

二十七日(4月24日) 晴。琯香招同咏莪、仁山、星兄会元堂看三庆班。若卿、翰香大挑一等。晚,大风,黄沙。

二十八日(4月25日)　雨。柳大令际清来。陈春林来弹琴,留晚饭。

二十九日(4月26日)　晴。崧甫、玉厓、右园来。内子到花之寺、悯忠寺看花。于庭、仁山来,留仁山宿澄观轩。

三十日(4月27日)　阴。二兄、仁山、介园去看花,予以腹疾不果往。答东岩信。珊林、筠潭丈、与可、尺庄来。

四月

初一日(4月28日)　雨。陈景崧、心畬、珠林来。得铁峰信、吴毓金信。

初二日(4月29日)　晴。锵如令郎、铁珊、于庭、玉厓来。梅梁送菜一桌。留玉厓、于庭夜饭。

初三日(4月30日)　晴。查砚君招汇元堂看三庆班。答拜铁珊、小宋、范轩。得梧庵花朝日信。柳君、春林、仁山来。

初四日(5月1日)　晴。

初五日(5月2日)　晴。顾暄太翁生日,到文昌馆,凤升同去。大人归家。得秋水先生信。夜,招珠林、若卿、宝之、介园集寓斋。

初六日(5月3日)　晴。东原招文昌馆看三庆班。下午,阴,有雨意。

初七日(5月4日)　晴。徐君青太夫人寿,文昌馆看春台班。

初八日(5月5日)　晴。大人归家。

初九日(5月6日)　晴。立夏。心畬招游崇效寺。午后,赴珠林招。答拜柳君。归后,咏莪、迪甫来。

初十日(5月7日)　晴。筠潭丈、筱村、吴补之、酉生、于庭、宾嵎、琯香来。

十一日(5月8日)　晴。交若卿寄铁芸信、内子寄岳母禀、青布包二个。寄铁峰、梧庵、十三母舅信。放榜。

十二日(5月9日) 晴,风大。出门晤松盟先生、醇士、琯香,在琯香处早饭。仁山、琯香来。交柳君寄覆秋水先生信。

十三日(5月10日) 晴,风。得林少穆信。午后,风止。闰生、西生、咏仙、月坨、姚余庵、陈玢、谷香、醇士来。

十四日(5月11日) 晴。于庭、赋梅、铁珊、玉厓、芸岘来。交小宋寄幹村先生信。作文"为仁由己"。

十五日(5月12日) 晴。吴梅梁、李拙生、沈子朴来。作诗"得失寸心知"得"精"字。仁山来,留夜饭。

十六日(5月13日) 晴。崧甫、立峰、仁山来,留饭。宝之移住仁山处。明日起身回南。

十七日(5月14日) 晴。交宝之寄铁芸信、内子寄大姊禀、木匣二个、口袋一个。寄覆林少穆、李兰卿信。作文"见义不为"一节。

十八日(5月15日) 晴。徐心梅、陈玢、柳君、海秋来。得徐石溪信。石溪寄到笔四十枝、九子墨一匣。出门晤与可、桐舫。在四妹处饭。午后,螺舟来。覆石溪信。

十九日(5月16日) 晴,大风。宾嵎、辛庵、玉厓来,留玉厓小酌。交砚君寄颜桐门信。

二十日(5月17日) 晴。若卿招同于庭、介园、二兄小有余芳看紫藤花,小酌。与可来。

二十一日(5月18日) 晴,大风。至迪甫处,其令爱招赘。复至子乔、于庭、尺庄处,均晤。得桐门、子贞信。

二十二日(5月19日) 晴。廉峰、筠潭丈、善溥泉、咏莪来。阮老五夫人招内子崇效寺看牡丹。

二十三日(5月20日) 晴。于庭来。作文"博学而笃志"。

二十四日(5月21日) 阴晴错。大人归家。兰屏、曰谷来。章铁珊到馆课祖同侄。

二十五日(5月22日) 晴。花客送来梧庵三月初一信、铁芸信、篋包廿九件、衣包一个、参须包一个。

二十六日(5月23日) 晴,风。至曰谷处拜寿,曰谷夫妇六十双寿。吉人续弦,看结亲,内子亦去。

二十七日(5月24日) 晴。作文"诚者天之道也诚之者人之道也"。得梧庵三月望日信。玉厓来辞行,托带颜桐门信、望之师信。石梧、翰初来。四妹归。

二十八日(5月25日) 晴。

二十九日(5月26日) 晴,燥。祝蘅畦、韩凤章、与可来,留与可晚饭。四妹归去。

五月

初一日(5月27日) 晴。交差官寄铁峰、铁芸、大兄、顺之、梧庵信。小坪、小宋来。

初二日(5月28日) 晴。至有老师、贾老师处贺节,并至汪朗渠处。于庭来。

初三日(5月29日) 晴。尺庄、柳君、梅梁、野桥来。作文"曾子曰十目所视"一节。黄艳之送海参、鱼翅、火腿、笋尖、折扇、红豆。韩凤章吏目求题文懿公家言、手札、墨迹、手卷。

初四日(5月30日) 晴。出门晤于庭、廉峰、野桥、珠林、四妹。是日,珠林散生日,吃面。有余庵师来。

初五日(5月31日) 晴。芝林来。

初六日(6月1日) 晴。于庭、珠林、松门先生来贺,坐一席。四妹来。

初七日(6月2日) 汪少安来。

初八日(6月3日) 晴。琯香来,留晚饭。作文"君子学以致其道",赋得"德輶如毛"得"毛"字。

初九日(6月4日) 晴。出门晤崧甫、咏莪。曰谷招文昌馆看春台班。

十一日(6月6日) 晴。唁醇士。至琯香处早饭。咏莪来。

十二日(6月7日) 晴。头疼,发热。曰谷来。得徐远堂信。

十三日(6月8日) 晴。曰谷来。

十四日(6月9日) 晴。曰谷、宾嵎、与可来,留与可晚饭。

十五日(6月10日) 晴,热。寄杨桂山信、徐远春信。作文"惟善以为宝","绿树阴浓夏日长"得"长"字。

十六日(6月11日) 晴。得铁芸、梧庵信。筠潭丈、艳之来,留艳之晚饭。

十七日(6月12日) 晴。作文"内省不疚"。蒋誉侯、余庵、陈春林、有老师、王若溪、崧甫、又爰来。

十八日(6月13日) 雨。狄太太招内子燕喜堂看春台班。仙槎、梅梁、心畬、一山、尹孚、与可、方锴来。

十九日(6月14日) 徐心梅来。午后,出门晤筠潭丈。与可招同四农、江龙门、沈子庾、若卿、缪铃、二兄寓斋雅集。雷雨。得娄涧筠信。交查处寄顺之、铁芸、梧庵信。

二十日(6月15日) 晴。内子下园。陈石士、石梧、廉峰、曹子固、常南陔来。晚,雷雨,雹。

廿一日(6月16日) 晴。王菽原招文昌馆看春台班。得顺之信、桐门叔信。内子归家。

廿二日(6月17日) 晴。姚伯昂夫人开吊,一到。接铁芸四月十二信。寄杨桂山信。覆娄大令信。

廿三日(6月18日) 晴。大人归家。翰初来。作文"资之深则取之左右逢其原"。

廿四日(6月19日) 晴。祖母九十冥诞。咏莪、珠林、曰谷来。午后,雷雨。得龚春溪信。

廿五日(6月20日) 晴。石梧来。午后,大雷雨,雹,仍晴。

廿六日(6月21日) 晴。梅梁、顾赓庵令侄、晋阶来。

廿七日(6月22日) 阴。筠潭丈来。交潘行寄铁峰、铁芸信。覆龚春溪信。交程风生寄顺之信、墨卷七本。崧甫来。是日早上,大人下园。

廿九日(6月24日)　晴。朱丽宣太翁寿，至文昌馆。

三十日(6月25日)　予、张小轩并至迪甫、吉人处，内人亦去。唁小轩夫人。詹岩、东原、春海、余庵来。

六月

初一日(6月26日)　晴。云南主考花沙纳、朱其镇，贵州刘谊、狄听。郭桂林、郑训方来。作文“如琢如磨者自修也”。梅梁来。

初二日(6月27日)　晴。曹子固、珊林、柳臣、琯香、卓海帆来。得林少穆信。

初三日(6月28日)　晴。出门晤卓海帆、珊林、朱九山、琯香、余庵。

初四日(6月29日)　晴。大人回家。酉正，下园。晚，雨。

初五日(6月30日)　晴。石梧、少安、廉峰来，留少安午饭。作文“其为气也配义与道”。

初六日(7月1日)　晴。至崧甫处谈。江季安招饮财神馆。

初七日(7月2日)　晴。与可来。

初八日(7月3日)　雨。与可、狄广轩来。晚，晴。

初九日(7月4日)　晴。作文“君子信而后劳其民”，“丰年玉”得“年”字。春林、少安、星江来。得铁芸信。

十二日(7月7日)　晴。广东主考赵德潾、何桂馨，广西汪鸣相、贾臻，福建李煌、金应麟。崧甫、与可、筠潭丈来。

十三日(7月8日)　晴。云墀招饮天和馆，看春台班。

十四日(7月9日)　晴。福元修、子贞来。招少安宿小有洞。

十五日(7月10日)　卯初，大雨。同少安到国子监考到，若卿送考。辰刻，出题：“君子学以致其道”、“乐师修鞀鞞鼓”一节。申初，出场，至琯香处晚饭。晴。

十六日(7月11日)　晴。出门晤崧甫、琯香，招同狄广轩、二兄集寓斋。考到案出,取第二名。湘门、曹曙珊来。

十七日(7月12日) 晴。咏莪来。得张咏仙信。

十八日(7月13日) 晴。作诗"求珍采干"得"贤"字。

十九日(7月14日) 晴。交又山寄铁芸、顺之信。雨,即晴。

二十日(7月15日) 晴。卓海帆、尺庄、范轩来。得顾赓庵信。

二十一日(7月16日) 晴。梅梁、珠林、翰香来。

二十二日(7月17日) 晴。四川主考罗绕典、步际桐,湖南吴钟骏、王庭兰。大人归家。子白、吉人、石林、朱琦、范轩来。酉刻,大人下园。野桥来。

二十三日(7月18日) 晴。同若卿、铁珊、二兄招范轩、章敦甫小有余芳观荷午集,并游花之寺而归。得梧庵三月望日信。

二十四日(7月19日) 晴。琯香、小坪来。作文"苟正其身矣"二句。

二十五日(7月20日) 雨。出门晤崧甫、吉人、迪甫、子和、卓海帆、少安、子贞,同崧甫在吉人处吃早饭。午后,晴。得铁芸六月初四日信。

二十六日(7月21日) 晴。朗渠、心畬来。

二十七日(7月22日) 晴,热。珊林来。

二十八日(7月23日) 热。筠潭丈、艮山、范轩来。

二十九日(7月24日) 晴,热。招珊林、晋鱼、子和、吉人寓斋午集。晚,大雨。余庵来。

三十日(7月25日) 晴。范轩、张邦佺来。作文"士志于道"。琯香以王觉斯字卷子见赠。

闰六月

初一日(7月26日) 晴。出门晤琯香、茂园、梅梁、孟慈,在琯香处吃饭。东原来。

初二日(7月27日) 晴。大竹、石梧、北堂、范轩来。寄黄杏川信。

初三日(7月28日) 雷雨。午后,晴。同二兄下园。

初四日(7月29日) 晴,热。至晋渔处观文衡山山水画轴、管夫人秋葵画幅、仇珠仕女册页、赵文敏楷书《洪范》手卷、罗两峰鬼佛册子、五声山水册子。屈侍读来。晋渔以唐镜、成化窑磁碗、雪鸿墨画册见赠。为子和题《月底修箫谱》画册。赋《高阳台》一阕。

初五日(7月30日) 晴,凉。

初六日(7月31日) 晴。珠船来。

初七日(8月1日) 晴。出门晤贺藕耕。至尺五庄赴辛庵招。同夏森圃、许青士、蔡友石、孙小坪、阮赐卿、二兄看荷花。珠船、崧甫来。

初八日(8月2日) 雨,仍晴。

初九日(8月3日) 晴。耦耕来。

初十日(8月4日) 雨。定庵、曰谷来。

十一日(8月5日) 晴。玉叔、又园、范轩来。

十二日(8月6日) 晴。午后,雷雨。峌山令郎少峰来见。

十三日(8月7日) 晴,凉爽。咏莪来。交定儿寄铁芸、梧庵信。

十四日(8月8日) 晴。少安来,留宿借绿轩。雨竟夜。

十五日(8月9日) 浙江主考翁心存、张琴,江西姚元之、王治,湖北许球、周铭恩。雨止。同少安赴成均录科,题"躬自厚而薄责于人"、"疏雨滴梧桐"得"桐"字,策问"通经致用"。申刻,出场,得铁峰、桐门信。

十六日(8月10日) 晴。陆立夫来。录科案出,取第二。晚,雨。

十七日(8月11日) 晴,热。出门晤晋鱼、琯香、子嘉、詹岩、凤冈,在琯香处吃饭。青士、范轩来。

十八日(8月12日) 雨。石梧、瀛门、小石、树斋来。得铁芸、梧庵、宝之、杏楼信。

十九日(8月13日) 雨竟日。交又山寄铁芸、梧庵、顺之、铁峰、桐门信。

二十日(8月14日) 雨。咏莪、范轩、受卿来。

二十一日(8月15日) 小雨。清臣来。

二十二日(8月16日) 小雨。江南主考卓秉恬、单懋谦,陕甘李儒郊、成观宣。东原来。雨竟夜。

二十三日(8月17日) 雨,晚止。范轩来。

二十四日(8月18日) 晴。晤受卿、海帆。午后,筠潭丈来。

二十五日(8月19日) 晴。庞大厓、琯香、张小轩令侄来。下午,细雨,即止。晚,晴。

二十六日(8月20日) 晴。大人归家。

二十七日(8月21日) 晴。招石梧、辛庵、艮山集寓斋。

二十八日(8月22日) 晴。艮甫、宾嵎来。覆牛境塘方伯信。

二十九日(8月23日) 晴。内子出门。寄卞光河太守、黄五云大令信。张蒋塘令孙送绣补一匣、纨扇六柄、殿试卷一束、墨一匣。

七月

初一日(8月24日) 晴。出门晤梅梁、饴原、咏莪、树斋,在树斋处同石梧、艮甫、心莲、刘庶常源濬午饭。受卿赠《大理石诗集》。是日,大人下园,介园、翰香同去。得左泉信。

初二日(8月25日) 晴。大竹、范轩、尹孚来。寄吴醉生信。

初三日(8月26日) 晴,热。少安来。玉泉母五十寿,有清音。晚,雨。覆左泉信。

初四日(8月27日) 晴。出门晤汤世兄、孟慈、李镜塘、子和、迪甫、北堂昆仲。招艮甫夜饮小有洞。是日,孟慈、尺庄来。

初五日(8月28日) 晴。与可、莲峰、镜塘、范轩来。

初六日(8月29日) 晴。曰谷、莳孙来。

初七日(8月30日) 晴。出门晤蔡春帆、与可、梅梁。招孔炽庭、瀛门、范轩、莳孙文昌馆看三庆班。

初八日(8月31日) 晴。山东主考陆建瀛、高树勋,河南龙元任、张集馨,山西邓瀛、许融。范轩、咏莪、受卿来。

初九日(9月1日) 晴。介园来。交沈垚寄覆张秋水先生信、内照二纸。

初十日(9月2日) 晴。范轩来。

十一日(9月3日) 雨,仍晴。艳之来。

十二日(9月4日) 阴晴错。詹岩、迪甫来。

十三日(9月5日) 晴。出门晤铁君、薇阶、艮山。是日,范轩招文昌馆看春台班,汪世兄体孚亦招集文昌馆。晤蔡友石、何雨人、翰初、君明叔、子久、棣如、炽庭、春帆、受卿、赐卿、周石生、马湘帆、章荆帆、孟慈。

十四日(9月6日) 晴。何仙槎、艮山来。晚,雷雨。至联环室,兰花开双剪。夜,月色甚佳。

十五日(9月7日) 晴。廖玉夫、范轩来。

十六日(9月8日) 晴。午后,小雨。至琯香处。约星江至陆心鉴处占课。复答拜钰夫。晤谈片刻,归。范轩来。作"秋山多远声"诗得"声"字。夜,雨。

十七日(9月9日) 雨。巳刻,报到,大人调户部。咏莪、子鹤来。

十八日(9月10日) 晴。午后,出门,子久、莘畬、梅梁、辛庵。得杏楼信。范轩来。得玉崖信。与可来。

十九日(9月11日) 交查处寄铁芸、桐门、顺之信。覆杏楼信。交蔡云史覆玉厓信。詹岩来。

二十日(9月12日) 晴。大人回寓。范轩来。申正,大人下园。

二十一日(9月13日) 晴。午后,出门晤螺舟、条三、詹岩、凤冈、巽泉年丈、琯香。同琯香游厂。

二十二日(9月14日)　晴。饴原、艮山来。

二十三日(9月15日)　晴。蘅畦来。饭后,同若卿、铁珊游龙泉寺、龙树寺。

二十四日(9月16日)　晴。有老师来。

二十五日(9月17日)　晴。曹曙珊、野桥来。出门晤春海、余庵、野桥。

二十六日(9月18日)　晴。琯香来。

二十七日(9月19日)　晴。曙珊招同詹岩、子固燕喜堂看春台班。大人归家。得铁芸、顺之信、桐门、子雅信。

二十八日(9月20日)　雨。出门晤汪太守忠增、桂香岩年丈。至贡院西砖门外东观音寺胡同恒姓小寓。汪方川来。

二十九日(9月21日)　晴。

八月

初一日(9月22日)　晴。莳孙、穆吟涛来。交查处寄覆顺之、铁芸、桐门信。

初二日(9月23日)　晴,风。大人下园,翰香亦去。柳臣、与可来。

初三日(9月24日)　晴。少安、瀛门、辛庵令郎来。

初四日(9月25日)　雨。至曰谷处,覆至文昌馆。王正谊父母双寿。曰谷夫人请内子、凤笙在楼上观剧。

初五日(9月26日)　晴。受卿、若溪、曰谷来。张佑之送伽南香珠、梅鹿竹烟筒、雷州贡葛、广纽。

初六日(9月27日)　晴。湘门、曰谷来。顺天正主考汤金钊,副申启贤、吴杰、毛树棠,同考官方锴己丑、张星灿壬辰、陈书曾壬辰、袁玉麟丙戌、徐云瑞己丑、陈克让癸未、李国杞己丑、许乃安壬辰、王藩丙戌、吴文林己丑、丁善庆癸未、倭仁己丑、徐广绂己丑、李方壬辰、林士傅癸未、黄廷珍壬辰、徐堪丁丑、徐思庄壬午。贾老师送笋尖、桂元、饽饽、盐鸭。辛庵送桂元、莲子。

初七日(9月28日) 晴。母亲寿诞,留客。

初八日(9月29日) 晴。卯刻。至贡院。借受卿小寓小憩。午刻,点到进场。

初九日(9月30日) 寅刻,出题:"未若贫而乐"二句、"发强刚毅"二句、"古之君子过则改之"四句、"晓霜枫叶丹"得"丹"字。

初十日(10月1日) 晴。辰刻,到家。

十一日(10月2日) 辰刻,至贡院。午刻,进场。

十二日(10月3日) 晴。丑刻,题目到:"天行健"二句、"宵中星虚其崇如墉"三句、"晋侯使士燮来聘"、"绎者各绎己之志也"至"则射中矣"。夜,雷雨。

十三日(10月4日) 辰刻,到家。晴。大人归。申正,下园。

十四日(10月5日) 辰刻,至贡院。午初,进场。晴。

十五日(10月6日) 丑初,题目到,经史、兵、官制、刑。亥初,出场,至黄艳之小寓,同艳之、介园小酌。艺芬、拙生来。

十六日(10月7日) 晴。辰初,到家。翰初来。

十七日(10月8日) 晴。子万、棣如、筠潭丈、星江、笙陔、咏莪、艳之、刘德熙、詹岩、琯香、誉侯来。

十八日(10月9日) 晴。少安来。大人归家。申刻,下园。

十九日(10月10日) 晴。出门晤惺庵、琯香、小舲、茂垣、竹泉、少安、冠沂。午时,归家。桂林、北堂、宾嵎来。

二十日(10月11日) 雨。俞云史招宴汇堂看三庆班。晚,晴。

二十一日(10月12日) 晴,冷。出门晤廉峰、野桥。是日,芝林招燕喜堂看三庆班。

二十二日(10月13日) 晴。出门晤叶伯华。宾嵎招汇元堂看春台班。

二十三(10月14日) 晴。出门晤湘门,谈半日。子鹤招集寓斋。散后，至琉璃厂。同星江至濮栩生处闲坐。

二十四日(10月15日) 晴。出门晤吉人、迪甫、北堂。同乡接场，燕喜堂，春台班。

二十五日(10月16日) 晴。出门晤吉甫、莳孙。是日，朱颖艘招文昌馆看三庆班。得铁峰、桐门信。

二十六日(10月17日) 晴，大风。午后，出门晤琯香、小舲。同介园游琉璃厂。

二十七日(10月18日) 晴。莲峰、朱颖艘令郎来。大人、翰香归家。得梧庵信。

二十八日(10月19日) 晴。梁芷林方伯来。午后，出门晤次平，以《秋夜读书卷子》求予题。瀛门、子乔兄弟招集寓斋延厚堂。

二十九日(10月20日) 晴。咏莪招同梁吉甫、小谷、红生晚集书巢。瀛门赠宋坑砚、沈荃对、菊花十二盆。是日，蔡春帆来。

三十日(10月21日) 晴。迪甫来。得由庚信。

九月

初一日(10月22日) 晴。竹泉来。莲峰招同江龙门、韩珠船、梅伯言、二兄集诗舫。散后，同二兄、介园游琉璃厂。风大。买碗五个。

初二日(10月23日) 晴。沈饴原招集左右修竹之居。江龙门来。

初三日(10月24日) 晴。出门晤香铁。至燕喜堂赴竹泉、晓枫招，同陈子嘉、子诵、二兄。

初四日(10月25日) 晴。小石、棣如、子久招会元堂看春台班。骆籲门、蔡春帆、严迪甫招集会元堂。

初五日(10月26日) 晴。叶伯华招集文昌馆，桂林亦招文昌馆，看春台班。得铁芸信。

初六日(10月27日) 晴，暖。酉正，大人归家。得梧庵信。得徐芸岘信。

初七日(10月28日) 雨。出门晤献之、晋鱼。是日,琯香招集寓斋。得郑梦白信。

初八日(10月29日) 晴,大风。树斋、星江、尹孚来。

初九日(10月30日) 晴。星江来,报罢。覆芸岘信并分。

初十日(10月31日) 晴。出门晤铁君、柳臣,即归。梅梁、与可来,未晤。挑取誊录一百三名。

十一日(11月1日) 晴。孟慈、梁爱莲、北堂来。爱莲代领出卷子。

十二日(11月2日) 晴。柳臣、咏莪来。出门拜客,并游琉璃厂。买磁瓶二个,大钱五千五百。

十三日(11月3日) 晴。蒋丹林丈七十五寿,到会元堂,春台班。寄郑梦白方伯信。

十四日(11月4日) 晴,大风。琯香、艮甫、北堂、程廉访铨来。

十五日(11月5日) 晴。出门晤何茂垣、琯香,留便饭。饭后,访野桥,同野桥至寓畅谈。惺庵来。

十六日(11月6日) 晴。出门晤佑之。李太史光涵太夫人七十寿,到天和会馆。

十七日(11月7日) 晴。交查处寄铁芸信、议叙照二张。寄铁峰、梧庵信。饭后,同若卿游龙树、龙泉二寺,菊花颇盛,并至与可、艮甫处,谈半晌而归。买革上霜一件,银七十六两。

十八日(11月8日) 阴,冷。咏莪、湘坡、子贞来。

十九日(11月9日) 晴。得龚春溪信。

二十日(11月10日) 晴。吉人、杨近光、金桥来。

二十一日(11月11日) 晴。陈铁桥太夫人六十寿,到财神馆。先至金桥处,同去。午后,拜客,晤树斋、子贞。

二十二日(11月12日) 晴。意园、咏莪、子和来。交郑舍人瑞麒覆春溪学使信。

二十三日(11月13日) 晴。廉峰、野桥来。得吴清如信。覆试阅卷,潘、阮、恩铭、何凌汉、陈嵩庆、廖鸿荃、陈官俊。

二十四日(11月14日) 阴晴错,冷。出门晤余庵、艳之。是日,史鸾坡、黄徵三、焦笠泉招饮会元堂。午后,身子不适,即归。得梧庵又六月廿二信、宝之信。阅看覆试卷,一等十一名,二等廿五名,三等七十八名,四等六名,不入等五名。

二十五日(11月15日) 晴。受卿来。得云汀信,知南闱十五发榜,补之中五十五名。

二十六日(11月16日) 阴,寒。大人归家,翰香亦归。作文"诗三百"一节。

二十七日(11月17日) 晴。交徐芑亭寄顺之信,内铁芸、梧庵信。

二十八日(11月18日) 晴。梅梁来。覆娄大令信。

二十九日(11月19日) 晴。福元修来。得李石梧信。

十月

初一日(11月20日) 晴。交徐芑亭寄铁芸信、内子覆大姑奶奶信。

初二日(11月21日) 晴阴错。大人下园。

初三日(11月22日) 晴。詹岩、凤冈招同子鹤、香石财神馆看春台班。

初四日(11月23日) 晴。与可、子和来。

初五日(11月24日) 晴。出门晤莲峰、野桥、惺庵、琯香,在琯香处早饭。是日,廉峰、咏莪来。

初六日(11月25日) 晴。少安来。

初七日(11月26日) 晴。受卿、琯香来。内子生日。同二兄侍大人坐一席,书房坐一席。内子请母亲、二嫂、四妹财神馆看剧。

初八日(11月27日) 晴。吉人、子和来。内子出门。

初九日(11月28日) 晴。出门晤程春海。是日,张薇阶招饮天和馆。

初十日(11月29日) 晴。子鹤来。

十一日(11月30日) 晴。若溪、清臣、与可来,留与可夜饭。覆周芸皋、李石梧信。内子出门。

十二日(12月1日) 晴,风。出门晤柳臣、潘芸阁、伯华、竹泉、薇阶。午后,风止。得铁芸九月望日信、梧庵信、铁峰信。夜,通州送到江米九石五斗八升、白米七十五石九斗六升,共八十五石五斗。作诗"智烛信符"得"杨"字。

十三日(12月2日) □。□峰来。作诗"大方无隅"得"隅"字。

十四日(12月3日) 晴,冷。尹孚来。作诗"冰痕生砚水"得"冰"字。

十五日(12月4日) 晴。大人归家住。野桥来。作诗"对竹思鹤"得"思"字。

十七日(12月6日) 晴。翰初、曰谷、卓海帆、地山来。

十八日(12月7日) 晴。出门晤卓海帆、螺舟、竹泉、珠林、四妹。至筠潭丈处祝寿,留面。辛庵来。作诗"文茵畅毂"得"戎"字。

十九日(12月8日) 晴。交查处寄铁峰、铁芸、梧庵信。余庵、小坪来。

二十日(12月9日) 晴,风。出门晤受卿。程水部德麟乃祖八十寿。到文昌馆,春台班,程太太请内子看剧。申初,赴梅梁之招。

二十一日(12月10日) 晴,冷。咏莪来。作诗"喜入灯花欲斗妍"得"妍"字。

二十二日(12月11日) 晴,冷。得铁芸十月六日信,桐门信、京片,顺之信。星江、莘畬来。

二十三日(12月12日) 晴。树斋、东原来。画士蒋章卿来。得铁芸闰月廿八信并布包、麻袋、篾包等件。作文"知之为知之"二句,"花间觅路鸟先知"得"知"字。

二十四日(12月13日)　大风,冷。交潘行寄铁芸、顺之、桐门信。程春海来。

二十五日(12月14日)　晴。余庵、子乔来。交许春园寄岳母禀、布包一个。

二十六日(12月15日)　晴。出门吊沈饴原。晤瀛门、子乔。至宴会堂赴若溪招,同咏莪、赐卿、受卿、二兄。

二十七日(12月16日)　晴。宾嵎、星江来。饭后,出门晤星江、雪堂,交星江寄铁芸信、口袋一个。

二十八日(12月17日)　晴,大风。出门晤莲峰、野桥、炽庭。至文昌馆赴胡心莲招,同陈正北、翰香、若卿、二兄。

二十九日(12月18日)　晴。作文"邦人称之"至"亦曰君夫人"。

三十日(12月19日)　晴。条三、章质夫、与可来。得汪艮山信。

十一月

初一日(12月20日)　晴。得万礼门太守信、赓庵信。

初二日(12月21日)　晴,大风。条三、小坪来。

初三日(12月22日)　晴。

初四日(12月23日)　晴。出门晤与可、海帆、琯香、质夫,在琯香处吃饭,复至咏莪、少安处谈。交子鹤寄覆艮山、礼门信。

初五日(12月24日)　晴。作文"逢蒙学射于羿"全章,"闻鸡起舞"得"声"字。

初六日(12月25日)　晴。地山、筱村招饮文昌馆,看春台班。至关帝庙,看崧甫。

初七日(12月26日)　晴。崧甫、颖墀、惺庵来。得张左泉信。

初八日(12月27日)　晴。招筱村、地山、崧甫集寓斋。吉人来。得于庭信。

初九日(12月28日)　晴。同咏莪请章质夫、若溪、崧甫集才盛馆。先至晋渔、珊林处。得卓如信、图章、杨幹村先生信。

初十日(12月29日)　晴。子贞来。覆张左泉信。

十一日(12月30日)　晴。琯香、小坪、崧甫来,留琯香便饭玉连环室。以《咏菊图》求题,原作云:软红深处亦柴桑,淡薄羞随时世妆。天意也怜花事了,今年特地闰重阳。　几日霜风木叶干,笑它蝶瘦与蛰寒。赏音只有陶元亮,不许寻常俗眼看。　管领秋光自不群,夕阳初下酒微醺。卷帘独立西风里,我比黄花瘦几分。　轻黄淡白总相宜,云母屏风隔座时。瓦缶金樽随意插,从今已免寄人篱。

十二日(12月31日)　雪。至饴原处吊,并至颖墀、柳臣处,俱晤。玉叔来。

十三日(1月1日)　晴。琯香、莘畬来。得石梧信。交莘畬寄于庭信。

十四日(1月2日)　晴。螺舟来。作文"恶徼以为知者"三句,诗"足食足兵"得"民"字。

十五日(1月3日)　大风,冷,晴。迪甫来。交少安寄铁芸信,内内子禀梧庵信,外黄布包一、纹银一包五十两。

十六日(1月4日)　晴。尹孚来。

十七日(1月5日)　晴,大风。咏莪来。

十八日(1月6日)　晴,风。与可来。

十九日(1月7日)　晴。少安、受卿来。交查处寄铁芸、顺之信。作文"摄乎大国之间"二句,"息夫人不言"得"言"字。得翰芬信。

二十日(1月8日)　晴。出门晤廉峰、野桥、少安、冠沂、树斋,在树斋处便饭。

二十一日(1月9日)　晴。有老师来。覆翰芬信。

二十三日(1月11日)　晴。受卿来。作文"择其善者而从之","贡玉论珠"得"珠"字。

二十四日(1月12日)　晴。野桥来。

二十五日(1月13日) 晴。

二十六日(1月14日) 晴。至崧甫处，崧甫招同迪甫、艮甫、吉人、咏莪、地山、筱村、春帆、琴山文昌会馆看春台班。得铁芸十月廿三信。

二十七日(1月15日) 晴。次平来。

二十八日(1月16日) 晴。交翰香寄铁芸信。卓海帆、咏莪、若溪、余庵、心香来。陈小坪来辞行。得秋水先生信。

二十九日(1月17日) 晴。出门吊宾嵎。晤海帆。覆秋水先生信交沈垚。艮甫来。

十二月

初一日(1月18日) 晴，冷。琴南、詹岩来。作诗“吕文穆夹袋”得“铨”字。

初二日(1月19日) 晴。出门晤詹岩、凤冈、春农、竹泉、琴南。是日，方铁君招同汪三世兄、二兄午集。云汀送《抚吴草》一本。

初三日(1月20日) 晴。尹孚、莘畬来。

初四日(1月21日) 晴。吉人、炽庭来。

初五日(1月22日) 晴。出门晤莲峰、野桥。是日，陈伟堂招同琯香昆仲、珠舲、二兄集寓斋。

初六日(1月23日) 晴。心香来。夜，大风。

初七日(1月24日) 晴。琴南来。作诗“李愬雪夜入蔡州”得“西”字。

初八日(1月25日) 晴。交费杏村寄大兄、二姊丈信。

初九日(1月26日) 晴。出门晤琯香、璧田、茂垣。是日，赴海帆侍郎招，同琴南、二兄。散后，至砚君处。

初十日(1月27日) 晴。子贞来。

十一日(1月28日) 晴。春农、子万、筠潭丈、陶柳泉、琯香来。得子和、北堂信。

十二日(1月29日) 晴。出门晤一山。苏州一府公请陶云汀会元堂春台班。覆子和信。寄见亭信。

十五日(2月1日) 晴。琴南、咏莪来。作文“夫子循循然”一节。为珠船题《金台柳色图》。

十六日(2月2日) 晴。出门晤柳臣、琴南。午后,赴莲峰招,同刘御史谊、艮甫、二兄。得顺之信。

十七日(2月3日) 晴,冷。徐石林来。得张莳孙信。

十八日(2月4日) 晴。与可、松盟先生、莘畬来。得铁芸信。

十九日(2月5日) 晴。交查处寄铁芸信、宪书二本、照二张、顺之信。

二十一日(2月7日) 晴,冷。大人寿辰,坐八席。与可、若卿、翰香、铁山、介园陪客。云汀来辞行。

二十二日(2月8日) 晴。得桐门信、春帖五束。

二十三日(2月9日) 大风,晴。出门谢寿。进西城晤湘坡。至珠林处吃饭,并至城外谢寿。

二十四日(2月10日) 晴。得周际云、徐璋信。

二十五日(2月11日) 晴。进城谢寿。晤笙陔。至琯香处吃饭。城外拜客,谢寿。江季安送唐花。覆徐大令璋信。

二十六日(2月12日) 晴。方铁君送蜡梅、红梅。

二十七日(2月13日) 晴。铁君来。寄林少穆、陈芝楣信。

二十八日(2月14日) 晴。清臣来。得杨箦山信。敬神。

二十九日(2月15日) 晴。覆杨箦山信。

三十日(2月16日) 晴。夜,接灶,祀先。

道光十六年丙申(1836)

一月

丙申元旦(2月17日) 晴。出门拜年。午初,大人归,率妇子叩贺。

初二日(2月18日) 晴。寄郑梦白信。

初三日(2月19日) 晴。进西城拜年。

初四日(2月20日) 晴。进西城拜年。

初五日(2月21日) 晴。进东城拜年。在璧田处吃饭。迪甫来。

初六日(2月22日) 晴,暖。交陆玉成寄铁芸信、诰轴二,梧庵信、宪书,桐门信、宪书。

初七日(2月23日) 晴,风。

初八日(2月24日) 晴。寄幹村先生信、桂杏农信、汪艮山信。咏莪来。得铁芸腊月初七信,梧庵、铁峰信。

初九日(2月25日) 晴。寄程廉访铨、郑云麓信。

初十日(2月26日) 晴。壬辰团拜,公请文昌馆春台班,内子亦到。崧甫夫人请。

十一日(2月27日) 晴。辛庵、琯香来。

十二日(2月28日) 晴。

十三日(2月29日) 雪,即晴。出门晤崧甫。到文昌馆赴豫厚安尚衣、咏莪之招。

十四日(3月1日) 晴。得黄五云大令信。午后,同翰香游火神庙，遇薇阶、吴补之、心畬、艮甫、星伯、青士、玉厓。至石林处，小憩。玉叔招同小村、郭观亭、棣如、萧韩溪、二兄集寓斋。戌初，散。

十五日(3月2日) 晴。云墀招饮天和馆，春台班。得麟见亭信。

十六日(3月3日) 晴。同铁山、若卿至如意馆吃面。至燕喜堂，同乡团拜，三庆班。得尤范轩信。

十七日(3月4日) 晴，冷。胡德璜来。得赵芸西信。

十八日(3月5日) 晴。廉峰来。饭后，同铁山、二兄游琉璃厂。四妹招内子才盛馆。得徐石溪信。覆范轩信。交查处寄铁芸、梧庵信。

十九日(3月6日) 晴。招翰初、木君、詹岩、凤冈、心莲、季君、鸾坡、徵三、笠泉、珠林集文昌馆，母亲、二嫂、内子、三甥女亦在楼上看剧。覆黄五云信。得黄杏川信。

二十一日(3月8日) 晴。柳臣、心莲、鹤笙来。大风。得郑云麓信。

二十二日(3月9日) 晴。覆赵芸西信。吉人、清卿、梅梁来。同亘之、二兄访与可。

二十三日(3月10日) 晴。出门晤柳臣、鹤田，在柳臣处便饭。归寓，崧甫、一山、迪甫来。得左泉信。

二十四日(3月11日) 晴。交崧甫覆由庚信。得顺之、补之信。若卿回南，托带寄铁芸信。琯香招文昌馆看三庆班。鹤笙来。

二十五日(3月12日) 晴。出门晤珊林、琯香。是日，心畬招饮文昌馆。詹岩来。覆黄杏川、张莳孙信。

二十六日(3月13日) 晴。出门晤崧甫。到文昌馆，胡心莲、黎樾乔、徐宝山、李季云、汪啸庵、蒋誉侯、博露庵、乔濬泉诸太史招饮，木君、翰初亦招饮，查砚君招饮，均在文昌馆。

廿七日(3月14日) 晴。朱九山、狄广轩、罗苏溪、邓介槎、步香林、张椒云、钱辰田招财神馆三庆班。鹤生来。

廿八日(3月15日)　晴。大人回寓。

廿九日(3月16日)　晴。梅梁、心莲、珠林来。覆左泉信。作文“君子依乎中庸”。

二月

初一日(3月17日)　晴。招何仙槎、穆鹤舫、吴梅梁、叶筠潭、卓海帆、廖钰夫财神馆。是日,大人请壬子同年春台班。得琯香令叔信。

初二日(3月18日)　晴。余庵、崧甫来。

初三日(3月19日)　晴,大风。覆章质夫观察信。招与可、晴舫、珠林、鹤生集双藤书屋。

初四日(3月20日)　晴。

初五日(3月21日)　晴。大人下园。翰香来,即下园。

初六日(3月22日)　晴。交迪甫寄铁芸信、貂兜六个。出门晤迪甫、吉人。至文昌馆,大同乡团拜,三庆班。清卿来,留夜饭。

初七日(3月23日)　晴。鹤生、玉叔来。

初八日(3月24日)　晴。出门晤琯香、赋梅、子乔。换银鼠袖。珊林、受卿来。

初九日(3月25日)　晴。内子交王妈寄顺之夫人信。珠林、琯香来。作文“爱之能勿”二句。

初十日(3月26日)　出门晤竹泉、伯华、叔华。到歙县会馆团拜。

十一日(3月27日)　晴。吉人、介轩来。得黄又园信。

十二日(3月28日)　晴。出门晤尹孚、四妹、咏莪,招同王菽原、刘仲寅、朱友松、鹤生、二兄集竹柏同根之室。得铁峰信、杜尺庄信、蒋小榭信。

十三日(3月29日)　晴。汪安斋、夏执如、清卿、受卿、次平来。得铁芸人日书。野桥来。夜,月色甚佳,起风。

十四日(3月30日)　晴,风大。出门晤次平。到文昌馆,华绮园招同艾衫、二兄看春台班。

十五日(3月31日)　晴。梅梁、宝之、鹤生来。乙未举人覆试,题"朝与下大夫言"一节、"细雨如烟碧草春"得"春"字。

十六日(4月1日)　晴。至曹太傅处吊,太傅夫人开吊。补之到京来,住双藤书屋。誉侯、宝之、次平、鹤生来。得颜桐门、叔美、铁芸、杏春信。

十七日(4月2日)　晴。亨甫、金蔼如、柳臣来。得理庵、北堂、杏楼信。

十八日(4月3日)　晴,大风。覆尺庄信。得徐芸岘信。

十九日(4月4日)　晴。交查处寄铁峰、铁芸、桐门、杏春、叔美信。至文昌馆,安徽大团拜,春台班。大人归寓。崧甫来。

二十日(4月5日)　晴。大人随团。一山、艮甫来。覆杏楼信。交珠林寄铁芸信、内子寄岳母禀、木箱一个。

二十一日(4月6日)　晴。子万来。

二十二日(4月7日)　晴。出门晤珠林、四妹。宋小石太翁、太夫人双寿,至会元堂,三庆班。

二十三日(4月8日)　晴。出门晤金桥、石岳生。至会元堂,曙珊太夫人寿,三庆部。得桐门、顺之信。

二十四日(4月9日)　晴。沈春桥、陈月坨来。得顺之信。园中桃花盛开。

二十五日(4月10日)　晴。宝之、柳君、余庵来。夜,风。

二十六日(4月11日)　晴。咏莪、惺庵来。覆徐芸岘信。大人回园。

二十七日(4月12日)　晴。覆莳孙信。小谷传补军机章京。

二十八日(4月13日)　晴。出门晤介轩。曙珊招饮会元堂,春台部。

二十九日(4月14日)　雨。至文昌馆,周芝台太夫人寿。

三十日(4月15日)　阴晴错。出门到文昌馆,袁玉麟太夫人寿。得幹村先生信。树斋、受卿来。

三月

初一日(4月16日)　晴。王西躔、崧甫、海帆、梅梁、地山来。得周小湖信。

初二日(4月17日)　阴。得少安信。覆小湖信。崧甫来。

初三日(4月18日)　晴。答少安信。柳君、受卿、西镇、秋坪来。

初四日(4月19日)　寅初,大人下园。晴,风。柳臣、西镇、詹岩、宝之、邹基来。

初五日(4月20日)　晴。西镇来。交抚差寄铁芸信。

初六日(4月21日)　晴。大人放正总裁,王鼎、吴杰、王植为副总裁,同考官方锴、张星灿、陈书曾、陈克让、倭仁、吴文林、李国杞、许乃安、王藩、徐广绂、李品芳、周开麒、朱淳、陶士霖、周春祺、方用仪、郑绍谦、宜崇。

初七日(4月22日)　晴。兰检、玉叔来。得于庭信。晚,有雨意。吴补之来。

初八日(4月23日)　晴。颖墀、金桥、王西躔来。

初九日(4月24日)　晴。出门晤贾筠堂师、凤冈、詹岩,同凤冈、詹岩至悯忠寺,牡丹已开。午后,云墀招同子鹤、宋小榭、星兄、补弟集寓斋。

初十日(4月25日)　阴。晋鱼、云墀、何槎客、若溪来,槎客为予画照。

十一日(4月26日)　小雨。吴补之来。咏莪、詹岩、珊林来。

十二日(4月27日)　小雨,晴。出门晤崧甫、吉人,招炽庭、砚君、曰谷、介园、补之燕喜堂看春台班。得苏宾嵎信、胡天培信、梧庵正月廿四信。

十三日(4月28日)　晴。许青士来。

十四日(4月29日)　晴。午后,同介园、补之、二兄游悯忠寺,牡丹大开。复至崇效寺,丁香已残,牡丹未开。复游琉璃厂而归。

十五日(4月30日)　晴。砚君来。午后,风沙。

十六日(5月1日)　晴。崧甫、野桥来,留夜饭。

十七日(5月2日)　晴。唁陆立夫,并至竹泉、晋鱼、咏莪处。交雅安处寄铁芸、梧庵信。子乔、与可、柳君、福门、清卿、树斋来。

十九日(5月4日)　呕吐,出疹。

四月

十三日(5月27日)　雨。阅覆试卷,穆、阮、史致俨、李宗昉、程恩泽、姚元之、廖鸿荃、卓秉恬、朱嶟、毛树棠。病已愈,尚卧床。得梦白信并笔,即覆之。

十四日(5月28日)　晴。得顾耕安信。

十五日(5月29日)　晴。梅梁送蔬菜二色。

十六日(5月30日)　晴。庶常散馆题:《龙见而雩赋》以“沛然下雨生我百谷”为韵、“忠信为宝”得“儒”字。得尤范轩信并大米、川贝、郁金、椒珠、藤镯等件。

十九日(6月2日)　晴。野桥来。

二十日(6月3日)　晴。新进士殿试。与可来。

二十一日(6月4日)　晴。覆范轩信。

二十二日(6月5日)　晴。得铁芸第四号三月念柒信、顺之四月四日信、顺之夫人信。

二十三日(6月6日)　晴。大人回寓。

二十四日(6月7日)　晴。覆铁芸信。寄顺之信。十卷:林鸿年福原三、何冠英福原八、苏敬衡山东原一、张锡庚江苏原二、李汝峤江苏、王发桂直、彭以竺山东、翁祖烈福、梁敬事浙、徐士谷江西。

二十五日(6月8日)　晴。大人下园。得顺之札。得玉崖信。

二十六日(6月9日) 雨,有晴意。

二十七日(6月10日) 晴。詹岩、竹泉来。晚,雷雨,极清爽。

二十八日(6月11日) 晴。受卿来。朝考:"政贵有恒"、"论海防疏"、"山梁协孔性"得"山"字。

二十九日(6月12日) 晴。晚,雷雨,仍晴。

三十日(6月13日) 晴。交云史覆玉厓信。晚,雷雨。达泉来。

五月

初一日(6月14日) 晴。交潘庄寄大兄、顺之信。受卿、小谷来。介园归。

初三日(6月16日) 晴。咏莪、朗亭来。

初四日(6月17日) 晴。一山来。大人回寓。得杨芸士信。子鹤送虾帘、蕉扇。

初五日(6月18日) 晴。买卍丝纬帽一顶,连盘帽纬,大钱一千九百五十文。

初六日(6月19日) 晴。曰谷来贺。

初七日(6月20日) 晴。柳臣来。

初八日(6月21日) 晴。大人下园。杨英轩、达泉来。夜,雷雨。

初九日(6月22日) 晴,热。辛庵、与可来。晚,小雨。寄黄右园信。朱野苹来。

初十日(6月23日) 晴。徐稼生、李少峰、星江来。

十一日(6月24日) 晴,凉爽。至城隍庙、华陀庙拈香。至凤冈处,畅谈。与可、小谷、朗亭、胡润芝来。

十二日(6月25日) 晴。至姚石甫处谈。歙县会馆团拜,春台部。月甚佳,忽雷雨。

十三日(6月26日) 晴。寄赋梅信。达泉、曙珊、咏莪、玉叔、凤冈、小浦来。

十四日(6月27日) 晴。星江来。作文“上好礼则民易使也”。午后,雨。

十五日(6月28日) 晴。出门晤炽庭、梁矩亭。至文昌馆,丙申世兄公请春台部。夜,雷雨。

十六日(6月29日) 晴。子万来。午后,大风。金桥来,留夜饭。

十七日(6月30日) 晴。琯香来,留饭。得铁芸二月十八信、梧庵二月廿八信、铁峰信。子嘉来。

十八日(7月1日) 晴。受卿、翁次竹、蔼如来。

十九日(7月2日) 晴。出门晤子万。至琯香处早饭。交砚君寄顺之、铁芸、梧庵信。蔼亭、矩亭、小浦来。夜,雷,微雨。

二十日(7月3日) 晴。姚石甫、黄徵三来。得梧庵四月十二信。得少穆信。

二十一日(7月4日) 晴。出门晤凤冈。是日,王莲士、孙莲塘招会元堂观春台部。梅梁已刻仙逝。

二十二日(7月5日) 晴。凤冈来,同到梅梁处吊。至会元堂,小坡太夫人寿。覆林少穆书。

二十三日(7月6日) 晴。交抚差寄顺之、铁芸、梧庵信,内补之册页、对幅、宗谱序。

二十四日(7月7日) 晴,热。辛庵、冠沂、余庵来。得铁芸四月二十八信、补之信。

二十五日(7月8日) 晴,热。得杨篑山信。小谷、翰初、朱淳来。

二十六日(7月9日) 晴,热。野苹、子万、稼生、凤冈、英轩来。

二十七日(7月10日) 晴。大人回寓。

二十九日(7月12日) 雨,雷,仍晴。出门晤凤冈、咏莪、琯香。至梅梁处陪客。午后,琯香来。

三十日(7月13日) 晴。子万、陈润生来。得陈小坪信。

六月

初一日(7月14日) 晴。玉叔、柳臣、凤冈、根云来，留凤冈晚饭。

初二日(7月15日) 晴。午后，出门晤次平、小村。是日，崧甫、艮甫、吉人招陪石甫。子正，归家。

初三日(7月16日) 阴。与可、云墀来。午后，出门晤石林、凤冈、子贞、竹泉，于竹泉处晤松门先生。作文“宽则得众信则人任焉”。

初四日(7月17日) 阴。午后，晴。交达泉寄顺之祠堂扁额对。交野苹寄若卿、铁山信。

初五日(7月18日) 晴，热。但云湖、螺舟、麟洲来。覆杨桂山信。

初六日(7月19日) 晴。出门晤玉叔。是日，云墀招同子万、凤冈、双珊、二兄集寓斋。午后，雷，大雨。

初七日(7月20日) 晴。尧仙、子恭来。

初八日(7月21日) 晴。王百期、费耕亭先生来。金桥来。夜饭后，去。

初九日(7月22日) 晴。出门晤林勿村、德舆、子鹤。

初十日(7月23日) 晴，热。大人回寓。

十一日(7月24日) 阴。晚，小雨。

十二日(7月25日) 寅刻，大人下园。晴。出门晤金桥、蔼如、王晓林师、凤冈、江季安、棣如。午后，次平、心畲来。

十三日(7月26日) 晴。达泉、戴嘉德来。晚，雨。交王福寄铁芸、顺之信，扇匣一个，对幅一包。

十四日(7月27日) 晴阴错。出门答拜小石，祁春圃、卓海帆、琯香、莲峰俱来晤。晤达泉。午后，朗亭、眉叔来。夜，雨。

十五日(7月28日) 晴。受卿、达泉来。雨雷交作。

十六日(7月29日) 晴。卓海帆、凤冈、鸾坡来。

十七日(7月30日) 晴。达泉招同桂林、二兄集三官庙。辛芝生、受卿来。

十八日(7月31日) 晴。同次平公请,王晓林师、朱颖艘俱来辞,因招子万、金桥、达泉集文昌馆,看春台部菜酒一席,共大钱八千九百四十文,车马牌俱在内,每人出四千四百二十文。晚,雨。

十九日(8月1日) 晴。交吴经浩寄顺之信、高丽册页八本、朱卷、同门卷、铁峰信、内子寄菊香夫人信、食物二种。润芝、余庵来。作诗"长松吟风晚雨细"得"翁"字。

二十日(8月2日) 晴。叶小庚、姚石甫来。作诗"雨后山光满郭青"得"晴"字。

二十一日(8月3日) 晴。送石甫行。晤与可、凤冈。晚,子恭来。

二十二日(8月4日) 晴,热。午后,雷雨,仍晴。作诗"膏泽多丰年"得"多"字。

二十四日(8月6日) 晴。伯华来。得补之六月六日书、姚野桥书。作诗"山水有清音"得"音"字。

二十五日(8月7日) 晴。徐稼生、凤冈招集文昌馆,蓉石亦招集文昌馆,春台部。得铁芸五月廿一信。得焦东岩信。

二十六日(8月8日) 晴。大人回寓。

二十七日(8月9日) 晴,热。吴补之来。作诗"江涵秋影雁初飞"得"秋"字。得娄大令信。

二十八日(8月10日) 晴,热。达泉、朱颖艘来辞行。交正大寄铁芸信、补之信。夜,雷,大雨,甚透。

二十九日(8月11日) 雨,晴。赐卿、受卿、棣如来。交与可覆娄大令信。

七月

初一日(8 月 12 日) 大人下园。介园来。小雨,即晴。

初二日(8 月 13 日) 晴。金桥、翰卿、子恭、蔼如招集许宅。

初三日(8 月 14 日) 小雨。作诗“六计廉为本”得“廉”字。

初四日(8 月 15 日) 雨。作文“知者动”二句,作诗“询于刍荛”得“闻”字。

初五日(8 月 16 日) 晴。出门晤凤冈。

初六日(8 月 17 日) 晴。曰谷来。得徐远堂信。玉叔、与可来。

初七日(8 月 18 日) 晴。大人回寓。得梧庵二月二十日信。申正,大人下园。覆徐大令信。

初八日(8 月 19 日) 晴。出门晤麟洲、子恭、凤冈、琯香,在琯香处吃午饭。柳臣来。

初九日(8 月 20 日) 晴。小谷、琯香、曰谷、凤冈、吉人来,留吉人夜饭。得李石梧信。作文“君子敬而无失”二句。

初十日(8 月 21 日) 晴。文之、啸庵、曰谷来。

十一日(8 月 22 日) 晴。余庵、子白、小坪令似来。得小坪信。得于庭信。作诗“金人三戒”得“言”字。

十二日(8 月 23 日) 晴。出门晤金桥、蔼如、登之、凤冈。覆于庭信交艮甫。午后,登之、筠翁来。

十三日(8 月 24 日) 晴。麟洲、小庚来。作文“忠告而善道之”。夜,雨。

十四日(8 月 25 日) 晴。曰谷、柳臣来。午后,赴吉人招,同张鹤生、艮甫、晴舫、二兄。得梧庵六月十一日信。夜,月如水。作诗“叶低知露密”得“浓”字。

十五日(8 月 26 日) 晴。交蒋兆骆寄卓如信、闱墨二部。张鹤生大令来。得佑之信。

十六日(8月27日)　晴。笙陔、朗亭来。作诗“鸟窥新卷帘”得“窥”字。

十七日(8月28日)　晴。莲峰、吴补之乔梓来。出门晤蔼如。作文“仲尼不为已甚者”。

十八日(8月29日)　晴。树斋来。交砚君寄顺、补信，铁芸、梧庵、若卿信。

十九日(8月30日)　晴。至会元堂祝姚余庵太夫人七十寿，春台部，母亲、内子、凤升俱去。

二十日(8月31日)　晴，大雨。霞峰、蔼如、麟洲招集陶然亭。

二十一日(9月1日)　晴。出门晤树斋。至文昌馆赴梁矩亭之招，春台部。咏莪来。夜，作诗“心清闻妙音”得“清”字。

二十二日(9月2日)　晴。薇阶、蕉林来。得金蔼如信。作诗“菊散一丛金”得“金”字。

二十三日(9月3日)　晴。稼生、湘帆、刘慕韩来。

二十四日(9月4日)　晴。蔼如、眉叔、徐吟香、琯香、受卿来。作文“君子义以为质”。

二十五日(9月5日)　晴。莘畬来。得左泉信并建兰。

二十六日(9月6日)　晴。出门晤金桥、蔼如、受卿。阅大课卷，朗亭第一。次平、与可、螺舟、鹤生来。

二十七日(9月7日)　晴。交盛行寄铁芸、梧庵信，金蔼如信。祝蘅畦招天和馆，看春台部。先至张小浦处。晚，雷雨。作诗“风来水面时”得“时”字。

二十八日(9月8日)　晴。朗亭、桂舲招饮鹿鸣堂。

二十九日(9月9日)　晴。至鹿鸣堂祝桂林父母双寿。得祁翰香信。

八月

初一日(9月11日)　晴。作诗“谷口归樵唱”得“樵”字。

初二日(9月12日) 晴。为母亲暖寿。朗亭、星伯、尧仙、蔼如来,坐一席。

初三日(9月13日) 晴。大人回寓。至会元堂,蔼如太夫人寿,即归。覆张左泉信。作诗"重岩细菊斑"得"斑"字。古廉来。

初四日(9月14日) 晴。与可来。

初五日(9月15日) 晴。作诗"雨敲松子落琴床"得"琴"字。

初六日(9月16日) 晴,热。云墀、辛庵来。夜,雨,即止。交抚差寄补之、铁芸、翰香信。

初七日(9月17日) 晴。母亲寿诞,坐八席。得梧庵六月廿九信、铁芸六月廿六信。夜间,子恭、星伯、蔼如、麟洲坐一席。得顾赓庵信。

初八日(9月18日) 晴。谢寿。到文昌馆,朱瀛山太夫人寿。内子请客,二席。

初九日(9月19日) 小雨,颇凉。

初十日(9月20日) 晴,冷。出门谢寿。晤朗亭、翰坪。到财神馆,黄左田八十晋七寿,春台部。

十一日(9月21日) 晴,冷。咏莪、贾树堂来。作诗"明月小桥人钓鱼"得"庄"字。

十二日(9月22日) 晴。出门谢寿。星伯、子恭、润芝招同蔼如、二兄集龙树寺。

十三日(9月23日) 晴。受卿来。作文"己所不欲"二句、"仲弓问仁"章。

十四日(9月24日) 晴。至王晓林师、贾筠堂师处贺节,并至蔼如、麟洲处。蕉林、蔼如、翰屏来,留蔼如、翰屏夜饭。

十五日(9月25日) 晴。小谷来。大人回寓。申正,下园。得孙子和信、周际云信、汪太守忠增信。

十六日(9月26日) 晴。筠潭丈来。覆汪太守信。覆子和信,交吉人。

十七日(9月27日) 阴,小雨。出门晤蔼如。赴与可文昌馆招。夜,雨。

十八日(9月28日) 雨。到文昌馆,李季云太夫人寿,春台部。内子、三甥女俱去。

十九日(9月29日) 晴。交查处寄铁芸、梧庵信。得黄右园信。砚君送到铁芸七月廿三、廿八日信。蔼如、惺斋来。作诗“风约半林烟”得“烟”字。

二十日(9月30日) 晴。子恭、星伯、蔼如、麟洲、谢方斋、姚湘坡来。作诗“听诗静夜分”得“秋”字。

二十一日(10月1日) 晴。子恭招集寓斋,同星伯、蔼如、润芝、二兄。交许春园寄铁芸信。

二十二日(10月2日) 晴。母亲、三甥女下园。矩亭、伯华、柳臣、赵子洲来。作文“敏于事而慎于言”二句。

二十三日(10月3日) 晴。稼生、杨昆峰、湘帆来。寄黄右园信。

二十四日(10月4日) 晴。昆臣、昆峰、樊肇新、子恭、蔼如来。寄汪艮山信。

二十五日(10月5日) 晴。路小洲、受卿、蔼如来。作诗“季札观乐”得“光”字。

二十六日(10月6日) 晴。玉叔、与可、汪恒斋、蔼如、子恭来。

二十七日(10月7日) 晴,风。吉人、曰谷来。蔼如来。交子恭寄右园信。交桂舲寄祁翰香信、金蔼如信。

二十八日(10月8日) 晴。润芝、子恭、郭世亨来。作文“分人以财谓之惠”三句。三甥女回家。

二十九日(10月9日) 晴。母亲回家。蔼如、苏松龛、吉斋来。

九月

初一日(10月10日) 晴。出门晤与可、凤冈。至寿山堂赴霞峰之招，同子恭、蔼如、金桥。归家后，曰谷来。是日，介园回，即下园。交陆兰亭寄补之信、殿试卷三本。

初二日(10月11日) 晴。母亲为内子做生日。子恭、蔼如、霞峰、金桥、小墅、徐吟香来，坐一席。桂杏农来。瑞雅堂，清音唱一日。夜，雨。得梧庵信。交兰亭寄铁芸信、内子寄岳母禀。

初三日(10月12日) 晴。出门晤汪恒斋。至文昌馆祝牛坤寿。

初四日(10月13日) 晴。作诗"谦受益"得"谦"字、"秋山极天净"得"天"字。汪恒斋、蔼如来，留夜饭。交兰亭寄唁梧庵信。

初五日(10月14日) 雨。至文昌馆，招云墀、云帆、伯华、小浦看春台班。蔼如、受卿来。是日，曰谷夫人招内子楼上看戏。

初六日(10月15日) 雨。母亲下园。作文"得见有恒者斯可矣"。咏莪、翰屏来。

初七日(10月16日) 晴。得铁峰信。蔼如、薇阶来。

初八日(10月17日) 晴。钱臻夫人六十寿。到才盛馆。子万夫人请内子、凤升看春台班。蔼如来。

初九日(10月18日) 晴。小墅、凤冈招同双珊、二兄集云墀斋中。散后，赴蔼如之招，同怡云、金桥、霞峰。

初十日(10月19日) 晴。巳初，下园。

十一日(10月20日) 晴。到翰林花园拜春圃、瀹斋、惺庵、莘农、崧甫。晤瀹斋时，春海在座。

十二日(10月21日) 晴。惺庵、侯国璋来。

十三日(10月22日) 晴。拜子白，晤谈。午初，到寓。董大令用威来。得黄杏川、尤范轩信。申刻，母亲回寓。作诗"其出如纶"得"言"字。

十四日(10月23日) 晴。金桥招天和馆看剧，一到即归。作诗"君子比德于玉"得"温"字。得艮山信。

十五日(10月24日) 晴。琯香来。交咏莪覆范轩、杏川信。

琴山、子恭来。覆艮山信。

十六日(10月25日)　晴。出门贺姚湘圃续弦。作诗“山辉川媚”得“藏”字、“桐生茂豫”得“通”字。星伯、金桥来,留夜饭。寄杏楼信。

十七日(10月26日)　晴。曰谷来。作文“礼以行之”二句。

十八日(10月27日)　晴。树斋来。

十九日(10月28日)　晴。至小石处,菊花盛开。周小村招文昌馆,请赵子白,春台部。

二十日(10月29日)　晴。筱村来。侍母亲,同二兄、内子、三甥女游龙树寺、龙泉寺。送玉叔行。答筠潭丈,不晤。晤竹泉。得吴广生、龚木民信。

二十一日(10月30日)　晴。至阮处吊赐卿太夫人,并拜卓海帆、耕庭先生、小坡、次平、汪衡甫。晤小坡、次平。午后,耕庭先生、小坡、根云、余毓祥来。作诗“农服先畴”得“修”字。

二十二日(10月31日)　风,晴。金桥来。至湘坡处祝太夫人寿。答拜吴退旃年伯,未晤。得铁芸九月初三信。作诗“敬胜怠”得“心”字。内子出门。

二十三日(11月1日)　晴。金桥、凤冈、余庵、次平来。作文“不患人之不己知”二句。

二十四日(11月2日)　晴,风。瀛门、子乔招同伯华、雨帆、竹泉、二兄燕喜堂看春台班。

二十五日(11月3日)　晴。薇阶太夫人八十寿,至才盛馆,春台部。内子请母亲、二嫂、三甥女楼上看戏。

二十六日(11月4日)　冷,阴晴错。曙珊、朗山、誉侯、次平来。作诗“敦俗劝农桑”得“敦”字。夜,大风。

二十七日(11月5日)　晴,冷。子乔来。大人回寓。卓海帆招同何仙槎、赵菊言、恩小山、陈伟堂、二兄、菊尊雅集。寄铁芸信。

二十八日(11月6日)　晴,冷。作诗“一意同欲”得“同”字。

二十九日(11月7日) 晴。立冬。作诗“洗心藏密”得“心”字。鹤田来。

三十日(11月8日) 晴。作文“不曰坚乎”四句。露庵、子万、蔼庭来。

十月

初一日(11月9日) 晴。咏莪、子恭、霞峰来。作诗“十日一雨”得“时”字。

初二日(11月10日) 晴。出门晤星伯、凤冈、朗山，即归。润芝、一山、眉叔、金桥、子恭、星伯来。作诗“窗中列远岫”得“中”字。

初三日(11月11日) 阴寒甚。作诗“幽兰扇发”得“馨”字。覆龚木民信。

初四日(11月12日) 晴。晴舫、尹孚来。作文“事君敬其事”。

初五日(11月13日) 晴。到会元堂，徐宝山父母七十双寿，内子、三甥女亦去，春台部。

初六日(11月14日) 阴晴错。至荷屋处，畅谈。琴山、星伯招饮琴山寓斋。申刻，散。

初七日(11月15日) 雪。内子三十生辰，小村、崧甫、次平、琴山、子恭、艮甫、星伯、吉人、曰谷来贺，坐二席，有清音。午后，晴。内女客坐二席。

初八日(11月16日) 晴。出门，文鸾坡招同金殿山宴汇堂听春台部。作诗“海不扬波”得“扬”字。

初九日(11月17日) 晴。柳臣来。

初十日(11月18日) 晴。作诗“读书破万卷”得“思”字。得顺之、补之九月十六信。

十一日(11月19日) 晴。柳臣、有老师、小谷来。

十二日(11月20日) 晴。至文昌馆，颜比部锡惠祖寿。得补之七月廿四信、砚匣、印石二方。作文“孔子曰德之流行”一节。

十三日(11月21日)　晴。徐让泉来。作诗“月林散清影”得“清”字。

十四日(11月22日)　晴。莘畬来。作诗“野云低度水”得“低”字。

十五日(11月23日)　晴,风。出门晤曰谷。至天和馆,礼部主事吴炜父母双寿。

十六日(11月24日)　晴,大风。海秋来。交顾升寄铁芸信、高丽纸二十张,又寄胡若卿信、《玉山阁文》二本。交查处寄顺、补、铁芸信。

十七日(11月25日)　晴。子乔、次平、竹泉来。作文“躬行君子”,诗“一经为立身之本”得“齐”字。

十八日(11月26日)　晴。至汇元堂,魏元煜年伯母寿,春台部。申刻,赴王晓林师招,同贾芸生、吴次平、程蓉伯、叶庆熊。

十九日(11月27日)　晴。作诗“被褐怀珠玉”得“怀”字。

二十日(11月28日)　晴。翰初来。作诗“麦天晨气润”得“晨”字。寄若卿信。

廿一日(11月29日)　阴。作诗“百川赴巨海”得“收”字。

廿二日(11月30日)　雪,大风,即晴。得顺之、补之九月初六信、铁芸九月初五信、杏春信、翰芬九月初十信、银朱四锭。作文“在上位”四句。罗苏溪、辛师云来。

廿三日(12月1日)　大风,晴。根云招同昆臣、兰检、凤冈、张云藻、二兄集东麟堂。得王梦庚信。得李石梧信。作诗“麦具四时气”得“时”字。

廿四日(12月2日)　晴,冷。翰初、子恭来。交盛行寄顺之、补之、铁芸信。

廿五日(12月3日)　晴。出门晤竹泉、次平。作诗“山雨欲来风满楼”得“楼”字。若溪来。覆翰芬信。

廿七日(12月5日)　晴。次平太夫人五十寿,到文昌馆,春台部。

廿八日(12月6日) 晴。作诗“陈诗观民风”得“民”字。云墀来。得桐门信并酒、鱼之惠。

廿九日(12月7日) 晴。李海帆来。博露庵招同季云、濬泉、二兄文昌馆看春台。松岑来。

十一月

初一日(12月8日) 晴。作诗“寒鱼依密藻”得“鱼”字。

初二日(12月9日) 晴。小坡、子万来。

初三日(12月10日) 晴,风。作文“在明明德”二句,诗“炉烟添柳重”得“烟”字。覆颜桐门书。

初四日(12月11日) 晴,大风。作诗“大衍虚其一”得“虚”字、“飞泉漱鸣玉”得“鸣”字。得尤范轩、朱酉生信。

初五日(12月12日) 晴,冷。咏莪、崧甫、蔡佛田来。作诗“骥不称其力”得“称”字。

初六日(12月13日) 晴,冷。琯香、树斋来。寄酉生、补之信交费杏村。

初七日(12月14日) 晴阴错,冷。出门唁许玉叔。拜树斋、莲峰、让泉、马厚庵、熊璧臣、云墀、小坡。作诗“读书用三余”。筠潭丈、松盟先生、小村、让泉来。

初八日(12月15日) 晴,大风。作文“诗云邦畿千里”二句,诗“心清松下风”得“门”字。

初九日(12月16日) 晴。作诗“膏雨自依旬”得“时”字。内子出门至吴梅梁夫人处吊。

初十日(12月17日) 晴,风。子乔来。作诗“五声配时”得“时”字。得梧庵小春十一日信。

十一日(12月18日) 晴。至梅梁处陪吊。同咏莪招徐让泉、蔡佛田、介园才盛馆。是日,莲峰招看剧,亦在才盛馆。

十二日(12月19日) 晴。卓海帆、翰初来。作诗“受中定命”得“中”字。寄墅桥信交莲峰。

十三日(12月20日) 晴。招让泉、佛田、咏莪、楞香集寓斋。

十四日(12月21日) 晴,暖。出门晤兰检。赴云墀赏梅之招,同凤冈、小坡、根云、二兄。

十五日(12月22日) 晴。冬至。心畬来。得艳之信。

十六日(12月23日) 晴。作“鹊华秋色”诗得“图”字。

十七日(12月24日) 晴。作文“道盛德至善”二句。吉人、子万来。交查处寄铁芸、梧庵信。

十八日(12月25日) 晴。作诗“律比昆仑竹”得“和”字。得小庚信。曰谷来。

十九日(12月26日) 晴,暖。佛田来。作诗“鸿渐于逵”得“时”字。曰谷来。

廿日(12月27日) 晴。曰谷、翰初来。覆叶小庚信交陈景淳。覆范轩、艳之信交佛田。作诗“凿壁偷光”得“光”字。

二十二日(12月29日) 晴。作文“故君子不动而敬”二句。得汪艮山、与可、少安信。余庵、曰谷来。覆少安信。

二十三日(12月30日) 晴。许心臣、曰谷来。

二十四日(12月31日) 晴,阴。得桐门信,顺之、补之十一月八日信。咏莪、惺庵、曰谷来。得徐石溪信。

二十五日(1月1日) 晴。采三、曰谷、金桥来。介园到吏目任。覆与可信。作诗“聚米为山”得“为”字。

二十六日(1月2日) 晴。得杏楼信。伯华、青士、曰谷来。作诗“鸣凤在竹”得“冈”字。

二十七日(1月3日) 晴,大风。元修、一山、李翔来。作诗“白驹食场”得“苗”字。得朱野苹信。

二十八日(1月4日) 晴。出门晤采三。赴介园、星江会元堂之招。

二十九日(1月5日) 晴,冷。曰谷来。作文“古之人修其天爵而人爵从之”。得汪祥驹信。

三十日(1月6日) 晴,冷。曰谷、受卿来。寄陶宫保、林少穆、陈芝楣信。作诗“如日之升”得“阳”字。

十二月

初一日(1月7日) 晴。星伯、曰谷来。

初二日(1月8日) 晴。得杨篑山信。子鹤来。

初三日(1月9日) 晴。覆杨廉访书。小坡、琴山来。

初四日(1月10日) 晴。大竹来。作诗“地不爱宝”得“情”字。

初五日(1月11日) 晴。出门晤咏莪、海秋、子贞。归,采三来。得卓如、梧庵信。

初六日(1月12日) 晴。眉叔来。作文“加我数年”一节。得程廉访铨信。

初七日(1月13日) 晴。云墀、曰谷来。作诗“农教先八政”得“农”字。交抚差寄铁芸、铁峰、梧庵、顺之、补之贺年信。覆程廉访信。崧甫、采三、惺庵、琯香、介园来。

初八日(1月14日) 晴。作诗“惠泽成丰岁”得“成”字。

初九日(1月15日) 晴。吴荷屋、曰谷、润芝、陈耀庚、李湘棻来。交采三寄徐石溪信。

初十日(1月16日) 晴。曰谷来。作文“始作翕如也从之纯如也”,“诗书敦夙好”得“敦”字。得顺之十一月十三信。

十一日(1月17日) 晴。廖卓峰、小谷来。得顾赓庵、宋于庭、张左泉信。

十二日(1月18日) 晴。清臣来。作文“执其两端用其中于民”。

十三日(1月19日) 晴阴错。出门晤采三、凤冈、耕庭先生、眉叔。覆赓庵信。雪。

十四日(1月20日) 雪,晴。子万、柳臣来。交艮甫覆于庭信。

十五日(1月21日) 晴,冷。莲峰、莘畬来。覆张左泉信。

十七日(1月23日) 晴,冷。出门晤许信臣。到燕喜堂赴王若溪之招。

十八日(1月24日) 晴。同瀛门、子乔、二兄请周采三会元堂。

十九日(1月25日) 晴。云墀、子固来。得顺之、铁芸、赋梅信。作诗“论道经邦”得“邦”字。

二十日(1月26日) 晴。辛庵、詹岩、咏莪、小谷来。交抚差寄顺之、铁芸、卓如、松泉、赋梅信,宪书六本。

二十一日(1月27日) 晴。大人寿辰,客坐十一席。得尤范轩信、宪书。

二十二日(1月28日) 晴。谢寿。晤詹岩、凤冈、树斋、云墀。

二十三日(1月29日) 晴。谢寿。晤廖卓峰、薇阶。覆范轩信。叶同知传桂、阮文藻来。

二十四日(1月30日) 微雪,仍晴。得补之信、画四幅、颜桐门信、金片、卓如信。覆张椒云信、严迪甫信、翰芬信。耕亭先生、蔼庭来。

二十五日(1月31日) 晴。出门谢寿。晤次平、小村、星伯。得张莳孙信。程春海送牡丹、鹿尾。采三来。

二十六日(2月1日) 晴。敬神。祁春圃来。招詹岩夜饮。

二十八日(2月3日) 晴。崧甫、曰谷、星伯、裕亭来,留崧甫、星伯夜饭。

二十九日(2月4日) 晴。出门,至王晓林师、贾筠堂师两处辞岁,并至根云、凤冈处谈。崧甫来。得铁芸腊月十日信。接灶,祀先。

(按:此处有冯煦跋文,字迹不清,落款为“金坛冯煦,时年七十又七”,后钤有其“蒿庵”之印。)

道光二十年庚子(1840)

一月

庚子元旦(2月3日) 晴。夜,发热。

初二日(2月4日) 晴。百林、小松来。

初三日(2月5日) 晴。午后,大人下园。百林来。得刘大令映丹札。

初四日(2月6日) 晴。百林、小松来。

初五日(2月7日) 晴。小松来。交叶恒泉寄顺之七香画、木匣、桐门信。

初六日(2月8日) 阴晴间。百林来。得郭韵泉廉访信。夜,雪。

初七日(2月9日) 风。复韵泉札并竹根研。得顺之、铁芸腊月十七信,叔美信。晴。交墨汀复顺之、铁芸、叔美札。

初八日(2月10日) 晴。复廖竹峰太守札。百林来。

初九日(2月11日) 晴。百林来。

初十日(2月12日) 晴。

十一日(2月13日) 晴。百林来。复徐经历札。剃头。大行皇后于丑刻崩逝。

十二日(2月14日) 晴阴间。

十三日(2月15日) 晴,风。百林来。夜,大风。

十四日(2月16日) 晴,风。交抚差寄大兄信,顺之信,印合,二铁、桂清信。

十五日(2月17日) 晴。拜佛、祖先。午后,率荫儿至观音院。

十六日(2月18日) 晴。百林来。

十七日(2月19日) 晴。

十八日(2月20日) 晴,风。收容。百林来。交研君寄顺之信、帖一本、折子四本、日省录一本、二铁信。

十九日(2月21日) 晴。到关帝庙拈香。访璧田。到院。受卿来。得石梧信、《簪花阁集》。

二十日(2月22日) 晴。仙九来。得爱庐书。

廿一日(2月23日) 晴。出门晤子久昆仲。受卿到院。复石梧、爱庐信。

廿二日(2月24日) 晴,大风。出门晤小石、麟洲。到院。得德舆信。

廿三日(2月25日) 晴。出门晤子鹤、根云。得桐门、铁芸谷日信。复德舆书。

廿四日(2月26日) 晴。出门晤鸾坡、芝龄。到院。交天成寄顺之、铁芸、桐门信。

廿五日(2月27日) 晴。出门晤松泉、朗庭、润芝、子舟、夕峰、秋谷、勿村。到院。得荷屋信。受卿、秋谷来。复荷屋札。

廿六日(2月28日) 晴。至吏部投供,遇艺芬、子期、小湖、淡如。散后,至淡如斋中谈。小松、枚叔来。

廿七日(2月29日) 晴。出门晤少珊、蔼棠。到院。

廿八日(3月1日) 风,晴。访菱舟。到院。

廿九日(3月2日) 大风,晴。访枚叔。到院。

卅日(3月3日) 晴。到院。鹤泉、受卿来。

二月

初一日(3月4日) 小雪,即晴。日食。至吏部投供。访润臣。到院。枚叔来。

初二日(3月5日) 晴。出门晤拙安、菱舟。到院。

初三日(3月6日) 风,晴。到院。小松来。

初四日(3月7日) 晴。访朗亭。到院。大人回家。申刻,下园。得意园信。

初五日(3月8日) 晴。到院。小松来。

初六日(3月9日) 大风,晴。到院。晤朱济之。小松来。复意园札。

初七日(3月10日) 晴。出门晤青耜。到院。得福兹札。

初八日(3月11日) 晴。出门晤鹤溪、小厓、少峰、心莲。到院。得厚庵信。啸庵、红生来。

初九日(3月12日) 晴。出门晤竹泉。到院。复厚庵信。得由庚、云伯、篑山信。

初十日(3月13日) 晴。小石、心畬来。出门晤带铭。到院。润芝来。

十一日(3月14日) 晴。出门晤小石、敦甫。到院。子卿来。

十二日(3月15日) 晴。出门晤裕亭,留饭。又至伟堂处。到院。鉴斋来。得铁芸新正十一信。宝笙、铁珊来。得陆费玉泉信。复由庚札。夜,雪。

十三日(3月16日) 晴,风。答铁珊昆仲、鉴斋。到院。得顺之正月廿三信、梧庵正月十二信。午后,出门晤幼竹、琢如、子久。得亦民信。

十四日(3月17日) 晴。牧人、小松来。出门晤巢生。到院。午后,阴,落沙。铁珊、鸾坡来。得小帆、曰谷信。复云伯札。

十五日(3月18日) 晴,小雪。复曰谷信。答春园、愚泉。到院。得清臣札。大风,冷。枚叔、受卿、牧人、苇村师来。夜,雪。

十六日(3月19日) 雪,即晴。到院。宝笙、铁珊、鉴斋亦至。若溪、季云来。

十七日(3月20日) 晴,风。答芷卿。到院。交研君寄铁芸、梧庵、功甫、顺之信。得范轩信。

十八日(3月21日) 晴。答茂垣、铁珊昆仲、鉴斋。到院。得词仲、姚恭训信。徵三来。

十九日(3月22日) 晴。答朗庭、徵三。到院。范翰香、王汉槎、蒋小美来。书卷子一开。

二十日(3月23日) 阴。访鸾坡、徵三。到院。得幹村先生信。书卷子一开。小雨。

廿一日(3月24日) 晴。出门晤松泉、螺舟、铁梅、红生。到院。百林来。得醉生信、耕庭先生信、西雍信、恽画一轴。

廿二日(3月25日) 晴。柳君、小厓来。到院。大人归家。申刻,下园。得铁芸二月六日信、桐门信。

廿三日(3月26日) 晴。访徵三。到院。赋梅来。得卓如信。

廿四日(3月27日) 晴。交赋梅寄桐门、功甫、顺之、铁芸信。大风。到院。得程憩棠信。复西雍、耕庭先生信。裕庭、元修、枚叔来。复憩棠信并恽画、漆研。得理庵、杏春、秋水师信。写卷子一开。

廿五日(3月28日) 晴。出门晤小石、研君昆仲。到院。柳君、牧人来。寄东岩信及砚。若卿、岭梅、桂庐、两甥来,留夜饭。写卷子一开。

廿六日(3月29日) 晴。出门晤野桥、岭梅、桂庐。到院。写卷子一开。访茂垣,子期亦在座。惺庵、王少坡、润芝来。

廿七日(3月30日) 晴。出门晤宝笙、鉴斋、铁珊、通甫。到院。写卷子一开。寄西雍信。得醇士札。春园来。寄秋水先生信、竹如信。

廿八日(3月31日) 晴。出门晤高巳生、俞香屏、方东卿、冯筠潭。到院。书卷子一开。得同叔、珠林信。交春园寄杏春信、顺之《五经》一部。复醇士信。昆峰、两甥来。

廿九日(4月1日) 晴。写卷子一开第一本竣。出门晤昆峰、松龛。到院。得邹钟泉信。复幹村先生书。

三月

初一日(4月2日) 晴。至吏部投供。到院。牧人、淡如、鉴斋来。得李镜塘师信。写卷子半开。

初二日(4月3日) 晴。访裕庭,留饭。到院。写卷子半开。复李镜塘师禀。得毓太守信。金蔼如、桂舲、鉴斋、岭梅来。

初三日(4月4日) 晴阴间。复毓太守信并樊圻画帧、兰册。得柳臣信。得顺之花朝前一日信。到院。写卷子一开。复柳臣札。

初四日(4月5日) 晴。到院。礼忏。申初,归家。谢方壶、吴梅梁令媛来拜。

初五日(4月6日) 晴。出门晤次平、桂旍。到院。大人回寓。得黄爱庐信。复邹钟泉信。写卷子半开。复爱庐札。

初六日(4月7日) 晴,风。出门晤子舟、宝笙、铁珊、鉴斋、春园。到院。写卷子一开。正考官潘,副考官隆文、龚守正、王玮庆,同考官谢荣棣、陈岱龄、蔡振武、黎光曙、陈熙曾、朱其镇、李菡、金国均、杜翻、胡林翼、骆秉章、陈宪曾、潘铎、徐上镛、汪振基、单懋谦、松年、王炳瀛。少鹤、鉴斋来。

初七日(4月8日) 小雨,即晴。访两甥。到院。午后,阴。写卷子一开。鉴斋、秋谷来。枚叔来,留夜饭。

初八日(4月9日) 晴。访鉴斋、铁珊。到院。写卷子一开。风。鉴斋来。

初九日(4月10日) 晴。桂巢来,同游琉璃厂。访淡如、小石。到院。书卷子半开。仁山来。幼竹来。

初十日(4月11日) 晴阴间。出门晤心莲,遇季云。又访莘农。同季云在小石斋中小酌。到院。写卷子半开。子舟、研君来。大风。

十一日(4月12日) 晴。写卷子半开。访子久昆仲。到院。受卿来。交岭梅寄杏春信、折扇、梅幅、叔美信、扇、闹墨、梧庵信、扇。

十二日(4月13日) 晴,大风。写卷子一开第二本。子久来。到院。招鉴斋、仁山、岭梅、桂巢未刻小集。

十三日(4月14日) 晴。写卷子一开。到院。午后,至琉璃厂。访秋谷。滇生来。李蔼如、受卿来。

十四日(4月15日) 晴。访少峰、愚泉。到院。写卷子一开。徵三来。

十五日(4月16日) 晴。写卷子一开。访莘农。到院。

十六日(4月17日) 小雨。出门晤滇生、季云,季云留饭。到院。写卷子半开。仁山、岭梅来辞行。桂巢归,住西斋。裕庭来。

十七日(4月18日) 晴。写卷子一开。访松泉。到院。若卿、蔼堂来。柳君、春园来。得陈茹香信。

十八日(4月19日) 晴。出门见芾村师。到院。书卷子一开。得陶凫香信。复茹香信。

十九日(4月20日) 小雨。出门晤少珊、宝笙昆仲、郑蔼人。关帝庙拈香。访淡如,同至悯忠寺,海棠尚未开。到院。书卷子半开。复芙芗信。得望之先生札。交研君寄桐门札、折扇。

二十日(4月21日) 小雨,有晴意。同桂巢游龙爪槐、龙泉寺。到院。写卷子一开。翰初来。

廿一日(4月22日) 大风,晴。出门晤季云、笠耕。到院。写卷子一开第三本。得铁芸、顺之清明后一日信,桐门信。得刘映丹信。

廿二日(4月23日) 晴,大风。答亨甫。到院。写卷子一开。访拙安。交鉴斋寄铁芸信、奇南香串四挂、扇袋、东阿王碑、海帆书扇、松泉小楷扇。寄岳母食物二色。寄铁峰信,海帆扇一,顺之、桐门信。铁珊来。

廿三日(4月24日) 晴。写卷子一开。访茂垣。送铁珊、鉴斋行。野桥、茂垣、牧人来。夜,大风。

廿四日(4月25日) 风,晴。访兰检、蘅洲、尹孚。到院。写卷子一开。

廿五日(4月26日) 晴,风。出门晤芸西、根云。到院。写卷子一开。颂南来。

廿六日(4月27日) 晴。出门晤杏楼、张韶台。到院。书卷子一开。季云、诗舲来。大风沙。若卿来。

廿七日(4月28日) 落黄沙。写卷子一开。访小谱、枚叔。到院。得菽雨信。柳君来。春园来。

廿八日(4月29日) 晴。同桂巢游法源、长椿二寺。访大竹。到院。书卷子半开。百林、枚叔、靳光祖来。

廿九日(4月30日) 晴。到院。复至小有余芳。赴孔绣山、秦淡如招。归,书卷子半开。

三十日(5月1日) 雨。同桂巢访百林、蔡秋宾。到院。书卷子半开。交春园带桐门、顺之信,铁芸信,铜印一匣,皇甫府君碑一本。有老师来。作诗"琅玕笼晓窗"得"笼"字。

四月

初一日(5月2日) 晴,大风。出门晤韵珊、拙安。到院。书卷子一开第四本完。野桥、安斋、少鹤来。

初二日(5月3日) 晴。芝生招花之寺,辞之。书卷子半开。到院。作诗"橹摇背指菊花开"得"摇"字。若卿、百林来。

初三日(5月4日) 晴,风。书卷子一开。到院。

初四日(5月5日) 晴。到院。书卷子半开。

初五日(5月6日) 大风,晴。访子久。到院。书卷子半开。拙安、韵珊来。作诗"云中辨江树"得"云"字。

初六日(5月7日) 晴。书卷子半开。访小莱、小瀛。到院。露庵来。

初七日(5月8日) 晴。访季云。到院。得东原信。

初八日(5月9日) 晴。书卷子半开。晤小石。到院。复刘映丹信。裕庭、安斋来。

初九日(5月10日)　晴。书卷子半开。晤松泉。到院。枚叔、小石、金蔼如来。

初十日(5月11日)　晴。大人回家。蔼棠来。到院。访菱洲。申正,大人下园。得罗松溪信。夜,雷雨。

十一日(5月12日)　晴,风。到院。午后,出门晤小谷、季海。交若卿寄铁芸信、闱墨。复东原信。

十二日(5月13日)　大风,晴。出门晤海帆、愚泉。到院。复松溪信。

十三日(5月14日)　风,晴。到院。作诗"杨柳月中疏"得"疏"字。

十四日(5月15日)　晴。到院。柳君来。新进士覆试。

十五日(5月16日)　晴。交蔼如寄顺之信,己亥江南、浙江、江西题名各一本,江西闱墨一本。送查四行。到院。风。作诗"荷叶遮门水浸阶"得"遮"字。翰詹各衙门考差。鹤泉来。

十六日(5月17日)　晴。到院。子鹤、卫生、少鹤来。书卷子半开。牧人来。

十七日(5月18日)　阴,风大。书卷子半开。访筱石,遇季云、誉侯。到院。作文"不愤不启"一节。子舟、金蔼如乔梓、倚云、翁同书来。是日,庶吉士散馆。云生来。

十八日(5月19日)　晴。访茂垣。到院。璧田、昆峰来。交研君复铁芸书、闱墨、四韵诗。

十九日(5月20日)　晴,风。卓海帆、木君、菽雨来。出门晤小坡、子期、敬庭、幼竹。到院。作文"过而不改"一节。夜,雷雨。

二十日(5月21日)　晴。书卷子半开。出门晤五云、璧田。遇伟堂先生。到院。有老师来。大人派读卷。

廿一日(5月22日)　晴。得大兄立夏日信,顺之、铁芸、桐门信。出门晤根云、濬泉。至院。书卷子半开。得西雍、采三信。少鹤、柳君、受卿来。

廿二日(5月23日) 雨，即晴。至伟堂先生处祝寿。访季云、辛农。到院。黄新甫、颂南、秋谷、蘅洲来。

廿三日(5月24日) 晴。复西雍信。书卷子半开。元修来。出门晤松泉、麟舟。到院。柳君来。作文“近之则不孙”二句。

廿四日(5月25日) 晴。书卷子半开。到院。寿卿来。大人回家。

廿五日(5月26日) 大人下园。晴，热。到院。得右园信，即复之。书卷子半开。柳君来。

廿六日(5月27日) 晴，热。书卷子半开第五本。答子舟、李雨人。到院。

廿七日(5月28日) 阴。访茂垣。赴璧田招，同寿卿、仲华、二兄。到院。小雨。

廿八日(5月29日) 晴。访幼竹。到院。书卷子半开。作文“何事于仁”二句。得耕庭先生信、茹香信。作文“市廛而不征”二句。

廿九日(5月30日) 晴。书卷子半开。复耕庭先生信。交天成寄功兄、顺之、铁芸、桐门信。访菱舟。到院。

五月

初一日(5月31日) 晴。作文“廛无夫里之布”。访枚叔、子久、鸾坡。到院。枚叔来。云南主考叶觐仪、陈熙曾，贵州蔡振武、夏廷榘。

初二日(6月1日) 晴。书卷子半开。到院。访季海。赴受卿招。得一山信。松泉来。

初三日(6月2日) 小雨。至成均验照。答客。晤松岑、季云，季云留饭。到院。大人归家。复一山信。

初四日(6月3日) 到院。筠潭丈来。午后，雷，小雨。

初五日(6月4日) 晴。至老师处贺节。到院。访筱石侍郎。京堂考差。

初六日(6月5日) 晴,热。拜客。晤蓉舫、芾村师。到院。受卿、朗庭来。是日,大人下园。书卷子半开。

初七日(6月6日) 阴,即晴。出门晤子久、子期、朗庭、桂舲、少珊、淡如、籲门、萝峰。到院。书卷子半开。蘅畦来。

初八日(6月7日) 晴。书卷子一开。访茂垣。到院。蓉舫来。交抚差寄顺之信、闱墨、朱卷。夜,雨。卫生来。

初九日(6月8日) 雨。书卷子一开。访子久、子耆。到院。午后,有晴意。

初十日(6月9日) 阴。访子鹤。到院。看上漆。得番禺张大令信,即复之。书卷子半开。

十一日(6月10日) 晴阴间。出门晤鹤溪。到院。书卷子半开。得少穆信,即复之,交岵瞻。柳君来。

十二日(6月11日) 晴。出门晤鹤泉、辛农。到院。书卷子一开。云生来。广东主考杨能格、高人鉴,广西黄恩彤、林扬祖,福建慧成、路慎庄,云南补放庆勋,固陈放夔州府。

十三日(6月12日) 晴。石梧、容伯、菽雨、小厓来。访菱洲。到院。书卷子半开。得采三信。莘农来。夜,雨。

十四日(6月13日) 小雨。至院。看上金字。答湘帆。得王小山信。小洲来。岵瞻来。书卷子半开。

十五日(6月14日) 雨。答卫生。到院。上金字。访茂垣。午后,晴。复王小山书。建侯、薇客来。得鉴斋信。

十六日(6月15日) 晴。书卷子半开第六本。颂南来。交建侯带怡悦亭札。

十七日(6月16日) 晴。访小石。到院。书卷子半开。曹月溪、吴南池、翰初来。交研君寄铁峰、铁芸、顺之、鉴斋信。得杏春、岭梅信。

十八日(6月17日) 晴。晋鱼来。大人归家。寄曰谷、杏春、岭梅信。得黄鲁溪信。

十九日(6月18日) 晴。访松泉。到院。

二十日(6月19日) 雨。出门晤晋鱼、吉人、小瀛。到院。作诗"为有源头活水来""源"。芾村师来。晚,晴。

廿一日(6月20日) 蓉舫来。到院。午后,雷雨。得铁芸端六日信,桐门、顺之信;即交天成复铁芸、桐门、顺之信。晚,晴。

廿二日(6月21日) 晴。书卷子一开。大人下园。出门晤小坡、颂南、襄卿。到院。少鹤来。四川主考沈兆霖、罗惇衍,湖南周顗、王桂。

廿三日(6月22日) 晴。作文"人一能之"四句。出门晤子久、小石、湘帆、桂舲。到院。润芝、柳君来。

廿四日(6月23日) 晴,热。书卷子半开。作诗"镜水云岑"得"山"字。茂垣来,留晚饭。

廿五日(6月24日) 晴,热。裕庭来。作诗"牵叶入松门"得"门"字。

廿六日(6月25日) 晴,热。到院。作诗"恬虚乐古"得"琴"字。书卷子半开。夜,雷雨。

廿七日(6月26日) 晴,热。书卷子半开。访莘农。到院。作"蜻蜓立钓丝"诗得"丝"字。

廿八日(6月27日) 阴晴半,热。书卷子半开。出门晤子久、子期、竹泉、艮山、季海。到院。

廿九日(6月28日) 晴。书卷子半开。茂垣来。夜,雨。

六月

初一日(6月29日) 雨。出门晤鸾坡、研君。到院。

初二日(6月30日) 晴。出门晤薇客、子宾。到院。书卷子半开。得豫太守益信。受卿来。若溪、艮山来。

初三日(7月1日) 晴。访茂垣、湘帆。到院。叠云来。书卷子半开。枚叔、卫生来。

初四日(7月2日) 晴,热。书卷子半开。复豫太守信。柳君、徵三、枚叔来。

初五日(7月3日) 阴,小雨。出门晤啸庵。到院。书卷子半开。午后,晴,热。

初六日(7月4日) 晴,热。书卷子半开。出门晤韵珊、子万、李雨人。到院。得吴振棫信。作文"今吾于人也"二句。湘帆来。

初七日(7月5日) 晴。书卷子半开。少珊来。作文"动则变"二句。湘帆、子期、眉叔来。

初八日(7月6日) 晴,热。访小石。到院。书卷子半开。

初九日(7月7日) 晴,热。书卷子半开。得温东川信。得娄涧筠信,即复之。子固、五云、小厓来。

初十日(7月8日) 晴。得倪大令澧信,即复之,并寄潘研、《陔兰诗集》。出门晤小莱、子鹤。到院。书卷子半开。

十一日(7月9日) 晴。书卷子一开第七本。复温东川信。午后,访茂垣,同过筱石斋中茗话。

十二日(7月10日) 晴。出门晤愚泉,同游琉璃厂。到院。浙江主考戚觐宣、何冠英,江西赵光、钮福保,湖北劳崇光、陈岱霖。

十三日(7月11日) 晴,热。书卷子半开。午后,至何雨人处祝寿。

十四日(7月12日) 晴,热。访子期。到院。

十五日(7月13日) 雨,即晴,热。出门晤茂垣、湘帆、璧田。到院。书卷子半开。

十六日(7月14日) 晴。书卷子半开。晚,至茂垣处,留饭。

十七日(7月15日) 晴,热。出门拜客,均未晤。书卷子半开。朱绶堂来。寄铁峰、铁芸、顺之信,交研君。

十八日(7月16日) 晴,热。访桂舲。书卷子半开。得毓衡信。晚,雷雨。夜,又雷雨。

十九日(7月17日) 雨。出门晤小厓、李芝林。祝小石夫人四十寿，留面。到院。书卷子半开。夜，大雨。

二十日(7月18日)　晴。出门晤子鹤、翰初、拙安。到院。柳君、枚叔来。次平来。夜，雨。

廿一日(7月19日)　晴。到院。书卷子半开。受卿、湘帆、茂垣来。复毓观察信。夜，大雨。

廿二日(7月20日)　晴。出门晤芾村师、秋谷、璧田。得少穆信。江南主考文庆、胡林翼，陕甘张锡庚、王积顺。润芝来。

廿三日(7月21日)　雨。少安来。访卫生、次平。到院。得顺之、补之六月初五信，春园信，望之先生信。

廿四日(7月22日)　晴。访少安、辛农、二山。到院。书卷子半开。星白、若溪来。

廿五日(7月23日)　晴。至成均录科。文题“觚不觚觚哉觚哉”，诗题“山杂夏云多”得“青”字。问:《尔雅》宫室之制，散见于他书者，能详言之否？午正，出场。至季云斋中小憩。夜，大雨。

廿六日(7月24日)　雨，晴。出门晤容伯。到院。得竹如信。柳君、秋谷来。幹园来。案出，取第十四名。

廿七日(7月25日)　晴，热。出门晤子颂、大竹。到院。交天成寄二铁、顺之、补之信。复竹如书。复望之先生信。枚叔来。

廿八日(7月26日)　晴，热。牙疼。颖墀、小石来。

廿九日(7月27日)　晴，热。到院。书卷子半开。茂垣、翰初来。夜，雨。愚泉来。

卅日(7月28日)　雨。出门晤饴原、筱石。到院。纯伯来。

七月

初一日(7月29日)　小雨。到院。书卷子半开。得桐门六月七日信、顺之信。星白、拙安来。

初二日(7月30日)　晴。出门晤季云、寿卿。到院。少鹤来。茂垣、翰初招同枚叔、默汀、二兄、玉泉集寓斋。夜，心跳，不寐。

初三日(7月31日) 晴。石华来。服药剂。夜,大雷雨。

初四日(8月1日) 阴,小雨。得铁芸六月十六信。午后,拜客。晤蘅畦、荀伯、心莲。到院。交差官寄顺、补信,二铁信,桐门信,望之先生信。石华来。夜,大雨。

初五日(8月2日) 雨。访小潘。到院。书卷子半开。小莱、茂垣来。

初六日(8月3日) 晴,热。访子耆。到院。作文"因民之所利而"二句。书卷子半开。

初七日(8月4日) 阴晴间,热甚。至我鸥斋中观书画,复访小石。到院。

初八日(8月5日) 晴,热。出门晤季眉、萝村、铁梅。到院。夜,雷雨。

初九日(8月6日) 晴,热。出门晤杏红。到院。河南主考博迪苏、汪元方,山东杨殿邦、林鸿年,山西李棠阶、有庆。夜,雨。

初十日(8月7日) 晴,热。叠云、枚叔、濬泉来。

十一日(8月8日) 雨。出门晤心莲、毛老师、勿村、王老师。到院。书卷子半开。

十二日(8月9日) 雨。枚叔、小莱来。书卷子半开。夜雨达旦。

十三日(8月10日) 出门晤小浦、沁泉。到院。书卷子一开第八本。枚叔来。雨。

十四日(8月11日) 雨,有晴意。出门晤薇客、巢笙。到院。

十五日(8月12日) 有晴意。卯正,到院。拜忏。风。茂垣来。夜,雨。

十六日(8月13日) 大雨。午后,到院,并访湘帆、茂垣。夜,月甚好。

十七日(8月14日) 晴。午后,小雨,即止。次平来。

十八日(8月15日) 晴。出门晤鹤溪、槐卿。到院。萝村来。

十九日(8 月 16 日) 晴，热。交研君寄铁芸、顺之、补之信。藕塘、小石、纯伯来。出门晤蔼人。到院。

二十日(8 月 17 日) 晴，热。作诗“知人安民”得“难”字。到院。拜客。晤杏楼、籲门、小莱、玉夫、钜卿。

廿一日(8 月 18 日) 雨。访茂垣。到院。申刻，赴子莱招，同赐卿、容伯、研君、二兄。

廿二日(8 月 19 日) 晴。到院。湘帆、研君、愚泉来。

廿三日(8 月 20 日) 晴。访璧田。到院。芝生、湘帆、子久、茂垣来。

廿四日(8 月 21 日) 晴。午后，出门晤少谷、艮山、赐卿。到院。玉夫、卫生来。得柳臣信。

廿五日(8 月 22 日) 晴。得白也信，即复之。午后，到院。拜客。晤小舲、秋谷。赴枚叔招。

廿六日(8 月 23 日) 晴。到院，得桐门七月初八信、顺之七夕日信、杏春信。大人归家。

廿七日(8 月 24 日) 晴。交墨汀复顺之、杏春信。鹤泉来。午后，访拙安。到院。艮山来。

廿八日(8 月 25 日) 晴。心莲来。

廿九日(8 月 26 日) 晴，热。访茂垣。到院。兰庄来。

八月

初一日(8 月 27 日) 晴。同桂巢至武帝庙拈香，求得第十九签、六十一签。至茂垣、湘帆斋中谈。到院。大人下园。芸舫来。

初二日(8 月 28 日) 晴。出门晤子鹤、容伯。到院。柳君、颂南来。

初三日(8 月 29 日) 晴。午后，到院。拜客。晤子耆、小坡、通甫、湘帆、茂垣。

初四日(8 月 30 日) 晴。出门晤蘅洲、愚泉、少安、采卿、卫生。

到院。小厓、季云、赐卿、仙峤来。夜，雨。

初五日(8月31日) 雨。到院。顺天主考王鼎、廖鸿荃、文蔚、贾桢，同考官王赓荫、蒋元溥、贾琮、蒋方正、张清瀚、冯德馨、孙铭恩、赫轩贺、程庭桂、方宝庆、吉祥、金国均、胡正仁、王遹昭、陆应谷、黎光曙、骆秉章、陈堃。

初六日(9月1日) 晴。

初七日(9月2日) 晴。

初八日(9月3日) 卯初，起身，至小寓。申初，到场中，坐缘字六号。晴。

初九日(9月4日) 晴。题："必也临事而惧"二句、"故君子不动而敬"二句、"此天之所与我者"至"不能夺也"、"秋色墙头数点山"得"山"字。

初十日(9月5日) 辰时，出场。巳初，到家。得铁芸七月二十信。

十一日(9月6日) 申刻，进场。晴，热。坐东字六号。

十二日(9月7日) 晴，热。题："唯深也故能通天下之志唯几也故能成天下之务"、"敕天之命"二句、"麻麦幪幪"二句、"齐师宋师曹师城邢"、"故衡诚县"至"方圜"。夜，大雨。

十三日(9月8日) 晴。辰刻，到家。

十四日(9月9日) 晴。申刻，进场。坐东廿十四号。

十五日(9月10日) 题：经学、舆地、名臣言行录、诗学、水利。

十六日(9月11日) 寅刻，出场。卯刻，到家。访茂垣、青士。到院。莘农、我鸥、祖庚来。得伊少竹书。

十七日(9月12日) 小雨。答客。晤小坡、晓林师。到院。芝生来。茂垣来。

十八日(9月13日) 晴。至茂垣处，留便饭。同蔼人到院答客，晤次平。

十九日(9月14日) 晴。到院。午后，答客。晤赐卿。赴咏莪招。晤愚泉。复少竹信。

二十日(9月15日) 晴。到院。午后,答客。晤滇生、季云、寿卿、芸舫、徵三。复宾衢信。心畬来。

廿一日(9月16日) 晴。到院。午后,答客。晤小石、鹭门。赴赐卿招。伯平来。

廿二日(9月17日) 晴。午后,到院。答客。晤璧田、红生、云生。寄铁芸信。

廿三日(9月18日) 晴。送小松行。到观音院。得豫厚庵信。

廿四日(9月19日) 晴。桂林、方斋、濬泉来。午后,到院。答客。晤朵山、方斋。赴小石、枚叔招,在小石斋中。复厚庵信。交小松寄补之信。夜,雨。得彭云墀信。

廿五日(9月20日) 晴。卫生来。到院。午后,答客。晤铁琴、霞峰、萝村、吉斋。得大兄信、顺之信、铁芸八月初六信、桐门信。夜,雷雨。

廿六日(9月21日) 晴。述园令郎来。赴璧田招。到院。得竹如信。晤润臣。

廿七日(9月22日) 晴。柳君、双圃、幼竹来。寄赵述园信、白易手卷。复竹如信。复云墀信。

廿八日(9月23日) 阴晴间。答客。晤子鹤、卫生。到院。拙安来。

廿九日(9月24日) 晴。有世兄、杏楼来。访子久、我鸥、鸥山。到院。颂南、次平来,留次平夜饭。

三十日(9月25日) 大雨。到院。送地山行。至文昌馆后厅赴鹤溪、卫生招。春园送来铁芸七夕前二日信。

九月

初一日(9月26日) 晴。答客。晤鸾坡、春园。到院。

初二日(9月27日) 晴。访莘农。到院。午后,赴次平招。

初三日(9月28日) 晴。访茂垣。到院。午后,赴子鹤招。咏莪来。

初四日(9月29日) 晴。星江、萝村来。寄顺之信、朱卷。到院。路莲垞、荀伯、昆峰、蘅洲招午集,至蘅洲家中。访柘农。

初五日(9月30日) 晴。下园。酉刻,归家。得湘门信。

初六日(10月1日) 晴。到院。午后,赴少峰招。

初七日(10月2日) 晴。为内子礼忏三日。到院。颂南招,辞之。

初八日(10月3日) 晴。到院。复湘门札。方斋、霞峰招,辞之。稼堂、小莱来。

初九日(10月4日) 晴。内子周年。携凤儿到院。史台、墨汀、方斋、也鲁、次平、少鹤、桂林、春园、听涛、二兄、玉泉均来。张太太,吴太太,二嫂,四弟妇,张、黄两姨太太均来。得方铁君信。

初十日(10月5日) 晴。巳初,报到,廿六名。到院。贺客均晤。夜,雨。

十一日(10月6日) 晴。谒座师、房师。见吉履庵师、文露轩师。晤卓海帆。到院。颂南、子万、愚泉、高赐礼来。申初,下园。

十二日(10月7日) 寅正,大人带进宫门谢恩,至小军机处,并至档房谒王老师、穆太老师。至瞻岩处午饭。晤王叔原。回寓,大人前道喜,复至王、贾两老师处。酉初,起身。戌初,到家。母亲前道喜。

(寒露)十三日(10月8日) 晴。至张太师母处。到院。午后,谒廖老师。答客。晤稼堂、鹤泉。晚,次平、翰初、卫生来。

十四日(10月9日) 晴。子万来,留饭,同至单地山太老师处。到院。夜,雷雨。

十五日(10月10日) 小雨。到院。下园。午正,到。高赐礼、鹤泉、墨汀、二兄均住园中。

十六日(10月11日) 雨。卯初,进宫门,至礼部朝房,给诗韵散卷子。至正大光明殿覆试。《四书》题："我非尧舜之道"至"我敬王也"。诗题：赋得"言物行恒"得"贞"字。赐饽饽一碟、奶茶。未初，出场。

十七日（10月12日）　雨。阅卷大臣穆、汤、卓秉恬、许乃普、朱嶟、龚守正、毛树棠、帅承瀚。钦取二等第七名。心畬来。申正，到家。

十八日（10月13日）　晴。子万来。谢客。到院。寄铁芸信交研君。写卷子半开。枚叔、心莲、春园、柳君、卫生来。

十九日（10月14日）　晴。谢客。晤季云、涤梅、杜翻、张百揆。到院。朱同年荣来。书卷子半开。

二十日（10月15日）　晴。谢客。晤雨三。到院。柳君来。愚泉之子经摩来受业。书卷子一开。

廿一日（10月16日）　晴。至关帝庙拈香。访茂垣、芝生、桂林、颖墀来。招子鹤、少峰、高朗岑、小石、咏莪午集。到院。书卷半开。蔼堂来。得陆立夫信。芸舫来。午后，谢客。晤采卿、述斋、应芝、薇客。

廿二日（10月17日）　晴。谢客。晤赐卿、春岚。到院。复立夫信。书卷半开。至贾老师处，未晤。是日，老师散生日。

廿三日（10月18日）　晴。带见白太老师、孙太老师、何太师母、张太师母。谢客。晤徵三、受卿、李希郊。到院。书卷子一开。朵三、湘帆、徐相、子万来。作诗"柳塘春水漫""塘"。

廿四日（10月19日）　晴。祀奎星。蘅洲、鹤溪、枚叔、少鹤、红生、翰初、颖墀、荀伯、芸舫、方斋、昆峰、颂南、小岑、少坡来，坐三席。夜，同芙卿、春坡、也鲁、思台、墨汀、星兄、玉泉坐一席。

廿五日（10月20日）　晴。到院。书卷子一开半。兰检、介明、恩实斋、郑芾庵来。午后，风。

廿六日（10月21日）　晴。到院。书卷子半开。大人归家。得补之信。

廿七日(10月22日) 晴,风甚大。颖墀、尧农、颂南、卫生来。书卷子半开。午后,到院。至王定九师、吉履庵师处,均见。蘅舟来。

廿八日(10月23日) 风。

廿九日(10月24日) 晴。到院。研君来。作诗"春泥百草生""生"。

十月

初一日(10月25日) 阴,冷。到院。访仙梅。复铁君信。

初二日(10月26日) 阴,冷。谢客。晤左巢生、次平、廖老师、籲门。到院。午时,请两大人同二兄、四弟、凤侄、凤儿家宴。饭后,至穆太老师处。顺路拜客。晤心莲。交少鹤寄桐门信。

初三日(10月27日) 晴。拜客。晤曾卓如、隆云章。得小宋信。

初四日(10月28日) 晴。祭祖。到院。萨香林、福兹、蔼堂、功普来。书卷子半开。作诗"花坞夕阳迟"得"迟"字。

初五日(10月29日) 晴。带见杨叠云太老师、李梢堂太老师。晤叠云太老师。顺路拜客。晤受堂、茂垣。到院。书卷子一开半第九本。大人下园。

初六日(10月30日) 晴,暖。进城。带见汤太老师。晤香林夫人。次平、少鹤来。

初七日(10月31日) 雨。内子生忌。带凤升到院。书卷子一开半。

初八日(11月1日) 大风,晴。进城拜客。晤子受、露庵,遇小石,复至小莱处午饭。到院。得铁芸六月十六、十九两信,知南边十七报到。书卷子半开。作诗"春风啜茗时"得"风"字。

初九日(11月2日) 晴,大风。书卷子一开半。有老师来。作诗"春风柳上归"得"归"字。

初十日(11月3日) 晴。到院。书卷子半开。吉老师招同门十人集寓斋。酉初，散。

十一日(11月4日) 阴。书卷子一开。到院。答何左卿年伯。至少峰处赴颖墀招。

十二日(11月5日) 晴。书卷子一开。得耕庭先生信。复铁芸信。得铁山信。午后，到院。答客。晤朵山、小石。作诗“拔十得五”得“全”字。枚叔、次平、茂垣来。

十三日(11月6日) 晴。书卷子一开。到院。湘帆来。

十四日(11月7日) 晴阴间。访心农。到院。书卷子一开第十本。下午，访茂垣、郑大令之彪，即归。湘帆、枚叔来。夜饭后，去。

十五日(11月8日) 晴。书卷子一开。到院。小石、季云、弼夫、咏莪来。得沈西雍信。交春园寄功甫、顺之、铁珊信。

十六日(11月9日) 阴。子青来，同至贾老师、廖老师，送酒席。至子青寓，小憩，复同至文老师、王老师处，送席。晤树桐世兄。过次平寓，留面。归家，枚叔已来，同赴翰初招。得文东川信。作诗“桐叶知闰”得“知”字。复西雍信。

十七日(11月10日) 晴。到院。至廖老师处祝寿。书卷子半开。程观察、娄涧筠、小厓来。午后，出门晤可亭。作文“因民之所利而利之”。

十八日(11月11日) 阴晴间。出门晤祖庚、有世兄。祝吉太老师寿，留面。复东川信。书卷半开。夜，小雨。

十九日(11月12日) 小雨。访郑蔼人。到院。书卷子一开。晴峰来。

二十日(11月13日) 小雨。下园。带见王太老师。饭后，出门晤筠堂师、惺庵、仁山、詹岩、云生。

廿一日(11月14日) 晴。访心莲。酉刻，到家。

廿二日(11月15日) 晴。书卷子一开半。到院。微雪。访茂垣。得左泉、瀛门信。幼竹、湘帆来。作诗“闰月定四时”得“和”字。

廿三日(11月16日) 雪。书卷子一开。访璧田。到院。若溪来。复左泉信。

廿四日(11月17日)　晴。书卷子半开。招蔼堂、若溪、小匡、弼夫、研君、星白、菽林、次平、赐卿、受卿、璧田、濬泉、啸庵、竹泉集寓斋。赐卿、濬泉、啸庵、竹泉以事未来。见江南题名。

廿五日(11月18日)　晴。书卷子一开。访茂垣。到院。辛阶、琼枝来。午后,拜客。晤春园、鸾坡、春农、滇生先生、润臣。会课,送王菱堂评定,予取在第一。

廿六日(11月19日)　晴。出门晤心如。到院。书卷子半开十一本。朗岑来。

廿七日(11月20日)　晴阴间。书卷子一开。大人归家。

廿八日(11月21日)　阴,冷,大风。得棣华、望之先生、顺之、补之、桐门、铁峰、珠林、一斋、竹桥、臼谷、金蔼如、寄女贺信。

廿九日(11月22日)　晴。书卷子一开半。出门吊铁桥。答述斋、福兹、子鹤。到院。惺庵、璧田来。作诗"春寒花较迟"得"寒"字。

三十日(11月23日)　晴。书卷子二开。

十一月

初一日(11月24日)　晴。书卷子一开半。到院。午后,出门晤枚叔、巢生。作诗"以鸟鸣春"得"鸣"字。

初二日(11月25日)　晴。书卷子二开十二本。茂垣来。得石梧信。

初三日(11月26日)　晴。书卷子一开。出门晤朵山、荆山、少山。到院。

初四日(11月27日)　晴。书卷子半开。芝生、赐卿、受卿、枚叔、少山、小莱来。

初五日(11月28日)　晴。书卷子一开。出门晤竹泉、衡甫。到院。詹岩来。

初六日(11月29日)　晴。作诗"春山如笑"得"山"字。出门晤鹤溪、詹岩。到院。薇客来。

初七日(11月30日) 晴。啸庵、春园、茂垣来。

初八日(12月1日) 大风，晴，冷。书卷子半开。作诗“花落家僮未扫”得“花”字。得何俊民信。刻朱卷履历，大钱五千。经文每篇纹银一两二钱，印每本大钱九十文。

初九日(12月2日) 雪。午后，出门晤讦庭。到院。赴璧田招。得采三信。书卷子一开。

初十日(12月3日) 雪，即晴，大风。书卷子一开。交春园寄顺之、补之、二铁、寄女、棣华、一斋、湘门、珠林、望之先生、金蔼如、竹桥、大兄各信并朱卷。篔笙、枚叔、璧田来。作诗“鸟啼山客犹眠”“眠”。

十一日(12月4日) 晴。至毛苇村师处祝寿。送春园行。答云笙。到院。书卷子一开。得胡水云信。朗岑、子青来。

十二日(12月5日) 阴。书卷子一开。濬泉、小牧来。到院。访心农。

十三日(12月6日) 晴。书卷子一开半。到院。昆峰来。

十四日(12月7日) 晴。下园。申正，归家。赴枚叔招。得幹村先生信。

十五日(12月8日) 晴。书卷子半开。答啸庵。到院。我鸥、吉人、衡甫、衡洲来。

十六日(12月9日) 晴。书卷子一开十三本。出门晤润芝、少旃、涧筠、徐仲如。到院。复幹村先生信。复耕庭先生信。

十七日(12月10日) 晴。书卷子一开半。海楼、徵三、引之、小村、高延绶来。得由庚信，即复之。夜，赴翰初招。

十八日(12月11日) 晴。出门晤稼堂。到院。书卷子一开半。朗山、柳君、幼竹来。得钟泉信。作诗“风软游丝重”得“丝”字。

十九日(12月12日) 晴。出门晤引之、幼竹、琢如、云笙。到院。赴元修、啸庵、濬泉之招。作文“君子于其言”二句。寄秋水先生信。交研君寄铁芸、顺、补信。

二十日(12月13日) 阴晴间。书卷子一开。大人归家。复由庚、钟泉信。

廿一日(12月14日) 阴。书卷子一开。到院。次平、巢生来。

廿二日(12月15日) 大风,晴。出门晤蔼棠。到院。书卷半开。

廿三日(12月16日) 晴。书卷子一开。午后,至王老师处,并杨叠云太老师处。得徐石溪、沈朗亭、张白也、杨小葠贺信。

廿四日(12月17日) 雪。到院。祝吉太师母寿,并至文老师处。得大兄、补之、桐门、望之先生、岭梅信。作诗"杨花惹莫春"得"绵"字。

廿五日(12月18日) 大风,晴。书卷子一开。赴均生招。得讷年伯信。

廿六日(12月19日) 大风,晴。书卷子一开。交天顺寄大兄、顺、补、桐门信。复石溪、朗亭、小葠信。得孟慈信。

廿七日(12月20日) 风,晴。书卷子一开。复孟慈信。作诗"春风扇微和""春"。

廿八日(12月21日) 晴。玉樵、星江、实甫、饴原来。书卷子半开十四本。到院。得仲鸿信。

廿九日(12月22日) 晴。出门晤蘅畦、奕唐、南池。到院。得徐一琴信。

三十日(12月23日) 晴,风。书卷一开。子衡来。

十二月

初一日(12月24日) 晴。书卷半开。得王莲洲信,即复之。到院。访愚泉。作文"中立而不倚"二句。

初二日(12月25日) 晴。书卷子一开。柳君、菱洲、小洲来。寄铁芸信。

初三日(12月26日) 晴。书卷子半开。到院。秋谷、引之、左泉、芸舫来。

初四日(12月27日) 晴。书卷子一开半。

初五日(12月28日) 晴。出门晤菱舟。到院。

初六日(12月29日) 阴晴间。得佛田信、范轩令郎信、宪书、米。

初七日(12月30日) 晴。出门晤芝林、子舟、艮山、钱警斋。到院。得托爱山信。复尤世兄信。螺舟、建侯来。

初八日(12月31日) 晴。金奎甲子。书卷子一开。芝生来。

初九日(1月1日) 雷。到院。至槐卿处。同星江、图南、立峰、成松斋、祖庚公请实甫、鹭门。得东岩信。复佛田信。

初十日(1月2日) 晴。次平来。

十一日(1月3日) 晴。至贾太师母处拜寿。答左泉。到院。得姚恭训信。颂南来。作诗“燕得新泥拂户忙”得“忙”字。

十二日(1月4日) 晴。书卷子一本。交研君寄铁芸信、顺之信、桐门信、铁峰信。得王霞九信。午后,至茂垣处。应芝、蔼堂来。

十三日(1月5日) 晴。出门晤季云。到院。

十四日(1月6日) 晴。书折子一本。得西雍信,即复之。心阶、余山来。

十五日(1月7日) 晴。书折子一本。到院。姜熙樽来。寄石梧信。

十六日(1月8日) 大风,晴。书折子一本。作文“陈力就列”二句。

十七日(1月9日) 晴。书白折一本。午后,赴咏莪招。梦坡、吉甫、补之、璧田。到院。

十八日(1月10日) 晴。到院。访研君。得杨钜源、张荼农、许祥光信。福兹、朗岑、润芝来。

十九日(1月11日) 晴。祝文老师寿。书白折一本。复杨大令信。

二十日(1月12日) 晴。答柳村。到院。香林、次平、庚垣来。得承志信。交顾五寄顺之信、朱卷等二包。书白折一本。

廿一日(1月13日) 晴,风。大人寿辰,不留客。

廿二日(1月14日) 晴,冷。到院。郑同年于蕃来。得桐门十二月六日信,大兄、顺之信。夜,雪。

廿三日(1月15日) 晴,冷。书折子二本。季云来。

廿四日(1月16日) 晴。到院。书折子一开。杰夫来。交天成寄大兄、顺之、桐门信。得尹孚信、赵克祖信。

廿五日(1月17日) 晴。书折子一本。唁夏拾珊。访润臣。到院。得爱庐信。

廿六日(1月18日) 雪。午后,晴。子鹤来。到院。至王老师、廖老师、贾老师处送节敬。赴我鸥招。

廿七日(1月19日) 晴。书白折一本。树斋、尧仙来。

廿八日(1月20日) 晴。书白折一本。到院。得仲鸿信,即答之。

廿九日(1月21日) 晴。敬神。书策一篇。到院。引之、梁同新来。

三十日(1月22日) 晴。得铁芸信。到院。

道光二十一年辛丑(1841)

一月

辛丑元旦(1月23日) 晴。到关帝庙拈香。堂上前叩贺。到院。城外拜年。午后,进城拜年。

初二日(1月24日) 晴。进城拜年。夜,雪。

初三日(1月25日) 雪花,晴。书策一篇。申初,大人下园。出门拜年。到院。

初四日(1月26日) 晴,冷。进城拜年。晤曾卓如、子受。

初五日(1月27日) 晴。到院。午后,拜年。得顺之嘉平望日信。

初六日(1月28日) 大风,晴。也鲁到馆。书折子三开半。夜,请先生。作诗“蜂重抱香归”得“归”字。誉侯来。

初七日(1月29日) 晴,冷。到院。书白折三开。

初八日(1月30日) 晴,冷。书白折三开。携凤升到院。赵禄保来。

初九日(1月31日) 晴,冷。书折子二开半。作文“人之视己如见”三句。夜,雪。

初十日(2月1日) 晴,冷。到院。拜客。晤饴原、雨三。书折子二开半。

十一日(2月2日) 晴,冷。得润臣信。书折子三开。皂香、燕山来。

十二日(2月3日) 晴,冷。书折子二开。访茂垣。到院。午后，大人归家。

十三日(2月4日) 晴。到院。星白、一山、柳村来。得萝村信。书折子三开。

十四日(2月5日) 晴。书文一篇。朵山、云林、陈敬简来。午后，大人归，即下园。得张佑之札，即复之。

十五日(2月6日) 晴。到院。玉泉约游厂。书折三开。得黄杏川信。

十六日(2月7日) 晴。得地山信。书折一开。裕亭、吴斑、单懋德来。得小匏信，即复之。

十七日(2月8日) 晴。复地山信、杏川信。书折子二开半。答小匏信。到院。

十八日(2月9日) 晴。收容。书折子二开。受卿来。柳村来。

十九日(2月10日) 晴。到院。至文昌馆祝饴原太翁九十寿。得钮松泉信。书折一开。交砚君寄顺之、铁峰、铁芸信。

二十日(2月11日) 晴。书折二开。到院。至文昌馆，丙申团拜。得由庚信。

廿一日(2月12日) 晴。书折一开。考汉中书，阅卷卓秉恬、潘锡恩、慧成、赵光。得牛镜塘信。复钮松泉信。

廿二日(2月13日) 黎明，赴贡院考中书：“君子所履”二句、“萧何养民致贤策”。

廿三日(2月14日) 未刻，出场。得大兄、补之信。

廿四日(2月15日) 晴。拜客。晤颂南、弼夫、矩庭、茂元。唁心莲。到院。得祁翰香札。咏莪、誉侯、桂林、星江、璧田、荀伯、柳臣来。

廿五日(2月16日) 晴。引之、湘帆、仁山、辛阶来。复翰香信。夜，雪。

廿六日(2月17日) 风，冷，晴。拜客。晤宪泉、一山。到院。书卷子一开。枚叔来。

廿七日(2月18日) 晴。作诗“弧矢威天下”得“全”字。

廿八日(2月19日) 晴。到院。未正，报到，取十九名。枚叔、春皋、我鸥、湘帆、兰检、柳君来。大人归家。

廿九日(2月20日) 晴。到贡院点名，在聚奎堂覆试，诗题“佳句法如何”得“诗”字，五言六韵。巳正，出场。到院。归家。皃香、尧仙、颂南、小莱、少山、小舟、柳君、我鸥来。得牧君信、汪道森信。

二月

初一日(2月21日) 晴。祝王晓林师寿。到院。至海帆师、裕亭师、筠堂师、蓉舫师四处。访季云。

初二日(2月22日) 晴。春岚、我鸥、芑堂、裕亭师、柳君来。得蕉林信。

初三日(2月23日) 晴。香林、柳君、若溪、梁国珍来。至王定九师处拜寿，吃面。访涤梅。到院。得见亭、亦民信。

初四日(2月24日) 晴。到院。午刻，到园。

初五日(2月25日) 卯初，进内。勤政殿引见。奉旨，记名，以内阁中书用，同记名者，邵懿辰、吴福年、陈启迈、马振衢、许诵恒、陈洪猷、陈介祺、龙启瑞、张本先、吴捧纶、袁绩楙、何慎修、何栻、□□□、周德祚、张炳、彭嘉炯、沈经翰、钮福厚、徐莱、焦佑瀛、冯瑞、程泽藩、刘锋试、张鼎辅、孙鼎臣、黄桐勋、张荣组，共二十八人。至贾老师处，未晤。晤詹岩。未刻，大人归。至大人前叩贺。受卿、詹岩、兰检来。至王定九师处。得柳臣信。

初六日(2月26日) 大人率臣进宫门谢恩。红生前辈邀至朝房吃饭。进城谒海帆师。归家，母亲前叩喜。到院。访红生、玉生两前辈。

初七日(2月27日) 阴。莲炬、渭西、枚叔来。复柳臣信。得王莲洲信，即复之。复见庭、亦民信。得清臣信，即复之。

初八日(2月28日) 晴。我鸥、子久、少珊、徐芸□、陈均甫来。

到院。拜客。晤云峰丈、璧田。

初九日(3月1日) 晴。到天和馆赴楞香招。复木君信。蕙西来。

初十日(3月2日) 晴。午后,到院。答客。晤茂垣、湘帆、君青、殷庶常。余庵师来。

十一日(3月3日) 雪。到院。书卷子一开。湘帆、茂垣来。

十二日(3月4日) 微雪。访愚泉,同到署。在四值上行走。有晴意。

十三日(3月5日) 晴。到院。祝蔡庶常殿斋祖母寿,在才盛馆。

十四日(3月6日) 阴晴间。到院。中书团拜,在才盛馆,四位老师均到,靠台请客四席。

十五日(3月7日) 雨雪。答客。晤滇生先生、藕塘、艮峰、蔼棠、鹤溪。到院。

十六日(3月8日) 晴。书卷子二开十五本。申正,下园。酉正,到,赐第。

十七日(3月9日) 寅正,侍大人,进宫门,带见各位中堂。酉刻,归家。得倪大令澧信,即复之。得南山信。

十八日(3月10日) 阴。进署,该班。未正,到家。小雪。晚,甚大。小石来。

十九日(3月11日) 雪。答客。晤种圭、李惺甫、萧良驹。到院。树斋来。交研君寄大兄信。作诗"好句虚前席"得"言"字。书卷子半开。

二十日(3月12日) 晴。作诗"山鸡舞镜"得"山"字。一山来。荀伯、我鸥来。书卷子二开。得采三、汪于泗信。

廿一日(3月13日) 晴。到院。答客。晤铁梅、蓉舫师、补之。到寓,住东轩。得顺之信。作诗"春水船如天上坐"得"船"字。到文昌馆,王晓林师招观剧。丙申放差,福君亦招在楼下。午后,即归。

廿二日(3 月 14 日) 晴。宝之、翊卿、带铭、王家璧来。得幹园信。

廿三日(3 月 15 日) 晴。复幹园信。得慈仲信,即复之。得介园、杏春、秋水先生信。

廿四日(3 月 16 日) 晴。星阶、安斋、颂南、李学殖、子万来。到院。得陆立夫札。复顺之、杏春札。作诗“小楼一夜听春雨”得“楼”字。

廿五日(3 月 17 日) 雪。柳村、研君来。书卷子一开半。得张椒云信。

廿六日(3 月 18 日) 晴。到署,该班。大风。得顺之信、桐门信、叔美信。

廿七日(3 月 19 日) 晴。出门晤仙楣。到院。裕庭师、我鸥、鉴斋来。作诗“小栏花韵午晴和”得“栏”字。复张椒云信、立夫信。复介园、叔美信。

廿八日(3 月 20 日) 晴。答客。晤铁珊、鉴斋、子野、瑶生、茂垣、誉侯。到院。书卷一开。得铁芸信。咏莪、柳君、铁山、瑶生来。得一亭信。交补之处寄复铁芸、一亭信。

廿九日(3 月 21 日) 晴。书卷子一开半。梅叔、秋谷、鉴斋、蔼堂来。

卅日(3 月 22 日) 雪。出门晤周受田,到院。右园、弼夫、昆峰来。

三月

初一日(3 月 23 日) 微雪。至吏部投供。廖老师带见贵筼西太老师,晤谈半刻。到院。得铁芸正月廿二日信。得恩兴、阮大令信。润芝来。小莱、搴云来。得松门先生信。

初二日(3 月 24 日) 大风,晴。书卷一开半。铁山、元修、研君来。

初三日(3月25日) 雪。我鸥来。到院。至才盛馆祝陈雪香太师母寿。书卷子一开。交鉴斋寄铁芸、一亭、叔美札。

初四日(3月26日) 晴。书卷子半开十六本。崧甫、菱洲、颂南、宝之、愚泉来。

初五日(3月27日) 阴。下园。辛阶来。酉初,到家。蕙西来。

初六日(3月28日) 雨。到院。正考官王鼎,副考官祁寯藻、文蔚、杜受田,同考官徐栋直工部、桑春荣直翰林、张云藻江御史、杜彦士福御史、英绶宗工主、石纶安刑员、王允灌东中书、苏廷魁广翰林、韩禧汗兵郎、卢毓嵩江御史、张芾陕赞善、赵□江翰林、和淳宗庶子、马百文湖北御、朱应元浙刑员、杨培贵翰林、陈坛河南翰、春熙侍读。

初七日(3月29日) 阴。得山西太原令王炳嶙札,即复之。

初八日(3月30日) 寅正,起身。辰初,进场。

初九日(3月31日) 卯刻,有题目:"约我以礼"、"君子依乎中庸"一节、"诗云王赫斯怒"五句、"师直为壮"得"平"字。晴。

初十日(4月1日) 晴。辰刻,出场。过二兄、补之、鉴斋。归家。

十一日(4月2日) 辰刻,进场。子正,得题目:"六五厥孚交如威如吉"、"四曰司空"五句、"君子至止"至"保其家室"、"春齐人陈人曹人伐宋夏单伯会伐宋"、"甘受和"四句。

十二日(4月3日) 晴。午正,全完。

十三日(4月4日) 辰初,出场。归家。晴。到院。得汪观察云任信,即复之。

十四日(4月5日) 辰初,进场。

十五日(4月6日) 卯初,有题目:经学、舆图、训诂、理学、兵法。午正,均完。

十六日(4月7日) 小雨。卯正,出场。归家。敦甫师来视场作。得铁芸二月廿二日信。菱舟、小洲来。复汪观察札。交鉴斋复铁芸札。

十七日(4月8日)　阴。答客。晤子鹤、铁珊、瑶生、子野。到院。国史馆带房来知会,得分校。子鹤来。少珊来。得伯瑜中丞信、毓太守科信。

十八日(4月9日)　雨。午正,大人下园。出门晤海帆师、崧甫。得棣华丈信。复伯瑜信。寄双圃信。

十九日(4月10日)　晴。到国史馆。庚子团拜,在才盛馆,同解元、弼夫、子青四人值年。到院。

二十日(4月11日)　晴。书卷子二开。崧甫、润芝、子恭、小莱、幼竹、阿朗山来。

廿一日(4月12日)　晴。带见文孔修太老师。答客。晤季云、小莱、韵珊。到院。仁山、汪树梓来。得筠孚信。

廿二日(4月13日)　晴。书卷子二开半。复尹孚信。

廿三日(4月14日)　晴。书卷子一开半。到院。访茂垣,留饭。执如、艮山来。得朱廉访士达信,即复之。

廿四日(4月15日)　晴。书卷子一开。谱经、咏莪、润芝、汪心阶、瑶生来。得顺之、桐门、一斋、若卿贺札。得见亭札。

廿五日(4月16日)　晴。书卷子一开。到院。访鉴斋、铁山,即归。皃香、子万来。申正,二大人下园。复见亭信。复顺之、竹桥信。

廿六日(4月17日)　晴。出门晤小棠、子恭。书卷子二开十七本。得步观察信。大兄五十初度,大人为斋星官。

廿七日(4月18日)　晴。到院。答客。晤受卿。至文昌馆赴螺舟、条三招。得方仲鸿信、王太守治信。复步香南信。

廿八日(4月19日)　晴。书卷子二开半。复仲鸿信。访茂垣、瑶生侄。思台移樽西厅。

廿九日(4月20日)　晴。该班。到天和馆,江南庚子同年公请。下午,大风,小雨。

闰三月

初一日(4月21日)　晴。至关帝庙拈香,求第十九签。到院。书卷子二开。午后,出门晤小石、菱洲。

初二日(4月22日)　晴。书卷子二开。到院。右园来拜,并上祭。风大。

初三日(4月23日)　晴,冷。到院。答右原。至文昌馆祝何杰夫堂上寿。午后,即归。书卷一开。得迪甫信。

初四日(4月24日)　晴。到会元堂,同门公请吉老师。饭后,到天和馆,祝兰台前辈堂上寿。赴子久招。得曰谷信。作诗"羡鱼结网更"。

初五日(4月25日)　晴,大风。书卷子二开半十八本。翰初招申刻集寓斋。得沈朗亭信。

初六日(4月26日)　晴。书卷子二开。到院。赴小石招。金姨太太仙去。得瀛门信。

初七日(4月27日)　晴。午后,赴霞峰招。

初八日(4月28日)　晴。到院。至会元堂祝翁玉泉堂上寿。赴寿臣招,在岵瞻寓中。是日,金姨太太出殡,停观音院,到彼行礼。

初九日(4月29日)　晴。咏莪来。作诗"春兼三月闰"得"三"字。二兄中式五十八名。

初十日(4月30日)　晴。出门晤愚泉、子舟。到院。

十一日(5月1日)　晴。出门晤吉人、艮甫、金心畬,即归。心阶、吉人、艮甫来。晚,小雨。

十二日(5月2日)　大风,晴。出门晤小坡师、皃香、引之、子山、心阶、安斋。到院。卷子在张小坡师房内,评云:辞旨腴润,气象光昌,次条罳之,有议论,有藻采,诗雅饬,经文有书有笔,策条理详明,水师、火器特详。王定九师评云:气局高阔,辞旨坚凝。诗叶以江苏卷已中桂林、引之及二兄共三人,故尔见遗同珍,扼腕之至。书卷半开。

十三日(5月3日) 阴晴错。出门晤季云、露轩师。是日,新进士覆试。夜,为补之、桂巢饯行,铁珊、燕山侄、顾魏双同席。

十四日(5月4日) 晴。补之、桂巢巳初起身。红生、璧田来。书卷半开。

十五日(5月5日) 晴。出门晤蕙西、受卿、弼夫、朵山。到院。寄功甫、顺之、铁芸信。交研君寄铁峰信。书卷半开。

十六日(5月6日) 晴。到署。该中班。复至才盛馆祝树斋堂上双寿。得冯晋堂信、步香岑信。是日,庶常散馆,派方略馆分校。

十七日(5月7日) 晴。到院。复晋渔信、朗庭信。书卷半开。小莱来。

十八日(5月8日) 晴。到院。书卷半开。安斋来。

十九日(5月9日) 晴。到署。卓老师到任。未刻,归家。搭凉篷。得徐一琴信。

二十日(5月10日) 晴。下园。午后,出门晤筠堂师、辛庵、詹岩。

廿一日(5月11日) 晴。巳初,到家。午后,拜客,晤红生、润臣、均生、铁山、鉴斋。到院。作诗"簦笠聚东菑"得"菑"字。

廿二日(5月12日) 晴,风沙。出门见裕庭师。访香林,留饭。裕庭师来。

廿三日(5月13日) 晴。到院。书卷一开半。午后,出门晤子久。赴何莲仙招。交鉴斋寄铁峰、铁芸、补之信。

廿四日(5月14日) 晴。进署,该班。

廿五日(5月15日) 晴。到院。出门晤右园、菱舟、枚叔。

廿六日(5月16日) 小雨。午后,晴。撰《衍圣公祭文》。

廿七日(5月17日) 晴。到院。出门晤徵三、容伯。至文昌馆赴愚泉招。未刻,大人归家。鉴斋来。侍大人。访铁珊、鉴斋。

廿八日(5月18日) 大风。卯正,到署。同红生前辈进景运门,至军机处,回中堂事。午初,归家。晴。

廿九日(5月19日) 卯初,到阁。进内,回奕、卓两中堂事。巳初,回家。晴。

三十日(5月20日) 晴。书卷子一开半。到院。得木君信,即复之。

四月

初一日(5月21日) 晴。到院。访薇客、子恭、芝馨,即归。次平、宝之来。得铁仁山信,即复之。

初二日(5月22日) 晴。祝博露庵堂上双寿。饭后,归。夜,雷,小雨。

初三日(5月23日) 晴。到院。访桂林。书卷子一开半。

初四日(5月24日) 阴。书卷子一开。访铁山、鉴斋。

初五日(5月25日) 晴。到院。拜客。晤崧甫、立峰、珠泉、少珊。书卷半开十九本。作诗"春雨五色"得"文"字。

初六日(5月26日) 晴。书卷子一开半。拜客。晤籲门。到院。得竹如信,即复之。梅梁师灵柩起身,到院一拜。

初七日(5月27日) 晴。书卷子一开半。到院。访菱洲。招子恭同饭。饭后,归家。桂舲来。晚,雷雨。

初八日(5月28日) 雨。书卷子一开半。午,晴。夜,雨。

初九日(5月29日) 雨。书卷子一开半。午,晴。到院。访子恭。

初十日(5月30日) 晴。拜周雨亭。进署,该班。未正,归家。凫香、鹤溪来。

十一日(5月31日) 晴。祝筠阁师散生日。到院。受卿、小莱来。书卷一开。

十二日(6月1日) 晴。书卷一开半。翰初、艮山先生、右园来。夜,雷。

十三日(6月2日) 晴。出门晤晓林师、王世叔、芾村师、嵛仙、少鹤、小莱。到院。作诗"春鸥洗翅呼"得"呼"字。

十四日(6月3日) 晴,风。书卷一开半二十本。崧甫来。颂南来。

十五日(6月4日) 晴,风。出门晤子恭、云墀、矩庭、子固。到院。同玉泉游厂。

十六日(6月5日) 晴。拜客。晤尧仙昆弟。到文昌馆祝贾亮才太夫人寿。交查处寄顺之、铁峰、铁芸信。得方涛信。

十七日(6月6日) 晴。到院。书卷子一开半。晚,雨。

十八日(6月7日) 晴,大风。进署。该班。申刻,归。

十九日(6月8日) 晴。出门晤鹤溪、安斋、史穆堂、顾湘坡、星垣、谱经。到院。书卷子一开。蓉舫师、润芝来。得铁芸闰月十一日信。

二十日(6月9日) 晴。到院。书卷子一开半。作诗"梅柳渡江春"得"江"字。问桃来。

廿一日(6月10日) 雨。到院。至菱舟处便饭,同进东华门接考。酉刻,归家。

廿二日(6月11日) 雨。祝伟堂先生六十寿。到文昌馆祝陈芝生母寿。

廿三日(6月12日) 晴。到院。书卷子一开半。大人归家。得铁峰、杏春信,寄女信,补之四月初一、初四信。

廿四日(6月13日) 大雨。卯刻,侍大人。同二兄进西华门。鼎甲龙启瑞、龚宝莲、何家玉。至内阁看拆封,二兄二甲十五名。同二兄同车归。饭后,到文昌馆祝海师六十寿。

廿五日(6月14日) 丑初,侍大人。进内谢恩。至署,即归。寄杏春、铁峰、铁芸、补之、寄女信。得铁芸四月六日信。小厓、璧田来。

廿六日(6月15日) 晴。到院。拜客。晤桂林。至才盛馆祝灵桂父母双寿。到文昌馆赴小厓招。

廿七日(6月16日)　晴。到院。书卷子一开。崧甫、宝之、小莱、桂林、少鹤来。晚,大雨。

廿八日(6月17日)　晴。祝赵老师寿。访矩庭。到院。大人归家。杨清川、徐稼生来。夜,大雷雨。

廿九日(6月18日)　小雨。唁小亭。同惠西访翰屏。到院。书卷一开半。是日,朝考。

五月

初一日(6月19日)　雨,即晴。到院。至各位老师处送节敬。得顺之四月十三日信、补之信、桐门信。阅朝考卷穆、王、卓、龚守正、许乃普、柏葰、黄爵滋、李品芳、李煌、祁寯藻,二兄取第九。小莱来。作诗"柳桥晴有絮"得"桥"字。

初二日(6月20日)　晴。书卷子一开。秋谷师来。申初,大人下园。出门晤筠阁师、小莱。交天成寄铁芸、顺之、补之、珠林、桐门信。夜,雨。

初三日(6月21日)　阴。书卷子半开廿一本。到院。晚,雷雨。

初四日(6月22日)　书卷子一开。雨。至老师处贺节。晤秋谷师、季云,季云留饭。

初五日(6月23日)　晴。到院。进署,该班。访次平、铁珊、鉴斋。

初六日(6月24日)　晴。铁珊、鉴斋、受卿、小莱、桂林来祝。到院。答马介樵、廉琴舫。至文昌馆赴伟堂师招。璧田来。

初七日(6月25日)　晴。到院,谢寿。晤心农。书卷子一开。翰臣来。

初八日(6月26日)　晴,热。崧甫、宝之来。书卷子一开半。晚,雨。

初九日(6月27日)　晴。出门晤崧甫、璧田。到院。书卷子一开。午后，雨，即晴。得方木君信，即答之。作诗“桃花流水鳜鱼肥”得“花”字。

初十日(6月28日) 晴。书卷一开。桂林、安斋来。酉初，雨，即止。

十一日(6月29日) 晴。书卷一开半。访翰屏。到院。子鹤来。晚，雨。交查处寄顺之、大兄、铁峰、铁芸信。

十二日(6月30日) 晴。到院。书卷一开半。作诗“春星带草堂”得“星”字。晚，大雷雨，雹。

十三日(7月1日) 晴。进署，该班。访翰初、子久。晚，至鉴斋处。

十四日(7月2日) 晴。到院。书卷一开。凫香、少鹤来。

十五日(7月3日) 晴。到院。拜客。晤小莱、小筠。到歙县会馆祭武帝。午后，即归。

十六日(7月4日) 晴。书卷子二开。到院。拜客。晤凫香、稼生。得理庵、桂巢信。翰初来。

十七日(7月5日) 雨。下园，并至穆太老师、贾老师、醇士处。酉刻，归。晴。

十八日(7月6日) 晴。答客。晤少珊、子永。到院。书卷子一开。高舍人本仁来投帖。徐石溪来。得沁水大令孙曰庠信，复札交石溪。

十九日(7月7日) 雨，即晴。书卷一开。午后，出门到院。吊愚泉。答秋谷、小瀛。

二十日(7月8日) 晴。书卷一开廿二本。小石、桂舲、啸庵来。得但观察信，即答之。弼夫来。

廿一日(7月9日) 晴。到方略馆。访季云。

廿二日(7月10日) 晴。二兄祀奎星。得顺之天中后一日信、补之信、桐门信、铁芸信。

廿三日(7月11日) 晴。到院。书卷子一开。

廿四日(7月12日) 晴。访铁山、鉴斋。进署,该班。寄顺之、补之、铁芸、理庵、桐门信交天成。

廿五日(7月13日) 晴。书卷子一开。枚叔、少鹤来。

廿六日(7月14日) 晴。出门晤子恭、大竹。到院。赴鉴斋才盛看剧之招。午后,即归。天热甚。

廿七日(7月15日) 晴。唁润芝。晤秋谷师。至海帆师处,又晤秋谷师。访安斋。得卢风、颖道、郑家麟信。得见亭信。

廿八日(7月16日) 晴,热。到院。访子恭。书卷半开。复郑观察信。晚,雨。

廿九日(7月17日) 晴,天热。进署。该班。未正,归。访心畬、北堂。夜,霹雳,大雨。交缪心如寄铁峰信。交金叶客人寄顺之、铁芸信。

六月

初一日(7月18日) 晴,热。到院。答客。晤石愚泉、子鹤。书卷一开。

初二日(7月19日) 晴,热。书卷一开。小莱来。夜,大雨。

初三日(7月20日) 小雨,忽晴忽雨。卓、潘、赵、慧四位老师招才盛馆,庚子乡试值年。请新中十二人,亦在楼下。得赵厚子信。

初四日(7月21日) 晴。同仰思、藕庵、芝馨公请陈秋霞前辈,东林堂。

初五日(7月22日) 大雨。到院。

初六日(7月23日) 阴晴错。书卷一开半。拜客。晤季云、寿卿。夜,大雨。

初七日(7月24日) 晴。书卷一开。拜客。晤鹤泉、一山、若溪、汉槎。到院。

初八日(7月25日) 晴。进署,该班。作诗“雨中春树万人家”得“中”字。

初九日(7月26日) 晴阴间。到院。书卷子一开半。蕙西、小莱、劬庵来。夜，雨。

初十日(7月27日) 小雨，即晴。书卷子半开。蔡春帆来。得孙老前辈信。

十一日(7月28日) 小雨。到院。访白英。书卷子半开。桂林、朵山、书农来。

十二日(7月29日) 晴。书卷子半开廿三本。复孙老前辈信。得倪大令信。

十三日(7月30日) 晴。出门晤涤梅、岚樵、春帆。到院。受卿、少鹤、高延绶来。复倪大令信。鹤泉来。作诗“草色遥看近却无”得“夫”字。

十四日(7月31日) 晴。书卷半开。吴秋农、颂南来。出门晤春园、竹岩。得铁芸四月廿九信。

十五日(8月1日) 晴，热。到院。答客，晤少峰。书卷半开。北堂、艮甫来。祝赵师母寿。小莱来。交春园复铁芸、补之信。夜，大雨。

十六日(8月2日) 晴。到院。小雨，即晴。进署。陈秋霞前辈来署话别。申正，归家。申初，月食。夜，雨。

十七日(8月3日) 大雨。到院。送拣泉行。至文昌馆贺筠巢得子，公局。

十八日(8月4日) 晴。书卷一开半。到院。安斋来。

十九日(8月5日) 晴。书卷半开。出门晤石琴、受卿、赐卿。赐卿孙剃头，留面。大竹、次平来。

二十日(8月6日) 晴。到院。书卷一开。得铁峰、寄女信，铁芸六月三日信，望之先生信。

廿一日(8月7日) 晴。书卷一开。交春园复铁峰、铁芸、寄女信。得顺之六月五日书。天热。石琴、徐一芹、竹岩、铁山、赐卿来。

廿二日(8月8日) 晴，热。答尧仙。祝受卿夫人寿。到院。

复望之先生书。得涧筠信。裕庭师来。

廿三日(8月9日) 晴,热。书卷一开。璧田来。复涧筠信。

廿四日(8月10日) 晴。到院。晤文世兄。进署。访雨帆前辈、子青。

廿五日(8月11日) 晴。书卷一开。枚叔来。夜,雷雨。

廿六日(8月12日) 晴。到院。复沈朗庭信。中书同年请世兄,鹤溪、小芸、少谷均到,在才盛馆。璧田来。得采三信。

廿七日(8月13日) 晴。到院。至天和馆赴秋霞招。交天成寄顺之信。交天顺复大兄信。书卷半开廿四本。得白也信。

廿八日(8月14日) 晴,热。书卷一开。复采三信。

廿九日(8月15日) 大雨。到院。晚,晴。复白也信。

三十日(8月16日) 晴。书卷二开。少珊、崧甫、受卿来。得福兹信。

七月

初一日(8月17日) 晴,雨,即晴。到院。祝秋谷师寿,留面。访寿卿。

初二日(8月18日) 晴阴间。祝王晓林师母寿。到署,该班。得朱桐仙信。复福兹札。夜,雨。

初三日(8月19日) 晴。到院。祝吉老师寿,不留客。访墨卿。书卷半开。午后,出门晤小芸。赴受卿招。复桐仙信。

初四日(8月20日) 晴。到院。书卷半开。赴璧田龙树寺之招。

初五日(8月21日) 晴。皋香来。书卷一开。得小庚信。

初六日(8月22日) 晴。到院。答客。晤高小帆前辈。子恭招铁山、鉴斋、少鹤饮斋中。红生前辈来。

初七日(8月23日) 晴。到院。拜客。晤丁嘉葆。至才盛馆祝梁海楼父母双寿。作诗"春蚕作茧"得"同"字。雨帆来。

初八日(8月24日) 晴。至裕庭师处送行,晤谈。招春帆、小莱、鹤溪、寿卿才盛馆,并赴安斋招,同在楼下。得杏春、岭梅信。有老师来。

初九日(8月25日) 晴。到院。送鉴斋、少鹤、铁山行。赴均甫招。赴咏莪招。

初十日(8月26日) 晴。到院。进署,该班。申初,散。访春园。赵述园来。

十一日(8月27日) 小雨。书卷二开。作诗"风帘入双燕"得"帘"字。

十二日(8月28日) 至洪洞馆送裕庭师。至普济堂送定九师。到院。弼夫来。夜,雷雨。得汪心阶信。

十三日(8月29日) 阴。书卷一开。到院。访玉臣、笔珊。午后,子青、裴淡如、荀伯来。

十四日(8月30日) 到院。书卷半开廿五本。午后,拜客。晤谷生、竹泉。吊辛芝生。雷雨。

十五日(8月31日) 雨,即晴。到院。拜忏。散后,访小莱。得胡实甫信。

十六日(9月1日) 雨,即晴。谷生、矩庭来。复实甫札。

十七日(9月2日) 晴。到院。至文昌馆祝黄桂馥父母双寿。心畬来。

十八日(9月3日) 晴。到院。拜客。晤兰台。进署,该班。访子青。晚,颂南、春园来。交查家寄铁峰、铁芸、顺之、补之、心阶信。得全小汀信。

十九日(9月4日) 晴。下园。酉刻,归家。复全小汀信。

二十日(9月5日) 雨。秋谷、崧甫、小莱、桂林来。到院。拜客。晤我鸥、小帆、辛畬。晚,大雨。

廿一日(9月6日) 小雨。午,晴。作诗"娇春杨柳含细烟"得"娇"字。到院。答矩亭。赴春帆招。

廿二日(9月7日) 晴。到院。访芝馨。

廿三日(9月8日) 访清如。至燕喜堂赴墨卿招。大雨,仍晴。

廿四日(9月9日) 晴。到院。陶际尧来。

廿五日(9月10日) 晴。艮山来。高小岑来。得大兄信。

廿六日(9月11日) 晴。到院。至文昌馆祝姚亮甫前辈八十双寿。夜,雷,大雨。小莱来。

廿七日(9月12日) 大风,晴。到院。访菱洲。至文昌馆祝吴吉昌堂上寿。枚叔来。得黄庚垣书,即复之。

廿八日(9月13日) 晴。到院。至才盛馆,郭雨三堂上寿。致大兄信交张福。

廿九日(9月14日) 晴。到院。至文昌馆祝王祖培令祖寿。本日,内阁奏中书俸。奉旨,赏给正俸。菱洲来。

(按:以下为谜语29条。)

举班知县	折桂令	
菊英	礼	其谢也可食
资源翰林	礼	有开必先
一世儒官一世丞	传	父教子贰
一军小惊	春秋	无骇卒
孙悟空分身	传	行者甚众
小人长戚戚	诗	乐只君子
君瑞琴心	诗	有莺其领
张生初见红娘	诗	曰予未有室家
此尼山之以比也	易	夫子制义
坐以待旦	书	周公立焉
萧相国亡去	易	以求信也
生而有髭	书	小子胡
为弟作书	哥舒翰	

妹喜	桀溺	
太姒	文聘	
宋之问赋幸昆明池诗	沈同	
一网打尽	鱼俱罗	
孤山鹤	林放	
自生民以来未有夫子也	孔仅	
几生修到	梅福	
东晋	司马迁	
人面桃花相映红	夭夭如也	
围棋象棋弹棋	三子者不同道	
佛教源流	释本末	
苹婆橘婢	二女果	
老彭犹为夭	山经	其不寿者八百岁
巫峰	山经	有云雨之山
吹却银荷理睡妆	丹书	火灭修容

杖履春风入画图，高年兄弟想康娱。光绪初，余入都应京兆试，犹及见星斋、黻廷两先生。清芬尚在留余墨，可是开元记事珠。身际休明入凤池，日记载考中书时，为道光辛丑岁。当年应有纪恩诗。世居乔木今余几，枨触平居故国思。

一山仁兄属题。庚申夏日邹嘉来。

十月

十六日(11月28日) 阴，大风。

十七日(11月29日) 晴，大风。进署。答月帆。

十八日(11月30日) 晴，风。衍庭、斗南、受轩来。

十九日(12月1日) 晴。到院。晤小墅、子贞、祝兢。赴容斋招。

二十日(12月2日) 晴。午后,出门晤叠云太老师、籲门。赴受轩招。峰孙来。

二十一日(12月3日) 晴。贺一山子完姻、楞香女出阁。访补之,即归。安斋、引之、北堂、琴山来。

二十二日(12月4日) 晴。贺敬堂子完姻。答蔼余年丈,观字画。振轩来。

二十三日(12月5日) 晴。进城晤墨卿。午后,松门先生、吴补之来。

二十四日(12月6日) 晴。进署。访淡如。

二十五日(12月7日) 晴。同子箴、子山至博古斋。云林、心如、仲常、兰庭、顺、补来。大人归家。

二十六日(12月8日) 晴。稼生、云渠、湘坡、兰厓、卫生、敬亭来。

二十七日(12月9日) 晴。进城晤吴补之。寄筠谷师禀。琴舫来。

二十八日(12月10日) 晴,风。进署。幼竹、镜侯、顺、补来。得王湘信,即复之。

二十九日(12月11日) 晴。

三十日(12月12日) 晴。到院。答客。晤萝村、受田、谱经、竹香。赴覃叔招。

十一月

初一日(12月13日) 晴。到院。访容斋、次平。午后,小墅、蔼余、次平、顺、补来。寄二姊、铁芸、松庭信。

初二日(12月14日) 晴。答客。晤桐轩、琴舫、介樵、顺、补,补之留便饭。

初三日(12月15日) 晴。少梅、仙九来。

初四日(12月16日) 雪。早槎来。

初五日(12月17日) 寅正,进内。辰初,养心殿引见,奉旨,补授内阁中书。顺之、补之、石卿、少珊、斗南送引见。一山、敬亭来。

初六日(12月18日) 阴。进内谢恩。午后,雪,竟夜。是日,到院。访容斋。

初七日(12月19日) 晴。谢客。晤衍庭、李晴川。寄裕庭师、见庭信。

初八日(12月20日) 大风,晴。进城。谢客。晤吉老师、克斋,克斋留饭。得周士镗信,即复之。

初九日(12月21日) 晴,冷,风。谢客。晤春帆、石卿、璧田。晚,顺、补来。

初十日(12月22日) 大风,晴。进署。谢客。唁润臣。

十一日(12月23日) 晴。谢客。贺又村续弦。拜贾太师母寿,留面。得朱成烈、周颚两观察书,即复之。

十二日(12月24日) 晴。进城。谢客。晤理堂、心诚、振轩,振轩留饭。晚,朗山、翰臣来。

十三日(12月25日) 晴。大人招顺之、补之午饭。早起,小雪,即止。

十四日(12月26日) 晴。谢客。晤翰臣、海门、子箴。晚,衍庭、根云来。

十五日(12月27日) 晴。到院。谢客。晤卫生、静轩、研香。得湘林信,即复之。交研香寄我鸥信。顺、补、仲常来。

十六日(12月28日) 晴。进署。

十七日(12月29日) 雪,即晴。薪圃、丁浩来。

十八日(12月30日) 晴。进署。午后,出门晤受轩、月帆。祝张太师母寿。

十九日(12月31日) 晴。得甘渔信、鹤卿信。顺、补来。

二十日(1月1日) 晴。贺伟堂师升尚书,晤见,并见敬堂、寿卿。答岚樵,晤谈。到院。午后,大风。复甘渔、鹤卿信。得铁芸信。

廿一日(1月2日) 晴,风。大人寿诞,不留客。侍大人。至顺之处午饭,画小照。贺蓉舫师升阁学。晤容斋。夜,留顺之、补之,同先生坐二席。

廿二日(1月3日) 晴,大风,冷。得立夫信,即复之。

廿三日(1月4日) 晴,冷。进城。谢寿。送年敬。晤鹤峰、露轩师、朗珊、克斋,克斋留饭。送灶。

廿四日(1月5日) 晴。顺之来。得西雍信,即复之。

廿五日(1月6日) 晴。得桐门信。寄益斋、桐门信。得右园信。

廿六日(1月7日) 晴。到院。送年敬。拜客。晤红生、容斋。复右园信。补之来。

廿七日(1月8日) 晴。小莱来。

廿八日(1月9日) 晴。到院。拜客。晤小墅、林一。得秉斋兄弟信。寄益斋、桐门、秉斋昆弟信。敬神。

廿九日(1月10日) 晴。到院。答小莱。接灶神,挂喜容。顺、补来。得春介轩师信,即复之。

道光二十四年甲辰(1844)

一月

甲辰元旦(2 月 18 日) 阴。拜佛、灶神、喜神。西城拜年。午前,归。大人前叩贺。午后,东城拜年。

初二日(2 月 19 日) 晴。至顺之处,顺路拜年。至文昌馆,内阁团拜。

初三日(2 月 20 日) 晴。

初四日(2 月 21 日) 晴。到前门、门内、后门拜年。大人下园。补之来。

初五日(2 月 22 日) 晴。午后,同石生、子山、二兄游厂。得陆费玉泉信,即复之。

初六日(2 月 23 日) 晴。西城拜年。午后,游厂。

初七日(2 月 24 日) 晴。思台来。午后,访容斋,同游厂。夜,大风。

初八日(2 月 25 日) 晴,风。午后,游火神庙。

初九日(2 月 26 日) 晴。小莱来。午后,到院。访云生、小墅、受轩。

初十日(2 月 27 日) 风,晴。大人归家。心莲来。

十一日(2 月 28 日) 晴。容斋、顺、补来。得理庵、铁芸、松庭信,即答之。

十二日(2 月 29 日) 晴,风。赓庵、引之、新斋、少峰来。大人画小照。

十三日(3月1日)　晴。到院。晤顺、补、岚樵。午后，顺、补来。

十四日(3月2日)　晴。石卿、子箴来。午后，游厂。顺、补来。

十五日(3月3日)　晴。祝许师母寿。到院。午后，携凤儿游厂。顺、补来。

十六日(3月4日)　阴。进城。晤吉老师。唁墨卿。

十七日(3月5日)　晴。出门晤顺、补、颖生、矩庭、石卿。赴少珊松筠庵午集。

十八日(3月6日)　阴。收喜容。午后，出门晤顺、补、良庵、昆峰。赴吴蔼人招。

十九日(3月7日)　晴。到院。访容斋。同顺、补招红生、斗南、仲长、石卿文昌馆西厅午集。

二十日(3月8日)　阴。克斋来。招赓庵、仲铭、蔼人、子箴、覃叔午饭。午后，同子□至顺之处，留夜饭。

廿一日(3月9日)　大风，晴。进署。

廿二日(3月10日)　晴。至海师处贺孙世兄完姻，留面。出城。拜客。晤新斋。

廿三日(3月11日)　晴。进城。晤松岑、元修、慧世兄。

廿四日(3月12日)　晴。午后，雪，甚冷。振轩来。

廿五日(3月13日)　晴。受轩、赓庵来。

廿六日(3月14日)　阴晴错。进署。访少鹤、鹤溪。午后，小莱、宝之来。

廿七日(3月15日)　晴。到院。拜客。晤容斋、籲门、兰台、赵老师。晚，耕安、顺、补来。

廿八日(3月16日)　晴，风。午后，出门晤昆峰、根云、顺、补。

廿九日(3月17日)　晴。新斋、顺、补来。

三十日(3月18日)　晴。饭后，出门晤筠堂师、顺、补。晚，耕安来。

二月

初一日(3月19日) 晴,大风。到院。拜客。晤荀伯、星衢。

初二日(3月20日) 晴。大人下园。

初三日(3月21日) 晴。容斋、顺之来。晚,到顺之处。

初四日(3月22日) 晴。小墅来。午后,出门晤蔼余丈、茂垣。赴颖生招。

初五日(3月23日) 雪雨交作。顺之来。访杏春,即归。春园来。荀伯来。

初六日(3月24日) 晴。进城。拜客。铁珊、福之来。得见庭信,即复之。

初七日(3月25日) 晴。到院。至横街。得铁芸新正十七信,二姊、楚园信。

初八日(3月26日) 晴。出门。午后,咏莪、顺之来。复铁芸、楚元、二姊信。

初九日(3月27日) 晴。朗山、宝笙、琴舫、春园来。得笠耕信,即复之。寄芑香信。

初十日(3月28日) 晴。幼竹来。得松庭信,即复之。

十一日(3月29日) 晴。到署。克斋来。得柳桥、蔼如信,即复之。

十二日(3月30日) 晴。晤容斋。辛丑中书同年团拜,到才盛馆,卓、赵两老师均到。

十三日(3月31日) 晴。午后,唁芝台。访淡如,同过博古斋、纬文斋。

十四日(4月1日) 雨。石卿来。至顺之处,顺之夫人四十寿,留面。

十五日(4月2日) 晴。到院。进城。贺伟堂师。出城。贺芝龄丈,晤谈。子贞、顺之来。

十六日(4月3日) 晴。至顺之处。到文昌馆赴赵老师招。

十七日(4月4日) 晴。小莱来。得翰芬信,即复之。

十八日(4月5日) 晴。寺中拜忏。到院。答客。晤敬亭、荫芝。得云伯信,即复之。晴初、瑶笙、意园、柳君、春圃、顺、补、杏春来。

十九日(4月6日) 晴。进署。访淡如、宜亭。夜,招柳君小酌。

二十日(4月7日) 晴。鹤峰招吃肉。访容斋。午后,赋梅、序卿来。

二十一日(4月8日) 小雨。进城。拜客。采三来。午后,又雨,即晴。

二十二日(4月9日) 晴。到院。至顺之处。赴红生、仲常、石琴三前辈、斗南招红生寓中。

二十三日(4月10日) 晴。顺之来。

二十四日(4月11日) 晴。诗舲来。

二十五日(4月12日) 晴,热。得栗太守信,即复之。

二十六日(4月13日) 晴。子万来。至顺之处。

二十七日(4月14日) 阴晴间。出门晤受轩。午后,小雨。柳臣来,留夜饭。

二十八日(4月15日) 晴,冷。得许祥光信。春园、鹤泉、蒋锡宝来。

二十九日(4月16日) 晴。午后,到院。晤蔼如。至顺之处。寄筠谷师信、芑香信。

三十日(4月17日) 晴。答客。晤奕庭、琴舫。赴信臣招。容斋、颖生来。复宾衢信。

三月

初一日(4月18日) 晴。到院。访顺之、补之、敬亭。午后,又园、杏春、顺、补来。

初二日(4月19日) 阴晴错。出门晤铁珊、引之、小墅、云生。

初三日(4月20日) 晴,风。到院。祝陈太师母寿。得铁芸信,即复之。

初四日(4月21日) 晴。午后,访顺、补。得少梅信,即复之。子青来。

初五日(4月22日) 晴。午后,访顺、补。

初六日(4月23日) 阴。访顺、补。到院。金姨太太周年。会试正考官陈官俊,副考官文庆、徐士芬,同考官蒋琦淳、吉明、刘成万、朱昌颐、梁国琮、仓景恬、李佐贤、黄钟音、吴嘉淦、许振祎、何桂清、田雨公、祁寯藻、郭沛霖、陈源兖、丁彦俦、邹振杰、黄绰。

初七日(4月24日) 阴。杏春来。大风。晚,雨,甚大。

初八日(4月25日) 寅刻,起身。卯正,进场。晴。

初九日(4月26日) 题目:"下学而上达"二句、"有所不足"二句、"以为未尝有材焉"二句、"白驹空谷"得"人"字。午正,写完。

初十日(4月27日) 晴。辰刻,到家。

十一日(4月28日) 辰初,进场。晴,大风。

十二日(4月29日) 晴。题目:"是以君子慎密而不出也"、"同律度量衡"、"何以舟之"二句、"夏叔孙豹如晋"、"故贯四时而不改柯易叶"。午正,写完。

十三日(4月30日) 晴。辰初,到家。

十四日(5月1日) 晴。辰初,进场。

十五日(5月2日) 晴。策题:节俭、经学、正民心、刑、兵。午初,完。

十六日(5月3日) 卯刻,出场。琴舫、春园来。得承志信,即复之。

十七日(5月4日) 晴。到院。答客。晤皕生、树庵。得松庭信,即复之。补之、霞九、顺之来。

十八日(5月5日) 小雨。晚,晴。午后,答客。西镇来。

十九日(5月6日) 阴。午后,访容斋。

二十日(5月7日) 晴。庚子同年团拜,到会元堂。

二十一日(5月8日) 阴。进署。答客。晤咏莪。

二十二日(5月9日) 晴。下园。酉刻,归家。

二十三日(5月10日) 阴。会元堂,同门公请吉老师。

二十四日(5月11日) 晴。午后,大人归家。默深、欧国成来。

二十五日(5月12日) 晴。顺之、补之、晴初、瑶笙来。

二十六日(5月13日) 晴。答客。晤许八叔。

二十七日(5月14日) 风,晴。春园、顺之、补之来。

二十八日(5月15日) 晴。

二十九日(5月16日) 雨。子鹤来。

四月

初一日(5月17日) 晴。到院。访容斋、顺、补。午后,敬亭、蔼如、杏春、珊林、顺、补来。夜,雷。

初二日(5月18日) 晴。顺之来。

初三日(5月19日) 大雨。天禄堂赴子箴、闰生招。

初四日(5月20日) 晴,凉风。鉴斋、厚卿来。午正,大人下园。答鉴斋。得铁芸信,即复之。

初五日(5月21日) 风甚大,晴。得楚园、二姊信,朱筱沤信,姜宫孺信。瑶生、兰庭同来。厚卿来。

初六日(5月22日) 晴。进署。访朗山。复小沤、姜大令信。鉴斋、小莱来。

初七日(5月23日) 晴。到院。访杏春。

初八日(5月24日) 晴。至顺之处,同报罢。

初九日(5月25日) 晴。到署。访清如。晚,大雷雨。

初十日(5月26日) 晴。拜客。晤笠耕、幼泉、子箴。午后,至补之、鉴斋处。瑶笙来。

十一日(5月27日) 晴。进署。寄大兄信。

十二日(5月28日) 晴。至顺之处。交晴初复大兄信。交蔼如复叔美信。

十三日(5月29日) 晴。进城。拜客。晚,大雷雨,仍晴。交子山寄铁芸、李芝林试帖、《正字略》。

十四日(5月30日) 雨。进署。交子山寄铁芸信、洋烟、翠花、槟榔袋、靴、帽、子鹤对。晚,晴。

十五日(5月31日) 小雨,晴。到院。访容斋、杏春、福之。得甘渔信,即复之。

十六日(6月1日) 晴。梅伯、容斋来。得大兄信,即复之,交顺之。

十七日(6月2日) 晴。兰庭来。至顺之处,同访敬亭。

十八日(6月3日) 晴。进署。访梅伯。芝台来。得松庭信。小莱、子箴来。交子山复松庭信。

十九日(6月4日) 晴。祝蘅畦嫁女、胡铁山子完姻,均贺之。午后,至顺之处,同请子山、鉴斋、厚卿。夜,雨。

二十日(6月5日) 阴。安斋、若溪、顺之来。午后,拜客。晤芝台。送子山行。

廿一日(6月6日) 晴。薪圃来。午后,访鉴斋。约顺之、补之同游厂。

廿二日(6月7日) 晴,风。祝伟堂师寿。到院。得铁芸信,即复之。交杏春。顺、补、鉴斋、卫生、敬亭、厚卿来。

廿三日(6月8日) 晴。进署。至文华殿见大人。鉴斋来。

廿四日(6月9日) 雨。大人归家。

廿五日(6月10日) 晴。大人下园。得德年丈通信,即复之。

廿六日(6月11日) 晴。晚,雷雨。至顺之处。

廿七日(6月12日) 晴。到院。答客。晤璧田、芝馨。

廿八日(6月13日) 晴。出门晤容斋、受轩,留饭。

廿九日(6月14日) 晴。进署。访子青、斗南。欧大令来。小庭来。

三十日(6月15日) 阴。小坪来。午后,拜客。晤琴舫。赴鉴斋招。晚,雨。

五月

初一日(6月16日) 风,阴。到院。送节敬。晤心莲。云南主考晏端书、朱昌颐,贵州万青藜、何绍基。

初二日(6月17日) 大人归家。夜,雨。

初三日(6月18日) 晴。晚,雨。

初四日(6月19日) 晴。

初五日(6月20日) 雷雨。

初六日(6月21日) 晴。小莱、鉴斋、安斋、杏春、受卿、顺之、补之、厚山来。

初七日(6月22日) 晴。午后,谢客。晤小莱、厚山。得筠谷师信,即复之。

初八日(6月23日) 晴。到院。答客。晤石卿、杏春、补之。得芸舫信,即复之。棣如、容斋来。

初九日(6月24日) 晴。答客,均未晤。得新桥信,即复之。

初十日(6月25日) 晴,热。

十一日(6月26日) 阴。答客。晤子鹤、岚樵。小雨,即晴。

十二日(6月27日) 晴,热。到署。广东主考何桂清、龙启瑞,广西冯桂芬、祁寯藻,福建瑞常、杨福祺。

十三日(6月28日) 晴。顺之、补之来。次平来。

十四日(6月29日) 晴,热。到署。红生来。

十五日(6月30日) 晴。到院。夜,雷雨。

十六日(7月1日) 雨。晚,晴。克斋来。得鹤卿信,即答之。

十七日(7月2日) 晴。出门晤杏春、容斋。午后,大人归寓。晚,雨。

十八日(7月3日) 晴。杏春来。

十九日(7月4日) 大人下园。卫生来。夜,雨。

二十日(7月5日) 大雨。进署。琴舫、薪圃、良庵、谱经来。

二十一日(7月6日) 小雨。到院。答客。晤卫生、顺之、补之、杏春、受轩。晚,晴。

二十二日(7月7日) 阴。唁小墅。答琴舫。访积民。受轩来。复芑香信。午后,晴,又雨。四川钱振伦、汤云松,湖南李临驯、乔晋芳。

二十三日(7月8日) 雨。进署。晚,晴,又小雨。

二十四日(7月9日) 晴。晚,雷雨,仍晴。

二十五日(7月10日) 晴。景亭来。访容斋。

二十六日(7月11日) 进署。晴。午后,雨。得胡实甫信。夜,大雨。

二十七日(7月12日) 晴。复实甫信。兰史、枚叔、顺之、鉴斋、厚卿来。夜,甚热。

二十八日(7月13日) 晴,热。夜,大雨。

二十九日(7月14日) 雨。访杏春。才盛馆赴海帆师招。得二姊、铁芸信,即复之。夜,雨。

六月

初一日(7月15日) 晴。到院。访厚卿,同至积古斋、同立局。容斋来。夜,雨。

初二日(7月16日) 晴。午后,访容斋。

初三日(7月17日) 晴。午后,答次平。访杏春、顺之。

初四日(7月18日) 晴,风。进署。拜客。晤鹤溪。

初五日(7月19日) 晴。松泉、秋谷来。

初六日(7月20日)　晴。答松泉。到院。子山、仲庭来。

初七日(7月21日)　阴晴间,小雨。到署。答月帆。午后,云生、顺之来。

初八日(7月22日)　晴。得二姊信。淡如、颖生来。

初九日(7月23日)　出门晤云生。两得曰谷信,即复之。

初十日(7月24日)　晴。进署。

十一日(7月25日)　晴。访容斋,留饭,同至积古斋。夜,大雷雨。

十二日(7月26日)　晴。拜客。晤衡甫。浙江朱嶟、恽光宸,江西叶觐仪、李佐贤,湖北仓景恬、殷兆镛。得汪子山信,即复之。

十三日(7月27日)　晴。答客。晤受轩、顺、补、杏春。雨人散生日。咏莪、琴舫来。

十四日(7月28日)　晴。得右园信,即复之,并诗。

十五日(7月29日)　阴。到院。拜客。晤淡如。午后,杏春来。晴。

十六日(7月30日)　阴。柳君来。

十七日(7月31日)　晴。进署。夜,雨。

十八日(8月1日)　晴。访薪圃、顺之、补之。

十九日(8月2日)　晴。出门。到院。晤红生、闰臣。

二十日(8月3日)　晴。进署。散后,至积古斋。补之来。

二十一日(8月4日)　晴。午后,访顺、补。大雷雨,仍晴。

二十二日(8月5日)　晴。访鉴斋、容斋,即归。琴舫来。陕甘甘守先、陈宝禾,江南徐士芬、江国霖。薪圃来。

二十三日(8月6日)　晴。答客。晤袖石、石卿。得铁芸五月廿七信。朗山、杏春来。

二十四日(8月7日)　晴。宝甫、清卿、顺之来。交顺之寄大兄、二姊、铁芸信。

二十五日(8月8日)　丑初,下园。该班。散,至大人处。西刻，归家。

二十六日(8月9日) 晴。次平来。午后，访补之、杏春。夜，雨。

二十七日(8月10日) 雨。午后，晴。

二十八日(8月11日) 晴。进署。厚卿验看，留饭。访子青、淡如。得松庭信，即复之。

二十九日(8月12日) 晴。进城。答客。赴杏春招。

三十日(8月13日) 晴。容斋、徐春江来。

七月

初一日(8月14日) 阴晴间。到院。访杏春、顺、补。预祝吉老师寿。杏春来。

初二日(8月15日) 晴。大人归家。石卿、顺之、补之来。法源寺为内子礼忏三日。

初三日(8月16日) 晴。顺、补来。

初四日(8月17日) 晴。内子周年。杏春、鉴斋、顺之、补之、厚卿来。顺之夫人、鉴斋夫人来。

初五日(8月18日) 晴。到院。答客。晤杏春、顺、补。

初六日(8月19日) 晴。出门晤鹤峰、兰樵。赴鉴斋、安斋招，在贾家胡同寓内。晚，雨。

初七日(8月20日) 晴。进署。得松庭信、右园信，即复之。李梅生、顺之来。张同登来。

初八日(8月21日) 晴。山东主考舒兴阿、阿彦达、胡应泰，山西龙元僖、匡源，河南厉恩官、田雨公。晚，至横街。

初九日(8月22日) 晴，风。受卿、杏春、小莱、鉴斋、秋谷、顺之、补之、石卿来。

初十日(8月23日) 晴。子箴来。松泉来。

十一日(8月24日) 晴。到院。文昌馆赴搴云招。

十二日(8月25日) 晴。午后,访顺、补、杏春。夜,雨。

十三日(8月26日) 阴,小雨。

十四日(8月27日) 小雨,阴。得王芮川信,即复之。

十五日(8月28日) 晴。到院。答客。晤容斋。

十六日(8月29日) 晴。天和馆赴子箴、搴云招。

十七日(8月30日) 晴。得桐门信。

十八日(8月31日) 晴。出门晤鉴斋、厚卿。唁弼夫。到院。安斋来。晚,雨。夜,大雨。

十九日(9月1日) 雨。访杏春。会元堂赴容斋招。

二十日(9月2日) 雨。进署。午,晴。朗山来。

二十一日(9月3日) 雨。

二十二日(9月4日) 阴。史台、李钧来。誉侯来。顾升到京。得铁芸、松庭信。

二十三日(9月5日) 晴,风。蔼余、湘坡、少谷来。

二十四日(9月6日) 晴。进署。游两宜轩、积古斋。

二十五日(9月7日) 晴。

二十六日(9月8日) 晴。顺之来。

二十七日(9月9日) 晴。补之来。午后,顺之来。夜,大风。

二十八日(9月10日) 晴。庆阁学送洋烟一瓶、锦州壶一个、针线九件。

二十九日(9月11日) 晴。红生、仲常、石卿、斗南招集石卿斋中,辞之。

八月

初一日(9月12日) 晴。覃叔招初五文昌馆西轩,辞之。

初二日(9月13日) 晴。贾世陶招初六才盛馆,辞之。思台来。

初三日(9月14日) 晴。顺之来。覃叔送食物四色、《洛神》一幅、扇袋、小刀、洋灯二、玉屏、墨床、洋匣、笔一匣。

初四日(9月15日) 晴。大人归。为陆宜人点主,杏春、补之襄题。交顺之寄大兄信。午后,顺之来。

初五日(9月16日) 晴。小珊送箨石画,玉印、水晶印二方。

初六日(9月17日) 晴。杏春、补之来。正考官杜受田,副考官张澧中、罗文俊,同考官姚福增、陈枚、蒋琦淳、邵纶、果敬事、王东槐、黄倬、张鏶、汪本铨、沈元泰、顾嘉蘅、郑琼诒、雷维翰、孙铭恩、徐士谷、钟音鸿、王曼、周炳鉴。

初七日(9月18日) 晴。

初八日(9月19日) 晴。到院。至顺之处。补之、容斋来。顺之、补之、鉴斋、星兄、玉泉、顺之处大侄均至院中行礼。得鹤卿信,即复之。庙中起忏。

初九日(9月20日) 晴,风甚冷。凤升至院。鉴斋夫人,补、顺之夫人,二嫂,四妹均至院行礼。

初十日(9月21日) 晴。若溪、补之来。顺、补处诸侄来行礼。到院。小莱、次平来。堂祭。顺之、补之、顺之处大侄来。

十一日(9月22日) 晴。辰初,起灵。酉刻,到船。顺之、补之送至观音院。率荫儿住船中。

十二日(9月23日) 风,晴。午正,到家。

十三日(9月24日) 晴。收到俸银四十五两。石卿、补之来。

十四日(9月25日) 晴。少谷、顺之来。

十五日(9月26日) 风。鉴斋、顺之、补之来,留饭。容斋、次平来。

十六日(9月27日) 晴。巳初,堂上前叩别,起身,鉴斋、二兄、四弟送至济国寺。申初,下船。宝之来。夜,雨。

十七日(9月28日) 辰正,开船。交三娘娘寄大人禀。带回大表一个。夜,泊漷县。

十八日(9月29日) 晴,风,冷。夜,泊河西务。发第一号平安禀。星兄、玉弟信,顺、补信交永顺店。

十九日(9月30日) 晴。夜,泊杨村。

二十日(10月1日) 晴,暖。夜,泊天津。交彭颖墀寄第二号平安禀、鉴斋信。

廿一日(10月2日) 晴。彭道台来,送诗。陶鹿侨运使来,送诗。陈云庄太守来,送礼八色,收苹果、水梨、茶、烛。剃头。夜,泊仁天寺。

廿二日(10月3日) 阴,小雨,冷。晚,晴。夜,泊沙窝。

廿三日(10月4日) 晴。静海令冯沄送礼六色,收鲜肉炖。托寄第三号平安禀。夜,泊陈官屯。

廿四日(10月5日) 晴。夜,泊二十里屯。

廿五日(10月6日) 晴。夜,泊曹家园。交马大令光型寄第四号平安禀,内致容斋、小莱信。

廿六日(10月7日) 晴。马大令送礼捌色,收米、面、炖腿。夜,宿冯家口。

廿七日(10月8日) 晴。泊新桥驿。

廿八日(10月9日) 大风,晴。泊十五里口。

廿九日(10月10日) 晴。泊高官厂。

三十日(10月11日) 晴,风。泊德州安德驿。戌初,景心桥道台来谈,托寄第五号平安禀。

九月

初一日(10月12日) 晴,大风。宿甘陵驿。肾囊红肿,疼不可言。

初二日(10月13日) 晴。夜,泊郑家口。

初三日(10月14日) 晴,大风。夜,泊夹马营。

初四日(10月15日) 阴,雷。夜,泊油坊。前母谢夫人忌辰,舟中行礼,吃斋。

初五日(10月16日) 晴。泊临清州。交陈大令宽寄第六号平安禀。陈大令送菜,璧还。杨道台培差人来。

初六日(10月17日) 晴。夜,泊张官营。

初七日(10月18日) 晴。泊东昌府聊城县崇武驿通济桥闸。托朱太守寄七号平安禀。

初八日(10月19日) 晴,风。东昌守朱锦琮送诗十六并《治经斋集》。泊七级闸。

初九日(10月20日) 晴。始至中舱。泊河城闸。汪安人忌辰,上供。夜行。

初十日(10月21日) 晴,小雨,即止。剃头。大风。午后,又雨。泊十八家庙闸。夜行。

十一日(10月22日) 晴。夜行。泊滚子楼。雨。

十二日(10月23日) 大风,晴。夜行。泊开河驿。风更大。

十三日(10月24日) 晴。申刻,过分水龙王庙,令迎宝去上香。夜泊虎头湾。朱小云道台船同行。

十四日(10月25日) 晴。交清道台平寄八号平安禀,道台送席、诗十四。午后,抵济宁。清道台、刘知州庆凯差人来。阅山东题名录。夜,泊石佛寺闸。

十五日(10月26日) 晴。毛春门师世兄启蕃住在小云船上,以春门师制艺见赠。夜,泊利建闸。鱼台令殳积堂专差送诗稿四本。

十六日(10月27日) 晴,暖。泊宋家闸。

十七日(10月28日) 雨。交沛县寄第九号平安禀。孙同知家艮送茶叶二匣、酒二坛、点二匣、烛二桶、菜一席。夜,泊西湾。

十八日(10月29日) 雾,晴。剃头。夜,泊韩庄闸。

十九日(10月30日) 晴。夜,泊台庄闸。

二十日(10月31日) 晴,顺风。夜,泊猫儿窝。

二十一日(11月1日) 雾,晴。夜,泊支河口。

二十二日(11月2日) 晴。午初,过宿迁东关。交宿迁令易卓梅寄第十号平安禀。夜，泊陆家墩。

二十三日(11月3日) 晴。顺风。夜，泊三岔。

二十四日(11月4日) 晴。午正，道杨家庄。费升之弟来。接大人九月初九信、二兄书。清江令花傅勋差人接，淮海道周焘差差官接，筠谷师派差官送过闸，山清理河同知曹文昭、海防同知王湘差人接。酉初，泊天妃闸口。淮扬道樊师仲派差官来接。灯下，阅顺天江南题名录。

二十五日(11月5日) 晴。河库道徐泽醇差差官来接。同凤儿上岸。同杨观察坐官厅看。未初，过头闸。酉正，过三闸。清河县备公馆船。到后，下船。徐道台送菜四、点心二。夜，泊大桥口。

二十六日(11月6日) 晴。曹同知文昭来晤，送祭菜、诗三十。交筠谷师寄第十一号平安禀。淮海道周焘、徐小涟、潘世兄、王同知湘、朱道台壬林、毛世兄来。泊清江浦。午后，开船。周道台送礼八色，收腿四、点心四、烛四桶、板鸭四。王同知送席。答朱道台。交梁二丁辰寄第十二号平安禀。风大，即泊。

二十七日(11月7日) 晴。巳正，过淮关。谭同知祖同遣人送信并诗一百。夜，泊二铺。福太守楙差人请安。

二十八日(11月8日) 阴。巳正，到宝应，大令吴君差人请安。晴。夜，泊界首。

二十九日(11月9日) 晴。清水潭谒芸阁老师，畅谈。老师差差官送行。泊露筋祠。大雨。

十月

初一日(11月10日) 雨。托右园寄第十三号平安禀。夜，泊扬州。盐运使李龠通、常镇道咸龄、甘泉令彭心笠差接。彭大令送礼，收四色。右园来。

初二日(11月11日) 晴。彭大令来。泊由关。

初三日(11月12日) 晴。午初，过江。差胡升回家送大兄信。

镇江府巴克唐汉差人请安。夜，泊越湖。

初四日(11月13日) 晴，风。春园、小顾来。春园北上，托寄第十四号平安禀。丹阳令刘琅差接，送茶、烛、腿、酒。夜，泊吕城。差小顾致大兄信。

初五日(11月14日) 晴。巳正，到常州。桂太守来谈，武进令孙琬、阳湖令文川来接。夜，泊横林桥。

初六日(11月15日) 晴。无锡令吴时行、金匮令朱子庚送礼八色，收四。雨，晚止。夜，泊浒关丑初，□得大兄。

初七日(11月16日) 过关。托湘芙叔寄第十五号平安禀。杨福来。午后，到横塘。松庭、铁芸、秉斋、梧庵、赓堂、杏春、珠林、四妹、益斋、砺甫、竹桥乔梓、厚卿、墨汀子来。得玉泉、鉴斋信。

初八日(11月17日) 晴。巳正，安灵。松庭、铁芸、子山、铁华、厚卿、珠林均来。馥堂、少甫来。

初九日(11月18日) 晴。午正，进祠堂。客来，坐三席。二姊、四弟妹、三官均归家。得顺之、补之信。

初十日(11月19日) 晴。辛阶、瑶笙、若卿、三姊来。交湘芙寄第十六号平安禀。

十一日(11月20日) 晴。出门晤杏春、岭梅、梅垞、砺甫、二姊、桂姊、四母舅、铁芸、三姊、松庭兄弟、十三母舅、秉斋、四妹。铁芸处吃饭。四妹来。

十二日(11月21日) 晴。芑香来，留饭。竹堂叔、十三母舅来。

十三日(11月22日) 晴。安门上坟。约芑香、莪庵同看地。

十四日(11月23日) 晴。出门晤松亭。同芑香胥门看地。铁珊、桐门来。答子山、铁芸。二姊招凤升去。

十五日(11月24日) 晴。到庄。拜客。晤问畬、桂清、馥堂、铁如、铁樵、六母舅、易门、叔美、芑香。交湘芙寄第十七号平安禀。

十六日(11月25日) 晴，风。铁蕉、葛太爷、蔼如、仁山来。朗庭来。

十七日(11月26日) 晴。先大父二十周年,客坐十一席。

十八日(11月27日) 雨。得玉泉九月廿六信。午后,晴。交秉斋寄第十八号平安禀。

十九日(11月28日) 晴。谢客。晤岭梅、梅垞、砺甫。午刻,榕畴携尊来坐。得十月朔京谕、二兄信、顺之信。交湘芙寄十九号平安禀,二兄、顺之信。

二十日(11月29日) 晴。出门晤芑香、十三母舅、秉斋、长妹、铁芸、三姊、二姊、楚园、桂姊、叔之。在十三母舅处遇石生。得九月望日京谕,二兄信,次平、赓庵信。晚,雨,雷。夜,大风。

廿一日(11月30日) 雨。

廿二日(12月1日) 雨。至阴元和堂拈香。拜客。晤孙中丞、榕畴、欣堂。

廿三日(12月2日) 阴。琴南、咏莪令郎来。得玉泉十月六日信。雨。夜,地动。

廿四日(12月3日) 晴,风,冷。

廿五日(12月4日) 晴。出门晤十三母舅、秉斋、长妹、铁芸、三姊、铁华、叔美、荫斋。交秉斋寄第二十号平安禀,内致顺之、星兄、玉泉信。少松来。厚卿来。

廿六日(12月5日) 雨。琴南来。

廿七日(12月6日) 晴。厚卿来。

廿八日(12月7日) 晴。出门晤琴南。赴四母舅招。

廿九日(12月8日) 晴。出门晤芑香、松庭昆仲、二姊。赴文方伯招,郭廉访、陈道台爔陪。得补之十月十一日信。

卅日(12月9日) 晴。交湘芙寄第廿一号平安禀。复补之信。

十一月

初一日(12月10日) 晴。到庄。净心庵,为内子陆安人还寿生，松庭、小松、欣堂夫人均到。玉庭来。

初二日(12月11日) 晴。亘之来。秉斋来。风。

初三日(12月12日) 晴，风。出门晤朗亭、四叔、大娘姨、朗甫、珠林、四妹、星阶。

初四日(12月13日) 晴。出门吊昌门弟。晤芑香。赴松庭招。交秉斋寄廿二号平安禀。

初五日(12月14日) 晴。为长妹做生日，留客。

初六日(12月15日) 晴。

初七日(12月16日) 雨。出门晤铁芸、三姊。赴馥堂招。风。阿三归乡下去。

初八日(12月17日) 雪，风，冷甚。午后，晴。

初九日(12月18日) 晴。交三有寄廿三号平安禀。榕畴、石生来。

初十日(12月19日) 晴。出门晤铁芸、三姊。赴十三母舅招。得右园信。

十一日(12月20日) 晴。秉斋、胡春圃来。

十二日(12月21日) 阴。风升至王洗马巷。晚，归。石心来。招小松、春圃夜饭。

十三日(12月22日) 晴。到庄。访叔美。得顺、补十月廿五信，即复之。托寄廿四号平安禀，交毓林。

十四日(12月23日) 晴。夜，雨。

十五日(12月24日) 大雨。阿三来。

十六日(12月25日) 晴。接大人十月廿四谕，二兄、玉弟信。交秉斋寄廿五号平安禀，二兄、玉弟信。

十七日(12月26日) 晴。

十八日(12月27日) 晴。出门晤朗亭、履卿、芑香、铁芸、三姊，三姊留饭。朗亭送菜一席、酒一坛。

十九日(12月28日) 晴。得大人十月十二谕、二兄信、顺之十一月初五日信。

二十日(12月29日) 晴。履卿来。托秉斋寄廿六号平安禀，二兄、顺之信。松庭、翰香、刘堃来。一亭来。

廿一日(12月30日) 晴。出门晤友庚、竹桥、梅垞、砺甫、赋梅、二姊、桂姊、楚园，二姊留饭。

廿二日(12月31日) 晴。携凤升至天官坊，复晤十三母舅、秉斋、长妹。赴琴南招。朱筱鸥来。

廿三日(1月1日) 晴。

廿四日(1月2日) 雨。午后，晴。

廿五日(1月3日) 雨。菊如、砺甫、铁峰第二子来。交秉斋寄廿七号平安禀。阿三下乡。夜，雪。

廿六日(1月4日) 冷，晴。寄颐道信。

廿七日(1月5日) 晴，冷。小松、珠林来。

廿八日(1月6日) 阴。出门晤同叔、铁芸、三姊。赴履卿招。得大人本月初六谕。

廿九日(1月7日) 阴。交杏春托马钊寄京禀、莲心十斤。雨。

十二月

初一日(1月8日) 晴，大风。

初二日(1月9日) 晴。琴南、秉斋来。

初三日(1月10日) 晴。

初四日(1月11日) 晴。内子陆宜人生忌。得秋水先生信并两峰画。

初五日(1月12日) 晴。交三有寄廿八号平安禀，星玉信，顺、补信，《蓼花唱和》一本。复秋水师信。

初六日(1月13日) 晴。出门晤十三母舅、长妹、铁芸、三姊、小鸥、晓梅，三姊留饭。交湘芙寄廿九号平安禀。

初七日(1月14日) 晴。

初八日(1月15日) 晴。桐门、梅垞、子山、四妹来。

初九日(1月16日) 阴。出门晤二姊、桂姊、桂清、芑香,二姊留饭。

初十日(1月17日) 交三有寄三十号平安禀,内小厚与玉泉诗。晴。秉斋来。铁芸来,留饭。朗庭来。

十一日(1月18日) 阴。夜,雨。

十二日(1月19日) 雨。出门晤杏春、岭梅。赴秉斋招。晤十三母舅。

十三日(1月20日) 雨,风。

十四日(1月21日) 晴。唁湘舟。赴少舲招。

十五日(1月22日) 阴。到庄。至铁芸处。竹桥来。阿三来。小雨。

十六日(1月23日) 交三有寄卅一号平安禀、玉泉信。小雨。四妹来。得补之十一月廿六信。夜,雨。

十七日(1月24日) 雨。出门晤十三母舅、秉斋、辛生。赴铁芸招。得大人十一月廿六谕、玉泉信。

十八日(1月25日) 阴。夜,雨。

十九日(1月26日) 雨,雪。灼之叔来。翰香来。

二十日(1月27日) 交秉斋寄卅二号平安禀,二兄、玉泉、补之信。小雨。榕畴来。

廿一日(1月28日) 阴。客来,坐三席。三姊、长妹来。

廿二日(1月29日) 阴。娄门祖墓叩辞。谢客。晤竹桥、梅垞、瑶甫、杏春。雨。

廿三日(1月30日) 阴。得补之十二月初八日信。雨。送灶。复补之信交湘芙。

廿四日(1月31日) 阴。得大人十二月初九谕,二兄、四弟信。凤儿至王洗马巷。雨。芑香来。得顺之信。

廿五日(2月1日) 阴晴间。携荫儿至横塘拜别。同灼之叔饭。访叔美、安舟。归后,知梦白来拜。

廿六日(2月2日)　交三有寄卅三号平安禀,二兄、四弟信。雨。答梦白。谢客。晤十三母舅、秉斋、松庭、铁芸、三姊,留饭。尧仙来。

廿七日(2月3日)　晴。敬神。榕畴来。

廿八日(2月4日)　晴。出门晤叔之、四妹。

廿九日(2月5日)　晴。谢客。晤问畬、桂清、榕畴、芸士子、铁芸、三姊,留饭。

三十日(2月6日)　晴。柯亭来。春圃、菊如、安舟来。接灶。祀先。

道光二十五年乙巳(1845)

二月

十二日(3月19日) 晴。卯正,辛店尖。申初,腰站宿。交朗庭下人寄大人禀。

十三日(3月20日) 晴。卯正,甜水铺尖。道中,济南太守送到大人正月初六谕、玉泉信。申初,刘智庙宿。

十四日(3月21日) 晴。卯正,漫河尖。大风。申正,富庄驿宿。

十五日(3月22日) 晴。辰正,商家林尖。献县李焜办差送席。苏扶车来。申正,河间二十里铺宿。河间太守德龄、河间令德山亲接。王桂来。得四弟信。河间令送席。

十六日(3月23日) 晴。卯正,任邱尖。风大。申正,雄县宿。朱大令送席名瑞金。

十七日(3月24日) 晴。辰正,宫井营尖。酉初,固安县宿。张大令梦麟送席。借轿。

十八日(3月25日) 晴。辰刻,黄村尖。城内车来。午正,到家。鉴斋、顺之、补之来。

十九日(3月26日) 风。顺之、敬叔来。寄筠谷师禀,桂星垣信,大兄、竹桥信。

二十日(3月27日) 晴。拜客。晤仲常、赵老师、许老师、积民、厚存、鹤溪。寄周道台桐舫、震斋、小涟、莲洲各信。安斋来。顺之来。

廿一日(3月28日) 晴。次平、容斋来。

廿二日(3月29日) 晴。下园。拜客。晤穆老师、桐轩、贾老师、诵孙。晚,敬亭来。醇士、根云来。

廿三日(3月30日) 晴。进城。拜客。晤陈老师、寿卿。招鉴斋、子山、补之夜饭。

廿四日(3月31日) 晴。拜客。晤芝台、石卿、敬叔、咏莪、树斋兄弟。寄馥堂、欣堂、楚园、秉斋、铁芸信。

廿五日(4月1日) 晴。进城。拜客。横街赴顺之、补之、玉泉、鉴斋招。寄大兄信。蔼如来。

廿六日(4月2日) 晴。笠耕、意园、慧生来。顺之、补之来,小酌。

廿七日(4月3日) 晴。斗南、鹤泉、惺庵来。交清卿复大兄信、江扇、黄□。

廿八日(4月4日) 阴。午后,至才盛馆祝谱经堂上寿。拜客。晤岚樵,即归。芝生、小莱来。大风。

廿九日(4月5日) 晴,大风。

三十日(4月6日) 晴,风。招子山、鉴斋、顺之、补之小酌。朗庭来。

三月

初一日(4月7日) 晴。笠耕来。大人归家。酉初,下园。得杏春信,即复之。寄西雍信。

初二日(4月8日) 晴。子鹤、寿卿、介樵来。

初三日(4月9日) 阴,风。松泉来。

初四日(4月10日) 晴。受卿来。

初五日(4月11日) 阴。文昌馆,祝意园堂上寿。访闰臣、容斋。归后,顺之来。

初六日(4月12日) 晴。总裁放穆彰阿、许乃普、贾桢、周祖培。枚叔来。

初七日(4月13日) 晴。午后,住鲤鱼胡同程寓。

初八日(4月14日) 辰初,进场。晴。子正,得题目。

初九日(4月15日) 晴。巳正,全完。

初十日(4月16日) 晴。辰正,归家。未正,进寓。得大兄、梧庵、铁芸、秉斋信。

十一日(4月17日) 晴。辰初,进场。

十二日(4月18日) 晴,热。巳正,写完。夜,大风。

十三日(4月19日) 晴。卯正,出场。归家,发大兄信。申正,至寓。

十四日(4月20日) 晴。子初,得题目。

十五日(4月21日) 晴。巳初,真、草均完。

十六日(4月22日) 晴。卯正,归家。复秉斋信。得二姊信。

十七日(4月23日) 晴,风。石卿、补之来。交厚林寄大兄信、账三张、英年丈笔记年谱、磁碗连架二个、象牙镇纸二个,内有铁芸、梧庵、二姊信。顺之、仲远来。

十八日(4月24日) 晴。交巢生寄桂清信、荷包三对、扇袋一个、椒串三件。得宝之信,即复之。得献之信。

十九日(4月25日) 小雨。晚,晴。

二十日(4月26日) 晴。仲远来。

二十一日(4月27日) 晴。进署。到鉴古斋。

二十二日(4月28日) 晴。出门晤红生、容斋、淡如、宜亭、伯陶。东林堂赴吉老师招。

二十三日(4月29日) 晴。容斋、淡如来,留饭。仲远来。

二十四日(4月30日) 晴。子万来。

二十五日(5月1日) 晴。拜客。晤绣山、闰臣。

二十六日(5月2日) 晴,热。大人归家。红生、顺之来。

二十七日(5月3日) 晴,热。石卿来。

二十八日(5月4日) 晴。顺之、鉴斋、子山来。

二十九日(5月5日) 大风。拜客。晤敬叔、石卿。赴小山招。得大兄三月十日信、竹桥信、梧庵信。

四月

初一日(5月6日) 晴,冷。关帝庙拈香。拜客。晤鹤溪。交熊民怀寄大兄信,《蓼花词》十本,江匾一个,莪庵、春圃信。四妹、少峰、真保到。

初二日(5月7日) 晴。墨汀到。顺之、子山、鉴斋、仲远、卫生来。交顺之寄大兄信。交二兄、竹桥信。得寄女信。得招庭信。

初三日(5月8日) 晴。申正,大人下园。陆子范来。得松庭信,即复之。寄铁芸信、二姊信。

初四日(5月9日) 晴。进署。

初五日(5月10日) 晴。拜客。赴春帆招。得铁芸三月十六信。

初六日(5月11日) 晴。赴赵老师招天和馆。拜客。晤谷生。夜,雨。

初七日(5月12日) 晴。补之、鉴斋、子山、少峰来。

初八日(5月13日) 晴。进署。福兴居赴补之招。

初九日(5月14日) 晴。小莱招陪卓老师寓斋午集,观书画。最妙者:子昂手卷,子昂二马卷,南田山水册,石谷、麓台山水册,新罗花卉册,两峰册,陆飞册。

初十日(5月15日) 晴。

十一日(5月16日) 晴。交蔼如寄大兄信、提笔二支、牙墨床二个、竹桥扇面。交心阶寄铁芸信、对三、扇面二。宝之、顺之、补之来。

十二日(5月17日) 晴。子山来。午后,拜客。晤顺之、补之、汉槎、咸斋。赴小珊招。

十三日(5月18日) 晴。补之、鉴斋来。卷领出，在蒋琦淳房批，松华堂批六“极好”。许滇生师所中，后为鹤松以额溢抽去。

十四日(5月19日) 小雨。出门晤容斋、补之、研君、骞云。会文堂赴庄卫生、匡鹤泉、高小岑、三连斋、许云生、敬琴舫、吴次垣、周连仲、孙晋墀招。

十五日(5月20日) 晴，风。拜蒋申甫师。晤廉琴舫。才盛馆祝□□年伯母寿。仲远来。

十六日(5月21日) 晴。午后，至横街。子恭来。次平来。风。得杏闺信，即复之。

十七日(5月22日) 晴。访秋谷，同游积古、博古。访容斋，留饭，甚精。顺之、少峰来。

十八日(5月23日) 晴，风。补之、琴舫、蓼生、小珊、少峰来。交蔼如寄秉斋信，象牙笔床、墨床各一。

十九日(5月24日) 晴阴间。访淡如、朗山。同淡如游厂。归，留饭。仲远来。

二十日(5月25日) 晴。仲远、小珊、少峰来。

二十一日(5月26日) 晴。拜客。晤颂南、蔼余。才盛馆，祝宋廉甫母寿。赴次平招。

二十二日(5月27日) 晴。祝陈中堂寿，留面。得秉斋、厚卿信。交补之寄秉斋信、松庭信。热。

二十三日(5月28日) 晴，热不可耐。午初，大人回家。顺之、补之、鉴斋来。

二十四日(5月29日) 晴，热。进城。祝卓师寿。晤伯昂师。顺之、补之、少峰来。晚，雷雨。

二十五日(5月30日) 晴。大人下园。午后，访淡如，同游厂。

二十六日(5月31日) 雨，冷。

二十七日(6月1日) 晴。进署。访淡如、宜亭，留饭。

二十八日(6月2日) 晴。出门祝赵老师寿，未见。晤湘帆、子期。

二十九日(6月3日) 晴,风。朗庭来。淡如以画来售。花之寺僧《梅花》,四两。《友林乙稿》,二两。少松□,一两。茶山《端午景》,一两五钱。板桥小行书横披,二两五钱。西溪字,一两。

三十日(6月4日) 晴。进署。至积古斋。小珊、少峰、补之来。颖生来。交补之寄大兄信。

五月

初一日(6月5日) 晴。出门晤宾渔、燕堂。会元堂,祝吴廷溥堂上寿。得西雍太守信,即复之。顺之来。

初二日(6月6日) 晴,热。午后,至横街。

初三日(6月7日) 进署。大雨,复晴。夜,雷雨。

初四日(6月8日) 晴。得李受轩信,即复之。得□□信,即复之。

初五日(6月9日) 晴。出门晤容斋,即归。堂上前率凤儿叩贺。鉴斋、少峰、容斋来。

初六日(6月10日) 晴。出门晤振轩。堂上前叩贺。鉴斋、顺之、补之来。得杏春信,即复之。顺之夫人、小姐,鉴斋夫人来。

初七日(6月11日) 晴。进署。

初八日(6月12日) 晴。谢客。晤顺之、补之。才盛馆祝顾槭园堂上寿。醇士来。少峰来。

初九日(6月13日) 晴。顺之、补之、振轩、翰臣、容斋、鉴斋来。

初十日(6月14日) 晴。出门晤李紫亭年丈。才盛馆赴海帆师招。

十一日(6月15日) 晴。进署。至鉴古斋。收到饭银三两三钱。

十二日(6月16日) 晴。出门贺顺之生日,不值。晤补之。唁湘帆。祝周同年学濬堂上寿。次平、鉴斋、少峰来。

十三日(6月17日) 晴。大人回家。卫生、顺之、补之、少峰来。得湘林信,即复之。

十四日(6月18日) 雷雨。鉴斋、顺之来。晴,热。

十五日(6月19日) 晴。

十六日(6月20日) 晴。琴舫、薪圃、顺之、补之、少峰来。

十七日(6月21日) 晴。大人下园。得铁芸四月廿六信、二姊信、秉斋信。交天成寄大兄信、铁芸信、味根信。次平来。

十八日(6月22日) 晴。进署。到鉴古斋。午后,雷雨,惜不畅。仲常来。

十九日(6月23日) 晴。出门晤补之、红生、次平、子鹤。

二十日(6月24日) 晴。出门晤介樵、石卿、小山、淡如、咏莪。

廿一日(6月25日) 晴。淡如来。得翰香信,即复之。

廿二日(6月26日) 晴。进署。访淡如。得吴蔼余信,即复之。夜,小雨。

廿三日(6月27日) 晴。咏莪、少峰来。

廿四日(6月28日) 晴。祖母百岁冥诞。砚君、次平、鉴斋、思台父子、少峰、顺之、补之、辛生、椒圃、谷人、秋谷、诸侄来。敬亭来。小雨。

廿五日(6月29日) 晴。交补之复大兄信。

廿六日(6月30日) 雨。拜客。晤心莲、少峰。唁少瑛。归家,雨甚大。笠耕来,长谈,留饭。

廿七日(7月1日) 晴。容斋来。同鉴斋至横街,又同补之、鉴斋访查氏兄弟。

廿八日(7月2日) 晴,风。进署。拜客。晤安斋。午后,小莱来。

廿九日(7月3日) 阴晴错。拜客。晤容斋,留饭,同游厂。谷香、红生来。寄廖老师禀。

三十日(7月4日) 晴。石卿来。

六月

初一日(7月5日) 晴。午后,至顺之处谈。

初二日(7月6日) 晴。进署。访淡如。得子山信,即复之。

初三日(7月7日) 晴。寄二姊信。

初四日(7月8日) 晴。出门晤石卿、子贞、受卿。

初五日(7月9日) 雨。进署。夜,雨甚。得桐舫信,即复之。

初六日(7月10日) 晴。出门晤秋谷、容斋。文昌馆赴湘坡招。午正后,即归。受卿、补之、小山来。

初七日(7月11日) 晴。咏莪来。

初八日(7月12日) 阴。鉴斋、少峰来。得莘畬信,即复之。交花隐复铁芸信。得大兄五月十四日、十七日、十八日三信,梧庵信。夜,雨。

初九日(7月13日) 阴。复大兄信、梧庵信交顺之。雨。石卿来。

初十日(7月14日) 交顺之复大兄信、诗四首。雨。晚,晴。

十一日(7月15日) 晴。晚,大雷雨。得大兄五月廿日信、梧庵信、味根信。

十二日(7月16日) 晴。容斋、次平来。交顺之复大兄信、梧庵信、味根信。

十三日(7月17日) 晴。蔼堂来。鉴斋、劬庵来。

十四日(7月18日) 晴。

十五日(7月19日) 晴,热。出门晤顺之、补之。午后,次平来。

十六日(7月20日) 雨,即晴。晚,又雨。

十七日(7月21日) 晴。出门晤顺之、补之。唁誉侯。午后,琴舫、春园来。夜,雷雨。

十八日(7月22日) 晴,热。出门晤秋谷。文昌馆,祝徐鼒母寿。晚,雨。

十九日(7月23日) 大雨。进署。二兄处,大新侄拜门,坐三席。是日,昼夜大雨。

二十日(7月24日) 雨。得松庭信,即复之。

廿一日(7月25日) 晴。出门晤朗亭、吴平斋、补之,补之留饭。唁王子兰。交顾薇卿寄大兄信、赐砚一方、玉墨床、治香墨床、铜螭虎。松泉来。

廿二日(7月26日) 晴。进署。访春园。夜,大雷雨。

廿三日(7月27日) 晴。吊贾世叔。访乐吾、容斋。

廿四日(7月28日) 晴,冷。立山、燕堂来。

廿五日(7月29日) 晴,小雨,即止。笠耕来。

廿六日(7月30日) 晴。出门晤顺之、补之。文昌馆赴容斋招。五云、少峰来。夜,雨。

廿七日(7月31日) 晴。得大兄六月六日信、问畲信。淡如来。交顺之复大兄、竹桥、问畲信。午后,雷,大雨。

廿八日(8月1日) 晴。进署。访淡如。交薇卿寄问畲信、香包六个、荷包二个、香牌三个、橘红二块。夜,小雨。

廿九日(8月2日) 晴。

七月

初一日(8月3日) 雨。出门晤墨卿。归后,补之来。晚,大雨。

初二日(8月4日) 阴晴间。祝秋谷师寿,留面。

初三日(8月5日) 雨。进署。访容斋。

初四日(8月6日) 晴。内子陆宜人二周年,同凤儿至悯忠寺礼忏初二日起,顺之、补之、墨汀、陆先生、二兄、四弟、少峰均到。得铁芸六月初十信。

初五日(8月7日)　晴。交顺之复铁芸信。同顺之、补之、月帆公请红生,龙树寺。夜,大雨。

初六日(8月8日)　大雨。进署。午后,有晴意。夜,大雨。

初七日(8月9日)　晴。

初八日(8月10日)　晴。

初九日(8月11日)　晴。进署。午初,归家。受卿、次平、思台、顺之、补之、少峰来。

初十日(8月12日)　晴。出门晤石卿。午后,红生来。

十一日(8月13日)　晴。拜客。晤容斋。才盛馆,祝士良太夫人寿。夜,大雨。

十二日(8月14日)　雨。进署。

十三日(8月15日)　晴。至海帆师、笠耕处,未晤。访吴补之。复绣山信。得松庭信,即复之。

十四日(8月16日)　雨。石卿来。

十五日(8月17日)　晴。访补之。至观音院为内子陆宜人拜忏。午后,大姊、姊丈到文明店,往晤。

十六日(8月18日)　晴。进署。理庵来,留饭。芝生来。交补之复大兄信。

十七日(8月19日)　晴。巳刻,大姊移来住。午后,访竹岩。赴咏莪招。

十八日(8月20日)　晴。出门晤秋谷师。得秉斋信,即复之。得二姊信。顺之、补之、少珊、少峰来。

十九日(8月21日)　晴。卫生来。

二十日(8月22日)　晴。进署。至鉴古斋。理庵来。阅《郝明列传》五签、《任子华列传》十四签。

二十一日(8月23日)　晴。得王铁卿信,即复之。访闰臣、卫生。至中街赴伟卿、仲远、卫生招。阅《穆莫邦传》七签、《诚端传》廿九签。

二十二日(8月24日) 晴。观音院赴颖生招。理庵来。

二十三日(8月25日) 晴。同鉴斋、星玉招理庵、春元、积民福兴居。散后,至顺之处。交顺之寄铁芸信、皮统一付、大兄信、箱子一只、花匣一只、食物一包、靴一包、灯二盏、九老图。

二十四日(8月26日) 晴。进署。裕庭师来。得芸士信、秉斋信、画一幅、方十部。

二十五日(8月27日) 晴。缉甫来。交鉴斋寄秉斋信、对三付。交补之寄大兄信、铁芸信、芸士信。晚,至容斋处。

廿六日(8月28日) 晴。出门晤子鹤。得大兄七月七日信、梧庵信、秉斋信。交秉斋复大兄、梧庵札。理庵、顺之、小珊、少峰来。

廿七日(8月29日) 晴。至顺之处。

廿八日(8月30日) 晴。出门晤小东。赴蘅畦招才盛馆。夜,大雨。

廿九日(8月31日) 晴。进署。

三十日(9月1日) 晴。交补之寄大兄信、《玉松先生传》。得桐舫札,即复之。理庵来。

八月

初一日(9月2日) 晴。安斋来。得铁芸七月十一信,即复之,交小珊。

初二日(9月3日) 晴。到门晤朗山,到积古、两宜。朵山、补之来。

初三日(9月4日) 晴。进署。

初四日(9月5日) 晴。

初五日(9月6日) 晴。出门晤补之、朵三。祝仲常太夫人寿。大人归家。理庵、小珊、补之、少峰来。

初六日(9月7日) 晴,风。理庵、少峰来。

初七日(9月8日) 晴。母亲寿辰,留客。

初八日(9月9日) 晴,风。祝文师母寿。小沤、补之、理庵、少峰来。

初九日(9月10日) 晴。送节敬。晤石卿、小沤。赴小珊招。

初十日(9月11日) 晴。出门晤补之。文昌馆赴羹梅、松泉招。

十一日(9月12日) 晴。午后,访容斋。补之来。

十二日(9月13日) 晴。出门晤芝台。招容斋、小莱、少珊、理庵才盛馆。

十三日(9月14日) 晴。送节敬。晤裕亭师、伯昂师。

十四日(9月15日) 晴。天禄堂赴理庵招。得西雍信,即复之。得二姊信。海琴来。

十五日(9月16日) 晴,雷。理庵、小珊、补之、少峰来。

十六日(9月17日) 进署。雨。晚,晴。

十七日(9月18日) 晴。出门晤补之、子恭、小鸥。才盛馆,公请理庵。得履卿信。

十八日(9月19日) 晴。交小沤复履卿信、《吾学编》一部。午后,游厂。

十九日(9月20日) 晴。

二十日(9月21日) 晴。进署。大人归家。申正,下园。理庵、小珊、补之、少峰来。得铁芸七月廿八信。晚,雨,至夜。得二姊信。

二十一日(9月22日) 晴。携荫儿至龙音院,为内子陆宜人礼忏大悲。荫儿除服。理庵、小珊、少峰、墨汀、陆先生、二兄、四弟均到。答铁芸、二姊信。寄红生信。

二十二日(9月23日) 阴。大姊南归。出门晤补之。

二十三日(9月24日) 晴。进署。理庵来。补之来。晚,送理庵行,明日走。访小珊、少峰。夜,雷雨。

二十四日(9月25日) 晴。出门晤香明。才盛馆,祝王凤翔堂上寿。容斋、朗亭来。

二十五日(9月26日) 晴。文昌馆,庚子乡试秋团。

二十六日(9月27日) 晴。进署。拜客。晤克斋。补之来。夜,雨。

二十七日(9月28日) 晴。交补之寄大兄信,铁芸信,松庭信,馥堂、欣堂信。补之来。堂派管理诰敕房。出门晤仲常、啸山。寄顺之信。

二十八日(9月29日) 阴。巳初,二姨、大官、小保起身回南,送至虎坊桥。拜客。晤子廉。

二十九日(9月30日) 晴。少珊来。出门晤莲裳。至才盛馆赴庚子世兄招。

九月

初一日(10月1日) 晴。出门晤容斋、莲洲、张鹏逵。午后,吴补之来。梁楚香来。

初二日(10月2日) 晴。进署。至积古斋。德年丈通送被面二个、木耳二匣、漆盘二个、漱盂四个、醋二坛、茶四篓。

初三日(10月3日) 晴。下园,并访松岑。戌刻,回家。补之来。

初四日(10月4日) 晴。小山、少珊、振轩来。

初五日(10月5日) 晴。进署。补之来。

初六日(10月6日) 晴。子箴、敬堂、少卿来。容斋、赐卿来。

初七日(10月7日) 晴。出门晤蓉洲、容斋。才盛馆,祝凤竹堂太夫人寿。仲远、补之来。得大兄八月十七信、铁芸信、味根信、芑香信、春圃信、松庭信。夜,风,雷雨。

初八日(10月8日) 晴。出门祝次平夫人散生日寿。唁顾子山。才盛馆祝徐□母寿。

初九日(10月9日) 晴。交补之寄大兄信,梧庵信,铁芸、松庭、芑香、春圃、味根信。松存来。夜,雨。

初十日(10月10日) 阴。出门晤覃叔、子贞。唁朗山。至积古斋。敬庭来。荆山、仲远、补之来。

十一日(10月11日) 晴。进署。祝杨尚文母寿。补之来。

十二日(10月12日) 晴。祝陈师母寿。天和馆,祝廉琴舫堂上双寿。得鹤卿信。

十三日(10月13日) 阴。

十四日(10月14日) 阴。才盛馆赴庚子世兄招。湖北顾湘坡太史嘉蘅,湖南邹云阶太史振杰、黄绂卿太史兆麟、恕皆太史倬,福建林晴皋太史鹗腾、郑九丹太史琼诒、锡侯太史元璧,山东陈琴山太史枚,广东韩紫东太史锦云,广西蒋申甫师。直隶武毅轩汝清,上元陈守愚鲁,福建邱朴莽璋,山西陈石珊洪钟,四刑主,满洲椿静斋主事寿。午后,即走。至观音院公请仲远、伟卿、卫生。是日一早,补之来。

十五日(10月15日) 阴。容斋、子怀来。次平、补之来。

十六日(10月16日) 晴。吊王若溪。到龙树寺,中书同年公请老师,慧老师以感冒不到,同年到者邵懿辰、陈启迈、马振衢、许诵恒、陈介秋、龙启瑞、钟维、袁绩懋、何栻、王荫昌、陈庆松、彭嘉炯、沈经翰、钮福厚、徐莱、毕道远、方清颐、张鼎辅、梁绍献、孙鼎臣、张荣组、杨式谷。夜,雨,大风。

十七日(10月17日) 雨。午后,晴。进署。拜客。晤棣如。朱百谷来。

十八日(10月18日) 阴。贺容斋子完姻。才盛馆,祝荆山太夫人寿。得顺之九月四日信。换白袖头。

十九日(10月19日) 晴。换珠皮袍褂。午后,出门晤蓉舫师、咏莪。晚,谷生来。

二十日(10月20日) 晴。进署。至积古斋。寄顺之信。

二十一日(10月21日) 阴。振轩来。赴补之招。午后,雨。复问畲信。

二十二日(10月22日) 阴。复问畬信。午后,晴,小雨。

二十三日(10月23日) 晴。至少珊处祝寿。拜客。晤闰臣、蔼余丈。

二十四日(10月24日) 晴。进署。午正,到诰敕房任。访淡如。

二十五日(10月25日) 晴。淡如、树桐来。仲远、韫斋、补之来。次平来。

二十六日(10月26日) 晴。出门晤信臣。才盛馆赴杏农招。

二十七日(10月27日) 晴。大人归家。补之来。得郭廉访信,即复之。

二十八日(10月28日) 晴。出门答客,均未晤。迪甫、也鲁来。

二十九日(10月29日) 大风,晴。进署。看春园。

三十日(10月30日) 晴。补之来。寄松庭信。

生年恰值太平时,国庆家祥两见之。绝笔庚申缘底事,不堪谈到黍离诗。

一山太史以潘绂庭封翁见示,敬题一绝归之。 丙辰七月,唐晏。

文勤祖武继文恭,介在其间福泽隆。琐记一编征谨慎,西京万石此遗风。 亚婿当年共订昏,曾无片语记过存。先祖母与公继室陆夫人为同怀姊妹,而日记中绝无一语及先祖。想因夙秉孤高性,轩盖枉临早闭门。先祖吴庠生,一应乡试不第,即绝意仕进,闭户,以临帖读书自娱。 绝笔庚申岂偶然,故园回望尽烽烟。而今厄运重丁日,还冀中兴甲子年。咸丰庚申,发逆陷苏常,至癸亥始元复,同治甲子始告肃清。咸丰庚申距今,正六十年。

一山同年以潘绂庭太姨丈手书日记属题,敬赋绝句三首,即希赐正。 庚申正月三日,王季烈。

道光二十七年丁未(1847)

先曾叔祖绂庭公讳曾绶日记一册,起道光二十七年丁未,迄咸丰元年辛亥,前后凡五年。据公自订年谱,为三十八至四十二岁。丁未,充国史馆总校,纂辑道光十一年至二十年文职大臣年表。戊申完竣,议叙加侍读衔,辛亥补授,明年即告假开缺。自是,优游林泉,逾卅载。至光绪九年卒,年七十有四。著有《陔兰书屋诗词集》,行世。公上承高祖文恭公余荫,四十以前,回翔馆阁。迨致仕后,得文勤从祖板舆侍养,与一时名流诗酒唱酬,无簿书鞅掌之劳。所谓富贵神仙,是以当之。是册所记,多酬酢琐屑,不涉政事,想见当日幽闲之乐。阅今百余年,可与《东京梦华录》等视耳。　辛卯二月八日,曾侄孙承弼谨识。

一月

丁未元旦(2月15日)　晴,风。拜佛、灶、祖先。城外贺年,堂上前叩贺。午正,进城拜年。补之来。①

初二日(2月16日)　晴。东城拜年。午正,至文昌馆,内阁团拜,分百二钱。得仲远信,即复之。得小沤信,即复之。

初三日(2月17日)　晴阴错。寄铁芸信交花隐。

初四日(2月18日)　雪。进城拜年,秋谷师留饭。午后,晴。得枚叔信,即复之。

---

① 页眉:会文斋印赐寿诗,每本大钱七十,共系十四千。梓文斋印笔记百本,每本系钱四百四十六,共系四十四千六百。

(雨水)初五日(2月19日) 晴,冷。菱舟送蜀锦被面一床、花绫一端、川椒帐勾一对、笺纸四匣。张鼎辅、王言铸、余汝侗、程祖诰、龚自闳、唐恩寿、吴兆麟、陈宗潢、朱百谷、徐志□招文昌馆,春帆招饮寓斋,均辞之。

初六日(2月20日) 晴,风,甚冷。拜客。晤容斋、补之。文昌馆雅座,仲常、酉川两前辈招。

初七日(2月21日) 晴。午后,携荫儿游厂。

初八日(2月22日) 晴。携凤儿游厂。曹颖生招文昌馆,辞之。

初九日(2月23日) 阴。容斋来。少珊、闰臣招松筠庵,辞之。

初十日(2月24日) 晴。携荫儿游厂。到文昌馆后厅,委署公请伍、陈两前辈。

十一日(2月25日) 晴。游厂。得栗太守信,即复之。午后,补之来。

十二日(2月26日) 晴。午初,到玉牒馆。散后,到厂。大人一早下园。夜饭后,荫儿至半截胡同打灯火。

十三日(2月27日) 晴,暖。游厂。文昌馆,丙申世兄请。未正,归。剃头。

十四日(2月28日) 晴。文岳、福善、达庆、吉寿、恒通、伊桑阿、麟东、崇纶、贵文、文禄招天和馆,辞之。游厂,至才盛馆赴林岵瞻招。申初,归。

十五日(3月1日) 晴。关帝庙拈香。母亲前叩贺。得铁芸十二月廿三信、二姊信、楚园信、松庭信。午后,游厂,荫儿亦去。王小厓招才盛馆,辞之。夜,风。

十六日(3月2日) 大风,晴。访小莱。同补之至文昌馆请同署,到者伍仲常、陈酉川、洪乐吾、邵香明、马谷生、金圆谷、许少山、张小峰、叶润臣、韩仁山,辞者丁松亭、张廉泉、程覃叔。申初,即散。酉峰招饮,辞之。夜,请四位先生,补之同坐。①

十七日(3月3日) 晴,风。至宗人府。申初,归家。徐公来。尧仙兄弟招文昌馆,辞之。

十八日(3月4日) 晴。午后,收喜容。交补之寄大兄信、铁芸信。复松庭信。晚,同先生小酌。为墨汀庆九。寄杨太守钜源信。

十九日(3月5日) 晴。至笠耕处吃肉。徐公来。

(惊蛰)二十日(3月6日) 晴。何小笠招才神馆,谷生、厚安、闰农、小梅、说斋、小峰招松筠庵,均辞之。

二十一日(3月7日) 大风,晴。进署。到鉴古,马芝生招饮,同容斋。午正,散。容斋又来斋中观书画,吃点心而去。

二十二日(3月8日) 晴。午后,出门。海楼来。壬辰世兄招文昌馆,辞之。夜,招补之同四先生便酌。是日,剃头。

二十三日(3月9日) 晴。到宗人府。②

二十四日(3月10日) 晴。答黄小园。同补之请客文昌馆,到者鹤溪、小厓、鹤生、继园、筠巢、士良、昆峰、方斋、湘坡、子贞、新之、翰臣、香南、鹤亭、容斋。

二十五日(3月11日) 晴。子鹤招文昌馆。未刻,即归。笠耕来辞行。作大兄信交卫生。

二十六日(3月12日) 晴,风。进署。到鉴古。

二十七日(3月13日) 晴。送笠耕行。访可庵燕喜堂。赴增云轩招。文昌馆,安徽同乡团拜。得少穆信、宝之信。寄履卿信并各

---

① 页眉:二兄送举人礼十两,银一两,封一百。二兄送凤升完姻礼,收帽纬二匣、喜对、银六钱,封一百。同侄:收帽纬二匣、表袋二个、银六钱,封一百。次平:收对、荷包。四弟:收扇袋、银二钱、表袋。四弟送举人贺礼十两、银一两。姨太太送贺礼五两、银四钱,封一百。心香送贺礼,收扇袋、荷包。

② 页眉:张太太、吴太太送完姻礼,收四色。张太太送麻姑二匣、杏仁二匣。仁山:火腿、板鸭、麻姑、杏仁。

书交彭老四。

二十八日(3月14日)　晴。拔贡世兄公请会元堂,辞之。小莱来。

二十九日(3月15日)　晴,风。大人归家。徐公来。补之、松泉来。

三十日(3月16日)　晴。徐公来。剃头。郑太守瑞麒来。

二月

初一日(3月17日)　晴。到宗人府,定王、睿王、伟堂师均到。至天和堂赴蘅畦先生招、王小山招。未正,归。梁海楼招才盛馆,辞之。得翰芬信,即复之。

初二日(3月18日)　晴。出门晤子箴。会文堂,祝雨人太夫人寿。未正,归。徐公来。夜,雨。

初三日(3月19日)　晴。进署。伯雄来。定小寓,小水磨胡同,金四十千,先付十千。

初四日(3月20日)　晴,大雪。

(春分)初五日(3月21日)　晴。拜客。到宗人府。酉初,到家。祖庚招饮,辞之。

初六日(3月22日)　晴。出门晤铁庵。午后,辛阶、仁山、朗亭来。夜,大风。

初七日(3月23日)　风,晴。出门晤崧甫。到宗人府。未正,归。安芝卿招十三寓中雅集,辞之。宋晋、史士良招十七才盛馆,甲午同年招廿一才盛馆,杜世兄招初九文昌馆,谢方斋招廿五才盛馆,均辞之。剃头。

初八日(3月24日)　晴。大人下园。杜石樵太老师、陈太师母均赐寿,皆往祝。到天和馆祝李梦韶太翁七十。铁仁山来。

初九日(3月25日)　晴。出门晤秋谷、申甫师。才盛馆一府团拜,荫儿亦去。戌刻,归。

初十日(3月26日)　阴。出门晤醇士、湘坡、琴山。大同乡团拜、丙子团拜，均在文昌馆，即于楼上搭席。同补之请云轩、辛甫、星东、容斋。庚子世兄招十五会文，香明、乐吾、金丙夔、瞿嘉祜亦招十五会文，辞之。邹振杰、吴保东、廉顺敏招十九才盛馆，亦辞之。

十一日(3月27日)　阴。出门晤查玉彭。到宗人府。得陆费玉泉信，即复之。孙瑞龄招十八松筠庵，辞之。夜，雨。

十二日(3月28日)　雨。清如招龙树寺，辞之。收国史馆钱三千七百廿。申甫师来。雪珠。得布大令信，即复之。

十三日(3月29日)　阴，小雨。陈舍人茂垣送笔筒、界尺、臂搁、烟袋。钟小亭送早桂、朝珠、香牌、香珠、玳牌。

十四日(3月30日)　阴。进署。子山来，住桥南署中。送到俸银。

十五日(3月31日)　晴。访容斋。到会文堂赴庚子世兄招。乐吾、香明、金丙夔、瞿嘉祜招，因辞帖之后又送来，不得不去耳。子山交到铁芸小除夕信、元宵信、小胡卢二枚。少珊来。

十六日(4月1日)　晴。到宗人府。复铁芸信。子山送扇二枋、笺四匣，晴初、瑶生送印色一合、扇二枋。

十七日(4月2日)　雨。唁沈贡九惮亡。会文堂，赴杜老师招。文昌馆赴秋泉昆仲招。鹤峰邀吃肉，辞之。剃头。壬辰公请十九会文堂，廿五己亥公请，廿八徐相招才神馆，廿九南榜同年招文昌馆，均辞之。许应麟来，带到许宾嵎信并大风琴一箱、千里镜一枝、销金茶壶一对、鲛绡布二匹。

十八日(4月3日)　阴。会文堂，中书同年团拜，卓老师、慧老师、鹤溪均到。阮受卿来。复宾衢书。书九件。章赞清、何慎修、叶名澧、赵炳堃、蔡锦泉、陈钟芳、丁垣、王文经、陈本、孔宪恭、查诜、陈茂垣、韩文和请廿九文昌馆，辞之。

(清明)十九日(4月4日)　晴。到宗人府。晴初、瑶笙两侄来。得欣堂书。

二十日(4月5日) 晴。拜客。晤蔼余。文昌馆赴徵三、衡甫招,楼上方子贞招。补之来。吴朝宾送漆研一、笔匣一、安息香二匣、茶叶四瓶。

二十一日(4月6日) 晴。文昌馆,祝棣如堂上寿。得斗南信,即复之。得梦白信,即复之。阮受卿来。

二十二日(4月7日) 晴,风。春舫来。换白袖。

二十三日(4月8日) 晴。到宗人府。张小珣来。

二十四日(4月9日) 晴。王清如来。剃头。

二十五日(4月10日) 晴。出门晤容斋。文昌馆,已亥团拜,又来请,只得一到。

二十六日(4月11日) 晴。冯小云树勋来。乙未举人送清花、玉桂四支,参、茸、卫生丸二匣,蜡丸四封,丝巾二方。得吴邦彦大埔令信,即复之。招护舫、晴初、瑶生、子山午集。

二十七日(4月12日) 晴。午正,大人归家。得翰香信,即复之。交王茂荫寄翰芬信。交彭芍庭寄欣堂信、闱墨,问畬信、闱墨。补之、鲁山来。得问畬信、陈皮一匣、茶膏一匣,即复之。换棉袍。

二十八日(4月13日) 晴。补之来。得咏莪信,即复之。墨卿来。换夹袍。

二十九日(4月14日) 晴。得铁芸花朝日信,即复之。甚热。

三月

初一日(4月15日) 晴,燥热。次平、补之来。

初二日(4月16日) 晴,热。到宗人府。金蔼如送淡菜一包、建莲二包、信笺二匣、信封多封。

初三日(4月17日) 晴。秋谷师来。晚,风沙。搭凉棚。

初四日(4月18日) 阴。陈庆涵、冯小云来,小云赠西洋寒暑表、水晶壶。补之来。

初五日(4月19日) 风沙。大人至海子。至陆心鉴处,占课,同子山。

初六日(4月20日)　晴,冷。大人放总裁。午后,访补之、小莱,同小莱至聚珍、积古。

(谷雨)初七日(4月21日)　小雨,晴,午后,大风。补之来。

初八日(4月22日)　大风,阴。出门,晤容斋。到宗人府。黄庶常经来。得黄乐之信。

初九日(4月23日)　晴。出门晤绣珊。

初十日(4月24日)　阴。

十一日(4月25日)　晴。到宗人府。至鉴古。交子山寄铁芸信、千里眼一个、八音合二个。

十二日(4月26日)　晴,热。出门晤仲常、补之。到文昌馆,同容斋请东卿、蔼余。收到国史馆钱三千八百三十大钱。剃头。夕,风。宝之来,留饭,长谈而去。

十三日(4月27日)　晴。进城送秋泉行。至会馆。晤瑶笙。为子山饯行。

十四日(4月28日)　大风,晴阴间。

十五日(4月29日)　晴阴间。子山起身,回南。补之来。芝台来。

十六日(4月30日)　晴,风。出门晤次平、容斋,同至同庆楼吃烧鸭。至鉴古。到宗人府。

十七日(5月1日)　晴。出门晤少谷。晚,雨。

十八日(5月2日)　大风,晴。祖同侄受盘。容斋、小莱、一山、星阶、安斋、运球、半岩、心香、补之、搴云、少园来。

十九日(5月3日)　晴。出门晤容斋。文昌馆,祝黄矩卿堂上寿。东山来。

二十日(5月4日)　晴。剃头。午后,到宗人府。夜,补之来,云顺之明日到京。

二十一日(5月5日)　阴。到内阁。得翰芬十二月十三日信。

午后，祝程楞香母寿。看顺之。

（立夏）二十二日（5月6日） 晴。得铁芸二月廿二日信、芸士信、《货布文字考》、叔美信、《诵芬集》、《徐高士像》、履卿信，兰亭、元郎、介园、岭梅、鉴斋信。寄大兄信，铁芸信，履卿、芸士、叔美信。文昌馆，祝黄徵三母寿。顺之送补子一、扇一、笔十对、笺四。寄二姊、小珊、介园信。

二十三日（5月7日） 晴。到内阁。午正，到宗人府。

二十四日（5月8日） 小雨。出门晤顺之、补之、谭老七祖钧、冯小云。祝雨人太夫人寿，不留客。文昌馆，祝王楗母寿。夜，雨甚大。

二十五日（5月9日） 风，晴。唁也鲁。文昌馆，祝青樵母寿。未初，归。介樵、尧仙来。

二十六日（5月10日） 晴。午后，至积古。晤寿卿。祝崧甫夫人寿。同乡送戏，每人分京十千。亥初，归家。

二十七日（5月11日） 晴，风。顺之来。

二十八日（5月12日） 晴。拜客。晤容斋、蔼余。剃头。大风。得栗太守信，即复之。

二十九日（5月13日） 晴。到宗人府。为岭梅同年题《授经图》。

四月

初一日（5月14日） 晴。为法可庵题《鸠江古梅图》《河堧送别图》。

初二日（5月15日） 小雨。到内阁。散后，至会文堂同二兄请客，到者容斋、吟梅、少园、讷生、陈小浦、陈芝楣、子芙、朝宾、少峰。未正，散。

初三日（5月16日） 晴，风。午后，诣顺之、补之。赴崧甫招。戌正，归。

初四日（5月17日） 阴。可庵、柳臣来。交韵球寄履卿信、书对一付、寿星仙女各一幅,芸士信、书,叔美信、书。小雨,晚至夜。

初五日(5月18日) 晴。出门晤张家栻、黄子幹。晚,顺之、金蔼如来。

初六日(5月19日) 晴。剃头。冯小芸、钱鬯醇来。

初七日(5月20日) 晴。出门晤容斋,留吃点心。文昌馆,祝林主事映棠父母寿。未初,归。

初八日(5月21日) 晴。

(小满)初九日(5月22日) 晴,热。同侄铺行嫁。次平、缉甫、顺之、补之来。王西园来,留晚饭。

初十日(5月23日) 晴。大人归家。顺之、蔼如、闰生来。未正,大人下园。补之来。交蔼如寄铁芸信、闱墨、陶对,菊香信、寿对、翠花三匣、滇缎二匹、川绸二匹。交彭萧九寄大兄信、韩对、江对、闱墨二部。

十一日(5月24日) 晴。到内阁。补贺补之生日,留便饭。收到俸米十石七斗五升。小芸来。风。寄德余信、倪研渔信。夜,雨。

十二日(5月25日) 晴。出门晤少梅。到宗人府。剃头。收到国史馆大钱三千九百文。午后,携荫儿送陆二先生行。晤护航,又至补之处,不值。晤愚庭。雷雨。

十三日(5月26日) 大风,晴。同侄午时结亲。

十四日(5月27日) 晴。待新人春台部。堂上归家。申正,下园。

十五日(5月28日) 阴。

十六日(5月29日) 晴。请查老大夫妇三庆部。大人归家。申正,下园。顺之、补之来戏。子初,散。

十七日(5月30日) 晴。凤升下园。

十八日(5月31日) 晴。到内阁。至鉴古,遇戚子固。晚,小雨二阵。夜,雷,又雨。

十九日(6月1日) 阴。凤升归。雨。午后,唁春帆。至大川店。晤谷人。

二十日(6月2日) 晴。访容斋,同至尚古、鉴古。到宗人府。剃头。少山、闰臣来。

二十一日(6月3日) 晴。到内阁,又到宗人府。甚热。顺之来。为小东题《小蓬莱图》《海天长啸图》。

二十二日(6月4日) 阴,燥热。祝陈伟堂师寿,吃面。文昌馆,新进士公请。同侄回门。

二十三日(6月5日) 晴。大人归家。午后,雷雨。顺之、补之来。得仓少坪信,即复之。

(芒种)二十四日(6月6日) 阴。拜客。晤仁山、小庭。祝海帆师散诞。顺之来。晚,大雷雨。

二十五日(6月7日) 晴。到内阁,复至宗人府。大人下园。次平来。

二十六日(6月8日) 晴。凤升下园。午后,雨。闰臣来。

二十七日(6月9日) 晴。出门晤蔼余、闰臣。文昌馆赴玉彭招。午正,归。顺之来。剃头。

二十八日(6月10日) 晴。到内阁,又到宗人府。得铁芸四月初一信。夜,雨。

二十九日(6月11日) 雨,晴。出门晤小莱、容斋、顺之、补之。得陆费玉泉信并碑帖,即复之。午后,雷,大雨。复铁芸信。顺之来,吃夜饭而去。

三十日(6月12日) 阴。到内阁送节敬。晤慧老师,留饭。又晤文世兄。蕉林、曹炯来。晚,雷雨。

五月

初一日(6月13日) 晴。得子山信,即复之。晚,出门。是日,大考。

初二日(6月14日) 晴,热。送节敬。晤容斋。晚,顺之、补之来。

初三日(6月15日) 晴。访顺、补。得问畬信,即复之,并寄全墨二部。次平来。得赵老师信。

初四日(6月16日) 小雨。凤升归。剃头。复赵老师信。晚,晴。

初五日(6月17日) 晴。堂上前贺禧。顺之、补之来。仁山、麟洲来。

初六日(6月18日) 晴。顺之、补之、小莱、仁山来,坐一席。大人归家。

初七日(6月19日) 晴。谢客。晤补之、春舫。到宗人府。得铁芸四月廿日信、鉴斋信。复铁芸、鉴斋信、益斋信。顺之来。甚热。

初八日(6月20日) 晴。寅刻,进内,送二兄引见。到阁。顺之、补之来。甚热。

初九日(6月21日) 晴,热。各处道喜。唁雨人尚书。访容斋。顺之、补之来。

(夏至)初十日(6月22日) 晴,热。拜客。晤信臣、香南。寄二姊信、桂姊信。顺之来。剃头。

十一日(6月23日) 晴。出门晤顺、补。至同立局。

十二日(6月24日) 阴。开馆。寅正,到署,定王、睿王,穆、卓、陈三中堂均到。访覃叔。收到国史馆钱三千三百文。

十三日(6月25日) 阴。到宗人府,定王到。顺之、补之来,留晚饭。

十四日(6月26日) 晴。到宗人府,定王到。夜,雨。

十五日(6月27日) 到宗人府,睿王到。大雷雨。夜,又大雨。

十六日(6月28日) 晴。新进士团拜公请,辞之。寄大兄信、如意丹。

十七日(6月29日) 雨。到宗人府,海帆师到。宝之、顺之来。

十八日(6月30日) 小雨,即止。剃头。顺之来。晚,雨更密。

访补之。雨竟夜。

十九日(7月1日) 雨。到内阁。有晴意。晚,晴,风。

二十日(7月2日) 晴。顺之来。热。廖太守惟勋来。

廿一日(7月3日) 晴,热。祝陈太师母寿,不留客。文昌馆会亲。

廿二日(7月4日) 晴。顺之来。

廿三日(7月5日) 晴。出门晤宽夫、崧甫、芝台。午后,次平来。寄松庭信。

廿四日(7月6日) 晴。出门晤冠英、子贞、醇士。剃头。酉刻,雷雨。

廿五日(7月7日) 晴。到宗人府,定王到。

(小暑)廿六日(7月8日) 晴。到宗人府,定王到。天和馆赴闰臣、蒨华招。

廿七日(7月9日) 晴,热。出门晤容斋、顺之、补之、介樵。

廿八日(7月10日) 晴。得铁芸五月初十信,即复之。

廿九日(7月11日) 晴。到宗人府,海师到。

六月

初一日(7月12日) 阴,小雨。次平、顺之、小莱来。剃头。夜,雨。

初二日(7月13日) 凉爽。到宗人府。拜客。晤蔼余、崧甫、莲洲、小浦。得笠耕信,即复之。药房来。阴。

(初伏)初三日(7月14日) 晴。到内阁。得鹤卿信,即复之。

初四日(7月15日) 阴晴间。得大兄五月十二日信,即复之。

初五日(7月16日) 晴。出门晤次平、冠英、受之。同补之、仁山招少珊、润臣、春舫、元亭、蒨华松筠庵。午后,小雨。晚,大雨竟夜,甚热。

初六日(7月17日) 雨。出门晤玉彭、补之。归家,顺之尚未去,略谈而散。夜,雨。

初七日(7月18日)　晴。凤升下园。石生、警斋、亦云均去考教习。阅卷:瑞、王、曾。剃头。

初八日(7月19日)　阴,潮湿,甚热。到馆,定王到。

初九日(7月20日)　晴。到馆,定王到。

初十日(7月21日)　晴。

十一日(7月22日)　晴。到阁。寄大兄信、福寿钩本。

(大暑)十二日(7月23日)　晴。到宗人府,海帆师到。顺之来。收到国史馆钱三千八百文。

(中伏)十三日(7月24日)　得秋泉信,即复之。晴。出门晤芝馨、容斋。文昌馆,为玉彭饯行。

十四日(7月25日)　阴。到宗人府,伟堂师到。补之来。晚,石生、亦云招时丰斋小吃。

十五日(7月26日)　晴。得二姊信、铁芸五月廿九信。

十六日(7月27日)　晴。出门晤岵瞻。剃头。晚,请先生,顺之来,同坐。复二姊信、铁芸信。

十七日(7月28日)　晴。到阁。

十八日(7月29日)　阴。海楼来。微雨,即晴。

十九日(7月30日)　晴。出门晤小莱、补之。得松庭信。得星农信,即复之。

二十日(7月31日)　晴,热。到宗人府,定王到。夜,大雷雨。

廿一日(8月1日)　阴。到宗人府,定王到。得徐稼生信,即复之。雷,大雨。

廿二日(8月2日)　雨。赴闰臣招天和馆。午后,雨甚大。得梦白信,即复之。

廿三日(8月3日)　晴。顺之来。蔼堂来。

廿四日(8月4日)　晴。到宗人府。

廿五日(8月5日)　晴。到阁。菱洲来。得枚叔信,即复之。

廿六日(8月6日) 晴,热甚。出门晤容斋。公饯顺之,涵秋阁,并邀汉槎、石生、愚庭同坐。剃头。

廿七日(8月7日) 晴,热。得杏楼信,即复之。安斋来。闰臣来。

(立秋)廿八日(8月8日) 晴,热。午后,雨。顺之来。

廿九日(8月9日) 晴,热。

三十日(8月10日) 晴。到阁,访宽夫。文昌馆雅座,小庭、小浦招。顺之、补之来。

七月

初一日(8月11日) 晴。仁山、香明来。剃头。

初二日(8月12日) 晴。到宗人府。拜客。晤蔼余丈。文昌馆赴荫芝招、孙芝房招。春舫来。交顺之寄大兄信、五加皮一包、参一百、镯三双、翠花二匣、花囊三个。

(末伏)初三日(8月13日) 晴。补之、仁山来。少山、炳堂、竹伯来。

初四日(8月14日) 小雨。出门晤仲常、介樵。午后,仙九、琴舫来。交陈大令秉彝、大兄花匣一个,铁芸信、布包一个,内汉玉六件、《榴村女史画册》一本、针线三件。

初五日(8月15日) 小雨。岵瞻、容斋、星堂来。芝台来。

初六日(8月16日) 晴。到宗人府,海帆师到。蔼余年丈来。夜,雨。

初七日(8月17日) 晴。剃头。

初八日(8月18日) 阴。到阁。得铁芸四月廿八信,即复之。得问畬信、食物四件,即复之。

初九日(8月19日) 晴。到宗人府,伟堂师到。二嫂四十正寿,坐三席。

初十日(8月20日) 晴。出门晤铁庵、云溪、琴舫、补之。为顺之饯行,招同饮。

十一日(8月21日) 晴。到宗人府,二王均到。得欣堂信,即复之。次平来。萝山、也鲁来。

十二日(8月22日) 晴。收史馆钱三千八百四十。

十三日(8月23日) 阴。到内阁。拜客。晤徵三、意园、次山。剃头。

(处暑)十四日(8月24日) 阴。到宗人府,定王到。派总理校对。午后,到法源寺。安姨太太、金姨太太五十双寿。拜忏。进城,贺陈致堂女出阁。访季云,畅谈。又访冠英、受之。得铁芸五月廿三信。得杏春信。

十五日(8月25日) 晴。到宗人府,定王到。访次山。复铁芸信、杏春信。

十六日(8月26日) 晴。到宗人府。

十七日(8月27日) 晴。到内阁。晚,雨。

十八日(8月28日) 晴。出门晤蔼余。夜,雨。

十九日(8月29日) 晴。到宗人府,海帆师到。会文堂,祝西恒堂上寿。访李太封翁。交辛阶寄铁芸信、监部照各二张。得王建衡信,即复之。蔼余来。

二十日(8月30日) 晴。到宗人府,伟堂师到。拜客。晤鲁山。唁思台悼亡。午后,次山来。

廿一日(8月31日) 晴。剃头。徐东生来。

廿二日(9月1日) 晴。拜客。晤容斋。才盛馆,祝文小南堂上寿。补之、鲁山来。

廿三日(9月2日) 阴,小雨,即止。

廿四日(9月3日) 阴。出门晤次山。

廿五日(9月4日) 晴,热。

廿六日(9月5日) 晴,热。到宗人府,定王到。剃头。得铁芸七月三日信。夜,雨。

廿七日(9月6日) 雨。到宗人府,定王到。访次山。复铁芸信。得楚园信,即复之。小浦来。小莱来。

廿八日(9月7日) 晴。到宗人府,睿王到。交补之寄大兄信。

(白露)廿九日(9月8日) 小雨。汪韫斋、安斋来。午后,祝又山散生日。拜客。晤云樵、容斋,同容翁游厂。

八月

初一日(9月9日) 晴。得履卿五月廿一信、杨补之梅花拓本、竹墨床,芸士五月十九信、《重论文斋笔录》四本。湘坡来。寄铁芸信。

初二日(9月10日) 阴。暖寿。诒德堂,清音。大人归家。申正,大人下园。

初三日(9月11日) 阴。到阁。得秋泉信,即答之。寄履卿信、芸士信。次平来。

初四日(9月12日) 晴,风。换季。拜客。晤愚亭、次平、宽夫。文昌馆,祝章嗣衡父六十寿。剃头。得陈春缘信,即复之。

初五日(9月13日) 晴。到宗人府,定王到。才盛馆,祝蕙西堂上寿,又祝伍仲常太夫人散生日。得铁芸七月十七信。①

初六日(9月14日) 晴。到宗人府,定王到。至文老师处预祝。慧老师处唁。访戚子固。归家,已未初矣。复铁芸信。补之、仁山来。下午,同二兄、四弟、少峰至才盛馆位置一切,又至吕祖祠。补之、仁山已先到。

初七日(9月15日) 晴。母亲七十正寿。才盛馆,演春台部,楼上楼下坐廿四席。下午,坐十二席。夜,雨。

初八日(9月16日) 晴。德源来。

初九日(9月17日) 阴。送节敬。小雨。

---

① 页眉:伍处送烛十斤、面十斤、桃百,二分派每。酒十斤,二千九百。

初十日(9月18日) 晴。演春台部。补之、仁山、鲁山、谷人、宜廷来。剃头。

十一日(9月19日) 阴。送节敬。拜客。晤理堂。派总覆通本。申正,下园。戌初,到。

(社)十二日(9月20日) 寅正,进内谢堂。拜孔修太老师、子鹤。大人归家。补之、仁山公送三庆班。收国史馆钱三千四百。大人夜间下园。

十三日(9月21日) 晴。谢堂,卓、宝、陈三处,又至文老师处。晤树桐。得问畬信,即复之。

十四日(9月22日) 晴。到内阁。拜客。晤容斋。

十五日(9月23日) 晴,风。补之、仁山来。堂上前叩贺。寄铁芸信。

(秋分)十六日(9月24日) 晴。到内阁。夜,为补之、警斋饯行。

十七日(9月25日) 阴。到宗人府,定王到。小雨。剃头。树桐来。

十八日(9月26日) 晴。到内阁。嵩太老师处公祭。得韩小庭信,即复之。

十九日(9月27日) 雨。钱警哉回南。出门晤芝台。文昌馆,祝镜侯母七十寿。

二十日(9月28日) 晴。出门晤容斋、小沤、受之、冠英。文昌馆赴陈九叔招。申刻,同补之、仁山招仲常、子永、酉峰、小莱、鹤生集延秋阁。亥正,散。

二十一日(9月29日) 晴。到内阁。鹤生来,以南阳双丝袍套绣补见赠。小沤送周汉铜戈二匣、兰士画册、洋玻璃酒器二匣、官窑文玩一匣。

二十二日(9月30日) 晴。得顺之八月初四日信,即复之。

二十三日(10月1日) 晴,风。出门晤蔼余。午后,次平、鹤生来。交补之致大兄信、食物五件，铁芸信、金寿星一个、玉锁一个、金铃二个、堂上贺分食物四色，问畬信、袖曲、金寿星、银玩八件、法蓝藤镯三双。

二十四日(10月2日)　晴。到宗人府，定王到。剃头。

二十五日(10月3日)　晴。招安斋、鹤生、补之、鲁山午饭。

二十六日(10月4日)　晴。到内阁。文昌馆请普泉师。

二十七日(10月5日)　晴。到阁。容斋、心畬来。风。

二十八日(10月6日)　晴。出门晤李雨人、鹤笙。燕喜堂，满档房侍读、中书公请。鹤生来。

二十九日(10月7日)　晴。文昌馆，祝许亦崧堂上六十寿。换白袖、珠皮褂。

三十日(10月8日)　晴。到阁。访春舫。下晚，鹤生来，留夜饭。

九月

(寒露)初一日(10月9日)　晴。补之、冠英来。剃头。

初二日(10月10日)　晴。到阁。得陆立夫信，即答之。午后，送补之行，明日下船。

初三日(10月11日)　晴。到宗人府，定王到。访鹤生，留便饭。

初四日(10月12日)　晴。到宗人府，定王到。

初五日(10月13日)　晴。出门晤紫亭丈。得香士信，即复之。

初六日(10月14日)　晴。到阁。得铁芸八月十三信。交天成寄铁芸、顺之信。陈硕川来。

初七日(10月15日)　晴。到宗人府，海帆师到。鹤生来，夜饭后去。

初八日(10月16日)　雨。到阁。访鹤生，同归家。得大兄八月十三信。得斗南信。雷雨甚大，午后，晴。鹤生夜饭后去。

初九日(10月17日) 晴。到阁。拜墨卿,即归。万庵送诗版一方、茶具二枚。剃头。

初十日(10月18日) 晴。出门晤容斋。会元堂,祝熙引之母寿。

十一日(10月19日) 晴。出门晤紫亭丈。会文堂,庚子世兄公请。交鉴斋寄大兄信。

十二日(10月20日) 晴。到阁。吃饭后,到经板库,祝陈师母寿。收到国史馆钱三千八百大钱。祖庚来。

十三日(10月21日) 晴。交天顺寄大兄、顺之信。校国史馆《列传》:格绷额、穆克登布、常怀义、哈当阿、骆朝贵、七格、特克什布、杨奎猷、硕云保、何寒江。

十四日(10月22日) 晴。得卫生信,即复之。

十五日(10月23日) 晴。到阁。少峰送盘。鹤生来。得咏莪信,即复之。

(霜降)十六日(10月24日) 晴。到宗人府,定王到。文昌馆,四直同人公请。

十七日(10月25日) 晴。到馆,睿王到。凤升下园。剃头。鹤生来,夜饭后去。

十八日(10月26日) 到阁。午后,小雨。交陈太守东华致大兄信、布包二个。大风。小莱来。交容斋致斗南信。

十九日(10月27日) 晴,风冷。程容塘、容斋来。

二十日(10月28日) 晴。到阁。覆看江苏、河南、山东秋审本。

二十一日(10月29日) 晴。下园。午后,祝贾老师寿。访子鹤。

二十二日(10月30日) 寅初,进内,勾到福建、湖广、广西三省。在朝房吃饭。申正,到家。

二十三日(10月31日) 晴。出门晤容斋、仁山、窦舍人。招容斋、醇士、子贞松筠庵午饭。

二十四日(11月1日) 晴。到阁。文昌馆容斋、星东招。

二十五日(11月2日) 晴。竹伯来。交天顺寄铁芸信。剃头。介樵、云生来。得铁芸季秋二日信。

二十六日(11月3日) 晴。出门晤宽夫、蔼余年丈。文昌馆，祝蔡梅庵父寿。

二十七日(11月4日) 晴。到宗人府，定王到。凤儿归家。申刻，大人归家。寄铁芸信。

二十八日(11月5日) 晴。到少峰新宅。徐先生来为母亲诊脉。

二十九日(11月6日) 晴。到阁。得笠耕信，即复之。徐先生来。得王建衡信，即复之。

三十日(11月7日) 晴。出门晤介樵、酉峰、莘生。下午，至中州馆赴芝樵招。

十月

(立冬)初一日(11月8日) 晴。到阁。仁山来。得龙芝台信，即复之。

初二日(11月9日) 阴。到馆。大和馆赴幼峰招。拜紫庭年丈。至少峰新宅铺装。得铁芸八月十八信、牙印一匣、石印二匣。

初三日(11月10日) 晴。午刻，少峰完姻。派覆校。国史馆覆校。剃头。

初四日(11月11日) 晴。到阁。得崇鹤卿信，即复之。复铁芸信。午后，侍大人。至少峰处。

初五日(11月12日) 晴。拜客。晤崧甫、引之。是日，大人下园。文昌馆，中书同年公请翰臣。

初六日(11月13日) 晴。到宗人府。海琴、殳积堂来。徐公来。

初七日(11月14日) 晴。徐公来。得大兄九月十六信、铁芸九月十八信、张稚春信。钱警斋信。交朗瑛寄芸士信。复稚春信、警斋信。

初八日(11月15日) 晴。拜客。晤海琴。文昌馆,请英桂、谷生、小亭、仁山。申刻,赴颖生招。

初九日(11月16日) 晴。得翰芬信、小东信。交三有寄大兄信、铁芸信、翰芬信。剃头。

初十日(11月17日) 晴。到馆,定王到。才盛馆赴贾老师招。贺仁山移居。

十一日(11月18日) 晴。阮庭来。仁山来。

十二日(11月19日) 阴。到阁。收国史馆钱大钱三千四百文。得顺之九月廿四信。

十三日(11月20日) 晴,风。到馆。寄顺之信。

十四日(11月21日) 晴。徐公来。午后,赴蔼余年丈招,同东卿丈、姚圣常、雪逸、春岚。

十五日(11月22日) 晴。到阁。

(小雪)十六日(11月23日) 阴晴间。到馆。伟堂师到。

十七日(11月24日) 阴。醇士来。得大兄九月廿四信。午后,游厂。崧甫来。

十八日(11月25日) 晴。到阁。拜客。晤小石、闰臣。

十九日(11月26日) 晴。剃头。

二十日(11月27日) 晴。出门晤朱仲青。

廿一日(11月28日) 大风。到阁。金心畬来。

廿二日(11月29日) 冷,阴。交三有寄大兄信。

廿三日(11月30日) 到阁。雪。访春舫、仁山。交容塘寄大兄闱墨、花一匣。寄铁芸信、宝簪等件。容塘来,明日走。复全小汀信。

廿四日(12月1日) 晴。到馆。才盛馆,祝段晴川太夫人七十寿。得倪澧信。得张吟舫信、警斋信、夏幹园信。复小汀信。

廿五日(12月2日) 晴,风,冷。交三有寄大兄信。复警哉信。复幹园信。春岚来。复倪澧信。

廿六日(12月3日) 阴。到阁。午后,晴。

廿七日(12月4日) 大风。下园。

廿八日(12月5日) 晴。卯刻,进内。勾江苏、山东、河南人犯。申正,到家。得杏楼信。

廿九日(12月6日) 晴。复杏楼信。剃头。至少峰处。

三十日(12月7日) 晴。到阁。访小莱。

十一月

(大雪)初一日(12月8日) 晴,冷。春舫、查老四来。

初二日(12月9日) 晴。到阁。得补之小春七日济宁舟中信。

初三日(12月10日) 晴。到宗人府,定王到。风。寄顺之、补之信。

初四日(12月11日) 大风,晴。到宗人府,定王到。二兄四十生日,定王送宪书二本。

初五日(12月12日) 大风。拜客。晤谷笙、子永。得铁芸小春望后一日信,即复之。得顺之十月十四日信,即复之。寄陆费玉泉信。

初六日(12月13日) 晴,冷。到阁。潘鹤生印信来,即答之。玉泉招福兴居。未正,归。剃头。

初七日(12月14日) 阴。到馆。卓老师到。贺子鹤次子完姻。

初八日(12月15日) 晴。到阁。大人归家,明日大搬家。

初九日(12月16日) 晴。寄大兄信,顺之、补之信,十二发。得笠耕信,即复之。少峰夫妇移住小有洞。

初十日(12月17日) 晴。

十一日(12月18日)　晴。

十二日(12月19日)　晴。振轩来。收国史馆桌饭钱三千八百廿。午后,阴。夜,大雪二寸。

十三日(12月20日)　晴。出门晤阮庭、蔼棠。午后,朗亭、峰孙来。

十四日(12月21日)　晴。晚,祀先。

(冬至)十五日(12月22日)　晴。到馆。仁山、秋谷师来。剃头。寄心壶年丈信。

十六日(12月23日)　晴。贺陈敬堂子完姻。谢秋谷师。步晤少谷。

十七日(12月24日)　晴。

十八日(12月25日)　晴。大人以腹泻未上言。仙九来。

十九日(12月26日)　晴。大人照常上言。到阁。

二十日(12月27日)　晴。尧仙、介樵来。

廿一日(12月28日)　大风,晴。喉疼,顾吉人来视。寄二姊信、铁芸信。前胡钱半、橘红一钱、元参一钱、牛蒡二钱,土贝二钱、荆穗钱半、桔梗钱半、甘草七分、射干八分。

廿二日(12月29日)　晴。大人到予内室来视。吉人来。用射干一钱、马勃一分、元参二钱、象贝母钱半、荆穗七钱、牛蒡二钱、桔梗七钱、防风七钱、甘草二分、苏子一钱、灯心。得湘坡信,即复之,并寄斗南信。

廿三日(12月30日)　晴。吉人来,云肝胃火尚未清,肺亦不和,宜清火化之。黄甘菊三钱、甘草一钱、橘红七分、黑元参二钱、丹皮七钱、土贝二钱、灯心一分。

廿四日(12月31日)　晴。得程容堂信。

廿五日(1月1日)　大风,晴。剃头。喉疼愈。三官庙送山茶、天竹、梅花、水仙各一小盆。

廿六日(1月2日)　晴。得顺之信、补之十一月初八信,即复之。

廿七日(1月3日) 晴。到宗人府。仁山来。

廿八日(1月4日) 晴。到宗人府,定王到。

廿九日(1月5日) 晴。到阁。得王湘信,即答之。

十二月

(小寒)初一日(1月6日) 晴,大风。海楼来。星阶送笔一匣、笺两匣、袖一、茶叶四瓶。得问畬信,即复之。

初二日(1月7日) 晴。得铁芸十一月十三信、松庭信。

初三日(1月8日) 晴。到阁。得容斋信。

初四日(1月9日) 大风,晴。润臣来。复容斋信交荫芝。

初五日(1月10日) 晴。到阁。复警哉信、小东信、陆二先生信。得斗南信。冷。

初六日(1月11日) 复小东信,警哉、星农信。晴,冷。到阁。剃头。

初七日(1月12日) 晴。出门晤春舫。文昌馆赴陈伟堂师、敬堂招。复斗南信。

初八日(1月13日) 大风,晴。得大兄十一月廿一信、顺之冬至后五日信。海琴来。

初九日(1月14日) 晴。到馆。受之来。属钧龙字。

初十日(1月15日) 晴。到阁。

十一日(1月16日) 寄大兄信、龙字,顺之信。晴。出门晤海琴。祝贾太师母寿。

十二日(1月17日) 晴。寄温东川信。咳呛。夜,发烧。

十三日(1月18日) 晴。吉人来诊视。收国史馆十二月、正月工费五千四百大钱。

十四日(1月19日) 晴。得筠谷师信,即作禀复。吉人来。

十五日(1月20日) 雪。得季虎信,即复之。

(大寒)十六日(1月21日) 雪。仙九、崧甫招饮,不赴。得小湖信,即复之。

十七日(1月22日) 晴。得栗太守信,即复之。得蒋斯崇信,即复之。

十八日(1月23日) 晴。得尤研香信、宪书,即复之。得笠耕信,即复之。寄赵老师、吉老师信。得大兄十一月廿七信、补之信、徐之铭信,即复之。

十九日(1月24日) 晴。剃头。得幹园信,即复之。寄大兄信、补之信、杏春信。

二十日(1月25日) 晴。夜,大风。

二十一日(1月26日) 晴,风。头晕。才盛馆庆寿,不能赴。吉人来。

二十二日(1月27日) 雪。得倪太守澧所寄《婴武赋》一册。午,晴。

二十三日(1月28日) 阴。得崇道台纶信,即答之。得杨太守钜源信,即答之。得王通判建衡信,即答之。得理庵信,即复之。夜,大风。

二十四日(1月29日) 晴,风。文渊阁直阁事,朱笔圈出文瑞、温葆淳,校理支清彦、宋晋、王履谦、何绍基、李承霖、陈枚、匡源、马铸,检阅吉福、邵纶、潘曾绶。得布大令来信,即复之。

二十五日(1月30日) 晴。寄补之信。得咏莪信,即复之。得问畬信,即复之。得雷震初信,即复之。得鹤生十二月初一信,即复之。

二十六日(1月31日) 晴。得香士信,即复之。得石士丈诗文一部。得贡九信,即复之。得大埔令吴邦彦信、水晶壶二个,即复之。寄倪世渔信。

二十七日(2月1日) 雪,即晴。寄布子交信。得杏春信、二姊信、铁芸十一月五日信。寄铁芸信、杏春信。

二十八日(2月2日) 晴。祝鹤舫师寿。至海帆师处送节敬。答诗舲,畅谈。敬神。得顺之、补之信。

二十九日(2月3日) 晴。得铁芸十二月十三信,秉斋、鉴斋信,问畬信,陆费玉泉信。复玉泉礼。风。剃头。复秉斋、鉴斋信。

(立春)三十日(2月4日) 晴,风。得黄爱庐札,即复之。交天成寄顺、补信,内铁芸信。寄大兄信,内灼叔信、竹桥信、芷香信。接灶。祀先。

道光二十八年戊申(1848)

一月

戊申元旦(2月5日) 暖,晴。拜佛、灶、祖先。堂上前叩贺。

(高高祖妣生忌)初二日(2月6日) 晴阴间,风。进城拜年。文昌馆,内阁团拜。得龙观察信。大人蒙恩,加太傅衔,赏紫缰。巧姬招同侄妇、少峰夫人真宝看戏。

(曾祖考生)初三日(2月7日) 大风,晴。午后,拜年。复龙道台信。

初四日(2月8日) 晴,风。进城拜年,秋谷师留饭。得松庭信,即复之。

初五日(2月9日) 晴。午后,游厂,凤升同去。得玉彭信,即复之。

初六日(2月10日) 晴。游厂,同二兄、桐生、凤升。天气甚暖。

初七日(2月11日) 晴,暖。游厂。

初八日(2月12日) 晴。游厂。剃头。午后,出门晤闰臣。

初九日(2月13日) 晴。

(曾祖妣忌)初十日(2月14日) 晴。大人下园。到馆,定王到。午后,游厂。凤升下园。

十一日(2月15日) 阴。游厂。福兴居早饭,同季玉、少峰。晚,小雪,即止。

十二日(2月16日) 晴。到宗人府。陈小坡有信来,即复之。

交张莲洲、春舫。次平来。满票签福善、吉寿、麟东、崇纶、文祥、裕光、斌越、福惠招十四天和馆，辞之。

十三日(2月17日) 风，晴。访小莱，同游厂。到燕喜堂，馆上诸人团拜。

十四日(2月18日) 晴。才盛馆，请客三席，香南、鹤汀、容斋、雨人、颖生、龚叔雨兄弟、鹤溪、敬堂、寿卿、雨帆、子贞、星阶、翁祖烈、林扬祖。杜世兄招十八，辞之。

(许师母寿。雨水)十五日(2月19日) 晴。游厂。到天和馆，同委署诸君请直房诸君。

十六日(2月20日) 晴。游厂。风升归家。剃头。得毛叔美信，即复之。士良、尧仙昆仲招廿七，辞之。星阶招廿九，亦辞之。

十七日(2月21日) 高延绶、许云生、金肇海、曾兆鳌、史淳、林鹗腾、邵香明、吴薇客、孙云溪、李雨人、韩锦云、翁祖庚、蔡梅庵、三联斋、张莲洲、郑琼诒、郑元璧、吴南池、邱璋、周炳鉴、姚光发公请文昌馆。晴。竹伯来，同至海帆师处谒见，请定公请日期。

(墨汀生日)十八日(2月22日) 晴，风。到阁。访仁山。

十九日(2月23日) 晴。到馆。答蔼余丈。文昌馆赴毛子刚招。

二十日(2月24日) 晴。至裕庭师处，太师母于昨日仙逝。

二十一日(2月25日) 晴。到阁。风升下园。夜，大风。

二十二日(2月26日) 晴，风。出门晤念堂。会文堂，祝翁玉泉堂上寿。

二十三日(2月27日) 晴。黄兆麟送龙须单枕席、茶船四个、笺纸四匣。念堂来。

二十四日(2月28日) 晴。交朗英寄问畬信。到阁。同乡团拜。荫儿去。闰臣来。剃头。

二十五日(2月29日) 晴。到馆，定王到。得刘太守仲海信，即复之。得翰臣信，即复之。

二十六日(3月1日) 阴。唁芝生悼亡。访闰臣。贺搴云子完姻。次平来。

二十七日(3月2日) 阴。得补之人日信。大人回家。得大兄新正五日信。到阁。

二十八日(3月3日) 晴。出门晤紫庭丈。会文堂,乡试同年团拜。复大兄信、补之信。

二十九日(3月4日) 晴,小雨。诗舲来。

二月

(王晓林师寿。惊蛰)初一日(3月5日) 晴。到馆,定王到。子贞来。

初二日(3月6日) 晴阴间。到阁。瞻仰文华殿、主敬殿、文渊阁。何子贞来。仁山来。

初三日(3月7日) 晴。文华殿演礼。得警斋信、顺之正月十二信。剃头。

初四日(3月8日) 丑正,出门,进内。辰初,文渊阁侍班。散后,至内阁吃饭,同海帆、伟堂两师。招至中和殿,定王亦到。照料玉牒,由中阶升入太和殿中门,至中和殿分陈于各案,行三跪九叩礼。礼毕,恭捧保和殿中阶,诣乾清门,交内监捧进。恭览毕,送至寿皇殿。归家,已申初矣。复警哉信、顺之信。

初五日(3月9日) 大人下园。晴。到阁。贺特芳山寿。贺墨卿放学政。

(陈太师母寿。次平生日)初六日(3月10日) 到馆,定王到。祝陈太师母寿,留面。闰生来。买貂袖三双,每双京钱十二千。

初七日(3月11日) 阴。至慧老师处,公祭太师母。

初八日(3月12日) 晴。到阁。唁少珊悼亡。得警斋十一月二十日信、子履集,即复之。

初九日(3月13日) 晴。剃头。巧姬去看戏,姨太太招。

初十日(3月14日) 晴。出门晤茂垣、子期、仁山。文昌馆,四直公请。戌正,归。巧姬于楼上请二姨、四妹、同侄妇、珍侄女。

十一日(3月15日) 小雨,即止。到阁。得张石卿信,即复之。大风竟夕。

十二日(3月16日) 晴,大风。咳嗽,发热。收国史馆钱三千九百文。

十三日(3月17日) 晴。吉人来。得珠林信。风。

(顺之夫人生日。社)十四日(3月18日) 晴。吉人来。复铁芸信。答珠林信。

十五日(3月19日) 晴。

(春分)十六日(3月20日) 晴。吉人来。寄履卿、芸士、叔美信。

十七日(3月21日) 阴。吉人来。

(竹桥兄生日)十八日(3月22日) 阴。闰臣来。

十九日(3月23日) 大风,晴。二姨招巧姬看剧。

二十日(3月24日) 晴。吉人、仁山来。得梦白信,即复之。

二十一日(3月25日) 晴。寄大兄信。剃头。午后,阴。国史馆纂辑道光十一年至二十年《文武大臣年表》并十六年至二十五年《长编》完竣,入奏,予得一等议叙。

二十二日(3月26日) 晴,风。吉人来。得仲常信,即复之。

二十三日(3月27日) 晴。得铁芸新正廿七信、补之二月朔信、芸士信。得问畬信、花边一块、袖二双、裙花一付。

二十四日(3月28日) 晴。复铁芸信、补之信、芸士信、问畬信。吉人来。

(汪嘏庭夫人生日)二十五日(3月29日) 风,晴。令凤升去拜孙子福主事,从阅文。得王晓林师信。

(汪荣松生日)二十六日(3月30日) 风,晴。到阁。姚恭训、王晓珊送表一、翠壶二、洋烟一瓶。寄晓林师禀、韩小庭信。

二十七日(3月31日) 晴。到馆,定王、睿王、穆中堂、卓中堂、陈中堂均到。蔼余丈来。

二十八日(4月1日) 风,晴。出门晤闰臣、紫庭。天和馆赴善二循招。四妹招巧姬看剧。

(祝老太太)二十九日(4月2日) 风,晴。到阁。少山、闰臣、次平来。

三十日(4月3日) 晴,冷。剃头。得铁芸二月十一信。

三月

(清明)初一日(4月4日) 晴。到阁。仁山来。

(子鹤夫人生日)初二日(4月5日) 雨。到文昌馆赴子鹤招。玉牒馆奏议叙,奉旨,加侍读衔。申初,到阁。

(雪香太师母寿)初三日(4月6日) 大风。进内谢恩,至各处王爷、老师处。堂上前叩喜。申正,到家。母亲前叩喜。

初四日(4月7日) 晴。谢客。晤问樵、松亭、谷生、子永。到阁。皕川来。得问畬信。

初五日(4月8日) 晴。谢客。晤崧甫。到阁。寄大兄信。琴舫来。

初六日(4月9日) 晴。海琴来。仁山、谷笙来。落黄沙。得红生信、湖绉、少保香珠二合。

初七日(4月10日) 阴,落黄沙。到阁。谢客。晤香明。复红生信。夜,小雨。

初八日(4月11日) 晴。谢客。晤仁山。大人归家。是日,圣驾启銮,权朝睿王、定王、穆相、卓相。剃头。

初九日(4月12日) 晴。谢客。晤仁山、秋谷师,留饭。晚,落黄沙,风。费世兄来。

初十日(4月13日) 晴。到阁。才盛馆赴英二桂招。费世兄学曾送补子二、帽纬二、笔二匣、笺八匣、袍褂各一件。寄顺、补信。

得香士信，即复之。幼竹、也鲁来。

十一日(4月14日) 晴。醇士、云生、子贞来。未初，少峰回南。

十二日(4月15日) 阴。进城晤文老师。钟三梁送顶补各一、针线四色、靴一双。得大兄二月廿日信、顺之二月廿四信。收到国史馆钱三千廿文。

十三日(4月16日) 阴。侍大人游三官庙、法源寺。午后，雨，竟夜。

十四日(4月17日) 小雨。到阁。访仁山。午后，晴。仁山来。寄大兄信、顺之信。

十五日(4月18日) 晴。申初，大人下园。姚晓珊来。

(汪小珊夫人生日)十六日(4月19日) 晴。赴宽夫招。

(谷雨)十七日(4月20日) 晴。到阁。楚香来。

十八日(4月21日) 阴。剃头。得顾湘坡信，即复之。

十九日(4月22日) 晴。招英老二、海门、宽夫、晓珊、石生才盛馆。得谱香信，即复之。

二十日(4月23日) 晴。到阁。得署道化州兆安信，即复之。也鲁、费幼亭来。

二十一日(4月24日) 晴。祝楞香太夫人散生日。访蔼余。文昌馆赴张祥晋招。寄大兄信。

二十二日(4月25日) 晴。出门晤芝台、清如。寄铁芸信。晚，风。晓珊来。

(文孔修太老师寿)二十三日(4月26日) 阴。到阁。领恩，赏银二十两。

二十四日(4月27日) 阴。剃头。春舫来。

(汪小珊生日)二十五日(4月28日) 雨，即晴。出门晤吉甫。天和馆赴汤铭斋招。

(功兄生日)二十六日(4月29日) 晴。祝颖生母六十寿。访仁山。大人归家。

二十七日(4月30日) 晴,热。到阁。

二十八日(5月1日) 晴,热。

二十九日(5月2日) 晴,热。仁山来。

四月

初一日(5月3日) 大人下园。晴。到阁。春舫、少珊来。

初二日(5月4日) 晴。剃头。寄少峰信。大人归家。

(沈石生生日。立夏)初三日(5月5日) 晴。出门晤覃叔、饮茗。午后,大风沙,雨。

(谢母忌)初四日(5月6日) 晴,风。得鹤卿信,即复之。元庭、峰孙、覃叔、吴茗来。

初五日(5月7日) 晴。出门答客,均不值。得全小汀信,即复之。

初六日(5月8日) 阴晴间。到宗人府,定王、睿王、卓师均到,同拜牒。大人下园,凤升同去。到才盛馆祝林范亭母寿。得周宗海信、洋烟一箱、笔二匣,即答之。得铁芸季春望日信。

初七日(5月9日) 晴。唁寿卿丁内艰。到阁。复铁芸信。

初八日(5月10日) 晴。午后,出门晤心畬、莘农。赴源亭招。大风,燥闷。

初九日(5月11日) 晴,风,燥热。得季虎信、补之三月十六信。剃头。

(伯昂师寿。补之生日)初十日(5月12日) 晴。竹伯来。到陈伟堂师处。风,热。

(芸阁师寿)十一日(5月13日) 大风,晴。到阁。

十二日(5月14日) 阴。才盛馆,公请海帆师。收馆上钱三千八百二十。

十三日(5月15日) 丑初,下园。寅正,到。该班。拜客。晤丹来、陈太师母、子鹤。晴。

十四日(5月16日) 阴。辰正,归家。雨。午后,祝方稑堂上寿,会文堂。访仁山。得季虎信,即复之。夜,雨。

十五日(5月17日) 晴,风。蔼余来。凤升归家。甚冷。查库,派定王、奕格、宝卓、麟魁、吴崧甫、王蔼棠、张小坡、海帆师,带文岳、风临、洪观、西楞额、麟东、邵纶绶、许诵恒。晚,少珊、旬舫来。银库司员:郎中连本,员外铃祥、联第,司库春霖。

(汪瑕庭生日)十六日(5月18日) 雨。到经板库送奠分。到阁。

十七日(5月19日) 晴。寄大兄信、顺之信、铁芸信。

十八日(5月20日) 晴。卯正,到库查第六号,起六十万移到第四号。申初,到家。星阶来。得刘楚桢信、《封龙山碑》。

(小满)十九日(5月21日) 小雨。到阁。到库查第六号,二十万移贮第四桶,又第三号四十万移贮第五号,连前共一百二十万。申正,到家。得顺之三月廿三信、补之廿九信。

(大新夫人生日)二十日(5月22日) 阴。剃头。天和馆,同源亭、倩华请云轩。供事禀,今日查第三号,四十万移贮第五号,第一号二十万移贮第三号,连前共一百八十万。夜,雨。

二十一日(5月23日) 雨,即晴。请原庭、倩华小叙。秋霞来。供事禀,本日查第一号,六十万移贮第三号,连前共二百四十万。复顺之信。

(陈伟堂师寿)二十二日(5月24日) 晴。上库。到阁。查第二号,六十万移贮第一号,连前共三百万。得铁芸四月初八信。

二十三日(5月25日) 阴。经板库开吊,一到。巳正,散。供事禀,查第二号,盘入第一号银二十万,又第十五号盘入十三号银四十万,连前共三百六十万。谷生、佑之来。

(卓海帆师寿)二十四日(5月26日) 阴。拜客。晤吉人、吴补之。祝海帆师寿。得问畬信,即复之。供事禀,由十五号盘入十三号四十万,又由十一号盘入十五号二十三万,连前共四百二十三万。

二十五日(5月27日) 晴,热。到阁。到库,由十一号盘入十五号五十七万,由九号盘入十一号二十万,连前共五百万。得宝之信,即复之。得翰香信,即复之。子贞来。

二十六日(5月28日) 晴。到阁。查库,由九号盘入十一号六十万,连前共五百六十万。云溪来。得大兄初六信,二姊信,秉斋、鉴斋信,少峰信。

二十七日(5月29日) 晴。复秉、鉴信,少峰信,二姊信,大兄信。祝蘋江年伯五十寿,凤升亦去。得王晓林师信。剃头。

(赵蓉舫师寿)二十八日(5月30日) 晴。凤升下园。汇元堂,祝劬庵太夫人六十寿。

二十九日(5月31日) 晴。到阁。仁山来。复晓林师信。寄大兄信。夜,大雨。

五月

初一日(6月1日) 晴。得补之信。午后,雷雨。复补之信。供事禀,由第七号倒贮第九号六十万,连前共六百二十万。

初二日(6月2日) 晴。到阁。到库,由第七号盘入第九号二十万,又由第十二号盘入第六号另款五千三百五十万,又由第十号盘入第十二号四十万,连前共六百八十万。少珊来。

初三日(6月3日) 晴。到阁。

(许滇生师寿)初四日(6月4日) 晴。春缘来。剃头。午后,雨,即晴。书农来。夜,又雨。

(芒种)初五日(6月5日) 晴,阴雨。堂上前叩贺。仁山来。得林勿村信,即复之。凤升归家。心阶来。

初六日(6月6日) 晴。仁山来。早饭,同石生、墨汀、韫斋、同侄、凤升坐一席。午后,少珊、润臣、谷生、石生又坐一席。供事禀,由第十号盘入十二号银四十万,又由十四号盘入第十号银二十万,共查过七百四十万，另款五千二百五十万。春舫来。

初七日(6月7日) 晴。下园。大人以腹泻告假五日，今日已愈。申正，归家。供事禀，由十四号盘入十号银六十万，连前共八百万〇五千二百五十两，明日覆奏。

初八日(6月8日) 晴。到阁。寄问畬信、靴一双。得杏楼信，即复之。得陆费玉泉信，即复之。

初九日(6月9日) 晴阴间。查缎匹库、正库东面。库官：郎中佛尔国春，员外连庆、福昌，司库额勒亨额、伊桑阿。

初十日(6月10日) 阴。剃头。得少峰信，即复之。供事禀，今日查正库西面。

十一日(6月11日) 雨。查库正东楼及东南楼。东来馆，扰香吟东。访蔼余丈。夜，雨。

(顺之生日)十二日(6月12日) 小雨。到阁。拜耆中堂。查库东南楼下并西南楼上下。收馆上钱三千四百大钱。

十三日(6月13日) 晴。关帝庙拈香。拜客。晤湘帆、岚樵。

十四日(6月14日) 雨。到阁。

十五日(6月15日) 晴。查部料库第一连。巳正，散。库官：郎中禄贤，员外崇文、长春，司库徵麟、恒通。

十六日(6月16日) 晴。香南、秋谷师来。出门晤润农。赴星阶招。查库第二连物料，计十二款。

十七日(6月17日) 晴。查库第三连。大人归家。午后，雨。剃头。

十八日(6月18日) 小雨。到阁。云溪、辛之来。查库第四连。

十九日(6月19日) 晴。查库第五连，又备用库。唁锡子受。答秋谷师，不值，晤世兄。陆金祐送帽纬四小匣、自画扇一枋。仁山来。

二十日(6月20日) 午后，大雷雨。

(陈太师母寿。夏至)二十一日(6月21日) 晴。大人下园。招小石、云溪、竹伯、子山已集。午后,雷雨。寄大兄信、补之信。高本仁来。

二十二日(6月22日) 晴。到阁。得铁芸仲春十九信、湖绉二端、陈皮二匣。

二十三日(6月23日) 晴。午后,雷雨,仍晴。得梦白信,即复之。

(祖妣生。桂林生日)二十四日(6月24日) 晴。剃头。

二十五日(6月25日) 晴。拜客。晤子山。到阁。寄铁芸信。海门来。甚热。

二十六日(6月26日) 晴,热。出门晤海琴。宝应寺看寿卿。得大兄四月廿七信、竹桥信,即复之。

二十七日(6月27日) 晴。得铁芸五月初十信、叔美信、《仲则年谱》。交陆酉山寄芸士、叔美札、《百诗年谱》各一册。夜,雨。

二十八日(6月28日) 雨,即晴。到阁。午后,又雷雨,仍晴。得斗南信,即复之。

二十九日(6月29日) 晴。交酉山寄大兄信、对二付、扇面一。

三十日(6月30日) 晴。得鹤卿信,即答之。

六月

初一日(7月1日) 雨,即晴。到阁。小洲来。晚,雨点,甚热。

初二日(7月2日) 晴。剃头。拜客。晤醇士。

初三日(7月3日) 晴。星阶来。

(祖妣忌。祁春圃师寿)初四日(7月4日) 晴。到阁。访闰臣。

初五日(7月5日) 晴。招蔼堂、醇士、崧甫、莘农午集。得大兄五月十一信,即复之。夜,雨。

初六日(7月6日) 晴。得杏春信、少峰信,即复之。寄容斋信。次平来。

(小暑)初七日(7月7日)　晴。到阁。

初八日(7月8日)　晴。出门晤岚樵、仙露、袖石、蔼余。午后，丹来来。

初九日(7月9日)　晴。到阁。午刻，耆中堂到任。剃头。润臣来。

初十日(7月10日)　到阁。晚，小雨。

(高祖妣忌)十一日(7月11日)　晴。得栗太守信，即复之。

十二日(7月12日)　晴。到阁。得刘太守仲海信，即复之。收国史馆三千八百二十大钱。

(同侄生日)十三日(7月13日)　阴。桐生侄廿岁，请客。午后，雨。凤升下园。

十四日(7月14日)　下园。晴。拜客。晤子鹤、秋泉、棣如、丹来。住园。

(赵师母寿)十五日(7月15日)　晴。卯初，自园起身。辰初，到阁。午初，归家。夕，雷雨。

十六日(7月16日)　晴。祖庚来。剃头。夜，大雨。

十七日(7月17日)　晴。到阁。

(初伏)十八日(7月18日)　晴。到阁。阴。晚，大雨，达旦。

十九日(7月19日)　大雨昼夜。

二十日(7月20日)　雨。到阁。午后，晴。酉正，又大雨。

二十一日(7月21日)　晴。午后，大雨。

(德远春师寿)二十二日(7月22日)　晴。到阁。得韩小亭信，即复之。

(大暑)二十三日(7月23日)　晴阴间。出门晤子贞、次平。夜，雨。得王欣堂信。

(蒋申甫太老师寿)二十四日(7月24日)　雨。剃头。复欣堂信。

二十五日(7月25日) 密雨。到阁。天和馆赴伍兰畴招。午后,晴。

二十六日(7月26日) 忽雨忽晴。夜,大雨,大淋漓。

二十七日(7月27日) 晴阴间。得大兄信、补之五月廿八信、少峰信、玉堂信。午后,大雨。星阶来。

(中伏)二十八日(7月28日) 晴。到阁。少珊来。

二十九日(7月29日) 晴。午后,阴。刘拙庵来。得小东信,即复之。夜,雨。

七月

初一日(7月30日) 小雨。拜客。晤药房、赐卿。复大兄信,补之、玉堂、少峰信。

(慧秋谷师寿)初二日(7月31日) 晴。到阁。得汪珠林信、松亭信、警哉信。未正,到文昌馆,二兄招。曹兴仁、胡小蘧、何绍瑾、小莱来。大兄六月初四日信,鉴斋处寄到。剃头。

(吉老师寿。姨太太生日)初三日(8月1日) 晴。燕山来。星阶来。凤升归。仁山来。

(陆宜人忌)初四日(8月2日) 晴。寄铁芸信、大兄信、珠林信、松庭信交天成。交盛公寄大兄信、对三付。得张仲远信,即复之。得补之六月十二书,即复之。

初五日(8月3日) 忽晴忽雨。唁文树桐悼亡。得芸士四月初六信、《赐研堂丛书》、《瞿忠宣公集》、《蒋伯生集》、秋水师集、《校官碑》、履卿信、印墨、刀币。交仁山复履卿信、芸士信。得咏莪信,即复之。

初六日(8月4日) 小雨,晴。午后,又雨。到阁。访克斋。得张小浦信。

初七日(8月5日) 阴。拜客。晤岚樵、蔼余。晚间,赴燕山侄招。

初八日(8月6日) 阴。到阁。答覃叔。午后,星阶来。

(二侄生日。立秋)初九日(8月7日) 晴。墨汀、石生、燕山、予兄弟三人、桐生、凤升坐一席。午后,凤升下园。搴云来。

(末伏)初十日(8月8日) 晴。剃头。介樵、海门、星阶、介如来。得倪澧信,即复之。

十一日(8月9日) 晴。到阁。访少珊。午后,烟杉来。

十二日(8月10日) 小雨。收国史馆钱三千九百大文。星阶来。午后,大雨竟夕。

十三日(8月11日) 雨。到阁。

十四日(8月12日) 晴。星阶来。得少峰六月廿一日信。骞云来。

(吴崧甫生日)十五日(8月13日) 晴。祝崧甫五十寿。访紫亭丈。得铁芸六月廿日信,即复之。复少峰信。少珊来。

十六日(8月14日) 阴,晴。星阶来。剃头。

十七日(8月15日) 晴。到阁。崧甫来。

十八日(8月16日) 晴。许仁山来。

(德蔼堂师寿)十九日(8月17日) 晴。拜客。晤崇二光、许仁山。

二十日(8月18日) 阴。到阁。得倪研渔信。荫芝、星阶来。夜雨达旦。

二十一日(8月19日) 雨。星阶来。

二十二日(8月20日) 雨。出门晤莘畬。午后,星阶来。雨竟日。

二十三日(8月21日) 晴。仁山、星阶来。

(高高祖妣忌)二十四日(8月22日) 晴。到阁。次平、星阶来。莘畬来。

(处暑)二十五日(8月23日) 晴。剃头。拜客。晤烟杉、濬泉。赴星阶招。夕,电,小雨。

二十六日(8月24日) 小雨,即晴。拜客。晤紫庭、小沤、岚樵。午后,星阶、烟杉来。

二十七日(8月25日) 小雨。到阁。送子梅行,有晴意。谱经、登之来。申刻,韫斋起身,回南。小沤来。

二十八日(8月26日) 晴。得大兄六月廿八信、补之七月三日信。方子贞来。松泉、少珊、星阶来。得次山信。

(查又山生日,祝筠泉生日)二十九日(8月27日) 晴。到阁。复次山信。寄斗南信。顾子珊来。

三十日(8月28日) 晴。同少珊至松筠庵,请岚樵、登之、小沤、酉峰、镜泉。得梦白信。

八月

(竹如生日)初一日(8月29日) 阴。振轩、星阶来。午后,晴。得张吟舫信,即复之。得冯小云信,即复之。裴意园来。

初二日(8月30日) 晴。到阁。闰臣来。寄大兄信、补之信。

初三日(8月31日) 晴。大人、凤升归家。得刘宝楠信,即复之。剃头。得总覆部本。

初四日(9月1日) 卯初,进内谢堂。在署中吃饭。至穆老师、卓老师处。星阶来。得小东信,即复之。

初五日(9月2日) 晴。为两大人暖寿。寄大兄信、补之信。星阶、尧仙、仁山来。

(吴引之太翁生日)初六日(9月3日) 阴。至陈伟堂师处。答振轩,晤谈。小莱、子箴、星阶来。得问畬信。夜,雨。

(母亲寿)初七日(9月4日) 大人下园。晴。母亲寿辰。留客。

(文老师母寿)初八日(9月5日) 晴。谢寿。到阁。晤伯雄、莲洲。复问畬信。星阶来。

初九日(9月6日) 晴。谢客。晤吉人、说斋、润森、闰臣。唁林前辈。剃头。

(白露)初十日(9月7日) 晴。谢寿。晤谷生。天和馆赴西峰招。

十一日(9月8日) 晴。到阁。慧师处送节敬。星阶来。

十二日(9月9日) 晴。收国史馆钱三千三百二十文。凤升午后下园。顾子山来。

十三日(9月10日) 晴。招雪帆、星阶、心如、仁山午饭。

十四日(9月11日) 晴。到阁。拜客。晤萍矼。

十五日(9月12日) 晴。仁山、星阶、烟杉来。午后,游厂。至广和楼,同玉泉、烟杉、同侄。

十六日(9月13日) 晴。到阁。

十七日(9月14日) 晴。吊斌笠耕。同燕山畅谈。文昌馆,庚子世兄公请。得仲常信,即复之。托邹逢春寄大兄《四书》一部。交星阶复铁芸信。剃头。

(祖考生。善老师寿)十八日(9月15日) 晴。到阁。午后,星阶来。

十九日(9月16日) 晴。拜客。晤蔼余、兰检。松筠庵赴少珊招。晚,小雨。

二十日(9月17日) 晴。到阁。星阶来。

廿一日(9月18日) 晴。介如来。星阶来。晚,雨。

廿二日(9月19日) 晴,风。拜客。晤许仁山、问樵、琴舫。午后,蔼庭、修伯、兰检来。

廿三日(9月20日) 晴。送星阶行,明日走。登之送补子、扇二、笺四匣、帽纬二匣、茶壶、酒杯。午后,星阶来辞行。

廿四日(9月21日) 晴。到阁。才盛馆,祝武同年汝清母寿。子山来。得铁芸八月初六信,大兄七月廿一、廿四、廿五信,顺之信,补之七月卅信,少峰信。

廿五日(9月22日) 晴。出门晤子山。唁润森。复大兄信,铁芸信,顺之、补之、少峰信。午后,剃头。

(杜芝农师母寿。秋分)廿六日(9月23日)　晴。到阁。祝杜师母寿。晚,同季玉步至子箴处,约同至茂垣处夜话。

(高高祖考生)廿七日(9月24日)　晴。本家敬斋叔祖、奕钦来。老六房铁山公子、辛度胞弟住黄鹂坊桥。琴舫来。

廿八日(9月25日)　晴。二兄留须。出行,晤少白、仁山。午后,雷雨。凫香来。

(三十贾师母寿)廿九日(9月26日)　晴。到阁。同覃叔游隆福寺。得问畬信,即复之。

九月

(高高祖考忌)初一日(9月27日)　阴。兰检来。烟杉来。

(高祖考生)初二日(9月28日)　晴。到阁。文昌馆赴吴骏昌招。

(芸农师寿)初三日(9月29日)　晴。下园。大人头疼,明日告假五日。申正,回家。

(仁山夫人生日。始祖妣忌。谢母生)初四日(9月30日)　雨。

初五日(10月1日)　晴。到阁。剃头。交陈升寄大兄札、食物四件。

初六日(10月2日)　晴。烟杉来园中。换珠皮褂。

初七日(10月3日)　晴。到阁。天和馆,祝刘同年书年母寿。换白袖。

初八日(10月4日)　晴。出门晤石安、海琴、青桥。凤升归家。大人销假。

(汪夫人忌)初九日(10月5日)　晴。到悯忠寺,如新姑娘周年,凤升亦去。访香明。午后,次平来。

初十日(10月6日)　晴。到阁。醇士来。早上,雨。

十一日(10月7日)　晴。同二兄到松筠庵访冠英。午后,凤升下园。

(寒露)十二日(10月8日)　晴。到阁。收国史馆钱三千九百文。

十三日(10月9日)　晴。到关帝庙拈香。访芝馨、覃叔。剃头。仁山、莘生来。

十四日(10月10日)　晴。出门晤蔼堂丈。文昌馆赴谷笙招。

十五日(10月11日)　晴。到阁。散后,同覃叔游大栅栏珠宝市。

十六日(10月12日)　晴。

十七日(10月13日)　晴。下园。午后,拜客,均未晤。

十八日(10月14日)　进内,办四川勾到。申正,到家。

十九日(10月15日)　晴。

二十日(10月16日)　晴。到阁。散后,至积古。剃头。

二十一日(10月17日)　晴。答蔼余年丈。天和馆,祝谢煌母寿。

(贾老师寿)二十二日(10月18日)　小雨。到阁。阴晴间。夜,雷雨。

(媳妇生日。十三母舅寿。德远春师母寿)二十三日(10月19日)　阴。文昌馆赴醇卿、小庭招。楼下,丁未世兄公请。

二十四日(10月20日)　阴。访海琴。天和馆,祝西峰堂上寿。

(曾祖考忌)二十五日(10月21日)　晴。到阁。次平来。

二十六日(10月22日)　晴。仁山来。

(霜降)二十七日(10月23日)　晴。剃头。大人、凤升回家。韩仁山来。

(高祖妣生)二十八日(10月24日)　晴。

二十九日(10月25日)　晴。得少峰信,知九月十四到王营。海琴来。

三十日(10月26日)　晴。得补之九月一日信、二姊信。

十月

(同侄妇生日)初一日(10月27日)　晴。寄大兄信。到阁。文昌馆,祝吴次园堂上寿,少峰列东。得铁芸九月初三信。震初、子固、仁山来。

(少峰生日)初二日(10月28日) 晴。出门晤定王。文昌馆赴海帆师招。寄铁芸信、二姊信、补之信。

(小宝生日)初三日(10月29日) 晴。进署。得史士良信,即复之。

(梅垞兄生日)初四日(10月30日) 晴。大风。出门晤西雍、茂垣。得可庵信,即复之。

(申太太生日)初五日(10月31日) 晴。荆山来。剃头。烟杉来。

(讷年伯母生日。凤升生日)初六日(11月1日) 晴。进城晤树桐,秋谷师留饭。思台来。

(汪宜人生)初七日(11月2日) 晴。克斋、兰检来。莑生来。

(子鹤生日)初八日(11月3日) 晴。请母亲、二兄同小峰、桐生、真宝、凤升内室赏菊,午饭。迪甫来。出门晤兰洲。祝子鹤生日,未进去。得芸士信、陈源亭信。

初九日(11月4日) 晴。出门晤闰臣、莑生、宽夫、艮甫。赴烟杉招。

初十日(11月5日) 晴,大风。进署。文昌馆赴唐伯华、龚养和招。收到俸米粳米七石九斗六升五合,稜米一石九斗,共米九石八斗六升五合。水始冰。

十一日(11月6日) 晴。寄大兄信。复源亭信。介樵、绣山来。复芸士信。收到豆票八斗八升五合。

(立冬)十二日(11月7日) 晴,冷。出门晤介樵、铁梅。收国史馆大钱三千四百文。

十三日(11月8日) 风,晴。到阁。剃头。得补之九月二十信。

十四日(11月9日) 阴晴间。访紫庭丈。元通观赴实庵、雪帆、茂垣招。得铁芸信。微雪。

十五日(11月10日)　小雪。寄铁芸信、补之信。大风。少峰夫人生一女。

十六日(11月11日)　晴,冷。四弟处,玉保周岁。

(祖考忌。廖老师寿)十七日(11月12日)　晴。仙九来。阮庭来。

(吉太老师寿)十八日(11月13日)　晴。到阁。赴小石、誉侯招,在小石寓。

十九日(11月14日)　晴。子山、小梅来。

二十日(11月15日)　晴。到阁。

(陈太师母寿)二十一日(11月16日)　晴。剃头。振轩、覃叔来。

二十二日(11月17日)　晴。到阁。得大兄九月廿七信,二姊信,顺之、补之十月卅日信。

二十三日(11月18日)　晴。到阁。访蔼余丈,畅谈。得芸士信,即复之。

二十四日(11月19日)　晴。寄大兄信,顺、补信。信臣来。次平来。

二十五日(11月20日)　晴。访仙九。文昌馆请客誉侯、星东、次生、茂垣、实庵、纯卿、晴川、吴骏昌、龚宝莲。

二十六日(11月21日)　晴。二兄补庶子。出门晤芝台。龙树寺赴少珊招。

(次平太夫人生日。小雪)二十七日(11月22日)　晴。下园。丹来移住宅内。

二十八日(11月23日)　寅初,进内勾到。申正,到家。夜,大风。

二十九日(11月24日)　晴。出门晤覃叔、振轩。夕,大风。发烧。

三十日(11月25日)　晴。伤风。

十一月

初一日(11月26日)　晴。得陈春缘信,即复之。午后,凤升下园。

初二日(11月27日) 晴。得铁芸小春十日信,即复之,并附大兄信。大风。

初三日(11月28日) 晴。到阁。风。谷笙、云生来。

(星兄生日)初四日(11月29日) 晴。次平、小石、思台、烟杉来,坐一席。剃头。

初五日(11月30日) 晴。到阁。答蔼堂丈。

(始祖考忌。玉泉夫人生日)初六日(12月1日) 晴。出门晤子贞。文昌馆赴小笠、兰检招。楼下,自请客二席柳坪、绣山、湘坡、瀫廷、郑锡瀛、廉昉、石生、笛生。

(大姨生日)初七日(12月2日) 晴。到阁。得咏莪信。陈祥道《礼书》、《古香斋帖》、《苏许公集》、印泥。

初八日(12月3日) 晴。出门晤季云。贺伟堂师得总师傅。吊宝中堂。答咏莪信。

初九日(12月4日) 晴。小园、闰臣来。申甫师来。

初十日(12月5日) 晴。贺耆中堂,大拜。到阁。唁少珊。

十一日(12月6日) 晴。出门晤海琴、蔼余丈。文昌馆赴绣山招、西垣招。得铁芸小春廿五日信、问畬信。复铁芸信。

十二日(12月7日) 晴。收国史馆钱三千九百文。小雨,竟日。

十三日(12月8日) 大风,阴。到署。

十四日(12月9日) 大风,甚冷。晴。贺秋谷师放科布多大臣,留饭。剃头。

十五日(12月10日) 晴。松亭来。到署。拜客。晤竹坪。

十六日(12月11日) 晴。出门晤仁山、廉昉。才盛馆,祝李汝楫堂上双寿。赴海琴招,菜甚佳,又访镜泉。

十七日(12月12日) 晴。到阁。信臣、蒨华来。

十八日(12月13日) 晴。出门晤乐吾、醇卿、子皆。大人、凤升均归家。是日,大搬家。吉人来。

十九日(12月14日) 晴。到阁。

二十日(12月15日)　晴。到阁。耆中堂到任。文昌馆西厅，公请秋谷师。吉人来。得补之信。

二十一日(12月16日)　晴。剃头。

(汤敦夫师寿)二十二日(12月17日)　阴。钟良来。夜，小雨，雪。

二十三日(12月18日)　小雪，即晴。子皆、乐吾来。

(杜太老师、吉太师母寿)二十四日(12月19日)　晴。出门。少珊在文昌馆，并吊。

二十五日(12月20日)　晴。大人以伤风未上去。寄补之信、铁芸信。

二十六日(12月21日)　风，晴。子箴、冕山来。祀先。侍两大人夜饭。

(冬至)二十七日(12月22日)　晴。到阁。

二十八日(12月23日)　晴，风。璧田、云生来。璧田送墨二匣、画卷一、补子一付、二蓝库宁袍料一件。

二十九日(12月24日)　晴。到阁。

三十日(12月25日)　晴。剃头。得问畬信。

十二月

(梅梁师母寿。叠云太老师寿)初一日(12月26日)　寅正，进内。巳刻，过堂。仁山来。

初二日(12月27日)　晴。到阁。拜客。晤覃叔。

初三日(12月28日)　阴，晴。醇士来。

(陆宜人生)初四日(12月29日)　阴。复大兄信，顺、补信，松庭信，欣堂信，二姊信，楚园信，初六寄。交缎行寄问畬信、如意。

初五日(12月30日)　大风，晴。到阁。寄秉斋兄弟信。

初六日(12月31日)　晴。剃头。

初七日(1月1日)　晴。到阁。得补之十一月十五信、绣边裙花袖等。得新斋信、陆费玉泉信、汪星阶信。复新斋信。

(安斋生日)初八日(1月2日) 寅刻,进内。京察拆封。谢堂。午后,至穆老师、卓老师处。

初九日(1月3日) 晴。拜客。晤寿卿、子元、少谷,少谷留饭。得顺、补十一月廿二信,芸士信。寄星阶信,顺、补信,功兄信,铁芸信。十二日复二姊信、楚园信交少峰。

(高祖考忌)初十日(1月4日) 晴。出门晤香明、镜侯。赴子鹤招谢公祠。

(贾太师母寿。小寒)十一日(1月5日) 寅初,进内。到阁。该班。

十二日(1月6日) 晴。剃头。收国史馆钱五千四百文。得大兄十月廿三信。

十三日(1月7日) 晴。暖寿,四喜班。仁山、烟杉来。夜,演灯戏。戌正,散。

(东园侄生日)十四日(1月8日) 晴。到阁。

十五日(1月9日) 雪。午后,晴。瑞兴、明谊来。子文来。寄大兄信。

十六日(1月10日) 晴。到阁。得杏春信、铁芸十二月一日信。

(蒋申甫太师母寿)十七日(1月11日) 晴。清安东来。得陆费玉泉信,即复之。得也鲁信,即复之。

(张小轩太师母寿)十八日(1月12日) 晴。出门晤位西。午后,海琴、研君来。

(文老师寿)十九日(1月13日) 朗庭、申甫师来。剃头。

二十日(1月14日) 风,晴。奉旨,祖荫赏给举人,一体会试。天使申初来,春圃、子鹤两先生陪。青棠花室请穆、赛、祁、陈四位。文孔修、特芳山、元修来,即邀同座,约清如、幼竹做折、写折。

(大人寿)二十一日(1月15日) 大风。子正,进内。大人率领绶及荫儿宫门谢恩。散后,至内阁吃面。归家玉泉亦同进内。

二十二日(1月16日) 风,晴。谢客。子鹤来。寄大兄信。

二十三日(1月17日) 晴。四弟于寅刻得男。

(曾祖妣生)二十四日(1月18日) 晴。谢寿。晤树桐。

二十五日(1月19日) 晴。风升出门谢寿。得梦白信,即复之。

(大寒)二十六日(1月20日) 晴。谢寿。

二十七日(1月21日) 晴。

(德蔼堂师母寿)二十八日(1月22日) 微雪。出门晤仁山。剃头。

(穆老师寿)二十九日(1月23日) 大雪。午后,晴。接灶、祀先。

道光二十九年己酉(1849)

一月

己酉元旦(1月24日) 晴。丑正,进内。辰初,朝贺。巳刻,回家。堂上前叩贺。午后,出门拜年。

初二日(1月25日) 晴。进城拜年。内阁团拜。得铁芸嘉平望日信、松庭信、顺之信、楚园信。夜,同同侄、荫儿看夜戏。

初三日(1月26日) 晴。复铁芸信,松庭信,顺、补信。复大兄信,初六发。

初四日(1月27日) 晴。拜年。晤蔼余丈。

初五日(1月28日) 晴。

初六日(1月29日) 晴。祭魁星。祭祖。春台班,亥初散。

初七日(1月30日) 晴。游厂。

初八日(1月31日) 晴。剃头。

初九日(2月1日) 晴。到松筠庵,委署团拜,四席。

初十日(2月2日) 晴。

十一日(2月3日) 晴,风。

(立春)十二日(2月4日) 晴,风。

十三日(2月5日) 大人下园。晴。访小莱,同游厂。

十四日(2月6日) 晴。同荫儿游厂。夜,同石生、二兄、同侄、荫儿才盛馆看夜戏。

十五日(2月7日) 晴。文昌馆赴羹梅、桂桥、芸渠、星吾招。

十六日(2月8日) 晴。同荫儿游厂。才盛馆赴颖生招。

十七日(2月9日) 阴。剃头。留须。同石生、墨汀、二兄、同侄、荫儿坐一席。继庭来。

十八日(2月10日) 晴。收容。得铁芸仲冬廿四信。李蔼如来。

十九日(2月11日) 晴。进署。复铁芸信。丙午团拜，荫儿去。

二十日(2月12日) 晴。唁一山。文昌馆，庚子会试团拜。荫儿下园。

廿一日(2月13日) 晴。得补之除夕信、欣堂信。复补之信。晚，大风。

廿二日(2月14日) 晴。进署。大风。

廿三日(2月15日) 晴。交杏村寄大兄信、宪书二本。

廿四日(2月16日) 雷。出门晤海琴、蔼余丈。文昌馆，丙申团拜，公请。

廿五日(2月17日) 阴晴间。剃头。

廿六日(2月18日) 晴。出门晤仁山、芝台师。文昌馆赴子箴、养和昆弟、窦氏兄弟招。得铁芸新正十三信、翰芬信。复铁芸信、翰芬信。得晓林师信。

(雨水)廿七日(2月19日) 卯刻，起身，吏部过堂。散后，至福兴居。又同窦三、玉泉广德楼听三庆。得顺、补正月初九信，二姊信，珠林信。

廿八日(2月20日) 阴。振轩来。

廿九日(2月21日) 小雨。进署。

三十日(2月22日) 阴。出门晤芝馨。文昌馆赴黼庭、琴舫、新之、尧仙、心田招。吴辛畬招。

二月

初一日(2月23日) 阴。关帝庙拈香。拜客。晤柳坪。复顺、补信,铁芸信,二姊信,初二发。午后,晴阴间。得咏莪信。

初二日(2月24日) 晴。祝耆相寿。到署。陆稼堂来。

初三日(2月25日) 剃头。下园。瑞道台来。

初四日(2月26日) 寅初,进内。勤政殿,京察一等引见,蒙恩记名。朗庭、西拉纳来。拜客。晤棣如、朗庭。晚,雪。

初五日(2月27日) 雪,竟日夜。大人前叩贺。荫儿进城。

初六日(2月28日) 卯刻,进内谢恩。大雷。午正,自园起身。申初,到家。母亲前叩贺。

初七日(3月1日) 雪。进署。拜客。晤鹤溪。午后,有晴意。卓堂派审麦太守一案。

初八日(3月2日) 晴。良庵来,同至卓师处。得容斋信,即复之。午后,到刑部办案。得杨蕉雨信、张百揆信、《争坐位》一本、研一方。

初九日(3月3日) 晴。进署。午后,到刑部办案。得斗南信。

初十日(3月4日) 晴。拜客。晤镜清、蔼余丈。到文昌馆,丙子团拜、江苏大团拜。复斗南信、蕉雨信、吟舫信。

(惊蛰)十一日(3月5日) 阴。明小亭来。寄大兄信。蔼余丈来。晚,大风。

十二日(3月6日) 晴。进署。收国史馆钱三千三百二十。

十三日(3月7日) 晴。出门晤心畬。会文堂,乡试同年团拜。剃头。

十四日(3月8日) 晴。进署。次平来。

十五日(3月9日) 晴阴间。

十六日(3月10日) 晴。拜客。晤引之、子珊。文昌馆,丙申世兄招。

十七日(3月11日) 晴。进署。晋勋来。荫儿下园。

十八日(3月12日) 阴。谢客。晤润臣。小雨。

十九日(3月13日) 晴。进署。文昌馆赴筠巢兄弟招。得若卿、护航信，即复之。晚，大风。

二十日(3月14日) 晴，大风。到卓师处。文昌馆，四值公请。得补之信、鉴斋信。拜客。晤蔼余丈。得松庭信。复鉴斋信、松庭信。

然日色下漏，满砌上作淡碧色。寒花衰草，交蔓无次。坏壁左右，嵌碑不数通，皆明代祭告，又漫漶不可句读矣。

凡遇一草一木，一花一果，一枝一叶，一跗一萼，必细研其转接反正之理，默领其翩跹低昂之致。下至器皿之位置，事物之点缀，在在叩质以求趣，肖象以入神。而敷采之奇，选色之妙，则尤斟酌调剂，以期于至明至洁而后止。盖外师造化，内师一心。实力精思，通于元悟。此乃予身体力行久之，而姑有此分寸之约，均不惜烦重述之，以告来学，非敢大言炫俗而盗名也。①

二十一日(3月15日) 晴。拜客。晤子宪江右祠。赴徵三、藕舲、小墅招。剃头。

二十二日(3月16日) 晴。进署。得铁芸信、楚园信、竹桥信、陈小坡信。乐吾、烟杉来。夜，大风。复铁芸信、楚园信、竹桥信。得杨清卿信，即复之。得朱小沤信，即复之。

二十三日(3月17日) 晴。出门晤崧甫。文昌馆，中书同年团拜，卓老师、鹤溪、少谷、济堂到。

二十四日(3月18日) 晴。进署。次平来。得木君信，即复之。

二十五日(3月19日) 晴。琴舫来。荫儿回家。

二十六日(3月20日) 阴。夜，雨。

(春分)二十七日(3月21日) 晴。进署。

二十八日(3月22日) 风，晴。大人进城。安斋来。

---

① 按：以上两段似非日记内容，或为其他文献掺入。

(社)二十九日(3月23日) 风。进内。到署。

三月

初一日(3月24日) 晴。得大兄二月八日信,叔美、芸士信。复大兄信,叔美、芸士信。

初二日(3月25日) 阴。出门晤镜泉。大人下园。剃头。

初三日(3月26日) 晴。出门拜客。午后,三庆园赴烟杉侄招,即归。得赵蓉舫师信。

初四日(3月27日) 晴。饭后,同小石、玉泉、桐生侄、凤升、马老三庆园听三庆。复蓉舫师信。

初五日(3月28日) 大风,晴。到署。得红生信,即复之。

初六日(3月29日) 晴。许仁山来。得铁芸二月二十信,即复之。

初七日(3月30日) 晴。出门晤蔼余丈。午后,同玉泉、同侄、荫儿庆乐园听戏。次平来。

初八日(3月31日) 小雨。进署。夜,雨。得问畬信、朱亦云信,即复之。

初九日(4月1日) 大风,晴。巳正,四弟妇、凤升、三官起身,回南,跟人王坤、小顾、长东、刘升、顾升、三娘、阿娘、邱娘、阿多、倪妈、冯三老、孟老、郑刀巴,何伯冰、沈小石同行。

初十日(4月2日) 风,晴。进署。长林归。得凤升本日黄村禀。文昌馆赴商岩招。

十一日(4月3日) 晴。到法源寺看做寿器。访安斋,留饭。陆老三送来镀金壳大八件、抓摆楼钉、洋表一个,系铃太守留赠。剃头。寄星阶信。

十二日(4月4日) 晴。蔼余丈来。收国史馆钱三千九百文。采三来。

(清明)十三日(4月5日) 晴。出门晤烟杉、石琴。松筠庵同文老三、乐吾、良庵公请军机处八位、秋审处八位，到者雨帆、醇甫、桂云生、张老七、郑敦谨、文星岩、陈廷吉、明小庭、张铨，辞者恩文甫、瑞春、崇东、穆荫、绍德、吴补之、容伯。申初，散。得勿村信，即复之。次平来。得灼之叔信、铁芸信、顺之二月廿五信。

十四日(4月6日)　晴。拜客。晤青士。到积古斋。文昌馆赴松岑、崧甫、醇士、秋堂、补之招。

十五日(4月7日)　阴。到鉴古斋。进署。小雨，大风，颇冷。夜雨达旦。

十六日(4月8日)　雨。寄大兄信、铁芸信、顺之信、灼之信、荫儿第一号谕。午后，晴。安斋来。

十七日(4月9日)　晴。大兴令送来荫儿十一雄县禀。剃头。午后，雪珠，雨。上灯后，敬亭送到凤升十三日商家林禀。夜，雨。

十八日(4月10日)　进署。午后，晴。

十九日(4月11日)　晴。

二十日(4月12日)　晴。进署。

二十一日(4月13日)　晴。下园。酉初，归家。

二十二日(4月14日)　寄荫儿第二号谕。文昌馆，祝成果亭年伯母八十寿。香岩来，邀看夜戏。亥正，归。

二十三日(4月15日)　晴。进署。敬庭来。

二十四日(4月16日)　晴。出门晤醇卿。到文昌馆，香岩招听戏。得凤升十七茌平禀。剃头。韩仁山来。

二十五日(4月17日)　晴。到文露轩师处看海棠，树桐留饮，吃饺子。实庵、镜泉来。夜，雨。

二十六日(4月18日)　晴。午刻，同少峰吃福兴居。广德楼，听三庆。得履卿信、瑞诗轩信、梦白信。寄凤升第三号谕。

二十七日(4月19日)　晴。到宜珍、鉴古。复履卿信、梦白信、诗轩信。晚，雨，雷。

(谷雨)二十八日(4月20日)　晴。进署。答淡如。

二十九日(4月21日) 晴。进署。

三十日(4月22日) 雨,即晴。进署。剃头。得荫儿二十汶上禀。

四月

初一日(4月23日) 晴。

初二日(4月24日) 寄大兄信、铁芸信、荫儿第四号谕。雨。出门晤宽夫。晚,兰检来。晚,雷雨。

初三日(4月25日) 晴。进署。

初四日(4月26日) 阴。午,晴。

初五日(4月27日) 阴,冷。到署。

初六日(4月28日) 阴晴间。到园。大人痢疾,请假五日。酉初,归家。

初七日(4月29日) 寄荫儿第五号谕。晴。出门晤石安。剃头。安斋来。韩仁山来。

初八日(4月30日) 阴晴间。小墅来。得荫儿廿三临城驿禀。

初九日(5月1日) 阴。出门晤安斋。祝徐黼庭太夫人寿。得铁芸三月十八信。晚,小雨。

初十日(5月2日) 雨。进署。午后,有晴意。乐吾来。

十一日(5月3日) 阴。大人回家。蔼余丈、吉人来。

十二日(5月4日) 发荫儿第五号谕、铁芸信。晴。进署。收馆上钱三千八百二十文。韩仁山来。得翰芬信,即复之。俸米票送来粳米七石九斗六升五合,稜米一石九斗。

(立夏)十三日(5月5日) 晴。吉人来。

十四日(5月6日) 雨。午后,晴。剃头。

十五日(5月7日) 晴。到署。得凤升卅日袁浦禀。换季。

十六日(5月8日) 寄大兄信、凤升六号谕。晴。得凤升廿七皂河禀。未初,大人下园。上房、书房搭凉棚。

十七日(5月9日)　晴,风。出门晤润臣、安斋,留饭。崧甫、岵瞻来。

十八日(5月10日)　阴晴间。夜,雨。

十九日(5月11日)　子正,起身。小雨。寅正,到园。进内。大雨。奉朱笔:本日又获甘霖,地面一定湿滑,潘○○可无庸进慎德堂,虽有扶掖之资,难纾眷念之意,诸卿等于登下扁舟,亦当在意。卯刻,到,赐第。大人偶抱伤风,饮食谈笑照旧。申刻,到家。

二十日(5月12日)　晴。出门晤仁山、蔼余丈。

二十一日(5月13日)　晴。进署。天和馆,祝曹曙珊母寿。得凤升初六扬州禀。

二十二日(5月14日)　寄凤升第七号谕。阴。祝陈伟堂师寿,不留客。访云桥。晴。剃头。得仲常信,即复之。安斋、少瑛来。

二十三日(5月15日)　晴。午后,赴镜泉招,同少梁、子贞、荔仙、蝶仙。

二十四日(5月16日)　晴。祝海帆师寿。进署。毓兴合,同竹笑。

二十五日(5月17日)　晴,热。安斋来。得星阶信,即复之。

二十六日(5月18日)　晴。进署。得味根信,知四妹、凤升辈十一到家。烟杉来。

二十七日(5月19日)　寄凤升第八号谕。晴。送安斋行,明日走。文昌馆,祝于绍彝同年堂上寿。午后,风,小雨。敬庭来。剃头。得铁芸四月十二信、秉斋信、荫儿十一信。是日,南边凤升行聘,拜门亦是日,大媒雨轩、秉斋、顺之、梧庵。

二十八日(5月20日)　晴。辰刻,到园。风。酉正,归家。

(小满)二十九日(5月21日)　晴。进署。毓兴同兰言。

闰四月

初一日(5月22日)　阴。韩仁山来。晚,雨。得瑞兴信、杨能格信,即复之。思台来。

初二日(5月23日) 寄凤升九号谕、铁芸信、秉斋信。晴,风。进署。贺楞香嫁女。得凤升四月十五禀、二姨信。颖生来。

初三日(5月24日) 晴。出门晤芝台、崧甫。贺子山子完姻。

初四日(5月25日) 晴。进署。风。

初五日(5月26日) 小雨。宝之来,留小饮。剃头。晚,晴。

初六日(5月27日) 寄凤升十号谕、福姊信。晴。进署。未刻,雷雨,仍晴。

初七日(5月28日) 晴。进署。君山、慧生、赓凫来。得铁芸四月初一信、蟒袍全袭、品补双付、铁华信。大风。二兄升讲学。

初八日(5月29日) 风,晴。出门晤淡如、君山、慧生昆仲。四母舅寄赠蟒袍一、铜炉、水晶镇纸,团扇、折扇各一,陈皮、参贝。复铁芸、铁华信。龙景韶来。

初九日(5月30日) 阴晴间。进署。因臂痛,告假七天。得凤升四月二十禀,大兄信、顺之信、十三母舅信。是日考差题:"士志于道"一章、"闰月则阖门左扉"、"岁丰仍节俭"得"仍"字。

初十日(5月31日) 晴。得容斋信。容斋令郎士键来。烟杉来。复容斋信。李子皆来。

十一日(6月1日) 晴。

十二日(6月2日) 晴。淡如来。寄功兄信,顺之、十三母舅信,凤升十一号谕。淡如来。收国史馆钱三千八百廿。龙薰琴来。景亭来。次平来。

十三日(6月3日) 晴。剃头。振轩、仁山来。甚热。

十四日(6月4日) 晴。晚,风,雷,小雨一阵,甚热。

十五日(6月5日) 晴,热。晋二勋、新之来。

(芒种)十六日(6月6日) 晴。寄凤升十二号谕。豆票送来八斗八升五合。

十七日(6月7日) 晴。到署。

十八日(6月8日) 晴。出门晤蔼余丈。

十九日(6月9日) 晴。出门晤方子贞、君山、慧生、赓凫。天和馆,祝管椒轩太夫人九十寿。剃头。得鹤生信,即复之。

二十日(6月10日) 雨。到署。得凤升前月廿五禀、闰月初一禀,竹桥信,铁芸信。

二十一日(6月11日) 阴,即晴。夜,雷雨。得震初信,即复之。得明谊信,即复之。

二十二日(6月12日) 寄凤升十三号谕、竹桥信、铁芸信。晴。到署。晚,雷雨,仍晴。

二十三日(6月13日) 晴。出门晤敬庭。祝兰庄母寿,即归。交翁叔平寄大兄信、《四书》一部、小衣服一包。芝台先生来。

二十四日(6月14日) 晴。卯初,到署。辰刻,卓、陈两堂到。考送军机者三十八人:"求为可知论"。巳正,中堂散看本。得胡大令秋湖、学醇信博平、《石笥山房集》四套、隋碑、《水道记》。得小东信、松庭信。闰臣来。宝之来。

二十五日(6月15日) 晴。吉人来。复胡大令信、小东信、松庭信。得凤升又四月初六信、楚园信。

二十六日(6月16日) 阴。到署。送军机者,桂桥、说斋、资斋、少梅、筠轩、芸渠、西峰、闰农。吉人来。

二十七日(6月17日) 寄凤升十四号谕、问畬信、楚园信。晴。出门,芝馨招同兰言小酌。剃头。烟杉、闰农来。吉人来。

二十八日(6月18日) 寅正,到园。进内。雷雨,忽晴忽雨。住园。同玉泉夜酌。又大雨。

二十九日(6月19日) 晴。侍大人。饭后,进城。辰刻,到家。得铁芸又四月十三信、凤升初十日禀。

五月

初一日(6月20日) 晴。云南主考方濬颐、刘廷检,贵州孙鼎臣、王发桂。出门晤子贞。至大川店。补之、椒坡夫妇辈申刻到。

(夏至)初二日(6月21日)　寄铁芸信、凤升十五号谕。晴。午后,雨。同青棠出门晤兰言、补之。晚,琴舫来。得珠林信。

初三日(6月22日)　阴晴间。到署。晚,雷雨。蘋江来。夜,雷雨。

初四日(6月23日)　阴。进城晤谷笙、绣山。祝滇生先生寿。蕊仙来。

初五日(6月24日)　雨。补之、烟杉来。大员考差题:"见得思义论"、"大德不官"得"官"字。赓皋、慧生来。

初六日(6月25日)　晴。二兄、四弟、补之公送戏:《乔醋》荔仙、宝笙、《游惊》蕊、韫、《双拜》蕊仙、韫卿、《亭会》蝶仙、韫卿、《湖船》琴仙、蕊仙、《思凡》琴仙、蕊仙、《独占》宝笙、蕊仙、《拾叫》蝶仙、《偷诗》蝶仙、荔仙、《拾金》宋四、《茶叙》琴仙。客均挡住,唯补之、椒坡、二汪、君山、仁山进来,坐二席。给蝶仙、蕊仙每四两,韫卿、宝笙、琴仙、荔仙每二两,宋四等四人每一两。剃头。云南主考放陈庆松,方丁艰。

初七日(6月26日)　寄凤升十六号谕。出门晤蔼余丈。文昌馆招西垣、子廉、仲建、来峰、慧生兄弟、璧田看剧。晚,雷雨。

初八日(6月27日)　阴。到署。访兰言。得凤升又四月十六信、大兄信。腹疼,发烧。

初九日(6月28日)　晴。未愈。吉人来。得凤升又四月廿日信。夜,仍发烧。

初十日(6月29日)　晴。吉人来。发烧已退。

十一日(6月30日)　阴晴间。吉人来。晚,雨甚大。

十二日(7月1日)　寄大兄信、凤升十七号谕。雨。吉人来。午后,有晴意。福建主考黄赞汤、史淳,广东杨式谷、何绍基,广西孙锵鸣、丁守存。收馆上钱三千四百文。

十三日(7月2日)　晴。

十四日(7月3日)　晴。剃头。

十五日(7月4日) 晴。出门晤咸斋、椒坡。龙望如送洋纱一匹、象牙彩珠一串、柼香篦子四个、羽绫一匹。

十六日(7月5日) 寄凤升十八号谕。晴。到署。访淡如。

十七日(7月6日) 雨。拜客。晤介樵、兰言。吊子箴丁忧。唁云墀悼亡。午后,晴。奉上谕:潘〇〇年逾八旬,精神强固,向无疾病,兹因上焦火盛,腰胁作痛,奏请赏假二十日,照常给假,转虑调理未能从容,殊非所以示体恤,潘着毋庸定以给假日期,俾得安心颐摄,俟病体全愈,再行销假入直,以示朕眷念耆臣至意,钦此。夜,雷电,大雨。

十八日(7月7日) 晴。出门晤补之、次平。汇元堂,祝华日新母寿。换黄葛纱袍、万丝帽。

十九日(7月8日) 晴。到署。大人归家。补之、椒坡侄、次平来。得凤升又四月廿六禀、五月一日禀,顺之信,二姊信。

二十日(7月9日) 雨。剃头。晚,晴。复二姊信、顺之信。

二十一日(7月10日) 晴。到署。

二十二日(7月11日) 寄凤升十九号谕、大兄信、灼之信。晴。出门晤海帆师、兰言。得凤升五月初六禀、大兄信。湖南车顺轨、徐元勋,四川赵昀、龚自闳。晚,雨。

二十三日(7月12日) 到署。交天成寄大兄信、凤升廿号谕、匣子一个。晴。补之来。晚,大风,雨,雷。

(初伏)二十四日(7月13日) 晴。

二十五日(7月14日) 晴。到署。访韵秋。夜,电。

二十六日(7月15日) 阴。思台来。剃头。夜,雷电,雨。半夜,大雨。

二十七日(7月16日) 寄凤升廿一号谕、大兄信、铁芸信、镯四对,交天成。晴。到署。

二十八日(7月17日) 阴晴间,潮湿,闷热。夏廷来。得张石卿信,即复之。得凤升五月十二禀、铁芸信。

二十九日(7月18日) 小雨,阴晴间。到署。同兰言、翠竹小酌。周观察颚来。夜,雨。

三十日(7月19日) 雨竟日。

六月

初一日(7月20日) 小雨,即晴。到署。夜,雨。

初二日(7月21日) 寄凤升二十二号谕、大兄信、铁芸信、春园信。晴。补之来。叶湘筠来。夜,大雨。

初三日(7月22日) 晴。晤韵秋。到署。得凤升五月十六信。夜,大雨。

(大暑。中伏)初四日(7月23日) 雨。午后,晴。剃头。

初五日(7月24日) 阴。吊梦韵丁外艰。到署。望如、薰琴来。夜,雨。

初六日(7月25日) 小雨,晴。次平、补之来。

初七日(7月26日) 寄凤升廿三号谕。晴。到署。拜客。晤兰言。得全小汀信,即复之。得凤升五月廿一禀。得鹤卿信、蒋太老师信、桂门信。

初八日(7月27日) 雨。复鹤卿信、全小汀信、蒋太老师信、桂门信。午后,晴。

初九日(7月28日) 晴。到署。访韵秋。到义珍斋。得铁芸五月十九信。慧生来。采三来。

初十日(7月29日) 阴,小雨。交采三寄大兄洋烟二瓶、大人字十五张、笔记十本。十三出京。剃头。补之子初得一孙。

十一日(7月30日) 晴。到署。毓兴局,同良庵、兰言、韵秋便酌。叶湘筠来。晚,雨竟夜。

十二日(7月31日) 寄凤升二十四号谕。大雨。出门晤良庵、补之、椒坡、薰琴。晴。浙江主考文瑞、章琼,江西田雨公、呼延桭,湖北童华、张之万。

十三日(8月1日) 小雨,即晴。访韵秋。到署。得麟洲信,即复之。收国史馆钱三千八百二十文。夜,大雨。

十四日(8月2日) 晴。补之来。

十五日(8月3日) 晴,热。到署。访韵秋。

十六日(8月4日) 晴,热。未刻,雷雨。剃头。夜雨达旦。

十七日(8月5日) 寄凤升二十五号谕。大雨。访兰言。文昌馆,同补之请松庭、乐吾、覃叔。午后,晴。

十八日(8月6日) 小雨,晴。申正,大雨。

十九日(8月7日) 晴。到署。至陈中堂处送讷折。访韵秋。毓兴同兰言便饭。

(立秋)二十日(8月8日) 晴。

二十一日(8月9日) 晴。得大兄信,凤升五月廿五、卅日禀,楚园信,香士信。

二十二日(8月10日) 发大兄信、凤升二十六号谕、楚园信。复香士信。晴。出门晤柳坪、仁山、兰言。祝东卿散生日。陕西主考葛景莱、黄倬。

二十三日(8月11日) 晴。到署。拜客。晤覃叔。

(末伏)二十四日(8月12日) 晴。得凤升六月初六禀、问畬信。剃头。晚,雨。复问畬信。

二十五日(8月13日) 晴。到署。烟杉来。芝台先生来。

二十六日(8月14日) 子正,下园。寅初,到。代大人递请开缺调理折。奉旨,仍赏假两月,毋庸开缺,安心调理。拜客,晤春圃师、子鹤。未正,归家。发凤升二十七号谕。

二十七日(8月15日) 晴。到署。承志来。

二十八日(8月16日) 晴。出门晤许仁山、兰言。晚,丁松庭来。

二十九日(8月17日) 晴。到署。拜客。至耆松处。子鹤来,少珊来。夜,雷雨。

七月

初一日(8月18日) 阴,即晴。补之、韩仁山来。午后,出门晤薰卿、蔼余。贺范小云嫁女。得履卿信、朱拓寿星一轴、《乐毅论》一册。夜,雷雨。

初二日(8月19日) 寄凤升二十八号谕。复履卿信。晴。乐吾来。剃头。闻陈中堂卯刻仙去。

初三日(8月20日) 晴。到署。云桥来。得大兄信、凤升六月十六禀。

初四日(8月21日) 晴。拜客。晤云桥。唁寿卿。得凤升六月十一禀。得铁芸六月十五信。

初五日(8月22日) 晴。到署。毓兴同兰言饭。次平来。

(处暑)初六日(8月23日) 晴。下园。拜祁中堂、陈子鹤、杜老师、贾老师、孙符卿、叶棣如。沈阴庭未晤,晤张小浦师、匡鹤泉。未初,到家。

初七日(8月24日) 寄凤升二十九号谕、大兄信、铁芸信。交阴行寄大兄画四幅、屏十二幅、大人字八张。剃头。夜,雨。

初八日(8月25日) 晴。到署。崇朴山三十,往贺,留看戏。河南主考宋晋、吴骏昌,山东瑞常、童以炘,山西胡瑞澜、张桐。晚,雷雨,冰雹。

初九日(8月26日) 阴晴间。思台、补之、仁山、少鹤、慧生、赓皃来。

初十日(8月27日) 晴。到署。毓兴同韵秋、兰言便饭。

十二日(8月29日) 晴。出门晤补之、韫斋、子鱼、顾复初、王墨池、韵秋。剃头。祁老师、范小云来。收国史馆钱三千五百卅五文。寄凤升卅号谕。

十三日(8月30日) 晴。到阁。辰初,祁老师到任。访兰言。

十四日(8月31日) 晴。至经板库送礼。风,热。

十五日(9月1日)　小雨。到署。访韵秋。午后,晴。仲建来。得容斋信。夜半,雨。

十六日(9月2日)　大雨。到署。午后,有晴意。

十七日(9月3日)　寄凤升卅一号谕。雨。出门贺补之、子受、顶孙。剃头。吃面。未正,归。慧生、赓皐来。复容斋信。致叙五信。

十八日(9月4日)　晴。到署。

十九日(9月5日)　晴。剃头。少鹤、朴山来。

二十日(9月6日)　阴。到署。午后,雨。同兰言小酌。绣山来。

二十一日(9月7日)　晴爽。

(白露)二十二日(9月8日)　寄凤升三十二号谕。阴。贺少鹤女出阁。江南主考福济、杜翻。补之、次平来。得凤升六月廿五禀、顺之信。晚,晴。

二十三日(9月9日)　晴。到署。访韵秋。敬庭来。

二十四日(9月10日)　晴。椒坡夫人来。午后,赴乐吾招,同松庭、谷生、闰农、覃叔、补之。夜,大雷雨。

二十五日(9月11日)　晴。经板库开吊,请陪客。得可庵信,即复之。仲建来。

二十六日(9月12日)　寅正,大雷电,雨。午后,又雨。闻韫斋在会馆仙去。

二十七日(9月13日)　寄凤升三十三号谕。同补之到会馆。小雨。午后,晴。剃头。

二十八日(9月14日)　晴。到阁。得咏莪信,即复之。花松岑来。得凤升六月廿一、廿九禀,大兄信。

二十九日(9月15日)　晴。出门晤刘蕴斋、小笠、兰检、冯小亭。午后,容伯来,椒坡来。

三十日(9月16日)　阴晴间。到署。得凤升七月初五禀、初十禀、十五禀。同兰言小酌。

八月

初一日(9月17日) 寅刻,大雷雨。辰正,晴。补之来。仁山来。顺天学政程庭桂、奉天雷以诚、浙吴钟骏、安李嘉端、江西张芾、福黄赞汤、陕吴福年、云陈庆松、广东许乃钊、广西孙锵鸣、山西胡瑞澜、湖南车顺轨,余均留。夜,雨。

初二日(9月18日) 寄凤升三十四号谕、大兄信、四妹信。阴。午后,有晴意。少峰自保定归。

初三日(9月19日) 晴。拜客,均未晤。冯小亭来。灵香泉来。陈钟落来。少鹤来。

初四日(9月20日) 晴。到署。文昌馆,祝陈仲鸾堂上寿。

初五日(9月21日) 晴。到署。预祝文老师生日。晤小轩。同兰言便饭。少鹤来。得恒山信,即复之。

初六日(9月22日) 晴。出门晤补之、椒坡、海琴。唁酉峰悼亡。顺天主考孙瑞珍、王广荫、灵桂,同考官计振礽、郭沛霖、林扬祖、周寿昌、朱德澄、汪润、宋玉珂、董明谷、蔡徵藩、吴敬义、刘昆、蒋志厚、廉兆纶、郭骥远、伍辅祥、彭涵霁、王景淳、徐玉丰。寄凤升三十五号谕、铁芸信。剃头。得铁芸七月二十信。

(秋分)初七日(9月23日) 晴。客来,坐四席。少鹤、宝之、墨汀、补之、仁山陪客。二兄、桐生未刻到小寓。

初八日(9月24日) 晴。卯刻,至水磨胡同小寓,送考。同侄辈午正进场。

初九日(9月25日) 阴。谢寿。晤小云、兰言。得凤升七月廿一禀。午后,小雨,即止。晚,又雨。

初十日(9月26日) 晴。送节敬。天和馆赴佩泉、元少、峰孙招。乡试题为:“君难”二句、“小人反中庸”、“苟能充之足以保四海”、“月中桂”得“香”字。少鹤来。

十一日(9月27日)　晴。到署。

十二日(9月28日)　发凤升卅六号谕、铁芸信、二姊信。送节敬。文昌馆,丙申秋团。收国史馆钱大钱三千三百廿文。上房院拆凉棚。晴。剃头。

十三日(9月29日)　阴。少鹤来。晚,风,雨。

十四日(9月30日)　大风,冷。到署。访韵秋。小酌。夜,月甚佳。

十五日(10月1日)　晴,风。补之来。醇士来。十七下船。仁山来。

十六日(10月2日)　晴。访韵秋。到署。得咏莪信,即复之。得凤升七月廿六禀。少峰归。

十七日(10月3日)　寄凤升卅七号谕。晴。出门晤补之、崧甫、君山、慧生兄弟。得凤升八月一日禀。仲建来。顾子山来。

十八日(10月4日)　晴,风。罗苏溪、补之来。君山、慧生兄弟、松泉来。

十九日(10月5日)　阴。到署。毓兴同荔仙饭。春老师、云桥来。

二十日(10月6日)　晴。剃头。午正,下园。见鹤舫师、春圃师。同玉泉住内阁朝房。

二十一日(10月7日)　寅刻,进内递折。辰刻,奉旨:潘再赏假两月,安心调理,一俟病痊,即行递折请安,钦此。访子鹤。午正,归家。晴,风。

(寒露)二十二日(10月8日)　寄凤升卅八号谕。晴。

二十三日(10月9日)　晴。出门晤艮甫、兰言、李咸东。交朱春寄铁芸信、寿幛一、貂沿二、袖二、裙花二。

二十四日(10月10日)　晴。到署。晚,雷雨,冰雹。

二十五日(10月11日)　晴。福泉,同镜泉昆仲、兰言、闰生、韫山、玉泉小酌。才盛馆,同乡接场。未初,归。剃头。拜客。晤芝台先生。寄铁芸信交二汪。

二十六日(10月12日) 晴。到署。毓兴同兰言饭。得凤升八月初六、初十日禀。次平来。

二十七日(10月13日) 寄凤升卅九号谕。晴,大风。补之来。丁松庭来。

二十八日(10月14日) 晴。出门晤闰生、兰言、韵秋。文昌馆,中书同年公请海帆师、鹤溪、少谷。酉初,归家。

二十九日(10月15日) 晴。到耆中堂处。到署。访韵秋。少鹤来。

九月

初一日(10月16日) 晴。思台来。

初二日(10月17日) 发凤升四十号谕。大风,晴。到署。覃叔来。得凤升中秋禀。

初三日(10月18日) 晴。祝芝农师寿。拜客。晤闰臣、兰言。午后,烟杉、君山、补之来。

初四日(10月19日) 晴,风。仲建、慧生兄弟来。

初五日(10月20日) 晴。到署。访韵秋。得颜河帅信。张祥晋、少鹤来。

初六日(10月21日) 晴。剃头。寄凤升四十一号谕。申正,同玉泉、少峰步至元通观。同君山、慧生兄弟谈。少鹤来。

初七日(10月22日) 晴。得铁芸八月二十信。少鹤、仁山、君山、慧生兄弟来。复铁芸信。小雨。

(霜降)初八日(10月23日) 晴。祝次平夫人三十寿,未晤。访补之。复颜河帅信。

初九日(10月24日) 晴。汪宜人十周年,至法源寺拜大悲忏,巧姬、二生、二兄、四弟、同侄、墨汀、乃秋、石生、少峰、宝之、少鹤、补之、椒坡、烟杉、慧生、赓皃均来。酉初,归家。二嫂、姨太太、同侄妇均去。

初十日(10月25日) 阴。到署。毓兴同兰言小酌。夜,雨。

十一日(10月26日) 雨。到署。雨竟日夜。

十二日(10月27日) 子正,下园。大雨。进内。贺鹤汀子中举,祁春圃师世叔升臬。毓兴同兰言酌。寄秋谷师禀。大风。寄大兄信。

十三日(10月28日) 晴,风。云桥、次平来。收馆上钱三千九百。补之来。

十四日(10月29日) 晴。拜客。晤蔼堂丈、雨三、补之、椒坡。剃头。仙九进军机。

十五日(10月30日) 晴。到署。得凤升八月二十、廿五禀。

十六日(10月31日) 晴。椒坡夫人来。

十七日(11月1日) 晴。到署。发大兄信。

十八日(11月2日) 风,晴。拜客。晤韩仁山、兰言。得铁太守信,即复之。得凤升八月廿九禀。

十九日(11月3日) 晴。到署。同兰言福兴酌。

二十日(11月4日) 风,晴。补之来。午后,预祝贾老师生日。毓兴同季兰酌。访韵珊。

二十一日(11月5日) 午正,下园,勾到新疆、云贵、广东、广西五省。未初,归家。寄大兄信。

二十二日(11月6日) 晴。到署。何雨人来。

(立冬)二十三日(11月7日) 晴。剃头。王增谦来。

二十四日(11月8日) 子正,下园,勾到陕西、浙江、江西三省。未正,归家。仙九来。

二十五日(11月9日) 晴。到署。得凤升九月初六禀、铁芸初七信。复铁芸信。访兰言。

二十六日(11月10日) 晴。春华堂,同韵秋、韵珊便饭。唁幼竹。文昌馆,祝崙仙堂上寿。许仁山来。慧生兄弟来。

二十七日(11月11日)　寄大兄信。阴。到署。

二十八日(11月12日)　晴,大风。得凤升九月一日禀。

二十九日(11月13日)　大风,晴,冷。拜客。晤江解元人镜、韵秋。午后,瑞芝生、补之来。

三十日(11月14日)　晴,风。圣驾进城。卯初,进内。巳初,到署。访闰生、兰言。午后,郭梅卿、少谷来。介樵、韩仁山来。

十月

初一日(11月15日)　晴,风。仙九来。定王送宪书二本。

初二日(11月16日)　晴。到署。寄大兄信。君山、慧生兄弟来。

初三日(11月17日)　晴。云桥来。次平来。剃头。

初四日(11月18日)　晴。拜客。晤乐吾、子恭。同兰言毓兴便饭。

初五日(11月19日)　晴。侍两大人小酌。午后,文昌馆,祝胡希白太夫人寿。得凤升九月十六禀、翰芬信。补之来。

初六日(11月20日)　晴。凤升二十生日。堂上前叩喜。补之、椒坡、君山、少鹤、慧生、赓皋、思台、四先生坐二席。补之如夫人、椒坡夫人来。午后,毓兴同韵珊、兰言太常饮。得铁芸九月十七信。得松庭信。移住书房。夜,大风。

初七日(11月21日)　晴。镜泉来。

(小雪)初八日(11月22日)　晴。得大兄信,凤升九月廿日禀。寄铁芸信、翰芬信。到署。毓兴同兰言、荔仙酌。复松庭信。龙年丈光甸来。少峰得一男。

初九日(11月23日)　晴。春圃师来。得铁芸信。刘四母舅于九月廿三去世。午后,与玉泉同车,看慧生兄弟。访茂垣。复铁芸信。复铁华信。芝馨来。

初十日(11月24日)　晴。出门晤补之、次垣,即归。吴子苾来。补之来。得龙门令毓晓、云雯信，即复之。剃头。

十一日(11月25日)　晴。徐梅桥来。得鹤生信。收到豆票八斗八升五合。振轩来。

十二日(11月26日)　晴。到署。答介春相国，晤谈。同兰言酌。寄大兄信。收国史馆钱三千三百十文。复鹤生信。

十三日(11月27日)　晴。元通观送君珊、慧生弟兄行。午后，阴。际会堂送少鹤行，明日走。

十四日(11月28日)　阴。到署。差香升去接儿辈。

十五日(11月29日)　晴。午后，赴崇老三兄弟招才盛馆。仁山来。雨三来。得风升九月廿六禀，楚园、护航信。复楚园、护航信。

十六日(11月30日)　子正，下园，进内。巳刻，散。至穆老师、定王处。文昌馆，公请徐梅桥年丈。未正，归。阴。

十七日(12月1日)　阴晴间。到署。答皂香。得问畬信。夜，风甚大。

十八日(12月2日)　晴，冷。拜客。晤韩仁山、岚樵。剃头。

十九日(12月3日)　晴。到署。毓兴同季玉、春华、兰言、韫山、韵珊饮。下园。同四弟住内阁朝房。

二十日(12月4日)　寅正，代大人递开缺折。奉上谕：本日据大学士潘〇〇沥情奏请开缺，朕思军机大臣夙夜在公，勤劳较甚，实非高年所宜，潘年逾八旬，公勤素著，若仍令其入直，不足以示体恤，着俟来岁春融，赴阁办事，毋庸开缺，以示朕逾格笃眷耆臣至意，钦此。朗亭招饮。申正，归家。许仁山来。

二十一日(12月5日)　雷。出门晤韵山。大风。

二十二日(12月6日)　寄大兄信、铁芸信。晴，风，甚冷。韩仁山、吴次垣、何老五来。

(大雪)二十三日(12月7日)　晴，风，冷。到署。次平来。

二十四日(12月8日)　午正，下园，勾到山西、直隶、热河。拜定王。答鹤汀。至娘娘庙。未初，归家。晴，冷。收拾小羊角灯十二个,九千四百京钱。

二十五日(12月9日) 晴。出门晤戚小容、周芝台、韵秋。午后,黄倬来,送紫色洗绒一匹、香包、秦绢一匹、字帖一分、干尖领一付、棹毡一个、衣包一个。

二十六日(12月10日) 晴。到署。毓兴同良庵、兰言、听泉酌。得凤升十月初一禀、初五毗陵驿禀。

二十七日(12月11日) 寄大兄信、铁芸信。晴。剃头。子鹤、云溪来。得凤升初十广陵舟中禀。

二十八日(12月12日) 晴。到署。访兰言。

二十九日(12月13日) 晴。夜,微雪。

十一月

初一日(12月14日) 晴。得凤升十月二十袁浦禀。大风。

初二日(12月15日) 晴。出门晤寿君、覃叔、硒仙、兰言。文昌馆,公请陈粥夫。

初三日(12月16日) 晴,风。午后,出门晤夏廷。唁薰卿。

初四日(12月17日) 晴。椒坡、烟杉、仁山昆仲来。

初五日(12月18日) 晴。到署。闻鹤舫师病。毓兴同硒仙酌。得顺之十月望日信。车中指甲伤目。

初六日(12月19日) 晴。患目疼。

初七日(12月20日) 晴。得凤升廿四王营禀。复顺之信。

初八日(12月21日) 晴。

(冬至)初九日(12月22日) 晴。到署。堂上前叩贺。得凤升初一临城驿禀。

初十日(12月23日) 晴。拜客。晤琴舫。晤岚樵、韵山。剃头。

十一日(12月24日) 晴。未刻,香升归。得凤升禀,知十三可到。

十二日(12月25日) 晴,风。到署。未正,凤升到。夜,大风。收国史馆钱四千五十。

十三日(12月26日) 晴。巳刻,四妹、新妇均到家,见礼,堂上前叩贺,瑶生、陆二先生均到。寄铁芸信、大兄信。得铁芸信十月一日。大风。

十四日(12月27日) 晴。丑初,下园,该班。江苏谢上元等县给赈蠲缓恩。毓兴同兰言饮。补之、椒坡、思台、烟杉来。

十五日(12月28日) 冷,雪。到署。得芸士、履卿、欣堂信,即复之。

十六日(12月29日) 晴。剃头。复铁芸、二姊信。

十七日(12月30日) 晴。演三庆班。补之、椒坡、仁山、烟杉、查小老大来。

十八日(12月31日) 晴。到署。

十九日(1月1日) 晴,大风。谢客。晤皕仙、兰言、春华。

二十日(1月2日) 晴。儿媳为予补祝寿。演四喜部。补之、椒坡、仁山、烟杉来。

二十一日(1月3日) 寄大兄信、十三母舅信。晴,大风。到署。云桥来。

二十二日(1月4日) 晴。

(小寒)二十三日(1月5日) 晴。拜客。晤滇生师、仁山、蔼余丈。寄问畬信。

二十四日(1月6日) 晴。到署。

二十五日(1月7日) 晴。出门晤补之、椒坡、兰言、兰史、香谷、意琴。得铁芸十一月初八信。皃香来。

二十六日(1月8日) 晴,冷。补之来。剃头。

二十七日(1月9日) 冷,晴。到署。访韵秋。

二十八日(1月10日) 丑初,下园。奇冷。巳正,归家。补之来。

二十九日(1月11日) 晴,冷。得容斋信。得瑞道台信,即复之。得星阶信,即复之。得铃太守信,即复之。

三十日(1月12日) 晴。到署。晤兰史。

十二月

初一日(1月13日) 晴。

初二日(1月14日) 晴。拜客。晤兰言,同至福元饮。文昌馆赴蒨华招。寄铁芸信、布包二个。夜,咳嗽,发烧。得容斋信。

初三日(1月15日) 阴。告假五日。椒坡夫人来。吉人来诊视。

初四日(1月16日) 晴。内子陆宜人三十冥诞,予以咳嗽未能去。荫儿夫妇、巧妾均到观音院。

初五日(1月17日) 晴,风。寄大兄信,顺之、吉春、竹桥信。复容斋信。

初六日(1月18日) 晴。补之来,交寄二姊、楚园、松庭信。

初七日(1月19日) 晴。

(大寒)初八日(1月20日) 晴。到署。剃头。

初九日(1月21日) 晴。出门晤兰言。同兰史、韵秋、青棠福源饮。仙九来。

初十日(1月22日) 晴。出门晤椒坡、韵秋、少珊。唁何子贞兄弟。

十一日(1月23日) 寄大兄信、铁芸信、灼之信。晴。到署。拜客。晤柳平、兰言。

十二日(1月24日) 辰刻,进署。皇太后于昨日申刻崩逝。进内。未正,归家。收到国史馆钱五千四文。剃头。

十三日(1月25日) 寅初,进内。午初,归家。早起,雪珠。午后,晴。

十四日(1月26日) 晴。

十五日(1月27日) 雪花,即晴。耳腮下生一块,甚疼。吉人来。

十六日(1月28日) 晴。吉人来。

十七日(1月29日) 晴,风。吉人来。

十八日(1月30日) 晴,大风。吉人来。腮旁生许多泡,出滋水,块较消。

十九日(1月31日) 晴。补之、吉人来。

二十日(2月1日) 晴。椒坡、瑶笙、吉人来。

二十一日(2月2日) 晴。寄大兄信。大风。吉人来。

二十二日(2月3日) 晴。吉人来。得鉴斋信,即复之。

(立春)二十三日(2月4日) 晴。得铁芸十二月初一信。玉泉处十官期岁。得大兄十一月十九信。

二十四日(2月5日) 晴。吉人来。

二十五日(2月6日) 发大兄信、铁芸信。晴。

二十六日(2月7日) 晴阴间。

二十七日(2月8日) 晴。补之来。得梦白信,即复之。仁山来。

二十八日(2月9日) 晴。

二十九日(2月10日) 阴,冷。午后,晴。

三十日(2月11日) 晴。子鹤来。接灶、祀先。

道光三十年庚戌(1850)

一月

庚戌元旦(2月12日) 晴。拜佛、祖先。关帝庙拈香。堂上叩贺。至大川店。补之、烟杉、瑶生、椒坡来。申初,日食。申正,复圆。

初二日(2月13日) 雪,仍晴。午后,同季玉游厂。得铁芸嘉平十日信、松庭信。访兰言。

初三日(2月14日) 阴晴间。得容斋信,即复之。午后,同玉泉、少峰、荫儿游厂。

初四日(2月15日) 晴。午后,同荫儿游厂。

初五日(2月16日) 晴。午后,游厂。寄大兄信,铁芸、松庭信。

初六日(2月17日) 晴。午后,同荫儿游厂。得顺之十二月十七信。

初七日(2月18日) 雪。午初,福源同兰言酌。申正,到园。晤朗庭、松泉,朗庭留饭、留宿。午,晴。晚,又大雪。夜,大风。

(雨水)初八日(2月19日) 风。寅正,进内。拜穆中堂。午正,到家。复顺之信。

初九日(2月20日) 晴。拜客。晤咏莪、皃香、璧田。午后,同荫儿游厂。

初十日(2月21日) 晴。午后,拜客。进城,复游厂。访兰言。乐吾来。

十一日(2月22日) 晴。小墅来。午后,同季玉访兰言。

游厂。

十二日(2月23日) 晴。仲建来。午后,访兰言。游厂,即归。

十三日(2月24日) 晴。

十四日(2月25日) 雪。出门晤仁山、少瑛、蔼堂。惊闻大行皇帝崩逝。午正,下园,去路同。进城,仍回家。咏莪来。

十五日(2月26日) 寅刻,进内。午后,大人住内阁,饭。玉泉、补之同舍住阁。晴。

十六日(2月27日) 寅刻,侍大人。进内,召见。午刻,齐集。未初,同归家。晴。补之来。寄大兄信。

十七日(2月28日) 晴。

十八日(3月1日) 雪,仍晴。午后,收容。

十九日(3月2日) 晴。进内。到署。

二十日(3月3日) 晴。寅刻,进内。到署。何子贞送研一方、茶缸一匣、洋饼一瓶、被面一个。

二十一日(3月4日) 晴。补之、烟杉来。

二十二日(3月5日) 晴。到署。大学士九卿会议尊谥,在内务府大堂。申初,归家。

(惊蛰)二十三日(3月6日) 晴。出门晤柳坪、兰言。

二十四日(3月7日) 晴。进署。未初,归。

二十五日(3月8日) 晴,阴。进内。到署。午后,雪,甚大。

二十六日(3月9日) 卯刻,到署。巳正初刻,皇上升殿,朝贺。是日,荫儿到吏部投供。

二十七日(3月10日) 晴。进内。到署。至大臣九卿翰詹科道会议郊天、祔庙二条。

二十八日(3月11日) 晴。午后,同荫儿步至仁山处谈。

二十九日(3月12日) 晴。进内。到署。子鹤来。

三十日(3月13日) 晴,冷。午后,进署,办截取引见稿。福源,便酌。发大兄信。

二月

初一日(3 月 14 日)　晴。寅正,进内。到署。未刻,归。

初二日(3 月 15 日)　晴,风。大行皇帝奉移圆明园正大光明殿。

初三日(3 月 16 日)　晴。到署。

初四日(3 月 17 日)　晴。

初五日(3 月 18 日)　大风,晴。仲建来。

初六日(3 月 19 日)　晴。到署。

初七日(3 月 20 日)　晴。补之、次平来。风。

(春分)初八日(3 月 21 日)　晴,大风。午后,出门晤讷生、西峰、补之、瑶生、咸斋、椒坡伉俪、覃叔。晚,西太守来。发大兄信、燕窝二匣、木耳一匣。

初九日(3 月 22 日)　大风,晴。到署。午后,侣笙、俊民到。

初十日(3 月 23 日)　子刻,同二兄下园。卯刻,代大人领颁赏遗念帽一顶、团龙褂、玉翎管、翠合、荷包二对。未正,归家。补之来。得铁芸、欣堂信。

十一日(3 月 24 日)　晴。到署。福源,便酌。寄铁芸信。咏莪、艮甫来。

十二日(3 月 25 日)　晴。吴补之、讷生、小墅来。振轩、夏廷来。收国史馆钱三千八百廿文。大风。是日,大人递折请开缺,奉旨,再赏假两月,安心调理。

十三日(3 月 26 日)　晴。皂香来。儿妇到大川店。巧姬进城烧香。柳坪来。夜,大风。

十四日(3 月 27 日)　大风,晴。许宾衢送羽绫袍褂、万丝帽胎、墨晶眼镜、金花千里镜。俊民送火腿二只、茶叶二篓、糖二匣、笺十匣、享生册二本、折扇三匣、团扇一匣、补子一付、洋绉一匹、帽纬二匣。侣生送茶叶二篓、火腿一只、绦子六、板画四张。得铁芸新正廿六日信。寄大兄信、铁芸信。

十五日(3月28日) 晴,大风。到署。考南书房题:“养正毓德”“心”、五律,“流水声中一两家”“春”、七言八韵。举人覆试题:“十目所视”三句、“江上数峰青”“灵”。

十六日(3月29日) 晴,风,冷。蔡念兹、冯培元、何彤云南书房行走。

十七日(3月30日) 晴,风。宾衢、仁山来。得冯树勋信、翠盖明朗壶一件、茶饼十匣。

十八日(3月31日) 晴。到署。到会馆。晤马远亭、邱荣堂、陆听之、金蔼如子。

十九日(4月1日) 晴。午后,下园。住朗亭处。夜,雨。

二十日(4月2日) 晴阴间。巳初,勤政殿引俸满截取见,奉旨以内用。未正,归家。

二十一日(4月3日) 晴。到署。陈小坡、陆听之、邱荣堂来。答冯敬庭。

二十二日(4月4日) 陆醇卿、次平、宾衢来。大风。午后,拜客。晤岚樵、兰言。

(清明)二十三日(4月5日) 晴,大风。振轩来。

二十四日(4月6日) 晴。到署。拜客。晤宾衢。甚冷。矩庭、少珊来。

二十五日(4月7日) 晴。唁定王。拜客。晤崇老二、振轩,振轩留饭。交大官妈寄铁芸信、表一个、参须七两、柿霜、茶饼。

二十六日(4月8日) 晴,风。容伯、小山来。补之来。复顺之信。

二十七日(4月9日) 晴。到署。福元酌。寿卿来。夜,雨。

二十八日(4月10日) 晴。次平、尧仙来。云桥来。

二十九日(4月11日) 晴。拜客。晤皃香、烟杉、少珊、补之。午后,少谷来。风。得顺之信,即复之。

三月

初一日(4月12日) 大风,阴。云桥来。

初二日(4月13日) 晴。到署。晤兰言。得大兄二月望信。

初三日(4月14日) 子正,下园。寅初,到。晴。未刻,归家。复大兄信。

初四日(4月15日) 晴。到署。西七爷来。

初五日(4月16日) 晴。子荞来。午后,出门访补之。谱香来。荆山来。

初六日(4月17日) 晴。进署。总裁卓秉恬、花沙纳、贾桢、孙葆元,同考官潘曾莹、卓枋、朱兰、蒋元溥、金鹤清、何桂芬、保清、刘书年、金肇洛、孙铭恩、吕信、孙园、恩培、袁泳锡、费荫樟、郑琼诒、曹楙坚、苏勒布、奎福。午后,宝之、谱香来,福元酌。

初七日(4月18日) 晴。竹伯来。补之来。

初八日(4月19日) 晴。到署。福元同补之酌。陆稼堂来。

(谷雨)初九日(4月20日) 晴。申刻,赴宾衢招,同岚樵、宾嵎、玉泉。

初十日(4月21日) 晴。到署。竹笑、兰言室便饭。

十一日(4月22日) 酉初,下园。进内。未正,归家。风,小雨。芸渠来。松庭来。

十二日(4月23日) 晴。到署。收馆上钱三千九百大文。

十三日(4月24日) 雨竟日。

十四日(4月25日) 晴。到署。得大兄二月十八信,知四妹二月廿三去世。复大兄信。潘世兄来。

十五日(4月26日) 晴。午正,下园,住内阁朝房。玉泉亦来。

十六日(4月27日) 寅初,代大人递还旨保奏折,张翁留饭。未初,归家。补之来。

十七日(4月28日) 小雨,微雷。进城拜客。晤绣山。午后,敬亭、研农、仲建来。晴。晚，又雨。

十八日(4月29日) 晴。到署。福元，便酌。

十九日(4月30日) 丑初，下园。巳正，散。拜客。晤子鹤。未初，归家。晴。

二十日(5月1日) 晴。到署。

二十一日(5月2日) 晴。

二十二日(5月3日) 晴。到署。毓兴酌。三联斋来。

二十三日(5月4日) 晴。蕙西来。敬庭来。

二十四日(5月5日) 晴。子鹤、松庭来。补之、瑶生、椒坡来。搭凉棚。寄大兄信。

(立夏)二十五日(5月6日) 晴。到署。晚，雨。

二十六日(5月7日) 晴。赴云桥招，同鹤亭、小轩、朴山兄弟、兰言、素仙。晚，皀香来。

二十七日(5月8日) 晴。到署。晚，招陆二先生、少峰、侣笙、俊民、玉泉、桐生小酌，凤升侍。

二十八日(5月9日) 晴。得玉堂叔信。

二十九日(5月10日) 晴，大风。午后，止。

三十日(5月11日) 晴。到署。毓兴便饭。咏莪来。

四月

初一日(5月12日) 晴。敬庭、烟杉来。

初二日(5月13日) 晴。出门晤咏莪、补之、瑶生、椒坡，即归家。崔葛民来。

初三日(5月14日) 晴。到署。毓兴同补之、兰言酌。烟杉来。

初四日(5月15日) 晴。补之来。

初五日(5月16日) 晴。到署。许仁山来。新妇、巧姬去看花。

初六日(5月17日) 晴。出门晤湘坡、卓如、兰言、怡珊。寄桂清女信、表一、银顽意十件、藤镯四对。

初七日(5月18日) 阴。闰臣来。午正,下园。申初,到,住朝房。小雨。同韩仁山饭。

初八日(5月19日) 寅初,递折。雨。奉上谕:潘○○因病奏请开缺,着加恩,再赏假两个月,安心调理,其所管户部事务较繁,着改派卓秉恬管理,钦此。又奉上谕:潘○○现在赏假,着改派祁寯藻领奉上谕事件处,钦此。晤春圃师。未正,归家。得竹桥三月十五信、顺之信。

初九日(5月20日) 阴。出门晤容伯。午后,小雨。复竹桥信。陆二先生中式。

(小满)初十日(5月21日) 晴。出门晤海师、鹤溪。祝补之四十寿,未晤,晤椒坡、三甥女。寄大兄信、顺之信。卓如送二蓝缂丝除红蟒袍袖二付、红绳二捆、梳篦四匣、腿二、茶四篓。蓉舫师送线绉袍褂各一件、湖绉一匹、扇八匣、笺纸六匣、笔三匣。补之来。

十一日(5月22日) 晴。侣笙回南。出门晤寿君、兰言。

十二日(5月23日) 晴。进城,晤少谷、云桥。午后,宝之、振轩、补之来。收国史馆钱三千八百廿大钱。

十三日(5月24日) 晴。晚,小雨。陪玉彭在红雪上房酌。夜,大雨达旦。

十四日(5月25日) 大雨。到署。

十五日(5月26日) 晴。出门晤小笠。午后,芝生、仲建来。

十六日(5月27日) 晴。椒坡来。

十七日(5月28日) 晴。到署。毓兴酌。拜客。晤芝台。

十八日(5月29日) 晴。步至关帝庙。同玉彭、秬村谈。崇老七、玉彭来。

十九日(5月30日) 晴。午初,下园。晤子鹤。住朝房,玉泉同住。

二十日(5月31日) 代大人递赏参谢折,缴还御笔诗对。奉旨,仍赏还。玉泉先归。午后,拜客。晤许仁山。晚,雷雨。

二十一日(6月1日) 晴。递谢折。未初,到家。毓兴酌。

二十二日(6月2日) 阴晴间。仲建来。晚,雷雨。

二十三日(6月3日) 晴。预祝海帆师生日。访稼堂,留饭,菜甚精。晤容伯。得梦伯信,即复之。寄大兄信、顺之信。

二十四日(6月4日) 晴。到署。鼎甲陆增祥、许其光、谢增。夜,雨。

二十五日(6月5日) 晴。补之来。缦云来。得铁芸三月六日信,即复之。午后,春圃师来。雷雨。

(芒种)二十六日(6月6日) 晴。出门晤蔼余父子、兰史、兰言。寄竹桥信、问畬信。午后,又雨,仍晴。

二十七日(6月7日) 晴。进内。到署。毓兴同兰言饭。访韩仁山。午后,金心畬、许仁山、次平来。

二十八日(6月8日) 晴。拜客。晤补之、少珊。毓兴同补之、青棠、芷仙、兰言酌。热。

二十九日(6月9日) 晴,热。竹如来。午后,拜客。晤宾衢。晚,乐吾、张铨来。

五月

初一日(6月10日) 晴。炳纲、补之来。少珊来。

初二日(6月11日) 晴。到署。得大兄四月九日书,即复之。

初三日(6月12日) 晴。稼堂、颂南令郎来。

初四日(6月13日) 晴。午后,出门晤兰言、三甥女、瑶生。晚,补之来。小雨。

初五日(6月14日) 晴。瑶生、椒坡来。竹如来。得铁芸四月十六信,即复之。

初六日(6月15日) 晴。卓如、补之、仁山、椒坡、瑶生来,坐二席。

初七日(6月16日) 雨。谢客。晤竹如、芷仙,即归。吴补之来。晚,同玉泉、俊民、桐生吃福兴居。晤兰言。

初八日(6月17日) 晴。到署。访乐吾、兰言。

初九日(6月18日) 晴。石梧、仲建来。

初十日(6月19日) 寅初,进午门谢恩。进内。圣驾进宫。到署。毓兴同兰言酌。访芷仙。得松庭信,即复之。

十一日(6月20日) 寅初,进内。到署。午初,雨,仍晴。晚,又雨。

十二日(6月21日) 晴。拜客。晤蕙西、补之、椒坡、芝先、马八、枝衡,即归。全小汀来。收馆上钱三千三百廿。朗庭、彭味之来。晚,雨。

(夏至)十三日(6月22日) 晴。关帝庙拈香。拜客。晤芝馨。风。

十四日(6月23日) 晴,风。出门晤云桥,留饭。

十五日(6月24日) 晴。晤鹤亭、崇光。午后,子鹤来。

十六日(6月25日) 寅正,进内。圣驾进宫。到署。拜客。晤兰言。苏蕉林来。

十七日(6月26日) 晴。蕙西、徐瀛来。午正,下园。住朝房。

十八日(6月27日) 代大人递谢赏肉折。午正,到家。晴。补之来。

十九日(6月28日) 晴。杜四丈来。晚,大风,雨,至天明。

二十日(6月29日) 雨。午后,出门晤廖玉夫师、柳坪。雨竟日夜。

二十一日(6月30日) 雨。到署。雨竟日。

二十二日(7月1日) 雨竟日。

二十三日(7月2日) 有晴意。腹泻,告假十天。晴阴间。晚,又雨。

二十四日(7月3日) 晴。父亲亦患腹泻。吉人来看。补之来。

二十五日(7月4日) 晴。大人渐愈。吉人来。瑶生、椒坡来。瑶生取教习,景山第七。

二十六日(7月5日) 晴。吉人、补之、仲建来。企苏来。

二十七日(7月6日) 阴。吉人、竹如来。晚,雨。

(小暑)二十八日(7月7日) 阴晴间。母亲亦患腹泻。吉人来。夜,雷,大雨。

二十九日(7月8日) 晴。吉人来。大人已愈。得蒋太老师信,即复之。

六月

初一日(7月9日) 晴。得问畬信,即复之。韩仁山来。补之来。

初二日(7月10日) 晴。访子鹤。下园。住内阁朝房。晚,雨。

初三日(7月11日) 雨。代大人递请开缺折。奉旨:准开缺,赏食全俸。玉泉亦来,住朝房。午后,晴。晚,又雨一阵。

初四日(7月12日) 代大人递谢恩折。午正,到家。晴。发大兄信。

初五日(7月13日) 晴。到署。临帖。云桥、宾衢来。得瑞兴信,即复之。得仲远信,即复之。

初六日(7月14日) 晴。卯刻,到署。祁中堂到任。临帖。晚,雨。补之来。

初七日(7月15日) 拜客。晤意园。到署。杜中堂到任。晴。临帖。申甫师来。峰孙来。

初八日(7月16日) 晴。到颐园赴镜清、补之招,皆委署,共三席。

初九日(7月17日) 晴。午后,拜客。晤峰孙。晚,咏莪来。

(初伏)初十日(7月18日) 晴。出门晤仲建、小笠。至补之处,贺椒坡子期岁。

十一日(7月19日) 晴。皃香、补之来。小云来。

十二日(7月20日) 晴。到署。收国史馆钱三千九百文。晚,雨。

十三日(7月21日) 雨。出门。晚,晴。

十四日(7月22日) 雨。子鹤、补之来。发大兄信。

十五日(7月23日) 雨。寅刻,进贡院送俊民考。到署。

十六日(7月24日) 雨。午后,有晴意,又阴。

十七日(7月25日) 雨。海琴、讷生、岵瞻、补之来。

十八日(7月26日) 晴。到署。拜客,晤宾衢。晚,镜泉来。

十九日(7月27日) 晴。清如来。新妇、巧姬、少峰夫人同游诚园。

(中伏)二十日(7月28日) 晴。拜客,晤次平、醇卿、讷生、箫九、海琴、次垣。

二十一日(7月29日) 丑初,下园。巳刻,散。拜客。晤春圃师、滇生师、朗庭。未正,归家。

二十二日(7月30日) 晴。次平、椒坡来。俊民报到二等。初五寄铁芸信。

二十三日(7月31日) 晴。出门晤芝台师、蔼堂、仁山。临帖。得铁芸六月初二信。发大兄、铁芸信。

二十四日(8月1日) 雨。到署。临帖。得顺之正月廿七信,即复之。晤芝生、意园。

二十五日(8月2日) 晴。补之来。

二十六日(8月3日) 晴。季云来。咏莪来。

二十七日(8月4日) 小雨。到署。临帖。晚,雷雨,至夜。交大昌、俊民定上谕馆信。

二十八日(8月5日) 阴。拔贡覆试。午后,拜客,晤铁老师、镜泉。临帖。午后,晴。

二十九日(8月6日)　雨。拔贡案出,俊民未取。

三十日(8月7日)　晴。到署。如松招同镜泉、梦蝶饮。

七月

(立秋)初一日(8月8日)　雨,即晴。惟勤来。

初二日(8月9日)　雨竟日。到署。

初三日(8月10日)　晴。补之、瑶生、椒坡、菊庄、少谷、舒畅、原□来。

初四日(8月11日)　晴。夜,大雨,雷。

初五日(8月12日)　晴。同俊民往大栅栏玉器铺。

初六日(8月13日)　晴。到署。

初七日(8月14日)　晴。覃叔来。午后,晤黄子幹。署中供事禀称,今日园信所有稽查京通各仓,祁老师派予同崇、西二侍读西楞额、崇芳。

初八日(8月15日)　雨。到署。崇、西二君在堂上商议。雨竟日夜。

初九日(8月16日)　子正,下园。寅正,到。小雨,晴。未初,归家。临帖。

初十日(8月17日)　晴。到署。补之借大人京平五百两,陆续补还店内透支。晚,雷雨。

十一日(8月18日)　子正,下园。进内。谒春圃师。未正,归家。晴。添派小梅。

十二日(8月19日)　晴。出门晤西峰、岚樵、宾衢。午后,少珊、韫卿、小梅来。收国史馆钱三千八百二十。

十三日(8月20日)　晴。到署。同峰孙买帖。访张大令。

十四日(8月21日)　晴。到署。拜客,晤杨大令枣和。买帖一本。西际堂来。

十五日(8月22日)　晴。晚,至大川店谈。寄大兄信、铁芸信。

(处暑)十六日(8月23日) 晴。到署。临帖。为俊民饯行。招补之、瑶生、椒坡、红雪、青棠、桐生在上房院子里叙。

十七日(8月24日) 晴。为墨汀、石生、俊民饯行,二席,瑶生、椒坡亦来。

十八日(8月25日) 子正,下园。到园,大雨。进内。回稿。买帖一部。未正,归家。晴,热。

十九日(8月26日) 晴。下午,雷。

二十日(8月27日) 晴,大风。到署。张企苏、韩仁山来。

廿一日(8月28日) 晴。仲建、次平、补之来。绣山来。

廿二日(8月29日) 晴。玲宝、留云、瑶生、补之来。巳正,送墨汀、俊民登车回南,石生亦搬住会馆,明日出京。艮甫来。

廿三日(8月30日) 小雨,即晴。到署。同兰言饭。访梦蝶山房。海琴来。

廿四日(8月31日) 晴。得问畲信,即复之。得欣堂信。得大兄信,即复之。又得大兄六月廿九信。稼堂来。

廿五日(9月1日) 晴。拜客,晤钟七禧、稼堂,稼堂留饮。唁寿卿、敬堂。陈太师母前日去世。晚,雷雨。

廿六日(9月2日) 晴。到署。唁冯敬亭丁孙艰。访兰言。

廿七日(9月3日) 晴。同大兄、补之、四弟在涵秋阁请子鹤、皃香、咏莪午饭。拜客,晤丁松庭。夜,雨。

廿八日(9月4日) 冷,阴晴间。程蓉塘来。

廿九日(9月5日) 子正,下园。寅正,到,进内。拜客,晤谱香、朗亭。未初,归家。

八月

初一日(9月6日) 晴。楞香来。蓉塘来。

初二日(9月7日) 晴。到署。拜客,晤仁山、兰言。

(白露)初三日(9月8日) 晴。午后,拜客,晤镜泉、小笠、奕庭、乐吾。得顺之信、二姊信。复顺之、二姊信。

初四日(9月9日)　晴,风。进城,晤克斋、文老师、小轩、朴山。午后,容伯来。

初五日(9月10日)　子正,下园。寅初,到。未初,归家。同兰言酌。访小云。问樵来。

初六日(9月11日)　进内。到署。访韵珊。祁老师、仙九来。晴,风。

初七日(9月12日)　寅初,进内,递查仓折。同青棠、兰史、蝶仙饭。午初,归家。补之、瑶生、仁山、椒坡、查氏兄弟来。晴。灵香生来。朗亭来。

初八日(9月13日)　晴,大风。

初九日(9月14日)　晴。进西城谢寿,晤理堂、筠巢、贾六世兄。

初十日(9月15日)　晴。出门晤咸斋、椒坡、宾衢、敬亭、子山、意琴。晚,克斋、子梅来。

十一日(9月16日)　晴。到经板库。陈太师母开吊。到署。

十二日(9月17日)　晴。巧姬至烂面胡同周宅。收国史馆钱三千三百二十文。下午,至茂垣、补之处。得铁芸信。换古暖帽。

十三日(9月18日)　晴。得竹如信,即复之。

十四日(9月19日)　晴。到署。皀香、袖石来。意琴来。

十五日(9月20日)　寄大兄信、铁芸信。晴。补之、瑶生、椒坡来。

十六日(9月21日)　丑初,下园。寅正,到。小雨。访兰言,留饭。未初,到家。

十七日(9月22日)　晴。到署。风。云桥来。

(秋分)十八日(9月23日)　晴。午后,出门晤兰言、仁山。东麟堂赴际堂、小农招,同小梅。

十九日(9月24日)　晴。到署。至锡蜡胡同赴花小云、陆静轩招,同楞香、岚樵、玉泉、福云。

二十日(9月25日) 阴。振轩、补之来。得问畬、桂清信,即复之。

廿一日(9月26日) 大风,晴。考学正、学录阅卷:贾桢、曾国藩、全庆、琦昌。

廿二日(9月27日) 寅正,送荫儿考。辰刻,进场。毓兴同子厚、兰言、倚树饮。访安斋。

廿三日(9月28日) 晴。到署。申初,荫儿出场。“子曰加我数年”一节、“议子以制策”。

廿四日(9月29日) 晴,大风。午后,拜客。晤补之、咸斋、瑶生、椒坡。是日,补之孙女洗三。补之来。得墨汀信、顺之八月初四信,即复之。张小峰来。

廿五日(9月30日) 大风,晴。晚,至补之处小酌,玉泉、荫儿同去。

廿六日(10月1日) 晴。进署。巳刻,到贡院看榜。共五十人,荫儿取廿四,瑶生四十三,咸斋卅五。福兴同兰言酌。韩仁山来。复大兄信。

廿七日(10月2日) 约咸斋、瑶生寅正来吃饭。进场覆试,辰正点名。“建官惟贤”得“贤”字。访兰史。东麟堂同小梅招际堂、小农、问樵、西峰午集。椒坡来。刘仙石来。

廿八日(10月3日) 晴。绣山、讷生、椒坡来。午后,出门晤咏莪、蔼棠、岚樵、笛生、安斋、咸斋、瑶生、椒坡、汪慕杜。

廿九日(10月4日) 晴。到署。如松同良庵、子厚、兰言、蕊仙、顾泉酌。

九月

初一日(10月5日) 晴。柳坪、郑秉醇、补之、咸斋、瑶生来。

初二日(10月6日) 晴。进城,晤小汀、兰言。赴皃香招,同良甫、稼堂、宾衢、红雪、补之。申正，散。

初三日（10 月 7 日） 晴。到署。毓兴赴少梁招，同彝丹、玉泉、兰言、兰史、语山。

初四日（10 月 8 日） 晴。午初，下园。唁元修。同荫儿住朝房。补之、咸斋、瑶生均住园。夜，雨。

（寒露）初五日（10 月 9 日） 阴，大冷。辰正，引见荫儿、咸斋，记名，共二十人。拜客，晤容伯、蕙西。

初六日（10 月 10 日） 拜客，晤滇师、仁山，留饭。阴。

初七日（10 月 11 日） 递谢恩折，同玉泉、荫儿。巳刻，到家。堂上前叩贺。赴西峰招，同松亭、乐吾、小梅。午后，晴。寄大兄信。

初八日（10 月 12 日） 阴。拜客，晤海帆师、吴补之，即归。乐吾、皃香、宝之、补之来。

初九日（10 月 13 日） 阴。谢客。晤咸斋、瑶生、子恭、玉夫师。午后，晴。李云舫来。

初十日（10 月 14 日） 晴。到署。谢客，晤兰史、兰言。午后，咏莪来园中。换白袖、珠皮褂。

十一日（10 月 15 日） 谢客。晤查氏弟兄、杨鸿吉、安斋。午后，谢客。晤香莲、溪上、烟杉。同补之在松筠庵请松庭、乐吾、问樵、惕如、柳坪、少珊。

十二日（10 月 16 日） 阴。到署。同兰言毓兴饭。访补之。午后，杨滨石来。收馆上钱大钱三千九百文。

十三日（10 月 17 日） 晴。东城拜客，晤志小轩、汤敦甫师。午后，宝之、烟杉来。

十四日（10 月 18 日） 晴。得竹如信，即复之。

十五日（10 月 19 日） 晴，大风。补之来。子刚、小云来。寄大兄信。镜泉来。

十六日（10 月 20 日） 晴，风。进城。拜客。毓兴同兰言饮。访韩仁山。

十七日(10月21日)　晴。二兄巳正起身随扈。斗南来。

十八日(10月22日)　卯正,进内听报,留京:肃王、顺王、卓中堂、赛尚阿、阿勒清阿。申初,已散。申正,到家。晴。

十九日(10月23日)　卯正,进内。未初,归家。晴。镜泉来。晚,雷雨,风,雹子。

(霜降)二十日(10月24日)　晴,大风。卯初,起身,到署。未初,到家。拜客,晤玉彭、瑶生、椒坡。赴容伯招。

二十一日(10月25日)　晴。卯正,进内。申正,归家。得二兄园上信。

二十二日(10月26日)　晴。卯正,进内。祝贾老师寿。申初,归家。复二兄信。镜泉来。

二十三日(10月27日)　晴。媳妇二十生日。烟杉、椒坡、友莲、仲篪来,坐二席。

二十四日(10月28日)　大雾。卯正,进内。晴。申正,归家。得墨汀、俊民信,即复之。

二十五日(10月29日)　小雨。卯正,进内。申初,到家。午后,晴。得二兄廿三信。补之回京。得顺之九月朔书。

二十六日(10月30日)　晴,大雾。卯正,进内。未正,归家。晤兰言,同饮毓兴。复顺之信。晤仁山。酉初,二兄归家。

二十七日(10月31日)　雾,阴。卯正,进内。巳正三刻,圣驾进宫。到署。看本。未正,归家。补之、玉彭来。晚,雨。

二十八日(11月1日)　雨。到署。仙九来。夜,雨。换黑袖、种骨羊帽。

二十九日(11月2日)　雨。拜客。进城,至穆中堂、杜中堂、祁中堂各处。毓兴同兰言饭。午后,晴。

三十日(11月3日)　阴,雪花。午后,拜客,晤咸斋、补之、椒坡。赴镜泉招,同松庭、乐吾、说斋、小梅、养和。发大兄信。冷。

十月

初一日(11月4日) 晴，大风，甚冷。椒坡来。

初二日(11月5日) 晴。拜客，晤宽夫、小石、良庵、兰言。风大，甚冷。嵩生、玉彭、韩仁山来。

初三日(11月6日) 晴。小宝十岁。补之、玉彭、烟杉、椒坡来，坐二席。春圃师、咏莪来。

初四日(11月7日) 晴，风。到署。答咏莪，晤谈。福兴同子厚、良庵、兰言、倚树、薤云饮。茂垣来。

(立冬)初五日(11月8日) 晴。到署。书元来。夜，招二兄、四弟、同侄小酌，凤儿同坐。

初六日(11月9日) 晴。皂香、詹岩、次平、椒坡来。夏廷来。

初七日(11月10日) 晴。补之来。风。

初八日(11月11日) 晴。少峰子期岁。镜泉来。出门晤兰言。赴茂垣招，同蔼堂年伯、皂香、兰检、玉泉。酉正，归家。

初九日(11月12日) 阴。到署。得铁芸九月十三日信、秉斋信。艮甫、安斋来。

初十日(11月13日) 雨。出门晤乐吾。寄大兄信、铁芸信、秉斋信。同补之在涵秋阁招金门、良庵、小梅、说斋、酉峰午集。酉正，归家。

十一日(11月14日) 大风，晴。到署。乐吾来。

十二日(11月15日) 风，冷，晴。拜客，晤岚樵、安斋。赴小云招，同韫山、兰言，又至小云处观菊。收国史馆钱三千四百文。刘詹岩来。

十三日(11月16日) 雪。谱香到馆，课玉泉弟处二官、九官。

十四日(11月17日) 晴，冷。到署。

十五日(11月18日) 晴。孙莲士、甘石安、烟杉来。凤升添一下人，姓吕。

十六日(11月19日) 晴。答秋泉,晤谈。到署。夜,雪三寸。得二姊、顺之信九月廿四。

十七日(11月20日) 晴。午后,祝廖老师散诞。晤咸斋、春圃、椒坡。复二姊信、顺之信。

十八日(11月21日) 晴。到署。镜清来。

(小雪)十九日(11月22日) 晴。午后,出门晤兰言。赴曾笙巢招。

二十日(11月23日) 晴。到署。访子厚。大风竟夕。

二十一日(11月24日) 晴,大风。邹钟泉来。午后,至尚古斋赴蔼堂丈、兰检招,同宾衢、酉峰、兰畦、望如、玉泉。

二十二日(11月25日) 寅正,起身。进内。画稿。杜老师到阁。扫青。到署。看本。毓兴饭。

二十三日(11月26日) 晴。发大兄信。

二十四日(11月27日) 晴,风。到署。访兰言。王兰赓来。

二十五日(11月28日) 阴。进城,晤桂燕山、意琴。

二十六日(11月29日) 晴。到署。访兰言。

二十七日(11月30日) 晴。皀香、椒坡来。

二十八日(12月1日) 晴,冷。头疼。夜,发热。

二十九日(12月2日) 晴。吉人来视。补之来。

三十日(12月3日) 晴。吉人来开方。

十一月

初一日(12月4日) 晴。得铁芸十月初十信,即复之。

初二日(12月5日) 晴。出门至赛中堂处,即归。仍未大愈。得翰芬信,即复之。

初三日(12月6日) 晴。补之来。

(大雪)初四日(12月7日) 晴。得珠林信,即复之。得墨汀信,即复之。

初五日(12 月 8 日) 阴,即晴。

初六日(12 月 9 日) 晴。出门晤颂南。

初七日(12 月 10 日) 晴。

初八日(12 月 11 日) 阴。到署。镜泉来。夜,雨。

初九日(12 月 12 日) 小雨。到署。赛中堂到任。

初十日(12 月 13 日) 阴。到署。至祁中堂家。夜,雪。

十一日(12 月 14 日) 雪竟日。夜,月甚佳。

十二日(12 月 15 日) 晴。出门晤迪甫、兰言。交补之松江银五百两划万成。润臣来。收国史馆钱三千八百二十文。

十三日(12 月 16 日) 大雪。到署。

十四日(12 月 17 日) 晴。进城,晤海帆师。晚,次垣、乐吾来。

十五日(12 月 18 日) 发大兄信、铁芸信。晴,冷。安斋、补之来。烟杉来。

十六日(12 月 19 日) 晴。出门晤覃叔、树斋、兰言。同子厚、兰言、薙云毓兴饮。

十七日(12 月 20 日) 晴。烟杉、宝之来。

十八日(12 月 21 日) 晴。卯初,起身,到天坛。回稿,良庵得河工。毓兴同良庵、子厚、兰言、听泉饮。祀祖先。侍两大人夜饭。散后,儿媳、巧姬、九官同饭。得晴初、问畬信,即复之。

(冬至)十九日(12 月 22 日) 晴。补之、椒坡来。

二十日(12 月 23 日) 晴。到署。晓峰来。

二十一日(12 月 24 日) 晴。吊郑亲王。拜客,晤小云,即同至毓兴,同韫山、兰言酌。啸庵来。

二十二日(12 月 25 日) 晴。到署。至汤敦甫师处,祝散诞。访兰言。

二十三日(12 月 26 日) 晴。少谷来。午后,拜客,晤子荞。

二十四日(12 月 27 日) 晴。到署。归,知仁山悼亡。

二十五日(12 月 28 日) 晴。唁仁山。发大兄信。

二十六日(12月29日)　飘雪花。出门晤安斋。赴良庵招，同香谷、意琴、兰言、兰史、倚树。西河沿庙中寄斗南信。

二十七日(12月30日)　晴。到署。拜客，晤兰史。

二十八日(12月31日)　晴。兰检来。寄大兄信、二姊信、楚园信、履卿信、芸士信。

二十九日(1月1日)　晴。到署。

十二月

初一日(1月2日)　雪花。得鉴斋、秉斋信，大兄十一月七日信。

初二日(1月3日)　寄松庭信、杏春信、竹桥信、顺之信。晴。到署。拜客，晤春圃师、兰言。夜，风。

初三日(1月4日)　晴。进城，晤筠巢。毓兴同兰言酌。

初四日(1月5日)　晴。到署。祝全小汀五十生日。补之来。

(小寒)初五日(1月6日)　寅正，起身。卯初，进内。回各堂。镜泉告假。委署派月帆校签，孔老三明春随扈。西峰、问樵到署。毓兴同兰言饭。少珊、郑元璧来。荫生本下来。

初六日(1月7日)　晴。到署。寄大兄信、灼之信、铁芸信、欣堂信、珠林信。夕，大风。

初七日(1月8日)　晴，大风。颂南、李蔼如来。

初八日(1月9日)　晴。到署。拜客。晤仁山、兰言。

初九日(1月10日)　晴。扫尘。胡希白来。桑百斋来。夕，大风。

初十日(1月11日)　寅正，起身，进内，带洪、孔二君谢堂。大人蒙颁《御制诗文余集》。到署。陈闰生来，明日谢恩。

十一日(1月12日)　晴。午后，出门晤松庭、兰言。赴蒨华招，同皃香、龚芝亭、李少白。寄大兄信。

十二日(1月13日)　晴。到署。收馆钱钱五千四百大文。

十三日(1月14日) 晴。子厚来。午后,同至毓兴酌,良庵、兰言、听泉同坐。

十四日(1月15日) 阴。到署。得灼之、顺之、敬庭信。

十五日(1月16日) 寄大兄、顺之、灼之、景亭信。晴。次平来。

十六日(1月17日) 晴。到署。

十七日(1月18日) 晴。出门晤咸斋、椒坡、兰言。松筠庵赴迪甫招,同皃香、艮甫、心畲、子山、引之、安斋、玉泉。乐吾放永平府。

十八日(1月19日) 卯初,进内。回卓堂、赛堂定侍读正、陪及覆本各缺。

(大寒)十九日(1月20日) 卯初,进内,带少珊诸君谢堂。到署。毓兴同兰言酌。乐吾来。

二十日(1月21日) 阴。润臣来。绣山来。微雪。晚,晴。

二十一日(1月22日) 雪。大人生辰,不留客。补之、椒坡、烟杉、仁山来。午后,出门,均未晤。

二十二日(1月23日) 晴。出门晤卞颂臣、蕙西、兰言。湖广会馆赴润臣、月帆、蔚卿招。得大兄十二月朔信。酝卿来。夜,大风。

二十三日(1月24日) 大风。卯初,起身,进内。回仓场事,同小农、小梅。晴。

二十四日(1月25日) 辰初,到内。到署。

二十五日(1月26日) 寄大兄信。晴。同玉泉、少峰、荫儿步至保安寺古玩铺,一无可观。又至子厚处,即归。得顺之嘉平八日信、杏春信。复顺之信。

二十六日(1月27日) 寅初,起身,进内。回堂。派随扈行礼,叶名澧、夏云焕、洪裔云、段锡林改派孙谋、管贻萼、乔联璧。访兰言,留饮、便饭。得铁芸信、铁华信,即复之。

二十七日(1月28日) 晴。步至树斋处谈。夜,大风。

二十八日(1月29日) 晴。补之来。得问畲信,即复之。得梯云信,即复之。

二十九日(1月30日) 晴。云桥来。得法可庵信、秋谷师信。复可庵信。复秋谷师信、烟二瓶。

三十日(1月31日) 晴。辰刻,到署,仓场册子。巳刻,同小农、小梅酌定奏稿。访兰言。陆心农来。接灶、祀先。侍两大人饭。退至内室。荫儿夫妇、巧姬同饮。

咸丰元年辛亥(1851)

一月

咸丰辛亥元旦(2月1日) 晴,暖。关帝庙拈香。大川店拜影。堂上前叩贺。补之、椒坡来。午后,同同侄步至青云书屋。卓管理兵部,祁管理工部,赛大学士管理户部,裕诚调户尚,特登额调兵尚,阿灵阿升工尚,舒兴阿户左,兼管三库事务。

初二日(2月2日) 晴。卯初,到内,回各堂。至署。同松庭、少珊、少梅、闰生饭。午正,到家。少珊来。

初三日(2月3日) 晴。午后,出门晤兰言、补之、椒坡。

(立春)初四日(2月4日) 晴阴间,颇冷。午后,拜客。游厂。

初五日(2月5日) 风,晴。出门晤兰言。

初六日(2月6日) 寄大兄信。晴。午后,同凤升、玉泉游厂。访皕仙。夜,请先生。

初七日(2月7日) 卯初,进内。同小农、小梅画查仓稿。拜客。访兰言,留饭。游厂。

初八日(2月8日) 晴。午后,游厂。

初九日(2月9日) 寅正,起身。卯初,进内,递查仓折。署内,同少梅饭。如松,同香谷、子厚、兰言、雉云、维新饮。寄大兄信、佛一尊、寿山石五方。

初十日(2月10日) 晴。警斋来。寄大兄信。得岭梅信、竹桥信、墨汀信。午后,游厂。访兰言。

十一日(2月11日) 晴。进西城拜客,晤意琴。毓兴同兰言酌,予饮三十杯。访皕春,晤倚云、雉云。复竹桥信、岭梅信。凫芗来,畅谈。夜,大风。

十二日(2月12日) 晴。同小梅查禄米、旧太、南新、兴平、富新、内仓,共六仓。毓兴同兰言饮。

十三日(2月13日) 卯初,到天坛。回稿。午正,到家。晴。

十四日(2月14日) 晴。午后,访兰言。游厂。

十五日(2月15日) 晴。辰刻,进内。未正,发报。申正,归家。留京:肃王、定王、杜中堂、阿勒清阿、柏葰。

十六日(2月16日) 晴。辰刻,到内。申初,归家。访兰言。

十七日(2月17日) 晴。辰刻,到内。未初,归家。

十八日(2月18日) 晴。辰刻,到内。未初,散。访兰言。

(雨水)十九日(2月19日) 晴。辰刻,到内。未正,归家。

二十日(2月20日) 晴。进署。访兰言。补之来。

二十一日(2月21日) 晴。进署。巳初,散。同子厚、良庵、意琴赴香谷如松招,有兰言、稚云、听泉、藕香。

二十二日(2月22日) 晴。烟杉来。润臣来。

二十三日(2月23日) 卯初,起身。辰初,中堂到内。到署。看本。访兰言,留饭。颂南来。

二十四日(2月24日) 寅初,起身。巳刻,乾清宫引见侍读。午刻,赛中堂到任,仁山、玉泉、荫儿均至内送。晴,暖。寄大兄信。奉旨:内阁汉侍读,著潘曾绶补授。

二十五日(2月25日) 晴。拜客。晤兰言。咏莪、蔚卿来。

二十六日(2月26日) 丑初,起身,代大人递谢恩折,四弟、荫儿同去。到署,看本。未正,归。乐吾来。琢如来。得大兄正月初二信、二姊信、秉斋信,又得大兄正月立春日信。

二十七日(2月27日) 风,晴。谢客。晤岚樵、仁山、咸斋、椒坡、兰言,留饮。蕙西、云生、次垣、李鸿章来。

二十八日(2月28日) 晴。到署。拜客,晤志小轩。未正,归。

凫香、久香来。

二十九日(3月1日)　晴。谢客。晤久香、子恭、次垣、蒋继珠。

三十日(3月2日)　晴。西城。谢客。晤绣山、子永、左宗植。湖广会馆赴唐伯华、朱元少、龚养和、姜芝庭、张小峰招。

二月

初一日(3月3日)　阴晴间。岵瞻来。

初二日(3月4日)　阴,冷。至杜中堂宅。画何子永补缺稿。到署。至祁中堂宅谈。小雪。晚,更大。

初三日(3月5日)　大风,冷。进西城。谢客。毓兴赴子厚招,同兰言、雉云。

(惊蛰)初四日(3月6日)　晴。到署。谢客。虞意琴、小云、费世兄、林镇甫、补之来。

初五日(3月7日)　晴,甚冷。进城拜客,晤寿卿、振轩。午后,高云坡、介樵来。寄大兄信。

初六日(3月8日)　雪,即晴。拜客,晤润臣、意琴、香谷、兰言。玉泉处三官十岁。补之、椒坡、笛生、宾衢来。夜,大风。

初七日(3月9日)　晴,冷。到署。拜客,晤心畬。归家。子愚来。次平来。

初八日(3月10日)　卯刻,进内,带林镇甫见堂。拜客,晤赵老师、兰检、星白。毓兴同兰言饮。晴。

初九日(3月11日)　晴。红生、闰生来。香谷、润臣来。峰孙来。

初十日(3月12日)　寅正,进署。雪。看本。午正,到四义堂赴际堂招,同小农、小梅。晴。

十一日(3月13日)　阴晴间。伯雄、补之、烟杉、蓉舫师、萧老三、姚半仙来。

十二日(3月14日)　晴。谢客。晤海门、敖星煌、兰言、少珊。

同少珊公请岚樵、宾衢、小墅、柳坪、铁庵、涤川、敏斋，在少珊家中，小墅、涤川未到。

十三日(3 月 15 日) 晴。到署。拜客，晤晓舲。午后，段大章来。

十四日(3 月 16 日) 晴。拜客，晤稚蘅、东墅。毓兴同兰言酌。访雉云。春圃师来。得欣堂信。

十五日(3 月 17 日) 晴。寄大兄信。研君、香士来。复欣堂信。

十六日(3 月 18 日) 阴。到署。答客，晤春圃师、雉云、兰言。晚。树斋来。

十七日(3 月 19 日) 晴，大风。拜客，晤啸庵、皃香、乐吾、皕春。赴宾衢招。得陕西抚王懿德信，即复之。得瑞春信，即复之。

十八日(3 月 20 日) 晴。到署。访兰言。湖广馆赴月帆、闰臣、闰生、子永、仁山、海舲、诒安、湘林、颖生、绣山、倩华、补之招。湘林来。

(春分)十九日(3 月 21 日) 阴。朗亭、润农来。

二十日(3 月 22 日) 晴。拜客。晤咸斋、补之、椒坡、松泉、兰言。在蒨华寓，同绣山、蒨华、润臣请皃香、伯华、养和。未正，散。诗舲、次平来。蔚卿来。

二十一日(3 月 23 日) 到署。雨雪竟日。

二十二日(3 月 24 日) 晴。拜客，晤夏廷、香谷。同香谷、良庵、兰言、倚树悦来饮。少珊来。

二十三日(3 月 25 日) 阴晴间。到署。考荫生题：“三畏论”“崇正学策”。小石来。夜，雨。

二十四日(3 月 26 日) 阴，小雨。访兰言。同少珊、少梅、润臣、酉峰、问樵公请麟石峰、崇小农、西际堂，松筠庵。

二十五日(3 月 27 日) 晴。得铁芸二月初四日信，即复之。寄大兄信。得履卿信，即复之。次垣来。风。烟杉来。

二十六日(3月28日)　阴晴间。到署。拜客,晤春圃师。补之来。

二十七日(3月29日)　微雪,甚冷。拜客。晤雨三、咏莪、迪甫。午后,謇哉、次平来。

二十八日(3月30日)　雨,雪。到署。访兰言。松筠庵赴峰孙、桂樵、酉峰、芝桥、蔚卿、兰孙、青桥、乔小泉、裴石麓、袁春帆招。

二十九日(3月31日)　有晴意。访兰言,留饮。谢公祠赴松庭、金门、少珊、说斋、佩泉、小峰、羹梅、养和、小梅、敏斋、亦英招。

三十日(4月1日)　晴。得芸士信、顺之二月六日信,即复之。

三月

初一日(4月2日)　阴晴间。到署。夏廷来。咏莪、仙九来。

初二日(4月3日)　大风,晴。拜客,晤椒坡、云生。

初三日(4月4日)　卯初,进内,回稿。到署。拜客。晤子厚。

(清明)初四日(4月5日)　晴。出门晤梦韶。同子厚、兰言、稚云觞兴酌。访韫山。承子久、秦金鉴、韩仁山、朱咀霞来。

初五日(4月6日)　晴。午初,赴酉峰招,同云樵、小梅、次垣、玉泉、兰言、闰生。得大兄二月十七信、杏春信。

初六日(4月7日)　晴。到署。访闰生、兰言。赴皂香、咏莪招,在皂香寓,同吴补之、迪甫、二兄、补之、仁山。

初七日(4月8日)　晴。赴曾笙巢招,又赴湖广会馆李问樵、高鉴山、朱俊卿、赖雪舟、左景桥、金少伯、萨兰台、钟亦英招。寄大兄信。

初八日(4月9日)　晴。到署。施道生来。得二姊、问畬信,即答之。

初九日(4月10日)　晴。邹钟泉来。兰检来。艮山来。赛中堂放钦差湖南防堵。

初十日(4月11日)　寅正,进内。到署。访兰言,留饮。謇哉、陆绮云来。

十一日(4月12日) 晴。到署。毓兴同兰言饮。拜客,晤补之、椒坡。得竹桥信,即复之。

十二日(4月13日) 风,阴。夜,雨。

十三日(4月14日) 阴。到署。毓兴赴子厚招,同子双、良庵、香谷、小轩、兰言、雉云、蔼卿。

十四日(4月15日) 阴。寿卿、少珊来。焦桂桥来。

十五日(4月16日) 寅初,上车。寅正,到内。回委署缺。桂桥到军机处。春桥上委署。子斋得校签。到署。晴。新妇、巧姬游诚园。

十六日(4月17日) 晴。拜客,晤桂桥、子双、兰言。同二兄、补之招蔼堂丈、小石、兰检、润臣、月帆涵林阁午集。

十七日(4月18日) 阴。进城,晤吉老师、志小轩、钟泉。午后,艮山来。

十八日(4月19日) 晴。到署。访兰言,留吃烧鸭饭。得竹如信,即复之。得楚园、寄女信,即复之。

十九日(4月20日) 晴。拜客。晤补之、椒坡。午后,到谢公祠。同润臣、月帆、闰生、补之公请松庭、镇甫、说斋、少山、小梅、西峰、金门、芝桥、敏斋、桂樵、羹梅、元少峰、孙佩泉、蔚卿、芝庭、养和、小峰、伯华。未到者,金门、芝桥、养和。得徐新斋信,即复之。

(谷雨)二十日(4月21日) 风沙。到署,并送吉老师引见。午后,晴。

廿一日(4月22日) 寄大兄信。晴,风。拜客,晤烟杉。访闰生。同子厚、兰言、稚云毓兴饮。迪甫来。补之来。

廿二日(4月23日) 晴。郭观庭来。

廿三日(4月24日) 寅正,进内,画稿。带青桥、子斋谢堂。拜客,晤舒云溪、兰言。晴。

廿四日(4月25日) 晴,风。香谷、端木叔总来。

廿五日(4月26日) 晴,风。烟杉来。换季。

廿六日(4月27日) 晴。到署。访兰言,留同子厚饮。大兄六十生日。家星官、补之、烟杉、仁山、椒坡来。夜,雨。

廿七日(4月28日) 雨。到大川店。招赵青榴、李子斋、裴石麓、少泉、李兰孙、袁春帆、李问樵、高鉴山、朱俊卿、金少伯、钟亦英、左景桥、萨兰台、赖雪舟已集。子斋、问樵、俊卿、雪舟未到。

廿八日(4月29日) 小雨。到署。访闰生。毓兴同子厚、次垣、青棠、兰言、闰生、稚云饮。

廿九日(4月30日) 晴。访兰言。湖广会馆同松庭、镇甫、说斋、小梅、少珊、金门、酉峰、润臣、闰生、补之、月帆答请子永、蒨华、仁山、绣山、诒安、饮生、海舲、芸庄。

四月

初一日(5月1日) 晴。到署。至王晓林师处晤谈。路小洲来。雷。

初二日(5月2日) 晴。出门晤少珊、润臣,酉峰亦来,同至枇杷园赴麟东招,问樵、庆三部五部主人、徐卿五同坐。得铁芸二月初八日信,即复之。

初三日(5月3日) 晴。午后,同二兄、四弟、凤升游枣花寺。晚,雨。

初四日(5月4日) 寅正,到内。卯初,御门陆小匹得鸿正。访兰言。大风,晴。

初五日(5月5日) 小雨。警哉来。发大兄信。晚,雨甚密。

(立夏)初六日(5月6日) 有晴意。拜客。晤次平、兰言。唁新甫。赴伯华招,同说斋、润臣、补之、月帆、青桥。

初七日(5月7日) 晴阴间。补之来。出门晤兰言,留饭。松筠庵赴青桥、芝庭招。得乐吾、意琴信。小雨,即止。晚,又雨。

初八日(5月8日) 雨。寅刻,到坛。同酉峰、子厚、兰言、稚云、闰生毓兴饭。午后，晴。

初九日(5月9日) 晴。到署。谢公祠，同次平、月帆、谊庵请晓林师，连丙申、丁酉，共七席。夜，雨，雷。

初十日(5月10日) 晴。吉老师、镜侯来。

十一日(5月11日) 晴。到署。送吉老师行。访兰言。

十二日(5月12日) 卯初，到内。回话。到署。又至上谕馆，海帆师派拣选。到谢公祠，公请王与山太守回乡，三席。雨。

十三日(5月13日) 晴。

十四日(5月14日) 晴。寅正，到内，回话。到署。访兰言，留饮。是日，考差。次垣来。

十五日(5月15日) 晴，大风。午后，出门晤松庭、位西、补之、椒坡。

十六日(5月16日) 晴。到署。同子厚、兰言、稚云、裕庆酌毓兴。思白、绣山来。覃叔、来峰来。

十七日(5月17日) 晴。小雨，即止。到署。访兰言。毓兴赴子厚招，同西峰、玉泉、兰言、稚云、闰生、芝仙。

十八日(5月18日) 晴。午后，至补之、椒坡处，同至小有余芳，玉泉、凤升亦至，同饮。访春华，不值。晤听泉、兰言。松庭来。得大兄三月廿七信。

十九日(5月19日) 晴。进内。到署。访韵秋。寄大兄信。次平来。

二十日(5月20日) 晴。进内。访兰言、雨轩。毓兴招子厚饮，兰言、韵秋同坐。

二十一日(5月21日) 晴。补之、位西来。至子厚处。太夫人散生日，留同星堂、次垣、云泉、子皆、蕊仙、听泉、韵秋夜饭。子初，散。

(小满)二十二日(5月22日) 晴。出门晤厚安、兰言。至位西宅，公请海帆师及卓晋世兄，共三席。星农来。

二十三日(5月23日) 晴。进内,回通本揭帖三件。到署。访韵秋。次平来。

二十四日(5月24日) 阴晴间。出门祝海帆师正寿,不留客。晤问樵、景桥、兰言。

二十五日(5月25日) 寄大兄信。晴。到署。访兰言、西轩,留饮。得蔼如、良庵信,即复之。补之来。雷雨。

二十六日(5月26日) 雷雨。望如、安斋、宾衢来。午,晴。

二十七日(5月27日) 大风,晴。寅正,到内,回话。访兰言。至春华处吃饭,同兰言。

二十八日(5月28日) 大风,晴。到署。访兰言。韩仁山来。

二十九日(5月29日) 晴。出门贺西峰续姻。访兰言、闰生。招星堂、筠泉、子厚、韵秋、兰言、听泉毓兴酌。

三十日(5月30日) 晴。到署。访兰言。

五月

初一日(5月31日) 阴晴间。云南主考呼延桭、蔡赓飏,贵州左瑛华、祝三。夜,雷雨。

初二日(6月1日) 晴阴间。到署。访兰言。

初三日(6月2日) 晴。进城送节敬。拜客,晤笙巢。招红雪、补之、青棠、椒坡、桐生、少峰在风升上房赏芍药申集。振轩来。

初四日(6月3日) 晴。到署。

初五日(6月4日) 晴。堂上前叩贺。安斋、补之、椒坡、云士来。夜,大风。

初六日(6月5日) 晴。堂上前叩贺。补之、椒坡来,坐一席。次垣、仁山来。大风。

(芒种)初七日(6月6日) 晴。到署。兰言处酒局,香谷亦至。是日,大考差。大风。

初八日(6月7日) 寅正,到内,回话。至闻德招西峰、香谷、韵秋、梦蝶饭。晴,热。

初九日(6月8日) 晴,风。拜客,晤韵秋。借涵秋阁同二兄、四弟、补之招绣山、容伯、许仁山、来峰午集。大热。

初十日(6月9日) 晴。出门晤凫香。赴咏莪招,同凫香、沈凤墀、艮甫、二兄、补弟、四弟。申初,散。

十一日(6月10日) 晴。拜客,晤岚樵、笛生、安斋、兰言。借补之处请吴筠轩、徐孟卿、段芳山、管红生、汪笛船、何○○、贾石生、曾笙巢午集。

十二日(6月11日) 寅正,到内,回话。拜客,晤香谷、兰言。赴子厚毓兴招,同兰言、稚云。广东主考万青藜、吕倌孙,广西刘昆、汪元方,福建罗惇衍、徐士谷。寄大兄信、铁芸信。得竹如信,即复之。

十三日(6月12日) 晴。到署。如松赴香谷招,同筠泉、听泉、惺堂、闰生、子厚、稚云、兰言、韫山。

十四日(6月13日) 寅刻,到阁,回稿,带章赞清见堂。访兰言,留饮。晴。吉人来。

十五日(6月14日) 晴。凫香、次垣来。

十六日(6月15日) 晴。到署。访兰言。交补之足纹三百两,划付万成。颂南、少珊、吉人来。

十七日(6月16日) 晴。进城拜客,晤振轩。访韵秋,同至晋东,招兰言共饮。宾衢来。

十八日(6月17日) 寅刻,进内,回堂办裁汰冗员折。到署。又至春圃师处。晴,热。夜,雷雨。

十九日(6月18日) 晴。笛生、震初来。小亭来。

二十日(6月19日) 晴。出门晤兰检、兰言。午后,小云来。

二十一日(6月20日) 晴。至卓海帆师处送折子。看贺杜老师、朱桐轩、季仙九。唁陆老三。到署。赴子厚毓兴招,同新堂、兰言、稚云。又访兰言。得铁芸四月廿八信。

二十二日(6月21日) 寅初,到内,递折。散后,至韵秋处。招新堂、子厚、兰言、闰生、韵秋饮。湖南主考吴保东、乔松年,四川何彤云、徐树铭。铭甫来。复铁芸信。

(夏至)二十三日(6月22日) 晴。午后,至补之处。玉泉招同补之、同侄、椒坡、子晋、凤升天叙饮。雷雨。

二十四日(6月23日) 晴。答全小汀、王雁汀,不值。到署。雷雨,仍晴。访韵秋。招兰言同酌。

二十五日(6月24日) 晴。贝润森、锦帆、汪西邨来。午后,天叙斋赴少峰招,同玉泉、同侄、荫儿。寄大兄信。

二十六日(6月25日) 晴。到署。访兰言。得孔醇甫、瑞道台、陈茗圃信,均复之。

二十七日(6月26日) 寅正,到内。裕中堂回京。到署。贺咏莪进军机。贺裕中堂。访香谷。招兰言同饮。未正,归,而时轩辈到京。

二十八日(6月27日) 晴。到署。访云泉。得馥堂信件、叔美信,均复之。烟杉来。雷雨。

二十九日(6月28日) 晴。午后,出门晤兰言、补之、椒坡、瑶生、时轩。招玉泉、少峰、瑶生、同侄小有余芳饮,荫儿同去。晚,雨数点。寄大兄信。夜,又雨。

六月

初一日(6月29日) 晴。到署。

初二日(6月30日) 晴。出门晤兰言,同饮。又至大川店。晤瑶生、椒坡、时轩。赴容伯招,同小石、小墅、柳坪、东泉。夜,大雨。

初三日(7月1日) 小雨。卯初,进内,回通本。到署。午后,有晴意。

初四日(7月2日) 晴。卯初,进内,回各堂。萧金门升典籍,仍留通本,新本已百十二件。到署。招子厚、兰言、稚云毓兴酌。顾湘坡来。

初五日(7月3日) 小雨。卯正,进内。到署。赴云泉招,同星堂、子厚、子皆、听泉、兰言。

初六日(7月4日) 小雨。卯初,到内,回查仓事。毓兴同兰言饭。

初七日(7月5日) 晴。笛生来。风。

初八日(7月6日) 晴。皀香来。午后,赴桐生招,同二兄、补之、玉泉、少峰、瑶生、椒坡、时轩、荫儿集小有余芳。

初九日(7月7日) 晴。出门晤小墅、兰言。赴星堂如松招,同云泉、子厚、香谷、听泉、兰言、闰生、稚云。咏莪来。

(小暑)初十日(7月8日) 晴。仙九、小梅来。

十一日(7月9日) 晴,风。时轩来。寄大兄信。

十二日(7月10日) 晴,风。到署。午刻,裕中堂到任。浙江主考吕贤基、沈桂芬,江西沈兆霖、龚宝莲,湖北冯培元、彭涵霖。晤兰言。

十三日(7月11日) 丑正,起身。卯初,一御门侍班引见。到署。访韵秋。又至毓兴同兰言、韵秋饮。午正,雨,即晴。

十四日(7月12日) 阴,小雨。到署。夜,又雨。

(初伏)十五日(7月13日) 阴。出门祝赵师母寿。晤吴蓉坡、咸斋、瑶生、椒坡、时轩。四弟得一女。朗庭、颂南来。夜,大雨达旦。

十六日(7月14日) 大雨。到署。

十七日(7月15日) 晴。少珊来。进城,唁春老师、振轩。毓兴同兰言、韵秋叙。

十八日(7月16日) 大雨,仍晴。次平来。午后,小雨。

十九日(7月17日) 小雨。到署。晴。如松赴子厚招,同小蟾、兰言、韵秋。暖,又雨,甚大。

二十日(7月18日) 丑正,已起身。电,大雨。卯初,到内,回查仓事。到署。午后,晴。韵秋斋中,同兰言酌。

二十一日(7月19日) 容伯、蕙西来。雷雨。午后，晴。

二十二日(7月20日) 晴。到署。周凫香来。江南主考瑞常、金国均，陕甘贡璜、颜培瑚。夜，雨。

二十三日(7月21日) 晴。拜客，晤许星台、兰言。

二十四日(7月22日) 寅正，到内，回查仓正折，画公费稿、秋冬俸稿、祭陵签，惠亲王以后均书名。辰正，到兰言斋中，同稚云饭。雷雨，仍晴。瑞芝生来。

(大暑。中伏)二十五日(7月23日) 晴。午后，雨一阵，又晴。瑶生、顾子山、吉人来。寄大兄信。

二十六日(7月24日) 晴。到署。访子厚。未刻，雨，雷。

二十七日(7月25日) 晴。禧静斋来。得问畬信，复之。夜大雨。

二十八日(7月26日) 寅初，起身，进长安门，到内。大雨。递查仓折。访兰言。招琴舫、子厚、芷香、稚云、兰言毓兴酌。

二十九日(7月27日) 晴。到署。晤韵秋。倚树堂，同琴舫、云泉、子厚、兰言、芷香、听泉酌。

七月

初一日(7月28日) 阴。海琴、安斋、振轩来。得铁芸六月初信，即复之。楞香、琴舫来。午，仍晴。仁山来。

初二日(7月29日) 晴。进署。毓兴赴琴舫招，同子厚、新堂、玉泉、兰言、韵秋、稚云、芝香。

初三日(7月30日) 晴，热。小梅、香谷、振轩、补之、椒坡、时轩来。

初四日(7月31日) 晴。

初五日(8月1日) 寅正，上车进内，回李子斋、顾语铸中书归班候选，又仓监督无员保送。毓兴同兰言饭。患水泻。

初六日(8月2日) 晴。仍患水泻。吉人来。夜，雨。

初七日(8月3日) 晴。补之、椒坡、时轩、瑶生来。玉泉回。剃头。

初八日(8月4日) 晴。进内,回通本。到署。访兰言。山东德兴、边浴礼,山西史淳、杜学礼,河南张之万、文格。仁山来。

初九日(8月5日) 大雨,晴。饮后,访兰言。赴西峰招,同伯华、听泉、云泉、素仙、子厚、子皆、惺堂、兰言、韫卿、补之、烟杉、椒坡。时轩来。

初十日(8月6日) 晴。到署。春华堂赴小平招,同云泉、听泉、子厚、稚云、兰言。又至闻德处。大雷雨。得芸士、叔美信,即复之。

十一日(8月7日) 晴。小云来。

(立秋)十二日(8月8日) 晴。到署。访仁山。晤补之。少珊来。

十三日(8月9日) 晴。寅初,到内。回。送外帘四人。校签派裴石麓、叶润臣。补领米、银。访兰言。同素仙饮。又访稚云。

十四日(8月10日) 雨,即晴,热。午初,赴次平招,同皃香、艮甫、子山、安斋、玉泉。访补之、两侄。

十五日(8月11日) 阴。到署。寄大兄信。访兰言。到祁春圃师处。

十六日(8月12日) 晴,热。午后,出门晤咸斋、春甫、椒坡、时轩。谢公祠,四弟招同容伯、次垣兄弟、心农未刻集。

(末伏)十七日(8月13日) 晴。拜客,晤香谷、马八、韵秋、兰言。晚,子厚来。

十八日(8月14日) 大雨,雷。水泻。皃香来。晴。补之来。何元恺来。

十九日(8月15日) 寅正,到内。卯初,一御门讲学放李承霖。回八月分公费稿。带二值校签裴石麓见堂。访兰言。招素仙同饮。晴,热。绣山、王可庵、禹畴来。

二十日(8月16日) 晴。

二十一日(8月17日) 晴。拜客,晤守之、小蓉、听泉。得竹如信,即复之。可庵、禹畴来。

二十二日(8月18日) 晴。午后,出门晤子厚、小笠、兰言。唁星农。

二十三日(8月19日) 晴。夜,雨。

二十四日(8月20日) 雨。到署。招伯华。在春华处,同听泉、韵秋、兰言酌。又至兰言斋中。

二十五日(8月21日) 阴。小蓉、补之来。夜,雨。

二十六日(8月22日) 晴。到署。兰言处,招小平、春华酌。

二十七日(8月23日) 寅正,到内,缴御容折。毓兴招子固、次垣、玉泉、素仙、兰言、蕊仙、稚云饮。又访兰言。小雨。酉初,大雨。

二十八日(8月24日) 晴,风。补之、筠轩来。得二姊信、大兄七夕后一日信。丁松庭来。患水泻。

二十九日(8月25日) 阴。椒坡、时轩来。水泻。寄大兄信、铁芸信、二姊信。

三十日(8月26日) 阴晴间。

八月

初一日(8月27日) 晴。出门晤乔小泉、韵秋、兰言,即归。子固来。景桥来。小泉来。

初二日(8月28日) 晴。到署。招小蓉、闻德斋中饮,同联星、稚云。

初三日(8月29日) 晴,风。大新侄送盘。子山、安斋、补之、瑶生、椒坡、时轩、查氏兄弟来。仁山来。

初四日(8月30日) 晴。到署。小蓉来。

初五日(8月31日) 晴。出门晤东墅、稚蘅、兰言、月帆。

初六日(9月1日) 寅正,到内。卯初,拆封。主考杜受田、柏葰、舒兴阿、翁心存。访韵秋。倚树堂赴伯华招,同云泉、听泉、兰言、韵秋、素仙。申初,散。又访兰言、小蓉、少珊。容伯来。

初七日(9月2日) 晴。不留客。思台、补之、瑶生、椒坡、时轩、少谷来。

初八日(9月3日) 晴阴间。到署。赴筠泉招,同伯华、子厚、惺堂、兰言、听泉、素仙、稚云、蕊仙。又同子厚访兰言。晤廖老师。

初九日(9月4日) 晴。谢寿。晤子山、海门、兰言。

初十日(9月5日) 晴阴间。到署。访兰言。同荔仙饮。小雨。香谷来。

十一日(9月6日) 晴。送考。拜客,晤瑶生、香谷,香谷留饮,同兰言。又到兰言处。发大兄信。

十二日(9月7日) 寅正,到内,回钟佩贤试俸三年、贾济川行走一年期满。章和梅求上副本库,不准,须行吏部候选知县,毋庸在任候选。到署。看本。访兰言。雨。得大兄信。

(白露)十三日(9月8日) 晴。送节敬。晤柳平、瑶生。得知会,进内,因礼部旌表二本,内诉字误、衍字,松亭、说斋、刘姜未看出。又至祁师宅、卓师宅。拜客。晤景桥。

十四日(9月9日) 寅正,到内。晴。访韵秋。招素仙同饮。又至素仙、子厚处。补之来。

十五日(9月10日) 晴。瑶生来。仁山来。夜,同四弟、荫儿到补之处。发大兄信。

十六日(9月11日) 晴。谢寿。访兰言,留饮,同素仙。又访稚云。际堂来。蒨华来。

十七日(9月12日) 寅初,至松庭处,同到问樵、景桥家小坐。又到卓中堂处。到署。皕春招饮,同兰言。

十八日(9月13日) 寅初,起身。寅正,到内。带孔蒨华、何子永谢堂。到署。招子厚、可庵。毓兴同兰言、稚云、天喜酌。先访韵秋。大雷雨,又晴。赴小墅、柳平招。访皕仙。夜,又雨。

十九日(9月14日) 雨。小容、可庵、禹畴来。云桥来。仁山来。

二十日(9月15日) 晴。唁养和兄弟。到署。赴子厚、禹畴、皕春招,同小平、韵秋、兰言。又至兰言斋中。得顺之七月廿八信,即复之。母亲呕吐,头晕,小蓉来诊视。

二十一日(9月16日) 雨,晴,又雨。次垣、小蓉来。章赞清来。

二十二日(9月17日) 晴。小蓉来。补之来。夕,大雨。

二十三日(9月18日) 寅正,到内,回派各差使。少珊覆部本,伯华覆通本,筠轩、子永上委署,孟卿、仁山校签。巳初,到家。大风,冷。小蓉、容伯来。

二十四日(9月19日) 寄大兄信。晴。拜客,晤次垣、祁之镠。午后,小蓉来。小梅、少珊来。

二十五日(9月20日) 晴。到署。补之、仁山、瑶生、容伯、小蓉来。

二十六日(9月21日) 带覆部委署校签谢堂。寅正,到内。晴。唁月帆。访兰言。同皕仙饮。

二十七日(9月22日) 寅正,到内。裕贵查工完竣,回京。到署。赴小平春华堂招,同子厚、小蟾、兰言,又至兰言斋中。

二十八日(9月23日) 晴。补之来。同二兄招愚亭、漱石、谱香天聚酌。访子厚。

(秋分)二十九日(9月24日) 寅正,到内,回各堂越南国敕文,孙家醇补缺稿。到署。访兰言、晴里、语山。

闰八月

初一日(9月25日) 晴。寄大兄信、铁芸信。

初二日(9月26日) 晴。拜客,晤小梅、仁山、兰言。同兰言、语山饮。到谢公祠赴头直诸君招。

初三日(9月27日) 晴。到署。悦来赴小平招,同兰言、韵秋。又至春华处、闻德处。

初四日(9月28日) 晴。午后,出门晤补之、椒坡、时轩、兰言。晚,次平来。

初五日(9月29日) 阴。进内。到署。毓兴同兰言饭。又访兰言。昨日内阁接军机处交信,大人蒙恩,赏御门听政诗石刻,明日谢恩。夜,雨。

初六日(9月30日) 寅正,到内,大人递谢折。到署。招西峰、小平。毓兴同素仙、兰言、韵秋饮。又访兰言。

初七日(10月1日) 晴,大风。

初八日(10月2日) 晴。到署。访兰言,招同素仙饮。复蒋濂生信。

初九日(10月3日) 晴。进城,晤阿朗山。招子厚毓兴饮,同小蟾、素仙、稚云、听泉。散后,访兰言。至琉璃厂看红录,遇补之、椒坡、时轩、瑶生、荫儿,知时轩、春甫中式,王堪亦中式。

初十日(10月4日) 晴。至杜中堂宅。回稿。派同西峰、敏斋审案。赴香谷招,同兰言。复至兰言处。次垣来。

十一日(10月5日) 寅正,到内。又到署。至海师处。赴西峰毓兴招,同小平、子厚、兰言、韵秋、素仙、稚云。至补之处送喜。大风,晴。

十二日(10月6日) 晴。椒坡来。出门贺申少君完姻。晤润臣、兰言。晚,补之来。

十三日(10月7日) 晴阴间。到署。访韵秋,留同兰言饮。仁山来。

十四日(10月8日) 晴。小蓉、皀香、润臣来,留皀香饭。午后,拜客,晤小鸥、少珊、赵老师。

(寒露)十五日(10月9日) 寄大兄信。寅正,到内。回话。阴。拜客。晤志小轩。

十六日(10月10日) 晴。到署。访兰言,留饮。笙巢来。

十七日(10月11日) 晴。午后,出门。延斋、补之两侄同荫儿招咸斋、补之、椒坡福兴饮。笙巢来。

十八日(10月12日) 雨。寅正,到内,回各堂考送军机事。到署。大风。午后,晴。笙巢、小峰来。

十九日(10月13日) 晴。午后,出门晤小舲、仁山、兰言、韵秋。到容伯处。同次垣昆仲、玉弟公请小容、蘋江。

二十日(10月14日) 寅初,到内。御门侍讲放汪艮山。回军机考送,日期定廿五。巳刻,毓兴同兰言、韵秋饮。小沤来。

二十一日(10月15日) 晴。到署。赴伯华毓兴招,同听泉、兰言、韵秋。又访兰言。润甫来。

二十二日(10月16日) 晴。拜客,晤青桥。唁子恭。午后,艮山来。赴凫香天聚招,同柏君、岷帆、二兄、四弟。

二十三日(10月17日) 晴,风极大。到署,进内,领御制诗石刻。访兰言。

二十四日(10月18日) 晴。柏君来。交贝锦帆寄大兄信、闱墨二部。

二十五日(10月19日) 卯正,到署。晴。卓、杜两堂到。考送军机:钮福厚、沈寿嵩、吴兆麟、李鸿藻、汪全诰、赖子猷、张鼎辅、高本仁。午正,散。访兰言,招同素仙饮。交补之寄大兄信。夜,齐通政送江南题名录。

二十六日(10月20日) 晴。到署。访韵秋、兰言。得铁芸八月廿八信。羹梅来。

二十七日(10月21日) 阴。小梅、兰孙来。寄铁芸、杏春信。招云来。

二十八日(10月22日) 阴。到署。访兰言。招小平、韵秋饮。夜,雨。

二十九日(10月23日) 雨。午后,拜客,晤蕙西、补之。

九月

初一日(10月24日) 晴,风,极冷。张子冈、皀香、补之来。

初二日(10月25日) 晴,风。到署。赴小平春华堂招,同西峰、素仙、韫卿、韵秋、闻德。

初三日(10月26日) 晴,风。午后,出门晤兰言。赴徐来峰、汪醇卿招扬州馆,同滇翁、奕唐、二兄、补弟、四弟。访右村。

初四日(10月27日) 晴。

初五日(10月28日) 寅正,到内,回曾笙巢行走一年期满。毓兴同兰言、素仙饮。至次平处道喜。怡琴侄铺妆,子山、安斋、补之、查小老四,坐二席。

初六日(10月29日) 晴。申刻,大新官结亲。祭祖,见礼。

初七日(10月30日) 晴。

初八日(10月31日) 晴。进内。到署。晤兰言。

初九日(11月1日) 晴。

初十日(11月2日) 晴。出门晤张子冈。天凝寺赴西峰招,同子厚、小平、兰言、素仙、韫卿、韵秋、听泉,又同小平游善果寺。大风。

十一日(11月3日) 晴。到署。毓兴赴子厚招,同小平、兰言、稚云、韵秋。寄大兄信。

十二日(11月4日) 晴。会亲。次平、查氏弟兄、补之、椒坡来,坐二席。

十三日(11月5日) 寅正,进内。到署。访兰言。晴。大新侄回门。

十四日(11月6日) 晴阴间。午后,访子厚,同吃福兴居,兰言、稚云同坐。可亭来。

十五日(11月7日) 雨。到署。访韵秋。容伯来。

(立冬)十六日(11月8日) 晴。出门晤香谷,同访韵秋、听泉,又至兰言处,赴补之招,同二兄、四弟、瑶笙、桐生、荫儿。晚,皀香来。

十七日(11月9日) 晴。小云、椒坡、时轩来。

十八日(11月10日) 晴。到署。访韵秋,又访兰言,招同素仙饮。得大兄又八月廿一信。

十九日(11月11日) 寅正,到内,回暹罗国敕文。到署。晴,风。瑞芝生来。夜,腹泻。寄大兄信。

二十日(11月12日) 晴,大风,冷。

廿一日(11月13日) 晴。颂南来。

廿二日(11月14日) 晴。到署。春华堂招同小平、兰言、素仙饮,大醉。

廿三日(11月15日) 晴。新妇生日,瑶笙、椒坡、时轩来,坐一席。景桥来。

廿四日(11月16日) 阴。到署。访兰言。

廿五日(11月17日) 晴。进内,回两堂。御史王茂荫行钞折,会议。到署。福兴同兰言饮。

廿六日(11月18日) 雪。椒坡来。

廿七日(11月19日) 晴阴间。午后,访补之。

廿八日(11月20日) 晴。到署。毓兴招伯华、听泉、韵秋、兰言饭,又访兰言。

廿九日(11月21日) 寅正,进内。萧良驹选直隶延庆州,通本派羹梅,委署韩仁山,校签孙颖生。招筠泉、酉峰、小平、子厚、听泉、韫卿、韵秋、小蟾在兰言处饭。晴。

三十日(11月22日) 晴。上供。羹梅来。午后,出门晤韵秋、兰言。湖广馆赴蒨华、子永、筠轩招。寄大兄信、二姊信。

十月

(小雪)初一日(11月23日) 晴,大风。兰孙、瑶生、椒坡、时轩来。仁山来。

初二日(11月24日) 晴。到署。访兰言,同赴小平毓兴招,有韵秋。

初三日(11月25日) 大风,晴。出门晤少谷、兰言,留饮。得顺之重阳信。

初四日(11月26日) 大风。进内,武闱拆封,带羹梅、仁山、颖生谢堂。招小平、子厚、兰言、稚云在韵秋处饮。晴。

初五日(11月28日) 晴。到署。访兰言。复顺之信。朗亭来。

初六日(11月29日) 阴。凤升生日,烟杉、瑶生、椒坡、时轩来,坐一席。

初七日(11月30日) 阴。午后,拜客,晤艮甫。至积古斋。陆方伯元烺来。阁部考送军机,记名者林寿图、程祖诰、吴兆麟、贺寿慈、李鸿藻、邓廷枏、张金鉴、李德莪、唐锡龄。

初八日(12月1日) 晴。到署。春华堂赴伯华招,同西峰、筠泉、润甫、兰言、小蟾、听泉、素仙。

初九日(12月2日) 晴。午后,同二兄、凤升游松筠庵,访兰言。至积古斋。

初十日(12月3日) 晴。到署。访韵秋。也鲁来。

十一日(12月4日) 晴。拜客,晤小墅、右轩师。倚树堂赴润甫招,同筠泉、酉峰、伯华、兰言、素仙、韫卿。散后,访韵秋。

十二日(12月5日) 晴。到署。兰言留饮,同素仙。

十三日(12月6日) 寅正,到内。卯正三刻,御门理正放龚文龄,庶子放冯誉骥,共本九件。访韵秋,邀至福兴同小平、兰言、素仙饭。青桥来。

十四日(12月7日) 润臣、蒨华来。邀也鲁、愚亭、春甫、谱香、二兄吃天聚斋,凤升同去。访兰言、小蟾。

十五日(12月8日) 雪。补之来。寄大兄信。

(大雪)十六日(12月9日) 风,晴。到署。倚树堂赴筠泉招,同西峰、小平、伯华、兰言、素仙、小蟾、韵秋。

十七日(12月10日) 晴。午后,拜客,晤矩亭、兰言、稚云、小蟾。

十八日(12月11日) 晴。母亲呕吐,出汗。

十九日(12月12日) 大雪。到署。访兰言。小饮。

二十日(12月13日) 晴。到署。访韵秋,又访兰言,留饮。次平来。

二十一日(12月14日) 晴,冷。孙子珊来。小墅来。

二十二日(12月15日) 晴。到署。访兰言,留酌。

二十三日(12月16日) 阴。晚,赴二兄招。

二十四日(12月17日) 阴。到署。访兰言。

二十五日(12月18日) 大风,晴。容伯、补之来。咏莪来。桐生侄招饮。

二十六日(12月19日) 晴。午后,拜客,晤兰言。得铁芸十月初九信。子冈来。

二十七日(12月20日) 寅正,到内,回裕堂。御史王茂荫行钞折,少詹朱尃行玉币折。毓兴同兰言饮,又访兰言、韵秋、荔仙。松岑来。晴。访张子冈。复铁芸信。寄灼之、竹桥、欣堂、杏春年信。凤升上房,同二兄、四弟、小新官、小保、二官、九官夜集。

二十八日(12月21日) 晴。少珊来。

二十九日(12月22日) 寅正,起身,到天坛。访兰言,留饮。补之来。晴。仁山、次平来。祀先。在凤升上房吃冬至夜饭。

十一月

(冬至)初一日(12月22日) 晴。堂上前叩贺。午后,拜客,均未晤。又至博古斋。子厚处谈。子冈来。椒坡来。寄大兄信。

初二日(12月23日) 晴。出门晤心畬、来峰、毛瀚、兰言。韫山堂赴香谷招,同荔仙、兰言。散后,又访兰言。

初三日(12月24日) 阴。到署。毓兴赴伯华招,同筠泉、素仙、兰言、听泉。

初四日(12 月 25 日) 晴。补之、椒坡、时轩、烟杉、瑶生来。

初五日(12 月 26 日) 晴。到署。访兰言。何雨人来。

初六日(12 月 27 日) 晴。补之来。

初七日(12 月 28 日) 晴,大风。到署。松庭得御史,到库回海帆师。侍读正许少珊,陪小梅,部本西峰,通本小峰,委署孟卿,校签芳山。到春圃师宅晤谈。杜老师宅晤招云。归后,小梅来。

初八日(12 月 29 日) 晴。寅正,到内,带新派差使诸君,谢四堂,回通本,揭帖,会同户部议驳行钞折。到署。毓兴同兰言、蕊仙饮。拜客,晤岚樵。

初九日(12 月 30 日) 晴。到署。至实录馆,杜堂画会议钞信稿,又至卓堂宅画稿。访兰言,酒局。

初十日(12 月 31 日) 晴,风。容伯、安斋来。寄大兄信、二姊信、楚园信、秉斋信。

十一日(1 月 1 日) 晴。到署。至卓、杜两堂宅,回十三奏驳行钞折。访兰言。招韵秋同饮。

十二日(1 月 2 日) 晴。出门晤韵秋。

十三日(1 月 3 日) 寅正,到内,奏会议驳行钞法折。奉朱批所奏,俱是知道了。到署。是日,少珊得侍读。毓兴招伯华、小平、听泉、韵秋、兰言饮,又至兰言处。晴。

十四日(1 月 4 日) 晴。午后,出门晤小梅、补之、椒坡、时轩、兰言、联星。

十五日(1 月 5 日) 晴。复顺之信。夜,大风。

(小寒)十六日(1 月 6 日) 大风,冷。寅正,进内,递京察手折,初三过堂。到署。招筠泉、小平、听泉、韵秋、素仙、兰言斋中酌。吴昇照来。晴。

十七日(1 月 7 日) 晴。少珊来,同至署查办事件。午正,到卓师宅面回。仁山来。

十八日(1月8日) 晴。访兰言。赴小平、春华招,同筠泉、听泉、新堂、蕊仙、兰言。

十九日(1月9日) 风,晴。出门访兰言,便饭。至补之处。同二兄、四弟赴次垣兄弟招,在容伯斋中,同补之、蘋江。

二十日(1月10日) 晴。出门晤凫香、蔼堂、次垣、兰言,便饭。久香来。寄大兄信。

二十一日(1月11日) 晴。到署。访兰言。

二十二日(1月12日) 晴。访子厚。午后,酉峰来。

二十三日(1月13日) 晴。到卓堂宅,回访。贺敦甫师八十寿。闻德堂赴酉峰招,同小平、韵秋、惺堂、听泉、小蟾、韫卿。夜,大风。

二十四日(1月14日) 晴,大风。祝杜太老师散生日。晤崇光、兰言,拍曲。

二十五日(1月15日) 晴。到署。访兰言。同小蟾饮。

二十六日(1月16日) 大风。寅正,到内,回复润甫补缺稿、饭银稿、公费稿。吴少占销假。晴。又至杜堂宅。访兰言,便饭。

二十七日(1月17日) 晴。补之、清盛来。

二十八日(1月18日) 晴。午后,出门晤少珊,同至卓堂处。派检阅,沈、林、陈、祝。访兰言、栩斋。

二十九日(1月19日) 晴。进内,回祁堂、裕堂,派检阅通本,揭帖四件。访韵秋,便饭。仁山来。

三十日(1月20日) 晴。到卓堂宅,回小梅俸满截取,又进内回祁堂,实录馆回杜堂。访兰言,便饭。祁老师来。寄大兄信。

十二月

(大寒)初一日(1月21日) 晴,风。到署。到实录馆回杜堂,蒨华因病不能过堂,查出道光廿三年吴士桢样子,病好再带见各堂。又至海帆师宅面回。

初二日(1月22日) 晴。进内,回祁、裕两堂。访兰言,留饭。

初三日(1月23日) 寅正,到内。卯正,御门阁学放沈兆霖,仆正廖鸣荃,仆少徐继畬,侍讲吴保东。巳正,回堂,均到堂。申正,散。

初四日(1月24日) 晴。少珊、小云、朗亭、赵怀芳来。午后,出门晤兰言。

初五日(1月25日) 晴,大风。南池、振轩来。

初六日(1月26日) 寅正,到内,拆封,满侍读麟东、西楞额、清盛,汉潘、许,中书林士鈖、沈寿嵩、汤修。到署。至四堂宅访兰言,吃点心。晴。

初七日(1月27日) 晴。进内。回祁堂考语,又至实录馆,回杜堂。到署。芻香、景桥来。

初八日(1月28日) 晴。到署。拜客,晤西峰。晚,补之来。

初九日(1月29日) 阴晴间。谢客。晤镇甫、莘畬、兰言,招同韵秋饮,又答补之并二侄。

初十日(1月30日) 大风,冷。寅正,进内,同乡谢缓征恩。晴。到署。春华堂招伯华、听泉饮。

十一日(1月31日) 寄大兄信。冷,晴。谢客。晤笙巢、听泉。在韵秋斋中招兰言饮。湖广馆,公请少珊。晚,振轩、子冈来。

十二日(2月1日) 晴。到署。拜客,晤小平,邀至福兴同兰言、韵秋酌,又至兰言处。

十三日(2月2日) 晴,大风。补弟来。

十四日(2月3日) 大风。寅正,进内,带夏润甫、吴少占补行京察见四堂。赴筠泉招,同西峰、惺堂、伯华、兰言、听泉、韵秋、小蟾、素仙。又访兰言。

(立春)十五日(2月4日) 晴。堂上前叩贺。椒坡、时轩来。次平来。

十六日(2月5日) 晴。到署。访兰言。同韵秋饮。

十七日(2月6日) 晴。到署。访兰言。西峰来。

十八日(2月7日) 雪。寅初,到内,带孔倩华见四堂,回通本揭帖三件。在兰言处同韵秋、素仙饭。访补之。

十九日(2月8日) 晴。到署。访韵秋、小蟾。

二十日(2月9日) 寅正,到内,递查仓折。又到署,海帆师收起居注书。春华赴小平招,同兰言,又至兰言处。

廿一日(2月10日) 晴。不留客。补之、烟杉、瑶生、椒坡、时轩、仁山来。

廿二日(2月11日) 至万兴居同少梅吃面,同查禄米、旧太、南新、兴平、富新仓。雪。访兰言,留饭。夜出风疹,发烧。

廿三日(2月12日) 晴。同媳妇、桐生夫人、珍宝、韩妾手谈。

廿四日(2月13日) 阴。同媳妇、珍宝、韩妾手谈。得顺之信。晚,雪,至夜。

廿五日(2月14日) 晴。手谈。夜,风。复顺之信。

廿六日(2月15日) 晴,风。手谈。

廿七日(2月16日) 晴。

廿八日(2月17日) 晴。敬神。

廿九日(2月18日) 晴。得铁芸、铁花信。补之、瑶生、少珊、海舲来。风。复铁芸、铁花信。

卅日(2月19日) 晴。接灶,祀先。

中国近现代稀见史料丛刊【第七辑】

张剑 徐雁平 彭国忠 主编

潘曾绶日记（下）

潘曾绶 著

张何斌 整理

本辑执行主编 张剑

凤凰出版社

咸丰八年戊午(1858)

一月

戊午正月初一日(2月14日) 晴。拜佛、灶神、祖先，至各庙拈香。

初二日(2月15日) 晴。五世祖妣汪太安人生忌。午后，到文昌馆，内阁团拜。

初三日(2月16日) 晴。曾祖考贡湖公生忌。出门晤心一。

初四日(2月17日) 晴。赴王子槐招。

初五日(2月18日) 晴。游厂。

初六日(2月19日) 晴。出门晤富容斋。同李小平在韵处饮。

初七日(2月20日) 晴。同小松游厂。程容伯来。

初八日(2月21日) 晴，风。寄二兄、四弟信。招张诗舲、张星伯、宋雪帆午集。

初九日(2月22日) 晴。剃头。何伯凝回南。

初十日(2月23日) 晴。曾祖妣汪太夫人忌辰。出门晤祁春圃师。赴何新甫招。

十一日(2月24日) 晴。吴心畬来。

十二日(2月25日) 晴。出门同容伯招沈朗亭、廉琴舫、许仁山、彭子嘉午集，在容伯斋中，仁山以病未到。

十三日(2月26日) 游厂。晴。寄二兄、四弟信。

十四日(2月27日) 晴。出门晤心一、星伯。

十五日(2月28日) 晴。到太原馆，辛丑公请。又赴方子贞、雪帆、宋惠人、李禄生招。

十六日(3 月 1 日)　大风。彭咏莪年丈来。

十七日(3 月 2 日)　晴。荫儿下园。午后,同小雅侄、小松宴宾饮。

十八日(3 月 3 日)　晴。收喜容。午后,出门。

十九日(3 月 4 日)　晴。西城拜客。才盛馆,丙申公请。得二兄十二月廿二信、东园侄信。

二十日(3 月 5 日)　晴。出门晤何愿船。文昌馆,丁未公请,又赴孔绣山招。寄二兄、东侄信。晚,赴林伯恬招。

廿一日(3 月 6 日)　惊蛰。晴。剃头。荫儿来。容伯送银一百两。

廿二日(3 月 7 日)　晴。东城拜客。福兴饮。

廿三日(3 月 8 日)　晴。得二兄大除夕信。

廿四日(3 月 9 日)　晴。出门晤何子愚。得四弟正月初三信,二兄、俊民甥信。愿船来。寄二兄、四弟、俊民甥信。

廿五日(3 月 10 日)　风,晴。彭芍庭来借宿,借同泰曹纹二百两。

廿六日(3 月 11 日)　晴。

廿七日(3 月 12 日)　荫儿归。明日圣驾进城。雪。

廿八日(3 月 13 日)　晴,风。寄俊民甥信。

廿九日(3 月 14 日)　晴。小松招饮宴宾。

二月

初一日(3 月 15 日)　晴,风。剃头。夜,雪。

初二日(3 月 16 日)　雪,仍晴。文昌馆,同乡团拜。拜客。晤张良哉。晚,又雪。容伯来。

初三日(3 月 17 日)　晴。歙县馆祭文昌。晤潘木君、丁颐伯、心一。文昌馆赴何青士招。寄俊民甥信。

初四日(3 月 18 日)　晴。曹岚樵来。同禄生、小雅侄饮花好月圆室。

初五日(3月19日) 晴。荫儿下园。段振轩来。

初六日(3月20日) 晴。

初七日(3月21日) 春分。晴,风。

初八日(3月22日) 晴。出门晤陈福兹、子鹤。

初九日(3月23日) 晴。剃头。

初十日(3月24日) 晴。出门晤芾村甥。赴曹琢如招、吴新之招。

十一日(3月25日) 晴。

十二日(3月26日) 晴。到翰林花园晤朗亭、子嘉、孙琴西。寄二兄、四弟信。

十三日(3月27日) 晴,风。出门晤心一。河东馆,公祝星伯生日。得二兄正月十七信、四弟廿五信、东侄信。

十四日(3月28日) 晴。黄莘农、少农来。午后,出门。

十五日(3月29日) 晴。寄四弟、东侄信。潘菊有来。出门晤程申甫、潘友邻、菊有。游天宁寺。

十六日(3月30日) 晴。文渭川来。

十七日(3月31日) 雨。荫儿感冒,请假五日,赏十日。剃头。

十八日(4月1日) 晴。彭菊樽来。招程楞香、新之、钱萍矼、琢如、禄生午集。

十九日(4月2日) 晴。振轩来。得二兄正月廿七信、东侄信、四弟十六信。赴伯恬招。

二十日(4月3日) 晴。出门晤莘农、朱伯韩。寄二兄、四弟、东侄信,梧庵信。

廿一日(4月4日) 晴。出门。

廿二日(4月5日) 清明。晴。出门晤诗舲、刘子重。寄四弟信。得俊民甥正月十一信。寄俊民甥信。

廿三日(4月6日) 晴。出门晤祁之镠、全小汀、渭川,渭川留饭。招小松，陈芝泉，烟杉、小雅两侄夜集。

廿四日(4月7日) 晴。出门，河东馆，请客。

廿五日(4月8日) 晴。出门晤禄生、烟杉侄。财神馆，壬辰公请。小松南旋。

廿六日(4月9日) 大风。伯韩、烟杉侄来。剃头。荫儿下园，明日销假。

廿七日(4月10日) 晴。出门晤陆眉生，花好月圆室饮。赴禄生招茗室。

廿八日(4月11日) 晴。得四弟二月初九信。出门晤心一。湖广馆赴翁玉甫招。

廿九日(4月12日) 晴。出门晤子鹤。文昌馆赴花松岑诸公招。寄四弟信。

卅日(4月13日) 晴。会金保曹平银一千两。

三月

初一日(4月14日) 晴。文昌馆，癸丑团拜公请。

初二日(4月15日) 晴。寄四弟信。祝子鹤夫人生日，留面。张松坪来。

初三日(4月16日) 晴。出门晤松坪。同普泉师福兴饮。

初四日(4月17日) 晴，大风。江东馆请客。剃头。

初五日(4月18日) 晴，风。赴杜筠巢招，在陈敬堂斋中。

初六日(4月19日) 晴。寄东侄信。风。赴梁海楼、王小山才盛馆招。新之来。

初七日(4月20日) 谷雨。晴。出门晤岚樵，同到福兴酌。文昌馆，祝史莲生堂上寿。赴庞宝生招花好月圆室。

初八日(4月21日) 晴。王寿南来。夜，大风，雨。

初九日(4月22日) 风，雨。赴星伯招、万藕舲招。

初十日(4月23日) 晴。寄四弟、俊民甥信，内烟杉侄家信、曹平三百两。荫儿来。普泉师招饮茗室。

十一日(4月24日) 晴。得二兄二月十七信、东侄信。复东侄信。剃头。

十二日(4月25日) 小雨。

十三日(4月26日) 晴。出门晤烟杉、萝杉两侄。同新之招岚樵、敬堂、筠巢、容伯、子贞湖广馆。

十四日(4月27日) 晴,风。法可庵、友邻来。

十五日(4月28日) 晴,风。贺升来。得梧庵二月初九信。寄梧庵、俊民甥信。岚樵来。荫儿来。

十六日(4月29日) 晴,风。到龙泉寺。

十七日(4月30日) 晴。出门晤子鹤、心一。得东侄信。换季。

十八日(5月1日) 晴,风。赴莘农招。寄东侄信。

十九日(5月2日) 阴。出门晤新之、容伯。

二十日(5月3日) 晴,风。出门晤黄杏村。会金保九千七百吊。荫儿来。

廿一日(5月4日) 晴。寄俊民甥信。交萝杉侄会烟杉侄京平二百两。

廿二日(5月5日) 晴。剃头。

廿三日(5月6日) 立夏。小雨。午后,同小雅侄到崇效寺看牡丹。交萝杉侄寄四弟信。

廿四日(5月7日) 晴。出门晤曾笙巢、诗舲。会义顺曹平一百五十两、源泰曹平一百五十两。宝生、何亦民、伯韩、孙驾航来。

廿五日(5月8日) 晴。出门晤福兹、子鹤。搭凉棚。同小雅侄花好月圆室饮。

廿六日(5月9日) 晴。得二兄二月廿一信、四弟三月初一信。雷。

廿七日(5月10日) 晴。寄四弟信。出门晤可庵、芾村甥,芾甥留饭。

廿八日(5月11日) 晴。出门晤岚樵、禄生。同禄生福兴酌，又赴禄生茗室招。

廿九日(5月12日) 晴，风。荫儿来。明日圣驾进宫。萝杉侄、枚仲来。

四月

初一日(5月13日) 晴。出门晤亦民、容伯、子槐、楞香。午后，吴红生、芾甥来。

初二日(5月14日) 晴。出门。午后，福兹、王子卿来。

初三日(5月15日) 小雨。剃头。四弟奉旨，服阕后以道员，不论繁简，优先选用。祖同侄加五品衔。

初四日(5月16日) 风，晴。谢太夫人忌辰，持斋。寄四弟、俊甥信。烟杉侄来，留夜饭。

初五日(5月17日) 风，晴。得梧庵二月初一信。金梅生、叶润臣来。赴烟杉侄如松招。

初六日(5月18日) 晴。容伯来。

初七日(5月19日) 晴。出门晤福兹、子鹤、王容洲。天和馆招梅生、子卿、朱少蓝、友林、芾村甥，又赴沈维生招。怡侄到京。

初八日(5月20日) 晴。怡侄妇、侄孙辈到。

初九日(5月21日) 晴。庆云浦来。小满。

初十日(5月22日) 考试差。晴。骨疼，发烧，烟杉侄诊视。

十一日(5月23日) 荫儿来。

十二日(5月24日) 晴。

十三日(5月25日) 雨。荫儿下园。

十四日(5月26日) 阴。荫儿来。夜，下园。

十五日(5月27日) 晴。子鹤、莘农来。瑶生侄移住烟杉侄斋中。致梧庵、俊甥信。

十六日(5月28日) 晴,风。得四弟三月廿三信。子槐来。晚,雷雨。

十七日(5月29日) 晴。寄四弟信。岚樵、容伯来。剃头。

十八日(5月30日) 晴。福兹、伯恬、润臣来。交子卿致四弟信。

十九日(5月31日) 阴。辛之、秋谷两侄来。昨日到江苏保举办捐出力折,奉旨:潘曾绶交部从优议叙。夜,雷雨。

二十日(6月1日) 晴。文恭公忌辰,持斋。诵清甥来。

廿一日(6月2日) 晴。辛侄来。得东侄信,即复之。

廿二日(6月3日) 晴。出门晤子鹤、子槐、竹珊。寄四弟、东侄信。荫儿来。

廿三日(6月4日) 晴。辛、秋两侄来,招宝聚酌。

廿四日(6月5日) 华祖师庙拈香。辛、秋两侄招福兴。

廿五日(6月6日) 晴。诵清甥招福兴。芒种。

廿六日(6月7日) 雷雨。剃头。

廿七日(6月8日) 大风,晴。招小雅、辛、秋诸侄饮。荫儿来。

廿八日(6月9日) 小雨。出门晤诵清甥。贺芍庭四十。荫儿召见。花好月圆室饮。

廿九日(6月10日) 晴。诵清甥来。

五月

初一日(6月11日) 晴。寄四弟信。容伯来。

初二日(6月12日) 晴。会同泰曹平二百两。辛侄、芾村甥、荫儿来。夜,雨。

初三日(6月13日) 雨。午,晴。

初四日(6月14日) 晴。午后,游大栅栏。剃头。

初五日(6月15日) 晴。得四弟四月初四信,即复之。荫儿来。小雅、辛之、秋谷诸侄来。得东侄信,即复之。

初六日(6月16日) 晴。持斋,不留客。同少甥、筱侄、荫儿、怡侄便饭。午后,出门晤岚樵、心一。

初七日(6月17日) 晴,热。出行,晤福兹、子鹤。午后,承志来。

初八日(6月18日) 微雨。荫儿归。明日圣驾进宫。雷,大雨。

初九日(6月19日) 晴。味侄夫妇到。啸庵来。

初十日(6月20日) 晴。出门晤友林、心一,同到福兴酌。

十一日(6月21日) 寄四弟、俊甥信。雨。

十二日(6月22日) 晴。出门晤俞蔚伯、钱芝门。剃头。振轩来。夏至。荫儿随驾下园。

十三日(6月23日) 晴。出门,歙县馆祀武帝。辛、秋两侄留便饭。

十四日(6月24日) 晴。二兄嫂、谱侄夫妇均到。得四弟四月二十信、俊甥信、东侄信。诗舲来。

十五日(6月25日) 寄四弟、俊甥、东侄信。出门晤亦民、心一。雨。

十六日(6月26日) 晴。寄四弟信。眉生、心农来。

十七日(6月27日) 晴。岚樵、谢桂生、贝柳孙、芾村甥来。荫儿归。

十八日(6月28日) 雨。

十九日(6月29日) 晴。出门晤子鹤、许海秋、容伯、心一。归后,亦民、容伯来。

二十日(6月30日) 晴。唁季园、筠樵。诵清甥处饭。寄四弟、东侄信。

廿一日(7月1日) 晴。出门晤李竹朋。荫儿归。谭墨庄来。剃头。

廿二日(7月2日) 晴。圣驾进宫。出门晤杨清卿、蒋松生、小雅侄。

廿三日(7月3日) 晴。出门晤冠英,同至毓兴合饮。圣驾下园。

廿四日(7月4日) 晴。祖妣黄太夫人生忌。竹朋、友林、子鹤来。

廿五日(7月5日) 晴。出门晤承继斋、心一。唁庆秋泉。

廿六日(7月6日) 晴。出门晤冠英,同饮梅室。晤心一。

廿七日(7月7日) 阴晴间。游颐园。小暑。

廿八日(7月8日) 雨。寄四弟、俊甥信。剃头。

廿九日(7月9日) 晴。出门晤冠英,同饮心一处。

卅日(7月10日) 晴。容伯、莘农、荫儿来。申刻,雨。寄四弟、俊甥信,明日发。

六月

初一日(7月11日) 晴。出门晤冯景亭、潘心斋、邵小峰、柳孙、桂生。

初二日(7月12日) 晴。下园。午后,拜客。晤咏莪年伯、琴舫、仁山。晚,辛之侄来。

初三日(7月13日) 晴。巳刻,归。得俊甥五月初四信。寄四弟、俊甥信。

初四日(7月14日) 晴。出门晤子鹤、岚樵。得东侄四月廿三信。祖妣黄太夫人忌辰。

初五日(7月15日) 出门晤烟杉、小雅两侄,同至毓兴饮。竟日雨。

初六日(7月16日) 赴子鹤福兴招,同岚樵、莘农、星兄。雨。初伏。

初七日(7月17日) 晴。出门晤烟杉、小雅二侄。得四弟五月十四信、俊甥十八信。剃头。

初八日(7月18日) 阴。寄四弟、俊甥信。晴。午后,出门,心一处饮。胡恕堂来。陈西峰来。

初九日(7月19日) 晴。出门晤陶曼云、心一、竹朋。

初十日(7月20日) 晴。出门晤何子愚。招松生、柳生、桂生、皕生、式卿文昌馆。

十一日(7月21日) 雨,即晴。高祖妣古太夫人忌辰。患痢疾。荫儿来。烟杉侄来。

十二日(7月22日) 晴。痢尚未愈。雨,仍晴。

十三日(7月23日) 晴。大暑。寄四弟信。谱侄卅生日。瑶生、秋谷两侄,诵清、芾村两甥来。

十四日(7月24日) 晴。痢止,腹疼。

十五日(7月25日) 晴。寄俊甥信。辛之侄来。阅《海山仙馆丛书》。

十六日(7月26日) 晴。剃头。阅《更生斋集》。方鉴湖来。刘泖生来。

十七日(7月27日) 晴。荫儿归,因痢请假,赏十日。阅秦小岘诗集。中伏。

十八日(7月28日) 晴。阅《绝妙好词》。

十九日(7月29日) 晴。招冠英来为荫儿画照。郭藕舲来。

二十日(7月30日) 晴。阅《日知录》。小雅、辛之两侄来。

廿一日(7月31日) 晴。心一、稚梅来小酌。

廿二日(8月1日) 晴。荫儿放陕甘正主考。得四弟六月朔信、东侄信、俊甥信。琴舫、友林、小雅侄来。荫儿下园。寄四弟、东侄、俊甥信。

廿三日(8月2日) 晴。王小轩昆仲、辛之侄、芾村甥、友林来。

廿四日(8月3日) 晴。出门,关帝庙拈香。晤岚樵、子鹤、福兹。赴子鹤时丰斋招。荫儿归。诵清甥,烟杉、小雅、秋谷诸侄来。剃头。

廿五日(8月4日) 晴。出门晤松生、式卿、皕生、清甫、顾云芝。

廿六日(8月5日) 晴。荫儿下园。下午,出门晤徐寿蘅、曾笙巢。阅《词苑丛谈》《五藩实录》。

廿七日(8月6日) 晴。出门晤竹朋。法源寺,眉川兄七十冥诞。荫儿召见。申初,归家。

廿八日(8月7日) 晴。出门晤秦鼐士。芾村甥来。

廿九日(8月8日) 寄俊甥信。会同泰曹平一百两。晴。杜石樵丈出殡观音院,往拜。得梧庵三月十三信、俊甥六月初七信、东侄信。冠英来。得补弟六月初六去世信。雨。立秋。

七月

初一日(8月9日) 晴。子鹤、莘农来,同至宴宾饮。二兄署工右。

初二日(8月10日) 晴。阅《辍耕录》《尧峰文钞》。

初三日(8月11日) 阴,凉。出门晤春圃师。午后,进城晤辛、秋两侄。

初四日(8月12日) 晴。陆淑人忌辰。到观音院,辛、秋二侄为补弟设位礼忏。剃头。阅《格古要论》、孟瓶庵《使蜀日记》、《湛园札记》。

初五日(8月13日) 晴。出门晤蒋子祥、松生、新之、王筱泾。唁宝笙。同二兄、诸侄、荫儿饮。

初六日(8月14日) 晴。巳初,荫儿起身。赴熊定卿招。至莘农处谈,又赴陈宝珊招。

初七日(8月15日) 晴。赴春圃师招谢公祠。末伏。

初八日(8月16日) 晴。子鹤来。赴方子贞招龙源楼。得荫儿七夕禀,涿州发。

初九日(8月17日) 晴。出门晤星白。寄荫儿谕。寄玉弟、俊甥信。游天宁寺。夜，雨。

初十日(8月18日) 雨。秋谷侄来。赴陆眉生湖广馆招。华陀师庙拈香。

十一日(8月19日) 雨。出门贺子嘉。唁西峰。观音院辛、秋二侄为补弟礼忏。赴诵清甥招。

十二日(8月20日) 晴。招张星白、权伯英、云芝、诵清福兴饮。

十三日(8月21日) 晴。西城谢客。辛之侄留饭。

十四日(8月22日) 晴。剃头。阅《法界安立图》《集古偶录》《眉公秘笈》。

十五日(8月23日) 小雨。出门晤黄蒨园、冠英、竹朋。晴。得玉弟六月十六信、俊甥初十信。处暑。

十六日(8月24日) 寄玉弟、俊甥信。寄荫儿谕。晴。东城谢客。晤莘畬、花松岑、文渭川，渭川留面。阅《墨缘汇观》。竹朋来。

十七日(8月25日) 晴。出门晤岚樵。唁沈维生。同烟杉、小雅两侄宴宾饮。得荫儿初十保宁禀。

十八日(8月26日) 晴。出门送烟杉侄行。赴云芝福兴招。寄荫儿谕。

十九日(8月27日) 寄俊甥信。晴。出门晤芝门、冠英。招萍江、梅生、琢如、禄生、冠英花好月圆室。小雅、辛之、秋谷诸侄来。

二十日(8月28日) 晴。剃头。敬斋来。阅《札朴》《词科掌录》。

廿一日(8月29日) 晴。出门晤徐琴舫、葛质斋、滇生师、诵青甥，诵青留饭。赴周采三招。得荫儿十二禀。得四弟七月初一信、俊甥信。

廿二日(8月30日) 晴。出门晤钱揆初。赴二兄福兴招，又赴新之毓兴招。

廿三日(8月31日) 晴。出门晤俞望之。唁禄生。交伯恬寄荫儿谕。孙汉卿、揆初、秋谷侄来。

廿四日(9月1日) 晴。五世祖妣汪太夫人忌辰。午后,出门晤云芝,留饮。同诗舲、楞香、辛之、容伯、小山、雪帆、木君公饯星白、寿蘅,在木君斋中。

廿五日(9月2日) 晴。愿船来。午后,赴萍江龙树寺招。

廿六日(9月3日) 晴。韵秋处饮。落门牙一个。

廿七日(9月4日) 晴。芝泉来。赴伯英湖广馆招。

廿八日(9月5日) 寄荫儿谕。晴。得荫儿十五平定州禀。出门晤小雅侄、秋谷侄。寄俊甥信。

廿九日(9月6日) 晴。剃头。云芝、紫君、冠英、辛之侄来。杨滨石来。

八月

初一日(9月7日) 晴。出门晤岚樵、子鹤。辛丑秋团,招湖广馆。

初二日(9月8日) 晴。出门晤夏廷。招容伯、新之、小轩、紫君福兴饮。辛之侄来。得东侄五月初八、七月十一信。白露。

初三日(9月9日) 晴。万兴饮。得四弟七月十四信、俊甥信,晤笙巢。寄四弟、俊甥信,东侄信。二兄署礼左。

初四日(9月10日) 晴。出门晤万藕舲、莘农。赴夏廷龙源楼招。

初五日(9月11日) 寄荫儿谕、四弟信、梧庵信。借韵秋曹平银五十两。晴。会同泰曹平三百两初一日子。又复梧庵信。午后,到辛之、秋谷两侄处。招揆初、望之、小雅侄宴宾饮。

初六日(9月12日) 晴。伯恬来,托寄荫儿谕。午后,赴伯恬招。

初七日(9月13日) 晴。剃头。子鹤来。

初八日(9月14日) 晴。出门晤祝筠泉、敏斋。祝文师母寿,留面。庆云浦来。雨。赴诗舲招。

初九日(9月15日) 晴。寄四弟信。

初十日(9月16日) 晴。出门晤濮少霞、宁理堂、宝侪、容伯。韵秋处饭。

十一日(9月17日) 晴。

十二日(9月18日) 晴。出门晤竹朋、笙巢。心一处饮。晚，赴揆初宴宾招。

十三日(9月19日) 阴。得荫儿廿四平阳禀。

十四日(9月20日) 晴。得荫儿廿六闻喜禀。出门晤岚樵、陈德生、子怀。剃头。赴萍江龙树寺招。

十五日(9月21日) 晴。交庆芸浦寄荫儿谕。午后，到心一处饮。

十六日(9月22日) 雨。辛之、秋谷二侄，松生来。

十七日(9月23日) 晴。到恒达店。同辛之、秋谷二侄福兴酌。得荫儿廿一灵石禀。秋分。

十八日(9月24日) 晴。祖考光禄公生忌。赴恩文甫招。

十九日(9月25日) 晴。出门赴王小厓招。

二十日(9月26日) 晴。出门晤廖匡渠，云芝，辛、秋二侄。赴辛之福兴招。同二兄招诗舲、子鹤、莘农、容伯、新之申集。

廿一日(9月27日) 晴。心一处饭。借京平银二百两。拆天棚。

廿二日(9月28日) 小雨。岚樵来。阅《明斋小识》。

廿三日(9月29日) 阴。出门晤子鹤、心一、墨庄。邀岚樵、子鹤同兴楼吃。

廿四日(9月30日) 晴。出门送杏村，辛、秋二侄行。同辛、秋二侄福兴饮。剃头。

廿五日(10月1日) 晴。得荫儿廿八坡应镇禀。得四弟八月初三信、梧庵七月十五信。竹朋来。

廿六日(10月2日)　晴。寄四弟信。出门晤小雅侄,同至宴宾酌,又至稚梅处。

廿七日(10月3日)　寄梧庵信。五世祖考敷九公生忌。晴。午后,出门晤岚樵。赴福兹招。

廿八日(10月4日)　晴。出门晤容伯。在心一处饭。又至天宁寺。

廿九日(10月5日)　晴。到文昌馆赴吴筠轩招。

三十日(10月6日)　晴。楼月潭来。

九月

初一日(10月7日)　晴。出门晤润臣。敷九公忌辰。英香岩、徐梅桥、蒨园来。

初二日(10月8日)　阴。高祖考闲斋公生忌。出门晤心一。剃头。揆初来。寒露。

初三日(10月9日)　晴。汇元堂,庚子世兄公请。

初四日(10月10日)　晴。谢太夫人生忌。阅朱梅厓古文。

初五日(10月11日)　晴。出门晤韵和、月潭、范小云。心一处饭。又赴莘农招。

初六日(10月12日)　晴。午后,出门到太原馆,董麟太翁五十寿。得四弟八月十六信。

初七日(10月13日)　晴。寄四弟信。萝杉侄来。得俊甥五月中信。午后,访心一。

初八日(10月14日)　晴。出门晤岚樵,同饮福兴。筠浦来。辛之侄中式。

初九日(10月15日)　风,雨。唁筠巢昆仲丁母艰。拜客。晤祁叔和、冠英。汪淑人忌辰。二兄补工左。

初十日(10月16日)　晴。小云、夏廷来。

十一日(10月17日)　寄四弟信。晴。出门晤朗庭令郎、福兹、子鹤。同兴楼饭。

十二日(10月18日) 晴。出门晤撰初、心一。同月潭如松饮。赴全小汀会元堂招。夜，雨。

十三日(10月19日) 小雨。午后，出门。春圃师处畅谈。剃头。

十四日(10月20日) 晴。心一处饮。

十五日(10月21日) 晴。答王月川。

十六日(10月22日) 晴。午后，出门晤岚樵。至子鹤处饮。

十七日(10月23日) 晴。寄四弟信。子鹤招至莘农处便饭。

十八日(10月24日) 晴。午后，出门赴子鹤招。晤韵和、心一。霜降。

十九日(10月25日) 晴。出门到骡马市大栅栏。

二十日(10月26日) 晴。

廿一日(10月27日) 晴。出门晤陈子怀、子惠、容伯。同容伯、月潭到□介松处。

廿二日(10月28日) 晴。午后，出门晤岚樵、望之。同望之、心一宴宾酌。寄四弟信。

廿三日(10月29日) 晴，风。会同泰曹平银三百两。剃头。瑶笙侄来，留面。

廿四日(10月30日) 寄梧庵信。晴。出门晤绣山。午后，赴望之恒盛招。

廿五日(10月31日) 晴。曾祖贡湖公忌辰。福兹来。午后，出门晤倪子久、顾子筠。

廿六日(11月1日) 晴，风。出门。杜师母开吊。又吊何亦民。至容伯处看菊花。同荔香毓兴饭。

廿七日(11月2日) 晴。午后，出门晤竹朋。赴月潭花好月圆室招。得四弟九月初二信、俊甥八月二十信。

廿八日(11月3日) 晴。六世祖妣罗太宜人忌辰。高祖妣古太夫人生忌。招岚樵、福兹、子鹤、莘农小酌。

廿九日(11月4日) 晴。出门晤竹珊。汪太夫人生忌。赴子鹤招。

三十日(11月5日) 晴。送节。赴容伯招。交谢主事寄四弟信。

十月

初一日(11月6日) 晴。进城拜客。晤普泉师。同兴饭。寄四弟、俊甥信。

初二日(11月7日) 晴。剃头。月潭、云芝来。赴云芝福兴招。

初三日(11月8日) 晴。招云芝、宝珊、竹珊毓兴合。又赴宝珊、涌泉招。交月潭致四弟信。立冬。

初四日(11月9日) 晴。诗舲、马芸湖来。

初五日(11月10日) 晴。赴云芝招肇庆馆。

初六日(11月11日) 晴。得俊甥七月二十信。寄俊甥信。午后,出门晤福兹、子鹤、心一、岚樵。得东侄八月廿五信。

初七日(11月12日) 晴。汪淑人生忌。复俊甥、东侄信。赴诗舲招。

初八日(11月13日) 晴。午后,到龙泉寺。

初九日(11月14日) 晴。到湖广馆,焦桂桥年伯母七十寿。

初十日(11月15日) 晴。招潘木君、赵新楣、赵云桥、容伯、罗讶庭、王小山福兴饮。李受轩、竹朋来。

十一日(11月16日) 晴。剃头。午后,同二兄至子鹤处谈。

十二日(11月17日) 阴。出门晤岚樵、受轩。到观音院,杜师母出殡。

十三日(11月18日) 晴,风。心一处饮。福兹、子鹤、莘农来吃夜饭。得荫儿禀,明日可到。

十四日(11月19日) 晴。下晚,荫儿到。小雅、萝杉两侄来。

十五日(11月20日) 晴。寄四弟、俊甥信。晚,赴藕舲宝聚招。

十六日(11月21日) 晴。荫儿召对于东书房,时三刻。招福兹、子鹤、莘农、二兄夜酌。

(小雪)十七日(11月22日) 晴。祖考光禄公忌辰。莘农来。荫儿归。

十八日(11月23日) 晴。出门晤福兹、子鹤、心一。

十九日(11月24日) 晴。笙巢来。晚,赴岚樵招。

二十日(11月25日) 晴。出门晤心一、笙巢。午后,又出门晤子鹤、福兹。赴莘农招。荫儿归。得四弟九月廿八信,俊甥、东侄信。

廿一日(11月26日) 晴。出门晤芝门。赴王小山福兴招。寄四弟、东侄、俊甥信。子鹤来。

廿二日(11月27日) 晴,大风。出门晤心一、岚樵、福兹、子鹤,子鹤留晚饭。

廿三日(11月28日) 晴,风。出门晤竹朋。

廿四日(11月29日) 晴。剃头。岚樵来。

廿五日(11月30日) 晴。得东侄十月初七信。寄四弟、东侄信。

廿六日(12月1日) 晴。出门晤心一、小雅侄。

廿七日(12月2日) 晴。子鹤来。荫儿归。明日大搬家。荫儿署祭酒。

廿八日(12月3日) 大风,晴。出门晤眉生、如月。寄四弟信。晚,赴子鹤招。

廿九日(12月4日) 晴。出门晤容伯、子久、心一。唁新之。晚,福兹、子鹤、莘农来便饭。

十一月

初一日(12月5日) 晴。竹朋、木君来。

初二日(12月6日) 晴。出门晤韵和、薛汝勤。招岚樵、竹朋宴宾饮。得梧庵九月初三信、篾包一个。复梧庵信。

初三日(12月7日) 晴。冠英来。

初四日(12月8日) 晴。出门晤岚樵。午后,莘农、酉峰来。容伯来。

初五日(12月9日) 晴。出门晤莘农。剃头。

初六日(12月10日) 晴。六世祖考忌辰。出门晤莘农、木君。得四弟十月十七信、俊甥信。容伯、莘农、木君来。

初七日(12月11日) 晴。寄四弟信。出门晤子鹤、榴仙、振轩,振轩留面。

初八日(12月12日) 晴。出门晤福兹、子鹤。午后,刘佩泉来。

初九日(12月13日) 晴。同心一昆仲福兴饮。

初十日(12月14日) 晴。朗庭来。出门晤子鹤、莘农。

十一日(12月15日) 晴。出门唁徐荫轩。晤林一、愿船、竹朋。福兴饮。

十二日(12月16日) 晴。赴竹朋东兴居招。

十三日(12月17日) 晴。容伯来。赴莘农招。

十四日(12月18日) 晴。出门晤春圃师。寄四弟信。午后,又访心一。

十五日(12月19日) 晴。出门晤伯恬、小雅侄。午后,梁海楼来。赴诗舲招。

十六日(12月20日) 晴。夜,雪。

十七日(12月21日) 晴阴间。夜,祀先。

十八日(12月22日) 阴。冬至。得东侄十月廿四信。瑶生侄、少峰甥来。会同泰曹平银三百两。二十日发信。

十九日(12月23日) 雪。出门晤黄恕皆、李芸舫。心一处饮。

二十日(12月24日) 晴。燕喜堂,同子鹤、莘农、二兄请客。寄梧庵信。

廿一日(12月25日) 晴。到文昌馆,庚子同年公请沈小梅。

廿二日(12月26日) 晴。出门晤心一。赴福兹招。剃头。

廿三日(12月27日) 阴。出门晤钱拜亭、竹朋。文昌馆,内阁公请。夜,雪,不大。

廿四日(12月28日) 晴。木君、豫锡之来。晚,同岚樵、福兹宴宾饮。

廿五日(12月29日) 晴。出门晤松生、温晴舫。晚,岚樵、侯梯月来。

廿六日(12月30日) 晴。

廿七日(12月31日) 晴。出门晤岚樵、莘农。午后,容伯、许仁山来。

廿八日(1月1日) 晴。

廿九日(1月2日) 晴。

卅日(1月3日) 晴。

十二月

初一日(1月4日) 岚樵、啸庵、子槐、渭川、竹朋、小山来。午后,出门晤小云。在莘农处夜饭。

初二日(1月5日) 晴。子鹤处夜饭。

初三日(1月6日) 晴。各庙拈香。午后,出门晤方小东。剃头。小寒。

初四日(1月7日) 雪。到天宁寺,陆淑人生忌。寄四弟、俊甥信。晴。得四弟十一月初八信、俊甥十月廿四信。会同泰曹平三百六十九两。

初五日(1月8日) 晴。出门晤岚樵、韵和。寄梧庵信。

初六日(1月9日) 晴。同岚樵、福兹、子鹤、莘农、容伯、二兄天宁寺叙。得俊甥十一月望日信。

初七日(1月10日) 晴。莘农来。

初八日(1月11日) 寄俊甥信。晴。赴岚樵东兴居招,又赴硕卿如松招。

初九日(1月12日) 晴。出门晤子鹤、汝勤。

初十日(1月13日) 高祖考闲斋公忌辰。晴。燕喜堂赴春黼、廷堪、仁斋招。至心一处饮。是日,心一生日。

十一日(1月14日) 晴。天宁寺赴普泉师招。

十二日(1月15日) 交张启苏寄四弟信。时丰馆,二兄招同人小叙。晴。

十三日(1月16日) 晴。午后,出门晤冠英、心一。赴容伯招。荫儿转读学。

十四日(1月17日) 晴。出门晤芍亭、芾村甥。

十五日(1月18日) 晴。出门晤笑山。得四弟仲冬廿二信。

十六日(1月19日) 晴。硕卿斋中便饭。文昌馆赴肃裕庭、爱庿川招。寄四弟信。

十七日(1月20日) 晴。同二兄访冠英。晚,赴岚樵招。大寒。

十八日(1月21日) 晴。出门晤王小厓、段振轩、孔绣山、董酝卿、全小汀、彭榴轩,榴轩留面。

十九日(1月22日) 晴。剃头。揆初、王梅孙来。心一处饮。

二十日(1月23日) 晴,风。东岳庙拈香。到静默寺,杏春夫人五十冥诞。访殷谱经。

二十一日(1月24日) 晴。到龙泉寺礼忏。文恭公九十冥诞。子鹤、朗庭、仁山、滨石、筠仙、伯恬、榴轩、松生、硕卿、瑶侄、萝侄、芾村甥均到。夜,放焰口。得梧庵十月望日信。

二十二日(1月25日) 微雪,晴。寄梧庵信。午后,出门晤子鹤、滨石。

二十三日(1月26日) 冷,晴。同子鹤、福兹、莘农、星兄游厂。吃和盛饭。送灶。

二十四日(1月27日) 晴。曾祖妣汪太夫人生忌。诗舲、莘农来。

二十五日(1月28日) 晴。韵秋斋中同心一饮。晚,赴莘农招。

二十六日(1月29日) 晴。心一处饮。得四弟十二月初八信、俊甥信。

二十七日(1月30日) 晴。寄四弟、俊甥信。

二十八日(1月31日) 晴。敬神。

二十九日(2月1日) 晴。汪太夫人忌辰。剃头。午后,访岚樵、福兹、子鹤,子鹤邀至莘农处夜饭。

三十日(2月2日) 晴。子鹤招饮。接灶。祀先。

咸丰九年己未(1859)

一月

己未元旦(2月3日) 晴。拜佛、灶神、祖先。到关帝庙、华陀师庙、龙泉寺、城隍庙、火神庙拈香。晚,同心一昆仲饮。寄梧庵、问畬信。

初二日(2月4日) 晴。立春。五世祖妣汪太安人生忌。午后,到平介馆,内阁团拜。子鹤来。

初三日(2月5日) 晴。白云观拈香。曾祖考贡湖公生忌。晚,赴福兹招。

初四日(2月6日) 晴。前门关帝庙、东岳庙拈香。招福兹、子鹤、木君、莘农、青士夜饭。

初五日(2月7日) 晴。出门晤容伯、韵和。谢公祠赴庆惠、奕劻、载岱、连成、广林、绵森、景廉、春佑、德全、恩龄招。

初六日(2月8日) 晴。午后,游厂。赴木君招。

初七日(2月9日) 阴。出门。福兴同心一昆仲饮。游厂。

初八日(2月10日) 雪。寄梧庵、玉弟信。午后,晴。游厂。心一处饮,又至芝馨处饮。

初九日(2月11日) 晴。寄玉弟、研贻信、诰轴。午后,访韵和。游厂。赴蓉舫师招。

初十日(2月12日) 晴。曾祖妣汪太夫人忌辰。会元堂,庚子会试团拜。

十一日(2月13日) 晴。西城拜客。晤筠福、锡之、芾村甥,芾村甥留饭。

十二日(2月14日) 晴。剃头。宝聚堂星兄招。午后,到文昌馆,辛丑公请。

十三日(2月15日) 晴。东兴居,同心一昆仲饮。到才盛馆,夏廷招。

十四日(2月16日) 晴。得梧庵十二月廿二信,研贻、星农、顺兄信,秉斋信。

十五日(2月17日) 晴,风。日食。得小沤、张璲信。会恒泰五百两。

十六日(2月18日) 晴。荫儿随驾下园。寄梧庵、顺兄、研贻、心农信,秉斋信,枚生信,小沤、张璲信。得玉弟十二月十九信,履卿、二姊、侣甥、秉斋信,费学曾信。

十七日(2月19日) 寄玉弟、秉斋、二姊、费学曾信,履卿信。晴。子鹤来。雨水。

十八日(2月20日) 晴。出门晤慕杜、琴舫。收喜容。

十九日(2月21日) 晴。出门晤白英。在心一处饮。申刻,同诒堂、桂樵、伯英公请蓉舫师,湖广馆。

二十日(2月22日) 晴。万兴居饮。文昌馆,甲午公请。才盛馆,祝岵瞻寿。得四弟元日信。

廿一日(2月23日) 晴。出门晤韵和,停云书屋饮。又晤心一。晚,子鹤、莘农、青士来。

廿二日(2月24日) 晴。谢公祠看戏。

廿三日(2月25日) 晴。午后,出门晤小雅侄。湖广馆赴韫斋、萍江招。

廿四日(2月26日) 晴。出门。硕卿处饭。文昌馆,庚子团拜。贾筠堂师到。又赴瑶生侄月圆室。又在秋蘅处饮。

廿五日(2月27日) 晴。湖广馆招韫斋、东河、伯英、萍江、夏廷午集。

廿六日(2月28日) 小雨。文昌馆,同乡团拜。又赴莲生招。夜,至宴宾,同二兄、硕卿、瑶侄饮。

廿七日(3月1日) 雪花,即晴。荫儿归。明日圣驾进宫。寄玉弟信。

廿八日(3月2日) 风,晴。出门晤岚樵、福兹、子鹤,子鹤留饭。夜,同子鹤、星兄在莘农斋中饮。

廿九日(3月3日) 晴。赴芝生西域楼招,同心一昆仲。又赴子鹤招。

三十日(3月4日) 晴。心一处饮。文昌馆赴小山招。答牛裕山前辈。归后,岚樵来。

二月

初一日(3月5日) 晴。出门,硕卿留便饭。燕喜堂赴裕庭、小汀招。剃头,留髯。

初二日(3月6日) 晴。寄梧庵信。啸庵来。

初三日(3月7日) 大风,晴。出门晤汝勤、鹤盟。到歙县馆祀文昌。慧生表侄、俊甥、辛侄到京。慧生、俊甥留住大厅旁书斋。申刻,赴莘农招。

初四日(3月8日) 晴。荫儿随驾下园。得三姊、铁华、珠林、梧庵、东侄信。复三姊、铁华、梧庵、东侄信,珠林信。午后,出门晤福兹、子鹤,同赴莘农招。得问畬、梯云信。

初五日(3月9日) 晴。出门晤韵和。寄梧庵信。会同泰曹平四百两。复问畬、梯云信。

初六日(3月10日) 晴。揆初来。午后,步至筱雅侄处,同至月圆室饮。

初七日(3月11日) 晴。润臣、福兹、芍亭来。

初八日(3月12日) 晴。出门晤松生、揆初、林一、硕卿,同兴楼饮。晚,赴伯英宝聚堂招。得玉弟正月十九信,二姊、侣甥、秉斋、梧庵信。

初九日(3月13日) 雨。芝馨处饭。寄玉弟、梧庵、秉斋信。会同泰曹平四百两。林一来。

初十日(3月14日) 晴。王增谦来。荫儿归。寄二姊、侣甥信。

十一日(3月15日) 荫儿下园。晴。出门晤子鹤。到文昌馆，松生开吊。莘农来。剃头。宴宾斋望之招。

十二日(3月16日) 晴。赴子鹤招。容伯、白英来。

十三日(3月17日) 晴。小云来。

十四日(3月18日) 晴。出门晤顾顺之、林一、硕卿，硕卿留饭。荫儿归，明日国子监大课。

十五日(3月19日) 晴。出门晤容伯。到白云观。

十六日(3月20日) 阴晴间。出门晤可庵、春圃、吴云士、杨桂一、顾逸侪、刘叔涛、马次眉，春圃留饭。吊渭川。得研贻正月廿一信、砺甫侄信。

十七日(3月21日) 晴。荫儿下园。子鹤来。寄四弟信。午后，到刑部看二侄、竹珊。至子鹤处。春分。

十八日(3月22日) 晴。出门晤筠浦。贺芍庭子完姻。许滇生师招便酌。

十九日(3月23日) 晴。午后，到湖广馆赴萍江招。夜，同子鹤到莘农处谈。

二十日(3月24日) 晴。心一处饮。荫儿召对东书房。得梧庵二月初一信。

廿一日(3月25日) 晴，风。得四弟二月五日信，秉、鉴二月三日信，楚园、二姊、侣甥信。寄梧庵、四弟、二姊、楚园、侣甥、秉、鉴信。木君来。

廿二日(3月26日) 晴。小兰亭同荔香、芷馨饮，又至研卿处谈。申刻，赴莘农招。

廿三日(3月27日) 晴。招福兹、子鹤、星兄小兰亭。可庵、莘农来。剃头。

廿四日(3月28日) 晴。心一处饮。得东园侄二月初八信,即复之。

廿五日(3月29日) 晴。出门晤稚香。燕喜堂赴筠浦招。平介馆,丁未公请。

廿六日(3月30日) 晴。午后,心一处饮。

廿七日(3月31日) 晴。午后,出门晤岚樵。赴子鹤招。

廿八日(4月1日) 晴,风。寄梧庵、东侄信。

廿九日(4月2日) 晴,风。荫儿归家。得问畬信,即复之。

三月

初一日(4月3日) 晴。东兴居酌,又游天宁寺,花尚未放。

初二日(4月4日) 晴。文昌馆,公请客。

初三日(4月5日) 阴。子鹤来,同至谢公祠,岚樵、福兹、莘农、星兄亦到。又至聚福厅,同诗舲、韫斋、星兄饮。清明。

初四日(4月6日) 大风。进城拜客。晤莘畬、朴山、普泉师。同普泉师大升楼饮。

初五日(4月7日) 大风,晴。午后,到文昌馆安徽团拜。寄松庭信。剃头。

初六日(4月8日) 晴。寄梧庵信、源泰汇票一纸、曹平二百十六两。亚村、硕卿来。风。

初七日(4月9日) 晴,风。得研贻信,即复之。午后,出门晤小雅侄。

初八日(4月10日) 晴。出门贺滇生师嫁世妹。晤冠英。风。小兰亭饮。

初九日(4月11日) 晴。

初十日(4月12日) 晴。荫儿归。玉生夫人来见。

十一日(4月13日) 晴。出门晤润臣。赴竹朋广和居招,同岚樵。散后,又同游善果、慈仁二寺。晚,到谢公祠,同子鹤、岚樵、莘农、星兄饮。

十二日(4月14日) 晴。荫儿下园。滇生师来。午后,至林一处谈。剃头。

十三日(4月15日) 晴。出门晤春浦师,福兴饮。

十四日(4月16日) 晴。午后,至小雅侄处,福兴饮。

十五日(4月17日) 阴。出门晤云桥、木君。午后,心一处饮,又至景华。

十六日(4月18日) 晴。同星兄、俊甥、慧生、味侄广和居饮。莘农来。

十七日(4月19日) 晴,风。交润臣寄三姊信、花一匣、橘红一匣。招岚樵、福兹、子鹤、莘农、星兄广和酌。得四弟二月十七信、东侄信,即复之。竹朋来。

十八日(4月20日) 晴。出门晤竹朋、琴舫。心一处饮。得四弟三月初一信、顺之信、问畬二月十五信。谷雨。

十九日(4月21日) 大风,晴。复四弟、问畬、顺之信。冠英、莘农来。

二十日(4月22日) 晴。出门晤容伯。得梧庵二月廿七信。萍矼来。赴子鹤招。

廿一日(4月23日) 晴。同慧生、俊甥游厂。寄梧庵信。荫儿归。小云来。

廿二日(4月24日) 晴。剃头。蓉舫来。

廿三日(4月25日) 晴。出门晤心一、子鹤。到龙树寺,壬辰世兄公招。

廿四日(4月26日) 阴,小雨。芍庭来。出行。晤心一。

廿五日(4月27日) 晴。福兴同心一、吉仙饮。诗舲、林一来。申刻,子鹤招广和。

廿六日(4月28日) 晴。出门晤芾村、榴轩,芾村留饭。莘农来。

廿七日(4月29日) 阴。出门晤子鹤。心一处饮。湖广馆,祝严子辰母寿。雨。

廿八日(4月30日) 晴。子鹤招同木君龙树寺饭。得秉斋三月初一信,即复之。晚,二兄招同岚樵、福兹、子鹤广和居。

廿九日(5月1日) 晴,风。寄梧庵信。会同泰二百两。小门生阎乃兢来。

三十日(5月2日) 晴,大风。得铁华三月初四信、枚生信,即复之。荫儿归。赴莘农招广和,又至其寓斋饭。寄四弟信。

四月

初一日(5月3日) 晴。容伯、竹朋来。荫儿夜半下园。

初二日(5月4日) 晴。心一处饮。岚樵招广和。

初三日(5月5日) 阴。剃头。出门晤岚樵、子鹤、子嘉。

初四日(5月6日) 晴。谢太夫人忌辰,持斋。午后,同岚樵、福兹、子鹤、二兄游谢祠,又到法源寺。立夏。

初五日(5月7日) 晴。申刻,莘农留同福兹、子鹤、二兄饮。荫儿归。明日圣驾进城。

初六日(5月8日) 阴。得小梅信,即复之。得二姊三月三日、十日信,三月十九信,侣甥、问畬、梯云信。

初七日(5月9日) 阴。出门晤子鹤。寄四弟、二姊、侣甥、问畬、梯云信。莘农来。

初八日(5月10日) 晴,大风。出门晤韵和、辛侄、硕卿。东兴同心一兄弟饮。

初九日(5月11日) 晴。子鹤来。

初十日(5月12日) 晴。福兹来。荫儿下园。

十一日(5月13日) 晴。出门晤覃叔。萍江招家中观剧,年伯六十寿。

十二日(5月14日)　晴。莘农来。招硕卿，慧生，俊甥，小雅、辛之两侄饮。得东侄三月十五信。

十三日(5月15日)　晴。剃头。慧生、俊甥午刻行，交寄三姊、四弟、铁华、东侄信。

十四日(5月16日)　晴。得子梅信，即复之。荫儿归。明日圣驾进城。

十五日(5月17日)　至白云观、火神庙拈香。同岚樵时丰饮。又至心一处饮。午桥来。雨。是日，考差。

十六日(5月18日)　晴。出门晤竹朋、护航、芝门。文昌馆，祝鹤田夫人寿。荫儿随驾下园。

十七日(5月19日)　晴。出门晤林一、硕卿、筱侄。得梧庵三月十五、廿五信。

十八日(5月20日)　晴。复梧庵信。复俊甥信。心一处饮。又访诗舲，留饮。是日，散馆。

十九日(5月21日)　晴。得雪轩信，即复之。出门晤云樵、筱泉。才盛馆玉生招。昨到南中保举折，四弟奉旨，赏加盐运使衔。寄四弟信。夜，雨。小满。

二十日(5月22日)　晴。星兄派殿试读卷，荫儿派收掌官。文恭公忌辰，持斋。午后，至岚樵、筱侄处谈。筱侄来，留饮，夜谈。

廿一日(5月23日)　雨。出门晤韵和。招心一昆仲饮。

廿二日(5月24日)　晴。容伯来。听孙来。

廿三日(5月25日)　晴。出门晤竹朋、禄生。观音院，眉川三周年。剃头。访荔香。夜，小雨，雷。

廿四日(5月26日)　晴。青士、愿船来。荫儿归。赴子鹤招。同午桥、诗舲、星兄访岚樵。得秉斋四月初六信、二姊三月廿六信、侣甥信、问畬信。

廿五日(5月27日)　晴。午后，同星兄招岚樵、木君宴宾酌。

廿六日(5月28日) 寄梧庵信。会同泰曹平五百两。寄四弟、二姊、秉斋、问畲、侣甥信。晴。招岚樵、福兹、子鹤、星兄宴宾酌,又同至岚樵斋中谈。

廿七日(5月29日) 小雨。赴子鹤晋宝堂招。心一处饮。

廿八日(5月30日) 阴。竹朋来。夜,雨。

廿九日(5月31日) 晴。谢公祠赴福兹、子鹤、岚樵、木君公招。寄问畲信。

五月

初一日(6月1日) 晴。午后,雨,雹,即止。心一处饮。

初二日(6月2日) 晴。出门晤滇生师、振轩。

初三日(6月3日) 晴。剃头。得履卿信。

初四日(6月4日) 晴。荫儿夫妇为子暖寿,客坐八席。荫儿夜下园。

初五日(6月5日) 晴。心一昆仲来。得松庭四月十三信、小松信。

初六日(6月6日) 晴。持斋,不留客。荫儿归,夜下园。芒种。

初七日(6月7日) 晴。谢寿。晤福兹、容伯。心一处饭。同人公请午桥,在岚樵家中。

初八日(6月8日) 晴。寄梧庵信。会源泰曹平三百两。午后,出门晤子嘉、筱侄,即归。护航来。

初九日(6月9日) 晴。文昌馆木君、硕卿招。

初十日(6月10日) 晴。至法源、龙泉二寺。风。得润之信,即复之。

十一日(6月11日) 晴。谢寿。晤护航、芝门。

十二日(6月12日) 晴。谢寿。晤竹朋、林一、培之、硕卿,硕卿留同心一饭。又至心一处饮。寄梧庵信。会同泰曹平二百二两。

十三日(6月13日) 晴。谢寿。晤筠轩。歙县祭武帝。得四弟四月十七日信、鉴斋信，即复之。剃头。

十四日(6 月 14 日) 晴。招岚樵、福兹、子鹤、星兄福兴酌。福兹招三庆园。又至心一处饮。荫儿来。子刻，下园。

十五日(6 月 15 日) 晴。午后，出门晤韵和、筱侄。得秉、鉴四月廿日信，砺侄、东侄信。赴岚樵龙树寺招。夜雨达旦。

十六日(6 月 16 日) 寄秉、鉴、砺侄、东侄信。阴晴间，又小雨。

十七日(6 月 17 日) 阴晴间。城内谢寿。得顺之兄四月二十信，二姊、问畲、梯云、侣甥信，即复之，交护航。午后，滨石、揆初、石卿来。得简侯信。寄莘农信。荫儿派教习庶吉士。

十八日(6 月 18 日) 出门晤理堂。雷电，大雨。招心一昆仲饮。夜，雨。

十九日(6 月 19 日) 雨。午后，晴，又阴。夜，雷雨。

二十日(6 月 20 日) 晴。得莘农信。

廿一日(6 月 21 日) 晴。星兄招岚樵、福兹、子鹤及予毓兴酌。得枚生、松生信。荫儿归。玉生甥来。交硕卿令兄寄俊甥照二张、扇一枋。

廿二日(6 月 22 日) 出门晤蓉舫师。心一处饮。雨。松坪来。荫儿夜下园。夏至。

廿三日(6 月 23 日) 晴。复枚生、松生信。午后，同福兹、子鹤、星兄谢祠谈，因招岚樵。请同人广和饮。

廿四日(6 月 24 日) 阴。祖妣黄太夫人生忌。至韵和处。剃头。招岚樵、木君、福兹、子鹤小酌。

廿五日(6 月 25 日) 晴。出门晤子年。同心一昆仲福兴酌。

廿六日(6 月 26 日) 寄梧庵信。会同泰贰百两。晴。子年来。

廿七日(6 月 27 日) 阴。珊士、硕卿来。寄俊甥照一张、松庭信。得梧庵二月廿五信、补子四付，又五月朔信，秉、鉴信。

廿八日(6 月 28 日) 晴。寄梧庵、秉、鉴信。出门晤春圃师、汝勤。福兴同心一兄弟饮。

廿九日(6月29日) 晴。得俊甥初十信。

六月

初一日(6月30日) 晴。步至岚樵、竹朋处谈。寄俊甥信。

初二日(7月1日) 晴。午后,出门晤木君。赴子鹤招。

初三日(7月2日) 晴。申刻,赴福兹广和招。又至心一处饮。又赴硕卿沅江精舍招。夜,大雨。

初四日(7月3日) 晴。祖妣黄太夫人忌辰。午后,出门。竹朋、冠英来。子嘉来。

初五日(7月4日) 晴。剃头。

初六日(7月5日) 晴。得四弟、俊甥五月十五信。荫儿来。夜,下园。

初七日(7月6日) 晴。心一处饮。云樵来。寄四弟、俊甥信。

初八日(7月7日) 阴。下园。拜客。晤恕皆。招滇生师、朗亭、仁山同二兄、荫儿□光楼饮。

初九日(7月8日) 阴晴间。子青、谱经、恕皆、伯平来。赴子青平安园招。拜客。晤咏莪年丈、朗庭、子青、伯平。夜,雨。小暑。

初十日(7月9日) 晴。巳初,到家。赴木君招。

十一日(7月10日) 晴。高祖妣古太夫人忌辰。得汪老、黄经信,即复之。夜,同小雅侄宴宾饮。

十二日(7月11日) 晴。游厂。晚,同硕卿、二兄、小雅侄小酌。寄梧庵、俊甥、东侄信。得东侄五月十三信。安姨太太忌辰。

十三日(7月12日) 晴。复东侄信。研生来。

十四日(7月13日) 晴。得梧庵四月望信、袍袄料四件。夜,同心一昆仲、芷桂饮。寄梧庵、松庭信。

十五日(7月14日) 晴。剃头。未刻,雷雨。荫儿来。

十六日(7月15日) 晴。魏侣仁来。荫儿夜下园。

十七日(7月16日) 晴。寄东侄、俊甥信。甚热。

十八日(7月17日) 晴,热。出门晤福兹。湖广馆赴琢如、筠轩、兰岩、子锡、玉六、石鹿、修伯、茗生、云樵公招。

十九日(7月18日) 晴,热。烟杉、小雅两侄来。

二十日(7月19日) 晴,雨。出门晤笙巢、烟侄。心一处饮。夜,大雨。

廿一日(7月20日) 雨,即晴。午后,访岚樵。招硕卿、烟侄、瑶侄宴宾饮。

廿二日(7月21日) 晴。出门晤玉生甥,留饭。又至心一斋中饮。初伏。得松庭信。

廿三日(7月22日) 晴。寄俊甥、梧庵、松庭信。晚饭后,子鹤处谈。宴宾赴小雅侄招,有心一昆仲。

廿四日(7月23日) 雨,即晴。剃头。夜,雨。

廿五日(7月24日) 小雨。赴硕卿福兴招。访心一。馨伯来。

廿六日(7月25日) 雨。硕卿处饭。觐唐来。寄履卿信。

廿七日(7月26日) 小雨。午后,晴。

廿八日(7月27日) 晴。得四弟六月初四信,梧庵五月廿五信,二姊、侣甥、秉、鉴、问畬信。

廿九日(7月28日) 寄四弟、俊甥信。晴。午后,步至小雅侄处。

卅日(7月29日) 寄梧庵、秉、鉴、二姊、侣甥、问畬信。阴。福兹来。荫儿发烧,请假五日。夜,同小雅侄饮。

七月

初一日(7月30日) 晴。得云台札,即复之。夜,同福兹、子鹤、星兄谢祠茗话。方彔来为荫儿诊视。

初二日(7月31日) 晴。得梧庵六月初八信,即复之。剃头。中伏。宴宾赴小雅侄招。晚,同硕卿、小雅侄饮。

初三日(8月1日) 晴。午后,到湖广馆赴孙亦何、李小轩、蔡桂之、吕九霞、张松坪、邵海珊、陈子惠、黎兰仲、张吉人、欧阳石甫、朱修伯公招。夜，雨。

初四日(8月2日) 晴。容伯来。寄履卿、心农信。荫儿下园，明日销假。陆淑人忌辰。

初五日(8月3日) 雨，即晴。出门晤兰仲、揆初、望之。招揆初、望之心一处饮。

初六日(8月4日) 晴。子鹤来。招子鹤昆仲、岚樵、星兄宝聚饮。

初七日(8月5日) 小雨，即晴。出门晤容伯、岚樵。赴揆初龙树寺招。

初八日(8月6日) 晴。申刻，雷雨。荫儿来。夜，下园。

初九日(8月7日) 晴。招琢如、芸轩、兰岩、玉六、石麓、云樵、子锡、修伯、茗生湖广馆，二席，先至心一处。棣珊来。

初十日(8月8日) 立秋。晴。小雅侄来。

十一日(8月9日) 晴。出门晤子鹤、云樵。寄梧庵信。会同泰二百两。竹朋来。剃头。

十二日(8月10日) 晴。出门晤小汀、小轩。归后，藕舲、小雅侄来。末伏。荫儿归。夜，下园。

十三日(8月11日) 晴。得俊甥六月廿一信、松庭信。鉴湖、烟侄来。

十四日(8月12日) 晴。祀先。问樵、烟侄来。小雅侄来，留饮。

十五日(8月13日) 晴。寄松庭、俊甥信。烟、筱两侄来。

十六日(8月14日) 晴。午后，到谢祠。同子鹤、星兄招觐唐、问桥申集。

十七日(8月15日) 小雨。出门晤福兹，棣珊，烟、筱、萝三侄。谱侄奉旨，发往新疆。夜，又雨。木君来。

十八日(8月16日) 晴。玉生甥来。晚，雨。

十九日(8月17日) 晴。到三藐庵看竹珊、谱侄。寄俊甥信。谢公祠,同人公分演戏。

二十日(8月18日) 晴。岚樵来。心一处饮。

廿一日(8月19日) 晴。小雅侄来。剃头。得四弟七月朔信。荔香来饮。

廿二日(8月20日) 晴。寄梧庵信。会源泰曹平三百信。寄四弟信。出门晤木君。

廿三日(8月21日) 晴。出门晤福兹、觐唐。得秉斋信。寄秉斋、四弟信。荫儿归。

廿四日(8月22日) 晴。五世祖妣汪太安人忌辰。赴福兹福兴招。荫儿下园。

廿五日(8月23日) 晴。出门晤稼生、玉生甥,玉生甥留饭。又至心一处。

廿六日(8月24日) 晴。硕卿、小雅侄来。荫儿归。明日圣驾进城。处暑。

廿七日(8月25日) 晴。出门晤福兹、子鹤,同至三藐庵。又游天宁寺。

廿八日(8月26日) 晴。出门晤韵和。借东平百金送护航。

廿九日(8月27日) 晴。同二兄至三藐、报国二处。寄梧庵信。

八月

初一日(8月28日) 晴。赴子鹤宝聚招。存伯来。得秋士札,即复之。

初二日(8月29日) 晴。出门晤存伯、揆初。招揆初、望之、若汀花好月圆室饮。得俊甥七月初二信、清甫信,即复之。

初三日(8月30日) 出门晤硕卿,留饭。雨。燕喜堂,同乡公请觐唐。得梧庵六月廿六信,二姊、侣甥五月廿五、六月初六信,问畬、小如信。

初四日(8月31日) 晴。滇生师来。剃头。复梧庵、二姊、侣甥、问畬、小如信。得二姊、侣甥六月十二信,问畬七月初四信。青士来。

初五日(9月1日) 寄二姊、侣甥、问畬信。晴。出门晤佑之、珊士。

初六日(9月2日) 阴。得东侄七月十二信,即复之。二兄署户左。午后,至荔香处饮。得鉴斋信。

初七日(9月3日) 晴。出门晤筠巢、恒山。寄梧庵信。荫儿下园。午后,又出门晤子鹤、竹朋。复鉴斋、东侄信。

初八日(9月4日) 寄梧庵信。会同泰四百两。晴。出门晤筠泉、荔香。祝文师母寿,留面。烟杉、小雅两侄来,留饮。

初九日(9月5日) 晴。竹朋来。得啸庵信,即复之。

初十日(9月6日) 晴。出门晤春圃师、吟棠,即归。子鹤来。招岚樵、福兹、子鹤广和居,又同至子鹤处茗话。

十一日(9月7日) 晴。吟棠来。冠千来。

十二日(9月8日) 晴。午后,至荔香处饮。得午桥信,即复之。白露。

十三日(9月9日) 阴。岚樵招申刻龙树寺。夜,有月。

十四日(9月10日) 小雨。到园。午后,晴。申正,到家。同荔香、水芝饮。

十五日(9月11日) 晴。得四弟七月廿四信。荫儿归。夜,下园。烟杉、小雅、萝杉诸侄来。赴青士谢祠招。复四弟信。

十六日(9月12日) 晴。剃头。幼竹来。赴烟侄团香馆招、筱侄花好轩招。

十七日(9月13日) 晴。文昌馆赴撰初、望之招,又莘农、调甫招。

十八日(9月14日) 小雨。祖考光禄公生忌。饭后,到湖广馆祝李锡文母寿。

十九日(9月15日) 晴。出门晤林一。荔香处饮。周星诒来。

二十日(9月16日) 晴。申刻,到谢祠,同岚樵、福兹、子鹤、星兄饮。得华伯信,即复之。

廿一日(9月17日) 晴。椒云来。午后,出门晤子偲、季贶。寄问畬信。

廿二日(9月18日) 晴。午后,到龙树寺赴蕙舫、春湖、成之招。夜,大风。

廿三日(9月19日) 晴,大风。出门唁调甫。晤护航、芝门、椒云、玉甥,玉甥留饭。又至毓兴合,有心一。

廿四日(9月20日) 晴。烟杉侄、莼客来。出门晤硕卿。燕喜堂同岚樵、福兹、星兄公请岵瞻。得小松信。寄问畬、小松信。

廿五日(9月21日) 晴。岵瞻、子偲来。午后,出门晤受轩。心一处饮。

廿六日(9月22日) 晴。出门晤子鹤。招福兹、岚樵、硕卿福兴饮。得履卿信、问畬七月廿七信、梯云信、梁叔信,即复之。玉甥来。

廿七日(9月23日) 晴。剃头。五世祖敷九公生忌。子鹤来。午后,访岚樵。同岚樵、福兹、子鹤、二兄谢祠小叙。秋分。

廿八日(9月24日) 晴。觐唐来。阅《汪辰六集》《晁氏丛书》《梅村文集》。

廿九日(9月25日) 晴。出门晤春湖、鹤樵。谢祠,为子鹤饯行。酉刻,赴木君招荫儿。

九月

初一日(9月26日) 阴。敷九公忌辰。寄梧庵信。会同泰三百两。湖广馆赴觐唐招。小雨。阅《月令粹编》。

初二日(9月27日) 晴。高祖闲斋公生忌。午后,湖广馆赴冠千招。

初三日(9月28日) 晴。巳刻,送子鹤行。同岚樵、服耔福兴酌。又至毓兴合。得心农、松庭信,顾国藩信,即复之。荫儿来。夜,下园。

初四日(9月29日) 晴。谢太夫人生忌。午后,出门晤容伯。阅《复初斋诗》。岚樵来。

初五日(9月30日) 晴。午后,心一处饮。

初六日(10月1日) 晴。竹朋来。荫儿派小磨勘。

初七日(10月2日) 晴。访竹朋。得秉斋七月廿五信、云芝信。午后,进城答客。晤云樵。

初八日(10月3日) 晴。心一处饮。游厂。剃头。

初九日(10月4日) 风,晴。汪淑人二十周忌,龙泉寺礼忏,焰口。率荫儿夫妇、姬人均到寺中。星兄,怡侄,味侄,筱侄,九侄,玉生,芾村,许师母,莘畬夫人,眉川嫂,二嫂,二、四、五侄妇均到。得四弟八月廿一信,东侄、二姊、侣甥信。

初十日(10月5日) 风,晴。出门晤研生、服耔。复四弟、二姊、东侄、秉斋信。致于庭、林一信。吟棠来。荫儿上磨勘班。夜,下园。

十一日(10月6日) 晴。心一处饭。晚,赴诗舲招。

十二日(10月7日) 晴。出门到报国寺,同人秋祭亭林先生,并为润臣设位祭之。觐唐来。

十三日(10月8日) 阴。硕卿来。心一、侣香夜酌。得子鹤信重九日。

十四日(10月9日) 晴。致子鹤信。得梧庵中秋日信,二姊、问畬信,即复之。赴竹朋赓和居招,又同至子嘉斋中谈。夜,赴岚樵招,有岵瞻、心一。寒露。

十五日(10月10日) 晴。赴诗舲东兴居招,有荔香。

十六日(10月11日) 晴。下园。硕卿、小雅、萝杉二侄均住园。大考题:《拟谢庄月赋》以“清兰路肃桂苑”为韵、“敬五事向五福论”、“宣室前席”“然”。

十七日(10月12日) 晴。朗庭来。酉刻,到家。得东侄中秋后一日书。大考,荫儿原取一等三名,朱笔改二等廿二名。

十八日(10月13日) 晴。出门晤容伯。招诗舲、木君福兴饮,同游厂。子嘉来。

十九日(10月14日) 晴。复东侄信。得子鹤九月望日信。剃头。硕卿、筱侄来。夜,饭。

二十日(10月15日) 晴。出门。玉甥留饭。寄子鹤信。

廿一日(10月16日) 晴。出门晤服耔,邀福兴饮,又同至广德楼。硕卿、筱侄来。荫儿归。夜,下园。

廿二日(10月17日) 晴。出门晤春湖。夜,同心一昆仲饮。

廿三日(10月18日) 晴。得秉斋八月廿八信、俊甥九月初五信,即复之。青士来。

廿四日(10月19日) 晴。出门晤吴台寿。心一处饭。得梧庵九月初一信、小东信。昨日,荫儿大考,引见,蒙赏大卷䌷袍料一件,又加赏春䌷一匹。

廿五日(10月20日) 晴。复梧庵信。曾祖贡湖公忌辰。赴觐唐天宁寺招。复小东信。

廿六日(10月21日) 小雨。出门晤竹朋,即归。岷帆来。夜,大风。

廿七日(10月22日) 寄俊甥信。会源泰票银二百两。晴,风。得子鹤九月廿日札,即复之。容伯来,留饭。荫儿归。明日圣驾进宫。

廿八日(10月23日) 晴。六世祖妣罗太宜人忌辰。高祖妣古太夫人生忌。冠英来。心一处饮。

廿九日(10月24日) 晴。汪太夫人生忌。午后,出门晤木君、冠英、小云、受轩。招子青、受轩毓兴饮。

三十日(10 月 25 日) 晴。送节。岚樵、服籽来。剃头。

十月

初一日(10 月 26 日) 晴。出门晤朴山。招恒二山、服籽同兴楼。又访岚樵。

初二日(10 月 27 日) 晴,风。午后,出门晤莼客。荔香处饮。又同心一饮。良庵来。

初三日(10 月 28 日) 晴。赴谱侄招,同硕卿、筱侄、荫儿。

初四日(10 月 29 日) 晴。同硕卿、心一、荔香、芝馨福兴饮。

初五日(10 月 30 日) 晴。服籽、筱侄、萝侄来。得子鹤九月廿七信,即复之。得俊甥九月十五信。夜,同硕卿,星兄,筱侄,萝侄,谱、怡、味三侄,荫儿饮。

初六日(10 月 31 日) 晴,小雨,即止。荫儿卅生日,不留客。同顾先生、星兄、味侄同饮,女席坐二桌。荫儿下园。复俊甥信。得梧庵九月初十信。

初七日(11 月 1 日) 晴。汪淑人生忌。复梧庵信。赴服籽谢祠招。

初八日(11 月 2 日) 雨。出门晤滇生师、子鹤甥、荔香。

初九日(11 月 3 日) 晴。出门晤勿村、烟杉、筱雅二侄。归家后,觐唐来。

初十日(11 月 4 日) 晴。剃头。晚,赴青士招。

十一日(11 月 5 日) 晴。出门晤笙巢。赴筠泉招寓斋看菊,同诗舲。

十二日(11 月 6 日) 晴。莼客来。招岚樵、诗舲、木君、青士、星兄、菊尊小集。

十三日(11 月 7 日) 晴,风。得子鹤十月十七信,即复之。荔香处饮。得四弟九月十七信。

十四日(11 月 8 日) 晴。赴恒二福兴招,同看剧。夜,风。

立冬。

十五日(11月9日) 晴。赴木君福兴招。荔香处饮。

十六日(11月10日) 晴。子贞来。

十七日(11月11日) 晴。光禄公忌辰。尧封来。

十八日(11月12日) 晴。莼客来。午后,到文昌馆祝江容舫祖母九十寿。

十九日(11月13日) 晴。晚,赴诗舲招。

二十日(11月14日) 晴。出门晤服籽。毓兴同心一昆仲饮。晚,访揆初。赴岚樵招。荫儿归。夜,下园。

廿一日(11月15日) 晴。剃头。交竹卿寄问畬信、笔记廿本。

廿二日(11月16日) 晴。赴觐唐招。

廿三日(11月17日) 晴。出门晤春湖、韵和。得梧庵七月二十信,二姊、侣甥八月十三信,问畬八月廿六信,砺侄信,东侄七月十六信。交韵和寄俊甥信。汇同泰曹平三百两,内寄梧庵、侣甥、问畬、砺侄、东侄信。护航、烟侄来。

廿四日(11月18日) 晴。招觐唐福兴居。夜,赴诗舲招。大风。

廿五日(11月19日) 风,冷。

廿六日(11月20日) 晴。得子鹤廿二日信,即复之。得四弟廿四雄县信。令侯升持信去接。

廿七日(11月21日) 阴。巳刻,四弟到。荫儿归,明日上磨勘班。招四弟、诸侄小叙。陈秉彝来。

廿八日(11月22日) 晴。得履卿、问畬、秉斋、二姊、侣甥、吴梁信。心一处饮。复履卿、问畬、秉斋、侣甥、吴梁信。得鉴斋、云台信。

(小雪)廿九日(11月23日) 晴,风。觐唐、容伯来。复鉴斋、云台信。寄俊甥、雪轩、平斋信。

十一月

初一日(11月24日) 晴。赴觐唐福兴招。

初二日(11月25日) 晴。出门晤福兹、烟侄、筱侄。文昌馆，祝龚聘英母寿。赴硕卿宴宾招。

初三日(11月26日) 晴。赴绣山招。晚，赴容伯招。得莘农信，即复之。

初四日(11月27日) 晴。剃头。得东侄九月廿九信，即复之。得小东信。

初五日(11月28日) 晴。出门晤夏廷，邀至东兴饮，同心一昆仲、慧仙。得鉴斋十月十五信、东侄十月初九信。交□寄二弟信□□□□□□□正面宝簪冬菜□□正面宝簪冬菜三□杏仁□□□□正面宝簪冬菜。

初六日(11月29日) 晴。六世祖考忌辰。复鉴斋、东侄信。寄问畲信。觐唐来。午后，到谢祠晤子鹤。夜，同二兄、四弟、瑶生、诸侄、荫儿家宴。荫儿夜半下园。

初七日(11月30日) 晴，风。子贞来。在二侄处饮。

初八日(12月1日) 晴。午后，心一处饮。看少峰甥。

初九日(12月2日) 阴。出门晤子鹤，因同福兹、岚樵、子鹤吃广和居。又至中和人参店，同绣山、玉双、展云、清珊茗话。少甥作古，姑娘去张罗一切。晚，大风。

初十日(12月3日) 风冷，晴。寄侣甥、梧庵信。会同泰曹平五百两。夜，同四弟、心一昆仲饮。蕙卿来。

十一日(12月4日) 晴。

十二日(12月5日) 晴。出门晤可庵、玉生甥。赴展云招。得筠圃信，即复之。得清甫信，即复之。得小松信，即复之。

十三日(12月6日) 大风，晴。出门晤竹朋。赴岚樵招。荫儿归。夜，下园。得香泉信，即复之。

（大雪）十四日（12 月 7 日） 晴。出门晤福兹、子鹤、岚樵。心一处饮。至少峰处。夜，至子鹤处，同岚樵、福兹谈。

十五日（12 月 8 日） 晴。步至瑶侄处。荫儿归。夜，下园。得俊甥十月廿二信，即复之。

十六日（12 月 9 日） 晴。午后，出门晤冠英。赴春圃师松筠庵招。

十七日（12 月 10 日） 晴。得梧庵小春望日书，即复之。竹朋来。剃头。夜，赴诗舲招。

十八日（12 月 11 日） 晴。觐唐来。赴星兄消寒局。

十九日（12 月 12 日） 晴。出门。小兰亭，同心一昆仲。晤岚樵。得二姊、侣甥九月卅、十月十二信，问畬小春初四信，梯云信。

二十日（12 月 13 日） 晴。出门晤子贞。同岚樵、竹朋招子贞、叔禾、季同宴宾，又赴叔禾兄弟福兴招。复二姊、侣甥、问畬、梯云信，内新妇寄三姊禀。

二十一日（12 月 14 日） 晴。得梧庵九月望日信、纱料、火腿。

二十二日（12 月 15 日） 晴。出门晤薰卿，福兴饮。觐唐、烟杉侄来。

二十三日（12 月 16 日） 出门，薰卿处饮。广德楼，看四喜。赴烟杉侄福兴招。

二十四日（12 月 17 日） 晴。文昌馆，瑶侄为子厓嫂六十庆寿。子贞来。

二十五日（12 月 18 日） 晴。晚，赴福兹招。

二十六日（12 月 19 日） 晴。复梧庵信。出门晤子贞。赴硕卿福兴招。又至心一昆仲处饮。

二十七日（12 月 20 日） 小雪，即晴。朗亭来。竹朋来。

二十八日（12 月 21 日） 晴。剃头。夜，祀先。

二十九日（12 月 22 日） 晴，冷。冬至。河东馆，祝杏春寿。晚，赴顺德馆招。户部火。

三十日(12 月 23 日) 晴。得东侄十月初三信，即复之。

十二月

初一日(12 月 24 日) 晴，风。心一处饮。晚，赴子鹤招。得松庭信，即复之。

初二日(12 月 25 日) 晴。午后，出门哭望之。晤揆初、护航、筱侄。赴木君招。

初三日(12 月 26 日) 晴。心一处饮。

初四日(12 月 27 日) 晴。陆淑人四十冥诞，龙泉寺礼忏，放焰口。二兄、四弟、烟杉、萝杉、瑶笙诸侄、护航、硕卿、芾村均到。悉秋谷侄中式。寄顺之兄信。

初五日(12 月 28 日) 晴。子鹤来，同至宴宾赴二兄招。又同岚樵游厂。得二姊十月廿五、问畬小春初四、梯云十月廿九信，即复之。夜，同心一、荔香饮。

初六日(12 月 29 日) 晴。招竹朋、硕卿、小雅侄宴宾斋。

初七日(12 月 30 日) 晴。午后，出门晤岚樵、竹朋、子箴。赴受轩招。

初八日(12 月 31 日) 晴。剃头。

初九日(1 月 1 日) 晴。出门晤容伯、心一、韵和，心一处饮。同荔香看《艳阳楼》。

初十日(1 月 2 日) 阴晴错。寄梧庵信。会同泰四百两。高祖考闲斋公忌辰。夜，四弟招岚樵、木君、福兹、子鹤小叙。

十一日(1 月 3 日) 微雪。午后，心一处饮。

十二日(1 月 4 日) 晴。揆初来。至小雅侄处。

十三日(1 月 5 日) 冷，晴。扫尘。出门晤福兹、子贞、子愚，子贞留饮。河东馆，祝介樵母寿。小雅侄来。

十四日(1 月 6 日) 晴。午后，出门晤硕卿。小寒。

十五日(1 月 7 日) 晴。未刻，赴子鹤招。得俊甥十一月二十信。夜，大风。

十六日(1月8日) 晴。出门。梅峰留饮。三庆园，福兹招看四喜。

十七日(1月9日) 晴。出门晤硕卿。同心一昆仲饮。复俊甥信。

十八日(1月10日) 晴。出门晤芾村甥，留饮。到彭咏莪年伯新宅。

十九日(1月11日) 晴。剃头。荫儿升大理寺少卿。小雅侄来。

二十日(1月12日) 晴。烟杉侄来。午后，心一处饮。

廿一日(1月13日) 晴。文恭公生忌。佑之、玉生甥来。赴青士招。

廿二日(1月14日) 晴。撰初来。夜，同心一昆仲饮。

廿三日(1月15日) 晴。谢客。祝二铭夫人七十寿。送灶。

廿四日(1月16日) 晴。曾祖妣汪太夫人生忌。午后，谢客。晤容伯、竹朋、心一昆仲。得简侯、小沤信，即复之。得秉、鉴嘉平五日信，俊甥信，陈克家信，即复之。

廿五日(1月17日) 晴。午后，出门，董琴处饮。又至心一处饮。得二姊、侣生十一月廿五六日信，问畬信，东侄信，即复之。

廿六日(1月18日) 雪。敬神。冠英来。夜，招岚樵、木君、福兹、子鹤、青士、二兄、四弟小叙。得莘农、雪轩、小东信，即复之。

廿七日(1月19日) 晴。季衡来。得寿衡信，即复之。同岚樵诸君游厂。遇诗舲。归，赴四弟消寒局。

廿八日(1月20日) 雪。得德门、楚园、侣甥十二月二日信，即复之。赴诗舲招，同岚樵、心一昆仲。得梧庵腊八信，二姊、砺侄、少如信，即复之。

廿九日(1月21日) 晴。汪太夫人忌辰。剃头。芾甥来，留饭。

卅日(1月22日) 晴。四弟生日,备酒席。夜,接灶,祀先。招蒋生、硕卿、珊拾、小雅侄饮。

会恒泰五百两。源泰七百十六两。同泰四千三百四两。

咸丰十年庚申(1860)

一月

庚申元旦(1月23日) 晴,风。拜佛、灶神、祖先。到关帝庙、华陀师庙、城隍庙、龙泉寺、横街。本家容伯、烟侄、筱侄、侄孙辈来。

初二日(1月24日) 晴。火神庙拈香。五世祖妣汪太安人生忌。午后,到河东馆,内阁团拜。丑正,归。

初三日(1月25日) 晴。曾祖考贡湖公生忌。午后,心一处饭。

初四日(1月26日) 晴。西城拜年。晤玉生甥。天和馆赴朗庭招。

初五日(1月27日) 晴。午后,游厂。白云观拈香。

初六日(1月28日) 晴。到天和馆赴克王、载岱、载容、载崇、成琦、宝鋆、灵桂、德全、廉兆纶、穆隆阿、广林、恩龄、连成招。文昌馆,辛丑公请。

初七日(1月29日) 晴,大风。赴子鹤招,同游厂。诗舲来。

初八日(1月30日) 晴。出门晤心一昆仲。游厂。赴岚樵招。福兹来。

初九日(1月31日) 晴。前门关帝庙、东岳庙拈香。福兴同吉仙饮。夕,赴诗舲招,同岚樵、心一、荔香。

初十日(2月1日) 晴。剃头。曾祖妣汪太夫人忌辰。寄梧庵信。会同泰三百两。

十一日(2月2日) 晴。夜,招心一昆仲饮。

十二日(2 月 3 日)　晴。得履卿、华伯、云台、枚生、松庭、东侄、鉴斋各信,即复之,并寄问畬信。午后,游厂。同禄生、荔香恒盛酌。得平斋信,即复之。

十三日(2 月 4 日)　晴。立春。复问畬、梯云信。游厂。赴烟杉、小雅二侄招。

十四日(2 月 5 日)　晴。出门同心一毓兴酌。游厂。至心一处饮。得梧庵、二姊信。复梧庵、二姊、顺兄信。

十五日(2 月 6 日)　阴。恒盛独酌。游厂。

十六日(2 月 7 日)　晴,风。出门。子鹤留便饭。文昌馆,甲午公请。得顺之、松生信,即复之。

十七日(2 月 8 日)　晴。赴禄生龙源招、硕卿景华招。荫儿下园。

十八日(2 月 9 日)　晴。收喜容。

十九日(2 月 10 日)　晴。出门晤春湖。心一处饮。子怀来。

二十日(2 月 11 日)　晴。文昌馆赴蓉舫师招。薰卿来。

廿一日(2 月 12 日)　晴。青士来。午后,出门晤小舫、鲁川。唁竹朋悼亡。得杏春、顾国藩信,即复之。剃头。荫儿归,明日上磨勘班。

廿二日(2 月 13 日)　晴。到恒盛二兄消寒局。又到文昌馆,庚子团拜,筠堂师到。

廿三日(2 月 14 日)　晴。出门晤巢生、景祁、董琴。薰卿留饭,同心一兄弟。

廿四日(2 月 15 日)　阴。招岚樵、木君、福兹、子鹤、青士、星兄慈仁寺见山阁饮。访春圃师,畅谈。得莘农信,即复之。

廿五日(2 月 16 日)　晴。午后,到文昌馆,癸丑公请。

廿六日(2 月 17 日)　晴。心一处饮。赴木君宝聚招。

廿七日(2 月 18 日)　晴。

廿八日(2 月 19 日)　晴。东城拜客。同兴楼招硕卿、心一昆仲饮。得顺之、东侄、林一信，即复之。雨水。

廿九日(2月20日) 晴。容伯来。荫儿归。明日圣驾进城。香溪来。

卅日(2月21日) 寄梧庵信。会同泰三百两。晴。晚，赴青士招。

二月

初一日(2月22日) 晴。西城拜客。晤揆初。至王芾村、稼生，稼生留饮。又至恒盛，同心一饮。四弟补刑部郎中。

初二日(2月23日) 晴。剃头。得二姊十二月十八、廿一信，楚园、问畬、梯云、侣甥信，即复之。

初三日(2月24日) 晴。出门晤护航。竹朋处陪吊。文昌馆赴诗舲、滇生师、芝台师、筠堂师、小汀、筠浦、子鹤、雪帆招。得梧庵十一月十五信。

初四日(2月25日) 晴。出门晤禄生。同燕山、芝生、致堂、雨舲、酝卿、基之、□研秋、滋园、小云、蓉舫师、星兄文昌馆请客。

初五日(2月26日) 阴。出门晤心一昆仲。湖广馆赴雪帆、禄生招。才盛馆赴蒲贵和、钱勖、陈文田、凌树绩、李銮扬、章永康、徐炳烈、李国楠、陈荣邦招。复梧庵信。

初六日(2月27日) 阴。小雅侄来。

初七日(2月28日) 雪。出门晤韵和、心一昆仲。赴福兹同兴楼招。

初八日(2月29日) 雪。寄侣甥信。

初九日(3月1日) 晴。出门，硕卿处早饭。会元堂赴蔚卿招。

初十日(3月2日) 晴。剃头。

十一日(3月3日) 晴。寄秉、鉴信。出门招松坪、吉人福兴酌。申刻，赴岚樵、青士招，在曹寓。

十二日(3月4日) 阴晴间。同雪帆请筠堂师、诗舲、裕庭湖广馆。夜,雪。

十三日(3月5日) 晴。赴子鹤谢公祠招。惊蛰。

十四日(3月6日) 晴。到义园料理少峰甥柩回南事。午后,访心一昆仲。赴薰卿招。荫儿派阅覆试卷大臣。夜,大雪。

十五日(3月7日) 大雪。子鹤招龙树寺,归已亥正。

十六日(3月8日) 晴。出门晤心泉、春湖。同小雅侄恒盛饮,又赴小雅侄停云书屋招。

十七日(3月9日) 雪。

十八日(3月10日) 阴。荫儿出闱,即下园。子鹤来,同赴小舫湖广馆招,又赴诗舲招。得履卿大除夕信。夜,又赴子鹤招。

十九日(3月11日) 晴。到龙泉寺。竹朋来。

二十日(3月12日) 雪。寄梧庵、履卿、侣甥信。会源泰票银曹平二百两。出门晤木君、瑶侄。招禄生、瑶侄宴宾饮。河东馆,公分为王小山寿。

廿一日(3月13日) 晴。出门晤心一兄弟。文昌馆赴袁希祖、伊拉东阿、麟翔、庆明、联唐、察杭阿、绵森、春佑、奕庆、载垣、载鸾、载崇、肃顺、宽略招。

廿二日(3月14日) 雪。赴禄生如松招,有心一兄弟。寄梧庵、侣甥信。会同泰曹平三百十一两七钱七分。荫儿归,明日到署。

廿三日(3月15日) 雪,不大。子鹤来,同至龙树寺。

廿四日(3月16日) 阴。圣驾进宫。剃头。至心一处饮。

廿五日(3月17日) 雪。赴诗舲申刻招。寄筠浦信。

廿六日(3月18日) 雪。得鹤树信,即复之。寄梧庵信。覆试一等小门生高桂、沈汝潽、黄彬、许达京来见。

廿七日(3月19日) 阴。未刻,同人公饯子鹤龙树寺。

廿八日(3月20日) 春分。雪。荫儿随驾下园。文昌馆赴丙申世兄招。

廿九日(3月21日) 晴。出门晤木君、子鹤,子鹤留饭。谢公祠赴陈黄四侄招。

三月

初一日(3月22日) 晴。赴烟杉侄宴宾招,有心一。河东馆赴笙巢招,又赴稚香、资生招。

初二日(3月23日) 雪,即晴。祝子鹤夫人庆九,留谢公祠看戏。

初三日(3月24日) 晴。得子梅信,即复之。

初四日(3月25日) 晴。陈太孺人生辰。午后,至心一处,同玉珊饮。送子鹤行。

初五日(3月26日) 晴。剃头。夜,同心一昆仲水芝饮。

初六日(3月27日) 晴。黄孺人忌辰。午后,赴薰卿招,有荔香。

初七日(3月28日) 晴。招岚樵、福兹、韵亭广和居饮。

初八日(3月29日) 晴。出门晤小舫。心一处饮。

初九日(3月30日) 晴。午后,出门晤薰卿。得清甫信。

初十日(3月31日) 大风,晴。午后,出门晤木君、禄生。招禄生广和饮。

十一日(4月1日) 风,晴。赴筠泉招。腊梅、山茶甚佳。

十二日(4月2日) 晴。出门晤韵和。赴禄生龙源招。芾村来。临安廿七被陷。

十三日(4月3日) 晴,风。祀先。访岚樵。冠英来。杭城于初三收复。福兹来。烟杉侄、心一昆仲来。

十四日(4月4日) 晴。清明。申刻,赴岚樵招。寄梧庵信。

十五日(4月5日) 晴,风。午后,出门晤容伯。赴木君招。

十六日(4月6日) 晴阴间。剃头。廿三日先农坛从耕,荫儿派出。

十七日(4月7日) 阴。出门晤春圃师、冠英。午后,雪,仍晴。

夜,玉弟招小叙。

十八日(4月8日) 晴。冠英、竹朋来。

十九日(4月9日) 晴。出门晤竹朋。文昌馆,同星兄、玉弟请安,五席。得子鹤十六日信,即复之。

二十日(4月10日) 晴。荫儿生疖,请假,赏五日。心一处饮。赴青士招。

廿一日(4月11日) 晴,风。拜客。晤玉森、芾村,芾村留饭。

廿二日(4月12日) 晴,风。玉森来。

廿三日(4月13日) 晴,风。广和,同心一昆仲饮。赴云樵南海馆招。

廿四日(4月14日) 晴。赴薰卿顺德馆招。

廿五日(4月15日) 晴。午后,荔香处饮。

廿六日(4月16日) 晴。荫儿销假,召见。剃头。午后,出门晤硕卿。

廿七日(4月17日) 晴,热。出门晤滇生师。荔香斋中饮。稼生留面。

廿八日(4月18日) 晴。岚樵、少明来。

廿九日(4月19日) 晴,热。招诗舲、岚樵、木君、青士宴宾酌。

卅日(4月20日) 晴。到文昌馆,同乡接场。晚,同心一、荔香酌。雷电,小雨。寄梧庵信。会源泰票银二百两。谷雨。

闰三月

初一日(4月21日) 晴,风。二兄招宴宾酌。得子鹤廿八日信,即复之。

初二日(4月22日) 晴。出门晤硕卿。赴静亭燕喜堂招,又赴硕卿景华招。

初三日(4月23日) 晴。午后,招烟杉侄荔香处饮。得东侄三月初四信,即复之。

初四日(4月24日) 风,晴。出门晤护航。赴镜仁番禺馆招,又晤小山。夜,雨。

初五日(4月25日) 寄梧庵信。会同泰曹平四百两。阴。剃头。午后,出门赴湛田招。晤薰卿、心一。

初六日(4月26日) 阴。赴烟杉侄吉仙处招、小雅侄阿九处招。

初七日(4月27日) 晴。赴岚樵招。得俊甥二月十一、十八信,东园十八信。收到俊甥曹平足兑宝纹三百两、曹平足兑松江一百两。以松江一百送怡侄,以宝纹一百送荫儿,子鹤卅两八分。三姊送子妇寿分宝纹一百六十九两九钱二分,我留用。

初八日(4月28日) 阴。寄俊甥、东侄信。

初九日(4月29日) 同薰琴恒盛酌。夜,雨。同心一昆仲饮。

初十日(4月30日) 晴。招硕卿、心一斋中酌。访禄生。

十一日(5月1日) 晴。同心一游二闸。得珠林信。夜,大雨。

十二日(5月2日) 雨。午后,薰卿斋中酌。寄珠林、问畬信、会墨。

十三日(5月3日) 晴,风。招禄生、伟如、小雅二侄宴宾饮。访岚樵。

十四日(5月4日) 晴。出门晤福兹。晚,芾村甥来。

十五日(5月5日) 晴。立夏。招子嘉、玉森兄弟福兴饮。得侣甥三月十一、问畬十五信,顺兄三月十三信。予秤一百廿五斤,姬人八十五斤,新妇一百十斤。

十六日(5月6日) 阴。复顺兄信。复侣甥、俊甥、问畬信交漱方。剃头。晚,晴。

十七日(5月7日) 晴。赴福兹广和居招。

十八日(5月8日) 晴。心一处饮。庆乐园,听三庆。

十九日(5月9日) 晴。饭后,到河东馆祝张山轩夫人八十寿。

二十日(5月10日) 晴。晚,赴福兹招,在岚樵斋中。得子鹤十七日信,即复之。

廿一日(5月11日) 晴。换季。午后,心一处饮。得梧庵三月十九信、俊甥廿五信、鉴斋廿三信、东园侄清明日信。

廿二日(5月12日) 复梧庵、鉴斋、俊甥、东侄信。容伯来,留饮。晚,赴诗舲招。小雨。

廿三日(5月13日) 小雨。午,晴。

廿四日(5月14日) 赴禄生广和招、硕卿景华招。得东园侄闰上巳信,知二姊于闰月上巳子刻弃世,怨感之至。

廿五日(5月15日) 晴。复东侄信。剃头。薰琴来。

廿六日(5月16日) 晴。看滇生师,不值。风。赴子嘉招。岚樵来。又访韵和。

廿七日(5月17日) 晴。心一处饮。广德园,听三庆部。

廿八日(5月18日) 晴。吊萍江。遇春圃师。吊许润身夫人。晚,赴丹林招。

廿九日(5月19日) 晴。烟杉侄招饮棣华馆。荫儿归。

卅日(5月20日) 晴。午后,心一处饮。

四月

初一日(5月21日) 晴。出门晤奔臣、玉生、芾村、榴轩、寿臣,留饭。小满。

初二日(5月22日) 晴,风。赴烟杉侄福兴招,又同到天宁寺。荫儿进城。明日圣驾进宫。

初三日(5月23日) 晴。午后,心一处饮。访岚樵。

初四日(5月24日) 阴。剃头。谢太夫人忌辰,持斋。午,晴。冠英来。

初五日(5月25日) 晴。巳刻,到岚樵寓。起身,姬人奉母自四平园行,出西便门。午刻,田村尖二十里。又十里,杨家庄。五里,北辛庵。四里,美桥渡浑河。申刻,八里,栗园庄,奉福寺宿。

初六日(5月26日) 阴。辰刻,起身。午正,二十五里,到岫云寺,宿延清阁。

初七日(5月27日) 雨。同岚樵前辈流杯亭饮,仍宿岫云寺。

初八日(5月28日) 雨。

初九日(5月29日) 晴。辰正,起身。由罗睺岭马安山,十八里。巳正,到戒坛。

初十日(5月30日) 雨,即晴。辰正,起身。巳初,八里,到奉福寺。巳正,起身。未正,二十五里,到灵光寺,宿撷秀山房。

十一日(5月31日) 晴。游三山庵、龙王堂、香界寺、宝珠洞。

十二日(6月1日) 晴。岚樵先归。巳正,由翠微山出杏子口,过门头村。午刻,二十五里,到碧云寺。酉刻,四里,到卧佛寺宿。

十三日(6月2日) 晴。辰刻,起身,二十五里。巳刻,到翰林花园,荫儿处同冠英午饭。申刻,归家。得子鹤四月五日信,梧庵闰月十五信,问畬闰月初四信,侣甥三月廿八、闰月初六信。丹阳闰月廿九未刻失守。得俊甥闰月廿二信,松生、枚生信。

十四日(6月3日) 晴。剃头。小雅、萝杉两侄来。复梧庵、问畬、侣甥、俊甥、松生信。荫儿来。青士来。

十五日(6月4日) 晴。出门晤木君、福兹。得俊甥闰月十六信。菱舟来。

十六日(6月5日) 晴。招禄生、硕卿福兴饮,又赴硕卿招。复俊甥信。会源泰二百两。芒种。

十七日(6月6日) 晴。荫儿下园。木君来。

十八日(6月7日) 晴。赴木君晚饭。

十九日(6月8日) 晴,风。湖广馆,同四弟招士良、夏廷、琢如午饭。

二十日(6月9日) 晴。文恭公忌辰,持斋。剃头。硕卿、韵和来。得俊甥闰月杪信。

廿一日(6月10日) 晴。招禄生、硕卿棣华室饭。晚,赴诗舲招。

廿二日(6月11日) 晴,风。复俊甥信。庭芷来。雷雨。

廿三日(6月12日) 晴。赴禄生水芝仙馆招。夜,赴青士招。

廿四日(6月13日) 晴。到岚樵处。同木君、青士公祝兴润斋八十寿。饭后,即归。敬亭、硕卿来。

廿五日(6月14日) 晴,风。寄梧庵信。会源泰曹平票银一百两。谢公祠晤子鹤。

廿六日(6月15日) 晴。汝勤、小雅侄来。

廿七日(6月16日) 晚,小雨。八妹来辞行。招心一、荔香饮。

廿八日(6月17日) 小雨。午后,出门晤福兹、子鹤。心一处酌。

廿九日(6月18日) 剃头。晴,小雨,即止。荫儿来,即下园。心一处夜饭。闻江阴、常州、无锡、苏州失守。

五月

初一日(6月19日) 晴。容伯来。访小雅侄。

初二日(6月20日) 晴。出门晤硕卿、珊拾。

初三日(6月21日) 晴。出门晤福兹、子鹤。夏至。燕山来。小雨,即止。

初四日(6月22日) 晴。申刻,赴子鹤招。雨,即止。荫儿来。

初五日(6月23日) 晴。出门晤岚樵。归后,子鹤来。晚,雨,即止。

初六日(6月24日) 晴。瑶生、萝杉两侄来,留面。心一处饮。

初七日(6月25日) 出门。雨。晤禄生、硕卿,硕卿留饭。晚,在木君斋中公请子鹤。荫儿下园。

初八日(6月26日) 阴。夜,大雨。荔香来。

初九日(6月27日) 晴。出门晤芍庭、芾村,芾村留饭。又赴毓兴招。

初十日(6月28日) 晴。午后,出门晤薰卿、小舫、春圃师、冠英。剃头。

十一日(6月29日) 晴。进城拜客。同兴同荔香饮。晚,大雨,雹。夜,月色甚佳。

十二日(6月30日) 晴。午后,访小雅侄、薰卿。荫儿归。夜,雨。

十三日(7月1日) 晴。至歙县馆祭武帝。晚,赴诗舲招。

十四日(7月2日) 晴。招岚樵、木君、福兹、子鹤、青士、星兄广和居。荫儿下园。

十五日(7月3日) 晴。薰卿来。

十六日(7月4日) 晴。敬斋来。夜,同心一、荔香饮。雨。

十七日(7月5日) 雨。

十八日(7月6日) 阴。赴菱舟宴宾招。访心一、荔香,又赴菱舟沅江香梦室饮。

十九日(7月7日) 晴。申刻,赴庭芷棣华馆招。雨甚大。夜,赴容伯招。小暑。

二十日(7月8日) 雨。午后,访小雅侄、薰卿。

廿一日(7月9日) 晴,小雨,复晴。赴禄生广和招。访菱洲,同饮。剃头。

廿二日(7月10日) 阴。四弟招同容伯、菱舟、青士早饭。荫儿归。晚,大雨。赴菱舟招。

廿三日(7月11日) 雨。荫儿下园。

廿四日(7月12日) 晴。祖妣黄太夫人生忌。赴子鹤申刻招。大雨。

廿五日(7月13日) 晴。晚,赴诗舲招。

廿六日(7月14日) 晴。晚,访岚樵,同至青士处夜饭。小雨。

廿七日(7月15日) 晴。午后,访菱洲。同心一、荔香宴宾饮。夜,大雨。初伏。

廿八日(7月16日) 晴。瑶侄来。

廿九日(7月17日) 晴。心一处饮。庭芷、瑶侄来。晚,赴子鹤招。四弟奉旨,往江南差委。奉朱笔:初四日沈兆霖、许□□、潘祖荫、杨泗孙进晚膳。又库平一千两赏南书房翰林等。

六月

初一日(7月18日) 晴。荫儿来。夜,下园。

初二日(7月19日) 晴。招禄生广和酌。访菱洲。

初三日(7月20日) 晴。招硕卿福兴酌。剃头。

初四日(7月21日) 晴。祖妣黄太夫人忌辰。福兹来。木君、子鹤来便酌。

初五日(7月22日) 晴。出门晤冠英、伯英。荫儿归。

初六日(7月23日) 阴晴间。荫儿下园。午后,访岚樵。雨。

初七日(7月24日) 晴。访薰卿。心一处饮。

初八日(7月25日) 晴。菱舟来,留饮。晚,至菱舟处饮。

初九日(7月26日) 晴。赴禄生福兴招。中伏。得觐唐信,即复之。

初十日(7月27日) 晴。剃头。访木君,留饮。

十一日(7月28日) 晴。高祖妣古太夫人忌辰。

十二日(7月29日) 晴。庶母安人忌辰。心一、荔香来。

十三日(7月30日) 晴。到谢公祠。何雨人先生八十冥诞。晚,雨。

十四日(7月31日) 雨。容伯来。赴诗舲招。访心一昆仲。荫儿归。赏假十日。腹泻。

十五日(8月1日) 晴。腹疼。卧床。鉴湖来诊视。

十六日(8月2日) 晴。渐愈。鉴湖来。夜,雷雨。

十七日(8月3日) 晴。

十八日(8月4日) 晴。晚,雨。

十九日(8月5日) 阴。子鹤、烟杉侄、岚樵来。晚,晴。

二十日(8月6日) 晴。烟、岚、杉侄来。剃头。

二十一日(8月7日) 晴。立秋。出门,华陀师庙拈香。晤福兹、生甫师、松坪。予秤一百廿斤。申刻,赴诗舲招。

二十二日(8月8日) 晴。

二十三日(8月9日) 晴。赴硕卿福兴招。访菱洲。荫儿下园。

二十四日(8月10日) 晴。未刻,赴徐淡涯招。袖石来。

二十五日(8月11日) 晴。出门晤雨舲、芾村甥、菱舟,芾村甥留饭。

二十六日(8月12日) 晴。赴菱舟招。

二十七日(8月13日) 晴。木君、芾村甥来。申刻,赴小宋招。

二十八日(8月14日) 晴。招菱舟心一处饮。末伏。

二十九日(8月15日) 晴。青士来,留饭。赴禄生、硕卿招,在硕卿家中。

三十日(8月16日) 晴。出门。菱舟留饭。小雅侄来。

恭祝纶綍朔华,林泉养福。棣华四兄大人七旬荣发,松筠益寿,兰玉荣阶。　年里弟○○○拜手。

文恭公与先京卿于嘉庆壬子同举于乡。癸丑,文恭大魁,甫二十五岁。先京卿少公四岁,于壬戌得会状。迨公大拜入枢府,则先京卿已于五十二岁乞归而家居将二十年矣。因附记于此。　郁生。

一山仁兄出示此册,展帙,见有纸条,背书联语。审其上下款及字迹,知为文恭潘公手书所赠先大父寿联也。其岁则在壬寅,文恭年七十有四矣。片楮留存卷中,将八十年,而一山收之,余适见而知之,亦一奇也。因为拈出,附于后。文恭四子,黻廷先生居三,官内阁中书侍读,以子伯寅先生通显,遂乞闲居京邸。同、光间,余计偕入都,屡接言论。先从兄硕卿太守,则戊午以后官工部,过从甚密,具见于日记中。两家多有年世姻谊相连,故记中往来之人,余尚知其二三也。 己未九月九日,钝斋吴郁生敬识。(钤印:钝斋。)

丙辰二月,道经沪上,寓章君一山所,见示潘黻庭光禄日记四册。时其父文恭健在,其子文勤已阶卿贰。家门鼎盛,而笔墨敛抑,无一毫矜满之气,犹可想见当年老辈风范。令人敬仰,不可及至。 刘廷琛。(钤印:刘廷琛印)

偶过虎坊桥旧货摊,得零本日记四册。归一展阅,为潘黻庭光禄手笔。自甲午至庚申,先后十七年。今所存十年之间,已可见当日情事。赵扮叔大令《光禄墓志》称其优游簪佩,处静味道,非虚誉也。《志》称其道光二十年举人,明年考授中书,即记中庚子、辛丑间事。又称其享年七十有四,卒于光绪九年,著有《陔兰书屋集》二十卷,亦足以知其福量矣。 宣统二年秋日,章梫自记于京寓。(钤印:一山)

七月

初一日(8月17日) 晴。硕卿来。荫儿归。阅《朔方备乘》。

初二日(8月18日) 晴。申刻,同人公饯福兹、玉弟,在岚樵寓中。

初三日(8月19日) 晴。剃头。庶母张太夫人生忌。

初四日(8月20日) 小雨,即晴。陆淑人忌辰。荫儿下园。

初五日(8月21日) 晴。木君来。晚,小雨。心一处酌。夜,大雨。

初六日(8月22日) 阴。青士、芾村来。申刻,赴菱舟招。雨。

(处暑)初七日(8月23日) 晴。容伯来。出门晤杏农、菱舟。夜,福兹、青士来。

初八日(8月24日) 晴。诗舲、楞香、玉生甥来。赴玉生甥咏秀招。

初九日(8月25日) 晴。菱舟处早饭。硕卿来。荫儿归。

初十日(8月26日) 晴。招硕卿、心一斋中饮。

十一日(8月27日)　晴。出门晤菱舟、叔云、莼伯、冠英。赴禄生水芝仙馆招。

十二日(8月28日)　晴。木君、容伯、青士来，留便饭。

十三日(8月29日)　晴，风。菱舟处饭。剃头。荫儿下园。

十四日(8月30日)　晴。晚，至心一处饮。

十五日(8月31日)　晴。得庆筠圃信，即复之。

十六日(9月1日)　晴。午后，菱舟处饮。

十七日(9月2日)　晴。出门晤岚樵、青士、小雅侄。荫儿归，夜下园。

十八日(9月3日)　晴。赴小雅侄宴宾招。晚，赴菱洲招。夜，雨。是日，荫儿归。

十九日(9月4日)　晴。赴诗舲招。

二十日(9月5日)　晴。出门晤春圃师。午后，到菱洲处谈。

二十一日(9月6日)　晴。得枚生五月十三信。

(白露)二十二日(9月7日)　晴。小厓、镜湖、硕卿、小雅侄来。荫儿下园。访菱舟。赴木君招。

二十三日(9月8日)　晴。荫儿召见。桂笙陔来。赴笙陔福兴招。岚樵来。

二十四日(9月9日)　晴。五世祖妣汪太安人忌辰。赴禄生宴宾招。

二十五日(9月10日)　晴。招菱舟、笙陔、禄生、硕卿、心一斋中饭，又赴菱舟、玉珊处饮。荫儿归。访子鹤。剃头。荫儿夜下园。

二十六日(9月11日)　子鹤、叔平、岚樵、青士、小雅侄来。木君来。

二十七日(9月12日)　晴。赴子英毓兴招。硕卿、芝兴处饭。子鹤来。

二十八日(9月13日)　晴。下园。申初，归。荫儿同归，夜下园。

二十九日(9月14日)　风，晴。访小雅侄。晚，赴青士招。

八月

初一日(9月15日) 晴。心一处饭。访子鹤、菱舟。

初二日(9月16日) 晴。仁山、护航来。木君、青士来。至子鹤处,吃点心。荫儿归,夜下园。

初三日(9月17日) 晴。出门晤子英、小雅侄、岚樵。同荔香、玉山恒盛饮。

初四日(9月18日) 晴。小雅侄、玉生伉俪回南。子嘉来。

初五日(9月19日) 阴。访菱舟。昨夕,僧王拴吧阿哩送至园,交刑部。荫儿归,夜下园。

初六日(9月20日) 晴。午后,访菱舟,时丰饮。

初七日(9月21日) 晴。菱舟、烟杉侄来。招禄生、硕卿心一处饮。剃头。子鹤来。

初八日(9月22日) 阴。圣驾已刻起銮巡幸木兰。硕卿、禄生、松坪、菱舟、又臣来。荫儿归。

(秋分)初九日(9月23日) 晴。叔平来。

初十日(9月24日) 晴。辰刻,率新妇起身。酉刻,到戒台暂住。方丈瑞修,字淳庵。

十一日(9月25日) 晴。申初,姬人来,荫儿亦到。

十二日(9月26日) 晴。荫儿下园。

十三日(9月27日) 晴。得俊民甥六月十七信。

十四日(9月28日) 阴。荫儿来。两姬人到潭柘。方丈真常,号心纯。

十五日(9月29日) 雨。

十六日(9月30日) 阴。到潭柘。夜,雨。

十七日(10月1日) 阴。巳正,回戒台。大风。

十八日(10月2日) 大风。先祖光禄公生辰。

十九日(10月3日) 晴。菱舟来。

二十日(10月4日) 晴。荫儿下园。剃头。

廿一日(10月5日) 晴。

廿二日(10月6日) 晴。荫儿、硕卿夜间来。

廿三日(10月7日) 风,晴。到潭柘。晚,归。

(寒露)廿四日(10月8日) 阴。午后,晴。

廿五日(10月9日) 雨。得四弟八月十八雄县信。

廿六日(10月10日) 晴,大风。午后,到潭柘。

廿七日(10月11日) 晴,大风。午后,到戒坛。五世祖敷九公生忌。

廿八日(10月12日) 晴,风,冷。

廿九日(10月13日) 晴。到潭柘。

九月

初一日(10月14日) 晴。敷九公忌辰。午后,到戒台。

初二日(10月15日) 阴。高祖闲斋公生忌。夜,雨。

初三日(10月16日) 晴,风,冷。

初四日(10月17日) 雨,风,晴阴不定。谢太夫人生忌。到潭柘。雷,飘雪花。

初五日(10月18日) 晴。剃头。

初六日(10月19日) 晴。到戒台。

初七日(10月20日) 晴。

初八日(10月21日) 晴。到潭柘。

初九日(10月22日) 晴。汪淑人忌辰。到戒台。

(霜降)初十日(10月23日) 晴。

十一日(10月24日) 晴。

十二日(10月25日) 晴。到潭柘。

十三日(10月26日) 雨,微雪。到戒台。

十四日(10月27日) 阴。

十五日(10月28日) 晴。未初,挈新妇回寓。

十六日(10月29日) 子鹤、岚樵、青士来,留饭。晚,赴岚樵招。雨竟日夜。

十七日(10月30日) 晴。赴子鹤招。

十八日(10月31日) 晴。访菱舟,留饮。

十九日(11月1日) 晴。邀菱舟致美斋吃点心。答诗舲。剃头。

二十日(11月2日) 晴。赴硕卿东升楼招。

二十一日(11月3日) 阴晴错。招诗舲、岚樵、木君、子鹤、雪帆、青士小叙。雪帆来辞。

二十二日(11月4日) 晴。赴菱舟招。

二十三日(11月5日) 晴。新妇三十生日。硕卿来,留面。

二十四日(11月6日) 晴。卯正,起身。未正,到潭柘。

(立冬)二十五日(11月7日) 晴。曾祖贡湖公忌辰。

二十六日(11月8日) 晴。

二十七日(11月9日) 晴。午后,阴。

二十八日(11月10日) 晴。六世祖妣罗太宜人忌辰。高祖妣古太夫人生忌。

二十九日(11月11日) 晴。先妣汪太夫人生忌。

卅日(11月12日) 晴,风。

十月

初一日(11月13日) 晴,风。得鉴斋信,知三姊、楚园均故。

初二日(11月14日) 晴。辰初,起身。申初,到寓。

初三日(11月15日) 阴。麟舟招万丰饮。到龙泉寺。幹臣侄二十冥诞。剃头。菱舟、砚生来。

初四日(11月16日) 晴。申刻,赴诗舲招。得小雅侄九月十五信。

初五日(11月17日)　晴，风。出门晤珊拾、芝生。

初六日(11月18日)　晴，冷。午后，出门晤菱洲。

初七日(11月19日)　晴。出门，预祝子鹤明日散诞。硕卿来，留饭。汪淑人生忌。朗亭来。招岚樵、木君、子鹤、青士便酌，子鹤以事未到。夜，雪。

初八日(11月20日)　雪。同人在龙树寺请子鹤。

初九日(11月21日)　雪。午后，出门晤禄生，邀至宴宾饮。访岚樵，留饮。

(小雪)初十日(11月22日)　晴。八嫂来住，欲嫁女也。

十一日(11月23日)　阴，大风，甚冷。

十二日(11月24日)　晴，冷。午后，赴菱舟万丰招。

十三日(11月25日)　晴，冷。午后，出门晤竹虚。路遇容伯，立谈。姬人归。

十四日(11月26日)　晴。午后，访青士。赴木君招。得四弟九月十五泰州信。

十五日(11月27日)　晴。赴菱洲东升楼招。得东侄七月廿六信。

十六日(11月28日)　晴。寄禹山、鹤侪、彤甫信，内有致四弟、东侄信。八小姐受盘。访菱洲、岚樵。菱洲招饮小馆子，甚佳。

十七日(11月29日)　晴。八侄女铺行嫁。午后，阴。

十八日(11月30日)　阴。八侄女出嫁。招禄生、硕卿宴宾饮。博古斋遇筠浦、稼航。夕，在岚樵处饮。

十九日(12月1日)　晴。赴简侯龙源招。得四弟九月六日王营信。

二十日(12月2日)　晴。剃头。午后，访岚樵。赴子鹤招。

廿一日(12月3日)　晴。子鹤招便饭。八侄女回门。夜，岚樵、木君、子鹤、青士来饮。

廿二日(12月4日)　晴。出门，菱洲处饮，又招饮毓兴合。

廿三日(12月5日) 晴。出门晤朗亭、珊拾。东兴独酌。访菱舟,留夜饭。

廿四日(12月6日) 晴。午后,出门赴倪梅生招。

(大雪)廿五日(12月7日) 小雨。菱舟处便饭。

廿六日(12月8日) 阴。菱舟处饭。得四弟九月廿七信、东侄廿三信。夜,雪。

廿七日(12月9日) 阴。叔平、芾村甥来。复四弟、东侄信。

廿八日(12月10日) 阴。午后,出门晤李村、八侄女、岚樵。

廿九日(12月11日) 晴。子鹤、岚樵来,便饭。招菱舟、硕卿、资哉万丰饮。

十一月

初一日(12月12日) 阴。午后,出门晤子嘉。赴岚樵招。

初二日(12月13日) 阴。赴硕卿东兴居招。寄东侄信。

初三日(12月14日) 晴,又阴。午后,访菱舟。

初四日(12月15日) 晴,又阴。出门晤克斋。招同人谢公祠饮。

初五日(12月16日) 晴。午后,游厂。访梅生,留点心。

初六日(12月17日) 六世祖考忌辰。晴。八嫂回昌平州。赴梅生招。

初七日(12月18日) 晴。剃头。午后,出门晤诗舲。赴禄生茗室招。眉生来。

初八日(12月19日) 晴,冷。张太夫人忌辰。出门晤岚樵、青士、梅生。

初九日(12月20日) 晴。出门,菱舟处便饭。夜,祀先。

(冬至)初十日(12月21日) 晴。容伯、胡桂芬来。出门,晤子鹤、梅生。

十一日(12月22日) 晴。出门,禄生处饭。赴廉仲昱华招。

十二日(12月23日) 晴。赴禄生宴宾招。夜,二兄招同人小叙。

十三日(12月24日) 晴。午后,访菱洲。夜饭后,归。

十四日(12月25日) 晴。出门晤硕卿、梅生。

十五日(12月26日) 晴。琴舫来。午后,出门晤岚樵。

十六日(12月27日) 晴。出门招菱舟、资哉如松馆。晚,在菱舟处夜饭。

十七日(12月28日) 阴。晚,赴诗舲招,同岚樵。

十八日(12月29日) 晴,大风。到龙泉寺。硕卿太夫人六十冥诞。又祝禄生夫人散诞,留饮。致东园侄信。

十九日(12月30日) 晴,大风。出门赴菱舟万丰饮。夜,又留同笑山饮。

二十日(12月31日) 晴。陈太孺人忌辰。午后,游厂,遇笙巢、子良。

廿一日(1月1日) 晴。硕卿来,留饭。

廿二日(1月2日) 晴。出门晤问月、莼客、珊士、叔云、菱舟,菱舟留午饭。

廿三日(1月3日) 阴晴间。赴诗舲招。以豆四担一斗换米一百卅斤。

廿四日(1月4日) 晴。祝菱舟散诞,如松饮。问月来。

(小寒)廿五日(1月5日) 雪。五曾叔祖宗衡公忌辰。夜,大风。

廿六日(1月6日) 大风,晴。招菱舟、海槎、芝生西域楼饮。

廿七日(1月7日) 晴。出门,晤敬亭、子久、滇生师、容伯,滇生师留饭。

廿八日(1月8日) 晴。赴海槎如松招。夜,在菱舟斋中饮。得四弟十月廿八信。

廿九日(1月9日) 晴,大风。寄四弟信。剃头。申刻,赴岚樵招,同诗舲。

卅日(1月10日) 晴。至子鹤处。硕卿来。

十二月

初一日(1月11日) 雪。招菱舟、资哉如松饮。晚,赴笑山招。

初二日(1月12日) 晴。菱舟处饭。晚,赴木君招。

初三日(1月13日) 晴,大风。进城祝小汀六十寿。魏卿处便饭。

初四日(1月14日) 晴。陆淑人生忌。午后,出门晤兰岩。

初五日(1月15日) 晴。申刻,招同人小叙。

初六日(1月16日) 晴。招禄生、廉仲广和居。

初七日(1月17日) 晴。招诗舲、笑山、魏卿同兴楼。

初八日(1月18日) 晴。菱舟招万丰。又赴禄生如松招。

初九日(1月19日) 晴。出门晤心泉。

(大寒)初十日(1月20日) 雪。高祖考闲斋公忌辰。午,晴。得东侄九月十一信,即复之。

十一日(1月21日) 晴。出门晤烟杉侄。夜,赴青士招。

十二日(1月22日) 晴。庭芷来。晚,赴菱舟万丰招。

十三日(1月23日) 晴。海槎留早饭。晚,赴廉仲龙源招。

十四日(1月24日) 晴。剃头。莼客来。

十五日(1月25日) 晴。招菱舟万丰饮。

十六日(1月26日) 雪。午后,晴。游厂。青士来。

十七日(1月27日) 雪,晴,又雷。午后,出门晤竹虚、纯客、叔云。

十八日(1月28日) 雪花。出门晤岚樵。菱舟招万丰居。

十九日(1月29日) 晴。扫尘。朗亭、青士来。

二十日(1月30日) 晴。招菱舟万丰饮。风。

廿一日(1月31日) 晴,风。文恭公生忌。午后,至菱洲处。

廿二日(2月1日) 晴,风。敬神。赴子鹤招。得四弟十一月十五信。

廿三日(2月2日) 晴。复四弟信。送灶。

廿四日(2月3日) 晴。曾祖妣汪太夫人生忌。寄烟杉侄信。出门晤青士、岚樵。得鉴斋十月廿二信。

(立春)廿五日(2月4日) 雪晴间。午后,出门晤子鹤、海查。复鉴斋信。

廿六日(2月5日) 阴。出门晤海查、莼客、叔云,海查留饭。夜,雪。

廿七日(2月6日) 雪。得莘农信,即复之。

廿八日(2月7日) 晴。剃头。子鹤来。

廿九日(2月8日) 雪。汪太夫人忌辰,持斋。午后,访莼客、珊士。书借源泰银二百六十七两五十七分五月中借汇票。

卅日(2月9日) 晴。交珊拾寄四弟信。接灶。祀先。容伯、珊士来。

咸丰十一年辛酉(1861)

一月

辛酉元旦(2月10日) 雪,晴。拜佛、祖先。到关帝、华陀师、城隍、龙泉寺各庙,即归。申刻,赴岚樵招。

初二日(2月11日) 晴。火神庙拈香。五世祖妣汪太安人生忌。午后,访叔云、莼客。赴木君招。风。朗亭来。

初三日(2月12日) 晴。曾祖考贡湖公生忌。仲建来。风。

初四日(2月13日) 晴,风。白云观拈香。答仲建晤谈。

初五日(2月14日) 晴。东岳庙拈香。硕卿处便饭。海查处夕饮。

初六日(2月15日) 阴。烟杉侄、桂山侄孙来住。午后,游厂。

初七日(2月16日) 晴。禄生处便饭。游厂。

初八日(2月17日) 风。赴诗舲招。

(雨水)初九日(2月18日) 风,晴。

初十日(2月19日) 风,晴。曾祖妣汪太夫人忌辰。莼客来。午后,出门晤容伯。赴藕舲招。

十一日(2月20日) 晴。午后,子鹤邀同游厂。晚,二兄招同人饮。

十二日(2月21日) 小雪。招禄生、廉仲广和饮。游厂。又赴廉仲福兴招。

十三日(2月22日) 阴。剃头。

十四日(2月23日) 晴。访问月。游厂。问月来。

十五日(2月24日)　雨雪。海查处饮。

十六日(2月25日)　晴,大风。

十七日(2月26日)　风,晴。午后,到英宝斋。

十八日(2月27日)　晴。收容。申正,招岚樵、木君、子鹤、藕舲、青士、二兄小叙。

十九日(2月28日)　阴。午后,至岚樵处谈。夜,雪。

二十日(3月1日)　晴。朗亭来。午后到厂。

廿一日(3月2日)　晴。申刻,赴子鹤招。

廿二日(3月3日)　雪。午,晴。出门晤寿臣。

廿三日(3月4日)　晴。海查处便饭。莼客、问月来。

(惊蛰)廿四日(3月5日)　晴,风。出门晤庭芷、资哉。赴禄生广和招。

廿五日(3月6日)　晴。同海查西域楼饮。剃头。

廿六日(3月7日)　大风,晴。海查寓中饮。

廿七日(3月8日)　晴。午后,至岚樵处谈。遇子嘉,同饮时丰斋。

廿八日(3月9日)　晴。到厂。文昌馆赴李山农、梁竹虚招。得四弟十二月廿四信。

廿九日(3月10日)　晴。复四弟信。午后,出门晤子嘉。夜,青士来。

二月

初一日(3月11日)　晴。招禄生、廉仲福兴饮。

初二日(3月12日)　晴。到厂。夜,风。

初三日(3月13日)　晴。出门,歙县馆拜文昌。晤子槐、覃叔。

初四日(3月14日)　晴。岚樵来。子鹤来。

初五日(3月15日)　晴。

初六日(3月16日)　晴。

初七日(3月17日) 阴。岚樵来。小雨。得东侄新正二日信。夜,风。

初八日(3月18日) 晴,风。寄东侄信交李村。

初九日(3月19日) 晴,大风。硕卿来,留饭。芝台招,辞之。

(春分)初十日(3月20日) 晴。出门赴禄生广和招。

十一日(3月21日) 晴。出门晤岚樵,邀同木君、青士龙树寺饮。

十二日(3月22日) 晴。出门晤子晋。

十三日(3月23日) 晴。到厂。岚樵来。

十四日(3月24日) 晴,大风。出门晤容伯、子晋。

十五日(3月25日) 晴。出门晤莲舫。赴廉仲宴宾招。友莲、子晋来。

十六日(3月26日) 晴。午后,出门晤友莲昆仲、岚樵。

十七日(3月27日) 雪。子鹤、木君、问月、友莲昆仲来。至青士处,邀至宴宾。

十八日(3月28日) 晴。子鹤招饮,又至谢公祠谈。剃头。叔平来。

十九日(3月29日) 晴。出门晤心泉、子晋。午后,访岚樵。

二十日(3月30日) 阴。出门晤心泉、友莲、子晋。得四弟正月十三日信。复四弟信。

廿一日(3月31日) 晴。招禄生、廉仲、子晋福兴饮。赴禄生景和招。

廿二日(4月1日) 晴。内阁公请,辞之。岚樵来。八嫂来住。

廿三日(4月2日) 晴。廉仲来。延顾○○诊视。

廿四日(4月3日) 阴。文石来。风。

廿五日(4月4日) 肚腹胀疼,延李述堂诊视。扬州人,住教头条胡同莲青书屋。晴。

(清明)廿六日(4月5日) 未愈。述堂来。

廿七日(4月6日)　夜，大便下。述堂来。终日阴，寒风。

廿八日(4月7日)　述堂来。晴。

廿九日(4月8日)　晴。下床。子鹤、木君、述堂来。晴。下午，阴。晚，小雨，即止。

卅日(4月9日)　大风，阴。下午，霁。

三月

初一日(4月10日)　晴。岚樵、叔云来。莼客来。

初二日(4月11日)　晴。午后，阴。禄生来。

初三日(4月12日)　晴。

初四日(4月13日)　晴。剃头。

初五日(4月14日)　晴。到华祖师庙拈香。拜客。晤禄生、廉仲、叔云、莼客。赴禄生广和招，同游慈仁、长椿二寺。

初六日(4月15日)　晴。午后，出门晤子鹤、岚樵、木君，木君留晚饭。八嫂回昌平。

初七日(4月16日)　晴。岚樵来，同赴子鹤招，又同至法源寺。诗舲、木君亦来。子鹤又招至时丰斋。

初八日(4月17日)　晴，风。得菱舟二月廿三茌平信，即复之。

初九日(4月18日)　晴。赴廉仲福兴招。至和成荷包铺，观荷屋所藏明人词翰：第一册方孝孺、黄淮、唐顺之、刘奉极；二册左赞、廖辅、姜立纲、梁元柱、吴奕、王世懋、王士骐、王守、王宠；三册林承芳、黎民表、詹景风、丰坊、邢侗、邢慈静；四册文徵明、文彭；五册祝允明、董其昌、陈继儒；六册黄道周、熊廷弼、王子龙、祁豸佳；七册宋珏、范善庆、胡汝嘉、周天球、陆安道、莫廷韩、文震孟、申时行、许初、云屏道人、朱辉、何瑞隆、释智舷、释失名。

初十日(4月19日)　晴阴间。招禄生、廉仲广和饮。风。硕卿来。

(谷雨)十一日(4月20日)　晴。午后，赴禄生寓中看花之招。

青士来。

十二日(4月21日) 阴。仁山来。烟杉侄差人同车来接。

十三日(4月22日) 晴,风。辰刻,登车,出德胜门。巳正,廿里,清河饭尖。未初,卅里,沙河荼尖。娄伍来接。酉初,廿里,到烟杉侄昌平署。见八嫂、诸侄、侄孙。夜,饮。

十四日(4月23日) 小雨。

十五日(4月24日) 晴。同贞孚、醴如两侄游汤山。在州东南卅里汤泉行宫,有康熙御笔"漱琼""澡雪心神"两扁。

十六日(4月25日) 晴。午后,同萝杉、醴如两侄出州西门而北六里至长陵,下有白石坊一座五架,又北有石桥三空。又二里,至大红门。门三道,东西二角门。入门一里,有碑亭,重檐四出。阶中有穹碑,高三丈余,龙头龟趺,题曰"大明长陵神功圣德碑",明仁宗御制。文末书"洪熙元年四月十七日嗣皇帝某谨述",盖文成而碑未立,宣德十年四月辛酉修长陵、献陵,始置石人石马等于御道东西,十月己酉建长陵神功圣德碑。碑后面及东侧面有乾隆五十年乙巳御制诗、丁未御制诗,西侧面有嘉庆九年御制文。亭外四隅,有石柱四,刻交龙环之。又前可二里为棂星门,门三道,俗名龙凤门。门之前有石人十二,四勋臣,四文臣,四武臣;石兽二十四,四马,四麒麟,四象,四橐驼,四獬豸,四狮子,各二立二蹲,近者立、远者蹲。石柱刻云气并夹侍神。路之旁天寿山即黄土山,永乐七年封曰天寿山。长陵在天寿山中峰之下,门三道,东西二角门。门内东神厨、西神厨各五间,已无。厨前有碑亭一座,南向内有碑,龙头龟趺。明朝本无字,有顺治十六年上谕一道、乾隆五十年御制诗、嘉庆九年御制诗。重门三道,榜曰祾恩门。东西二小角门,门内有神帛炉,东西各一。其上为享殿,榜曰祾恩殿。九间重檐,中四柱,饰以金莲,余皆髹。漆阶三道,中一道为神路,中平外墄,其平刻为龙形。东西二道皆墄,有白石栏三层。东西皆有级,执事所上也。两庑,各十五间。殿后为门三道,又进为白石坊一座,又进为石台。其上,炉一,花瓶、烛台各二,皆白石。又前为宝城，城下有甬道。旁有级，分东西上。折而南，是为明楼。重檐四出，阶前俯享殿，后接宝城，上有榜曰“长陵”，中有大碑一，上书曰“大明”，用篆。下书曰“成祖文皇帝之陵”，用楷。碑用朱漆栏，画云气。碑头交龙方趺。宝城周围二里，一路梨花正放。归，得荫儿禀。

十七日（4月26日） 阴，大风。寄荫儿谕。

十八日（4月27日） 晴。寄荫儿谕。剃头。得荫儿禀。大风。

十九日（4月28日） 大风，晴。巳正，登车。醴如侄同行。宿清河。不适，呕吐，腹胀。

二十日（4月29日） 晴。午正，起身。申正，到寓。

廿一日（4月30日） 晴。烟杉侄来，同醴如侄回昌平州。木君、岚樵来。述堂来诊脉。换季。

廿二日（5月1日） 晴。

廿三日（5月2日） 晴。述堂来开方。禄生、硕卿来。廉仲来。

廿四日（5月3日） 黄沙。出门晤仲健、岚樵、禄生，禄生留饭。牡丹大开。夜，赴岚樵招。

廿五日（5月4日） 晴。出门，华祖师庙拈香。晤烟杉侄、朗夫、叔云、莼客、珊士。晚，阴，大风。

（立夏）廿六日（5月5日） 大风，晴。滇生师、硕卿来。

廿七日（5月6日） 晴。招禄生、廉仲、少川、朗夫、桂山侄孙宴宾饮。

廿八日（5月7日） 雨。出门，晤李村、八侄女。未刻，赴廉仲龙源招。得东侄二月望日信，即复之。

廿九日（5月8日） 阴。出门晤滇生师、咏莪年伯、芾村甥、子鹤、叔云、莼客，芾村甥留饭。

卅日（5月9日） 晴。午后，出门晤岚樵。唁梅生。得四弟二月十四信。

四月

初一日(5月10日) 雨。出门,硕卿留便饭。

初二日(5月11日) 晴。问月来。仲建、小慈来。到岚樵寓斋。同青士公请筠浦、静亭,子鹤亦来。夜,雨。

初三日(5月12日) 晴。剃头。赴硕卿招。申刻,龙树院公请子鹤。又至永乐寺。

初四日(5月13日) 晴,风。谢太夫人忌辰,持斋。午后,到大栅栏。

初五日(5月14日) 晴。出门晤小慈。招禄生、廉仲、硕卿利美斋,又赴廉仲春华饮。

初六日(5月15日) 晴。出门晤庭芷,留吃点心。芾村甥来。

初七日(5月16日) 晴,风。出门晤莼客、珊士、叔云,莼客留饭。绣山来。

初八日(5月17日) 阴,风沙。硕卿来,留饭。午后,至禄生处。雷。

初九日(5月18日) 风沙,雷,小雨。晚,晴。岚樵处夜酌。

初十日(5月19日) 晴。出门赴廉仲春林招,又赴少川景春招。

十一日(5月20日) 晴。午后,到木君处。同人各携一簋。到龙树院看月。子初,散。

(小满)十二日(5月21日) 晴,大风。午后,同二兄招岚樵、木君、青士时丰饮。夜,大风,雨。

十三日(5月22日) 雨。送禄生行。

十四日(5月23日) 晴。午后,出门晤诗舲,留酌。

十五日(5月24日) 雨。午后,出门晤容伯。游厂。八嫂、三侄女、贞孚、醴如两侄来住。晚,雷,大雨。

十六日(5月25日) 晴。午后,到龙树院。同人公局。

十七日(5月26日) 晴。仁山、珊士来。剃头。

十八日(5月27日) 晴。出门晤竹虚。午后,阴。晚,雨。赴岚樵时丰招。

十九日(5月28日) 晴,大风。出门晤叔云、莼客。

二十日(5月29日) 晴,风。振轩、廉仲来。晚,阴。文恭公忌辰,持斋。

廿一日(5月30日) 晴。午后,出门晤岚樵。廉仲来。

廿二日(5月31日) 晴。午后,出门晤琴舫。游厂。敬亭来。

廿三日(6月1日) 晴。招廉仲、少川、醴如侄时丰饮。晚,赴岚樵招。风,雷电,雨。

廿四日(6月2日) 晴,风。午后,游厂。问月来。

廿五日(6月3日) 晴,风。午后,出门晤心泉。赴廉仲时丰招。游厂。

廿六日(6月4日) 晴,热。三侄女祭祖。

廿七日(6月5日) 晴,风。申刻,三侄女出嫁陶氏。

(芒种)廿八日(6月6日) 晴。三侄女回门。午后,出门晤莼客、叔云。赴廉仲广和招。是日,荫儿考差。

廿九日(6月7日) 晴。午后,赴贞孚侄时丰招。小雨,即止。少斋来。

五月

初一日(6月8日) 晴。赴子鹤龙树院招,又至时丰。岚樵处谈。

初二日(6月9日) 晴。出门晤少斋、容伯。剃头。雷,小雨。

初三日(6月10日) 晴。出门晤竹虚、廉仲,廉仲留饭。同廉仲、少川沅宝饮。

初四日(6月11日) 晴。出门晤小舫、竹虚。夜,同岚樵、青士便酌。

初五日(6月12日) 晴。

初六日(6月13日) 晴。持斋。萝杉侄妇、三侄女、八侄女来。出门晤雪帆。

初七日(6月14日) 晴。出门晤莼客、珊士、曼生、三侄女、竹虚。晚,赴同人公祝,在青士斋中。

初八日(6月15日) 晴。访廉仲。赴时丰招。廉仲复来予斋中谈。又访问月。

初九日(6月16日) 晴。问月来。出门访岚樵。热不可耐。夜,子鹤来谈。

初十日(6月17日) 晴。晚,赴岚樵招。

十一日(6月18日) 小雨,大风。赴少川时丰招、廉仲沅宝招。得四弟三月初十信。

十二日(6月19日) 大风,晴。出门晤小坡、子俊。赴叔云招。复四弟信。

十三日(6月20日) 晴。出门吊邓世兄。晤廉仲、少川、八嫂、李村、八侄女,李村留饭。风。剃头。

(夏至)十四日(6月21日) 晴。午后,出门晤子俊、海绿。寄四弟信。小坡来。曼生来。

十五日(6月22日) 晴。出门晤硕卿、五云。招硕卿春林饮。

十六日(6月23日) 小雨,即晴。问月来。赴子鹤招。谢公祠看戏。

十七日(6月24日) 风,阴。午后,出门晤海绿、岚樵。

十八日(6月25日) 晴,风,雷雨。

十九日(6月26日) 晴。晤江容舫、三侄女、贞符侄,三侄女留饭。

二十日(6月27日) 晴。借岚樵寓招同人饮。晚,雷电,雨。

廿一日(6月28日) 晴。朗亭来。午后,出门赴子俊如松招。雨。

廿二日(6月29日) 晴。答朗亭、小汀,不值。晤叔云。莼伯、硕卿来,留饭。晚,同二兄访子鹤,留便酌。雨。

廿三日(6月30日) 晴。小山、容伯、廉仲、少川来。剃头。赴诗舲招。

廿四日(7月1日) 晴。祖妣黄太夫人生忌。五侄妇卅生日。午后,出门晤容伯、廉仲、少川,即招廉仲、少川时丰饮。热甚。

廿五日(7月2日) 晴,酷热。夜有星见西北方,光长数丈,直指斗垣。

廿六日(7月3日) 晴。出门赴子鹤龙树招,又至岚樵处谈。仁山来。酷暑。

廿七日(7月4日) 晴。出门,招廉仲、少川秋室饮。赴廉仲广和招。夜,雨。

廿八日(7月5日) 阴。得四弟四月廿三信、鉴斋信,即复之。午后,晴。烟杉侄来。

廿九日(7月6日) 晴。出门晤少斋、小山、贞孚侄、五云。酷热。

(小暑)卅日(7月7日) 晴,酷热。

六月

初一日(7月8日) 日食。晴阴间。出门晤廉仲。夕见异星,渐至天中,其芒稍敛。

初二日(7月9日) 阴,微雨。剃头。游厂。申刻,同人在木君寓为青士祝生日。夜,雨。

初三日(7月10日) 小雨。出门赴少川时丰招,又赴子俊招。夜,雨。

初四日(7月11日) 晴。祖妣黄太夫人忌辰。少斋、仁山来。热。

初五日(7月12日) 晴。出门游厂。午后,同岚樵、子鹤、二兄游法源寺。子鹤邀至寓斋饮,吃面。

初六日(7月13日) 晴。游厂。夜,雷电,大雨。

初七日(7月14日) 晴。交李太守寄四弟、小雅侄信。酷热。

初八日(7月15日) 晴。出门晤吟棠、廉仲。寄禄生信。岚樵、子余、礼堂来。晚,赴岚樵招。夜,腹疼,发热。

初九日(7月16日) 晴。午后,雷电,大雨。身子不适。

初十日(7月17日) 雨。述堂来开方。伏暑夹脾湿,以致口无味、腹隐痛,用温解制川朴六分,煨木香四分,炒陈皮炭一钱,砂仁壳五分,赤苓块二钱,东查炭、盐水炒泽泻一钱,焦谷牙引,加生姜四分。

十一日(7月18日) 晴。高祖妣古太夫人忌辰。芍农来。复热。

十二日(7月19日) 晴。安姨太太忌辰。酷暑。

(初伏)十三日(7月20日) 晴。八嫂来。酷暑。

十四日(7月21日) 晴。剃头。酷暑。

十五日(7月22日) 晴。酷暑。

(大暑)十六日(7月23日) 晴。岚樵、贞孚侄来。

十七日(7月24日) 小雨。出门晤廉仲,招时丰饮。又至芷侬斋饮。

十八日(7月25日) 晴。到厂。午后,出门晤木君、廉仲、子鹤,子鹤留饮。雨,即晴。

十九日(7月26日) 晴。出门晤玉昆、容伯、礼南。遇子鹤,同游长椿寺。又晤五云、介春,五云留饭。夜,雨。

二十日(7月27日) 雨。

二十一日(7月28日) 雨。同二兄招子鹤、岚樵、木君时丰饮。游厂。午后,晴。赴木君招。

二十二日(7月29日) 晴。进城晤敬亭,留饮。又至八嫂、曼生伉俪处。

二十三日(7月30日) 晴。招廉仲、少川福隆堂饮,又赴廉仲沅宝饮。

(中伏)二十四日(7月31日) 晴。出门到厂。小云、廉仲来。

二十五日(8月1日) 小雨。访廉仲,略谈。剃头。晚,赴青士招。

二十六日(8月2日) 小雨。廉仲处饭。午,晴。廉仲来。

二十七日(8月3日) 晴。午后,访廉仲。到厂。

二十八日(8月4日) 雨。出门晤濂甫。晴。同廉仲荔室饮。

二十九日(8月5日) 晴。子鹤招饮。

七月

初一日(8月6日) 晴,热。赴硕卿春林堂饮,又赴文石寓中招。

(立秋)初二日(8月7日) 晴。申正,访岚樵,同赴诗舲招。

初三日(8月8日) 雨。出门访廉仲。

(末伏)初四日(8月9日) 雷雨。陆淑人忌辰。午后,晴。出门晤次旅、巢生、又臣、资哉、又滨。

初五日(8月10日) 晴,热。出门晤玉双、芾村、曼生、八嫂、贞孚侄、三侄女、若农、山农。在三侄女处饭。又访廉仲。夜,雨。

初六日(8月11日) 晴。剃头。午后,出门晤子俊、海绿。到子鹤处。公请岚樵。夜,风,雷雨。夜半,腹疼,呕吐。

初七日(8月12日) 晴。

初八日(8月13日) 晴。

初九日(8月14日) 晴。

初十日(8月15日) 阴晴间。廉仲来。

十一日(8月16日) 雨。午后,访廉仲。赴时丰招。夜,雨更大。

十二日(8月17日) 雨。午后,晴。出门晤莼客、珊士。

十三日(8月18日) 晴。赴岚樵时丰招。木君招广德楼。

十四日(8月19日) 晴。祀先。出门晤廉仲、海绿、子俊。

十五日(8月20日) 晴。出门晤若农,同至广和饮。晚,赴诗舲招。热。

十六日(8月21日) 晴,热。申刻,赴木君龙树院招。得四弟六月初八信,桂清、八甥信。

十七日(8月22日) 晴。到龙泉寺,荫儿夫妇为三姊礼忏。访岚樵。复四弟信,桂清、八甥信。夜,雨,雷。

(处暑)十八日(8月23日) 小雨。仲约处饭。见立皇长子为皇太子谕。午后,又雨。

十九日(8月24日) 晴。出门晤曼生、贞孚侄、三侄女。惊悉大行皇帝于十七日寅刻龙驭上宾。访子鹤、木君。剃头。

二十日(8月25日) 晴。廉仲来。同人到子鹤处话别,明日赴行在。

廿一日(8月26日) 晴,热。珊士、硕卿、修伯来,木君来。

廿二日(8月27日) 晴,热。出门晤廉仲。下午,廉仲来。夜,雨。

廿三日(8月28日) 雨。出门。岚樵留饮,又访廉仲。

廿四日(8月29日) 晴。五世祖妣汪太安人忌辰。午后,访子俊,留晚饭。雨。

廿五日(8月30日) 雨,冷。若农处竟日之叙。

廿六日(8月31日) 晴。赴海绿招。申刻,赴木君招。

廿七日(9月1日) 阴。

廿八日(9月2日) 晴。出门晤萝杉侄。归后,仲约、硕卿来,留饭。赴岚樵招。晤墨农、李村、三侄女、八侄女。

廿九日(9月3日) 雨。午后,出门晤新甫。赴青士招。

卅日(9月4日) 晴,热。赴若农、廉仲处谈。

八月

初一日(9月5日) 晴。午后,访廉仲、若农,若农留晚饭。夜,大雨。

初二日(9月6日) 阴。出门晤岚樵、子俊,子俊留饭。

初三日(9月7日) 晴,凉风。午后,访若农,留夜饭。

初四日(9月8日) 晴。三侄女处饭。又到龙爪槐木君招,吃点心。

初五日(9月9日) 晴。廉仲、岚樵来,留岚樵饭。

初六日(9月10日) 晴。出门晤子俊、若农,若农留饭。荫儿署宗人府府丞。

初七日(9月11日) 雨。若农来。

初八日(9月12日) 晴。出门晤岚樵、若农,若农留饭。晚,赴诗舲招。庭芷来。

初九日(9月13日) 晴。廉仲、容伯来。申刻,招诗舲、岚樵、木君、青士小叙,青士以弟病未到。

初十日(9月14日) 晴。出门晤叔均、莼伯、珊士、若农、岚樵。唁青士脊令之痛。又答勉甫。夜,雨。

十一日(9月15日) 晴阴间。出门唁青士。晤岚樵、廉仲、曼生、贞孚侄、三侄女,三侄女留饭。游长椿寺。夜,雨。

十二日(9月16日) 晴。出门晤小舫、廉仲。晚,同二兄访青士、木君,木君留饭。

十三日(9月17日) 雨,即晴。出门晤廉仲、若农、山农、子俊,若农留饭。兰岩来。

十四日(9月18日) 晴。午后,出门晤云樵、廉仲、若农、岚樵,岚樵留饮。

十五日(9月19日) 晴。火神庙拈香。若农处饭。夜,归。荫儿派接谈换卷大臣。

十六日(9月20日) 晴。步访廉仲,同至时丰饮。复步访荔芷,步行而归。廉仲来。

十七日(9月21日) 晴。出门晤棣珊、若农。若农处饭。

十八日(9月22日) 小雨,晴。先祖光禄公生忌。岚樵来。午后,阴。访青士。送木君山陕之行。夜,雨。

(秋分)十九日(9月23日) 阴。到厂。晤若农。夜,雨。

二十日(9月24日) 晴,大风,冷。申刻,招岚樵、廉仲时丰酌。

廿一日(9月25日) 晴。出门晤容伯、若农、莼伯、珊士、八侄女,若农留饭,八侄女留点心。

廿二日(9月26日) 晴阴间。患目疾。

廿三日(9月27日) 晴。目疾未愈。

廿四日(9月28日) 小雨,仍晴。目肿。廉仲来。

廿五日(9月29日) 晴。硕卿、岚樵、青士来,留岚樵、青士点心。

廿六日(9月30日) 晴。夜,雷雨。

廿七日(10月1日) 晴。五世祖敷九公生忌。纬卿、滋斋来。

廿八日(10月2日) 晴。汝勤来。

廿九日(10月3日) 晴。廉仲、硕卿、诗舲、容伯来。

九月

初一日(10月4日) 阴。敷九公忌辰。巢生来。

初二日(10月5日) 小雨。高祖闲斋公生忌。晴,大风。岚樵来。

初三日(10月6日) 晴。得觐唐信,知鉴斋去世。

初四日(10月7日) 晴。谢太夫人生忌。廉仲来。大风。复觐唐信。

(寒露)初五日(10月8日) 晴。少川来。风。

初六日(10月9日) 晴。

初七日(10月10日) 晴。岚樵、廉仲、少川来。

初八日(10月11日) 晴。

初九日(10月12日) 晴。汪淑人忌辰,持斋。若农来。

初十日(10月13日) 晴。得香岩书。

十一日(10月14日) 晴。少川来。

十二日(10月15日) 晴。

十三日(10月16日) 晴。

十四日(10月17日) 晴。少川来。六少奶奶来。

十五日(10月18日) 晴。少川来。

十六日(10月19日) 阴。岚樵、容伯来。大风。得东侄七月十八信。

十七日(10月20日) 晴。硕卿、少川、伯垂、廉仲来。

十八日(10月21日) 晴。

十九日(10月22日) 晴。

(霜降)二十日(10月23日) 晴。纬卿来。伯垂来。

廿一日(10月24日) 晴。岚樵携酒肴同青士来叙。

廿二日(10月25日) 晴。

廿三日(10月26日) 晴。八侄女来。夜,雨。

廿四日(10月27日) 雨。晚,邀岚樵、青士吃点心,岚樵以泥途不至。

廿五日(10月28日) 晴。曾祖贡湖公忌辰。岚樵、珊士来。

廿六日(10月29日) 阴。

廿七日(10月30日) 雾,晴。

廿八日(10月31日) 晴。得四弟八月初三、十六信,七月卅信。六世祖妣忌辰、高祖妣生忌。容伯来。复四弟、东侄、秉斋信。

廿九日(11月1日) 晴。妣汪太夫人生忌。得桂清信。岚樵、莼客来。未刻,圣驾进宫。

卅日(11月2日) 阴,风,晴。木君、纬卿、资哉来。晚,招诗舲、岚樵、木君、青士小叙。

十月

初一日(11月3日) 晴。莼伯、珊士来。得小厓侄信。

初二日(11月4日) 晴。复小厓信。岚樵来。

初三日(11月5日) 晴,风。心畬来。梓宫进城。

初四日(11月6日) 大风,晴。

(立冬)初五日(11月7日) 风,晴。子鹤、岚樵来。

初六日(11月8日) 晴。三侄女来。

初七日(11月9日) 晴。汪淑人生忌。岚樵来。

初八日(11月10日) 晴。心畬、贞孚侄来。

初九日(11月11日) 小雨,即晴。皇上登极。

初十日(11月12日) 晴。烟杉侄来。贞孚、醴如两侄来。

十一日(11月13日) 雨,雷,大风。荫儿派磨勘大臣。

十二日(11月14日) 风,阴。八嫂、烟杉侄来。

十三日(11月15日) 晴。

十四日(11月16日) 晴。木君、九侄来。

十五日(11月17日) 晴。心畬来。招岚樵、木君小叙。

十六日(11月18日) 晴。珊士来。

十七日(11月19日) 晴。先祖忌辰。

十八日(11月20日) 晴。九侄来。

十九日(11月21日) 晴。

二十日(11月22日) 晴。夜,腹疼。

(小雪)廿一日(11月23日) 晴。呕吐。述堂来诊视。岚樵来。

廿二日(11月24日) 述堂来。

廿三日(11月25日) 述堂来。

廿四日(11月26日) 容伯、岚樵、述堂来。

廿五日(11月27日) 晴。

廿六日(11月28日) 晴。述堂、岚樵来。

廿七日(11月29日) 晴。已愈。珊士来。剃头。

廿八日(11月30日) 晴,大风。贞孚、醴如两侄来。

廿九日(12月1日) 晴。

十一月

初一日(12月2日) 晴。岚樵、木君来。

初二日(12月3日) 晴。

初三日(12月4日) 晴。岚樵、少川来。

初四日(12月5日) 晴。怡侄举一男。夜,大风。

初五日(12月6日) 晴,大风。

(大雪)初六日(12月7日) 晴。到华陀师庙拈香。晤岚樵、仲汶,岚樵留饮。六世祖考忌辰。

初七日(12月8日) 晴。

初八日(12月9日) 晴。出门晤岚樵、青士。

初九日(12月10日) 晴。

初十日(12月11日) 晴。午后,出门晤子鹤、藕舲、木君。

十一日(12月12日) 晴,大风。

十二日(12月13日) 晴。出门晤汝勤、容伯。晚,木君来。

十三日(12月14日) 晴。耕石来。

十四日(12月15日) 阴。午后,出门晤岚樵、子承、少川。

十五日(12月16日) 晴,大风。出门晤韫斋、子俊。

十六日(12月17日) 晴。荫儿跌伤腿,请假。咏莪年丈来。

十七日(12月18日) 晴。同二兄招岚樵、木君、青士新开馆饮。又至木君处谈。

十八日(12月19日) 晴。出门晤啸庵、岚樵。剃头。质斋、八侄女来。

十九日(12月20日) 晴。出门晤木君、子承、少川。晚,赴青士招。

二十日(12月21日) 晴。出门晤月波、海绿,便酌。夜,祀先。

(冬至)廿一日(12月22日) 阴。午后,晴。出门晤子俊、海绿、贞孚侄、三侄女。夜,雪。

廿二日(12月23日) 晴,大风。出门晤子鹤、子晋,子晋留饭。

廿三日(12月24日) 晴。出门,晤子承、岚樵。招岚樵时丰饮。夜,赴青士招。

廿四日(12月25日) 晴。出门晤魏卿,留饮。

廿五日(12月26日) 阴。五曾叔祖忌辰。魏卿来。夜,大雪。

廿六日(12月27日) 晴。出门晤次垣、又臣。晚,二兄招同人饮。

廿七日(12月28日) 晴。晚,赴容伯招。

廿八日(12月29日) 晴。心泰、锦潭叔来。

廿九日(12月30日) 晴。出门,岚樵留饮。又访少川。香溪来。

十二月

初一日(12月31日) 晴。出门晤子承、少川。同兴居独酌。扫尘。夜,赴木君招。

初二日(1月1日) 晴。午后,出门晤子俊、海绿。

初三日(1月2日) 晴。进城拜客。晤芾村、叔云、莼客、子承。

初四日(1月3日) 晴。陆淑人生忌。夜,招岚樵、木君、青士小叙。

初五日(1月4日) 晴。出门晤子晋、小坡,子晋留饮,小坡留点心。

(小寒)初六日(1月5日) 晴。剃头。

初七日(1月6日) 晴。出门晤子晋、少川、子承。晚,小坡来。

初八日(1月7日) 晴。午后，到厂。晚，招二兄、诸侄义顺饮。

初九日(1月8日) 晴，风。出门晤岚樵、友莲、子晋，子晋留饮。资哉、棣珊来。

初十日(1月9日) 晴，大风。出门，龙泉寺，松庭周年。访子俊。高祖考忌辰。

十一日(1月10日) 晴，大风。小泉来。

十二日(1月11日) 晴。出门晤岚樵，即归。莘畬来。

十三日(1月12日) 晴。同人公饯木君，在青士斋中。每分廿一千五百九十。

十四日(1月13日) 晴。到龙泉寺。岚樵令郎开吊。

十五日(1月14日) 阴。出门晤筱泉、莘畬、容伯。午后，又出门晤岚樵、子俊、海绿。

十六日(1月15日) 阴。赴岚樵义顺招。午后，晴。至海绿新宅。

十七日(1月16日) 晴，风。

十八日(1月17日) 晴。出门祝小轩夫人寿。晤叔畇、莼客、珊士、曼生、三侄女，三侄女留饭。夜，珊士、莼客来。

十九日(1月18日) 晴。赴琴舫招。访叔云、莼客。

二十日(1月19日) 阴。

廿一日(1月20日) 晴，风。文恭公生忌。午后，出门晤岚樵、叔云、莼客、珊士。

(大寒)廿二日(1月21日) 晴。出门晤岚樵、子承。送木君行。

廿三日(1月22日) 晴。送灶。赴次垣、介生招，菜甚精。

廿四日(1月23日) 晴。曾祖妣生忌。赴叔云招，苏菜颇佳。大风。

廿五日(1月24日) 晴，大风。至伟如侄店中，留饮。少川、玉生甥来。

廿六日(1月25日) 晴,风。

廿七日(1月26日) 晴,风。午后,访岚樵、青士、子承。赴青士小酌。

廿八日(1月27日) 晴。敬神。风。出门晤岚樵、子承。晚,子晋来。

廿九日(1月28日) 晴。先妣汪太夫人忌辰,持斋。剃头。

卅日(1月29日) 晴。得四弟十一月廿二信。接灶。祀先。复四弟信。

(按:以下内容应属杂记。)

节赏各房,每二百,五千八百。生日各房,每二百,五千八百。生日本房、小房每四百,廿四人,九千六百。容桂二两,陈六千,刘二两,严二千,李二两,韩二千,董二千,报二千,刘二千,李二人二千,张车一千,看号四百。少□妈二两,二嫂八百,娄三两五钱四千,何一两五钱,胡六千,冯四千,双庆二千,长东六千,沈六千,蔡六千。

癸亥七月初四日,陆夫人二十周年,龙泉寺礼忏。经忏、焰口四十千,衬钱廿二千,上供平果十千,四桌六十千,道人、厨子八千,楼库十六千,箱卅七千。蟒袄,朝珠,蟒裙,头面四包,霞佩,首饰四包,凤冠,小褂裤,玉带,膝裤,补褂,带履,衬袄。紫楼库用老元宝十二挂,黄钱十二搭,千张十二搭,二千六百四十,千张十二搭。玉生兄弟送香烛四百。辛之送香烛四百。硕卿送香烛四百。车饭每二百。

西瓜钱,鸭蛋钱。生日封,均每人二百。

助少峰。彭四两,汪八两,小雅一两。南海邹特夫伯奇周行日晷,番禺徐子远察造,羊城西湖街晋扑楼。

番禺陈兰甫澧著《声律通考》十卷、《汉书地理志水道图说》七卷,西湖街富文斋刊。

正月初一。元宝十卦。黄钱十搭。千张一。关帝庙,大四两,香二。龙泉寺,大四两,香二。华陀师庙,大四两二,香四。星宿殿,大四两，香二。城隍庙，大四两，香二。东岳庙，大四两，香二。火神庙，大四两，香二。佛堂□□一对，大四两二，香二。喜神方，大双包，香一。灶神，大双包，香一。财神，双包三，香三。

治栗子筋

猫脑袋一个，桔红五钱，夏枯草一两，山查子五钱，橘子子二钱，阴阳水和蜜为丸，五钱一服，三服即愈。

治黄病

熬黄蜡，摊匀火，须上卷成筒，以荞麦面厚寸许和饼，中留一孔，如脐眼大，以饼置脐上，以孔对眼，将蜡筒插入，燃之。烧至饼上，即弃之，取出筒尾之黄末及脐内黄末，另烧一筒。轻者七八筒即愈，重者十余筒。或作两次烧，亦好。

除瘟救苦丹

专治一切瘟疫、时疟、伤寒感冒，无论已传经、未传经。大人服一丸，小儿半丸。凉水调服，出汗即愈。重者连服二丸。未汗之时，切不可食热汤、热物，汗出之后不忌。瓜儿天麻、麻黄、干姜、松萝茶、菉豆粉各一两二钱，甘草、朱砂飞净、雄黄飞净各八分，生大黄二两，共研为末，炼蜜为丸，如弹子大，收磁罐内，勿泄气。

牙缝出血不止

丝瓜藤炙灰擦之，立止。如无藤，丝瓜络亦可。

干霍乱

胸腹搅痛，胀结闷乱，欲吐不能，欲泻不能，即今所谓绞肠痧，危急之疟。急以炒盐搅滚汤内，入皂荚末三分。候汤冷，灌之。令其大吐，可得生。

又方

炒盐一钱,井河水各半盏调饮,效。

又方

生白矾末一钱,入滚汤内。候冷,灌之。如不止,将针刺十指出血,如治痧法,再将病人腿腕横纹上蘸温水拍打,有紫红纹见,以针刺出紫血,立愈。

霍乱转筋

吴茱萸、川木瓜合盐各五钱同炒,热水煎服。炒热熨脐下,亦效。

滚水荡

新汲井水同生白矾在擂盆内浓磨,敷上两三次,立即止痛,不起泡,不烂。

鸿案相庄,正喜兰阶承爱日;鸾封叠晋,忽惊莲座返慈云。钟云樵母

豸绣宣勤,会见棠阴歌德政;螭坳锡宠,忽惊蓬岛迓仙班。华又斋方伯

紫诰答春晖,正喜萱庭绵爱日;绛帷垂懿训,忽惊蓬座返慈云。李廷箫母

蕙帐神伤,鸿案相庄怀淑范;玉弦韵杳,鹤骖遽返怆仙游。孙莱山夫人

玉镜掩清辉,营奠悲凉成永诀;彤编留淑范,持家辛苦想遗徽。吴心畬夫人

枫阶奖忠纯,勋懋调元,惟有荩忱依紫禁;枢廷襄密勿,丰隆熙绩,忽惊台曜陨丹垣。桂中堂,耆硕垂型。

《雁门集》摘句

门前画船如画阁。绿纱虚窗春雾薄。隔窗蛾眉秋水活。《江南乐》

春风淡荡摇春心，锦筝银烛高堂深。绣衾不暖锦鸳梦，紫帘红雾天沉沉。芳华谁惜去如水，春困著人倦梳洗。夜来小雨润天街，满院杨花飞不起。《燕姬曲》

东风吹老碧桃花，深院无人夜如海。《蕊珠曲》

江风入霜林，寒叶下疏雨。萧萧复萧萧，可听不可数。山僧亦好奇，呼童扫行路。到处觅秋声，肩舆入山去。《焦山方丈》

江白潮已来，山黑月未出。树杪一灯明，云房人独宿。近水星动摇，河汉下垂屋。四月夜深寒，繁露在修竹。《宿台城山绝顶》

朱唇半启榴房破，胭脂红注真珠颗。一点春酸入瓠犀，雪色鲛绡湿香唾。九华帐里薰兰烟，玉肱曲枕珊瑚偏。金钗半脱翠娥敛，龙髯天子空垂涎。《杨妃病齿》

三山云海几千里，十幅蒲帆挂烟水。吴中过客莫思家，江南画船如屋里。芦芽短短穿碧沙，船头鲤鱼吹浪花。吴姬荡桨入城去，细雨小寒生绿纱。我歌水调无人续，江上月凉吹紫竹。春风一曲鹧鸪词，花落莺啼满城绿。《过嘉兴》

云气千山暝，松声五月寒。

梦回僧枕雨，花落佛龛灯。

残雪覆碧草，凄风吹未消。王孙去不返，魂魄又谁招。往事如春梦，无人问早朝。荒陵斜照里，松树晚萧萧。

落日江船鼓，孤灯野寺钟。

青山到江尽，白鸟去天长。

瓮城春寂寂，石磴草斑斑。倚杖高低月，登楼远近山。百年诗句里，三国酒杯间。自叹黄尘客，来消半日闲。

石头城上去，红叶雨纷纷。半日不见路，四山都是云。

长风万松雨,落日半山钟。

风雨孤舟夜,关河两鬓秋。

酒热春如海,诗闲日似年。乡关千里外,风雨一灯前。

山川几緉屐,日月两浮萍。

一身千里外,孤馆万山中。

送客月在地,出山云满衣。灯明闻犬吠,松暗见萤飞。

教儿书满架,遇客酒盈樽。野水到门外,渔船系树根。

中秋八月半,一水万山间。

老鹤来迎客,隔松长似人。

寒砧万户月如水,老雁一声霜满天。

寒天半夜无人语,明月满船闻雁声。

帆冲细雨空江白,鸟没长淮远松青。

古寺难寻入山路,行人但听隔林钟。

新酒瓦盆青映竹,旧题石壁绿封苔。夕阳半岭牛羊下,秋色满天鸿雁来。

柳花满地无人扫,隔水遥看是白云。

小盆几个山茶落,桃叶满帘春雨深。

古寺纳凉过半日,葛衣石枕竹方床。

绿阴门巷客呼酒,黄犊山村人唱歌。

小红帘卷春波绿,渡水杨花落砚池。

中热卒死

以路上热土围脐,令人溺尿其中,即活,以童便乘势灌之。

转筋

男子以手挽其阴,女子以手牵其乳向两边,即愈。

霍乱转筋

木瓜煎汤服，外以布蘸热汤熨之。

治刀疮药方

端午日，取韭菜捣汁，和石灰杵熟为饼，敷疮处，血即止。即骨破，亦可合。奇效。

瓜蝶七寸盆四。霁红七寸盆六。万历盆一。福寿绿盆一。荷花九寸四。乾隆霁红七寸盆六。桂花牡丹七寸四。双喜七寸。乾隆蓝五寸二。双喜五寸十一。百子五寸碟四。桂花牡丹五寸碟十一。请客菜碗十。四季花大碗四。乾隆龙碗三。红荔山房龙碗四。仙女汤碗十。青花饭碗六。小菜碟一。七寸寿桃盘四。有盖蓝花碗一。大海白碗。蟹茶碗连盖。十景酒杯九。鱼龙碟四。胡蝶人五寸碟二。青狮子碗二。蓝地八仙碗二。灵芝碗四。荷花七寸碟六。蓝花七寸五。团龙七寸二。蓝公碗九。套杯五。水晶杯十。洋磁碗七。瓜楞茶碗有坐。洋磁碟六。超八。胡蝶茶碗四。荷花菜碗二。吉羊如意碗一。青花粗碗二。红绿团龙三寸碟。如意蓝盖碗二。红竹碗二。粗蓝饭碗一。八仙饭碗四。石榴酒中六。绿龙酒中。荷花酒中四。寿字碟酒中二、碟二。白茶盖碗。竹字碗九、盖十。寿字碗一、盖四。四季花碗五。桂花碗二。渔樵耕读碗二。红花茶碗五、盖三。四季花三寸碟五。双喜中九、盖十。吉羊如意中四。寿字中五。龙凤茶碗四，有盖。绿团龙碗六。百子饭碗二。蓝团龙饭碗一。荷花饭碗一。绿团龙茶碗二。荷花鸳鸯茶碗二。碧玉杯六。木碗五。瓜楞茶中。双喜小碟一。荷花小碟二。青团龙五寸碟一。蝶茶中一。洋磁酒杯一。茶碗盖四。白花瓶一。兰花碗一。牙箸廿三双。洋漆箸三双。洋盆二。成化龙五寸碟四。锡茶船十二。

陆先生诗集序

彭 绩

予年八九岁时,在塾。先生尝至塾,循予首曰:“童子发何黄?”时先生将之官,今年先生卒矣,予生三十三年矣。使先生且未卒,归见予,且不省我昔所见童子黄发者也。先生卒逾年,嗣子芳原捃拾先生诗,还乡里。先生甥黄翼平编先生诗,去其落次难缉缀者,得二百篇。将锓诸板移写,至余乞序。予读之叹异,既而以告予亲友识先生者,亦莫不以为异。盖吴中诗人,咸未有知先生能为诗者矣。先生诗辞,沥思镌骨,岭[①]耸涛涌。古之孟郊、韩愈、李贺其亚欤?先生名王任,字殿抡,苏州人,兼工书法绘事。为河南都事十余年,以察举擢[②]宁州知州五年。卒于官,年六十七。予向者未至先生家,及先生卒,乃与外兄孙公执过焉。徘徊庭园,视其草木泉石。坐斋中饮茶,诵先生诗。于时秋也,闻蝉声,悲感无穷矣。谨序。

息庵翁传

息庵翁名志求,字文健。息庵,别号也。其先江西清江县人,后以明洪武中至苏州,遂家焉。祖贻令先生,以善书名吴中。翁童子日,以磨墨侍祖书,学作点画精劲,祖奇之,授以法。为人廉直,非礼不行不语,亲友敬厚焉。翁嗜书,人有好书,辄借得之。饰小斋独居,几上一炉香、一瓶水,晨莫钞书。然翁心雄,耻不得及时有为。秋风起,则惊,扑笔,起立,徘徊焉,复钞书,竟老于家。雍正四年卒,葬黄山。生一男三女。翁子孙贫薄,坟坏树稀,拜扫缺;而翁钞集之书具存。孙男绩谨撰。

---

① “岭”字底本无,据清代吴翌凤辑《国朝文征》之《陆先生诗集序》补。

② “擢”字底本无,据清代吴翌凤辑《国朝文征》之《陆先生诗集序》补。

亡妻龚氏圹铭

乾隆四十三年九月朔，彭绩秋士具舟载其妻龚氏之柩，之吴县九龙坞彭氏墓。翌日，葬之。龚氏，讳双林，苏州人，先世徽州人，国子生讳用鳌第二女，处士讳景骙之冢妇。嫁十年，年三十，以疾卒，在乾隆四十一年二月之十二日。诸姑、兄弟哭之，感动邻人。于是，彭绩得知柴米价，持门户，不能专精读书。期年，发数茎白矣。铭曰：作于宫，息土中，吁嗟乎龚！

七家文钞后序

吴德旋

锡山薛画水与阳湖陆祁孙选定《七家文钞》成，既各叙其钞之之意矣，而德旋复为其后序曰：

余年二十余至京师，与武进张皋文同学为文，得桐城姚惜抱先生《古文辞类纂》。读之，而知文之不可不讲于法也，如工之有规矩焉，如射之有彀率焉。虽曰神明而变化之，各存乎人，然欲舍规矩、彀率而别求所以神明变化之方，其究恐归于迷谬而无所得。盖尝持是说以语皋文，而皋文不余非也。年几四十，始获亲谒惜抱先生而请益焉。先生诲之曰："子之论文主于法，是矣，然此学者之始事也。其终也，几且不知有法，而未始戾乎法。子其归而求之周秦诸子及司马子长之书乎！"德旋曰："唯唯。"然固且疑之，疑夫惜抱先生之文之谨于法也。然先生固尝言之曰"文之至者，通于造化之自然，人力不得而施也"，则言夫人力之所可为者，亦惟学者之始事而已。

我朝之文，能无戾于古人之法者，断自方望溪始。刘海峰，则望溪之弟子，而惜抱所从受法者也。皋文始亦得宗于海峰，而变其清宕为渊雅，故文格与惜抱为近。恽子居兼综百家，而其镕炼淘洗之功，非貌为秦汉者所能企。我朝之以能文名者数十家，然未有能逾此五君子之上者矣。建宁朱梅厓，为文专宗韩退之氏，可伯仲于皇甫持正、李南纪之间。长洲彭秋士,长于纪述,简质似陈承祚。录之附于五君子之后,臭味亦未始不同也。

夫古人之文,岂尝有定法哉?言其意之所欲言而已耳。言其意之所欲言者,而气足以充之,辞足以达之,则文成而法自存乎其中矣,岂必悬帜而市于人曰"此于法宜如是"耶?洎乎汉氏之东,文气渐即衰薄。魏晋以降,才士雕琢曼词,以为适俗应用之具,则固宜其气之不足以充,辞之不足以达矣。至其久而相沿成习,若士之为文固应若此者,斯为蔽益甚,而其于古也不亦远乎?六经简严易直之体,不几澌灭而无遗矣乎?唐韩退之以天挺豪杰,起而振其衰。秉经以立义,因事以造言,而其气足以充其体,其辞足以达其意,与古之所以为文者悉合。于是,后之学者,不得不求为文之法于古人之文,谓非是将不得其门以入也。若乃神明而变化之,则固非法之所能拘,而法亦非所以尽意。然岂可骤而语之承学之士乎哉?而世犹有欲舍法以言文者,则非吾之所敢知矣。

解砒霜毒

粪清灌之最妙。

救压死

榆树皮捣烂敷之。

东野诗

慈母手中线,游子身上衣。临行密密缝,意恐迟迟归。谁言寸草心,报得三春晖。

书去魂亦去,兀然空一身。

贫女镜不明,寒花日少容。暗蛩有虚织,短线无长缝。

试妾与君泪,两处滴池水。看取芙蓉花,今年为谁死。

不惜十指弦,为君千万弹。常恐新声至,坐使故声残。弃置今日悲，即是昨日欢。将新变故易，持故为新难。

欲别牵郎衣，郎今到何处。不恨归来迟，莫向临邛去。

萱草女儿花，不解壮士忧。

有笋未出土，中已含泪痕。

旭日朱楼光，东风不惊尘。公子醉未起，佳人争探春。探春不为桑，探春不为麦。日日出西园，只望花柳色。乃知田家春，不入五侯宅。

晓月难为光，愁人难为肠。冷露滴梦破，峭风梳骨寒。

老病多异虑，朝夕非一心。

君子山岳定，小人丝毫争。

秋深月清苦，虫老声粗疏。

山中人自正，路险心亦平。

花下本无俗，酒中别有神。

游僧步晚磬，话茗含芳春。

夜里琴语切，昼情茶味新。

万俗皆走圆，一身犹学方。

野客云作心，高僧月为性。

夜坐冷竹声，二三高人语。

秋霁山尽出，日落人独归。

松色不肯秋，至性不可柔。登山须正路，饮水须直流。

灵境物皆真，万松无一斜。

晚雨晓犹在，萧寥激前阶。

星星满衰鬓，耿耿入秋怀。

我心随月光，当君庭中央。

誊录

秦琛苏。李福恒苏。曹文远陕。汪鸣銮浙。何文锦直。范言昌苏。华汝楫苏。严思忠苏。增润正黄。陈昆璟直。周志镛顺。袁宝篆浙。金恩纶浙。蒋玉泉顺。胡祖懋浙。胡士源苏。洪梦兰安。高书麟苏。王之钧直。冯光元苏。侯彬直。徐杨海直。刘炳云顺。沈文沄苏。陈必达顺。庄钧韵苏。章奎福。恽宝琛苏。叶嘉树苏。钟觉黎广东。乔培因山东。刘凤玉湖北。王之钊直。李庆瓒顺。王鸿鹏直。隋振鹏山东。张文钧苏。刘恩第顺。周震东广西。俞德懋苏。陈颐龄苏。张殿韶广东。萧其颖浙。樊慕煦浙。刘文祥直。程用俦湖北。华省三江西。岳长升直。俞赞赓顺。古钟诚浙。李荫曾苏。陈宝琳苏。卓景瀛川。庄赓飏苏。谢贤佐广西。诸成瓒苏。严祖培浙。陈逢柄江西。章锡庆浙。徐用康浙。毛鸿儒苏。余汝谐苏。鲁世保江西。杨景琮安。施庆修浙。田润之河南。王式曾川。梁承颐苏。杨同福苏。龙文治广东。徐思浍广东。王煜直。吴景鸿浙。朱翰生苏。张玙甘。张文康福。吴显高安。陈起风广东。蒋恩保苏。朱道彝安。绳绮顺。樊觐玉直。沈觐济苏。卓兆蕃川。陶式镕浙。康宗范顺。王显山西。黄正琳安。盛家驹苏。龙景恬广东。张履恒苏。李庆桐直。廖奉莘山西。胡宝贤顺。邵承宣直。何金诒湖北。胡祖同浙。龚家诏浙。张兆丰广东。陈应实苏。陈兆风浙。邱荫桦福。陈曾直。沈曾棨浙。张启蕴正蓝。程其珏江西。何葆恩浙。张丕弼顺。陈之梅广东。何秉铨直。陶式鋆浙。李世丰江西。邱经济江西。胡祖诒浙。朱绂苏。罗凤翔安。林家江广东。吴世祺苏。宋祖绶苏。徐以和浙。龚树椿直。孙肇燃山东。李荫浓川。冉孟铣川。龚联辉云。李恩曜直。寿山正蓝。国嘉瑞直。饶应祺湖北。何庭煇湖北。李浚家山东。刘瑞祥直。王之镇直。绳纹顺。汪彦份苏。古楙勋湖北。王枢直。傅赞勋江西。邵书云浙。陶庆增苏。庞鸿湛苏。丁士济苏。刘蕴良贵。李茵川。纪有堂浙。叶星会浙。曾鸿才广东。胡宝森顺。梁近光广东。王宪曾川。熊会章湖北。顾同善直。王提封直。阎叔立山东。萧尔茀顺。王壬滋山东。李桦顺。刘翰章徽。李士彬湖北。韩荫棻直。冯秩清广东。崔望贤苏。任寿金山东。王晋之顺。施德龄浙。孙增荫顺。王文修湖北。何葆宸浙。朱毓棠直。何荣恩浙。

康宗万顺。梁匡国广西。李恩多正黄。章文翰浙。赵仲简苏。李含昌顺。饶志循安。叶其昌浙。郑德称直。傅钟沅浙。崔熙年浙。梁明灯广西。郭豫培直。张云祥苏。殷如珠苏。李大镛顺。韩曾祺山西。任式曾山东。李漠苏。骆亨衢浙。刘葆章安。李祖谦直。李龙章顺。俞赞苏。李庆琛顺。徐恩沅广东。赵士炳苏。马恩培直。李燮堃湖北。叶春和福。徐元达苏。李鹏图顺。徐大镕直。孙銮安。孙济盛浙。叶仲恂直。朱恩宣浙。庄维钧顺。李庆恬顺。陈增赋顺。胡宝善顺。恩沐正蓝。施德荫浙。蒋振镛直。胡松乔直。

北路舆图。按:《汉书·西域传》称山北六国,《后汉书》又称车师六国。六国者,车师前后部及卑陆、且弥、蒲类、移支,即今之巴里坤、乌鲁木齐也。其西为乌孙,其北为匈奴五单于地,即今之伊犁、塔尔巴哈台也。

北路总图,一分图五:曰巴里坤,曰古城,曰乌鲁木齐,曰库尔喀喇乌苏,曰塔尔巴哈台。

南路舆图。天山以南,是为回疆,乾隆二十四年平定后,建城八:曰喀什噶尔,曰英吉沙尔,曰叶尔羌,曰和阗,曰阿克苏,曰乌什,曰库车,曰喀喇沙尔。其地在汉时为城郭诸国,喀什噶尔为疏勒国,英吉沙尔为依耐国,叶尔羌为莎车国,和阗为于阗国,阿克苏为温宿国,乌什为蔚头国,库车为龟兹国,喀喇沙尔为焉耆国,今地名皆沿回语,从其俗也。

伊犁之地,在汉及魏为乌孙,在唐为西突厥,在明为瓦剌。

亦吾庐仅存书目

《汗简》	二本
《佩文韵府》	十九函
《周易虞氏义》	二本
《隶韵》	十二本

《汉石例》	二本
《隶辨》	十六本
《隶释》	四本
《日知录》	十二本
《宝刻类编》	二本
《斯文精萃》	十本
《馆阁诗》	十二本
《关帝签》	一本
《贡举考略》	一本
《词韵》	一本
《白香词谱》	一本
《皇朝文典》	一本
《浙江采集遗书总录》	八本
《粤东金石略》	二本
《积古斋钟鼎款识》	四本
《安阳县金石录》	四本
《偃师金石文记》	二本
《昭陵碑刻》	六本
《石墨镌华》	四本
《吴郡金石目》	一本
《平津碑目》	四本
《括苍金石志》	四本
《得天居士集》	一本
《天瓶斋题跋》	一本
《筠清馆金石目》	三本
《六舟金石小录》	一本
《常山贞石志》	八本
《辛丑消夏记》	五本

《盘山志》	四本
《圣武记》	六本
《词律》	八本
《李文定公文集》	十一本
《陈同甫集》	八本
《壮悔堂集》	八本
《鲒埼亭集》	十六本
《义门小集》	一本
《板桥集》	四本
《潜研堂全集》	
《朱笥河文集》	二本
《溉亭述古录》	一本
《葆淳阁集》	九本
《瓶水斋集》	
《惜抱轩集》	八本
《尺牍》	二本
《柏岘山房文》	四本
《壹斋集》	八本
《是程堂诗》	一本
《观斋集》	三本
《汪子文录》	二本
《海峰文诗》	十本
《有正味斋续集》	六本
《大云山房文》	六本
《频伽诗》	三本
《思适斋集》	二本
《小谟觞馆集》	八本
《冬青馆集》	六本

《甘泉乡人稿》	五本
《记事续稿》	五本
《衎石诗》	一本
《禝欱亭集》	八本
《松壶集》	二本
《泉诗》	一本
《百宋一廛赋》	一本

灵宝如意丹

一治伤寒。一二三四日,不论传经,风寒咳嗽。

一治初起恶疮、五疔恶毒等。以上俱用葱须、姜、黄酒热服,取汗。

一治或肿烂太甚。用津唾研二丸,涂疔上,再用黄酒进一服,立愈。

一治再如疔,或走了同前。黄酒服,要挑破疔头,用药二丸,又内用膏药封上,肿毒自消。

一治中风不语。姜汤。

一治红痢。金银花汤下。

一治噤口痢。石莲子汤。

一治水泻。车前子汤。

一治水蛊。葶苈子汤。

一治气蛊。木香柿蒂汤。痄腮,噙化一丸。

一治中酒毒。陈皮汤。

一治大小便不通。蜜水下。

一治偏坠疼。小回香汤。

一治小便尿血。车前子汤。

一治白浊下淋。葱须汤。

一治一切瘫症。姜汤。

一治出热汗。白糖汤。

一治转筋霍乱。木瓜汤。

一治妇人胎发热。清茶下。

一治产后血迷。炒荆芥穗汤。

一治子死腹内。白芥子汤。

一治产后肚胀。厚朴汤。

一治妇人轻角。红花桃仁汤。

小儿痘疹。麦芽汤。

一治蝎蛰虫咬。黄酒下。

一治牙疼。良姜汤,衔一粒患处,亦可止疼。

一治天疮。杨梅初起,葱须、姜、黄酒热服,取汗,再进一服,次用滚白水,七日全好。

一治一切跌打、坠马、不省人事。黄酒、童便下,自便亦可。

一治一切火烧汤泡。服一服,火毒不致内攻。

一治小儿有积,不会服药。用一丸安放乳头,随乳送下。

一治凡奶积、食积、风寒、惊啼、苦疟,服之无不效。小儿二丸,大人六七丸,不可多用。孕妇勿服。

马起卧。用药数丸,斫破,塞马两大眼角,即愈。

万应锭

一治痰火、中风、半身不遂、喉闭、咽痛、牙疳、中暑、瘟症、伤寒、痢疾、血崩、霍乱、黄病、小儿豆疹、小儿惊风、妇人月家风。大人四五分,小儿二三分,均凉水送下。

一治肚痛、胃气疼。

一治各样无名肿毒。用醋研上。

一治疔毒归心。凉水送下。

一治臁[1]疮、伤手疮。醋研上。

一治骡马尿结、粪结、黄病、孤眼,骡马跳坎,狗生风、疟疾、牙疼。凉水研开送下。

陶彦寿、翁曾源、蒋凤藻、杨泗孙、韩叔岈、汪朝棨、潘祖保、缪嘉谷、蒋嘉栋、潘祖荫、汪寿慈、蒋保燮、沈元溥、董韫琦、凌其榜、潘曾莹、丁士良、丁士涵、翁曾桂、沈振麟、邵亨豫、王恩戴、王绍俊、王宪成、翁同爵、潘观保、汪朝棻、沈镐、张锡基、郑懋勋、翁曾翰、殷兆镛、刘廷枚、陈本枝、程秀、潘曾绶、赵宗德、顾允昌、吴景萱、蒋彬蔚、葛瑞孙、潘祖喜、汪朝棠、庞钟璐、徐炳烈、黄兆柽、彭虞孙、朱毓霖。

御赐丁云鹏佛像。文恭公手迹卷。文宗画马。文恭公安乐窝匾。曹云西画轴。文恭公对。董邦达山水二轴。文恭公戊午小照。梁山舟字幅。独立图。梁山舟双款寿字。秋碧小影。梁山舟寿字送烟侄。汪夫人小照。铁治亭字幅。刘石庵字幅。钱辛楣诗幅。孙子和山水。刘石庵对。陈玉方对。小经横幅。汪浣云山水直幅。铁治亭对。醇士、铁梅、萝村、詹岩合璧。罗两峰终葵。蔡生甫对。史、贺、程、何、吴单幅。阮云台对。周容斋对。文恭公能得斋匾。阮云台字直幅。古醇士对。文恭公亦吾庐。阮云台字、杜石樵画合璧。吴兰雪对。开拓万古之心胸匾。汪少山公山水直幅。英煦斋诗幅。楷书格言横幅。三松、少穆、芸皋合璧。黄左田诗幅。英煦斋、顾南雅字画合璧。钱松壶终葵。阮云台亦吾庐匾。朱椒堂岁朝图。英煦斋字直幅。曾宾谷诗横幅。祁春浦诗札横幅。顾南雅诗楷书横幅。陶润山画小幅。吴兰雪诗舫匾。姚梅伯仕女。许玉年蟹。钱德容菊花。金秋史字。刘石庵字卷。周芸皋画。刻终葵。古醇士山水横幅。文恭公诗卷。顾畹芳山水二幅。

---

① 底本为“瘷”,据文义,疑应作“臁”。

正月

初四　正侄孙。

初八日　瑞鑫侄女

十三日　味侄。

十四日　诗舲。

十五日　许师母。

二月

初六日　济之侄。

初十日　鹤峰夫人。

十二日　小雅侄。

十四日　顺之夫人。

廿一日　木君夫人。

廿五日　九侄。

三月

初二日　子鹤夫人。

初八日　芝生。

二十日　祖畴侄。

卅日　杏春。

四月

初三日　小汀夫人。

初四日　大侄女。

初七日　祖芬侄女。

十二日　鹤峰。

十五日　四侄妇。

十六日　莘农夫人。

廿八日　蓉舫师。

五月

初一日 瑞华侄女。
初四日 滇生师。
十二日 顺之兄。
十四日 二铭、八嫂。
廿四日 五侄妇。
廿七日 小匡夫人。
六月
初二日 青士。
初四日 春圃师。
十三日 谱侄。
十五日 瑞金侄女。
廿一日 八侄女。
七月
初二日 秋谷师。
初四日 宜庭。
初七日 咏莪年丈。
初八日 岚樵、莘农。
初九日 二嫂。
廿九日 仁山。
八月
十七日 怡侄。
廿二日 桐轩。
廿九日 贾师母。
九月
初九日 朗庭。
廿二日 贾师。
廿三日 儿妇。
十月

初一日　谱侄妇。
初六日　荫儿。
初七日　彭太太。
初八日　子鹤。
廿三日　杨小匡、程容伯。

十一月

初四日　二兄。
初六日　四弟妇。
十三日　申甫师。
廿三日　木君、宜庭夫人。
廿七日　筠巢。

十二月

初二日　芝台师。
初四日　小汀。
初八日　岚樵夫人。
十四日　东侄。
十八日　张太太、贞孚侄。
廿三日　翁太太、祖颐侄、小轩。
卅日　玉弟。

光绪四年戊寅(1878)

一月

戊寅元旦,六十九岁(2月2日) 晴。拜佛、灶。喜容。

初二日(2月3日) 晴,冷。五世祖妣汪太安人生忌。

初三日(2月4日) 晴。曾祖考贡湖公生忌。立春。风。

初四日(2月5日) 晴,风。关帝庙、华祖祠拈香。慧生处拜喜神,留饮。又访缉庭、康民、鹤樵。得顺之信,复之。

初五日(2月6日) 晴。龙泉寺、城隍庙拈香。赴柳门招。得硕卿信,复之。

初六日(2月7日) 晴。同二兄招李侯、小帆、茀君宴宾饮。

初七日(2月8日) 阴,即晴。晚,雪。

初八日(2月9日) 阴,即晴。剃头。得西山信,复之。

初九日(2月10日) 风,晴。

初十日(2月11日) 晴。曾祖妣汪太夫人忌。得四弟嘉平十二信,二侄、桂清信。

十一日(2月12日) 晴。赴茀君广和招。

十二日(2月13日) 晴。康民到馆。招康民、慧生春酒。

十三日(2月14日) 晴。

十四日(2月15日) 晴。访橘农、惜凡。赴拙安招。

十五日(2月16日) 晴。

十六日(2月17日) 晴,风,冷。亚陶招义胜。访慧生。洗足。月食。

十七日(2月18日) 晴。

十八日(2月19日) 晴。收容。得砚农信,复之;彦士信,复之。雨水。

十九日(2月20日) 晴。火神庙、吕祖阁拈香。赴莼客招。

二十日(2月21日) 晴。赴孝达招。

二十一日(2月22日) 晴。剃头。祈雨。

二十二日(2月23日) 访篪仙、玉雨。赴雪岑广和招。雪。

二十三日(2月24日) 晴。得烟侄信,复之。香涛招便饭。

二十四日(2月25日) 晴。篪仙来。

二十五日(2月26日) 阴,冷。未正,晴。兰台来。荫儿派验看月官大臣,同灵、全、长叙、庆、福、毛、于、祁。

二十六日(2月27日) 雨,晴。亚陶来。风。

二十七日(2月28日) 晴。访惜凡。同二兄招雪岑、少梅、鹤樵广和饮。风。

二十八日(3月1日) 晴,风。

二十九日(3月2日) 晴。

三十日(3月3日) 晴,祈雨。

二月

初一日(3月4日) 晴。祖荫派验放大臣,同董广麟。

初二日(3月5日) 晴。爱侄孙女留云。

初三日(3月6日) 晴。到歙馆祭文帝。惊蛰。

初四日(3月7日) 晴。访惜凡。赴茀君广和招。

初五日(3月8日) 晴。慧生故,到彼照料。招董侄女去照料。缉庭邀在寓中。

初六日(3月9日) 晴。

初七日(3月10日) 晴。

初八日(3月11日) 晴,风。祈雨。

初九日(3 月 12 日)　晴。寄四弟信。得振甫银，作信答之。柳门来。

初十日(3 月 13 日)　晴。李侯招宴宾。剃头。洗足。

十一日(3 月 14 日)　晴。得四弟二月初二信。

十二日(3 月 15 日)　晴。访柳门。祝康民太夫人散诞，送烛一斤、酒十斤、桃一百、面六席，留饮。又赴孝达招。祈雨。

十三日(3 月 16 日)　晴。丽秋来。寄四弟信。柳门来。风，冷。

十四日(3 月 17 日)　晴。换骨种羊帽、珍珠毛褂、黑绒领、白袖。

十五日(3 月 18 日)　晴。夜，风。

十六日(3 月 19 日)　晴，风。赴雪岑广和招。

十七日(3 月 20 日)　晴，风。到汪寓。招鹤樵、菊生、柳门义胜居。寄济侄信。

十八日(3 月 21 日)　晴。春分。得禄生信，答之。社。

十九日(3 月 22 日)　晴。

二十日(3 月 23 日)　晴。

二十一日(3 月 24 日)　阴，又晴。同二兄招丽秋、湛田、葛民、笛楼、味秋、雪岑、凤石、拙安、柳门余庆堂，绍、蒋、汪辞。晚，沉阴。至夜，仍不雨。祈雨。

二十二日(3 月 25 日)　晴，大风。

二十三日(3 月 26 日)　晴。换呢帽、棉袍褂，去白袖。剃头。

二十四日(3 月 27 日)　晴。祈雨。铁牌到京。庚子团拜。安徽馆请湛田、蔼云。

二十五日(3 月 28 日)　晴。

二十六日(3 月 29 日)　晴，风沙。

二十七日(3 月 30 日)　晴。得顺之二月初十信。

二十八日(3 月 31 日)　寄顺之、济侄信。菊生来。阴晴错，黄沙。

二十九日(4月1日) 晴。孝达处便饭。洗足。夜,大风。

三十日(4月2日) 晴,大风沙。祈雨。

三月

初一日(4月3日) 晴,大风。

初二日(4月4日) 晴。祀先。风。

初三日(4月5日) 晴。二嫂丑刻病故,二兄午初病故。六十多年兄弟,一旦分手,能不悲伤?清明。戌刻,兄嫂大敛。子初,毕。

初四日(4月6日) 晴。陈太孺人生忌。风沙。得叔裕信,复之。荫儿请假。

初五日(4月7日) 晴,风。三曾伯祖、五曾叔祖生忌。夜,雨。

初六日(4月8日) 金姨太太忌辰。晴。

初七日(4月9日) 冷,阴晴错。

初八日(4月10日) 晴。

初九日(4月11日) 晴。得桂清信,青梅、金甘各一坛。九甥信,复之。

初十日(4月12日) 晴。八侄女来住。

十一日(4月13日) 阴。食黄花鱼。雨至夜。

十二日(4月14日) 雨,即晴。得二侄二月初四信、绵绸小蟒袍、纱裙料,复之。

十三日(4月15日) 晴。

十四日(4月16日) 晴。

十五日(4月17日) 阴,又晴。寄寄女信、参茸丸四丸、正面宝簪。以大八件、饽饽、口麻、冬菜、大头各答送子开。吟香送火腿一、茶叶二瓶、春糖二合、陈皮四瓶、半夏四瓶、花二匣。夜,雨。

十六日(4月18日) 雨。晚,晴。

十七日(4月19日) 晴。

十八日(4月20日) 阴。谷雨。换季。荫儿销假,并往东陵请训。雨竟日夜。

十九日(4月21日) 晴。

二十日(4月22日) 晴。荫儿上东陵收工。

二十一日(4月23日) 晴。夜,风。

二十二日(4月24日) 晴,风。

二十三日(4月25日) 晴。

二十四日(4月26日) 晴。荫儿回寓。洗足。祈雨。

二十五日(4月27日) 晴。得秋谷侄二月廿四日信、茶四瓶,复之。黄沙。

二十六日(4月28日) 晴。得济侄三月十二信、月帆信,复之。

二十七日(4月29日) 晴。得顺之十八日信、安斋十五日信,复之。

二十八日(4月30日) 剃头。晴,风。

二十九日(5月1日) 晴。

四月

初一日(5月2日) 晴。夜,风。

初二日(5月3日) 晴。

初三日(5月4日) 晴。为兄嫂题主,荫儿、文卿襄题。

初四日(5月5日) 晴。谢太夫人忌辰。为兄嫂礼忏一日。风沙。持斋。

初五日(5月6日) 晴。兄嫂开吊。自一百五斤,少奶一百六斤,年卅六。董姑太六十八斤,八姑太九十八斤,奶奶一百,姨奶九十八斤。午后,忽晕倒,多时方醒。亚陶诊视,服其方。立夏。

初六日(5月7日) 晴。亚陶来。兄嫂开吊。祈雨。

初七日(5月8日) 晴。亚陶来。

初八日(5月9日) 晴。兄嫂出殡法源寺。亚陶来。

初九日(5月10日) 雷雨。亚陶来。

初十日(5月11日) 雨。亚陶来。得平斋信,复之。晚,有晴意。

十一日(5月12日) 阴。亚陶来。晴,风。得济之三月廿七信,复之。

十二日(5月13日) 晴,冷,风。亚陶来。兰生送一品菜馒首。

十三日(5月14日) 晴。寄顺之信。风。

十四日(5月15日) 阴。菊生来。午后,晴。柳门来。晚,小雨。夜,雨。

十五日(5月16日) 雨。

十六日(5月17日) 晴。亚陶来。搭凉棚。风。祈雨。

十七日(5月18日) 晴。寄济之信。

十八日(5月19日) 晴。

十九日(5月20日) 晴,风。

二十日(5月21日) 晴。文恭公忌辰,持斋。祖荫派验放大臣,同文煜、成林、毛昶熙。小满。祖荫派盘查三库,同礼王、楙公、毛灿公、龄公、澂贝勒、广寿、徐桐、松森。夜,雨。

二十一日(5月22日) 阴。午,晴。眉伯来,送火腿一、茶二瓶、桂糖、杨梅、枇杷、小菜。

二十二日(5月23日) 晴。糊窗。洗足。

二十三日(5月24日) 晴。

二十四日(5月25日) 晴。

二十五日(5月26日) 晴。荫儿派验看月官,同毛、灵、徐、殷、昆、长叙、宝森。小雨。

二十六日(5月27日) 晴。寄济侄、质卿信。

二十七日(5月28日) 晴。剃头。

二十八日(5月29日) 阴,雷雨,冷。

二十九日(5月30日) 晴,又阴,雷雨。

三十日(5月31日) 晴。

五月

初一日(6月1日) 晴。

初二日(6月2日) 晴。

初三日(6月3日) 晴。陆寿门送火腿一、茶二瓶、扇二枋、虾子鲞四十方,雪岑送酱生口一对、肘子一对、南荠、雅梨、酥合、绿粽,莼客送酱肘、玫瑰饼。以角黍酱、鸡鸭卵、桂木耳送雪岑,以酱肘、玫饼送亚陶,以酥合、虾豆付送莼客。

初四日(6月4日) 晴。

初五日(6月5日) 晴。康民送烛一斤、酒十斤、糕五十方、桃五十个,慎生送酒一坛、挂面百支。家宴,董姑太太同坐。全中堂送烛五斤、酒一坛、桃十斤、面十斤,杜少奶送桃四斤、鸡一对、玫饼八斤、束面卅卷。

初六日(6月6日) 晴。芾村送烛一斤、酒五斤、桃五十个、面五斤,韩荫棻棣送席。芒种。夜,雷电,雨。

初七日(6月7日) 晴。季相、惜凡来。洗足。夜,雷电,大雨。

初八日(6月8日) 雨,晴。荫儿召见。夜,大雨。

初九日(6月9日) 寄玉弟信。访柳门。午后,晴。

初十日(6月10日) 雨,即晴。

十一日(6月11日) 晴。剃头。风。

十二日(6月12日) 晴。得顺之四月廿五信,复之。

十三日(6月13日) 晴。夜,雨。

十四日(6月14日) 晴。

十五日(6月15日) 晴。寄顺之信。得济侄四月三十、五月初六信,寄女信,复之。雨。

十六日(6月16日) 阴晴错,雨一阵。

十七日(6月17日) 雨。午,晴。

十八日(6月18日) 晴。得安斋端午前二日信,复之。寄平斋信。晚，雨一夜。

十九日(6月19日) 雨。怡侄携眷回南。荫儿调户右。

二十日(6月20日) 公请刘芝田、沈仲维、郑藻如，以期服不到。雨，晴，雷。

二十一日(6月21日) 晴，风。子宜来。夏至。晚，雷电，雨，仍晴。

二十二日(6月22日) 晴。

二十三日(6月23日) 晴。夜，雷雨，热。洗足。

二十四日(6月24日) 晴。祖妣黄太夫人生忌。热。剃头。

二十五日(6月25日) 晴。荫儿派管理户部三库。

二十六日(6月26日) 晴，雨，又晴。荫儿派阅考御史卷，同松森、钱宝廉、张沄卿。

二十七日(6月27日) 晴。慎生来。

二十八日(6月28日) 晴。

二十九日(6月29日) 晴。夜，雨。

六月

初一日(6月30日) 雨。午后，晴。慎生送烟一叻、糖百枚、扇面二、蜜枣一包。

初二日(7月1日) 雨。午后，晴。得振轩信，复之。

初三日(7月2日) 晴。得少荃信，答之。

初四日(7月3日) 晴。祖妣黄太夫人忌辰。季相来。发烧。

初五日(7月4日) 晴。亚陶来。腹泻，痢。

初六日(7月5日) 晴。亚陶来。得济侄五月十九日信，复之。

初七日(7月6日) 晴。亚陶来。

初八日(7月7日) 晴。亚陶来。小暑。

初九日(7月8日) 晴。寄济侄信。小雨。晚，雷，小雨。

初十日(7月9日) 晴。寿门来。风。亚陶来。

十一日(7月10日) 晴。祖妣黄太夫人忌辰。龙泉寺为二兄嫂礼忏,焰口。

十二日(7月11日) 晴。安姨太太忌辰。剃头。初伏,大热。亚陶来。

十三日(7月12日) 晴。谱侄扶柩出京,轮船回南。寄济侄信。晚,雷电,雨。

十四日(7月13日) 晴。晚,雷电,雨,仍晴。亚陶来。

十五日(7月14日) 晴。寄谱侄、济侄信。松生来,送火腿、白菊。雷电,雨。

十六日(7月15日) 晴。寿门来。

十七日(7月16日) 晴。晚,雷电,雨。

十八日(7月17日) 晴。

十九日(7月18日) 晴。得玉弟六月初一信、济侄信,复之。

二十日(7月19日) 晴。莼客送荷叶包肉十八裹。柳门来。得谱侄天津信,复之。

二十一日(7月20日) 晴。得平斋六月七日信,复之。得禄生午月三日信,复之。祈雨。

二十二日(7月21日) 晴。中伏。

二十三日(7月22日) 晴。火德星君诞。申刻,雷雨。味侄处和尚以水泻殇。夜,雨更大。洗足。

二十四日(7月23日) 雷祖诞,水如来。午,晴。寄玉弟、谱侄信。大暑。

二十五日(7月24日) 晴。问樵来。

二十六日(7月25日) 晴,雾。剃头。

二十七日(7月26日) 晴。

二十八日(7月27日) 万寿。雷雨。晚,又雨。夜,更大。

二十九日(7月28日) 子钧来。

三十日(7月29日) 雨。夜,又一阵。

七月

初一日(7月30日) 晴。

初二日(7月31日) 雾,晴。得济侄六月十六信、寄女信,复之。

初三日(8月1日) 雨,晴。午后,又雨。八侄女来。

初四日(8月2日) 陆夫人忌辰,持斋。晴,大雨。夜,又大雨。

初五日(8月3日) 晴。

初六日(8月4日) 雷雨,晴。晚,又雷,大雨,仍晴。眉伯来住。

初七日(8月5日) 晴,又大雨。寄谱、济二侄信。

初八日(8月6日) 晴,雨一阵。

初九日(8月7日) 晴,又雷雨。

初十日(8月8日) 大雨。剃头。晴。立秋。荫儿派稽查七仓大臣,同广寿、昆冈。夜雨达旦。

十一日(8月9日) 雨。寄济之信、谱琴信。风,晴。

十二日(8月10日) 晴。慈安皇太后万寿。末伏。

十三日(8月11日) 晴。得谱侄廿九信、济侄廿八信。夜,雨。

十四日(8月12日) 祀先。晴。夜,雨。

十五日(8月13日) 阴晴错。

十六日(8月14日) 晴,又雨。

十七日(8月15日) 晴,小雨,即止。

十八日(8月16日) 晴。寿门来。夜,雨。

十九日(8月17日) 晴。得济侄初三、初八信,谱侄初七日信,复之。访香涛,留便饭。

二十日(8月18日) 晴。眉伯回南。雨甚大。夜,又雨。荫儿派验放大臣,同礼王、万崇公。

二十一日(8月19日) 晴。寄谱侄信。雨。寿门来辞行。夜,又雨。

二十二日(8月20日) 剃头。晚,晴。子宜侄孙来辞行。洗足。夜,雨。

二十三日(8月21日) 雨。夜,地动。

二十四日(8月22日) 晴。五世祖妣汪太安人忌辰。招李侯、子均、慎生宴宾。换蓝袍、罗胎帽。风。

二十五日(8月23日) 晴,风。荫儿派验看月官大臣,同万崇、麟奎、钱德、朱智。处暑。

二十六日(8月24日) 晴。慎生来。

二十七日(8月25日) 晴。凤石来。小雨。

二十八日(8月26日) 晴。

二十九日(8月27日) 晴。寄济侄信,请醉棠也。芍庭来。小雨。

八月

初一日(8月28日) 晴。

初二日(8月29日) 雷雨。

初三日(8月30日) 晴。

初四日(8月31日) 晴。午初,味侄故。雨,雷。夜,又雨。

初五日(9月1日) 雷雨,晴。味侄午刻殓。寄四弟信。得济侄十七信、谱侄十六信。

初六日(9月2日) 晴。

初七日(9月3日) 晴。安甫来。晚,谱侄到。

初八日(9月4日) 晴。得济侄七月十八信、平斋信、拐杖二支,复之。得语樵、寄女信,复之。寄四弟信。剃头。

初九日(9月5日) 晴。午后,雷雨。得顺之七月廿八信,复之。

初十日(9月6日) 晴。

十一日(9月7日) 晴。送莼客平果、松花、虾子、鲚鱼、糖、佛手。荫儿派慕陵、隆恩寺暨内务府、营房等处查勘工程。夜,雨。

十二日(9月8日) 雨。白露。莼客送蒲桃、梨、烧鸭、笋干。送雪岑月饼、平果、蒲桃、桶子鸡。午,晴。洗足。

十三日(9月9日) 晴。雪岑送酱鸡、肘子、鸭蛋、螃蟹、月饼、平果。

十四日(9月10日) 晴。香涛送花糕、蒲桃、梨、石榴。寄玉弟信。

十五日(9月11日) 晴。送香涛月饼、盐蛋、蒲桃、梨。

十六日(9月12日) 雨,风,晴。

十七日(9月13日) 晴。芍庭来辞行。

十八日(9月14日) 晴。光禄公生忌。

十九日(9月15日) 晴。夜,大雷电,雨。

二十日(9月16日) 晴。水如来。

二十一日(9月17日) 晴。拆凉棚。

二十二日(9月18日) 晴。糊窗。得怡侄十二信,复之。兰池来。雷雨。

二十三日(9月19日) 晴。兰池送燕窝二匣、素沙二匣。

二十四日(9月20日) 晴。荫儿上西陵。

二十五日(9月21日) 晴。剃头。访叔用、香涛。赴慎生招。

二十六日(9月22日) 小雨。

二十七日(9月23日) 小雨。秋分。五世祖考敷九公生忌。赴少梅、子均余庆招。晴。

二十八日(9月24日) 赴李侯余庆招。雨竟日夜。

二十九日(9月25日) 晴。寄济之侄信。晚,又雨,至夜。

九月

初一日(9月26日) 五世祖敷九公忌辰。晴。得四弟八月初九信。济侄八月初八丑时双生。利谷,字孟喆,号子义。贞谷,字仲甡,号子起。荫儿回京。

初二日(9月27日) 晴。寄玉弟二侄信。高祖考闲斋公生忌。(社)

初三日(9月28日) 晴。得桂清、眉伯信,复之。

初四日(9月29日) 晴。谢太夫人生忌。得顺之八月十六、十九信,复之。寄济侄信。荫儿充实录馆副总裁。

初五日(9月30日) 晴。

初六日(10月1日) 晴。换暖帽。

初七日(10月2日) 阴。午,晴。夜,小雨。

初八日(10月3日) 风,雨。

初九日(10月4日) 汪夫人忌辰。雨,雪珠。

初十日(10月5日) 晴。

十一日(10月6日) 晴。

十二日(10月7日) 晴。

十三日(10月8日) 晴。华祖师圣诞。寒露。

十四日(10月9日) 晴。得济侄八月二十、廿七信,寄女信,复之。

十五日(10月10日) 晴。得济侄八月廿一信、洋糖二瓶。

十六日(10月11日) 晴。复济侄信。洗足。

十七日(10月12日) 晴。招财童子诞辰。得玉弟九月朔信。

十八日(10月13日) 晴。寄玉弟信。

十九日(10月14日) 雾。观音菩萨诞辰。

二十日(10月15日) 晴。剃头。

二十一日(10月16日) 风雨,晴。

二十二日(10月17日) 晴。八侄女来。

二十三日(10月18日) 晴。寄顺之信。年儿至问桥处。

二十四日(10月19日) 晴。味侄柩回南。得寿门信、火腿十只，复之。午后，阴。

二十五日(10月20日) 晴。曾祖贡湖公忌辰。兰池来。

二十六日(10月21日) 雨。八侄女来。回通州。午后，晴。寄硕卿信。

二十七日(10月22日) 晴。

二十八日(10月23日) 晴。霜降。六世祖妣罗太宜人忌辰。高祖妣戴太夫人生忌。

二十九日(10月24日) 晴。汪夫人生忌。亚陶来。

三十日(10月25日) 雾。祀先。晴。

十月

初一日(10月26日) 雾，晴。

初二日(10月27日) 雨，风，冷。

初三日(10月28日) 晴，冷，风大。

初四日(10月29日) 晴。少梅来。子妇请赏菊。换羊皮冠、黑绒领、珍珠毛褂、白袖头。

初五日(10月30日) 晴。得济侄九月十四信、怡侄十三信，复之。

初六日(10月31日) 晴。安甫出京。寄济侄信。八侄女来。

初七日(11月1日) 晴。汪夫人生忌。

初八日(11月2日) 晴。子均来。剃头。

初九日(11月3日) 晴。得济侄廿九日信，复之。洗足。夜，风。换江獭皮冠、瓜仁领、黑袖头。

初十日(11月4日) 晴。慈禧皇太后万寿。三曾伯祖忌辰。风。寄四弟信。吃人乳。

十一日(11月5日) 阴。夜，雨。

十二日(11月6日) 晴，冷。兰池来。

十三日(11月7日) 阴。立冬。慎生来。晴，大风。寄硕卿信交兰池。

十四日(11月8日) 晴。夜,大风。

十五日(11月9日) 晴,风。华祖祠还愿。冷。

十六日(11月10日) 晴。

十七日(11月11日) 雪,晴。光禄公忌辰。

十八日(11月12日) 晴。

十九日(11月13日) 晴。换白风毛褂。

二十日(11月14日) 晴。

二十一日(11月15日) 晴,大风。亚陶来。

二十二日(11月16日) 晴。寄济之侄信。

二十三日(11月17日) 晴。丰升来。得济侄十二日信、怡侄信,复之。

二十四日(11月18日) 晴。康民来。得顺之十一日信。子均来。

二十五日(11月19日) 晴。复顺之信。荫儿派验看月官大臣,同万、徐、乌、张文澂、奎、崇勋。

二十六日(11月20日) 大风,晴。得玉弟十月朔信,复之。移住西斋。

二十七日(11月21日) 晴。

二十八日(11月22日) 晴,小雪。

二十九日(11月23日) 阴,晴。子均来。微雪。

十一月

初一日(11月24日) 雪。得怡侄廿一日信。穿貂褂、本色貂帽。

初二日(11月25日) 晴。寄济侄、怡侄信。

初三日(11月26日) 雪。未刻,晴。晚,又雪花。

初四日(11月27日) 晴。午后,风。莼伯送馒首一盘。

初五日(11月28日) 晴。少梅来辞行。得济侄十七日信、眉伯信，复之。祖荫派修东四牌楼工程。少梅送杏仁碗十个。

初六日(11月29日) 晴。六世祖其蔚公忌辰。午后，阴。绋甫来。

初七日(11月30日) 风，冷，晴。交少梅寄玉弟奶饼一匣。

初八日(12月1日) 晴。李侯来。

初九日(12月2日) 晴。亚陶来。剃头。

初十日(12月3日) 晴。

十一日(12月4日) 阴。菊生送扁尖一篓。未刻，晴。夜，大风。

十二日(12月5日) 晴。

十三日(12月6日) 晴。亚陶来。得安斋、振民信，复之。

十四日(12月7日) 晴，大雪。

十五日(12月8日) 大风沙，晴。荫儿派验放大臣，同礼王、宜振、张沄卿。

十六日(12月9日) 晴。

十七日(12月10日) 晴。小帆来。

十八日(12月11日) 阴。小帆送酥糖十包、羊毫大笔五支。夜，雪。

十九日(12月12日) 亚陶来。得蓉史信，复之。晴。得济侄初四、初八信，复之。

二十日(12月13日) 晴。陈太孺人忌辰。寄二侄信。

二十一日(12月14日) 晴。得硕卿信，复之。夜，大风。洗足。

二十二日(12月15日) 晴，冷，风。夜，大风。

二十三日(12月16日) 晴，冷。

二十四日(12月17日) 晴。周荟生銮诒送《砚考》、《沅湘耆旧集》、砖四。一(周)天和元年甲申作，一大吉，一宋(文帝)元嘉廿年，一宜子孙。

二十五日(12月18日) 晴。五曾叔祖忌辰。《沅湘耆》。派验放大臣,同绚贝勒、乌贺。

二十六日(12月19日) 雪。寄四弟信。

二十七日(12月20日) 荫儿往西陵查工。雪。午,晴。夜,大风,冷。

二十八日(12月21日) 晴。吃冬至夜饭。

二十九日(12月22日) 冷。冬至。晴。夜,冷,雪。

三十日(12月23日) 小雪,晴。亚陶来。子均、君标来。风。

十二月

初一日(12月24日) 晴,冷。翔云送诗文集、艾二包。夜,大风,冷。

初二日(12月25日) 晴,冷,风。荫儿回寓。

初三日(12月26日) 晴,风。

初四日(12月27日) 晴。陆夫人生忌。夜,风。

初五日(12月28日) 冷。午,晴,风。荫儿复命。得炉青信,复之。夜,大风。

初六日(12月29日) 晴。

初七日(12月30日) 晴。

初八日(12月31日) 晴。

初九日(1月1日) 晴。亚陶来。

初十日(1月2日) 晴。高祖闲斋公忌辰。醴泉来。

十一日(1月3日) 晴,风。腹疼。亚陶来二次。

十二日(1月4日) 晴。亚陶来。徐先生来按摩廿五止。

十三日(1月5日) 晴。亚陶来。

十四日(1月6日) 晴。孙诒经升工侍。未到任以前,仍以祖荫兼署。

十五日(1月7日) 晴和。夜,大风。

十六日(1月8日) 晴,风。

十七日(1月9日) 晴。

十八日(1月10日) 晴。亚陶来。

十九日(1月11日) 晴和。亚陶来。

二十日(1月12日) 晴。亚陶来。

二十一日(1月13日) 晴。文恭公生忌。亚陶来。出大恭。

二十二日(1月14日) 阴。午,晴。亚陶来。

二十三日(1月15日) 晴。亚陶来。送灶。

二十四日(1月16日) 晴,风。曾祖妣汪太夫人生忌。

二十五日(1月17日) 晴。

二十六日(1月18日) 阴,冷。敬神。荫儿派经筵讲官。

二十七日(1月19日) 晴。

二十八日(1月20日) 晴。亚陶来。

二十九日(1月21日) 大雪。汪太夫人忌辰,持斋。吃年夜饭。接灶。祀先。

光绪五年己卯(1879)

一月

己卯元旦,七十岁(1月22日) 晴,风,冷。寄顺兄、玉弟、二侄、怡侄信。

初二日(1月23日) 晴,冷。五世祖妣汪太安人生忌。董侄女来二子、一孙来。复寿门信。亚陶来。

初三日(1月24日) 晴。曾祖考贡湖公生忌。

初四日(1月25日) 晴。寄济侄、眉伯、禄生信。

初五日(1月26日) 晴。午后,阴。

初六日(1月27日) 晴。

初七日(1月28日) 晴。午后,阴。夜,雪。

初八日(1月29日) 雪花,晴阴间。夜,大风。

初九日(1月30日) 晴。亚陶来。

初十日(1月31日) 晴。曾祖妣汪太夫人忌辰。

十一日(2月1日) 晴。亚陶来。八侄女来住。

十二日(2月2日) 晴。

十三日(2月3日) 晴。

十四日(2月4日) 晴。立春。得四弟、四侄廿三日信。

十五日(2月5日) 复四弟、四侄信。寄顺兄信。午,晴。

十六日(2月6日) 晴。亚陶来。夜,大风。

十七日(2月7日) 晴,风。寄济侄信。

十八日(2月8日) 晴。收喜容。

十九日(2月9日) 晴。

二十日(2月10日) 晴。亚陶来。问樵来。

二十一日(2月11日) 晴。得顺兄嘉平望日信,复之。风。荫儿召见。夜,风。

二十二日(2月12日) 晴。亚陶来。

二十三日(2月13日) 晴。荫儿调户左,仍兼署工左。

二十四日(2月14日) 晴。

二十五日(2月15日) 晴。凤石来。

二十六日(2月16日) 晴。剃头。

二十七日(2月17日) 晴。荫儿升左都御史。夜,雪一层。

二十八日(2月18日) 晴。荫儿仍署工左。

二十九日(2月19日) 晴。雨水。亚陶来。冷。

三十日(2月20日) 雪,晴。

二月

初一日(2月21日) 晴。

初二日(2月22日) 晴。

初三日(2月23日) 晴。八侄女回通州。

初四日(2月24日) 荫儿派吃肉。阴。寄四弟信。雪。

初五日(2月25日) 晴。除二兄期服。工部奏派恭送梓宫,派出潘祖荫、文澂。得安斋信,复之。洗足。

初六日(2月26日) 阴。莼客送馒首廿个,慎生送鸭羹一碗。夜,雨。

初七日(2月27日) 阴,风大,至夜不止。

初八日(2月28日) 大风,晴。慎生来。

初九日(3月1日) 晴。亚陶来。

初十日(3月2日) 晴。寄济侄信,得四弟嘉平八日信、济侄信,复之。荫儿派验放大臣,同怡王、徐桐、启秀。

十一日(3月3日) 晴,风。

十二日(3月4日) 雪花。午,晴。

十三日(3月5日) 晴,风。

十四日(3月6日) 晴。得十二月廿五日济侄信,月帆、寄女信,复之。惊蛰。

十五日(3月7日) 晴。

十六日(3月8日) 晴。寿衡招十七乐椿园,辞之。得济侄二月三日信,复之。夜,风。

十七日(3月9日) 晴。

十八日(3月10日) 晴。

十九日(3月11日) 晴。亚陶来。

二十日(3月12日) 晴,风。剃头。

二十一日(3月13日) 晴,风。

二十二日(3月14日) 晴。寄安斋、济侄、九甥信。

二十三日(3月15日) 晴。

二十四日(3月16日) 晴。社。

二十五日(3月17日) 晴。

二十六日(3月18日) 晴。

二十七日(3月19日) 晴。匀梅来。风。

二十八日(3月20日) 晴。葆初来,送燕窝一斤。风。

二十九日(3月21日) 晴。亚陶来。得蕚孙信,复之。寄四弟信。春分。夜,大风。

三十日(3月22日) 晴,风。换白袖、骨种羊帽、珍珠毛褂。荫儿派阅孝廉方正卷。

三月

初一日(3月23日) 晴,风。芍庭寄百金,复之。

初二日(3月24日) 晴。午后,阴。

初三日(3月25日)　晴。

初四日(3月26日)　晴。陈太孺人生忌。祈雨。

初五日(3月27日)　晴。三曾伯祖、五曾叔祖生忌。得皓亭、硕卿信，复之。

初六日(3月28日)　晴。黄姨太太忌辰。剃头。

初七日(3月29日)　晴。荫儿上东陵。

初八日(3月30日)　晴。洗足。寄玉弟信。

初九日(3月31日)　晴。亚陶来，李中堂来。

初十日(4月1日)　晴。凤石来。

十一日(4月2日)　晴，风。荫儿升工部尚书。

十二日(4月3日)　晴。亚陶来。换棉袍褂，去白袖。柳门来。风，冷。寄玉弟信。

十三日(4月4日)　晴。祀先。康民来，八侄女来。

十四日(4月5日)　阴。清明。醉棠来。雨，风。

十五日(4月6日)　阴。午后，晴。夜，雨。

十六日(4月7日)　阴。得四弟二月十九信，二侄十九、廿六信。荫儿回寓，夜发口恙。祈雨。

十七日(4月8日)　大雪，冷。得四弟、二侄二月十一信，顺之信、经一部、印一枚，安甫信、陈皮八瓶。醉棠来，送火腿二只、蜜饯四坛。复四弟、二侄、顺之、安甫信。

十八日(4月9日)　雪。荫儿复命召见。缉甫来。午，晴，风冷。月色甚好。

十九日(4月10日)　晴。亚陶来。

二十日(4月11日)　晴。荫儿上陵。莼客来。

二十一日(4月12日)　风，晴。亚陶来。

二十二日(4月13日)　晴。醉棠到馆，请柳门来陪饮。

二十三日(4月14日)　雪，即晴。得顺之三月十日信，答之。

二十四日(4月15日)　晴。

二十五日(4月16日) 晴。亚陶来。剃头。洗足。

二十六日(4月17日) 晴。祖荫蒙赏,加太子少保衔。

二十七日(4月18日) 晴。

二十八日(4月19日) 风,晴。

二十九日(4月20日) 晴。荫儿回寓。谷雨。

闰三月

初一日(4月21日) 晴。晚,阴。

初二日(4月22日) 阴。到关帝庙、华祖庙拈香。午,晴。升祔太庙礼成。

初三日(4月23日) 雨。换季。午,晴,黄沙。夜,又雨,大风。

初四日(4月24日) 晴,风,冷。

初五日(4月25日) 晴。

初六日(4月26日) 晴。到龙泉寺、太清观拈香。寄玉弟信。

初七日(4月27日) 晴。剃头。

初八日(4月28日) 城隍庙拈香。访芝坪。晴。

初九日(4月29日) 晴。亚桃来。得四弟十九信,二侄十九、廿四信,复之。夜,风。

初十日(4月30日) 晴,风。荫儿派验放大臣,同文煜、董察。夜,雨。

十一日(5月1日) 晴。晚,雨。八侄女携子女来住。雷。

十二日(5月2日) 晴。

十三日(5月3日) 晴。祈雨。

十四日(5月4日) 阴,仍晴。

十五日(5月5日) 晴。吕祖阁拈香。晚,雨。

十六日(5月6日) 晴。立夏。自九十九斤,少奶一百二十,奶八十八,姨太八十八。董七十,年四十一。八姑太一百,玉四十七,立五十八,树四十五。八侄女回通州。

十七日(5月7日)　晴。晚,沉阴。夜,大风。

十八日(5月8日)　晴。剃头。洗足。

十九日(5月9日)　晴。午后,又阴。

二十日(5月10日)　阴。李侯招义胜。夜,风。

二十一日(5月11日)　晴。

二十二日(5月12日)　晴,风。慎生送鸭羹、薄荷糖。祈雨。

二十三日(5月13日)　晴,风。

二十四日(5月14日)　晴。竹岩侄来,住西斋。得顺之信、寿幛、蜜饯六匣,寄女信,济侄又三月初八信。风。得寿幛、腿二、九甥信,复之。癸酉小门生送菜一桌、酒十斤。

二十五日(5月15日)　晴。祖荫派验放大臣,同肃王、灵桂、张沄卿。

二十六日(5月16日)　晴。贝荫泰送腿四、茶四瓶。广庵来。得平斋信、书画扇。

二十七日(5月17日)　阴。午,晴,风。得济侄十四日信,复之。

二十八日(5月18日)　晴。广庵送腿四、茶四瓶,曼生对、《剑侠像传》、眉寿图一轴。十侄送腿二、茶二瓶、洋糖二瓶、糕二匣、粽子糖一匣、气垫一。得语樵信、寿星一轴,复之。四弟送竹刻寿星、玉八仙、时大彬壶,蓬心、秋盦、铁生画册。济侄送寿意画轴、香合一对、磁暖杯一对、曼壶一个。怡侄送洋玻璃杯十个。寄四弟、济侄信。搭棚。

二十九日(5月19日)　晴。

三十日(5月20日)　晴。晚,雨。

四月

初一日(5月21日)　晴。小满。

初二日(5月22日)　晴。剃头。雷,风沙,雨。

初三日(5月23日) 晴。祈雨。菊生来。

初四日(5月24日) 谢太夫人忌辰。晴。胡芸台来。申之来。晚,风沙。

初五日(5月25日) 风,阴。午,晴。

初六日(5月26日) 晴。晚,风沙。糊房。得伟侄信,复之。

初七日(5月27日) 晴。广安来。眉伯送腿二、米拉杨梅、粽糖、青梅四件。

初八日(5月28日) 晴。得四弟廿一日信,复之。培之送腿一、笋二篓、虾米二匣、茶四瓶。蕉石来。得硕卿信,复之。

初九日(5月29日) 阴,仍晴。

初十日(5月30日) 晴,风。招广庵、保初、亚陶、蔚如、眉伯、十侄午集。

十一日(5月31日) 晴。蕉石送官燕二匣、沉香串二串、砂仁豆蔻二匣、丸药一包。

十二日(6月1日) 晴。鹤樵来。八侄女来,即回。

十三日(6月2日) 晴。剃头。洗足。

十四日(6月3日) 晴。祈雨。

十五日(6月4日) 晴。培之来。得秋谷侄闰月四日信,复之。考差,祖荫派出拟题。

十六日(6月5日) 晴。荫儿工派阅考差卷,同沈中堂兵、灵吏、董户、崇吏、冯刑、万吏、启秀刑、许刑、麟户。雨数点。

十七日(6月6日) 晴。忌门。芒种。覃叔诸君招二十安徽馆,辞之。

十八日(6月7日) 晴。晚,有雨意,仍不下。

十九日(6月8日) 晴。寄济侄信。

二十日(6月9日) 晴。文恭公忌辰。得茀君信、酥糖一百包。

二十一日(6月10日) 晴。荫儿派盘查三库,同豫王、肃王、惠王、六额驸、麟、宜、昆、松、钱。晚,雷,小雨。

二十二日(6月11日) 晴。得班生、少甫信、烛二斤、幛一,复之。得二侄初四信、梯云信,复之。

二十三日(6月12日) 晴,风。

二十四日(6月13日) 晴。祈雨。

二十五日(6月14日) 晴。送平斋针线四事,送广庵磁壶、贡砂二匣、丸药四包、砂仁二匣。雨数点。荫儿派验看月官大臣,同灵、徐桐、文煜、钱、冯、崇勋、钟濂。

二十六日(6月15日) 晴。寄顺之信。得侄孙妇廿三信,明日开船,复之。

二十七日(6月16日) 晴。剃头。夜,风雨。

二十八日(6月17日) 阴晴错。

二十九日(6月18日) 阴,凉,雨。荫儿调刑部尚书。

三十日(6月19日) 晴。下午,雷雨,仍晴。荫儿召见。

五月

初一日(6月20日) 晴。云南主考李郁华戊辰、黄直元甲戌,贵州秦钟简戊辰、涂庆澜甲戌。亚陶送对、山水画、寿星、朱拓幛子、烛一对、面十斤。得玉弟廿一信,二侄、小松信,复之。雪岑送南腿、莲子二斤、松花廿八、平果脯二斤、蜜枣二斤、玫饼二十。心一送酒、烛十斤、波梨、定升糕、烟壶、佩活计一匣。

初二日(6月21日) 晴。十侄送白磁杯二、洋超十二把。亚陶送阳春糕、粽子。以波梨、定升糕送亚陶。

初三日(6月22日) 夏至。晴。李侯、亚陶来。雷雨。

初四日(6月23日) 晴。剃头。雷电,大雨。

初五日(6月24日) 晴。叔平来。同两侄女、小素、新妇、两姬饮。荫儿陪客。

初六日(6月25日) 晴。荫儿夫妇为予七十龙泉寺念寿经,两姬人同去。同柳门、广寒、金伯、芸生、鹤樵、醉堂、康民、竹侄、眉伯饮。癸丑麟夏诸君送席、酒。祈雨。

初七日(6月26日)　晴。

初八日(6月27日)　晴。得济侄三十信、怡侄信,复之。

初九日(6月28日)　雨竟日夜。

初十日(6月29日)　晴。以表袋、眼镜袋、丸药二包、梳子二匣赠培之。

十一日(6月30日)　晴。八侄女回通州。

十二日(7月1日)　晴。广东周瑞清己未、黄彝年丙子,广西李联芳辛未、潘宝镄丙子,福建文澂癸亥、费延釐乙丑。

十三日(7月2日)　晴。

十四日(7月3日)　晴。广庵来。晚,雷雨。

十五日(7月4日)　晴。寄广庵、顺之信。

十六日(7月5日)　大雨。晚,雷雨,至夜不止。

十七日(7月6日)　祈雨。又雨,晴。夜,雨。

十八日(7月7日)　晴。小暑。

十九日(7月8日)　小雨。亚桃来。

二十日(7月9日)　晴。剃头。

二十一日(7月10日)　晴。广庵来。访香涛。文昌馆,庚子团拜。请贾孙世兄、小莲、云阶、旭人。

二十二日(7月11日)　晴。四川景善癸亥、许景澄戊辰,湖南华金寿甲戌、曹鸿勋丙子,甘肃陈宝琛戊辰、周开铭乙丑。

二十三日(7月12日)　晴阴间,有凉风。

二十四日(7月13日)　祖妣生忌。晴。夜,小雨。

二十五日(7月14日)　晴,雨。缉甫来。午后,大雨,雷。晚,晴。

二十六日(7月15日)　晴,热。

二十七日(7月16日)　晴。初伏。夜,大雨。

二十八日(7月17日)　晴。曼生来。

二十九日(7月18日) 晴。亚陶来。夜,吐,泻。亚陶来。

六月

初一日(7月19日) 晴。亚陶来。

初二日(7月20日) 晴。亚陶来。晚,雷雨,仍晴。

初三日(7月21日) 晴。亚陶来。得济侄廿四信,复之。夜,热不能睡。

初四日(7月22日) 祖妣黄太夫人忌辰。亚陶来。雨一夜。

初五日(7月23日) 雨。亚陶来。午,晴。大暑。

初六日(7月24日) 晴。亚陶来。得怡侄廿八信,复之。雷雨,仍晴。

初七日(7月25日) 晴。亚陶来。

初八日(7月26日) 晴。亚陶来。中伏。热。夜半,风。

初九日(7月27日) 晴。亚陶来。邓庆麟参安兴阿受贿一折,派广寿、潘祖荫查明具奏,不得稍有徇隐。

初十日(7月28日) 晴。亚陶、佩鹤来。得顺之五月十五信、《科名草》王笈甫题记,复之。

十一日(7月29日) 阴。高祖妣戴太夫人忌辰。亚陶来。大雨。

十二日(7月30日) 阴。安姨太太忌辰。江西汪鸣銮乙丑、吴树梅丙子,湖北陆继煇辛未、赵尔巽甲戌,浙江乌拉喜崇阿丙辰、恽彦彬辛未。亚陶来。慎生来。

十三日(7月31日) 晴。剃头。得怡侄五月十九信,复之。

十四日(8月1日) 晴。

十五日(8月2日) 晴。夜,雷雨。

十六日(8月3日) 晴,又小雨。

十七日(8月4日) 雨,又晴。

十八日(8月5日) 晴。

十九日(8月6日) 雨。亚陶来。晚,晴。夜,晴,雨。

二十日(8月7日) 雨,晴。

二十一日(8月8日) 晴。立秋。夜,雷,大雨。

二十二日(8月9日) 雨。江南冯誉骥甲辰、许有麟戊辰,陕西尹琳基癸亥、陆润庠甲戌。亚陶来。访孝达。夜,又雨。

二十三日(8月10日) 雨。火德星君诞辰。柳门来辞行。夜,雨。洗足。

二十四日(8月11日) 雨。雷祖诞辰。晚,晴。

二十五日(8月12日) 晴。得济侄十七日信、怡侄十五信,复之。

二十六日(8月13日) 晴。剃头。

二十七日(8月14日) 晴。

二十八日(8月15日) 小雨。万寿节。末伏。

二十九日(8月16日) 晴。亚陶来。

三十日(8月17日) 晴。亚陶来。

七月

初一日(8月18日) 阴雨。

初二日(8月19日) 晴。亚陶来。

初三日(8月20日) 晴。

初四日(8月21日) 晴。陆夫人忌辰。

初五日(8月22日) 晴。

初六日(8月23日) 晴。剃头。处暑。

初七日(8月24日) 晴,热。

初八日(8月25日) 大雨。山东洪钧戊辰、张百熙甲戌,山西周晋麒甲戌、吴峋,河南曹炜癸亥、朱文镜辛未。晴。夜,大雨。

初九日(8月26日) 晴。亚陶来。

初十日(8月27日) 晴。松生来。伯韶、叔沅、季修来。送钟

一、饭单一、香串二、匣扇二。得少唐信，复之。

十一日(8月28日) 晴。游厂。得怡侄七月初一日信，复之。四弟六月廿九信，复之。均媛得男，名韶谷，字季斯，号子渭。

十二日(8月29日) 皇太后万寿。晴。

十三日(8月30日) 晴。

十四日(8月31日) 晴。祀先。缉甫来。

十五日(9月1日) 雨竟日夜。

十六日(9月2日) 谱侄出京。寄玉弟、怡侄信。阴。

十七日(9月3日) 晴。大侄孙妇来。

十八日(9月4日) 晴。寄玉弟、怡侄信。

十九日(9月5日) 晴。剃头。亚陶来。

二十日(9月6日) 晴。荫儿派管理三库。

二十一日(9月7日) 晴。亚陶来。午后，雨。

二十二日(9月8日) 雨，即晴。白露。夜，雨。

二十三日(9月9日) 雨，晴，又雨。荫儿召见。

二十四日(9月10日) 五世祖妣汪太安人忌辰。

二十五日(9月11日) 小雨，晴。九天，出大恭。

二十六日(9月12日) 阴，即晴。

二十七日(9月13日) 阴。

二十八日(9月14日) 阴。吴少岩来。午，晴。

二十九日(9月15日) 晴。亚陶来。大侄孙妇来辞行。寄二、四侄信。

八月

初一日(9月16日) 晴。亚陶来。

初二日(9月17日) 阴雨。洗足。

初三日(9月18日) 亚陶来。晴。

初四日(9月19日) 晴，风。得四弟七月廿五信，复之。怡侄廿一日信,复之。

初五日(9月20日) 晴。剃头。一山来。

初六日(9月21日) 晴。主考徐、志、殷、钱。

初七日(9月22日) 晴。荫儿署礼部尚书。子芬来。社。

初八日(9月23日) 晴。秋分。得大侄孙妇信。雷。

初九日(9月24日) 晴。亚陶来。寄四弟、顺之、大侄孙妇信。

初十日(9月25日) 晴。午后,阴。

十一日(9月26日) 雨。少仲来。

十二日(9月27日) 晴。夜,雨。

十三日(9月28日) 雨。

十四日(9月29日) 雨。午,晴。夜,大风。

十五日(9月30日) 晴。得谱侄七月二十九信,复之。

十六日(10月1日) 晴。得济之侄七月廿八信,复之。招李侯、慎生、醉棠、十侄申集。

十七日(10月2日) 晴。平朔来。剃头。

十八日(10月3日) 晴。祖考光禄公生忌。苏府接场。糊窗。

十九日(10月4日) 亚陶来。晴,风。

二十日(10月5日) 晴。同竹侄游厂。换戴暖帽。夜,风。

二十一日(10月6日) 晴,风。换棉袍褂。

二十二日(10月7日) 晴。得雪沧七月廿四信、吕西村对。洗足。

二十三日(10月8日) 晴。复雪沧信。

二十四日(10月9日) 寒露。阴。亚陶来。

二十五日(10月10日) 阴。荫儿派验放大臣,同肃王察王之翰。

二十六日(10月11日) 雨。

二十七日(10月12日) 雨。五世祖考敷九公生忌。午,晴。荫儿派阅宗室覆试卷,同灵、许。

二十八日(10月13日) 雾。午,晴。剃头。

二十九日(10月14日) 晴。得四弟八月十八信。十侄十二举一男,名廉谷。谱侄十一信,复之。风。

九月

初一日(10月15日) 晴。五世祖敷九公忌辰。风。

初二日(10月16日) 晴。高祖闲斋公生忌。

初三日(10月17日) 晴。

初四日(10月18日) 雾。谢太夫人生忌。晴。得幼丹信,复之。

初五日(10月19日) 雾,晴。得顺之中秋日信,复之。荫儿派验放大臣,同怡王、灵桂、程祖诰。

初六日(10月20日) 晴。夜,雨。

初七日(10月21日) 小雨。夜,大风,雨。

初八日(10月22日) 晴,风。得怡侄二十信、大侄孙妇信,复之。

初九日(10月23日) 晴。汪夫人忌辰。风。

初十日(10月24日) 晴。霜降。换羊皮冠、珍珠毛袍褂、黑绒领。

十一日(10月25日) 晴。夜,风。

十二日(10月26日) 晴,大风。剃头。

十三日(10月27日) 晴。华祖师圣诞,到庙。得初三济侄信、谱侄八月廿八信,复之。

十四日(10月28日) 晴。访橘农、仲用。赴李侯义胜招。

十五日(10月29日) 晴。揭晓。

十六日(10月30日) 晴。洗足。

十七日(10月31日) 招财童子诞辰。晴。夜,大风。

十八日(11月1日) 晴,风。三姑太太、述之来。

十九日(11月2日) 晴。

二十日(11月3日) 雨。

二十一日(11月4日) 得谱侄九月初四信,复之。雨。

二十二日(11月5日) 雾,晴。同董侄女、三侄女、十侄、述之子妇、年儿饮叶虎。

二十三日(11月6日) 小雨。同董侄女、子妇、两姬人饮,有五音大鼓。荫儿派覆试拟题。

二十四日(11月7日) 阴。荫儿派阅卷,同灵、万、景、董、童、松、许。夜,大风。

二十五日(11月8日) 风。立冬。曾祖考贡湖公忌辰。晴。寄顺之信、闱墨。

二十六日(11月9日) 风,晴。荫儿派初一日吃肉。剃头。小汀中堂招初二才盛馆,辞之。换黑袖。

二十七日(11月10日) 晴。

二十八日(11月11日) 晴。高祖妣戴太夫人生忌,六世祖妣罗太宜人忌辰。

二十九日(11月12日) 汪太夫人生忌。晴。

三十日(11月13日) 晴。祀先。风。

十月

初一日(11月14日) 晴。

初二日(11月15日) 晴。少岩来。八侄女来住。

初三日(11月16日) 晴。得济侄九月廿四日信、谱侄信,复之。

初四日(11月17日) 晴。寄四弟信。眉伯自山西来。微雪。

初五日(11月18日) 晴。荫儿派验放大臣,同礼王、长叙、松森。同三、八侄女,子妇一桌。

初六日(11月19日) 晴。荫儿五十。同醉堂、眉伯、十侄饮。

拍照。得顺之信,复之。

初七日(11月20日) 晴。汪太夫人生忌。

初八日(11月21日) 晴。亚陶来。

初九日(11月22日) 晴。剃头。换白出风褂。

初十日(11月23日) 晴。皇太后万寿。小雪。三曾伯祖忌辰。洗足。

十一日(11月24日) 晴。交眉伯寄顺之山东闱墨题名。八侄女回通州。

十二日(11月25日) 晴。

十三日(11月26日) 晴。梅伯出京。

十四日(11月27日) 晴。

十五日(11月28日) 晴。

十六日(11月29日) 晴。答少珊。寄济侄信。得顺之初六日信。祖荫赏紫禁城内骑马。

十七日(11月30日) 晴。光禄公忌辰。大风。

十八日(12月1日) 晴。亚陶来。

十九日(12月2日) 晴,冷。

二十日(12月3日) 晴,风竟日。

二十一日(12月4日) 晴。剃头。杨琪光来。寄性农信。

二十二日(12月5日) 阴,晴,大风至夜。

二十三日(12月6日) 晴。年儿十岁,内一席,外一席。风。

(大雪)二十四日(12月7日) 晴。亚陶来。

二十五日(12月8日) 晴。访廉生。祖荫派磨勘弓刀石之大臣,同豫王、恩承。

二十六日(12月9日) 晴。

二十七日(12月10日) 晴。凤石来。

二十八日(12月11日) 晴。亚陶来。得怡侄十二信,复之。

二十九日(12月12日) 晴。得济侄十七信,复之。

十一月

初一日(12月13日) 晴。交邹隽之寄顺之信,山西、陕西、河南新墨题名。少岩来。风,夜不止。

初二日(12月14日) 晴。

初三日(12月15日) 晴。

初四日(12月16日) 晴。

初五日(12月17日) 晴阴间。荫儿派拣选营员之大臣,同恩、文、志、麟、殷、宜、程。

初六日(12月18日) 六世祖其蔚公忌辰。以磁壶、漱盂、缙绅、朝珠合、药丸四包、翠花六件赠十侄。晴。凤石送橘饼一匣、百合粉一匣、甜笋一罐、酱小菜一罐。洗足。

初七日(12月19日) 晴。隽之来。剃头。

初八日(12月20日) 晴。

初九日(12月21日) 晴。吃冬至夜饭。

初十日(12月22日) 晴。冬至。

十一日(12月23日) 晴。京士来。

十二日(12月24日) 晴。

十三日(12月25日) 晴。寿门来。

十四日(12月26日) 阴,又晴。得谱侄廿五信、安甫信,答之。

十五日(12月27日) 晴,风。寿门送磁壶二、盖碗二、藕粉二匣、豆豉二包、糖六匣、阿胶一匣、笺四匣。夜,大风。

十六日(12月28日) 晴,风。月食。

十七日(12月29日) 晴。阿弥陀佛诞辰。

十八日(12月30日) 晴,风。招亚陶、隽之、子均、醉棠、康民、十侄午集。祈雪。

十九日(12月31日) 晴。得公束信,复之。得顺之廿三日信,复之,并浙江、江西、江南新墨。

二十日(1月1日) 晴。游厂。陈太孺人忌辰。剃头。风。

二十一日(1月2日) 晴,冷,风。

二十二日(1月3日) 晴,风。

二十三日(1月4日) 晴。

二十四日(1月5日) 晴。十侄出京。

二十五日(1月6日) 晴。小寒。五曾叔侄忌辰。亚陶来。

二十六日(1月7日) 晴。

二十七日(1月8日) 晴,风。寿门来。得济侄初六信、眉伯信,复之。

二十八日(1月9日) 晴。祈雪。

二十九日(1月10日) 晴。送寿门针线四事、正面宝簪一匣。

三十日(1月11日) 晴。

十二月

初一日(1月12日) 晴。

初二日(1月13日) 晴。剃头。

初三日(1月14日) 晴。

初四日(1月15日) 树挂雪。陆夫人六十冥诞,礼忏,焰口。到龙泉寺,仲莲、醉堂亦到。寄济侄信。

初五日(1月16日) 晴。

初六日(1月17日) 雪。未正,晴。晚,又雪。

初七日(1月18日) 晴。

初八日(1月19日) 雪竟日夜。

初九日(1月20日) 雪四寸。大寒。祈雪。寿门来。夜,大风。

初十日(1月21日) 晴,冷,风。高祖考忌辰。寿门、希斋来。荫儿召见。

十一日(1月22日) 晴,冷。寿门来。得清卿信,复之。

十二日(1月23日) 晴,冷。洗足。祈雨。

十三日(1 月 24 日) 晴。夜,风。洗足。

十四日(1 月 25 日) 晴,风。

十五日(1 月 26 日) 晴,冷。

十六日(1 月 27 日) 晴。寄济侄信。荫儿派验放大臣,同豫王、灵、钱。

十七日(1 月 28 日) 晴。

十八日(1 月 29 日) 雪,晴。香涛处小饮。少岩送桂元二匣、莲子一匣、枣一匣、茶六瓶一匣、墨二挺、笔八枝。

十九日(1 月 30 日) 大雪。封印。

二十日(1 月 31 日) 大雪,竟日夜。

二十一日(2 月 1 日) 文恭公生忌。晴。剃头。

二十二日(2 月 2 日) 晴。敬神。得匀梅信,复之。得四弟、济侄嘉平二日信,眉伯信,复之。

二十三日(2 月 3 日) 雪。得炉青、云峰信,复之。送灶。

二十四日(2 月 4 日) 立春。大雪。曾祖妣汪太夫人生忌。晴。夜,又雪。

二十五日(2 月 5 日) 雪。得烟杉侄银。

二十六日(2 月 6 日) 晴。得青士信,复之。

二十七日(2 月 7 日) 晴。

二十八日(2 月 8 日) 晴。洗足。

二十九日(2 月 9 日) 晴,风。汪太夫人忌辰。接灶。暖容。吃年夜饭。

光绪六年庚辰(1880)

一月

庚辰元旦,七十一岁(2月10日) 晴。拜佛、灶。喜容。

初二日(2月11日) 五世祖妣汪太安人生忌。内阁后辈招文昌馆,辞之。雪。荫儿派吃肉。

初三日(2月12日) 晴。曾祖考贡湖公生忌。

初四日(2月13日) 晴。

初五日(2月14日) 雪。关帝庙拈香。晚,晴。

初六日(2月15日) 晴。招醉棠、慎生、凤石饮。

初七日(2月16日) 阴,冷。

初八日(2月17日) 晴。访勉甫。赴慎生招。

初九日(2月18日) 阴。夜,小雪。

初十日(2月19日) 晴。曾祖妣汪太夫人忌辰。雨水。

十一日(2月20日) 晴,风。

十二日(2月21日) 晴,风。

十三日(2月22日) 晴。

十四日(2月23日) 晴。

十五日(2月24日) 阴,雪。

十六日(2月25日) 阴。午,晴。祖荫召廷臣宴。

十七日(2月26日) 雪。

十八日(2月27日) 雪。收喜容。

十九日(2月28日) 晴。

二十日(2月29日) 晴。得顺之嘉平廿一日信,复之。八侄女、树官来住。

二十一日(3月1日) 晴。

二十二日(3月2日) 晴。

二十三日(3月3日) 晴。剃头。三姑太太来。亚陶来。

二十四日(3月4日) 晴。得辛侄信,复之。

二十五日(3月5日) 晴。惊蛰。

二十六日(3月6日) 晴阴间。

二十七日(3月7日) 雪雨竟日。

二十八日(3月8日) 雾,晴。亚桃来。

二十九日(3月9日) 晴。

三十日(3月10日) 晴。八侄女回通州。得济侄、竹侄十二信,复之。

二月

初一日(3月11日) 晴。祖荫派吃肉。

初二日(3月12日) 晴。

初三日(3月13日) 晴。文昌帝君诞。

初四日(3月14日) 晴。洗足。

初五日(3月15日) 晴。亚桃来。得二、十两侄十二月廿三信,寄女、眉伯信,复之。

初六日(3月16日) 晴。

初七日(3月17日) 晴。亚桃来。风。

初八日(3月18日) 阴,雪。以鱼面酱、佛手贻莼客。

初九日(3月19日) 晴。小汀招十七才盛馆,辞之。风。换白袖、珍珠毛袍褂。

初十日(3月20日) 晴。莼客以越青鱼、笋肉馒首见赠。春分社。亚桃来。祖荫派验放大臣,同惇王、奎润、王之翰。

十一日(3月21日) 阴。醉棠送糖豆付。熙年侄孙来。得顺之正月十九信,复之。子静来。熙年送莲心二匣、火腿二肘。夜,风。

十二日(3月22日) 晴阴间。夜,风。九缘来。

十三日(3月23日) 晴。亚桃来。昊庭来。剃头。蔚若来。得硕卿信、济之廿六信,复之。得振民信,复之。寄顺之信。子芬来。得振轩信,复之。寿卿、竹孙、亦仙、思九来。

十四日(3月24日) 晴。蔚若送腿二、茶四瓶。祖荫派考汉荫生拟题。

十五日(3月25日) 晴。

十六日(3月26日) 晴。亚桃来。又阴。咏春、石君来。风。

十七日(3月27日) 晴。

十八日(3月28日) 阴。熙年来。

十九日(3月29日) 阴。佩鹤昆仲来。得顺之正月廿二、廿六信,复之。午后,晴。夜,雨。

二十日(3月30日) 晴,大风,黄沙。平如来。桂官来。石磷来。祖荫派验放大臣,同肃王、长叙、王之翰。

二十一日(3月31日) 晴,风。亚陶来。平如送糖一匣、腿一只。石磷兄弟送腿一、茶二瓶。

二十二日(4月1日) 晴。大少奶奶来。得玉弟初十信、济之十二信,复之。风。

二十三日(4月2日) 晴。鼎甫、尹甫来。寄济侄信。质卿送桂糖二包、药梅一包、藕粉一包、合桂一坛、腿一只。

二十四日(4月3日) 晴。祀先。亚桃来。季梧侄来,送腿一、茶二瓶。换呢帽、白袖、棉袍褂。质卿来。

二十五日(4月4日) 晴。鼎甫、尹甫送腿二、茶二瓶、密饯二瓶、青豆一包。茀君来,送腿一、茶四瓶。清明。

二十六日(4月5日) 阴,即晴。剃头。芾卿来。

二十七日(4月6日) 晴。芾卿送腿一、茶二瓶。

二十八日(4月7日)　晴。华祖师庙还愿。访鼎甫、尹甫。

二十九日(4月8日)　晴。龙泉寺、上清观拈香。午后,阴。夜,雨。

三月

初一日(4月9日)　晴,大风。京士送蜜果二合、花糖二合、竹根烟碟。夜,风更大。

初二日(4月10日)　大风,晴。

初三日(4月11日)　晴,风。蔚若来。

初四日(4月12日)　晴。陈太孺人生忌。季梧来。三侄女来。

初五日(4月13日)　晴。三曾伯祖、五曾叔祖生忌。三侄女、老祥来。桂姑娘、昭官来。桂姑娘送笋尖四篓、聚宝盆一个、油二桶、花二朵。送官儿洋糖二瓶、点心一匣、甘蔗一捆。

初六日(4月14日)　黄姨太太忌辰。雨。寄四弟、谱侄信。夜,雨。

初七日(4月15日)　雨。荫儿兼署工尚。晚,晴。

初八日(4月16日)　雾,晴。

初九日(4月17日)　晴。谊卿来。得平斋、广庵信,复之。谊卿送腿一、茶二瓶。风。

初十日(4月18日)　晴。剃头。蔚若来。得济侄三月初一日信,复之。访尹甫。夜,大风。

十一日(4月19日)　风,阴。午后,晴。叔裕送线绉马褂料、厚朴一枝、砖茶六合、蜜枣二篓、附子一包、草解一匣、试牍、《蜀秀集》。

十二日(4月20日)　晴。谷雨。

十三日(4月21日)　晴。

十四日(4月22日)　晴。招雪岑、文卿、叔裕、蔚若、谊卿午集。洗足。

十五日(4月23日)　晴,小雨。

十六日(4月24日) 晴。城隍庙拈香。

十七日(4月25日) 晴。吕祖阁、火神庙拈香。子静来。平如来。夜,雨。

十八日(4月26日) 阴晴错。亚陶来。搭凉棚。又山来。雪沧来。荫之、熙年来。得怡侄初八信,复之。

十九日(4月27日) 晴,风。颖芝送东洋虾尾一斤、虾鲞四包。得寿门信,复之。

二十日(4月28日) 晴。寄济之信。廖紫垣炳枢送梨糕、蜜枣、桂元、笋尖。风。

二十一日(4月29日) 晴,风。

二十二日(4月30日) 晴。答雪沧。法源寺看牡丹。风。质卿来。

二十三日(5月1日) 晴。剃头。皓庭来。

二十四日(5月2日) 晴。静涵来。昔凡来。午后,风,雷,小雨。

二十五日(5月3日) 晴。苐君来。得济侄十五信,复之。

二十六日(5月4日) 阴。晚,晴。芾卿来。

二十七日(5月5日) 晴。访鹤樵、雪沧。招李侯、香涛、雪沧法源寺看牡丹。素斋。立夏。自一百七斤,少奶一百廿二,千奶八十七斤,二奶九十一斤,年四十六斤,董六十六斤。风。换季。

二十八日(5月6日) 晴。京士来。

二十九日(5月7日) 晴,冷。亚陶、醴泉来。得济、竹二侄二月十七、十八信,复之。

三十日(5月8日) 晴。夜,雷电,雨。

四月

初一日(5月9日) 晴。亚陶来。

初二日(5月10日) 晴。

初三日(5月11日) 雨。招芾君、昔凡、尹甫、醉堂、鼎甫、荫之、绂卿、平如午集。亚陶来。晴。

初四日(5月12日) 晴。谢太夫人忌辰。季梧来。风。

初五日(5月13日) 晴,风。祖荫往西陵请训。祖荫派覆勘试卷,同全、童、宜、邵、宝森、桂昂、王之翰、吴廷芬。

初六日(5月14日) 晴。荫儿上陵。招质卿、子京、三秦、季梧、子静、熙年午集。亚陶来。

初七日(5月15日) 晴。曼生来。

初八日(5月16日) 晴。亚陶来。剃头。

初九日(5月17日) 晴。

初十日(5月18日) 晴。晚,雷电,雨。洗足。

十一日(5月19日) 阴晴错。荫儿回京。风。亚陶来。

十二日(5月20日) 晴,大风。眉伯来,送火腿、胰子、桂糖、药梅、手巾、菜花头。得桂清信、蜜饯二匣、干菜一篓,谱侄信。醉堂报到一百三十六名。糊窗。

十三日(5月21日) 寄济侄、谱侄、寄女信。以冬菜、佛手、各答、鹿肋、草薢送尹甫、鼎甫。以冬菜、佛手、各答、广扇、廖屏送季梧。以眼镜袋、笔袋、冬菜、佛手、曼生印、《东塾读书记》、各答送质卿。以漆砚、《鉴纲咏略》送其令郎。送熙年果子狸、冬菜、佛手、个答、廖对。小满。

十四日(5月22日) 晴,风,雷,小雨。季梧来。祖荫覆命。祈雨。

十五日(5月23日) 晴。清卿送火腿二只、茶二瓶、蕉扇一枋、汴绫一包。熙年来。得顺之初一信,复之。

十六日(5月24日) 晴。子静、八侄女来。祖荫派出覆试拟题。风沙。

十七日(5月25日) 晴。亚陶来,尹甫、鼎甫来。问桥来。

十八日(5月26日) 雷雨,晴。亚陶来。晚,又雷雨。

十九日(5月27日) 晴。亚陶来。祖荫派阅散馆卷,同徐桐、童华、邵亨豫、锡珍、松森、孙诒经、许应骙。

二十日(5月28日) 阴。文恭公忌辰。小雨。

二十一日(5月29日) 小雨。问樵送席,即送缉庭。午后,大雨。

二十二日(5月30日) 阴。

二十三日(5月31日) 晴。祈雨。剃头。芾卿来。

二十四日(6月1日) 晴。年儿留顶。交平如寄玉弟、怡侄信。彭七送桃、面、莲心、火腿,董太太送桃、面,八姑太太送桃、面、鸡肉,五姨奶奶送桃糕,仲莲送烛、酒、桃糕。

二十五日(6月2日) 晴。

二十六日(6月3日) 晴。

二十七日(6月4日) 晴。得怡侄十八日信,复之。

二十八日(6月5日) 晴。芒种。以火腿、核桃苏送八侄女,以莲心蜜饯送问樵。八侄女、树官回通州。小雨。

二十九日(6月6日) 晴。

三十日(6月7日) 晴。曼生来。亚陶送小鸡一对、寿桃廿饼。

五月

初一日(6月8日) 晴,热,风。寄顺之信。

初二日(6月9日) 晴。文昌馆,庚子同年团拜,怕热未去。平如来。祈雨。

初三日(6月10日) 晴。交昔凡寄玉弟信。以角黍、玫瑰饼、桂元、肘子送雪岑,以火腿、山东馒首送莼客。雪岑送桶鸡一对、玫饼八斤、波梨廿八个、茶二瓶、松花廿六个、角黍二十个。以鸡饼、松花、绿粽送慎生。

初四日(6月11日) 晴。剃头。孝达送挂面、角黍、桶鸡、杏子,莼客送松花、烧鸭。得济侄四月廿六信。

初五日(6月12日) 晴。同醉堂二子饮。热。慎生送鸭羹、包子、熏鱼、山药糕。

初六日(6月13日) 雨。彭七送烛、酒、腿、面,陆姑奶奶送烛五斤、酒十斤、桃一百、面十斤,兰生送烛、酒、桃、面,小汀送烛一对、酒一坛、桃仁百个、面十斤,曼生送幛、酒一坛、烛五斤、桃一百、面十斤,仲莲送烛二斤、酒十斤、桃一百、面十斤。未刻,晴。康民送烛一斤、酒一坛、面八斤、糕五十块,杜庭璞送烛四斤、酒十斤、桃一百、面十斤。

初七日(6月14日) 大雷雨。申正,晴。

初八日(6月15日) 晴。得顺之四月廿八信、玉弟四月三十信,复之。九芝来。

初九日(6月16日) 雨。酉刻,晴。

初十日(6月17日) 晴。未正,大雷雨。芾卿来。祖荫派验放大臣,同怡王、奎润、王之翰。

十一日(6月18日) 晴。晚,雷雨,仍晴。

十二日(6月19日) 晴。

十三日(6月20日) 阴。访鹤樵。雨。六希来。

十四日(6月21日) 阴。夏至。晚,晴。震卿来。

十五日(6月22日) 晴,雷雨。月食。

十六日(6月23日) 雷雨。剃头。洗足。

十七日(6月24日) 晴。

十八日(6月25日) 晴。

十九日(6月26日) 大雷雨。夜,又雨。

二十日(6月27日) 寄济侄信。晴。祖荫派验放大臣,同礼王、桂全、许应骙。

二十一日(6月28日) 阴。得谱侄初六信、济侄初七信。范卿送腿一、茶二瓶、天花粉一合、葛粉一合。

二十二日(6月29日) 晴。祀灶。

二十三日(6 月 30 日)　晴。

二十四日(7 月 1 日)　晴。祖妣黄太夫人生忌。亚陶来,范卿来。得济侄五月十四信、竹侄四月十五信,复之。夜,雷电,雨。

二十五日(7 月 2 日)　雨,晴。未正,又雷雨。

二十六日(7 月 3 日)　阴。未刻,又雨,即晴。

二十七日(7 月 4 日)　晴。亚陶来。

二十八日(7 月 5 日)　阴。交醉堂寄谱侄信。小雨。

二十九日(7 月 6 日)　阴。晚,晴。

六月

初一日(7 月 7 日)　雨,风。孔广钟、曾云章、张是彝、庞鸿书、杨宗伊、王颂蔚、郑言绍、朱兆鸿招初四燕喜堂,辞之。芾卿来。得怡侄五月十九信。夜,又雨。小暑。

初二日(7 月 8 日)　雨。夜,又雨。得四弟五月十九、济侄廿五信。

初三日(7 月 9 日)　雨。寄四弟、济侄、怡侄信。夜,雨。

初四日(7 月 10 日)　晴。祖妣黄太夫人忌辰。醉堂诸君送酒一坛、席一桌。

初五日(7 月 11 日)　晴。

初六日(7 月 12 日)　晴。剃头。祈晴。晚,雷雨,仍晴。

初七日(7 月 13 日)　雷,大雨。午,晴。

初八日(7 月 14 日)　晴。

初九日(7 月 15 日)　晴。申初,大雨,仍晴。

初十日(7 月 16 日)　阴,雨。夜,又雨。

十一日(7 月 17 日)　晴。高祖妣戴太夫人忌辰。夜,雷雨。

十二日(7 月 18 日)　晴。安姨太太忌辰。访孝达、岱龄。

十三日(7 月 19 日)　晴。

十四日(7 月 20 日)　晴。初伏。洗足。

十五日(7月21日) 晴。祖荫派验放大臣,同肃王、阿昌阿、朱智。

十六日(7月22日) 晴。茀君来。大暑。

十七日(7月23日) 晴,雷电。

十八日(7月24日) 晴。得济侄五月十五信、油纸包,复之。考优贡,祖荫派拟题。

十九日(7月25日) 晴。亚陶来。

二十日(7月26日) 晴。送醉棠眼镜袋、四喜袋、广梳二匣、益母膏十罐、扇一柄、普洱茶饼六元。午刻,雷,大雨。剃头。菊生送火腿、安息香、小吃二匣二罐。晚,晴。

二十一日(7月27日) 晴。祖荫派二十五、二十六宣寿宫听戏。

二十二日(7月28日) 小雨,又雷,大雨。晚,晴。

二十三日(7月29日) 火神圣诞。晴。晚,雷雨几点。

二十四日(7月30日) 晴。雷神圣诞。中伏。夜,雷电,雨。

二十五日(7月31日) 阴,晴。得济侄六月十六日信,复之。

二十六日(8月1日) 晴。万寿。管寿铭礼恭来。权馆招寿铭、醉堂、谊卿、芾卿午集。醉棠移住康民寓。

二十七日(8月2日) 晴,热。

二十八日(8月3日) 晴,热。醉棠来。范卿来。眉伯来住。左瑞芝来。夜,雨。

二十九日(8月4日) 阴。午刻,雨。晚,又雷雨。

三十日(8月5日) 晴。眉伯送塔糖一坐、盐一瓶。寄四弟信。

七月

初一日(8月6日) 晴。培之送香一包,桂元、莲子各一匣。

初二日(8月7日) 晴。立秋。得顺之六月朔信,复之。

初三日(8月8日) 晴。荫芝来。

初四日(8月9日) 末伏。晴。陆夫人忌辰,持斋。芾卿来辞行。

初五日(8月10日) 晴。剃头。醉棠来辞行,交寄济侄信。

初六日(8月11日) 晴。得九甥六月廿八信,谱侄、济侄、泰侄孙信,复之。

初七日(8月12日) 小雨。子妇送五音大鼓。晚,凉。

初八日(8月13日) 晴,风。眉伯出京。

初九日(8月14日) 晴。

初十日(8月15日) 晴。寿平来。得十侄信,复之。

十一日(8月16日) 晴。

十二日(8月17日) 晴。东太后万寿。交椿记寄济侄信。小雨。夜,雷雨。

十三日(8月18日) 晴。范卿送红鸭、荷叶饼,即送莼客。

十四日(8月19日) 晴。祀先。

十五日(8月20日) 晴。寿门来。荫儿派验放大臣,同全中堂、朱智、成章。

十六日(8月21日) 晴。京士来。寿门送橘饼四包、阿胶二匣、梨膏六匣、笺六匣、水注一、茶壶一、烟壶一。

十七日(8月22日) 晴。范卿来。

十八日(8月23日) 晴。处暑。寿门来,送火腿二、夏布二匹、玫瑰酱、法兰绒。剃头。换罗胎帽、蓝袍。得济侄七月初六信、扁尖二篓、红眉二篓。

十九日(8月24日) 晴。啸箴来。风沙,雷雨,仍晴。

二十日(8月25日) 晴。复济侄信。得谱侄七夕前一日信、海蜇、玫瑰糖,复之。伟如侄、子静侄孙来。

二十一日(8月26日) 晴。吴晓沧来。

二十二日(8月27日) 晴。菊生来。

二十三日(8月28日) 晴。敬之来。洗足。

二十四日(8月29日) 晴。五世祖妣汪太安人忌辰。夜,雨。得平斋七月十日信。

二十五日(8月30日) 晴,小雨。寄济侄、平斋、醉堂信。晴。敬之来。得济侄七月十六信、怡侄十五信。

二十六日(8月31日) 晴。伟侄、子静侄孙住大厅东厢房。寄怡、济二侄信。伟如送火腿四个、燕菜二匣、普茶二包、松花二桶、米二口袋。

二十七日(9月1日) 小雨,晴。寄怡侄信。晚,又雨。

二十八日(9月2日) 晴。亚陶来。

二十九日(9月3日) 晴。凤墀来。芾村夫人送木耳一匣、香四匣。

三十日(9月4日) 晴。寄济侄、怡侄信。寿门来。

八月

初一日(9月5日) 晴。岱龄送燕窝二匣、石耳四匣、火腿二个、松花二篓。以阿胶二匣、饽饽二匣送岱龄。祖荫派验放大臣,同礼王、奎、薛。

初二日(9月6日) 阴晴间。以木耳、松花、梨膏、金橘饼送莼客。寿门来。剃头。夜,风,大雷电,雨。

初三日(9月7日) 祀灶。白露。雨,晴。以神仙鸭、馒首、石耳、松花送孝达。砚生来。

初四日(9月8日) 晴。

初五日(9月9日) 晴。汴生来。

初六日(9月10日) 晴。交蔚若寄谱、济二侄信,石耳、梨膏各二匣。

初七日(9月11日) 晴。以平果、自来红送亚陶。夜,雨。

初八日(9月12日) 雨。得济侄七月廿九信。

初九日(9月13日) 晴。复济侄信。风。莼客送烧鸭、月饼、秋梨、馒首。以烧鸭、月饼、馒头、蒲桃送雪岑。荫之来。

初十日(9月14日) 晴。荫儿派验放大臣,同灵、王、钟。香溪来。

十一日(9月15日) 晴。以小猪、月饼、馒首、梨送慎生。

十二日(9月16日) 阴。雪岑送火腿一只、月饼六匣、桶鸡一对、松花卅个、梨廿二枚、桃十六枚。以月饼六匣、松花廿个送亚侄。剃头。

十三日(9月17日) 晴。同伟侄、荫儿、年儿、子静侄孙亦吾庐小叙。

十四日(9月18日) 阴。香涛送月饼、蒲桃、梨、蟹。雨。伟侄又送席一桌。

十五日(9月19日) 雨。伟侄招楠木厅。同两儿午集。慎生送烧鸭、大月饼、瓜、蟹。

十六日(9月20日) 阴。得顺之初一信,复之。雨。得济之初八信,寄女、眉伯七月廿三信,谱侄信,复之。

十七日(9月21日) 晴。荫之来。夜,风。

十八日(9月22日) 晴。祖考光禄公生忌。风。交荫之寄济侄信。召见军机,惇、醇王,六部尚书、都察院御史、广廷、张之洞。

十九日(9月23日) 晴。秋分。

二十日(9月24日) 晴。亚陶来,曼生来。

二十一日(9月25日) 晴。

二十二日(9月26日) 晴。伟侄奉旨,准其回籍。洗足。

二十三日(9月27日) 送伟侄法兰绒、烟壶、杏仁、麻菇、密糕、大八件、冬菜、佛手、各答,子静烟壶一个。晴。荫儿斋中小叙。社。

二十四日(9月28日) 晴。伟如、子静出京。八侄女回通州。祀灶。寄顺之、芾村甥妇信。得四弟、济侄八月十四,竹侄初一信,复之。

二十五日(9月29日) 晴。荫儿派验放大臣,同惇王、桂昂、祁世长。

二十六日(9月30日) 晴。换季。糊窗。

二十七日(10月1日) 晴。五世祖考敷九公生忌。

二十八日(10月2日) 晴。剃头。拆蓬。

二十九日(10月3日) 晴,风。范卿来。

九月

初一日(10月4日) 晴。得伟侄廿八津门信,复之。五世祖考敷九公忌辰。风。亚陶来。

初二日(10月5日) 晴。高祖考闲斋公生忌。

初三日(10月6日) 晴。

初四日(10月7日) 晴。谢太夫人生忌。王蓝岑来。

初五日(10月8日) 晴。寒露。风。得谱侄八月初七、廿六信,济侄廿八信,复之。

初六日(10月9日) 晴。召见惇、恭、醇三王,潘祖荫,翁同龢。

初七日(10月10日) 雨,即晴。访仲连。范卿来。得芾卿信,复之。

初八日(10月11日) 晴。换毡冠、绒领、棉袍褂。

初九日(10月12日) 晴。汪夫人忌辰。

初十日(10月13日) 晴。访心斋、小珊。

十一日(10月14日) 晴。

十二日(10月15日) 晴。晚,风。

十三日(10月16日) 晴。华祖师圣诞。剃头。

十四日(10月17日) 晴。

十五日(10月18日) 晴。

十六日(10月19日) 晴。访拙安。得醉堂初九信。八侄女来住。

十七日(10月20日) 晴。招财童子圣诞。杜晓徵来。

十八日(10月21日) 晴。得益甫信,复之。夜,大风。

十九日(10月22日) 晴,风。曼生来。

二十日(10月23日) 晴。霜降。

二十一日(10月24日) 晴。午刻,大风。得济侄十二信、谱侄信、梅伯信。

二十二日(10月25日) 晴。复济侄、谱侄、梅伯、醉堂信。洗足。

二十三日(10月26日) 晴。子妇五十,同寿名、茀君、范卿父子、彦和、年儿一桌。换黑绒领、珍珠毛褂、白袖。

二十四日(10月27日) 晴。

二十五日(10月28日) 晴。曾祖考贡湖公忌辰。茀君来。

二十六日(10月29日) 晴。亚陶来,笙叔来。夜,风。

二十七日(10月30日) 晴,风,冷。

二十八日(10月31日) 晴。六世祖妣罗太宜人忌辰,高祖妣戴太夫人生辰。端昶来。

二十九日(11月1日) 晴。汪太夫人生忌。夜,大风。

三十日(11月2日) 晴,大风。祀先。剃头。夜,大风。换小貂帽、黑袖、灰鼠袍褂。

十月

初一日(11月3日) 晴,风。祖荫赏吃肉。

初二日(11月4日) 晴。寄顺之信。下午,风。

初三日(11月5日) 晴。访笙叔。午,风。

初四日(11月6日) 晴,风。

初五日(11月7日) 晴,风。立冬。笙叔来。

初六日(11月8日) 晴。得济侄九月廿八信,谱侄九月十四、十七信,竹侄九月十八信。晚,呕吐,不适。

初七日(11月9日) 晴。汪夫人生忌。复济侄信、《七政经纬》,谱、竹二侄信。笙叔来。八侄女回通州。

初八日(11月10日) 晴。笙叔来。

初九日(11月11日)　晴。换白风毛袍褂。寄济侄信。

初十日(11月12日)　晴。三曾伯祖忌辰。西太后万寿。

十一日(11月13日)　晴。剃头。

十二日(11月14日)　晴。

十三日(11月15日)　晴。

十四日(11月16日)　阴晴间,小雨,又晴。访槐庐、鹤樵。

十五日(11月17日)　晴。考汉荫生,祖荫派拟题。夜,风。

十六日(11月18日)　晴,风。

十七日(11月19日)　晴。祖考忌辰。菊生来。

十八日(11月20日)　晴,风。莼客招饮,辞之。

十九日(11月21日)　晴。答子与、欢伯。寄《遁志堂集》《求古斋集》《子和诗集》。

(小雪)二十日(11月22日)　晴,风。六溪来。复济侄十二信,复之,并寄醉堂信。

二十一日(11月23日)　晴。得顺之九月廿九信、《西泠酬唱》二本,复之。云台来。得平斋十月初八日信、石画三纸,寄女信、糖一匣,济侄九月廿一信、茶叶四篓,复之。

二十二日(11月24日)　晴。曼生来。午后,阴。得济侄十月十一信。大风。夜,更大。

二十三日(11月25日)　晴,大风。

二十四日(11月26日)　晴,风。芸台送多陈盘内十件、茶四篓子、鲞二匣、被面二床,《处州府志》《月洞诗集》《滑疑集》《草木子》《崇福寺记》。

二十五日(11月27日)　晴。

二十六日(11月28日)　晴。访小蘧、六溪。

二十七日(11月29日)　晴。剃头。寄济侄、怡侄信。子与来。

二十八日(11月30日)　晴。以曼生壶、楷木帽架、《广东合书》三函送芸台。

二十九日(12月1日) 晴。

十一月

初一日(12月2日) 阴,即晴。荫儿派验放大臣,同澂贝勒、灵桂、许应骙、范卿。八姑太太来。换本色貂帽、貂褂。

初二日(12月3日) 晴。

初三日(12月4日) 晴。洗足。

初四日(12月5日) 晴。八姑太太回通州。

初五日(12月6日) 晴。夜,风。

初六日(12月7日) 晴。六世祖其蔚公忌辰。大雪。风。

初七日(12月8日) 晴。祈雪。

初八日(12月9日) 晴。寄四弟、二侄信。

初九日(12月10日) 晴。亚陶来。

初十日(12月11日) 晴。荫儿派验放大臣,同礼王、祁敬信。八侄女、两小姐来住。

十一日(12月12日) 晴。范甥来。

十二日(12月13日) 晴。公请芸台,在会馆。夜,风。

十三日(12月14日) 晴。

十四日(12月15日) 晴。得济侄十月廿七信、谱侄十九信、眉伯十九信,复之。

十五日(12月16日) 晴。月食。

十六日(12月17日) 晴。祈雪。剃头。八姑太太请。

十七日(12月18日) 晴。见卿来。

十八日(12月19日) 晴。

十九日(12月20日) 晴。午后,风。祀祖先。同儿媳、年儿、两姬吃冬至夜饭。

二十日(12月21日) 晴。冬至。陈太孺人忌辰。风。望洲来。

二十一日(12月22日) 晴,风。

二十二日(12月23日) 晴。得济侄十一月七日信、眉伯信,复之。

二十三日(12月24日) 晴。亚陶来。

二十四日(12月25日) 晴,风。问樵来。祈雪。

二十五日(12月26日) 晴。五曾叔祖忌辰。风。夜,更大,冷。三姑太太来。

二十六日(12月27日) 晴,风,冷。剃头。

二十七日(12月28日) 晴。八侄女第三女招赘杨艺芳子。

二十八日(12月29日) 晴。

二十九日(12月30日) 晴。

十二月

初一日(12月31日) 晴。寄济侄、眉伯信。风。

初二日(1月1日) 晴。

初三日(1月2日) 晴。

初四日(1月3日) 晴。陆夫人生忌。祈雪。子与来。

初五日(1月4日) 晴。祖荫派验放大臣,同豫王、桂全、许应骙。

初六日(1月5日) 晴,风。夜,更大。

初七日(1月6日) 晴,风。

初八日(1月7日) 晴。曼生来。得济侄十一月十八信,平斋、寿门信,复之。

初九日(1月8日) 晴,风。

初十日(1月9日) 晴。高祖闲斋公忌辰。大风。

十一日(1月10日) 晴,冷。

十二日(1月11日) 晴,冷。祈雪。风。

十三日(1月12日) 晴。剃头。洗足。

十四日(1月13日) 晴。

十五日(1月14日)　晴。收到济侄寄橙、糕、粽、糖各一匣。寄济侄信。

十六日(1月15日)　晴。祖荫派验放大臣，同怡王、铨林、夏家镐。扫房。

十七日(1月16日)　晴。

十八日(1月17日)　晴。晚，雪。

十九日(1月18日)　大风。得炉青信，复之。未刻，晴。

二十日(1月19日)　晴。得济侄十月二十信，复之。

二十一日(1月20日)　文恭公生忌。大寒。阴晴间。

二十二日(1月21日)　晴。三坛祈雪。亚陶来。得展云信，复之。

二十三日(1月22日)　晴。送灶。

二十四日(1月23日)　晴。曾祖妣汪太夫人生忌。大风。范卿送羊肉、年糕、元宝、野鸡、子鲚、枣、栗。以野鸡、羊肉、糕、元宝送香涛。

二十五日(1月24日)　晴。莼客送鸭子、年糕、平果、黄糕。以鸭子、年糕、子鲞、黄糕送雪岑。八姑太太送平果十二、酱鸡一对。大少奶送年糕、百合、平果、黄果。

二十六日(1月25日)　晴。

二十七日(1月26日)　晴。香涛送平果、年糕、黄果、野鸡。以年糕、双鱼、野鸡、春卷答范卿。以子鲚、大馒首、糕等答莼客。

二十八日(1月27日)　风。敬神。剃头。午刻，雪。慎生送春卷、野鸭、海参、鱼松，雪岑送火腿、桶鸡二、南糖十匣、松花卅、糕十二、莲子二斤。

二十九日(1月28日)　晴。汪太夫人忌辰。洗足。夜，风。

三十日(1月29日)　晴。得伟侄十月初一日信，复之。接灶。祀先。吃年夜饭。

光绪七年辛巳(1881)

一月

辛巳正月元旦(1月30日),七十二岁 晴。拜圣人、佛、灶。喜容。关帝庙拈香。

初二日(1月31日) 晴。华祖庙拈香。内阁团拜公请,辞之。范卿来。

初三日(2月1日) 晴。曾祖考贡湖公生辰。得广安信,复之。祖荫充国史馆正总裁。

初四日(2月2日) 晴。得顺之嘉平四日信。

初五日(2月3日) 立春。晴。

初六日(2月4日) 晴,冷。招寿铭、六希、康民、彦和、荫北、玉臣小集。大风。

初七日(2月5日) 晴。得玉弟嘉平十日信,济、竹二侄信。

初八日(2月6日) 晴。寄玉弟、两侄信。祖荫派十六日廷臣宴。曼生来。

初九日(2月7日) 晴。敬如来。口恙发。

初十日(2月8日) 晴。曾祖妣汪太夫人忌辰。亚陶来。洗足。

十一日(2月9日) 晴,大风,黄沙。洗足。

十二日(2月10日) 晴。亚陶来。风。洗足。

十三日(2月11日) 晴。亚陶来。荫北伉俪出京。

十四日(2月12日) 晴。

十五日(2月13日) 阴,即晴。安徽团拜公请,辞之。午后,风。

十六日(2月14日) 晴。祖荫派廷臣宴。风。亚陶来。

十七日(2月15日) 晴,大风。

十八日(2月16日) 晴,冷。收喜容。

十九日(2月17日) 晴,冷。寄济侄信。

二十日(2月18日) 晴。雨水。剃头。

二十一日(2月19日) 阴晴间。祈雪。

二十二日(2月20日) 卯刻,雪,又晴。得济侄十二月廿三信,谱侄、熙年、眉伯信,复之。

二十三日(2月21日) 晴。亚陶来。

二十四日(2月22日) 阴。范卿来。

二十五日(2月23日) 阴,大风。问樵来。午,晴。

二十六日(2月24日) 晴。刘拙庵来。

二十七日(2月25日) 晴。

二十八日(2月26日) 晴。

二十九日(2月27日) 雪。寄四弟信、百果鹿胶一匣。

二月

初一日(2月28日) 晴。祖荫派吃肉。八侄女回通州。子与来。

初二日(3月1日) 晴,风。丁未香溪诸君招才盛馆,辞之。

初三日(3月2日) 晴,冷。祈雨。

初四日(3月3日) 晴。

初五日(3月4日) 阴晴间。城隍庙拈香。季高中堂来。

初六日(3月5日) 阴。惊蛰。

初七日(3月6日) 晴。剃头。

初八日(3月7日) 晴。龙泉寺、太清观拈香。曼生、静如来。

夜,雪。

初九日(3月8日) 晴。庚子藕舲诸君招初十文昌馆,辞之。

初十日(3月9日) 晴。吕祖祠、火神庙拈香。访六希。祖荫派验放大臣,同肃王、崇梅。洗足。

十一日(3月10日) 晴。得文卿信,复之。

十二日(3月11日) 晴。祈雨。夜,大风。

十三日(3月12日) 晴,风。寄四弟、济侄、醉堂信。

十四日(3月13日) 晴,风。

十五日(3月14日) 晴。

十六日(3月15日) 晴,风。

十七日(3月16日) 晴。

十八日(3月17日) 晴。得济之侄正月廿五信,复之。三侄女、述之夫妇来。

十九日(3月18日) 晴。剃头。

二十日(3月19日) 晴。

二十一日(3月20日) 晴。春分。

二十二日(3月21日) 晴。祈雨。

二十三日(3月22日) 晴,风。

二十四日(3月23日) 晴。孝达招早饭。

二十五日(3月24日) 晴。得济侄二月十四信,怡侄、月帆信,复之。

二十六日(3月25日) 晴。茀君来。

二十七日(3月26日) 晴。换羊皮冠、珠毛褂、白袖头。

二十八日(3月27日) 晴。晚,风。

二十九日(3月28日) 晴。

三十日(3月29日) 晴。亚陶来。荫儿派阅孝廉方正卷,同景、钱。夜,大风。

三月

初一日(3月30日) 晴。得济侄二月廿三、伟侄二月十八信，复之。

初二日(3月31日) 晴。祈雨。

初三日(4月1日) 晴。祀先。风。范卿来。

初四日(4月2日) 晴。陈太孺人生忌。换毡冠、绒领、棉袍褂。晚，风。

初五日(4月3日) 阴，又晴。三曾伯祖、五曾叔祖生忌。夜，雨。

初六日(4月4日) 清明。雨。金姨太太忌辰。巳正，晴。晚，风。

初七日(4月5日) 风，晴。寄顺之信。

初八日(4月6日) 晴，风。夜，更大。山西范老来。

初九日(4月7日) 晴，大风。范老来。洗足。

初十日(4月8日) 晴。范老来。得济侄初二信、谱侄信，复之。祖荫派验放大臣，同肃王、恩麟、程祖诰。戌刻，东太后仙驭升遐。

十一日(4月9日) 阴。闻醉堂四月中可到京。亚陶来。晴，大风。剃头。

十二日(4月10日) 晴，风。亚陶、范老来。

十三日(4月11日) 晴。祈雨。风。

十四日(4月12日) 晴。寄玉弟信。

十五日(4月13日) 晴。得顺之二月廿八信，复之。

十六日(4月14日) 晴。范卿来。搭凉棚。晚，阴。夜，雷雨。

十七日(4月15日) 亚陶、老范来。晴，风。

十八日(4月16日) 晴。

十九日(4月17日) 晴。

二十日(4月18日) 晴。得济侄二月十八、十九信，寄女、眉伯信，复之。

二十一日(4月19日) 雨。得济侄三月十三信。晚,晴。

二十二日(4月20日) 大风。复济侄信。晴。谷雨。

二十三日(4月21日) 晴。得益甫、醉堂信。

二十四日(4月22日) 晴。复益甫、醉堂信。夜,风。洗足。

二十五日(4月23日) 晴。亚陶来。夜,风。

二十六日(4月24日) 晴。少荃来。风。换季。夜,小雨。

二十七日(4月25日) 阴晴错。

二十八日(4月26日) 阴。午,晴。

二十九日(4月27日) 晴。夜,雨四指。

四月

初一日(4月28日) 雨。以烟壶一、万丝帽二、银八两送寿铭。

初二日(4月29日) 雨。夜,更大。

初三日(4月30日) 雨。

初四日(5月1日) 晴。谢太夫人忌辰,吃斋。

初五日(5月2日) 晴。得济侄三月廿五信,复之。

初六日(5月3日) 雨。亚陶来。晴。寿铭辞行。移培之寓。

初七日(5月4日) 阴晴间。

初八日(5月5日) 立夏。晴。自一百七,年六十二,少奶一百十,姨太九十五,董太六十五,五姨一百九,昭廿五。

初九日(5月6日) 雨。午,晴。

初十日(5月7日) 晴。午刻,雨。未正,晴。申刻,又大雨,雷,大风。

十一日(5月8日) 晴,大风。

十二日(5月9日) 晴,风。

十三日(5月10日) 晴,风。亚陶来。

十四日(5月11日) 晴。亚陶来。

十五日(5月12日) 晴。亚陶来。得济侄初七信、孔生信,复之。小雨。

十六日(5月13日)　晴。亚陶来。寄玉弟、济侄信。得捷峰信,复之。

十七日(5月14日)　晴。

十八日(5月15日)　晴。亚陶来。

十九日(5月16日)　晴。范卿来。

二十日(5月17日)　晴。文恭公忌辰,持斋。

二十一日(5月18日)　晴,风沙。

二十二日(5月19日)　晴。糊窗。得顺之四月三日信、寿民十七信,复之。

二十三日(5月20日)　晴。

二十四日(5月21日)　雨。得四弟、济侄十六信,复之。晚,晴。小满。

二十五日(5月22日)　晴,风。敬如来。荫儿派验放大臣,同怡王、耀年、梅启照。

二十六日(5月23日)　晴,风。

二十七日(5月24日)　晴。

二十八日(5月25日)　晴。子芬来。得振轩信,复之。

二十九日(5月26日)　晴。洗足。

三十日(5月27日)　晴。玉雨、伯渊来。

五月

初一日(5月28日)　晴。曼生来。晚,雨。日食。

初二日(5月29日)　晴。范卿送鱼翅、角黍、盐蛋、饽饽。以肘子、饽饽、角黍、波梨、黄果、白齐、定升糕、糖馒首送莼客。以鱼翅、饽饽、波梨、角黍送雪岑。以肘子二、松花、角黍、火腿送范卿。以玫瑰饼、大馒首、角黍、鸭蛋送亚陶。

初三日(5月30日)　晴。莼客送烧鸭、端午饼。以烧鸭、午饼、荸荠、寿桃送孝达。雪岑送绿粽廿个、南腿一只、虾子一盘、松花廿八、鲜鲞二尾、玫饼卅二。以鲜鲞、粽子、酱豆付、馒首送慎生。

初四日(5月31日) 晴。得济侄二十八信、谱侄信,复之。孝达送粽子、游鱼、虾松、蛋糕。

初五日(6月1日) 雨。慎生送熏鱼、鸭子、波梨、玫饼。午,晴。全中堂送烛十斤、酒一坛、面五斤、桃一百。风。

初六日(6月2日) 晴。兰生送鸭、虾元、黄糕、馒首。陆之翰送烛、面、烧鸭、糟鱼。仲田送鱼十斤、酒十斤、桃一百、面十斤。彭七送烛二斤、酒一坛。

初七日(6月3日) 晴。晚,雷电,雨。

初八日(6月4日) 晴。

初九日(6月5日) 晴。芒种。

初十日(6月6日) 阴晴间。

十一日(6月7日) 晴,风。夜,雷雨。

十二日(6月8日) 阴。未刻,雨,又晴。夜,又雷雨。

十三日(6月9日) 晴。

十四日(6月10日) 雨。子元来。风。

十五日(6月11日) 晴。得醉堂四月廿六信。

十六日(6月12日) 晴。晚,雨。夜,又雨。

十七日(6月13日) 雨。晚,晴。

十八日(6月14日) 晴。子元送槟榔、扇、茶二瓶、火腿一肘、《竹枝词》四本。得济侄初七信、竹侄信,复之。

十九日(6月15日) 晴。

二十日(6月16日) 晴。晚,雷电。

二十一日(6月17日) 晴。大少奶奶来辞行。寄玉弟信。夜,雷雨。

二十二日(6月18日) 晴。荫儿上房小饮。赏百合花。

二十三日(6月19日) 晴。晚,雨。夜,又雷雨。

二十四日(6月20日) 祖妣黄太夫人生辰。晴,风。

二十五日(6月21日) 晴。范卿来。夏至。

二十六日(6月22日) 晴。洗足。得玉弟十七信、济侄信,复之。子与来。得玉溪十二日信,复之。

二十七日(6月23日) 晴。晚,雷雨,风。

二十八日(6月24日) 晴。夜,雨,雷。

二十九日(6月25日) 寄济侄信。雨。午,晴,又雷电雨。夜,凉。

六月

初一日(6月26日) 晴。鹤樵来。荫儿派验放大臣,同棍公、恩麟、祁世长。

初二日(6月27日) 晴。亚陶来。

初三日(6月28日) 晴。

初四日(6月29日) 晴。祖妣黄太夫人忌辰。夜,雨。

初五日(6月30日) 晴。晚,雨一阵。

初六日(7月1日) 晴。

初七日(7月2日) 晴。洊山来。

初八日(7月3日) 晴。得淡如信,复之。

初九日(7月4日) 晴。

初十日(7月5日) 晴,风。祖荫派验放大臣,同穆腾阿、梅启照、乌拉喜崇阿。

十一日(7月6日) 晴。高祖妣戴太夫人忌辰。得谱侄廿九信、济侄廿七信,复之。洗足。

十二日(7月7日) 晴。安姨太太忌辰。得伟如、端六信、腿四个、虾油二坛,复之。小暑。

十三日(7月8日) 晴。

十四日(7月9日) 晴。

十五日(7月10日) 晴。

十六日(7月11日) 晴。

十七日(7月12日) 晴。申刻,大雷雨,风,又晴。

十八日(7月13日) 晴。晚,大雨,雷电,风雨半夜。

十九日(7月14日) 晴。剃头。雨,又晴。夜,雷雨。

二十日(7月15日) 晴。亚陶来。八侄女来。初伏。

二十一日(7月16日) 晴。

二十二日(7月17日) 晴。得济侄六月十四信,复之。八侄女来住。

二十三日(7月18日) 晴。火德星君诞。

二十四日(7月19日) 晴。雷祖诞。年儿在南,拜门。康民夫人来,坐二席。醉堂父子到京。得寿名信,复之。

二十五日(7月20日) 小雨。得济侄四月廿八信、红头绳、陈皮、笔记。荫儿派吃肉。

二十六日(7月21日) 晴。晚,风,雷电,雨。夜,又雨。

二十七日(7月22日) 晴。晚,风,雷电,雨。夜,又雨。

二十八日(7月23日) 阴。亚陶来。午刻,雨,雷。大暑。晚,晴,凉。

二十九日(7月24日) 阴晴错。得怡侄二十信,复之。寄济侄信。

三十日(7月25日) 晴。慎生来。中伏。

七月

初一日(7月26日) 晴。

初二日(7月27日) 晴。剃头。眉伯来。得济侄六月廿四信,复之。招官化去申正。夜,雨。

初三日(7月28日) 小雨,晴。夜,风,雷电,雨。

初四日(7月29日) 晴。陆夫人忌辰。

初五日(7月30日) 晴。

初六日(7月31日) 晴。寄玉弟信。

初七日(8月1日) 晴。子妇备小酌,同董侄女、子妇、眉伯、年儿、两姬人坐一席。晚,风,雷电,小雨。

初八日(8月2日) 晴。叔桃来。

初九日(8月3日) 晴。菊生来。

初十日(8月4日) 晴。洗足。

十一日(8月5日) 晴。得伟侄六月十七信,复之。寄济侄羊皮统、针线一匣,怡侄信。

十二日(8月6日) 阴。申刻,晴。晚,风,凉。夜,雨。

十三日(8月7日) 雨。亚陶来。晚,晴。立秋。

十四日(8月8日) 晴。过节。祀先。夜,雨。

十五日(8月9日) 雨竟日夜。

十六日(8月10日) 晴。交眉伯寄济侄信。

十七日(8月11日) 阴晴错。眉伯出京。得伟侄初一信、济侄初八信,即复之。

十八日(8月12日) 雨。亚陶来。

十九日(8月13日) 晴。

二十日(8月14日) 阴。末伏。

二十一日(8月15日) 晴,潮湿,热。剃头。

二十二日(8月16日) 晴,雷雨,仍晴。范卿来。夜,雨。

二十三日(8月17日) 晴。夜,雨。

二十四日(8月18日) 雨。五世祖妣汪太安人忌辰。风,晴。

二十五日(8月19日) 阴晴错。艾圃来。得济侄十六信、伟侄十一信,复之。申刻,雨。子与来。夜,大雨。

二十六日(8月20日) 阴晴错。申刻,雷,大雨,又晴。

二十七日(8月21日) 晴。

二十八日(8月22日) 晴。

二十九日(8月23日) 雨。处暑。

三十日(8月24日) 雨,即晴。少梅来。

闰七月

初一日(8月25日) 晴。

初二日(8月26日) 晴。未正,雨,雷,又晴。夜,又雨,至半夜。

初三日(8月27日) 晴,风。亚陶来。

初四日(8月28日) 晴。得怡侄七月中信。

初五日(8月29日) 晴。寄济侄、谱侄、怡侄信。

初六日(8月30日) 晴。剃头。派阅考御史卷:潘祖荫、瑞联、邵亨豫、薛允升。洗足。

初七日(8月31日) 雨。得四弟、济侄三十信,谱侄信,复之。

初八日(9月1日) 晴。梅孙来。

初九日(9月2日) 晴阴错,雨一阵,又晴。

初十日(9月3日) 晴阴间。子与来。夜,大雷雨。

十一日(9月4日) 雨。午后,晴。

十二日(9月5日) 晴。

十三日(9月6日) 晴。梅孙来,以手卷、花卉册求题。

十四日(9月7日) 晴。白露。曼生来。腹泻。亚陶来。

十五日(9月8日) 晴。亚陶来。

十六日(9月9日) 晴。亚陶来。退热。

十七日(9月10日) 晴。亚陶来。

十八日(9月11日) 阴。亚陶来。午初,雨,又晴。夜,大风,雨,雷。

十九日(9月12日) 晴。亚陶来。

二十日(9月13日) 晴。亚陶来。

二十一日(9月14日) 晴。亚陶来。晚,雨,风。

二十二日(9月15日) 阴晴间。亚陶来。得四弟十三信,济侄、寄女、眉伯信，复之。吟香送鸭、蜜汁火腿，答以糕一元、酱豆付四罐。

二十三日(9月16日) 晴。亚陶来。八姑太太送石榴、月饼、风糕、酱付。

二十四日(9月17日) 晴。亚陶来。

二十五日(9月18日) 晴。亚陶来。

二十六日(9月19日) 晴。亚陶来。

二十七日(9月20日) 晴。糊窗。出恭。亚陶来。

二十八日(9月21日) 晴。社。得济侄十九信，复之。亚陶来。

二十九日(9月22日) 阴晴错。亚陶来。雨。

八月

初一日(9月23日) 晴。秋分。亚陶来。验放大臣派潘祖荫、崇礼、薛允升、庆麟。范卿来。

初二日(9月24日) 晴。剃头。

初三日(9月25日) 雷雨，仍晴。亚陶来。

初四日(9月26日) 晴。梅孙来。

初五日(9月27日) 晴。以月饼、银鱼、鸡、豆、菱角送莼客。亚桃来。

初六日(9月28日) 晴。未初，雨，即晴，大风，又雨一阵。

初七日(9月29日) 晴。亚陶来。

初八日(9月30日) 晴。曼生来。

初九日(10月1日) 晴。亚陶来。小雨三阵。

初十日(10月2日) 晴。以大馒头五个、圆糕一元、蒲桃、豆付、面斤送孝达。莼客送平果、柿子、月饼、蟹、馒头，即送雪岑。得济侄初三信，薰琴信、洋烟、燕菜，复之。雪岑送腿一、月饼廿四个、桶鸡二只、石榴十个、松花廿四、螃蟹一合。以火腿、月饼、石榴、螃蟹送慎生。

十一日(10月3日) 晴。亚陶来。得硕卿信、燕窝一匣、龙眼肉二匣,复之。夜,风。以花糕、桂元肉、梨、蒲桃送亚陶。

十二日(10月4日) 小雨,风,冷。范甥送花糕、肘子、蒲桃、梨,兰史送茄南香串砂仁二筒、卫生丸六匣、龙井四瓶。

十三日(10月5日) 小雨。亚陶来。兰史来。慎生送花糕、红肉、芋乃、肚子、海参、肉元。孝达送自来红、蛋糕、石榴、蒲桃。

十四日(10月6日) 晴。剃头。

十五日(10月7日) 雨。午,晴。夜,雨。

十六日(10月8日) 晴。寒露。

十七日(10月9日) 晴。

十八日(10月10日) 光禄公生忌。晴。

十九日(10月11日) 晴。

二十日(10月12日) 阴。以龙眼肉一匣,桂花、木耳一匣,神曲四匣,金经一部送康民。拆棚。晴。得竹年侄八月初一信、眉伯信,复之。

二十一日(10月13日) 阴。文式如玉来见,庚子同年、丁未进士。晚,小雨。

二十二日(10月14日) 晴。换棉袍褂。

二十三日(10月15日) 晴。洗足。

二十四日(10月16日) 晴。换季。夜,风。

二十五日(10月17日) 晴,风。

二十六日(10月18日) 晴。

二十七日(10月19日) 晴。至圣先师诞。五世祖考敷九公生忌。

二十八日(10月20日) 晴。亚桃来。

二十九日(10月21日) 晴。惜凡来。

三十日(10月22日) 阴。得四弟、济侄八月十九信,复之。

九月

初一日(10月23日) 五世祖考敷九公忌辰。晴。霜降。得顺之八月十六信,复之。

初二日(10月24日) 晴。高祖闲斋公生忌。剃头。

初三日(10月25日) 晴。夜,雨。

初四日(10月26日) 雾。谢太夫人生忌。晴。菱舫来。

初五日(10月27日) 晴。夜,风。李中堂来。换黑领、珠毛褂。

初六日(10月28日) 晴,风。梅孙来。

初七日(10月29日) 晴。

初八日(10月30日) 晴。

初九日(10月31日) 晴。孝贞显皇后梓宫奉移普祥峪定东陵十七日,永远奉安。汪夫人忌辰。

初十日(11月1日) 晴。吟香来。祖荫派验放大臣,同董兴、廉清凯。

十一日(11月2日) 雨,晴。

十二日(11月3日) 晴。洗足。

十三日(11月4日) 雾,晴。华祖庙拈香。

十四日(11月5日) 雾,晴。梅孙来。夜,风。

十五日(11月6日) 风,晴。

十六日(11月7日) 晴。立冬。换羊皮冠、珍珠毛袍褂、白袖。

十七日(11月8日) 阴晴。梅孙来。

十八日(11月9日) 晴。亚陶来。换江獭冠、瓜仁领、黑袖、灰鼠袍褂。

十九日(11月10日) 晴。

二十日(11月11日) 晴。

二十一日(11月12日) 晴。剃头。

二十二日(11月13日) 晴。

二十三日(11月14日) 小雨,晴。得四弟十二信、济侄十五信,复之。

二十四日(11月15日) 晴。子妇请赏菊、小饮。

二十五日(11月16日) 阴。曾祖考贡湖公忌辰。雨。夜,又雨。

二十六日(11月17日) 雨。寄玉弟、伟侄信。夜,雨。

二十七日(11月18日) 雨。午,晴。夜,风。

二十八日(11月19日) 晴。六世祖妣罗太宜人忌辰。高祖妣戴太夫人生忌。冷。

二十九日(11月20日) 晴。汪太夫人生忌。梅孙来。

三十日(11月21日) 晴。祀先。范卿来。

十月

初一日(11月22日) 晴。小雪。祖荫派吃肉。

初二日(11月23日) 晴。夜,风。

初三日(11月24日) 晴,风。洗足。

初四日(11月25日) 晴。文式如玉送燕窝二匣、砚二方、宁坤二匣、葛布二端。

初五日(11月26日) 晴。剃头。祖荫派验放大臣,同符珍、乌拉喜崇阿、祁世长。

初六日(11月27日) 晴,风。梅孙来辞行。祖荫派阅卷,同董恂、瑞联、锡珍。

初七日(11月28日) 汪夫人生忌。晴。得伟如侄廿五信、济侄廿七信,复之。并《七政经纬》、怡侄廿七信,复之。

初八日(11月29日) 晴。子与来。寄四弟信。换白风毛褂。

初九日(11月30日) 晴。

初十日(12月1日) 阴。三曾伯祖忌辰。皇太后万寿。寄济侄信。

十一日(12月2日) 晴。

十二日(12月3日) 晴。夜,风。

十三日(12月4日) 晴,冷。亚陶来。

十四日(12月5日) 晴。亚陶来。风。月食。

十五日(12月6日) 晴。

十六日(12月7日) 晴。大雪。得四弟初五信、济侄初六信,复之。

十七日(12月8日) 晴。祖考忌辰。亚陶来。得寿铭信,复之。

十八日(12月9日) 雪。谊卿来。得济侄信、扁尖四篓,复之。换本色貂帽、貂褂。

十九日(12月10日) 阴,微雪。谭宗浚送葛纱袍料、荔支、龙眼二匣、橘红一包、蜡丸八包、茶二瓶、海味二包。

二十日(12月11日) 阴,即晴。康民送桌罩、鹿肋。康民来。

二十一日(12月12日) 晴。亚陶来。

二十二日(12月13日) 晴。三侄女来。

二十三日(12月14日) 阴。彭七送烛、鸡、桃、面。夜,雪。

二十四日(12月15日) 晴。

二十五日(12月16日) 晴。三侄女来。夜,大风。

二十六日(12月17日) 晴。

二十七日(12月18日) 晴。子与来。

二十八日(12月19日) 晴。剃头。

二十九日(12月20日) 晴。

十一月

初一日(12月21日) 晴,风。涤生来,送火腿二、茶叶四瓶。祀先。

初二日(12月22日) 冬至。晴。亚陶来。夜,大风。

初三日(12月23日) 晴,冷,大风。

初四日(12月24日) 晴。

初五日(12月25日) 阴。洗足。

初六日(12月26日) 晴。六世祖其蔚公忌辰。

初七日(12月27日) 阴,即晴。得济侄十月十六信,复之。

初八日(12月28日) 晴,风。

初九日(12月29日) 晴。祈雪。

初十日(12月30日) 晴。招谊卿、醉堂、凤石、康民午集。

十一日(12月31日) 晴。

十二日(1月1日) 晴。

十三日(1月2日) 晴。

十四日(1月3日) 晴。

十五日(1月4日) 阴,即晴。

十六日(1月5日) 阴,即晴。小寒。汪五甥来。

十七日(1月6日) 晴。夜,大风。

十八日(1月7日) 晴,大风。得济侄十月廿六信、谱侄十九信,复之。

十九日(1月8日) 晴。醴泉来。

二十日(1月9日) 晴。陈太孺人忌辰。风。

十二月

初一日(1月20日) 晴。九芝来。大寒。

初二日(1月21日) 晴。夜,雪。

初三日(1月22日) 晴。招香涛、斗南、叔裕、鹤樵、六希、仲田、玉雨午集。扫房。

初四日(1月23日) 晴。陆夫人生忌。

初五日(1月24日) 晴。夜,风。

初六日(1月25日) 晴,风。寿蘅来。

初七日(1月26日) 晴,冷。寿门送墨二合、陈皮八瓶、茶叶一箱、南丰桔一包、冬菇一匣、笋尖一匣、饭碗一对、终葵两副、风鱼一坛。得伟侄十一月初一信、济侄十二信,复之。亚陶来。

初八日(1月27日) 晴。

初九日(1月28日) 晴。祈雪。夜,雪,三指厚。

初十日(1月29日) 晴。高祖考闲斋公忌辰。

十一日(1月30日) 晴。洗足。风。寿门来。

十二日(1月31日) 晴,风。

十三日(2月1日) 晴。

十四日(2月2日) 晴。亚陶来。

十五日(2月3日) 晴。亚陶来。冷。

十六日(2月4日) 晴。立春。莼客送整鸭、东坡肉、年糕、百合。以整鸭、红肉、海参、年糕送雪岑。

十七日(2月5日) 晴。得顺之仲冬廿九信,复之。荫儿赏穿带嗉貂褂。

十八日(2月6日) 晴。谊卿来。

十九日(2月7日) 晴。

二十日(2月8日) 晴。祈雪。

二十一日(2月9日) 晴。文恭公生忌。范卿来。封印。

二十二日(2月10日) 阴,晴。以糟鱼、平果、年糕、种子送慎生。

二十三日(2月11日) 晴。送灶。雪岑送肘子一对、桶鸡一对、桃酥廿二、蛋糕十八、橘廿二、平果廿。

二十四日(2月12日) 晴。曾祖妣汪太夫人生忌。康民送火腿、平果、糟鱼、年糕。亚陶送鸡子卅二枚、黄精二匣、口麻二包、年糕。

二十五日(2月13日) 晴。以平果、肘子、蛋糕、馒头答亚陶。

二十六日(2月14日) 晴。得怡侄十二月十二信,复之。夜,雪。

二十七日(2月15日) 晴。得展云、广庵信,复之。剃头。初三,三坛祈雪。

二十八日(2月16日)　晴。敬神。得济侄初三、初八信,平斋信,答之。洗足。

二十九日(2月17日)　晴,风。汪太夫人忌辰。接灶。暖容。吃年夜饭。仲田送鱼、野鸡、饽饽、夫容糕,以年糕、糟鱼、馒头、王瓜答之。

附录一：小浮山人年谱

潘曾沂自订，子仪凤续

夐哉先生，洗心退藏。研悦道味，淬厉智光。簪组遗业，林泉养朴。圆笠欹花，瘦筇倚竹。迂辛短李，琴聪蜜殊。此唱彼和，主客成图。风月江山，壮游奇绝。归卧船庵，一篷香雪。为善最乐，得气之春。甘澍润物，慈云霞人。德被臧甬，欢腾桑梓。君持婆心，人呼佛子。小浮山下，大圆镜中。泊然而化，焦桐在空。矫矫柏松，寥寥琴语。一鹤高飞，白云终古。　弟曾莹谨制。

潘功甫先生暨配严宜人墓志铭

同县冯桂芬撰

士博一科一第，绾一职。朝不坐，燕不与，手不操尺寸之柄，虽有康济天下之愿，无所于施，则退而为善于一乡。所持既甚约，所被又不远，而居然行其法，足以泽一时。存其书，足以利天下后世，可不谓贤乎？如吾乡功甫潘先生，是已。先生讳曾沂，初名遵沂，功甫其字。尝梦前身为浮渡山僧，自号小浮山人，太傅、武英殿大学士文恭公冢子。籍系官阀，详余所为文恭公墓志。年二十有一，举茂才。二十有五，登贤书，寻以例得内阁中书。道光元年，入直。四年，假归，遂不出。久之，以灾赈议叙光禄寺署正衔。先生孝友仁慈，出于天性。生八日，而母谢夫人卒，终身以为隐痛。事文恭公暨继母汪夫人，得其欢心。居辇下三载，交海内诸名公，以文章道义相切劘。要路虽父执，不一谒。一日，入朝与友俱。一达官出，友趋而与之言。既去，问何人。友骇曰："英中堂，不识邪？"英，固文恭公同年，时为枢相云。尝例见于阁师松筠公。会军机需人，行选而试之。公素与文恭公善，因问曰:“考军机乎?”先生愕然曰:“未也。”公深悔失言。与人交,贵游寒畯如一。僮仆亦化之,一矫骄谄之俗。厥后,家居。值文恭公当国,弥自韬匿。就所居风池园购一椽,曰船庵。键关,谢人事,终日焚香读书,浇花洗竹,一家如在深山中。一童子应门。客至,受柬门隙。无贵贱,一不报。中间省侍京邸者再,往返数千里,亦不见一客。俗所用署名小红笺,摈不具者,二十余年。中岁以后,长斋礼佛,究心内典。尝曰:“二教功夫,总自脚踏实地做起。”又作放生会,曰:“天人感应之理,惟此最显最速。大用莫如仁,当于此处著意,使其长养而扩充之。”生平为善,如日用饮食之不能辍罄。其田二十有五顷。建丰豫庄,备平粜诸用。岁小歉,辄弛佃租。先后十余年间,蠲米凡四五万石。里中水旱,举赈、留养他郡流民,以若施衣食、馈医药、建义塾、育弃婴诸善举。吾吴故多好善者类,能为此,不足为先生纪。顾自先生倡之,则一郡应如响,率欣然辇钱粟踵至,以是事易集,而效弥广。修大佛支七世宗谱,谋于族立松鳞义庄,族属之贫者有常饩。区田法,见贾思勰《齐民要术》、王桢《农书》。先生谓田之贱、土之瘠、收之薄、赋之重,莫甚于吾吴,惟区田法行,而后谷可多,田可贵。作课耕会,试行于葑娄之郊,果倍获,遂著《丰豫庄本书》,列直讲三十二条,以贻农人。濬兴福塘河十有二里,曰尧峰河,旁近资灌溉之利。著《苏松减赋说》,又谓宜亟行于减赋之先者,曰农田,曰水利。先于近水诸郡,督种稻田。一二年后,成效众著。乃上闻,推其法于西北,渐令水利日兴,稻田日广,则西北之米自足,而东南之赋可减,可谓深探原本之论。喜游名山水,尝北登太山,观日出。自武林而西,历径山七峰、两天目,东迳海昌,陟大尖山,观潮。又过钱塘,至桐庐钓台,折而东渡曹娥江,蹑天台,步石梁,观瀑布。又尝溯大江,上匡庐,游浔阳庾楼、琵琶亭、黄州赤壁、汉阳黄鹤楼,浮洞庭,达岳州,遍览岳阳楼、君山诸胜,遂访铜陵浮渡山,寻前身涅槃处。迤北,越清流关,由临淮以归。所至,萧然行李,晦名姓,独故人林文忠公方帅两楚,侦知之,屏驺从,访于舟次。留之不可,赋诗唱和而别,为一时佳话。先生不为术数之学，而自言梦辄验。仿东坡《梦斋》，作《正续三十六梦龛图》。弟少宰公曾莹之举京兆，从子侍读君祖荫之捷南宫，咸预知，次第不爽。壬子春，趣工治义井，凿新渫旧，凡四五十区，人莫测也。无何，秋八月不雨。至冬十有一月，城中担水直百钱。远近赖以得饮，始大异之。殆佛家所谓习虚静而成通照邪？抑吾儒所谓至诚之道，可以前知邪？诗文澹远名隽，自成一家。中多忧时感事之言，尤惓惓于东南赋重财竭，农田水利之不讲，民生之日蹙，思有以挽回而补救之，几于举笔不忘。盖先生学问经济之大者，实在于是。称之者，曰高隐，曰好佛，曰诗人，皆目论也。尝自言："一生大略，尽于数卷诗中。"所著诗集三十二卷，刊行者大半。《东津馆文集》三卷，《船庵词》一卷，《丰豫庄本书》一卷，《小浮山梦志》一卷，《护生庵集》一卷，藏于家。先生貌腴而体孱，晚得肺疾。咸丰二年冬，疾大作。闻粤警，力疾寓书杨中丞文定于江宁，言防堵事甚悉。于是，先生不与当事通书者十余年，而亦遂以此绝笔矣。临没，为仪凤举"温良恭俭让""君子怀刑""出门如见大宾"数语，且曰："吾念汝祖父。"神明湛然。时十二月二十日也。距生乾隆五十七年三月二十六日，春秋六十有一。其明年八月，葬吴县二下五都一啚维字圩茭白荡和祥滨之原。配严宜人，岁贡生选之曾孙女，乙未会元、上书房翰林福之孙女，乙卯翰林、杭州府知府荣之女。年十有九，于归。逮事重闱，以孝称。先生自闭户而后，散遣奴婢。躬操作汲爨，有寒素所不能堪者。宜人怡然安之，即贤过人可知。乾隆五十七年十一月七日生，咸丰五年七月朔卒，年六十有四。侧室，杨宜人。子二。庭诰，殇。仪凤，正一品荫生，先生卒，实承文恭公之重。女三。婿韩文和，甲午举人，山东拣发知州。汪廷标，铜山县训导。蒋镕经，吴县庠生。孙女二。比者，仪凤来，告曰："先大夫之葬，以时之多难，相地负土之遽也，未遑治幽宫之版。无禄先宜人继逝，将以十一月十八日合祔先茔。愿如唐以后合葬墓志之例，以补其阙，是有赖于子。"余何足以知先生，而三复遗书，窃有向往之愿焉，不敢以不文辞，又为铭曰：

渺然寸抱兮,万族恫瘝。萧然斗室兮,四野吟呻。嗟嗞乎!天生斯人,宜金紫是绅,宜期颐是臻。旷义滂仁,大济时之艰。胡为乎三载掖垣,五试春官,忽翩乎其绝尘,晦迹平泉,皈心竺乾。云养不骞,水冽不澜。不位不年,以昌其文,以焯其传,以荫其后昆。嗟嗞乎!先生斯藏孔安,我铭不刊。永永千春,视此贞珉。

潘功甫舍人家传

同县吴嘉淦撰

咸丰壬子冬十二月二十日,潘功甫舍人卒于家。其宗党亲戚哭之曰:"今而后,缓急将谁告也?"其邻里之父老子弟哭之曰:"今而后,生谁为之养而死谁为之葬,孤而贫者谁为之择师而教督之也?"其疏且远而未尝赖以为生者亦闻而叹曰:"善人没矣,谁继起而为福于斯人也?"呜呼!君之所以得此名者,岂偶然哉?越二年,甲寅夏,孤仪凤稽颡告余曰:"吾父仓猝卜葬,未具志墓之文,大惧先人之行谊弗克表见于世,以重益罪戾。"遂以年谱一册授余,乞为家传。余哀其志,而为之叙次其事略,曰:君姓潘氏,讳曾沂,字功甫,自号小浮山人。先世自歙迁吴,今为吴县人。予告大学士太傅文恭公讳世恩之子,封光禄大夫讳奕基之孙,赠光禄大夫讳冕之曾孙也。母谢夫人,继母汪夫人。君少颖悟,读书不为章句之学。稍长,即喜为诗。自抒心得,语意清远。尝自谓:"一生行事,尽于数卷诗中。舍此求之,不得也。"与里中诸子吟赏谈燕,殆无虚日。洎举孝廉,直内阁,则与都下名公巨卿以文章风节相砥砺。然非其人,则弗与通也。时文恭公门生故旧半天下,而识其面者,殆不数人。一日,例谒阁师相国松公。坐未定,松公遽问曰:"考军机乎?"君默不应,其淡于荣利类如此。客来谒者,无贵贱,一以平等视之。尝自外归,见仆与客并坐而语,立遣去之。自后,无敢慢客者。五试礼闱被斥,遂假归。时文恭公方以养亲在告,所居凤池园,具亭台花石之胜。君遂杜门,谢绝宾客,究心三乘宗旨。尝曰:"佛是过去之儒,儒是方来之佛。儒释功夫,皆从力行实事始。”故家居二十余年，虽足不出户，而利济民物之心，时时见诸行事。请诸文恭公，以分授田二千五百亩，为丰豫义庄，备年荒平粜之用。间遇歉岁，或悉除其租，或免其半。乡人德之，而君不以为异也。又言：“田制之坏与赋之重，莫甚于吴。”因仿古区田法，行之娄葑间，岁获大稔。遂详定规制，著直讲三十二条，意在传之久远，以利民食。尧峰山农请浚兴福塘河，从之。凡十有二里，名曰尧峰湖，民资以溉田焉。举放生会于沧浪亭，谓大用莫如仁，即此可长养而扩充之。举尊经文会于葑门钟楼之时习堂。拔蒋生镕经，而以女妻之。其他修宗谱、赡贫族、养弃婴、恤流民、散仓粟、凿义井，或独力，或倡行，君皆视为分内之事，如日用饮食之不可废者，不能悉数也。方文恭公入阁，预机务，门望益显，君益自韬晦，不与当事通尺书。间省事京邸，不见一客而返。君十余岁时，侍光禄公就养浙中，顾西湖风景而乐之。嗣后，屡往来其间。尝游径山，登天目，上严陵钓台。复渡江，为会稽山阴之游。涉天台，过石梁。所至有诗，然人有以姓字为问者，辄不答，竟不知为谁也。又尝溯长江而上，览匡庐、君山诸胜，登黄鹤、岳阳二楼，徘徊瞻眺，有飘飘凌云之意。泊江夏时，林文忠公方督两湖，屏驺从，访君于舟次，纵谈移晷。返至其地，不报谒而去。君归后，日坐一室，不与外事，而于斯民之寒饿，常若疾痛之在身。苟可以生全之者，无弗殚其力焉。而君之精神，遂日以衰老。近年，闻兵事不靖，忧不成寐。素有痰喘疾，至是加剧。临没，神气清朗，无一语及家人琐屑事。惟谓其子曰：“吾念汝祖父母而已。”卒，年六十有一。配严宜人，侧室杨氏。子二，庭诰殇，仪凤正一品荫生。女三。著有《功甫小集》十一卷、《闭门集》六卷、《放猿集》一卷、《桐江集》一卷、《江山风月集》一卷、《船庵集》十二卷、《东津馆文集》三卷、《船庵词》一卷、《丰豫庄本书》一卷、《小浮山梦志》二卷、《护生庵集》一卷，藏于家。

赞曰：缙绅子弟，内无声色之好，外不横于乡里者，已为自好之士。若君之居家而以民物为念者，殆无其伦也。终岁键户，一童子应门，过者有“闭门相府似深山”之语，虽先皇帝亦知之也，岂不难哉？余与君交久，顾不常相见。壬子七夕，君召诸故人，欢饮竟日，闻者以为异事。嗣是以后，但贻书往复而已。今为此传，盖不胜畴昔之感矣。

乾隆五十七年壬子(1792) 一岁。三月二十六日申时，余生于吴县北元二图马医科巷，大父光禄公命名曰遵沂。盖自乾隆六年辛酉八月高祖闲斋公由刘家浜谦益堂迁居至是，五十二年矣。四月四日未时，母谢夫人以产疾去世，得年二十有一。吾母自戊申十二月来归，仅数年，遽尔见背，时大姊才三岁，遵沂生八朝耳。呱呱无知，长为失恃之人矣。哀哉！九月，江宁榜发，父亲中式举人。

五十八年癸丑(1793) 二岁。父亲会试中式进士，殿试一甲一名，授职修撰，时年二十五岁。六月，大母黄太夫人在籍，循例游城。十二月，曾祖贡湖公、曾祖母汪太夫人合葬雅宜山新阡。是岁，大伯祖榕皋公移居城东花桥巷。

五十九年甲寅(1794) 三岁。正月，继母汪夫人来归，年十七岁。二月，父亲往新安谒墓，奉先高、曾祖二代木主于祠。四月，入京供职。二伯祖畏堂公升刑部陕西司郎中。八月，大父光禄公五十寿辰。伯父树庭公乡试，中式举人。姑母适陈留舅氏谢公奕楷。

六十年乙卯(1795) 四岁。堂伯理斋公中式进士，殿试一甲三名，授编修。是科，外舅严少峰先生荣亦中式，以庶常用。

嘉庆元年丙辰(1796) 五岁。元旦，太上皇帝授受礼成，宣布恩诏。伯父理斋公散馆改户部主事。伯祖畏堂公乞假回籍，居花桥里第。是岁，王兰泉司寇昶赴京与千叟宴。司寇，青浦人，余妇严氏之外祖也。

二年丁巳(1797) 六岁。始入塾。二妹生于京师。

三年戊午(1798) 七岁。曾叔祖宗骥公去世。余是时好戏弄疾走，少纵即逝。公辄伺所往，防护之。尝独立躬厚堂中，意兴飘逸，须眉皓然，衣冠甚古，至今犹想见之。是年，皇上大考翰詹诸臣于正大光明殿，父亲名列一等第二，升翰林院侍读，御门授左春坊左庶子。伯父理斋公丁内艰，回籍。三妹生于京师。

四年己未(1799) 八岁。正月三日，太上皇帝升遐。三月，父亲派充会试同考官。时大父光禄公家居清俭，门无杂事。一老仆，年七十许，洒扫硁硁，日有常职。公每出，必随。偶入钱十数文，便感激出肺腑。见人忠心勤役，若己之有。言有尺寸，不出于门外。余好骑走，唐突见之，虽食必起，大声疾呼。或奔告，公请召之入，往往为余废食者累日。清明节前，邻家戏风筝，吹坠一线，缠结于桑树之顶。值余起立背书，一心以为可取而试也。后三十年，物力远不如前。闾里小儿饱嚼一硬饼且不易，安有余钱作嬉戏事耶？是岁八月，父亲奉命督学滇中，由左庶子五迁至阁学。弟遵猷生于京师。余定婚严氏编修爱亭先生福孙女，少峰先生第五女。

五年庚申(1800) 九岁。受业于吴吾冈茂才师，始读《孟子》。师好画蝶，余问曰："色斯举矣，亦画理耶？"默然不答。每出塾，大父光禄公课以唐诗。时有冥悟，在即离之间。是岁，树庭伯父出嗣畏堂公后，随公迁居任蒋桥新第。弟遵猷殇于滇中。时公与榕皋、畏堂两伯祖及范芝岩太史来宗、张芝冈教授凤翼、陆默斋中翰敬共举消寒会，迭为宾主。芝冈先生高谈而善笑，太史和顺风雅，终日能不语，中翰侃侃如也，余皆及见之，比若古尊彝云。

六年辛酉(1801) 十岁。父亲授礼部右侍郎。是岁，学政任满。十月，交卸，起程。余初读《毛诗》。馆于荫松轩之后，近窗，腊梅一株，素心也。舍北，老桑离披，高出墙外。内堂蔷薇、木桃，春来鲜艳，先母谢夫人手栽也。解《诗》"焉得萱草"二语，中肠哀绝矣。后移植凤池园老榆之下。

七年壬戌(1802) 十一岁。受业于蒋惕斋茂才师，《易》《书》《诗》三经以次毕诵。时有新安汪君，年五十许，大父光禄公倚以记数，坐卧一室，终年不返于家。案上置一册、一破砚、一藤器，置取火刀石,锋芒削尽,殆弗胜敲者。值公遣之他出而返,其物必失所在,辄俯地检觅。得之,复置其处。盖入余手嬉戏乱掷,已三四年,而见汪前后置放,终不离于常所。然闻公当日犹每每讽之曰:“君作事,何多疏略?”嗟乎!汪君之疏略,今也或是之亡也。正月,父亲署兵部右侍郎。二月,自滇至京。七月,调补兵部右侍郎,兼署户部左侍郎。川、陕、楚三省,红旗报捷。是科会状,苏州吴名廷琛,壬子科举人,父亲乡试同年也。

八年癸亥(1803) 十二岁。始买履于市上。前此,皆取余布为之,出黄太夫人手造,形状朴茂。时余性极跳荡,出外必倚大门而立,见者皆以为家人子也。至是,始脱布履,著黑羊绒袍,俯仰有喜色,曰:“衣裘裳矣。”始读《礼记》。惕斋师循循善诱,其为人端方古朴,君子人也。正月,父亲恭与同乐园茶宴联句。七月,父亲充教习庶吉士。

九年甲子(1804) 十三岁。六月,父亲转补兵部左侍郎,充浙江正考官。八月,调补户部左侍郎,放浙江学政。大父光禄公暨黄太夫人就养杭州,大姊及余随侍,树庭伯父、谢舅氏同行。十月十七日黎明,抵关,父亲至舟中迎公及黄太夫人进学使署中。使署在吴山螺蜂之麓。面对云居山为文笔峰。有园,颇饶花木。其东,为补竹树轩,中有再到亭。折而西,有桥,曰影桥。三折,至定香亭。四围,修竹蒙密。池中,鲦鱼逐队,游泳其间。公后于沿堤补植垂柳、碧桃、女贞、芙蓉之属。青田端木国瑚曾为阮宫保元作《前后定香亭赋》,传诵一时。十月二十一日,始侍公游湖上。至北山花神庙金沙港,谒岳王坟,敬瞻武穆遗像、宋高宗敕书,又至圣因寺行宫,访道士沈青藜于元庆房。公少时,应秋试,寓城隍山,曾识其人,前辈羽流也。树庭伯父、谢舅氏回苏州。吾母汪夫人暨诸妹由京来杭。抵关时,遵沂迎见于舟中,随安舆至署。是岁四五月,大水,米价骤长。

十年乙丑(1805) 十四岁。余改名曾沂,受业于陆梧亭茂才师,始读《左传》。是时,西园宾客之盛,华堂风日之美。大父光禄公优游杖履，怡养其间。数日一至湖上，一仆、一小榼自随。喜谈南宋杂事，尝仿郭天锡，为《客杭日记》，以载其游。是岁，曾沂侍游十数次，始正月九日。乘肩舆出涌金门，访苏公祠梅花。至崇文书院，晤冯实庵山长培，憩竹素园。由六桥折而南，至小有天园。进净慈寺，见方丈主云，遂遍游寺中。此第一次也，后游皆载公日记中。南北两山间，诗情画理，层见叠出。东坡诗云"清景一失后难摹"，今仅约略记其大概云。

十一年丙寅(1806)　十五岁。受业于王春畬师讳仁，仁和甲子孝廉也。是岁，侍大父光禄公遍览云栖、灵隐、理安、龙井之胜，从登虎跑寺、六和塔之巅，俯瞰钱塘江。对面东越诸山，历历在望，每忆其时。西园春夜，公尝会谯家人于红梅花下。或召宾客，酌酒、赏月、听度曲于定香亭上。一时良辰美景、赏心乐事，都不胜写。后三十年间，交游角逐于欢乐场中，阅人多矣，乃知公当日欣于所遇，良由知足，了不系境，亦见平日善于娱养也。时春畬师善病，每假馆，公必招戚蓉台孝廉人镜来摄课。馆中有老梧一株，离披绕屋。秋风一起，吟聒不休。武康徐雪庐熊飞后曾题诗其下赠余，所称"三年此为客，吟绕梧桐树"，盖纪实也。一日，闻雨滴空阶，独走立倚树，以水注仰取其溜。既入户，忽一鼠入孝廉怀袖中，跳动不已，以为余所戏弄也。后十数年相见，终莫能释其疑。盖嬉戏之不可，亦其一矣。五月，黄太夫人六十寿辰。六月，父亲转补吏部右侍郎，旋转补左侍郎。十月，姊丈汪名学源就婚，来杭州。初八日戌刻，成吉礼。大姊三岁失恃，依太夫人膝下十五年矣。花烛之夕，华筵歌管，风景绚烂。太夫人相送于中庭，凄焉泪下。余亦惘惘，若江湖鸿雁切切声念群也。姊丈留西园，读书一月而返，大姊偕行。

十二年丁卯(1807)　十六岁。受业于吴梦溪孝廉师讳邦达。正月五日，侍大父光禄公泛舟。至苏公祠，梅花盛开，憩坐其下。访葛林园，登水阁，观梅花。进城，至红门局而返。二月二十一日，全家游半山。舟入桃花港，遇陈、柴二叟。于岸上共话久之，别去。三月二十日,登六和塔,望江,止静室瀹茗。过梵村,入七佛寺大殿。易笋舆进云栖,经三聚亭进寺,至行宫花园,憩皇竹亭。薄暮,由徐邨过九溪十八涧,至理安寺。登松巅阁,晤寒石上人。八月朔日,侍公登明远楼,远见西湖两塔及南北高峰。是月六日,至弼教坊,适遇主试入帘,饭于江君谷孝廉家。二十八日,费新桥丙章、戚蓉台、郑竹坪先生之康招游六和塔。取径入理安,遇雨,留榻寺中。明日,冒雨由杨梅岭、满觉陇过净慈寺,入城。九月十三日,公携眷回苏州。父亲招同张莳塘吉安、徐雪庐、徐芸岘金镜、沈辛槎鸣来、蒋蒋邨炯、蓉台、新桥泛舟西溪,访交芦庵。二十四日,回苏州。舟中,作《交芦庵诗》。十月四日,随侍入都。抵京口,侍游金山寺。病数日。十一月六日,抵都。次日,圣驾在瀛台,父亲蒙召见于春藕斋。

十三年戊辰(1808) 十七岁。在京,仍受业于吴梦溪师。八月,父亲副曹俪笙先生典试顺天。时归安姚笙华樟同在寓舍,灯下闻其诵姜尧章词至《越中岁暮闻箫鼓感怀》之作,不觉忧从中来,自知感秋气独早也。十一月四日,二弟曾莹生于京师。二十一日,父亲四十初度。得瑞雪三寸。

十四年己巳(1809) 十八岁。受业于昭文王少溪明府师。十月,父亲命归省大父母,笙华、蓉台、嘉善黄霁青安涛、海宁王礼门有壬、仁和孔梦鸥传纶同行。舟阻于京口猪婆滩,遇黎湛溪太守照料,乃得行。十一月二十日,抵家。

十五年庚午(1810) 十九岁。受业于谭筠亭孝廉师。二月三日,娶妇严氏。五月,三弟曾绶生于京师。八月,父亲奉命督学江西。十一月,始应县试。吾母同弟妹自京还家。留一月,即启行赴江西。是岁,始得临顿里之凤池园。大父光禄公少时,屡梦造一别墅,偃仰花石水竹间,若固有之。及见凤池园,恍如梦游,殆前定也。园在长洲县亨二图钮家巷,国初顾芝岩中丞旧宅也。

十六年辛未(1811) 二十岁。二月,侍大父光禄公至昆山应院试,同游半茧园。五月,携妇省少峰先生于杭州太守任所,馆于有美堂之西偏。曾一至定香亭，两游湖上，惘惘有今昔之感。留数日，乃归。十一月，移居风池园。

十七年壬申(1812) 二十一岁。九月，应院试，举秀才，学使为满洲文远皋先生幹。大父光禄公同至昆山，重游半茧园。十二月，父亲升授工部尚书，赴京供职。

十八年癸酉(1813) 二十二岁。二月，吾母汪夫人同弟妹回家。八月，赴试金陵。归游摄山，留两日，饭于栖霞寺。户外有竹一竿，烟翠欲滴，拳曲甚奇。僧既许屠琴坞矣，复以赠余，乃载之而出。是夜，宿德云庵。四更，乘月上山，遇李子仙福、朱酉生绶于般若台。是月二十五日，大女韫之生。九月，次妹归平阳。父亲调补户部尚书，兼署吏部。是岁，河南滑县贼匪滋事，首逆牛亮臣等拿获解京。

十九年甲戌(1814) 二十三岁。二月，赴昆山岁试，学使为新城陈钟溪先生希曾。三月十三日，侍大父光禄公游西山。至高义园，上白云泉，晤澄性上人，憩坐，听泉。造兼山阁，眺望。访咒钵庵翻经台。步宛转桥，取径至吾与庵。薄暮，下山，乘月而归。六月三日，大母黄太夫人忽患肝疾，一昼夜呻吟，不能安，遂于次日酉刻见背。记病前一日，饭罢，手提汲瓮，授一婢。自洗盎，看煎茶。偶步至檐下，仰天望云，因叹曰："天旱久矣。吾与若安居饱饭，正不知田间若何憔悴矣。"太夫人平日躬自操作，始终勤俭。一丝一粟，必曰来处不易。其顾育曾沂等，心神专注。倾墨十斛，不能写其劬劳也。是时，曾沂侍寝于公内室。半夜，闻凉风掠篷席，旋转而下。忽作丝弦急响，既往而复者数四，酸入肺腑。公亦觉而不言，惟终夜辗转反侧而已。伤哉！七月二十七日，父亲奔丧抵里。八月十八日，公七十生辰，同人招往山塘。至一榭园，小酌排闷。

二十年乙亥(1815) 二十四岁。八月，从大父光禄公游西山。买芍药、杂花、修竹八十竿，植之风池亭。九月，次女卫之生。科试赴昆山，学使为归安王勿庵先生以衔。二十四日，伯祖畏堂公去世。十一月，侍父亲诣横塘感德庵，奉先母谢夫人柩会黄太夫人安葬于娄门谭经浜贵字圩之新阡。宿课耕庐,督工作七昼夜。别墓,一哭而归。

二十一年丙子(1816) 二十五岁。三月二十五日,侍大父光禄公游西山。至白云泉,归。访寒石上人于吾与庵,清话久之,遂由水闸乘舟而返。七月,赴试金陵。榜发,中式,座师为内阁学士汤敦甫先生金钊、刑部员外郎陆心兰先生言,房师为睢宁令沈公锡圭、太湖令田公钟秀。冬十月,父亲具折陈谢,并乞恩养亲。奉旨:以一品大员,又值子中式举人,自应亲身到京具折陈谢,既因伊父年逾七旬,亦应于到京召对时据实陈情,乃惮于跋涉,轻率陈请,殊乖人臣之义,著降为侍郎,准其终养。又朱批谢恩折云:"忠孝二字,不可歧视。知所先后,则近道矣。"大哉,王言!仰见圣朝以孝治天下,千百世之后,皆当读之感泣,亦臣门遭际之幸云。是岁十一月二十日,三女篆之生。

二十二年丁丑(1817) 二十六岁。正月二十一日,计偕北上,同王海涛同年璨、吴履斋臻福、孔午桥传洛、凌午桥晋采。二月二十一日,抵京,寓蓉台侍讲处。是时,余年少气盛,方切切自夸声响,交游日益多。每动足出门,侍讲必诘余焉往,而默识其常所亲善之人。其或不可为友,亦未尝直攻其恶,必俟异日借他人臧否发端,因而贬评及之,使知如某某者,见之皆宜慎,其爱余如此。四月,榜发,不第,仍结四君伴南下。一日,宿旧县旅店。四更,极清寒,凌君忽披衣起,开门,步月。良久,余梦欲觉,闻其既入户而奉扃,遽语之曰:"君自把身亦扃出耶?"闻者皆失笑。他日,凌君见余,必举以相谑,一笑为乐。是岁五月,抵家。八月七日,吾母汪夫人四十寿辰。

二十三年戊寅(1818) 二十七岁。二月,纳妾杨氏。与里门诸子时有文酒之讌,见人飞动,意亦跃跃。绮语艳想,层见叠出,不能克也。差胜人一筹者,平等接物,持之以谦,有是非而无诋毁,未尝朝热夕冷,以故独有善与人交之目。属钱塘屠琴坞倬补画《西湖秋柳图》。是月五日,侍祖父光禄公游山塘。入怡贤寺,听了然上人弹琴。公好琴,前后侍公,遇琴僧甚多,独忆旧时在灵隐寺冷泉亭上,观宋理宗御容、阎妃讌游图既,掩卷,对飞来峰瀑布,听品莲上人弹渔歌一阕。当斯之时，真能移我情者，盖悠然在人、琴之外矣。七月二十七日，子庭诰生。十二月二十一日，父亲五十初度。大除夕，四弟曾玮生。

二十四年己卯(1819)　二十八岁。正月十八日，计偕北上，同吴赓兰庆祺、王海涛、尹吉人佶、太仓周雨蕉赓盛，尹君司日用出入。每尖宿投店，余必疾驰先至。尹君车在后至，询余，则已他往，不知所之。君独坐柴烟粪火边，守视行李，握算琐屑。迟余久之，始返，而后同食，犹手持记数簿，弗遑即席也。嗟乎！人孰不避劳而就逸，使尽如尹君者，托以室家，岂尚有满屋散钱、漫无归结者耶？前者同行，孔君亦硁硁与相类。然孔任劳，君且任怨，尤难能也。二月十九日，抵京，仍寓侍讲所，交好益广。有一老辈，见之，誉不绝口，曰："潘君，清远人也，然足以干事，朝士皆弗能及。"侍讲独曰："吾识君十年，何期今日心尚孩也。"相与一握为笑。少好奇服，新制一半臂常服以登车。及在侍讲所，四十日不敢一出之笥中，真吾益友也。榜发，不第，南归。五月六日，抵家。八月十六日，父亲北行，恭祝圣寿。到京，召见，蒙恩，赏臣祖父如意等九件，谕令送驾后即回家侍奉。十月十四日，抵家。

二十五年庚辰(1820)　二十九岁。正月十八日，计偕北上，同履斋、海涛、吉人、赓兰。二月二十二日，至京，寓侍讲所。不第，南归。端午日，抵家。八月十日，惊闻仁宗睿皇帝龙驭上宾。十六日，父亲在籍，起身入都。九月，抵京。十四日，递折，永思殿召见，谕大祭后即归家侍奉。十月十五日，抵家。是岁，父亲在京，为余报捐中书。

道光元年辛巳(1821)　三十岁。三月七日，侍大父光禄公祝榕皋公生辰，亲戚会饮于三松堂。归而登舟，同妇挈两女北行。王井叔茂才嘉禄送至扬州，惘然而别，曰："正忆前日吹笛渡江时也。"二十六日，抵茌平县，值余三十初度。四月十一日，至京，与钱塘陈午桥给谏鸿同寓椿树三条胡同。五月朔，到阁行走，同直大兴徐星伯松、休宁陈范川鸿墀、嘉兴丁卯桥泰、同县陶星江惟煇。五日一值班，一月得二十四日闲也。时蓉台侍讲方有视学黔中之役，会面即别去。同人招入宣南诗会,月辄数举。以九人为率,东乡吴兰雪舍人嵩梁、新城陈硕士学士用光、泾县朱兰友宫赞珔、长乐梁芷邻观察章钜、宜黄谢向亭学士阶树、嘉兴钱衎石侍御仪吉、同县董琴南侍御国华、歙县程春海侍讲恩泽及余也。京师人材辐辏,然其间交游,门类甚广,惟所自取。幸余少时即喜亲近老辈,乐闻其议论,于是非极明了,到此方得略定主见。取前言往行,证之时流举步,多不符合,乃默识其可交、可谈者为二等,浑与角逐,人莫能测识也。是岁,吾师汤公奏陈东南漕务情形,姚学使文田、王侍御家相亦先后具疏,极言八折收漕之害,并蒙皇上嘉纳,天下称之。

二年壬午(1822) 三十一岁。正月,诸城刘冢宰镮之卒于位。冢宰清介迈俗,如其家风。独契余,情谊真笃。尝寄一井字紫云研铭其上以相规。及来京师,赴公子喜海招,值公披答京兆公牍,一见,笑曰:"君雅人,不当以此污目。"盖蒙其孤赏如此。三月,应礼部。试毕,日与公车诸君往来会谳,极一时之欢。八月,午桥给谏视学滇中,同人饯之井养斋。给谏之为人,疏快,有胆量,得气之清明者也。先是,戚蓉台侍讲为余觅屋,欲从以居。给谏不欲,曰:"潘君,境地华贵。仆御下严,而自奉过约。相形,不能安。"侍讲终不听,竟以处余。及是,给谏方觉余俭率,殆有过之家人妇稚,始卒无间言。临行,执手,泪下。余乘车,相送于普济堂,惘然而别,闻者遂争求为邻,乐共余晨夕,而给谏所亲华亭张舍人祥河先有约,既载家具矣。客闻,皆怏怏。给谏好谈时事,激昂慷慨,流露眉宇间,不可遏抑。舍人酷嗜诗酒骑射,一蔬一酌,迭为宾主,故其《移居诗》云:"一曲琴如调轸合,两家僮为送诗忙。"余亦有句云:"我与西垣张舍人,同官同社结为邻。入门下马时相见,小榼粗杯互主宾。"皆纪实也。时同里吴司业慈鹤视学中州,与给谏先后出都。司业当才华绚烂之后,意致萧索。及闻其志愿与常所画策,他日真能立定主见为天下好官者。余是时每值班归,辄过其处。虽寻常一餐,杯盘仆饭,必自点检。一日,饭罢,据案,屡目余,笑。久之,乃言曰:"君他日寿命,真不可量也。"司业中年，清瘦骨立，状类病鹤。今其切切于人生修短之间而好为吉语，殆其气馁也。昔张太岳尝云："人之欲有为于世，全赖精神鼓舞。苟少壮任其耗散，后当强仕，已觉颓然顿丧，则其意兴亦当日减，何由贾力量而干事？空负此怀抱而已。"子曰："天下何思何虑？"朱子平日，唾不过马首，何甚自爱耶！后二年，司业卒于山东，侍讲、给谏亦遂相继殂谢，俱不复与再见。慨其叹矣，未尝不为朝廷惜此三人也。

三年癸未(1823) 三十二岁。五应礼部试，不售。或问曰："君内热乎？"曰："然。"譬如手栽一草一木，偶然无花，便觉得不惬适而已，然终非稻粱比也。若向人一有经营，则终身为其挟制。异日，宾朋满座，正当高谈雄辩之顷，忽一仆走告曰："某至矣。"得不默尔息乎？先是，同官某闻余将至，以为近水必先得月。久而寂然，亦遂无问水月者。一日，龙殿撰汝言同步入景运门。一人自内出，殿撰趋而与之言。既去，问谁。殿撰骇曰："英相，君不识耶？"笑曰："然。"方余初至时，例得一谒阁师。阁师者，四相两协揆也。松公筠者，老人所亲善，而吾乡顾南雅学士莼称其鲠直，吾耳熟焉，因谒而请见。坐未安，遽问曰："考军机乎？"曰："未也。"盖其时方保送章京，公意必因此来谒，不知天下竟有无所求之人。如学士与仆者，尚非公所料也。其后，余益慎交，不轻谒人。虽父之执，彼不来，我无往礼，惟顾学士与侍讲董侍御、歙县鲍侍郎桂星、钱塘魏侍御成宪、归安姚主事学塽、徐舍人松常相过从，不论形迹。学士清论谔谔，以洗其耳。侍讲婉曲多讽，以止其失。侍御推奖不遗余力，以成其美。侍郎与魏公诙谐善谈，以解其缚。主事忍寒受饿，以励其操。舍人博识，多风义，肯出死力赴人之难，以厚其交情。同会宣南诸公，风流蕴藉，出言有章，以示其标格。其外，醇驳不一，亦时与周旋燕婉。退而私校，以别其趋尚。如是者一二年，亦稍稍自爱其名。闻人推奖，欣然自负。内省，固多疚。或不可以对人言，而不敢荡焉自放乎其外。惴惴焉，惟恐诸君之闻之也。时仆有奥福者，陕西富平县人。始至，问奚自，曰自某达官家，因语之曰："吾此间用平等法待人，而汝等往往差别其中，以为较可亵者，贫士；稍可忽略者，同乡。盖见其数来，则易于忽略；汝等无所冀望于彼，故可亵。今若习知吾意之所向，反其道而待之，则善矣。”一日，自外至，遇某客坐门首，并仆而语。俟其去，召仆，诘责之。辩言：“客自入舍，为其出门下，疑若可并坐。”不知门下本无入仆舍并坐之礼，况我非汝家长可比，而彼又乡人故旧乎？立遣之去。自后，遂无敢慢一客者。其时，与舍人共宅，出入而别一门舍。平日，两家之仆画然，不共嬉戏。遇事，则不复有疆界。给谏御下密，而舍人疏。仆在疏密之间，每答客赴谦，点灯必归。舍人归辄迟，而仆从又较少，往往为之候门，至深夜不得息，舍人始终不知也。妇稚始共聚，必欢，来往必数。因来往而有是非，遂至极疏。吾前后与人相处，无犯此者。始虽难热，久亦不易冷也。是岁，侍讲屡约清游，同憩南西门外尺五庄。复招泛大通河，访李前辈威于槐市老屋，共登西山台。无事，辄呼一小车至下斜街，招吴兰雪舍人共往花市，婆娑其间。有丛竹杂花佳者，买归，植之庭隅。曾寄菊数枝于侍讲，先以句云“闭门十日无诗到，以尔车来载菊花”，亦一时清兴所至也。入秋，连雨竟夕，水没庭阶尺许，不得过。忽有作，欲示张舍人，亟呼仆负之走。既见，遂留酌，共投壶于井养斋。一日，值班，独宿署中，大雨。明早，乘车而归道上，水没肩者十余里，倾覆者数四，幸得免。是时，和舍人诗所称“早出窘阴雨，前横方大河”者也。九月，同韩桂舲尚书崶招侯官林少穆廉访则徐会饮于小寒碧斋。吾乡五六月间，田禾被水成灾。廉访因平米价得美名，故余赠诗有云：“吾民易感激，他日始艰难。”既美其前，又祷其善于后矣。是岁仲秋七日，上幸万寿山，锡宴和硕仪亲王以下十五老臣于玉澜堂。赓歌绘图，极一时之盛，朝野荣之。

右府君自订年谱一卷，编至道光癸未年止。当时，随笔偶录，不自以为定本也。仪凤生也晚，无学无闻，何足以状府君之万一？惟念府君积德行善，实足以式乡里而垂家乘，姑就见闻所及，编年排列。濡泪和墨，谨次大略于左。

四年甲申(1824)　三十三岁。正月，自都中乞假归，为曾大父光禄公八十称觞。属张茶农解元深作《临顿新居图》，王椒畦孝廉学浩作《临顿新居第二图》。八月，兄庭诰殇。兄少得曾祖父暨祖父母欢，甫七岁而卒。是年冬十月，曾祖父捐馆舍。

五年乙酉(1825) 三十四岁。始患肺疾。终日园居，礼佛凤池亭，有常课。究心大乘诸典，尝曰："佛是过去之儒，儒是方来之佛。圣人以此洗心，退藏于密，吉凶与民同患。三教功夫，总自脚踏实地做起。"故虽寂居一室，而经纶斯世、利济生人之愿，实无日不切切于怀焉。

六年丙戌(1826) 三十五岁。府君编三十岁以前所作诗五卷付刻，是年编辛巳至乙酉诗三卷，共八卷。冬十二月十四日，仪凤生。前一夕，府君梦一金甲神，执戟，立所居室檐上，因取乳名曰奎，又命名曰亢。府君诗文集中，每以亢为名。

七年丁亥(1827) 三十六岁。府君请诸祖父，以分授田二千五百亩，建为丰豫义庄，专备里中荒年平粜以及诸善举之用。详定章程，悉心经理。四月，祖父服阕，祖母、诸叔父俱入都。府君家居，谨慎自持，三十年如一日。是时，已不多出门。亲族中所到者，不过数家。是年，始长斋。尝自言："少年酒食，征逐口腹之逞，无所不至。茹素，所以自制焉，非有他也。"

八年戊子(1828) 三十七岁。府君尝言："人生一日，不能废五谷，则不能轻弃其田。田制之坏，田价之贱，土之瘠，农之惰，租之薄，赋之重，莫甚于吾吴，患尤在今日。惟区田之法行，而后民有余谷。有余谷，而后可以讲积储。"考诸古昔，证诸见闻，信以为必可行，遂试种于娄郊，果大获丰收。时俞陶泉太守德渊亲赴迎春所柳仙堂，奖赏田农，插花，饮酒，一时传为盛事。属王椒畦丈作《区田观获图》。

九年己丑(1829) 三十八岁。吾宗，自七世祖其蔚公下，兆字九派，未有谱牒。子孙名字，散而无纪。府君奉祖父命，修大佛支宗谱，广搜博采，编辑成卷，联九派而一之，所载先世诗文事迹颇详。名曰《大佛潘氏宗谱》，寄呈祖父，序而藏之。府君于族中之贫无力者，凡有所商,必竭心力以图之。虽屡渎,弗厌也。待亲友,亦如之。是年,在葑门外试种区田,再试再验,遂详定规制,著直讲三十二条为《丰豫庄本书》,刊版。流传他处,仿行者甚广。城南开元寺,日渐倾圮。府君与僧豁公悟开、借公如德倡捐修治,得以次第兴复,丹雘一新。府君为作《重修藏经阁记》,梁芷亭先生书石。

十年庚寅(1830) 三十九岁。从尧峰山农之请,浚兴福塘河,计十有二里,名之曰尧峰湖。就近一带,资灌溉之益者无穷,熊邑尊传栗有记。汪十二舅祖家藏明人陈宪章《嘉禾图》,府君乞得之。三月二十四日,种稻,祀农神,携此画,悬于敦苇湖房,题诗其上,并摹刻,寄呈祖父题跋。冬,大举放生会于沧浪亭,远近来赴会者甚众。府君平日最喜放生,谓天人应感之理,惟此最显、最速,且大用莫如仁,当于此处著意,使其长养而扩充之。举尊经文会于葑门钟楼之时习堂,多所造就。识拔蒋君镕经于会中,以第三姊许字之。

十一年辛卯(1831) 四十岁。是年,二叔父回南。招蒋姊婿读书凤池园,府君亦移榻清虚室,同卧。起,偕二叔父同蒋姊婿游西山,有游山倡和诸作。宿凤巢,数日而返。冬,江北灾民踵至。首倡留养之议,独任四千余口。措理裕如,各绅富遂仿而行之。雪中,亲载杂粮谷种至西园、积善等厂,分给之,人人有得所之乐。至己酉年,宝应灾民王开泰到门投刺,述当年抚养之德,犹历历能言之。十一月,庶曾祖母陈太孺人即世。府君自幼为太孺人所爱,抚丧葬一切情礼备至。

十二年壬辰(1832) 四十一岁。春,大姊适韩名文和,为桂舲尚书之孙,小舲观察子。是年,门外有一弃婴,府君收养之。续来者甚多,皆悉心区置。或雇妪乳养,或寄育邻家,俾得生长成人,始终不倦。是年,米价昂贵,本图有平粜之举,又择城中极贫户六千余口,给以票据,按期在天宫寺发钱。府君亲至经理,于稠人中识佘西来先生,知为有道之人,前后凡四见。未几,卒,为之作传。计二十余年中,府君所为善举,不可胜述。人有以誉府君者,必曰:“此吾辈分内事，如日用饮食之不可废，何足道哉?”故以后历年，例行诸善事举，俱从略，不可复详记云。

十三年癸巳(1833) 四十二岁。春，祖父蒙恩入阁。府君益敬谨自持，谓缙绅子弟居乡不易。五月，住山塘怡贤寺。键户禅房，日与吴玉松太年丈云诗筒往来，半月而返。作长歌呈里中诸父执，备言吾吴民穷赋重情形，非及时挽救不可。六月十五日，冒暑北上，省侍祖庭。经泰安县，登泰山绝顶，观日出，有诗纪事。至京，闭户，不见一客。侍奉之暇，惟与诸叔父晤对一室，唱和，清谈。刻《泰山纪游诗》，二叔父及徐玉崖丈仁本、端木鹤田丈皆有题辞。留三十七日，乃返。八月，归韩氏姊卒，府君为作小传。是年，全免本年田租。自后，十余年中，统计免收之数，不下四五万石。冬，二姊适汪名廷标，为姑丈理安子。三姊于归蒋氏。十一年，江北水灾，各绅士捐办留养。府君蒙恩，议叙光禄寺署正衔。刻丁亥至癸巳年诗十一卷。

十四年甲午(1834) 四十三岁。昔年作《课耕会记》，约同人课种。是春，在尧峰山下试种区田稻及高粱、木棉，遂游洞庭两山，泛石湖。五月，始闭门，不见一客。屏迹，不出户庭。一老仆执炊爨，一小童应门，余俱遣去。过者有“闭门相府似深山”之语。凡来叩门者，视如一例。尝有句云:“敲门无贵贱，平等心相酬。”前后二十年，真足以当此十字焉。是年，又捐分授田二百亩，为族中子弟读书之用，名曰松鳞庄读书田。

十五年乙未(1835) 四十四岁。仍闭门。计一年中，惟谭经浜谒墓数次。终日坐映榆仙馆吟诗，间课蒋姊婿作字，与之讲论史事。夏，母亲病热，两旬不解。医来处方，有难色。府君因自立方，前后投药三十六剂而愈。府君于医理别有会心。读《内经》诸书，深得其精意。相知中及家人辈，或有难治之证，为之立方，无不见效。

十六年丙申(1836) 四十五岁。是年，与吴玉松太年丈，石琢堂韫玉、董琴涵两丈相倡和，笔谈往还无虚日。

十七年丁酉(1837) 四十六岁。五月，祖母南还，为四叔父完姻，三叔父偕归。府君为祖母六十称觞，与两叔父朝夕侍奉无间。九月，祖母北上。十月，携仪凤同蒋姊婿挈两奚奴作西湖之游，住马王庙，遍游湖上诸名胜。同陈硕甫先生奂泛舟西溪。开护生庵千金池，倡放生之举。又登径山、东西两天目，宿洞霄宫，过国清寺。归，经海昌城外，谒海神庙。游安澜园，登尖山，望海楼，过垂虹亭。与陈云伯丈文述、魏滋伯丈谦升时相唱和。著有《放猿集》一卷。

十八年戊戌(1838)　四十七岁。二月，复携仪凤同蒋姊婿、黄莪庵表叔礼元渡钱塘江。至富春，过九里洲，观梅花，并至严州，登钓台，寓葛岭园，晤破林上人，浚蒙泉放生池。园与孤山相对，每日必造巢居阁，坐放鹤亭梅树下，徘徊不能去。三月，偕戴醇士丈熙、魏滋伯丈、陈硕甫先生游皋亭山，看桃花。四月，为会稽山阴之游。渡曹娥江，游国清寺，登天台山，宿方广寺，过石梁，谒佛，观瀑布。南有昙花亭，为重修之，更名曰雨来亭，醇士丈为作《雨来亭图》。得天台华顶藤杖，寄京，为大父寿，有诗记事。月杪，归家。有《桐江集》诗一卷。府君前后出游，不谒客。所过僧寺，俱不告以姓字。萧然行李，不知为谁也，故有“姓有若无君莫问”之句。五月，复携仪凤冒暑作楚游。泛长江者，三阅月。所过匡庐、君山，黄鹤、岳阳二楼，及黄州、赤壁、寒溪、西山诸胜，莫不徘徊登眺。将往洞庭，过江夏。时林文忠公督两湖，闻府君至，屏驺从，来晤于舟次。纵谈移晷，欲留信宿，不可，遂飘然渡湖。抵岳州，返棹。游琵琶亭，登庾公楼，访铜陵之浮渡山，宿华严寺，遍游诸岩洞，寻前身涅槃处。由巢县陆行，经滁州，过清流关，抵凤阳，访汪理安姑丈。时官临淮训导，姑母及二姊亦在署。相见，喜出望外，有宾主如归之乐，留宿八日。八月，归里。有《江山风月集》诗一卷，属戴醇士丈绘《江山风月图》。十二月，为祖父七十称觞。养鸡千余于萝蔓庭。先是，府君尝梦曾祖父手授一物，曰：“此白团也。”检书，知白团为鸡卵，载周武帝好食鸡卵因果事。自后，遂戒家人弗食此。府君之爱惜物命，出于自然。一虫之细，一鸟之微，无不保护，时劝人放生戒杀。著有《护生庵集》一卷。

十九年己亥(1839) 四十八岁。春，修葺风池园。园西一小屋，向有碓坊。就其地，筑板三尺许。凭窗俯瞰，全园在目。取雪峤诗语，名曰船庵，有楹联云“不立岩墙下，且住杵臼间”之句。修整既毕，遂园居，键门，足不出外，一家如在深山中。终日以浇花洗竹为事，惟留一稚子供驱遣。虫丝封户，道路传为美谈。如是者，百数十日。自后，每言及之，以此中领略静趣独真，为生平难得之境。二叔父作《船庵记》见寄。编甲午至丁酉年诗六卷，曰《闭门集》。名园居诗曰《船庵集》。冬十月，得京谕，知祖母患嗽疾，甚剧，遂携仪凤省侍北行。冬至夜，侍祖父母暨诸叔父、诸弟围炉饮酒，有《志喜》七律二首。留三十日而归。

二十年庚子(1840) 四十九岁。正月，返自京，杜门养疴。八月，携仪凤复省视北上，颜桐门太表叔结伴偕行。至垛庄道中，桐丈覆车，伤额，遂偕之返。

二十一年辛丑(1841) 五十岁。府君五十生辰，吴棣华太年丈廷琛作长歌为寿，有“万人仰视翔寥廓”之句，府君次韵答之。六月，林文忠公有伊犁之行。舟过吴门，府君未之一见，而书札往还，诗篇唱和，不下万言。文忠公作《江山风月集序》，仰府君为天人之师。府君赠诗，有句云：“万里共圆镜，何尝无会期。”盖答其惓惓欲一见之意也。

二十二年壬寅(1842) 五十一岁。府君向于中书省见黄蓼花，觅其种二十年不得。三叔父得之典籍厅阶下，寄归，因属戈顺卿丈载、吴辛生楷、缪酉山书、顺之叔父合写《黄蓼花图》。夏，英夷之警，自浙而扰及乍浦一带。居民惊惶，城中纷纷迁徙。府君闭门八年，至是，特开门以慰众心，晓谕邻里，谆劝其各安生业，人心渐定。时吾苏米价甚昂，特采买籼米三千余石，平价出粜，以冀流通。

二十三年癸卯(1843) 五十二岁。择里中贫家子弟可造者，祝以脩脯，使其就近入塾读书。三月初，招集映榆馆中计三十余人，皆十三岁以下者。府君顾而乐之，谓即此天真烂漫，便是一室太和之气。以后,每逢节日,必招之来,验其功课之勤惰,分给食物,奖赏之,以为常。

二十四年甲辰(1844) 五十三岁。秋,三叔父同弟祖荫南下,朝夕聚首,联床共话,时见诸吟咏。自丁亥年祖父入都后,诸叔父时或南还。府君相聚甚欢,临别依依莫释。是年,三叔父在家较久。至明年春北上,相与挥涕,几至不能分手。

二十五年乙巳(1845) 五十四岁。府君素多灵梦。丁亥、戊子年后,每梦,无不验。尝自云:“梦之来也,如风行于空。上形下形,无非事者。由梦而至于无梦,庶几其可乎?”是秋,集二十年中梦境,著《小浮山梦志》二卷,并属画家分写《三十六梦龛图》,后又有《续三十六梦龛图》。每举梦中所得语,属黄同叔丈寿凤刻小印,前后共有三四十方。作长歌二首为谢,有“七十二印欲刻竟,善眼仙人得无病”之句。是冬,为仪凤娶妇胡氏,太学生黼卿公讳清绂女。编《船庵集》诗四卷。

二十六年丙午(1846) 五十五岁。夏四月,府君移榻退思楼,下令两童子陪宿。行、住、坐、卧,未尝易分寸地。尝有句云:“双婴一老境相同,已惯萧萧听夕风。”又云:“五十年来无可述,船庵惟示木床穿。”清虚静寂之况,可想见矣。

二十七年丁未(1847) 五十六岁。八月,祖母七十寿,府君在家为两老人祝双庆,始一出门谢客。盖自庚子年垛庄道中返里后,足未出户者,已七年矣。有句云:“一日未近出,十年尝远游。”又有句云:“昔何腰脚健,终负洞庭秋。”盖数年以来,精神渐不如前矣。

二十八年戊申(1848) 五十七岁。平樾峰太守翰自黔中归,以二雏鹤相贶。四月,有六鹤到门,并买得之,养诸船庵桂际。朝夕静对,时形之歌咏。是夏,试区种于葑门外尹山。府君生平,视农事为最不可缓。勤勤恳恳,无时或忘。有句云:“除谈菽粟皆无味。”盖近年来言此,尤为谆切也。秋,资养江北灾民,筹画备至。重修养云书屋,恭悬御书寿字扁及御赐宫灯,名曰赐灯簃。八月四日午饭后,小步，忽眩晕失跌，片晌方苏，因自号复生居士。是夕，梦得“归般若”三字。

二十九年己酉(1849) 五十八岁。上年，祖父八旬，蒙恩赐寿，弟祖荫蒙赏给举人。正月，称觞于赐灯簃中，开筵宴客。府君自制歌台柱联，云：“最难在热闹欢场，见花草精神，庭阶结构；原来是太平好景，有笙歌院落，灯火楼台。”一时争相传诵，因属虞山胡芑香丈骏声绘图纪事。是年春，吴中大水。府君捐资放赈，留养江震灾民。三邑田亩，湮没殆半。令人至丹阳采买荞麦种，分给灾区，劝令播种，并借谷种于东乡甪里一带。又于乍浦觅得杂粮，散给之。又属胡芑香丈绘《饭瓮图》，劝同人各备饭干，收入瓮中，以济贫苦。夏，弟祖荫自京归里，为三叔母营葬，府君为指示一切。六月，映榆仙馆盆荷盛开，并蒂者极多。仪凤得一女，府君命名曰宝莲。府君向有嗽疾，数年以来，入冬辄发，是年尤甚。痰嗽气逆，夜不就枕，坚坐蒲团达旦，不得寐。如是者，两月。有寄董琴南丈诗云：“人到五更皆向睡，天教一病识闲存。那堪门外寒兼饿，忍道天涯子若孙。”病中，作《糠团赋》，凄楚不堪卒读。人谓府君养疴一室之内，而举念动关民瘼。非实有痌瘝在抱之怀，安能如此？

三十年庚戌(1850) 五十九岁。正月，惊闻宣宗成皇帝宾天，府君望关遥哭，家居服缟素。郡中自上年水灾之后，民气未复，生机索然，贫户无以存活者日多。府君时刻萦怀，有不能释然者。是秋，放蟹极多。有以图卷就题者，每以一诗易一蟹为乐。因有句云：“以诗易蟹出新意，不用举网相惊呼。”盖取东坡诗中“举网惊呼得巨鱼”及“一诗换得两尖团”之意。后有叩门来乞丸药者，亦以一蟹易一丸，因有“叩门不是来寻菊，知是持螯换药人”之句。除夕，得京信，仪凤蒙恩给与正一品荫生。府君闻命之下，感激涕零，谓仪凤曰：“天恩高厚，何以图报？”感赋五律一首，末云：“书来悲喜集，闭户圣明知。”盖昔年祖父奏对时，尝蒙先皇帝垂询。府君二十年来闭门养病，固已早达圣聪矣。

咸丰元年辛亥(1851) 六十岁。春,祖父蒙恩予告赏给全俸,府君喜形于色。三月,六十生辰,闭门,谢客,有诗云:“故里荣归老,全家乐养真。”盖望重闱南归,得以优游侍奉养亲园中,此愿已十数年矣。金吟香宝树曾作五律一首,为府君寿,中有二语云:“六旬君子舍,廿载闭臣门。”盖纪实也。夏,宅西得小屋数椽,修葺之,拟为里中义塾,名曰西陀庵。门外一椽,凿双井极深,以便邻里汲水,名之曰双月泉。年来,顺之叔父亦乞假家居。新筑西圃,花竹森秀,府君谓能得闲淡之趣,尝作《西圃赋》贻之。诗筒小简往复,几无虚日。赠句有云:“除君无处通闲札,来使有时闻熟声。”又云:“除却船庵无觅处,却除君外少人谈。”盖叔父书来,有“闭门清味,除却船庵无觅处”之语,故答之。叔亦有句云:“绿阴时节池塘静,应忆长须剥啄声。”皆纪实也。

二年壬子(1852) 六十一岁。新得一鹊,毛羽洁白,养之桂际。府君爱甚,尝赋诗赏之。三月,次孙女壬春生。是年,浚凿义井四五十处。唯旧子城之龙王庙前一井,最为深大,名之曰万斛泉,取东坡语“万斛泉源,平地涌出”之意。又于城东浚一古井,得元井阑文,系至德二年,又皇庆元年重修,因作诗纪之。府君尝言:“城市开井,非独便民,使其地脉疏通,且可转移风水。”是夏,适亢旱,居民赖以得水,获其利者无算,咸服府君之先见焉。五月,得祖荫弟鼎甲捷音。府君预于半月前梦弟祖荫中第九名进士。旋报到,果然,因有《志喜》诗二首,中有句云:“榜名犹未发,花信必先知。”盖星斋叔父甲午北榜二十四名,亦于半年前梦中得之,故云。七夕,招尤榕畴丈崧镇、吴清如丈嘉淦、陈小松丈彬华、黄同叔丈、顺之叔父为观荷之集,有诗纪事。府君数年以来,闭户家居,颇得林泉之乐。而俯仰之间,时多慨叹。每闻时事,辄忽忽不乐。至十一月中,闻粤匪滋扰汉阳警信,忧形于色。日夜愁思,寝食几废。是冬,苦旱,郡中大吏祈雪。至腊八日,得瑞雪盈尺。府君手掬一团,吞之,并念大士名号数百声,忽垂泪不能止。自后数日,旧疾渐发,至十三日愈甚,犹力疾亲书一札,寄杨抚军文定于金陵，语极剀切。写毕，命仪凤录出底稿，自云："力疾书此，殆将绝笔矣。"且云："此时，闾阎安静，吾辈得优游无事，可不早知所以报答乎？"仪凤谨识之，不敢忘。至十四夜子刻，气逆痰喘，坐卧无片刻得安。如是者，数昼夜。所投参苓药剂，毫不见效。至十九夜，气逆益甚，水浆不能进。神情一切，与平日丝毫无异，犹时与奴辈言："门户启闭，不可怠忽。"亲族来问疾者，酬接不少衰。命左右及家人辈朗诵大士宝号。至二十日，声息渐微，而神气益清朗定静，了无挂碍，无一语及家中琐屑事，但谓仪凤云："我念汝祖父母而已。"仪凤含泪，跪问有何训谕。府君云："汝须记'出门如见大宾'、'君子怀刑'及'温良恭俭让'数语。"至午刻，竟瞑目长逝。呜呼！痛哉！仪凤偷生人世二十余年，未尝一日离膝下，岂料今日遽为无父之人哉？临终时，环侍者见府君气自顶门直上，片晌方息，莫不谓府君来去有因，非寻常可比。府君平日尝自言："我一生大略，尽于数卷诗中。舍此求之，无从得也。"仪凤瞢然无知，尤不能状府君之万一。按，诗集自道光乙巳春以前，府君俱亲自编定。今谨将乙巳以后至咸丰壬子冬止诗稿，按年编次，录成八卷，为《船庵集》，共计诗集三十二卷。又《东津馆文集》三卷、《船庵词》一卷、《丰豫庄本书》一卷、《小浮山梦志》二卷、《护生庵集》一卷，俱藏诸家，以俟当代名公知府君最深者采觅，赐以铭传，则感且不朽云。孤子仪凤百拜谨识。

附录二:潘绂庭自订年谱

潘曾绶

光绪九年正月二十四日,内阁奉上谕:军机大臣、刑部尚书潘祖荫在南书房行走二十余年,勤劳匪懈,伊父四品卿衔前任内阁侍读潘曾绶迎养在京,精神素健,兹闻溘逝,轸恻殊深,著加恩追赠三品卿衔并赏银二千两经理丧事,由广储司给发,以示优眷,钦此。

文勤为五十年来海内大收藏家,刻有滂喜斋、功顺堂丛书,金石则有《攀古楼款识》,惟旁喜斋书刻而不即,未知何故。谱中详记收藏雕刻故事,可爱也。

顷得其父绂庭侍郎年谱,当并装之。

嘉庆十五年庚午(1810) 五月初六日午时,予生于京师。祖父光禄公名之曰曾鉴,后改名曾绶。八月,大人以吏部侍郎视学江西。九月,出京。汪太夫人率予兄弟水路南归。

十六年辛未(1811) 二岁。正月,到江西署。

十七年壬申(1812) 三岁。十月,大兄入泮。十一月,祖父光禄公移居临顿里凤池园。十二月,大人升工部尚书。

十八年癸酉(1813) 四岁。正月,侍汪太夫人回苏。三月,大人抵京。九月,调户部尚书,仍兼署工部,旋署吏部尚书。二姊于归,姊婿汪铁峰表兄森。十月,大人充经筵讲官。

十九年甲戌(1814) 五岁。大人充武英殿总裁。五月,充国史馆正总裁。六月初四日,祖母黄太夫人弃养。七月,大人到家。八月,从杭州李先生绍城授书。十月,李先生回杭,张秋水先生鉴到馆,四妹生。

二十年乙亥(1815) 六岁。大兄补廪。八月,二兄联姻陆氏。九月,伯祖畏堂公去世。十一月,祖母黄太夫人安葬娄门外段泾浜,并祔葬谢太夫人。

二十一年丙子(1816) 七岁。八月,大兄中式第十九名举人。九月,大人服阕,具折谢恩,并陈情乞养。十月,得旨,以并不亲身进京、草率具奏,降补侍郎,仍准侍养。

二十二年丁丑(1817) 八岁。

二十三年戊寅(1818) 九岁。七月,大兄第一子庭诰生。后七岁,殇。十二月,大人五十寿。除夕,四弟曾玮生。

二十四年己卯(1819) 十岁。八月,大人进京祝嘏。九月,抵都,进万寿贡十八件、诗册二本,赏收九件,赏祖父如意等件。十一月,回家。

二十五年庚辰(1820) 十一岁。八月,惊闻仁宗睿皇帝升遐。九月,大人进京叩谒梓宫,召见,谕大祭后即归侍养。十月,还家。大兄援例捐内阁中书。是年,予始应县府试,从管鱼雅先生汝霖阅文。

道光元年辛巳(1821) 十二岁。大兄挈眷入都,到阁行走。十月,三姊于归,姊婿汪铁芸表兄楏。

二年壬午(1822) 十三岁。二月,大人为予定亲平阳十母舅之第五女。从杨幹村先生道生阅文。

三年癸未(1823) 十四岁。十一月,四姊于归,姊婿汪楚园表兄梓。

四年甲申(1824) 十五岁。大兄假归,为祖父预祝八旬寿。十月十七日,祖父光禄公捐馆。从宗望之先生鸿诰阅文。

五年乙酉(1825) 十六岁。二伯祖母去世。十一月,祖父光禄公安葬段泾浜。

六年丙戌(1826) 十七岁。正月,从朱竹瓢先生临阅文。伯父树庭公去世。九月,偕二兄应玉峰试。十月,二兄取入吴庠第五名。十二月十四日,大兄次子仪凤生。

七年丁亥(1827) 十八岁。正月,大人为二兄及予完娶。四月,随侍北上。五月,到京。大人署工部左侍郎,旋补吏部左侍郎、国史馆副总裁,寓居板张胡同。十月,升都察院左都御史。从毛春门先生鼎亨阅文。

八年戊子(1828) 十九岁。二月十七日,长女鸳绣生。五月,迁居米市胡同。八月,大人署吏部尚书。九月,署翰林院掌院学士。乡试揭晓,予卷在贾太史筠堂师桢房内,额溢见遗。十月,大人充武乡试正考官,署礼部尚书。十二月,署经筵讲官。大人六十寿。

九年己丑(1829) 二十岁。二月十二日,次女双鸳生。六月十二日,二兄第一子祖同生。八月,大人署翰林院掌院学士。十月,署礼部尚书。长女以痘殇。十一月,大人赏紫禁城骑马。次女亦以痘殇。得南信,知伯父理斋公于十月去世。十二月,大人充经筵讲官。

十年庚寅(1830) 二十一岁。得南信,知伯祖榕皋公于正月去世,时年九十一岁。九月,大人补工部尚书。十月初六日酉刻,子祖荫生。十二月,二兄次子祖福生。后四岁,殇。

十一年辛卯(1831) 二十二岁。五月,大人调吏部尚书。庶母安恭人去世。九月,乡试揭晓,予卷在王太史晓林师植房内,又以额满见遗。

十二年壬辰(1832) 二十三岁。正月,大人署工部尚书。二月,署翰林院掌院学士。三月,充会试正总裁。十月,大人充教习庶吉士。从沈松门先生第阅文。

十三年癸巳(1833) 二十四岁。二月,挈眷南旋。四月,大人授体仁阁大学士,管理户部事务,充国史馆正总裁。二十九日,孝慎成皇后升遐。大人管理兵部事务。六月,充教习庶吉士。八月十七日,二兄三子祖喜生。十二月,大人充文渊阁领阁事。

十四年甲午(1834) 二十五岁。为祖荫定亲平阳予甥女也。大人进军机,赐第圆明园娘娘庙官房,共七十间。四月,予挈眷还京。九月,二兄中式顺天榜第二十四名举人。予卷在有侍读余斋师庆房内，又以额溢见遗。聘胡若卿孝廉清绶课祖荫。

十五年乙未(1835)　二十六岁。正月，大人充翰林院掌院学士，日讲起居注官，稽察钦奉上谕事件处。十三日，二兄四子祖保生。四妹于归汪芝林郎中莹。二月，大人管理工部事务，充东阁大学士。七月，管理户部事务。九月，乡试揭晓，予卷在李太史镜塘师方房内，挑取誊录。聘沈亘之茂才庆蕃课祖荫。

十六年丙申(1836)　二十七岁。大人充上书房总师傅。三月，大人充会试正总裁。

十七年丁酉(1837)　二十八岁。正月，大人晋太子太保。侍汪太夫人同四弟、内子、桂清甥女、祖荫回南。母亲六十寿，在家同大兄、四弟预祝。八月，金陵乡试，卷在黄大令静夫师耀明房内。榜后起身，十月到京。

十八年戊戌(1838)　二十九岁。二月，聘沈也鲁茂才祖望课祖荫。闰四月，大人充武英殿大学士。十二月，为大人七旬预祝。二十日，御赐扁额、对联、福寿字、寿佛、玉如意、黄碧玡玖朝珠、玉甍、铜陈设十件、蟒袍二件、大卷八、丝缎十匹、小卷江细十件、线绉八件。二十一日，赐白玉管花翎。

十九年己亥(1839)　三十岁。八月，大人充顺天乡试正考官。九月初九，内子汪孺人去世。二兄考取国子监学正学录第三名。十一月，大兄仪凤侄到京。十二月，回南。

二十年庚子(1840)　三十一岁。正月十一日，孝全成皇后升遐。二月，二兄补国子监学正。三月，大人充会试正总裁。八月，乡试头场题："必也临事而惧好谋而成者也"、"故君子不动而敬不言而信"、"此天之所以与我者"三句、赋得"秋色墙头数点山"得"山"字。二场题："唯深也故能通天下之志唯几也故能成天下之务"、"敕天之命"二句、"麻麦幪幪"二句、"齐师宋师曹师成邢"、"故衡诚县"至"方圜"。三场题：经学、舆地、名臣言行录、诗学、水利。九月，榜发，予中式第二十六名举人，座主为王省厓相国师鼎、廖钰夫尚书师鸿荃、文露轩侍郎师蔚、贾筠堂侍郎师桢,同考为吉户部履庵师祥。正大光明殿覆试,题“我非尧舜之道”至“我敬王也”、赋得“言物行恒”得“贞”字,钦取二等第七名。

二十一年辛丑(1841) 三十二岁。正月,予考取中书第十九名,题为“君子所履小人所视”“萧何养民致贤策”。阅卷官卓海帆尚书秉恬、潘筠阁侍郎锡恩、慧秋谷侍郎成、赵蓉舫廷尉光。覆试:赋得“佳句法如何”得“诗”字。二月,勤政殿引见,朱笔圈出二十八人,绶蒙记名,以中书用到任,在四值上票签,充国史馆分校。闰三月,会试揭晓,二兄中式第五十八名贡士,予卷在张小坡师芾房内。五月,二兄得馆选,予充方略馆分校,本衙门撰文。十月初三日,二兄五子祖桢生。内阁奏中书俸,奉旨赏给正俸。

二十二年壬寅(1842) 三十三岁。二月初六日,四弟第一子祖谦生。四月,予续娶陆氏。方略馆汉档告成,绶奉旨随带军功,加一级纪录三次。

二十三年癸卯(1843) 三十四岁。正月,予充协辨(应作“办”)侍读。二月十五日,大人奉旨:以年逾七旬,嗣后御门免其入班,该馆衙门引见免其带领。二十七日,四弟次子祖均生。七月初四日,内子陆安人去世。八月,聘王铁卿孝廉嘉福课祖荫。十一月,养心殿引见,补中书。《一统志》全书告成,绶奉旨一等议叙,加一级纪录二次。

二十四年甲辰(1844) 三十五岁。三月,会试卷在陈太史源兖房,未荐。四月,二兄留馆。八月,挈祖荫送两内子柩水路回南,同行者王铁卿、蒋墨汀。十月,到苏,两柩安置横塘。初九日,到家。国史馆纂《臣工列传》,奉旨一等议叙,加一级纪录二次。

二十五年乙巳(1845) 三十六岁。正月,挈祖荫北上,汪子山表兄寅同行。二月,到京。三月,会试卷在蒋太史琦淳师房内,呈荐。聘陆星农孝廉增祥课祖荫。七月,大姊同理庵姊婿学源到京。八月,予管理诰敕房事务。大姊回南。十一月,贤良门引见,补中书。自编《陔兰书屋诗文集》。《蒙古回部王公表传》告成,绶奉旨一等议叙,加一级纪录二次。又《一统志》全书告成，奉旨列为一等，加一级。大人特赐给扶。

二十六年丙午(1846) 三十七岁。二月，四弟三子祖畴生。四月，大人蒙特旨，赏穿黄马褂。五月，予补国史馆总校。四弟补太常寺博士。闰五月，二兄充云南正考官。九月，揭晓，祖荫卷在仓太史景恬房，挑取誊录。予充玉牒馆总校。请覃恩封两宜人。得南信，知大姊于十月十七日去世。

二十七年丁未(1847) 三十八岁。三月，大人充会试正总裁。聘钱警斋同年世铭课祖荫。四月，祖同侄娶妇查氏。五月，二兄大考一等第四，以庶子升用。八月，予总覆通本。十月，予充国史馆覆校。十二月，翰林院奏充文渊阁检阁，蒙朱笔圈出潘曾绶，钦此。《文职大臣年表长编》议叙，绶奉旨一等议叙，加一级纪录二次。

二十八年戊申(1848) 三十九岁。正月，大人蒙恩，晋加太傅，赏用紫缰。二月初四日，文渊阁侍班。散后，至中和殿照料玉牒。由中阶升入太和殿中门，至中和殿分陈于各案，行三跪九叩首礼。礼毕，恭捧，由保和殿中阶诣乾清门，交内监捧进恭览。毕，送至寿皇殿。国史馆纂辑道光十一年至二十年《文职大臣年表》并十六年至二十五年《长编》完竣，绶奉旨，列为一等议叙。三月初二日，玉牒告成，奉旨，加侍读衔。四月十五日，查库。五月初六日，查竣，共七百四十万，另款五千二百五十两。初九日，查缎匹库。十五日，查颜料库。八月，总覆部本。十月，二兄补詹事府右春坊右庶子。十二月，京察拆封，予列一等。十三日，大人八旬寿预祝。二十日，奉旨，祖荫赏给举人，一体会试。是日，赐寿。二十四日，四弟四子祖颐生。

二十九年己酉(1849) 四十岁。正月十七日，留须。二月，勤政殿引见，记名，准其一等会审麦太守一案。三月，四弟妇同祖荫、祖均侄回南。闰四月，二兄升翰林院侍讲学士。十二日，两宜人安葬界石浜。二十日，奉上谕：潘〇〇年逾八旬，精神强固，向无疾病，兹因上焦火盛，腰胁作痛，奏请赏假二十日。若照常给假，转虑调理未能从容,殊非所以示体恤。潘〇〇著毋庸定以给假日期,俾得安心颐摄,俟病体全愈,再行销假入直,以示朕眷念耆臣至意,钦此。六月,代大人递折。奉旨:仍赏假两月,毋庸开缺,安心调理。八月,代大人递折。奉旨:再赏假两月,安心调理,一俟病痊,即行递折请安,钦此。荫儿在南完姻。十月,代大人递折。奉上谕:本日据大学士潘〇〇沥情奏请开缺,朕思军机大臣夙夜在公,勤劳较甚,实非高年所宜,潘〇〇年逾八旬,公勤素著,若仍令其入直,不足以示体恤,著俟来岁春融赴阁办事,毋庸开缺,以示朕逾格笃眷耆臣至意,钦此。十一月,四弟妇及荫儿夫妇到京。十二月十一日,孝和睿皇后升遐。

三十年庚戌(1850) 四十一岁。正月十四日,宣宗成皇帝升遐,文宗显皇帝嗣位。代大人领颁赏宣宗成皇帝遗念、帽一顶、团龙褂、玉翎管、翠合、荷包二对。代大人递折。奉旨:再赏假两月,安心调理。二十日,俸满截取,勤政殿引见,奉旨以内用。三月,二兄充会试同考官。代大人递折。遵旨,保奏林则徐、姚莹、冯桂芬、邵懿辰。四月,代大人递折。奉上谕:潘〇〇因病奏请开缺,著加恩再赏假两月,安心调理,其所管户部事务较繁,著改派卓秉恬管理,钦此。又奉上谕:潘〇〇现在赏假,著派祁寯藻稽察上谕事件处,钦此。代大人递赏参谢折,缴还御笔诗对。奉旨,仍赏还。五月,代大人递谢赏肉折。六月,代大人递折。奉旨:准其开缺,赏食全俸。七月,稽察京通十七仓。八月,祖荫考取国子监学正学录第二十四名。九月,引见记名。十二月初十日,大人蒙颁赏宣宗成皇帝《御制诗文余集》。仪凤侄得一品荫生。

咸丰元年辛亥(1851) 四十二岁。正月,同沈小梅舍人查禄米、旧太、南新、兴平、富新、内仓,共六仓。乾清宫引见。奉旨:内阁汉侍读著潘曾绶补授,钦此。十三日,御门侍班引见。闰八月,大人蒙赏御门听政诗石刻。九月,祖喜侄娶妇吴氏。十二月,京察拆封,予列一等。同沈小梅查六仓。

二年壬子[①]**(1852)** 四十三岁。二月,乾清宫京察一等引见。奉旨:准其一等加一级。四月,祖荫会试中式第九名贡士,覆试二等第一名,殿试一甲等三名,朝考一等第四名。顺天府奏重赋鹿鸣。四弟奉旨,以六部员外郎用。二兄转补侍读学士。六月,二兄升光禄寺卿。七月,二兄署兵部右侍郎。十月十六日,奉旨,加二级纪录五次绶报效银一千两。十一月,二兄升内阁学士,兼礼部侍郎衔,礼部奏重宴恩荣,赏"琼林人瑞"匾额。十二月,四弟补刑部奉天司员外郎。十六日,予告假,请开缺。

三年癸丑(1853) 四十四岁。正月,得南信,知大兄于腊月二十日去世。二月,二兄署工部左侍郎。三月,二兄充会试同考官。四月,礼部奏重与恩荣筵宴。祖同侄赏给举人。二十二日,祖荫留馆。七月,祖同侄考取国子监学正学录第四名。二十八日,补学录缺。十一月,二兄署刑部左侍郎。十七日,二兄得孙成谷。十二月,二兄升吏部右侍郎,仍兼署刑部左侍郎,旋署工部右侍郎,兼管钱法堂事务。四弟题升福建司郎中。

四年甲寅(1854) 四十五岁。三月,二兄转补吏部左侍郎。四月初九日,大人偶感风寒,饮食停滞。延医诊治,皆云正气已亏。延至二十日午刻,端坐而逝。曾绶自幼至长,朝夕侍奉,未尝少离。窃幸大人精神强固,爱日方长。乃天不假年,遽遭大故。自今欲再奉一词训诲,已不可得。呜呼! 痛哉! 二十一日,奉上谕:予告大学士潘○○,立品端方,学问醇正,由乾隆癸丑科一甲一名进士授职修撰,自翰林洊擢正卿,皇考宣宗成皇帝深加倚畀,超登揆席,简任纶扉,总理部务,入直上书房,夙夜宣勤,特命肩舆入直,晋加太傅,赏戴花翎,并赏用紫缰,赏穿黄马褂,恩眷益隆。服官五十余年,小心谨慎,克陈厥职。道光二十九年,因腰胁作痛,恳请开缺,叠蒙恩谕慰留。朕即位后,因其年逾八帙,宽予假期,俾得从容调养。嗣因陈恳肫切,勉从所

---

① 按:"壬子"二字底本原缺,整理者补。

请,准其致仕,并赏食全俸。又因重与鹿鸣恩荣筵宴,叠加赏赉,用昭笃眷。方冀长承恩泽,永享遐龄,兹闻溘逝,悼惜实深,著加恩赏给陀罗经被,派怡亲王载垣带领侍卫十员即日前往奠醊,并著入祀贤良祠。任内一切处分,悉予开复。应得恤典,该衙门察例具奏。伊孙国子监学录潘祖同,著赏给进士,准其一体殿试。翰林院编修潘祖荫,著以翰林院侍读。候补监生潘祖保,著赏给举人,准其一体会试。用示朕轸念耆臣之至意,钦此。二十二日,奉上谕:惠亲王等奏官民捐铸铁钱恳恩请奖开单呈览一折,前任内阁侍读潘曾绶著赏戴花翎,钦此。二十八日,内阁奏谥法,朱笔圈出文恭。六月,祖荫充实录馆纂修。八月,侍汪太夫人同二兄、四弟恭送文恭公灵輀回南。十月,到家。十一月,祖荫进京供职。十二月二十七日,汪太夫人痰塞出汗。二十九日子刻,瞑目而逝。汪太夫人素有嗽疾,一路精神,尚可支持,犹幸到家后诸姊时来省视,聊伴寂寞。而衅深罪积,罹此鞠凶。身代末由,曷其有极?而今以后,不获再奉慈颜矣。终天之恨,尚忍言哉?

五年乙卯(1855) 四十六岁。三月,奉文恭公、汪太夫人灵柩安葬段泾浜。七月,大嫂严夫人去世。八月,二兄得次孙有谷。后八岁,殇。九月,祖荫充各直省乡试磨勘官。十月,祖荫充教习庶吉士。

六年丙辰(1856) 四十七岁。正月,祖荫充功臣馆纂修。三月,祖荫充会试同考官。五月,得祖同侄庶常信,祖荫补翰林院侍读。七月,文恭公服除。九月,祖荫充咸安宫总裁。十一月,庶母张太夫人仙逝。初七日,奉旨:翰林院侍读潘祖荫著在南书房行走,钦此。实录庆成,祖荫奉旨,遇缺题奏,即行升用。十二月,祖荫赏戴花翎。

七年丁巳(1857) 四十八岁。正月,祖桢侄殇。二月,以抚恤保奏,奉旨:曾绶著加四品卿衔,钦此。三月,汪太夫人服除。四月,奉文恭公主入松鳞庄祠。祖荫充日讲起居注官。闰五月,祖荫升翰林院侍讲学士。九月,挈子妇、姬人北上。十月,到京,仍寓米市胡同。

八年戊午(1858) 四十九岁。四月,四弟奉旨,服阕后以道员,不论繁简,尽先选用。祖同侄加五品衔。江苏奏办捐出力折。奉旨:

潘曾绶交部从优议叙,钦此。五月十四日,二兄挈眷到京。六月二十二日,祖荫充陕甘正考官。七月,二兄署工部右侍郎。八月,二兄署礼部右侍郎。九月,二兄补工部左侍郎。十月十六日,祖荫到京复命,署国子监祭酒。十二月二十一日,文恭公九十冥诞,在龙泉寺礼忏。

九年己未(1859) 五十岁。二月,留髯。四月,四弟奉旨,赏加盐运使衔。祖荫充殿试收掌官。祖谦侄入吴县学。五月,祖荫充教习庶吉士。八月,二兄署户部左侍郎。九月,祖荫派磨勘官。大考翰詹,祖荫二等二十名,蒙赏大卷绸袍料一件,又加赏春绸一匹。十月,四弟到京。十二月,祖荫升大理寺少卿。

十年庚申(1860) 五十一岁。二月,四弟补刑部郎中,祖荫派各直省覆试阅卷大臣。三月二十三日,先农坛从耕蒙派出。四月初五日,同曹岚樵前辈游潭柘、戒坛、灵光、碧云、卧佛诸寺。十三日,回寓。八月初八日,圣驾起銮,巡幸木兰。四弟出京。

十一年辛酉(1861) 五十二岁。三月十三日,到伟如侄霨昌平州署。二十日,回寓。七月十七日,文宗显皇帝升遐。八月,祖荫派接谈换卷大臣,署宗人府府丞。十月初九日,皇上登极。祖荫派磨勘大臣。

同治元年壬戌(1862) 五十三岁。正月,祖荫升光禄寺卿。二月,祖荫署左副都御史,派各直省覆试总司稽查大臣。三月,祖荫派会试总司稽查大臣。四弟到京。留十日,即行。四月,祖荫充殿试弥封官。六月,祖荫派阅考试御史卷。七月,祖荫充山东正考官。闰八月二十一日,到京复命。四弟得孙修谷。

二年癸亥(1863) 五十四岁。正月,祖荫署宗人府府丞。七月初四日,陆夫人廿周年,龙泉寺礼忏。

三年甲子(1864) 五十五岁。正月,祖荫为予请二品封。二兄得第三孙延谷。三月,祖荫升都察院左副都御史。四月二十日,文恭公十周年,龙泉寺礼忏。五月,祖荫派考试汉誊录大臣,署工部右侍郎,兼管钱法堂事务。九月,派阅看拔贡试卷大臣、各省磨勘大臣、阅看覆试卷大臣。四弟得次孙元谷。十二月,汪太夫人十周年,龙泉寺礼忏。

四年乙丑(1865)　五十六岁。二月,祖荫派阅看覆试卷大臣、接谈换卷大臣、阅看补行覆试试卷大臣。三月,二兄得四孙良谷。祖荫派乡试补覆试阅卷大臣、磨勘试卷大臣。四月,派散馆阅卷大臣、阅看朝考试卷大臣。五月,四弟得三孙宝谷。闰五月,蓉姬得一女,命名祖闰。六月,祖荫派补考拔贡试卷阅卷大臣。

五年丙寅(1866)　五十七岁。二月,祖荫卸署工部、礼部侍郎。三月,祖荫署刑部右侍郎,旋署刑部左侍郎。四月,四弟得四孙能谷、五孙明谷。七月,祖闰、祖厚以惊风殇。十月,汪夫人六十冥诞,礼忏。十二月,祖荫补授工部右侍郎。

六年丁卯(1867)　五十八岁。受一品封。四月十三日,奉上谕:盛京福陵工程著改派潘祖荫前往,敬谨查勘,钦此。六月,回京复命。四弟于四月中得六孙蕃谷,五月得七孙怀谷。十月,祖荫往西陵请训,照料庄顺皇贵妃奉安。派磨勘武乡试弓刀石大臣。十二月,四弟得八孙衍谷。

七年戊辰(1868)　五十九岁。三月,祖荫派覆试阅卷大臣,派管火药局大臣,派补覆试阅卷大臣。四月,派阅覆试卷大臣、殿试读卷大臣、朝考阅卷大臣。闰四月,祖荫调补户部右侍郎,兼管钱法堂事务。四弟得九孙勋谷。五月,祖荫派阅优贡卷大臣。七月,派阅教习卷大臣。九月,派拣选参将等员,派磨勘弓刀石大臣。十月,派考誊录考职大臣。十二月,文恭公百龄冥诞,龙泉寺礼忏。祖荫充经筵讲官。

八年己巳(1869)　六十岁。二月十九日,蓉姬得一女,命名祖观,号春生。初五日,祖荫为予预祝。初六日,文昌馆宴客。四弟得十孙敬谷。祖荫调补户部左侍郎,兼管三库事务。七月,派拣选云南知府等员大臣。九月初九日,元配汪夫人三十周年,龙泉寺礼忏。祖荫派修阜成门城墙工程，派勘估武英殿工程大臣。十月，派阅考试御史卷。

九年庚午(1870) 六十一岁。八月，祖荫派覆核朝审大臣。十月，派武乡试主考。廿三日辰刻，蓉姬得一男，命名祖年，字西园，号仲午，小名十一官。派勘估固伦公主府第工程之大臣。

十年辛未(1871) 六十二岁。正月，祖荫派会试知贡举。二月，派覆试阅卷大臣。四月，派覆试阅卷大臣，派阅散馆卷，派朝考阅卷大臣。六月，派阅优贡卷，派承修贡院工程。八月，派勘估太庙工程。四弟得十一孙传谷。九月，先妣谢太夫人百龄冥诞，龙泉寺礼忏。祖荫派武场主考官。十一月，派考恩监大臣。

十一年壬申(1872) 六十三岁。三月，祖荫派拣选盛京司员大臣。八月，派覆核朝审大臣，以校阅《方略二编》赏加二级。九月，赏给头品顶戴。四弟得十二孙声谷。十一月，祖荫派勘估地坛工程。

十二年癸酉(1873) 六十四岁。二月初七日，祖荫召见。三月，派查估贡院工程大臣。初四日，扈跸东陵。十一日，回京。四弟得十三孙循谷。五月，祖荫派阅考差卷大臣。六月，兼署吏部左侍郎。廿三日，召见。七月初四日，继配陆夫人卅周年，龙泉寺礼忏。祖荫派覆核朝审大臣。八月，派勘估承修火药局之大臣。初六日，派充顺天主考官，同全庆、胡家玉、童华。九月，派阅孝廉方正卷。十月，派承修朝日坛工程大臣。十一月，派考试汉荫生大臣。四侄处大侄孙成谷完姻。十二月，祖荫因礼部奏议结磨勘处分降二级调用。

十三年甲戌(1874) 六十五岁。正月，祖荫蒙恩赏给翰林院编修，仍在南书房行走。三月，侄祖谦到京，侄孙良谷殇。四月，文恭公廿周年，龙泉寺礼忏。六月，祖荫奉旨开复侍郎任内革职留任处分，以三品京堂候补。七月，侄祖谦优贡引见，以教职用报捐内阁中书。八月，祖荫为祖年捐六品州同衔。廿六日，祖荫扈跸南海子。九月初五日，回寓。十月初十日，慈禧端佑康颐皇太后四旬万寿，祖荫派出。初九、初十、十一，进宁寿宫听戏。十一月，祖荫奉旨，以侍郎候补。

十二月,召见南书房翰林。初五日申刻,大行皇帝升遐。是日,召见三次,皇上嗣位。十二月,汪太夫人廿周年,龙泉寺礼忏。

光绪元年乙亥(1875) 六十六岁。二月二十日,毅皇后升遐。三月,祖荫补大理寺卿。六月,祖荫召见。八月,署礼部右侍郎,派承修驯象所工程大臣,派覆核朝审大臣。九月,恭送穆宗毅皇帝、孝哲毅皇后梓宫奉移山陵,赏加一级。十月,四弟得十四孙富谷。

二年丙子(1876) 六十七岁。正月,祖荫署刑部左侍郎。二月,派各省乡试覆试阅卷大臣,派阅覆试卷,工部奏派岁修东西陵工程,派崇厚、潘祖荫、绵宜、袁保恒。侄仪凤正月十九病故。三月,侄祖谦到京。四弟得十五孙亨谷。祖荫派覆勘试卷大臣,补礼部右侍郎,兼署刑部右侍郎,派补覆试阅卷大臣,派覆试阅卷大臣,派殿试读卷大臣。五月,派阅考差卷。闰五月,祖荫召见。六月,二兄得一孙,名志实。八月,祖荫署工部左侍郎。泰陵圣德神功碑楼暨正红门等处脱落歁朽,派祖荫前往应修各工,敬谨查勘。又办供库房现有渗漏坍塌情形,著一并查勘。奏明办理孝东陵神厨库东库房工程,著派本年承修另案工程之大臣崇厚、潘祖荫敬谨承修,召见。九月,侄孙志窦中式。祖荫派磨勘试卷大臣,充玉牒馆副总裁,派阅乡试覆试卷。侄祖谦回南。汪夫人七十冥诞,龙泉寺礼忏。祖荫派武闱乡试主考。十一月初七日,祭先医庙,奉旨:遣潘祖荫行礼。二十六日,祖荫往东陵收工。十一月初四日,复命,派勘估西陵岁修工程。十九日,往西陵。二十八日,复命。十二月,隆福寺奉派三分之一之半,祖荫派出。

三年丁丑(1877) 六十八岁。二月,伟如侄补湖北藩司。三月,祖荫往东陵。二十八日,回京。四月,派阅覆试卷,派阅散馆卷,派查看标识大臣,派抖晾实录,派阅朝考卷。五月,祖荫上西陵覆勘工程。六月,派阅各省优生卷。七月,派阅考教习卷,派覆核朝审大臣,派阅考御史卷。九月,派武会试总裁。二十九日,汪太夫人百龄冥诞,龙泉寺礼忏。十二月初五日,祖荫派考试誊录等官。

四年戊寅(1878) 六十九岁。三月初三日,二嫂丑刻病故,二兄午刻病故。六十多年兄弟，一旦分手，能不悲伤？祖荫二十日往东陵收工，二十四日回京。四月初三日，为兄嫂题主。初八日，兄嫂出殡法源寺。祖荫派盘查三库。五月初八日，祖荫召见。怡侄携眷回南。祖荫调户部右侍郎，派管理户部三库，派阅考御史卷。六月十三日，谱侄扶柩回南。七月，祖荫派稽查十七仓大臣。八月，谱侄到京。初四日，味侄病故。四弟得十六孙利谷、十七孙贞谷。祖荫派慕陵、隆恩寺暨内务府营房等处查勘工程。二十四日，上西陵。九月初一日，回京，派充实录馆副总裁。十一月，派修东四牌楼工程。二十七日，往西陵查工。十二月初二日，回京。十四日，奉旨，仍兼署工部左侍郎，充经筵讲官。

五年己卯(1879) 七十岁。正月二十一日，祖荫召见。二十三日，调户部左侍郎，仍兼署工部左侍郎。二十七日，升左都御史。二十八日，仍署工部左侍郎。二月初四日，派吃肉。初五日，工部奏派恭送梓宫，派出潘祖荫、文澂。三十日，派阅孝廉方正卷。三月，荫儿上东陵。十一日，升工部尚书。十八日，荫儿复命召见。二十日，上陵。二十二日，孔醉棠到馆课年儿。二十六日，祖荫蒙赏加太子少保衔。闰三月二十四日，竹年侄到京。四月十五日，考差，祖荫派出拟题。十六日，派阅考差卷。二十一日，派盘查三库。二十九日，调刑部尚书。三十日，召见。五月初六日，荫儿夫妇为予七十龙泉寺念寿经以祈雨，故不宴客。六月，邓庆麟参安兴阿受贿一折，派广寿、潘祖荫查明具奏，不得稍有徇隐。七月，四弟得十八孙韶谷。荫儿派管理三库。二十三日，荫儿召见。八月，署礼部尚书，派阅宗室覆试卷。四弟得十九孙廉谷。九月，荫儿派覆试拟题。二十四日，派阅卷，派初一日吃肉。十月初六日，荫儿五十生日。十六日，赏紫禁城骑马，派磨勘弓刀石之大臣。十一月，竹年侄出京。十二月，陆夫人六十冥诞，龙泉寺礼忏。初十日，荫儿召见。

六年庚辰(1880) 七十一岁。正月十六日，祖荫与廷臣宴。二月初一日，派吃肉。十四日，派考汉荫生拟题。三月初七日，兼署工部尚书。四月初六日,荫儿上陵。十一日,回京。十六日,派覆试拟题。十九日,派阅散馆卷。六月十八日,派考优贡拟题,派二十五、二十六日宁寿宫听戏。七月二十日,伟如侄、子静侄孙来,住大厅。八月十八日,祖荫召见,同军机、惇王、醇王、六部尚书、都察院御史、宝廷、张之洞。二十四日,伟如侄、子静侄孙出京。九月初六日,召见恭王、惇王、醇王、潘祖荫、翁同龢。二十三日,子妇五十生日。十月十五日,荫儿派考汉荫生拟题。

七年辛巳(1881) 七十二岁。正月,祖荫充国史馆正总裁,派十六日廷臣宴。二月初一日,派吃肉。三十日,派孝廉方正阅卷。三月初十日,孝贞显皇后慈驭上宾,派祖荫穿百日孝。六月二十五日,派吃肉。七月,为次儿祖年聘同邑吴谊卿编修大衡次女。闰七月初六日,考御史,派阅卷。初九日,孝贞显皇后梓宫奉移普祥峪定东陵。十七日,永远奉安。十月初一日,祖荫派吃肉。初六日,派阅卷。十二月十七日,赏穿带嗉貂褂。

八年壬午(1882) 七十三岁。正月初二日,祖荫派吃肉。初五日,招醉堂、谊卿、鹤巢、康民午集。二十二日,招亚陶、莼客、九芝、六希午集。三月十五日,招莼客、六希法源寺看牡丹。二十五日,祖荫派考汉荫生。四月十六日,派阅考差卷。二十八日,派大考差拟题。二十九日,皇太后赏御笔画兰四幅。五月二十一日,伟如侄来,泉孙侄孙来。七月二十三日,派麟书、潘祖荫将周瑞清包揽云南报销确切查办。八月初六日,派署礼部尚书。二十九日,派阅孝廉方正卷。九月二十二日,派阅覆试卷。十月初一日,派吃肉。初八日,皇太后赏画兰四幅。二十二日,伟侄放江西巡抚。十一月初一日,招柳门、六希、谊卿、伟侄、醉棠、芾卿午集。初二日,伟侄出京。初六日,荫儿召见面,奉旨授为军机大臣。十二月,得四弟信,知颐侄十月十四得男,名登谷。豫谷侄孙九月十五得男,名承枚。

九年癸未(1883) 七十四岁。正月。

府君自订年谱一卷，始嘉庆十五年庚午一岁，至光绪九年癸未正月。府君年七十有四，动履康强，目力未耗。新正，方裒集近岁所作古今体诗，手自校阅。笔墨之事，未尝一日废也。二十一日薄暮，与祖年塾师孔醉棠贡士反复谈艺，豪无倦容，讵意晚餐后亥刻遽尔痰作，医药罔效，延至翌日丑初竟弃不孝等而长逝矣。呜呼！痛哉！泣念府君一生，学问行诣，苫块昏迷，欲敬述一二，而无从下笔。谨先以是册校录刊行，用垂家乘，并恭载所奉谕旨于简端。呜呼！手泽犹新，音容已渺。感圣恩之优逮，痛罪衅之滋深。省览遗编，椎心怆目。终天之恨，尚何言哉！不孝祖荫、祖年泣血谨识。

赐进士出身翰林院编修门下晚生吴大衡拜填讳。

附录三:养闲年谱

潘曾玮自订

嘉庆二十三年戊寅(1818) 一岁。是冬十二月三十日酉时,生于吴县临顿里之钮家巷。大父光禄公名余曰曾玮,字宝臣。家有凤池园,园中有泉,四时不竭,旁有片石,题“玉泉”二字,因以为号,又号季玉。

嘉庆二十四年己卯(1819) 二岁。

嘉庆二十五年庚辰(1820) 三岁。

道光元年辛巳(1821) 四岁。十月,三姊于归,姊婿汪铁芸槿。

道光二年壬午(1822) 五岁。三月,入塾,从吴小迂先生楷识字。

道光三年癸未(1823) 六岁。正月,从蒋墨汀先生绳曾读书。

道光四年甲申(1824) 七岁。八月,侄庭诰殇。十月十七日,光禄公弃养。先公自甲戌年丁祖妣黄太夫人艰,服阕后,即陈情乞养,侍奉者十年。

道光五年乙酉(1825) 八岁。十一月,光禄公安葬于谭经浜。

道光六年丙戌(1826) 九岁。正月,伯父树庭公去世。十月,二兄入吴庠。十二月十七日寅时,侄仪凤生。

道光七年丁亥(1827) 十岁。正月,先公服阕。二兄娶陆氏,三兄娶汪氏。四月,先公进京供职,余随生母张太夫人由潞河北上。六月,到京,寓板章胡同。先公署工部左侍郎,旋补吏部左侍郎,充国史馆副总裁。八月,从陈去愚先生德范读书。十月,从叶敏斋先生钧。先公升任都察院左都御史。

道光八年戊子(1828) 十一岁。五月,迁居米市胡同。八月,二兄乡试，挑取誊录。十月，先公充武乡试正考官。

道光九年己丑(1829) 十二岁。正月，伯祖榕皋公重宴琼林，赏四品卿衔。六月十二日夜子时，侄祖同生。十月，伯父理斋公去世。十月，先公赐紫禁城骑马。十二月，充经筵讲官。

道光十年庚寅(1830) 十三岁。正月，伯祖榕皋公去世，年九十一。九月，先公升工部尚书，仍兼署总宪。十月初六日酉时，侄祖荫生。十二月三十日未时，侄祖福生。

道光十一年辛卯(1831) 十四岁。五月，先公调吏部尚书。六月十二日，庶母安恭人去世。八月，从吴补之先生光业读书。

道光十二年壬辰(1832) 十五岁。二月，从赵兰坡先生继芬。三月，先公充会试正考官。九月，从文西镇先生昆泰。十月，先公充教习庶吉士。

道光十三年癸巳(1833) 十六岁。四月初九日，先公补授大学士，管理户部事务，充国史馆正总裁。廿一日，得旨，充体仁阁大学士。五月，先公管理兵部事务。六月，充教习庶吉士。七月初八日，侄祖福殇。十七日，大兄来京。八月十七日巳时，侄祖喜生。廿四日，大兄出京。十月，从吴小谷先生清皋。十二月，先公充文渊阁领阁事。

道光十四年甲午(1834) 十七岁。正月廿一日，先公在军机大臣上行走。廿三日，赏娘娘庙官房一所，在海淀，共七十间。二月初六日，先公移居赐第。九月，二兄中式顺天榜第二十四名。

道光十五年乙未(1835) 十八岁。正月，先公充翰林院掌院学士，稽察钦奉上谕事件处，日讲起居注官。十三日未时，侄祖保生。十九日，四姊于归，姊婿汪珠林德英。二月，先公管理工部事务，充东阁大学士。七月，管理户部事务。九月，三兄挑取誊录。江南榜发，补之兄中式举人。

道光十六年丙申(1836) 十九岁。正月，先公充上书房总师傅。三月，先公充会试正考官。

道光十七年丁酉(1837) 二十岁。正月廿一日,随母汪太夫人、生母张太夫人回南,三兄、嫂、侄祖荫、侄女玉芬、汪氏甥女同行。二月,到家。三月初八日,受室,汪氏舅父紫仙公女也。七月,偕三兄、顺之兄、沈守之庆葆赴金陵应试。八月十六日,返棹。九月,报罢后随侍北上。十月廿四日,到京。是科,卷在王大令元本房,呈荐。

道光十八年戊戌(1838) 二十一岁。五月,先公充武英殿大学士。十二月,先公七十寿辰。二十日申刻,钦使武备院卿英诚赍到赐寿各件,张乐恭待。廿一日,赏戴花翎。

道光十九年己亥(1839) 二十二岁。正月初八日午时,女瑞鑫生。二月,先公派留京。八月,充顺天乡试正考官,余与三兄循例回避。九月初九日,三嫂汪夫人去世。二兄考取国子监学正学录。大兄来京。十二月廿二日,出京。

道光二十年庚子(1840) 二十三岁。二月,二兄补国子监学正。三月,先公充会试正考官。九月,顺天榜发,三兄中式第二十六名。余卷在吉履庵户部祥房,呈荐。

道光二十一年辛丑(1841) 二十四岁。正月,三兄考取内阁中书。二月,先公留京。四月,会试榜发,二兄中式第五十八名,改庶吉士。十月初三日未时,侄祖桢生。

道光二十二年壬寅(1842) 二十五岁。二月初六日辰时,子祖谦生。三月,三兄续娶陆氏。

道光二十三年癸卯(1843) 二十六岁。四月廿七日子时三刻,子祖均生。七月初四日,三嫂陆夫人去世。八月,赴顺天乡试。九月,榜发,顺之兄中式。余卷在边谢园户部宝树房,呈荐,挑取誊录。是科,因沈也鲁助教祖望为倩善书誊录写卷,有裘玉麟者,亦誊录也,讦告他生,余波及焉,案定斥革。

道光二十四年甲辰(1844) 二十七岁。二月,先公留京。四月,二兄散馆,授编修。五月,先公充教习庶吉士。八月二十日,内子同女瑞鑫、汪甥墉南旋。

道光二十五年乙巳(1845) 二十八岁。三月,内子同女瑞鑫、汪甥福谦到京。四月,会试榜发,顺之兄中式,得馆选。五月,至礼部具呈,准捐复监生,旋报捐太常寺博士衔。十二月十四日,由东河捐输议叙,奉旨:以太常寺博士,不论双单月,即用,并加三级。先公特赐给扶。

道光二十六年丙午(1846) 二十九岁。二月,侄女祖芬于归汪甥克昌。廿五日巳时,子祖畴生。十三日,祖谦入塾,从沈石生明经毓和。三月,先公赏穿黄马褂。五月初二日,由吏部带领引见,奉旨:太常寺博士员缺,著潘曾玮补授,钦此。闰五月初二日,到任。是日,二兄放云南正考官。十四日,出京。九月,侄祖荫挑取誊录。大姊于十月十七日去世。十二月朔,二兄回京。

道光二十七年丁未(1847) 三十岁。二月廿八日,均儿入塾。三月,先公充会试正考官。四月十三日,侄祖同娶妇查氏。五月,大考翰詹,二兄名列一等第四,以庶子升用。十月十六日申时,女瑞华生。

道光二十八年戊申(1848) 三十一岁。正月,先公赏用紫缰,晋加太傅。三月,三兄以玉牒馆议叙加侍读衔。十月廿六日,二兄补右庶子。十二月二十日,荫侄以先公八十寿辰,钦赐举人。是日申刻,天使署奉宸院卿兴保赍到赐寿各件,设席恭待。廿三日寅时,子祖颐生。

道光二十九年己酉(1849) 三十二岁。正月,京察二等,至吏部过堂。二月,三兄京察一等,以亲老具呈吏部扣选。延何伯冰上舍裕为均儿课读。三月初九日,内子及荫侄、均儿、何伯冰南旋。闰四月初七日,二兄升侍讲学士。六月廿二日,以试俸期满,题请实授,奉旨:依议,钦此。先公于十七日具折,请假廿六日,以假满,陈请开缺。奉旨:毋庸开缺,赏假两个月,安心调理,钦此。八月廿一日,再请开缺。奉旨:著再赏假两个月,安心调理,一俟病痊,即行递折请安,钦此。是日,荫侄完婚。妇,汪氏甥女也。十月二十日,先公假满,复请开缺。奉旨:本日据大学士潘〇〇沥情奏请开缺,朕思军机大臣夙夜在公,勤劳较甚,实非高年所宜,潘年逾八旬,公勤素著,若仍令其入直,不足以示体恤,著俟来岁春融,赴阁办事,毋庸开缺,以示朕逾格笃眷耆臣至意,钦此。十一月十二日,荫侄回京。十三日,内子及侄妇到京。十二月十一日,孝和睿皇后升遐,即日至署,成服。

道光三十年庚戌(1850) 三十三岁。正月元旦,日食。十四日,宣宗成皇帝龙驭上宾。二十六日,文宗显皇帝登极。恭遇覃恩,加一级,生母封宜人。二月十二日,先公复请开缺。奉旨:赏假两个月。三月初二日,恭上宣宗成皇帝尊谥,加一级。二兄充会试同考官。四月初八日,先公请开缺。奉旨:赏假两个月。六月初三日,先公请开缺。奉旨:以大学士致仕,并赏给支食全俸等因,钦此。九月,荫侄考取国子监学正学录。十月,延郑谱香孝廉兰为儿辈课读。

咸丰元年辛亥(1851) 三十四岁。正月,三兄升内阁侍读,侄仪凤得正一品荫生,祖同得四品荫生。六月十五日申时,女瑞全生。闰八月,顺天榜发,侄诚贵中式,祖同挑取誊录。九月初六日,侄祖喜娶妇吴氏。十二月,京察拆封,保列一等。时总理太常寺奕公湘、瑞公麟,卿常公志、陶公梁,少卿松公桂、张公鏻。三兄由内阁保列一等。

咸丰二年壬子(1852) 三十五岁。正月初十日,启行,赴慕陵行礼,偕沈文忠阁学同行。是日,宿长新店。十一日,至窦店尖,涿州宿。十二日,涞水县尖,易州宿。十三日,至梁格庄。十四日,诣慕陵。卯正二刻,上祭。行礼后回,至梁格庄。稍憩,至涞水宿。十五日,涿州尖,窦店宿。十六日,长新店尖。申刻,到家。廿七日,至吏部过堂。二月初四日,赴乾清宫引见。奉旨:准其一等,加一级,钦此。廿六日,启行,赴慕陵,至窦店宿。廿七日,曹家屯尖,易州宿。廿八日,至礼部营子宿。三月初一日,至慕陵,行迁奠礼。初二日丑刻,宣宗成皇帝梓宫奉安,行大葬礼。俟虞祭礼毕,返至寓所,至涞水县宿。蒙恩,赏加一级。初三日,涿州尖,良乡县宿。初四日,到家。十六日,以俸满截取,赴乾清宫引见。奉旨:潘曾玮著记名外用,钦此。四月初二日，行常雩礼，宣宗成皇帝升配天坛。礼毕，蒙恩，赏加一级。十一日，会试榜发，侄祖荫中式第九名，殿试一甲第三名，授职编修。廿六日，先公重赋鹿鸣，由顺天府具奏。曾玮蒙特旨加恩，以六部员外郎用。五月初四日，签分刑部。十五日，到四川司任。六月，二兄升光禄寺卿。七月初一日亥刻，女瑞全殇。二兄署兵部右侍郎。八月，接南信，知舅氏紫仙公于七月十八日去世。九月，顺天榜发，侄介繁中式。十月初八日，以捐输军饷，奉旨交部议叙，加一级。十二日，堂派四川司帮主稿。十一月，二兄升内阁学士，兼礼部侍郎衔。廿九日，先公奉旨，准其重与恩荣筵宴，并先颁给御书扁额一面等因，钦此。十二月初二日，铨补刑部奉天司缺，由吏部带领引见。奉旨：刑部奉天司员外郎员缺，著潘曾玮补授，钦此。初四日，谢恩，蒙召见于养心殿，垂问先公起居及太夫人年纪并家人履历，甚详悉。初十日，到奉天司任。十二日，堂派四川司正主稿。十三日，钦差和硕额驸恩醇赍到御书“琼林人瑞”扁额一面，先公设香案跪迎如礼，敬悬于正室。十六日，三兄告病，开缺。

咸丰三年癸丑(1853) 三十六岁。正月，接仪凤信，知大兄于腊月二十日去世。忆兄自己亥来京，一晤后，从此永诀，伤何如之！二月，二兄署工部左侍郎。三月，二兄充会试副考官。初十日，代先公至户部递呈捐输军饷并请停给俸银俸米，由王大臣具奏。十一日，奉旨：加恩，毋庸停俸等因，钦此。四月初十日，二兄出闱。二十日，礼部奏先公重与恩荣筵宴一折，同侄蒙恩赏给举人。廿二日，荫侄散馆。七月，同侄考取国子监学正学录。廿八日，补学录缺。十一月初七日，二兄调署刑部左侍郎。是日，定山东司郎中缺，胡江拟正，以余拟陪。十七日亥时，侄孙成谷生。廿七日，堂派管理督催所事。廿八日，赴养心殿引见。十二月初三日，定福建司郎中缺，以余拟正，顾文彬拟陪，堂派管理司务厅事。初九日，赴养心殿引见。奉旨：刑部福建司郎中员缺，著潘曾玮补授，钦此。本署捐输制钱二百串。侄祖保议叙监生。十二月，二兄升吏部右侍郎，仍兼署刑部。廿六日，二兄调署工部右侍郎。

咸丰四年甲寅(1854) 三十七岁。二月,堂派总办秋审处。三月,二兄转吏部左侍郎。十五日,吏部奏刑部司员错拟罪名、将堂司各官议处一折。奉朱批:潘曾玮等依拟降一级留任,均不准抵销等因,钦此。四月初八日,先公偶有停滞。延医诊视,始进消导之剂,继进补药。十二日早晨,食粥数匙,觉神气犹清,谕曾玮以"节俭"二字。至二十日午时,竟尔弃养。次日,遗疏上。旨:派怡亲王奠醊,赏陀罗经被,并入祀贤良祠,祖同赏进士,祖荫以侍读候补,祖保赏举人。圣慈优渥,备极哀荣,益增感痛。是日,呈报丁忧开缺。廿二日,三兄以铁泉局捐输赏戴花翎,祖喜以太常寺典簿用,旋议叙光禄寺署正。廿八日,内阁进谥法,朱笔圈出"文恭"。五月十六日,礼臣谕祭。六月十三日,请陶凫乡侍郎梁为先公题主。十四日,奉移灵舆,停观音院。八月廿二日,随汪太夫人、张太夫人、两兄、侄辈奉先公灵柩回南。十月初二日,到家,入城治丧。十一月廿五日,荫侄入都供职。十二月廿九日子刻,汪太夫人弃养。

咸丰五年乙卯(1855) 三十八岁。三月十五日,奉先公、汪太夫人灵柩合葬于谭经桥祖茔。七月初一日,大嫂严夫人去世。八月初十日,接部文,惊悉孝静成皇后升遐,在籍绅士在永定寺公所齐集举哀。三月二十六日午时,侄孙有谷生。十一月,领到三年分诰轴,生母封恭人,曾玮诰授朝议大夫,妻汪氏封恭人,又以二兄官,生母貤封一品太夫人。

咸丰六年丙辰(1856) 三十九岁。正月,同、保两侄北上。三月,祖荫分校礼闱。五月,同侄改庶吉士,荫侄补侍读,喜侄议叙郎中,余以当事杨方伯能格、赵廉访德辙招,入协济局,并设局东禅寺,招募定勇,延何伯冰裕主其事,并延蒋砚诒、黄小庵诸君襄理。六月,天时亢旱,郡城绅士至元妙观步祷,又至大云庵祈雨。赵中丞奏请以曾玮督办金陵难民抚恤事宜,并留林孝廉聪彝帮办。得旨,允准,因于六门外分厂留养至万余人,续增至二万余人。七月二十日,除先公服。先是,广东潮匪以投充壮勇为名,往往持械行劫。至是,盗案迭出。八月十五夜,会同郡守薛焕,带勇剿捕,擒获匪犯郑阿层等一百九十余名,分别按律惩办,郡城始安。十月,荫侄入直南斋。十一月初八日午时,张太夫人弃养。曾玮两年之中三遭大故,痛何如之!十八日,保侄娶妇陆氏。接苏抚知照,恭悉本月初七日以剿捕潮匪,蒙恩,赏戴花翎。荫侄以协济捐输军饷,赏戴花翎。

咸丰七年丁巳(1857) 四十岁。正月初九日卯时,侄祖桢殇,有文悼之。二月,三兄以抚恤保奏加四品卿衔。三月二十九日,除汪太夫人服,奉先公主祔光禄公祠。五月,接抚院知照,四月十九日奉旨:帮办团练事宜,即著前任刑部郎中潘曾玮接办等因,钦此。闰五月,荫侄升侍讲学士,保侄议叙郎中。八月十六日夜子正二刻,奉张太夫人灵柩安葬于横塘彩云桥之管家村。九月十六日,三兄携眷入都,余送至江口。十一月十二日,瓜州、镇江收复。

咸丰八年戊午(1858) 四十一岁。正月初二日,女瑞鑫于归汪甥乃昌。三月初二日,二兄携眷入都,余送至常州。接抚院知照,四月初三日奉旨:潘曾玮著俟服阕后以道员,不论繁简,尽先选用,钦此。祖同加五品衔。六月初六日,补之兄去世,喜侄分户部,保侄分刑部。七月,二兄署工部左侍郎,荫侄放陕西正考官。八月,二兄署礼部左侍郎。九月,补工部左侍郎。十一月,谦儿应县府试,俱列十名。十二月十九日辰时,外孙开禧生。接部文,知前叙部议俟补郎中后以道员,不论繁简,尽先选用,于八月三十日具奏,奉旨:依议,钦此。侄孙有谷议叙太常寺博士衔。

咸丰九年己未(1859) 四十二岁。二月初九日,服阕,奉张太夫人神主入家祠,具呈督抚代奏请旨。十八日,送谦儿至玉峰院试。廿五日,正场。次日,返棹。得招覆信。廿八日,送谦儿至玉峰覆试。三月初一日,进场。十二日,出案,谦儿拔置吴庠广额第一名,时学政孙莲塘少宗伯葆元也。四月十四日,抚院知照,代奏一折。奉朱批:著饬令来京,钦此。五月初七日,抚院知照,抚恤保奏。于四月十八日奉朱批:潘曾玮著赏加盐运使衔,钦此。十一日,谦儿入吴县学。七月,同侄以科场案结,拟发新疆,旋捐输,准赎罪,停遣。九月廿五日,起程北上。戌刻,出关。亲友一路祖饯,汪秉斋、鉴斋、查子晋、林香谷、吴幹庭、吴小帆、家端卿、侄仪凤俱送至梁溪。廿六日,抵锡山。游惠麓,品泉。廿七日,为风雨所阻,维舟不行。廿八日,与秉斋诸君别,王大令如山送至戚氏堰。酉刻,抵常州。十月初二日,渡江,徐大令炳奎别去。初六日,抵王家营。初八日,登舆。十六日,至泰山,岱庙拈香。十八日,至济南。因齐河水涨,迂道过省也。廿六日,到黄村。廿七日,到京寓。十一月初九日,汪甥福谦殁。十二月初一日,至吏部投供。十九日,吏部奏请分部一折。奉朱批:准其分部行走,钦此。是日,荫侄升大理寺少卿。二十日,签掣兵部。廿六日,到兵部职方司任。

咸丰十年庚申(1860) 四十三岁。二月初一日,补郎中缺,由吏部带领引见。奉旨:刑部督捕司郎中员缺,著潘曾玮补授,钦此。初八日,到任,堂派江西司主稿。闰三月初三日,为谦儿娶妇毕氏,孙帆表兄女也。四月,补秋审处兼行缺。接汪甥乃昌信,知闰三月廿八日申时外孙开祜生。四月十三日,苏州省城陷。接汪甥培信,知二姊于闰三月初二日去世。五月廿九日,大学士彭蕴章等保奏承办团练人员。奉旨:交庞钟璐差委等因,钦此。八月初八日,文宗显皇帝巡幸热河。陈子鹤尚书欲留办京城守御事,辞之。十二日,出京。九月二十七日,抵上海。十月初三日,内子及儿女、新妇辈自浦东来。初七日,督办。遵旨,于上海设立筹备总局,委余与杨振甫编修、应敏斋州佐为总办。十二月初二日,挈眷移居沪城之杜家湾。侄贵生来,同住。接京信,知二兄于九月请开缺,三姊于七月十七日去世。

咸丰十一年辛酉(1861) 四十四岁。正月,领到十年正月诰轴,曾玮授中议大夫,妻封淑人。八月初八日,为均儿娶妇吴氏,语樵员外女也。九月初一日辰时,外孙开成生。廿一日,接遗诏,惊闻七月十七日文宗显皇帝龙驭上宾,于沈香阁齐集,举哀,成服。十一月初四日，侄孙劭谷生，旋殇。十二月十四日，接苏藩司照会，总办会防局事，与吴平斋观察、应敏斋刺史、顾子山廉访同事。移居洋泾浜之抛球场。

同治元年壬戌(1862) 四十五岁。二月，荫侄升光禄寺卿。初五日，偕同龚孝拱橙、侄贵生坐宝顺洋行火轮船船名扬子入都。初六日未刻，开船。初九日酉刻，到大沽口外。十四日，雇拨船到东沽换车，连夜至天津，至鲁麟洋行卸车。主人梁金池，粤人也。十六日，自津启行。十八日未刻，到京。十九日，至总理衙门，见文百川总宪诸公。二十日，进内，见议政王及枢廷诸公，备陈东南大局情形，吁请与西人会剿。王即据情奏闻，连次谒见。至二十七日，禀辞。三月初一日，出都。初二日，至津。初三日，偕孝拱至紫竹林，登和记轮船，备尝艰苦。十七日，始抵上海。四月廿九日，李少荃中丞奏留办理会防局事。奉旨：知道了，钦此。七月，荫侄放山东乡试正考官。八月十二日亥时，长孙生，名之曰修谷。十月，移居北门内之旧教场，与程藻安同住。十一日，为畴儿完婚。妇，汪一甫表兄女也。十一月，中丞委总理营务处。于十四日到营，交卸会防局事。营务处同事为程方忠总戎学启、张山樵参戎遇春、李薇生观察铭皖。侄孙有谷殇。廿八日，常、昭贼首骆国忠投诚，以城献。十二月十七日丑时，孙树谷生，旋殇。

同治二年癸亥(1863) 四十六岁。正月初六日丑时，侄孙豫谷生。廿二日，中丞片奏刘署臬司请实授李、潘接办营务处缘由，督抚会保团练出力人员。三月廿九日，奉旨：潘曾玮著赏加按察使衔，钦此。七月，总办长、元、吴三邑团练，统带定字营水师。九月，会同程方忠军门及常胜军攻克蠡口。十月，攻克黄埭。廿五日，慕逆授首。廿六日，克复苏城，由江苏巡抚李随折保奏。十一月初四日，奉旨：交军机处记名，遇有道员缺出，请旨简放，钦此。

同治三年甲子(1864) 四十七岁。正月初四日子时，侄孙延谷生，旋殇。三月，内子及眷属回苏，住南显子巷小寒碧斋。荫侄升都察院左副都御史。五月廿八日,汪甥乃昌卒。八月,接中丞饬知,以上年办饷捐,保奏于七月十三日。奉寄谕:所保王学懋等三员,已交军机处存记矣。十二日,移居西百花巷。九月初七日辰时,次孙元谷生。十月十八日,送谦儿赴金陵应试。十一月二十日,旋里。十二月十八日,为颐儿完婚。妇,吴平斋观察女也。即于是日儿辈为内子补祝五十寿。

同治四年乙丑(1865) 四十八岁。三月二十日酉时,侄孙良谷生。五月十二日午时,三孙宝谷生。七月廿一日,次女瑞华于归平阳婿汪树勋。廿四日午时,四孙崇谷生。八月十二日,接署督李饬知,以部驳,覆奏于七月三十日。奉旨:仍着交军机处存记,候旨录用,钦此。十三日,均儿院试,招覆取入吴庠第八十七名,时学政宜春宇少司空振也。九月廿三日,至金陵谒李宫保。廿七日,到。次日,移住节署。少帅欲留宁,委之以事,辞之。委办苏城牙厘局事,又辞之。十月初五日,返棹,同俞荫甫太史行。初八日,抵里。廿二日,接少帅札,委襄办通商事务。十一月初一日,至上海报到差所。初三日,抵沪。十六日,返棹。十八日,到家。荫侄署礼部右侍郎。

同治五年丙寅(1866) 四十九岁。正月初二日,启行至金陵,归途至扬州。二十三日,回家。三月,荫侄署刑部右侍郎,旋署刑左。四月,保侄以军需保奏赏四品衔。十六日辰时,五孙能谷生。十七日酉时,六孙明谷生。五月十九日辰时,孙女静凝生。七月,成《正学编疏解》八卷。十二月,荫侄升工部右侍郎。

同治六年丁卯(1867) 五十岁。二月十五日,奉旨:赏加布政使衔,以善后团练汇保也。四月十四日午正,七孙蕃谷生。初八日,启行。至上海,同徐伯蕃都转坐天平轮船至金陵,谒侯相。廿一日,到,住三升客寓。廿七日,辞行。五月初二日,抵家。十六日夜子初一刻,八孙怀谷生。七月十一日,率谦、均两儿偕黄小庵、汪振民甥、汪铜士内侄至金陵应试。十八日,到,寓奇望街曾绍传家,与晏彤甫副宪同寓。八月十六日,试毕,返棹。廿二日,到家。十二月十八日,儿辈预为称觞。二十日，亲友暖寿。廿二日申初，九孙衍谷生。

同治七年戊辰(1868) 五十一岁。四月十八日，畴、颐两儿院试，招覆取入吴庠。学使，童薇研阁学华也。闰四月初七日，随曾涤生侯相至木渎。十一日，抵上海，寓沈秀珊家。十四日，侯相返节。十九日夜，下船。二十一日辰刻，抵家。是日戌正，十孙勋谷生。荫侄调户部右侍郎。七月廿六日寅刻，孙女秀纫生。十月初五日夜，登舟，赴金陵。初九日，到水西门，登岸，住甘露庵。廿五日，移寓李雨亭方伯署。次日，李少荃协揆至。十一月初四日，同李眉生登虹舫，送湘乡相国。初五日，到扬州。十二日，返棹。十四夜，到家。十二月，大学士、直隶总督曾协办，大学士、湖广总督李，两江总督马，江苏巡抚丁会保：上海通商办理洋务出力人员，请赏给其生母并本身妻室正一品封典。初九日，奉旨：著照所请，钦此。

同治八年己巳(1869) 五十二岁。四月十一日，启行。十五日，至扬州，寓福利盐号。廿一日，返棹。过镇江，泊两日。廿七日，归家。五月十一日酉时，十一孙敬谷生。六月，荫侄转户部左侍郎。十月初八日寅时，孙女寿珊生。十二月初七日午时，孙女惠嘉生。

同治九年庚午(1870) 五十三岁。二月廿二日巳时，孙女善仪生。四月十七日，起身。十八日，抵上海，寓姚梅溪春华祥正记茶栈。五月初一日，返棹。初三日，抵家。七月廿四日，率四儿同汪铜士、周孟舆、黄霄翰起身。三十日，至金陵，寓状元境。孔锦轩、汪振民、汪梦萱、戴小琴、小畬已先到，同寓。八月十六日，试毕，返棹。十九日，到家。十月廿三日辰时，侄祖年生。十一月十八日，起身。廿二日，至下关。廿四日，送丁中丞行，后进金陵城，同倪载轩观察寓江安粮道署。三十日，出城。十二月初四日夜，到家。接李爵相饬知，恭悉四月初二日奉上谕：潘曾玮著赏给该员生母、妻室正二品封典等因，钦此。

同治十年辛未(1871) 五十四岁。六月十四日戌时，孙女令嘉生，旋殇。八月二十七日酉时，十二孙传谷生。十月初五日，偕李眉生赴上海。初七日,到泊珊记码头,侯相亦于是日至十一日启节。十四日酉刻,解维。十六日戌刻,到家。接李爵相照会,知以劝办棉衣,于本月十九日奉旨:交部从优议叙,钦此。

同治十一年壬申(1872) 五十五岁。三月,奉兼署通商大臣何照会,前大臣曾于同治十年十二月二十二日会奏上海通商办理洋务实在出力各员,恳请奖叙,又附奏前次请奖。奉部议驳,另开改奖。本年二月十三日,差弁赍回原折。奉旨,交部从优议叙,旋准部议。奉旨:加一级纪录三次等因,钦此。七月,接天津道丁咨会督宪札开:同治十一年六月初七日,准吏部咨开议,得江浙官绅劝办棉衣,请给奖励案内。奉旨:加一级纪录三次等因,钦此。八月十二日巳正,十三孙声谷生。九月,荫侄赏头品顶戴。

同治十二年癸酉(1873) 五十六岁。正月二十六日,皇上亲政。三月二十二日卯时,十四孙循谷生。四月十四日,留髯。闰六月十五日夜子时,孙女步蟾生。七月初五日丑时,颐儿妇吴宜人卒。十二日,谦、均、畴儿同汪振民、铜士、孔锦轩、戴小琴、宗小畬、朱绳士、沈云峰、陈生谷起身,由上海至金陵。二十五日,颐儿启行。八月初一日,优贡榜发,谦儿正取第二名。荫侄充顺天乡试副考官。十月二十九日,悬优贡扁。十二月,礼部议磨勘处分,荫侄降二级调用。前以遗失户部行在印信,本有革留处分。无级可降,照例革职。

同治十三年甲戌(1874) 五十七岁。正月,荫侄赏翰林院编修,仍在南书房行走。三月初五日,送谦儿至上海。十六日,附贝康侯之伴,搭直隶轮船北上。十七日,开行。二十日,到天津。廿八日,到京。余于二十夜,返棹。廿二日,归家。领到上年八月初一日诰命,生妣赠一品夫人,曾玮授荣禄大夫,妻封一品夫人。六月,荫侄奉旨,开复户部侍郎任内处分,以三品京堂候补。廿六日,颐儿妇吴宜人除座,神主入家祠。二十三日,谦儿恭应朝考,取列二等第十一名。七月初六日,引见。奉旨:以教职用,由西征粮台报捐内阁中书行走。二十八日,到署。八月十六日,乞假,南旋。九月初三日,到家。十月十一日，为颐儿续娶吴氏，晴舫宗伯之季女也。二十六日，儿女辈预祝双寿。廿八、三十、十一月初二等日，亲友公祝，演大雅，三台班。初九、十一日，答请亲友，演大雅班。荫侄奉旨，以侍郎候补，旋奏请撤销。十二月初五日，穆宗毅皇帝龙驭上宾。苏城接部文，于二十一日摘缨，持素服。

光绪元年乙亥(1875) 五十八岁。正月十一日，接遗诏，绅士随同地方官出郊，跪迎，至承天寺齐集，举哀，成服。二月初七日，释服。二十日，孝哲毅皇后升遐。苏城接部文，于三月初十日摘缨。十一日，剃发。初六日，荫侄补大理寺卿。四月初五日，敕谕到，苏中丞率属出郊，跪迎，至天后宫齐集，哭临三日。绅士咸与服缟素，二十七日而除。接京信，知成谷侄孙于三月廿四日申时卒。五月廿四日，剃发。七月初九日，儿辈赴金陵应试，孔锦轩、张倚萱同行，胡桂堂、戴小琴、汪铜士、宗小畲、毕揩卿同寓。八月十九日，试毕，返棹。荫侄署礼部右侍郎。九月二十七日，赴上海，谒沈幼丹制军，并晤丁雨生星使。寓祥茂北栈何福荫家。二十八日丑正，十五孙富谷生。十月十二日，自上海归。

光绪二年丙子(1876) 五十九岁。正月，荫侄署刑部右侍郎。廿六日，赴金陵。二月初一日，到。初七日，起身，梅方伯以济生轮船相送。初八日，到扬州。次日，上岸，住同益典当。廿二日，接苏信，知仪凤侄于十九日卒。廿六日，下船。廿九日，到家。三月初五日巳正，第十六孙亨谷生。四月初三日，谦儿启身，由沪北上，与吴硕卿太守同行。廿二日，到京。荫侄升礼部右侍郎，仍兼署刑右。六月廿一日寅时，侄孙志实生。七月十二日，均儿辈赴金陵应试，孔锦轩、胡桂堂、汪铜士、宗小畲、张倚萱同行。八月，荫侄兼署工部左侍郎。十八日子正，孙女善馨生。廿一日，儿辈至自金陵。九月廿五日，谦儿自京师归。是夜亥正，颐儿继妇吴宜人卒。

光绪三年丁丑(1877) 六十岁。二月十二日寅时，孙崇谷殇，即日殡于临庆庵。廿九日，院试出案，修谷孙招覆拔入府学第二十八名，时学政为林锡三学士天龄。四月十八日，新进入泮。六月十九日，侄孙志实殇。七月初六日，侄孙志鸿生。八月十七日，送张子青制军至无锡。十九日，归。九月十一日，颐儿继妇吴宜人除座，神主入家祠。

光绪四年戊寅(1878) 六十一岁。二月十八日，汪婿树勋卒。三月，接京信，知初三日二兄、二嫂同日去世。十一日，至灵鹫寺设位，成服。四月初七日，偕吴平斋、李眉生买棹出葑门。初八日，抵嘉兴。访杜小舫之浣花草堂，留连竟日。次日，偕三君至魏塘。访金眉生之偶园，两日畅叙，有火树银花之胜，填《满江红》三阕纪事。十一日，归棹。十二日，到家。十五日，颐儿至魏塘周宅就婚。十九日，合卺，妇为容斋部郎之季女也。廿二日，颐儿同新妇回门。五月，荫侄调户部右侍郎，兼管钱法堂，又兼管三库事务。六月初六日，颐儿送新妇归宁。廿一日，喜侄到苏。廿三日，侄孙志鸿殇。廿九日，同侄扶二兄、嫂灵柩至胥码头。七月初二日，入城，停画禅寺，留同侄宿。初十日，在画禅寺开吊。十九日，同侄启身。廿二日，颐儿同子妇自魏塘归。八月初八日丑正二刻，第十七孙利谷、第十八孙贞谷孪生。接京信，知保侄于初四日卒。十四日，至灵鹫寺为位，成服。九月廿八日，院试出案，明谷孙招覆入吴县学第四十一名，时学政为林锡三学士天龄。十月廿六日，侄孙女寿谷于归吴氏婿国桦。廿七日，为修谷孙完婚，妇为汪甥栽椿之长女也。十一月十五日，新进入泮。

光绪五年己卯(1879) 六十二岁。正月十五日辰正，孙女咏彩生。二月初八日，侄孙豫谷娶妇汪氏，甥之昌之长女也。荫侄转户部左侍郎，旋升授都察院左都御史，仍署工部左侍郎。九月，荫侄升工部尚书，加太子少保衔，旋调刑部尚书。闰三月初九日，颐儿入都应试。六月二十七日未正，第十九孙韶谷生。七月初十日，均儿、修谷、明谷同宗小畬、张倚萱启行，赴金陵。十五日，谦、畴两儿同孔锦轩、外孙汪开禧启行。八月初一日，同侄偕保侄眷属到苏。十二日戌时，第二十孙廉谷生。廿一日,儿孙辈自金陵归。十月初十日,颐儿妇同廉谷孙自魏塘归。荫侄赐紫禁城骑马。十二月十六日,畤儿自江阴考试。十九日,颐儿到家。廿三日,畤儿自江阴归。廿四日,报到考授恩贡。

光绪六年庚辰(1880) 六十三岁。二月十八日,颐儿以同知,分发赴浙。六月十九日戌刻,大侄妇去世。十一月初二日,畤儿悬扁。是日,为次孙元谷授室,妇为汪氏五外孙女也。十二月廿八日申时,孙女颂椒生。

光绪七年辛巳(1881) 六十四岁。三月廿二日,接部文,惊悉初十日慈安皇太后升遐。四月廿八日,至承天寺,跪接遗诏,齐集,成服,哭临三日。五月廿四日,释服。七月廿二日,侄女祖芬卒。九月十八日,院试出案,元谷孙招覆入吴庠第三十名,时学政为黄漱兰少詹体芳。十月廿一日巳时,葬崇谷孙于横塘管家村张太夫人墓旁余地之西偏。

光绪八年壬午(1882) 六十五岁。正月二十日,颐儿同眷属赴浙。二月廿九日,同部荻洲观察至金陵,凌云轮船送至丹徒口。三月初二日,到,住德静山观察署。十一日,返棹,庆云轮船送至江口。十三日夜,到家。四月十二日,偕吴培卿同舟。酉刻,开行。十三日,过无锡。至黄阜墩泊。接见湘阴侯相后,返棹。十五日黎明,归家。七月初八日,儿孙辈自金陵应试。八月廿三日,归。九月十五日,揭晓,是早报罢。酉时,曾侄孙承枚生。十月十四日酉时,第二十一孙登谷生。十一月初六日,荫侄奉旨,著在军机大臣上行走。十五日,外曾孙汪家骧生,鸿祚出。

光绪九年癸未(1883) 六十六岁。二月初二日,院试出案,怀谷孙提覆入吴县学第十一名,学政为黄漱兰少司马体芳。初四日,接京信,知三兄于正月廿二日丑时去世。初七日,至画禅寺设位,成服。接正月廿四日邸抄,三兄奉特旨:追赠三品卿衔,并赏银二千两,经理丧事等因,钦此。四月初五日,为宝谷孙完婚,妇为陈福卿部郎之长女也。初十日,新进入泮。廿九日,荫、年两侄扶三兄灵柩至苏。五月初一日,入城,停画禅寺。初四日,开吊。荫侄眷属赁居金太史场。十一月十五日,三兄安葬。廿四日巳时,外曾孙汪家翔生,鸿祚出。颐儿署理绍兴府同知,旋补是缺。

光绪十年甲申(1884) 六十七岁。二月十二日,均儿赴江阴考试。越七日,归。十九日辰时,孙女绘青生。廿三日,报到均儿考授恩贡。四月十六日巳时,曾孙承典生。六月初三日,赴上海。七月初三日,归家,知蕃谷孙于初一日未时卒。初七日戌时,明谷孙卒。八月初六日寅时,曾孙女承雍生。十月二十一日,为勋谷孙完婚,妇为汪氏外孙女也。十一月初二日,儿孙辈预祝七旬双寿。是夕亥时,怀谷孙卒。十二月三十日戌时,曾孙女承穆生。

光绪十一年乙酉(1885) 六十八岁。二月二十二日未初,孙女善仪卒。二十八日,外曾孙汪家醴生,开福出。三月初七日,颐儿妇同孙辈自绍郡来。四月十四日,三兄除座,神主进留余家祠。十五日,神位进庄祠。二十四日,荫侄挈眷启身入都,谦儿送至沪。越五日,归。二十七日,为能谷孙完婚,妇为戴宝卿司马之女也。五月十二日,颐儿妇同廉、登两孙回绍郡。七月初七日,均儿率修、元两孙,汪开禧外孙赴金陵应试。八月,荫侄充顺天乡试正考官。二十日,均儿辈自金陵回。二十四日寅正三刻,孙女润珠生。十一月初八日寅时,曾孙承躬生。十九日,衍谷孙至延陵就亲,妇为语樵亲家之孙女也。二十九日,荫侄奉旨,补授工部尚书。十二月十八日,衍谷孙、孙妇双回门。

府君自订年谱一卷,始于嘉庆二十三年戊寅一岁,至光绪十一年乙酉十二月止。府君年六十有八,精神步履,康健胜人,乃以十一月初间骤患外疡,医药罔灵,吁祷无效,竟于十二月二十八日寅刻弃不孝等而长逝矣。呜呼,痛哉!泣念是册皆府君亲笔纪载,谨先校录刊行,用垂家乘。呜呼!手泽犹新,音容已渺。痛攀号之莫及,负罪戾以滋深。省览遗编，椎心怆目。终天之恨，尚忍言哉！不孝祖谦、祖均、祖畴、祖颐泣血谨识。

赐进士出身诰授光禄大夫钦差大臣太子太傅文华殿大学士兵部尚书兼都察院右都御史直隶总督一等肃毅伯加骑都尉世职世愚侄李鸿章顿首拜填讳。

人名字号索引

按:本索引按音序排列,依照日记中出现的人物姓名、字、号或其他称谓尽力考定,列出人物出现的年、月、日(以公元纪年为标准)。人物姓名确定者以姓名参与排列,后面括注在日记中出现的字、号或其他称谓(若有),姓名不明者则径以字、号或其他称谓排列。

A

阿昌阿 1880.7.21
阿九 1860.4.26
阿勒清阿 1850.10.22;1851.2.15
阿灵阿 1851.2.1
阿彦达(阿朗山、朗山)1836.11.4,11.10;1840.12.11;1841.4.11,9.2,12.24;1844.3.27,5.22,8.6,8.21;1845.5.24,9.3,10.10;1851.10.3
蔼如 1844.3.29,4.16,5.17,5.28,11.25;1845.5.16,5.23
蔼云 1878.3.27
爱皕川 1859.1.19
爱新觉罗・绵愉(惠亲王、惠王)1851.7.22;1879.6.10
爱新觉罗・奕誴(惇王)1880.3.20,9.22,9.29,10.9
爱新觉罗・奕䜣(恭王)1880.10.9
爱新觉罗・奕细(细贝勒)1878.12.18
爱新觉罗・载澂(澂贝勒)1878.5.21;1880.12.2
爱新觉罗・载沣(醇王)1880.9.22,10.9
安甫 1878.9.3,10.31;1879.4.8,12.26
安兴阿 1879.7.27
安芝卿 1847.3.23
敖星煌 1851.3.14

B

巴克唐汉 1844.11.12
白太老师 1840.10.18
白小山 1835.1.1,1.24
白英 1841.7.28;1859.2.21,3.16
白幼迂 1834.10.3

柏君 1851.10.16,10.18
柏葰 1841.6.19;1851.2.15,9.1
百林 1840.2.4,2.5,2.6,2.8,2.10,2.11,2.13,2.15,2.28,2.20,3.24,4.29,5.1,5.3
班生 1879.6.11
半岩 1847.5.2
宝侪 1858.9.16
葆初 1879.3.20
保初 1879.5.30
宝甫 1844.8.7
宝鋆 1860.1.28
保清 1850.4.17
宝森 1880.5.13
宝兴(宝、宝中堂)1847.9.21;1848.12.3
宝卓 1848.5.17
贝锦帆(锦帆)1851.6.24,10.18
贝柳孙(柳孙)1858.6.27,7.11
贝润森(润森)1848.9.6,9.22;1851.6.24
贝荫泰 1879.5.16
莑生 1847.11.7;1848.10.9,11.2,11.4
笔珊 1841.8.29
皕春 1851.2.11,3.19,9.12,9.15
毕道远 1845.10.16
皕生 1844.5.4;1858.7.20,8.4
皕仙 1849.12.15,12.18;1850.1.1;1851.2.6,9.13,9.21
边浴礼(袖石)1844.8.6;1848.7.8;1850.9.19;1851.8.4;1860.8.10
卞宝第(卞颂臣)1851.1.23
卞光河 1835.1.3,8.23
斌良(斌笠耕、笠耕)1840.4.22;1844.3.27,5.26;1845.4.7,6.30,7.29,8.15;1847.3.5,3.11,3.13,7.13,12.16;1848.1.23,9.14
宾渔 1845.6.5
斌越 1848.2.16
炳纲 1850.6.10
炳堂 1847.8.13
博迪苏(博露庵、露庵)1834.10.6;1836.3.13,11.8,12.7;1840.5.7,8.6,11.1;1841.5.22
伯平 1840.9.16;1859.7.8
伯韶 1879.8.27
伯陶 1845.4.28
伯雄 1847.3.19;1848.9.5;1851.3.13
伯瑜 1841.4.8,4.9
伯渊 1881.5.27
步观察 1841.4.17
步际桐(步香林、步香南、香南)1836.3.14;1841.4.18;1847.3.10,6.22;1848.2.18,6.16
步香岑 1841.5.6
布子交(布大令)1847.3.28;1848.1.29,2.1

C

采卿 1840.8.30,10.16

蔡殿斋 1841.3.5
蔡赓飏 1851.5.31
蔡桂之 1859.8.1
蔡鸿逵(蔡佛田、佛田)1836.12.12,12.18,12.20,12.27;1840.12.29;1841.1.1
蔡锦泉(蔡春帆、春帆)1835.8.30,9.5,10.20,10.25;1836.1.14;1841.7.27,7.30,8.24,9.6,12.21;1845.5.10;1847.4.3;1847.6.1
蔡梅庵 1847.11.3;1848.2.21
蔡念兹 1850.3.29
蔡秋宾(秋宾)1834.2.13;1840.5.1
蔡石松(蔡友石)1835.8.1,9.5
蔡云史 1835.9.11
蔡振武 1840.4.7,5.31
蔡徵藩 1849.9.22
仓景恬(仓少坪)1844.4.23,7.26;1847.6.5
曹鼎泉 1834.5.24
曹鸿勋 1879.7.11
曹炯 1847.6.12
曹老九 1834.12.26;1835.3.15
曹楙坚(曹艮甫、艮甫)1834.2.14,3.2,3.29;1835.8.22,8.24,8.27,11.4,11.7;1836.1.14,1.17,2.2,3.1,4.5,7.15,8.25,11.15;1837.1.20;1841.5.1,8.1;1848.11.4;1849.10.9;1850.3.24,4.17,8.29,10.6,11.12;1851.1.18,6.9,8.10,11.30
曹履泰(曹曙珊、曙珊)1835.7.11,9.17,9.19;1836.4.8,4.13,6.26,11.4;1849.5.13
曹炜 1879.8.25
曹文昭 1844.11.4,11.6
曹兴仁 1848.7.31
曹颖生 1847.2.22
曹玉水(玉水)1834.8.30,11.20
曹毓瑛(曹琢如、琢如)1840.3.16,12.12;1851.2.26;1858.3.24,4.1,8.27;1859.7.17,8.7;1860.6.8
曹月溪 1840.6.16
曹振镛(曹太傅、曹相国、曹中堂、曹文正)1834.6.19,11.14;1835.2.7;1835.3.7;1836.4.1
曹子固 1835.6.15,6.27
曹宗瀚(曹岚樵、岚樵)1841.7.30;1842.1.1;1844.3.1,6.26;1845.4.4;1848.6.13,7.8,8.5,8.24,8.28;1849.12.2,12.23;1850.4.20,8.19,9.24,10.3,11.15;1851.2.27,3.14,6.10,12.29;1858.3.18,4.20,4.26,4.28,5.11,5.29,6.16,6.27,7.14,7.16,8.3,8.25,9.20,9.28,9.29,10.3,10.14,10.22,10.28,11.3,11.11,11.17,11.24,11.27,11.29,12.6,12.8,12.28,12.29,12.31;1859.1.4,1.8,1.9,1.11,1.20,2.1,3.2,3.4,3.31,4.5,4.13,4.19,4.30,5.4,5.5,5.6,5.17,5.22,5.26,5.27,5.28,5.31,6.7,6.21,6.23,6.24,6.30,7.20,8.4,8.5,8.18,9.6,9.9,9.16,9.20,9.

22,9.23,9.28,9.29,10.9,10.25,10.26,11.6,11.14,12.2,12.6,12.7,12.12,12.28,12.30;1860.1.2,1.18,1.19,1.20,1.30,1.31,2.15,3.3,3.28,4.3,4.4,4.18,4.19,4.27,5.3,5.10,5.16,5.23,5.25,5.27,6.1,6.13,6.23,7.2,7.14,7.23,8.5,8.18,9.2,9.8,9.11,9.17,10.29,11.3,11.19,11.21,11.28,11.30,12.2,12.3,12.10,12.11,12.12,12.19,12.26,12.28;1861.1.9,1.28,2.3,2.10,2.27,2.28,3.8,3.14,3.17,3.21,3.23,3.26,3.29,4.1,4.10,4.30,5.3,5.9,5.11,5.18,5.21,5.27,5.30,6.1,6.8,6.11,6.16,6.17,6.24,6.27,7.3,7.12,7.15,7.23,7.28,8.7,8.11,8.18,8.22,8.28,9.2,9.6,9.9,9.12,9.13,9.14,9.15,9.18,9.22,9.24,9.29,10.5,10.10,10.19,10.24,10.27,10.28,11.1,11.2,11.4,11.7,11.9,11.17,11.23,11.26,11.28,12.2,12.4,12.7,12.9,12.15,12.18,12.19,12.24,12.30;1862.1.3,1.8,1.11,1.13,1.14,1.15,1.20,1.21,1.26,1.27
察杭阿 1860.3.13
昌门 1844.12.13
常怀义 1847.10.21
长林 1849.4.2
常南陔(南陔)1834.7.7,11.26;1835.6.15
长寿 1834.6.5
长叙 1879.11.18;1880.3.30
巢笙 1840.8.11
车克慎(车意园)1834.8.23
车顺轨 1849.7.11,9.17
陈宝琛 1879.7.11
陈宝禾(陈子嘉)1835.10.24;1844.8.5
陈宝珊(宝珊)1858.8.14,11.8
陈本(陈源亭、源亭)1847.4.3;1848.5.10,5.22,11.3,11.6
陈谞川(谞川)1847.2.20,3.2,10.14;1848.4.7
陈谞夫 1849.12.15
陈彬华(小松)1840.2.4,2.6,2.7,2.28,3.6,3.8,3.9,3.17,9.18,9.19;1844.12.10,12.21,1.5;1858.2.20,3.2,3.14,4.6,4.8;1859.6.5,9.20,12.5;1879.6.20
陈丙绶(秋谷)1840.2.27,4.8,4.14,5.23,7.20,7.24,8.22,12.26;1841.3.21,6.20,6.22,7.7,7.15,8.17,9.5;1844.7.19,8.22;1845.5.22,6.28,7.10,7.22,8.4,8.20;1847.2.18,3.25,4.17,12.22,12.23;1848.2.8,4.12,6.16,6.19,11.1,12.9,12.15;1849.10.27;1851.1.30;1858.5.31,6.4,6.5,6.8,6.15,6.23,7.23,8.3,8.11,8.12,8.18,8.19,8.27,8.31,9.5,9.11,9.22,9.23,9.26,9.30;1859.12.27;1878.4.27;1879.6.4
陈秉彝 1847.8.14;1859.11.21

陈春林(春林)1834.7.16;1835.4.25,4.30,6.12,7.4
陈春缘(春缘)1847.9.12;1848.6.4,11.26
陈岱霖 1840.7.10
陈岱龄(岱龄)1840.4.7;1880.7.18,9.5
陈德生(陈亮畴)1858.9.20
陈东华 1847.10.26
陈方坦(陈小浦)1847.5.15
陈玢 1835.5.10,5.15
陈孚恩(陈子鹤)1849.8.23
陈福兹(福兹)1840.3.10,10.28,11.22;1841.1.10,8.16,8.18;1858.3.22,5.8,5.14,5.19,5.30,6.17,8.3,10.3,10.17,10.31,11.3,11.11,11.18,11.21,11.23,11.25,11.27,12.4,12.26,12.28;1859.1.9,1.26,2.1,2.5,2.6,3.2,3.8,3.11,3.27,4.5,4.19,4.30,5.6,5.7,5.12,5.28,5.31,6.7,6.14,6.21,6.23,6.24,7.2,7.17,7.29,7.30,8.15,8.21,8.22,8.25,9.6,9.16,9.20,9.22,9.23,11.25,12.2,12.7,12.18;1860.1.2,1.5,1.8,1.18,1.30,2.15,2.28,3.28,4.3,5.4,5.7,5.10,6.4,6.17,6.21,7.2,7.21,8.7,8.18,8.23
陈庚焕(陈茂垣)1847.3.29,4.3
陈官俊(陈伟堂、伟堂、陈伟堂师、伟堂师、陈中堂、陈)1834.7.31;1835.11.13;1836.1.22,11.5;1840.3.15,5.21,5.23;1841.6.11,6.24;1842.1.1;1844.4.2,4.23,6.7;1845.5.27;1847.3.17,6.4,6.24,7.3,7.25,8.19,8.30,9.21,11.23;1848.1.12,3.8,3.31,5.12,9.3,12.3;1849.1.14,5.14,6.14,8.7,8.19
陈鸿寿(曼生)1861.6.14,6.21,7.29,8.10,8.24,9.15;1862.1.17;1879.5.18,7.17;1880.5.15,6.7,6.13,9.24,10.22,11.24,11.30;1881.1.7,2.6,3.7,5.28,9.7,9.30
陈洪猷 1841.2.25
陈介祁 1841.2.25
陈介秋 1845.10.16
陈景淳 1836.12.27
陈景亮(弼夫)1840.11.8,11.17;1841.2.15,3.22,4.10,5.5,8.28;1844.8.31
陈景崧 1835.3.12,4.28
陈敬堂(敬堂)1841.12.4;1842.1.1;1845.10.6;1847.12.23;1848.1.12,2.18;1850.9.1;1858.4.18,4.26
陈敬简 1841.2.5
陈九叔 1847.9.28
陈均甫(均甫)1841.2.28,8.25
陈克家(梁叔)1859.9.22;1860.1.16
陈克让 1835.9.27;1836.4.21
陈宽 1844.10.16
陈堃 1840.8.31
陈兰彬(丽秋)1878.3.16,3.24
陈銮(陈芝楣、芝楣)1834.4.7;1836.

2.13;1837.1.6;1847.5.15
陈枚 1844.9.17;1848.1.29
陈茗圃 1851.6.25
陈启迈(竹伯)1841.2.25;1845.10.16;1847.8.13,11.2;1848.2.21,5.12,6.21;1850.4.18
陈启沅(芷馨)1859.3.26
陈庆涵 1847.4.18
陈庆松 1845.10.16;1849.6.25,9.17
陈庆镛(颂南)1840.4.26,5.23,6.15,8.28,9.24,10.2,10.6,10.19,10.22;1841.1.3,2.15,2.20,3.16,3.26,6.3,7.31,9.3;1845.5.26;1850.6.12,12.9;1851.1.8,2.23,6.15,7.13,11.13
陈秋霞(秋霞)1841.7.21,8.2,8.13;1848.5.23
陈荣邦 1860.2.26
陈润生 1836.7.13
陈闰生(闰生)1834.2.20;1835.3.18,3.24,5.10;1844.5.19;1847.5.23;1848.3.10;1849.10.11,10.14,11.14;1851.1.11,2.2,3.11,3.20,4.6,4.7,4.20,4.22,4.29,4.30,5.8,5.17,5.29,6.12,6.21,7.7
陈升 1848.10.1
陈寿祺(珊士)1859.6.27,9.1;1861.1.2,2.8,5.16,5.26,6.14,8.17,8.26,9.14,9.25,10.28,11.3,11.18,11.29;1862.1.17,1.20
陈书曾 1835.9.27;1836.4.21
陈嵩庆(陈荔峰)1835.1.1,2.17,11.13
陈泰来(陈茹香、茹香)1840.4.18,4.19,5.29
陈坛 1841.3.28
陈廷吉 1849.4.5
陈文田 1860.2.26
陈文灼 1835.4.23
陈熺 1844.12.8
陈熙曾 1840.4.7,5.31
陈宪曾(陈铁桥、铁桥)1835.11.11;1840.4.7,11.22
陈小坪 1834.11.29;1836.1.16,7.13
陈小坡 1848.2.16;1849.3.16
陈雪香 1841.3.25
陈耀庚 1837.1.15
陈用光(陈石士、石士)1835.6.15;1848.1.31
陈酉峰(酉峰)1847.3.2,9.28,11.7;1848.8.28,9.7,10.20;1849.6.16,9.22;1850.3.21,8.19,10.2,10.11,11.13,11.24;1851.1.6,3.26,3.30,4.6,4.20,4.30,5.2,5.8,5.17,5.29,6.7,8.5,9.30,10.4,10.5,10.25,11.2,11.21,12.1,12.4,12.9,12.28;1852.1.12,1.13,1.28,2.3,2.6;1858.7.18,8.19,12.8
陈源兖 1844.4.23
陈月坨(月坨)1835.2.8,3.26,5.10;1836.4.9
陈云庄 1844.10.2

陈正北 1835.12.17
陈芝泉(芝泉)1858.4.6,9.4
陈芝生 1841.6.11
陈致堂(致堂)1847.8.24;1860.2.25
陈钟芳 1847.4.3
陈仲鸾 1849.9.20
陈子怀(子怀)1845.10.15;1858.9.20,10.27;1860.2.10
陈子惠 1859.8.1
陈宗畴 1835.2.7
陈樽(陈苇汀)1834.4.10
程德麟 1835.12.9
程恩泽(程春海、春海)1834.12.12;1835.6.25,9.17,10.20,11.28,12.13;1836.5.27;1837.1.31
程凤笙(凤笙)1834.2.12,11.25;1835.1.26,2.16
程凤生 1835.6.22
程楙采(程憩堂、程憩棠)1835.3.11,3.16;1840.3.27
成格(成果亭)1849.4.14
程恭寿(程容伯、容伯)1840.6.12,7.24,8.18,8.28;1841.5.17;1849.4.5,9.15;1850.4.8,5.20,6.3,9.9,10.24;1851.6.8,6.30,7.19,8.12,9.1,9.18,9.20,10.13,11.7,12.18,12.31;1852.1.9;1858.2.20,2.25,3.6,3.16,4.26,5.2,5.13,5.18,5.29,6.11,6.29,7.10,9.1,9.16,9.26,10.4,10.27,11.1,11.5,11.15,12.4,12.8,12.10,12.17,12.31;1859.1.9,1.16,2.7,3.16,3.19,4.22,5.3,5.24,6.7,8.2,8.5,9.29,10.13,10.22,11.23,11.26;1860.1.1,1.16,1.23,2.20,4.5,5.12,6.19,7.7,7.10,7.31,8.23,8.28,11.25,12.21;1861.1.7,2.9,2.19,3.24,5.24,6.9,6.30,7.1,7.26,9.13,9.25,10.3,10.19,10.31,11.26,12.13,12.28;1862.1.14
程观察 1840.11.10
承继斋 1858.7.5
成林 1878.5.21
承龄(承子久)1851.4.5
成琦 1860.1.28
程铨 1835.11.4;1836.2.25;1837.1.12,1.13
程蓉伯 1836.11.26
成蓉镜(芙卿)1840.10.19
程蓉塘(蓉塘)1847.10.27;1850.9.4,9.6
程容堂 1847.12.31
程申甫 1858.3.29
成松斋 1841.1.1
程庭桂(程楞香、楞香)1836.12.20;1840.8.31;1841.3.1,12.3;1847.5.5;1848.4.24;1849.5.23,9.17;1850.9.6,9.24;1851.7.28;1858.4.1,5.13,9.1;1860.8.24
程泽藩 1841.2.25
程曾煌(研君)1840.2.20,3.20,3.28,4.11,4.20,5.19,6.16,6.29,7.15,8.16,8.18,8.19,10.13,10.24,

11.17,12.12;1841.1.4,1.10,3.11,3.17,3.24,5.5;1845.5.19;1849.1.12;1851.3.17
成章 1880.8.20
程璋(瑶笙)1844.4.5,5.12,5.26,11.19;1847.4.4,4.27;1850.2.1;1851.11.8,11.15;1858.10.29;1859.12.27
成之 1859.9.18
承志 1841.1.12;1844.5.3;1849.8.15;1858.6.17
程祖诰(程覃叔、覃叔)1841.12.12;1844.3.8,9.12,9.14;1845.10.10;1847.3.2,6.24;1848.5.5,5.6,8.6,9.26,10.9,10.11,11.16,11.24,12.27;1849.8.5,8.11,9.10,10.17,12.15;1850.3.21,8.14,12.19;1851.5.16;1859.5.13;1861.3.13;1879.6.6,10.19;1881.4.8
崇东 1849.4.5
崇芳 1850.8.14,8.15
崇光(崇二、崇老二)1848.8.17;1850.4.7,6.24;1852.1.14
崇鹤卿(鹤卿)1841.12.31;1844.1.1,7.1,9.19;1845.10.12;1847.7.14,11.11;1848.5.6,6.30;1849.7.26
崇老七 1850.5.29
崇老三 1849.11.29
崇礼 1881.9.23
崇纶 1847.2.28;1848.1.28,2.16
崇梅 1881.3.9
崇实(崇朴山、朴山)1849.8.25,9.5;1850.5.7,9.9;1859.4.6,10.26
崇小农(小农)1850.9.23,10.2;1851.1.24,1.31,2.7,3.12,3.26
崇勋 1878.11.19;1879.6.14
楚元 1844.3.26
春舫 1847.4.7,6.19,7.16,8.12,10.8,11.30,12.8;1848.1.12,2.16,4.27,5.3,5.26
春甫 1851.8.12,10.3,12.7
春黼 1859.1.13
春湖 1859.9.18,9.25,10.17,11.17;1860.2.10,3.8
春华 1849.12.3;1850.1.1;1851.5.18,8.20,8.22,9.27;1852.1.8
春岚 1840.10.17;1841.2.22;1847.11.21,12.2
春坡 1840.10.19
春浦 1859.4.15
春山 1834.2.13,4.8
春熙(春介轩、春老师、介轩)1835.2.8,3.26;1836.3.27,4.13;1841.3.28;1842.1.10;1849.10.5;1851.7.15
春佑 1859.2.7;1860.3.13
春元 1845.8.25
春园 1845.7.21,7.26,10.29;1849.7.21
纯伯 1840.7.28,8.16
次旅 1861.8.9
次山 1847.8.23,8.25,8.30,9.3,9.6;1848.8.26,8.27
崔侗(崔葛民、葛民)1850.5.13;

1878.3.24
翠竹 1849.7.18

D

达庆 1847.2.28
达泉 1836.6.13,6.21,6.26,7.17,7.26,7.27,7.28,7.30,7.31,8.10
大新官 1851.10.29
大新侄 1845.7.23;1851.8.29,11.5
大竹 1834.6.22,6.27;1835.7.27,8.25;1837.1.10;1840.4.29,7.25,12.17;1841.7.14,8.5
戴嘉德 1836.7.26
戴笠人 1834.8.29
带铭 1840.3.13;1841.3.14
戴熙(醇士)1834.5.19,5.26,5.28,6.4,6.5,6.20,6.21,7.1,7.24,8.10,8.13,9.5,9.18,10.2,10.3,10.11,10.17,10.30,12.15,12.28;1835.2.6,2.7,3.15,3.22,3.25,5.9;1840.3.30,3.31;1841.7.5;1845.3.29,6.12;1847.3.26,7.6,10.31,11.24;1848.4.14,7.2,7.5,10.6,12.28;1849.4.6,10.1
丹来 1848.7.8,7.14,11.22
丹林 1860.5.18
淡春台(淡星亭)1834.7.26
但明伦(但观察、但云湖)1836.7.18;1841.7.8
德龄 1845.3.22
德门 1860.1.20
德全 1859.2.7;1860.1.28
德山 1845.3.22
德通 1844.6.10;1845.10.2
德兴 1851.8.4
德余 1834.6.1;1847.5.24
德舆 1834.6.29,7.8;1836.7.22;1840.2.25
德源 1847.9.16
登之 1834.4.7,10.1,10.2,10.4;1836.8.23;1848.8.25,8.28,9.20
邓尔颐(邓子期、子期)1834.6.24,10.3;1840.2.28,3.29,5.20,6.6,6.27,7.5,7.12;1845.6.2;1848.3.14
邓庆麟(庆麟)1879.7.27;1881.9.23
邓廷桢(邓嶰筠)1834.8.30
邓瀛(邓介槎)1836.3.14
涤川 1851.3.14
涤梅 1840.10.14;1841.2.23,7.30
笛生 1850.10.3;1851.3.8,6.10,6.18,7.5
狄听(狄广轩)1834.11.20;1835.7.3,7.11;1836.3.14
蝶仙 1849.5.15,6.25;1850.9.12
丁浩(丁松亭、松亭)1834.4.7,4.8;1841.12.29;1844.11.23;1847.3.2;1848.4.7,7.31,12.10;1850.10.11;1851.9.8
丁嘉葆 1841.8.23
丁善庆 1835.9.27
丁守存 1849.7.1

丁寿昌(丁颐伯)1858.3.17
丁松庭(松庭)1841.12.13;1844.2.28,3.28,5.4,6.3,8.11,8.20,9.4,11.16,11.17,11.20,12.8,12.13,12.29;1845.2.2,5.8,5.27,7.24,8.15,9.28,10.7,10.9,10.30;1847.3.1,3.4,7.5,7.30;1848.1.7,2.8,8.2,12.29;1849.1.25,1.26,3.14,6.14,6.15,8.5,8.16,9.10,10.13,11.20,11.22;1850.1.18,2.13,2.16,9.3,10.15;1851.1.3,1.12,2.2,3.31,4.20,4.30,5.15,5.18,8.24,9.12,12.28;1859.4.7,6.5,6.27,7.13,7.21,7.22,8.11,8.13,9.28,12.24;1860.2.3
丁彦俦 1844.4.23
丁垣 1847.4.3
顶孙 1849.9.3
定庵 1835.8.4
定儿 1835.8.7
定王 1847.3.17,6.24,6.25,6.26,7.7,7.8,7.19,7.20,7.31,8.1,8.21,8.24,8.25,9.5,9.6,9.13,9.14,9.25,10.2,10.11,10.12,10.24,11.4,11.17,12.10,12.11;1848.1.4,2.14,2.29,3.5,3.8,3.10,3.31,4.11,5.8,5.17,10.28;1849.11.15,11.30,12.8;1850.4.7;1851.2.15
东川 1834.8.17,8.24,8.28,10.4
东河 1859.2.27
东泉 1851.6.30
东山 1847.5.3
东原 1834.6.20,11.17;1835.2.15,3.17,3.27,5.3,6.25,7.26,12.12;1840.5.8,5.12
董广麟 1878.3.4
董国华(琴南)1836.1.18,1.19,1.24,1.26,2.1,2.2;1844.12.2,12.5,12.7,12.31;1845.1.9
董麟 1858.10.12
董明谷 1849.9.22
董琴 1860.1.17,2.14
董兴 1881.11.1
董恂 1881.11.27
董用威 1836.10.22
董酝卿(酝卿)1851.1.23;1859.1.21;1860.2.25
斗南 1841.11.30,12.17;1844.3.7,4.9,6.14,9.11;1845.4.3;1847.4.6,10.16,10.26;1847.12.29;1848.1.10,1.12,6.28,8.27;1849.3.3,3.4;1850.10.21,12.29;1882.1.22
窦三 1849.2.19
窦舍人 1847.10.31
杜翻 1840.4.7,10.14;1849.9.8
杜翰(继园、季园)1847.3.10;1858.6.30
杜老师 1847.4.2;1848.9.23;1849.8.23;1850.11.25;1851.6.20,12.28;1858.11.1,11.17
杜塄(杜石樵丈)1835.3.21;1847.3.24
杜世兄 1847.3.23;1848.2.18

杜受田(芝农师、杜中堂、杜、杜堂)1841.3.28;1844.9.17;1849.10.18;1850.7.15,11.2;1851.2.15,3.4,9.1,10.4,10.19,12.30;1852.1.1,1.16,1.20,1.21,1.27
杜四丈 1850.6.28
杜太老师 1852.1.14
杜庭璞 1880.6.13
杜晓征 1880.10.20
杜煦(杜尺庄、尺庄)1835.4.27,5.18,5.29,7.15,8.27;1836.3.28,4.3
杜学礼 1851.8.4
杜彦士(彦士)1841.3.28;1878.2.19
杜筠巢(筠巢)1841.8.3;1847.3.10;1849.3.13;1850.9.14;1851.1.4;1858.4.18,4.26,10.15;1859.9.3
端昶 1880.10.31
端六 1881.7.7
端木百禄(端木叔总)1851.4.25
端木国瑚(鹤田)1835.3.11;1836.3.10,11.7;1859.5.18
段大章 1851.3.15
段芳山(芳山)1851.6.10,12.28
段晴川 1847.12.1
段锡林 1851.1.27
段振轩(振轩)1841.12.4,12.24;1844.3.12;1845.6.10,6.13,10.4,10.21;1847.12.19;1848.8.29,9.3,11.16,11.24;1849.2.20,6.3,11.25;1850.3.25,4.7,5.23,9.25;1851.3.7,6.2,6.16,7.15,7.28,7.30;1852.1.25,1.31;1858.3.19,4.2,6.22;1859.1.21,6.2;1861.5.29;1878.7.1;1881.5.25
敦甫师 1841.4.7;1852.1.13
朵三 1840.10.18;1845.9.6

E

额尔庆额(蔼堂)1840.4.18,10.16,10.28,11.17;1841.1.4,3.21;1845.7.17;1847.8.3;1848.7.5,10.10,11.30;1849.10.29;1850.2.25,7.31,11.11,11.24;1851.4.17;1852.1.10
恩承 1879.12.8
恩麟 1881.4.8,6.26
恩龄 1859.2.7;1860.1.28
恩铭 1835.11.13
恩培 1850.4.17
恩实斋 1840.10.20
恩文甫 1849.4.5;1858.9.24
恩小山 1836.11.5
恩兴 1841.3.23
二山 1840.7.22

F

法良(法可庵)1847.5.14;1851.1.30;1858.4.27
樊师仲 1844.11.4
樊肇新 1836.10.4
范翰香 1840.3.22
范老 1881.4.7,4.8,4.10

范堋 1880.12.12;1881.10.4
范小云 1849.8.18;1858.10.11
范钻(范白舫)1834.10.20,10.21
方宝庆 1840.8.31
方东卿(东卿)1840.3.31;1847.4.26,11.21;1849.8.10
方鉴湖(鉴湖)1858.7.26;1859.8.11;1860.8.1
方浚颐(方子贞、饮若、子箴)1841.12.7,12.26;1844.3.2,3.8,5.19,5.26,6.3,8.23,8.29;1845.10.6;1847.3.18,4.5;1848.5.5,8.26,9.3,9.23,12.21;1849.2.18,6.9,6.20,7.6;1858.2.28,8.16;1859.12.30
方锴 1835.3.29,6.13,9.27;1836.4.21
方骎 1859.7.30
方木君 1834.8.15;1841.6.27
方稑堂 1848.5.16
方清颐 1845.10.16
方朔(方小东、小东)1845.8.30;1847.6.3,11.16;1848.1.10,1.11,7.29,9.1;1849.6.14,6.14,6.15;1859.1.6,10.19,10.20,11.27;1860.1.18
方涛 1841.6.5
方铁君(铁君)1835.9.5,10.31;1836.1.19,2.12,2.13;1840.10.4,10.25
方用仪(方仲鸿、仲鸿)1834.11.30;1836.4.21;1840.12.21;1841.1.20,4.18,4.19
方仲容 1834.8.28
斐园 1834.2.21,4.7
费庚吉(费耕庭)1834.10.5;1836.10.30;1837.1.19;1840.3.24,3.27,5.29,5.30,11.5,12.9
费耕亭(耕亭先生)1836.7.21;1837.1.30
费升之 1844.11.4
费世兄 1848.4.12;1851.3.6
费廷鳌 1879.7.1
费杏村 1836.1.25,12.13
费学曾(费幼亭)1848.4.13,4.23;1859.2.18,2.19
费荫樟 1850.4.17
风临 1848.5.17
丰升 1878.11.17
峰孙 1841.12.2;1847.12.20;1848.5.6;1849.9.26;1850.7.15,7.17,8.20;1851.3.11,3.30
冯德馨 1840.8.31
冯桂芬(冯景亭、景亭、林一)1842.1.9;1844.6.27,7.10;1849.6.2;1851.1.16;1858.7.11,12.15;1859.3.12,3.13,3.18,4.14,4.27,5.19,6.12,9.15,10.5;1860.2.19
冯晋堂 1841.5.6
冯敬庭(敬庭)1835.3.29;1840.5.20;1845.10.10;1849.4.15,5.19,6.13,9.9;1850.4.3,5.4,5.12,9.2;1851.1.15
冯竣光(竹儒)1834.3.26,3.28

冯培元(冯小亭)1849.9.15,9.19;1850.3.29;1851.7.10
冯启纂(晋鱼、晋渔)1834.5.27,5.28,8.8,10.8,10.27,12.18,12.22;1835.7.24,7.29,8.11,10.28;1836.4.25,5.2;1840.6.17,6.19;1841.5.7
冯谦(书农)1841.7.28;1848.6.4
冯瑞 1841.2.25
冯树勋(冯小芸、小芸)1841.8.12,8.19;1847.4.11,5.19,5.24;1850.3.30
冯嵩生(听涛)1840.10.4
冯小云 1847.4.18,5.8;1848.8.29
冯誉骥(展云)1851.12.6;1859.12.2,12.5;1879.8.9;1881.1.21;1882.2.15
冯沄 1844.10.4
冯筠潭 1840.3.31
冯志沂(鲁川)1860.2.12
凤冈 1835.8.11,9.13,11.22;1836.1.19,3.6,4.24,6.24,6.26,7.4,7.5,7.9,7.12,7.14,7.16,7.19,7.25,7.29,8.3,8.7,8.16,8.19,8.20,8.23,10.10,10.18,11.1,11.10,12.1,12.21;1837.1.19,1.28,2.4
凤竹堂 1845.10.7
芾村 1840.3.18,4.19,6.5,6.19,7.20;1841.6.2;1858.3.24,5.10,5.13,5.19,6.12,6.27,7.23,8.2,8.7;1859.1.17,1.24,2.13,4.28,10.4,12.27;1860.1.10,1.21,4.2,5.4,5.21,6.27,8.11,8.13,8.22,12.9;1861.5.8,5.15,8.10;1862.1.2;1878.6.6;1880.9.3,9.28
福惠 1848.2.16
福济(福元修、元修)1835.7.9,11.19;1837.1.3;1840.3.27,5.24,12.12;1841.3.24;1844.3.11;1849.1.14,9.8
茀君 1878.2.12,3.7;1879.6.9;1880.4.4,5.3,7.22,10.26,10.28;1881.3.25
芾君 1880.5.11
福君 1841.3.13
福楙 1844.11.7
福门 1836.5.2
福善 1847.2.28;1848.2.16
黻庭 1849.2.22
凫香 1834.8.14
芙芗 1840.4.20
福云 1850.9.24
符珍 1881.11.26
福之 1844.3.24,5.31
服籽 1859.9.28,10.16,10.25,10.26,10.30,11.1,11.14
赋梅 1835.2.18,2.19,2.20,2.21,3.12,3.23,4.22,5.11;1836.3.24,6.26;1837.1.25,1.26;1840.3.27;1844.4.7,12.30
富尼雅杭阿(富容斋、容斋)1841.12.1,12.13,12.18;1842.1.2,1.7;1844.2.24,2.28,3.7,3.15,3.21,3.30,4.7,4.17,5.6,5.17,5.31,6.1,6.13,6.

23,7. 2,7. 10,7. 15,7. 16,7. 25,8. 5,8. 13,8. 28,9. 1,9. 19,9. 26,10. 6;1845. 3. 28,4. 11,4. 28,4. 29,5. 19,5. 22,6. 9,6. 13,7. 1,7. 3,7. 10,7. 16,7. 27,7. 30,8. 5,8. 13,8. 27,9. 12,9. 13,9. 25,10. 1,10. 6,10. 7,10. 15,10. 18;1847. 2. 20,2. 23,3. 7,3. 10,3. 31,4. 10,4. 22,4. 26,4. 30,5. 2,5. 3,5. 12,5. 15,5. 20,6. 2,6. 11,6. 14,6. 21,7. 9,7. 24,8. 6,8. 15,9. 1,9. 8,9. 22,9. 28,10. 5,10. 18,10. 26,10. 27,10. 31,11. 1;1848. 1. 8,1. 9,2. 18,7. 6;1849. 3. 2,5. 31,9. 1;1850. 1. 11,1. 14,1. 17,2. 14;1858. 2. 19
富孙 1834. 2. 13

G

甘守先 1844. 8. 5
甘熙(甘石安、石安)1848. 10. 4;1850. 11. 18
幹臣 1860. 11. 15
高本仁(高鉴山)1841. 7. 6;1848. 6. 21;1851. 4. 8,4. 28,10. 19
高赐礼 1840. 10. 6,10. 10
高芾堂 1834. 3. 29
高馥堂(馥堂)1834. 2. 13,3. 2,3. 5,4. 7,4. 8,4. 13;1844. 11. 17,11. 24;1845. 3. 31,9. 28;1851. 6. 27
高桂 1860. 3. 18
高朗岑(朗岑)1840. 10. 16,11. 19,12. 4;1841. 1. 10
高人鉴(螺舟)1834. 6. 20,7. 19,8. 25,12. 1;1835. 3. 12,5. 15,9. 13,12. 7;1836. 1. 2,7. 18,9. 6;1840. 3. 24,6. 11,12. 30;1841. 4. 18
高巳生 1840. 3. 31
高小帆(小帆)1840. 3. 17;1841. 8. 22,9. 5;1878. 2. 7,12. 10,12. 11
高延绶(高小岑、小岑)1840. 10. 19,12. 10;1841. 7. 30,9. 10;1845. 5. 19;1848. 2. 21
高云坡 1851. 3. 7
格绷额 1847. 10. 21
葛景莱 1849. 8. 10
葛太爷 1844. 11. 25
葛翁 1834. 2. 23;1836. 7. 14,10. 30,12. 1,12. 21;1837. 2. 4;1840. 4. 26
葛质斋(质斋)1858. 8. 29;1861. 12. 19
赓皛 1849. 5. 28,6. 9,6. 24,8. 26,9. 3,10. 24,11. 20
羹梅 1845. 9. 11;1849. 2. 7;1851. 3. 31,4. 20,10. 20,11. 21,11. 22,11. 26
耕石 1861. 12. 14
赓堂 1844. 11. 16
棍公 1881. 6. 26
龚宝莲 1851. 7. 10
功甫 1840. 3. 20,3. 27,11. 8;1841. 5. 5
龚维琳(龚春溪、春溪)1834. 5. 26,7. 1,7. 28,8. 22,8. 25,9. 23;1835. 2. 12,6. 19,6. 22,11. 9,11. 12

龚木民（木民）1834.4.7,4.8,4.9;1835.1.19,1.20;1836.10.29,11.11
龚聘英 1859.11.25
功普 1840.10.28
龚庆祥（龚衍山）1834.6.11,7.25
龚守正 1840.4.7,10.12;1841.6.19
龚文龄 1851.12.6
龚养和（养和）1848.11.5;1849.2.18;1850.11.3;18513.2,3.22,3.31,4.20,9.15
龚芝亭 1851.1.12
龚自闳（龚叔雨）1848.2.18;1849.7.11
贡璜 1851.7.20
谷人 1845.6.28;1847.6.1,9.18
谷笙 1847.12.12;1848.4.9,10.10,11.28;1849.6.23
谷香 1835.5.10;1845.7.3
固陈 1840.6.11
顾椿（蔼庭、顾蔼庭）1835.2.17;1837.1.30;1848.9.19
顾莼（顾南雅）1835.2.15
顾份（少瑛）1845.6.30;1849.5.14;1850.2.25
顾复初 1849.8.29
顾赓庵（赓庵）1834.12.10,12.11;1835.6.21,7.15,9.17,12.20;1837.1.17,1.19;1844.2.29,3.8,3.13,11.29
顾耕安（耕安）1836.5.28;1844.3.15,3.18
顾国藩 1859.9.28;1860.2.12
顾洪度 1834.9.24
顾吉人 1847.12.28
顾嘉蘅（顾湘坡）1841.6.8;1844.9.17;1848.4.21;1851.7.2
顾朗瀛 1835.4.1
顾泉 1850.10.4
顾韶（螺峰）1834.6.10
顾升 1836.11.24;1844.9.4
顾顺之 1859.3.18
顾樢园 1845.6.12
顾条曾 1835.3.27
顾薇卿（薇卿）1845.7.25,8.1
顾魏双 1841.5.3
顾文彬（顾子山、顾子珊）1845.10.8;1848.8.27,9.9;1851.7.23
顾先生 1859.10.31
顾小雅（小雅）1835.1.16,1.26
顾暄 1835.5.2
顾语铸 1851.8.1
顾沅（顾湘舟、湘舟）1834.4.2;1845.1.21
顾元恺（顾杏楼、杏楼）1834.5.17,5.22,5.27,6.2,6.8,6.20,8.1,8.7,8.8,8.10,8.11,11.16,11.17,11.25,12.10,12.19,12.19;1835.2.15,2.18,2.20,3.12,3.15,4.9,8.12,9.10,9.11;1836.4.2,4.5,10.25;1837.1.2;1840.4.27,8.17,9.24;1847.8.7,12.5,12.6;1848.6.8
顾云芝（云芝）1858.8.4,8.20,8.26,

9.1,9.6,9.26,11.7,11.8,11.10;1859.10.2
顾肇熙(缉庭)1878.2.5,3.8;1880.5.29
顾肇新(康民)1878.2.5,2.13,3.15,6.5,11.18;1879.4.4,6.25,12.30;1880.6.13;1881.2.4,7.19,10.12,12.11,12.30;1882.2.12
顾子筠 1858.10.31
管红生 1851.6.10
管椒轩 1849.6.9
管寿铭(礼恭、寿铭)1881.2.4,4.28,5.3,8.1,12.8
管贻萼 1851.1.27
冠千 1859.9.7,9.27
冠沂 1835.10.10;1836.1.8,7.7
广庵 1879.5.16,5.18,5.30,6.14,7.3,7.4,7.10;1882.2.15
广安 1879.5.27;1881.2.1
广寒 1879.6.25
广林 1859.2.7;1860.1.28,4.7
广寿 1878.5.21,8.8;1879.7.27
广廷 1880.9.22
桂昂 1880.5.13,9.29
桂巢 1840.4.10,4.13,4.17,4.21,4.29,5.1,8.27;1841.5.3,5.4,7.4
桂旃 1840.4.6
桂舲 1834.3.5;1836.9.8,10.7;1840.6.6,6.22,7.16;1841.5.27,7.8
桂庐 1840.3.28,3.29
桂门 1849.7.27
桂樵 1851.3.30,4.20;1859.2.21
桂全 1880.6.27;1881.1.4
桂笙陔(笙陔)1834.6.1,6.10;1835.10.8;1836.2.11,8.27;1860.9.8,9.10
桂太守 1844.11.14
贵文 1847.2.28
桂文灿(皓庭、昊庭)1880.3.23,5.1
桂翁 1834.3.7
桂香岩 1834.9.9;1835.9.20
桂星垣(星垣)1841.6.8;1845.3.26
桂杏农(杏农)1835.1.11,1.12;1836.2.24,10.11;1845.10.26;1860.8.23
桂燕山(燕山)1841.2.2,5.3;1848.8.1,8.5,8.7,9.14;1850.11.28;1860.2.25,6.21
桂云生 1849.4.5
贵筼西 1841.3.23
郭观亭 1836.3.1
郭观庭 1851.4.23
郭桂林(桂林)1835.1.13,6.26,,10.26;1836.7.30,9.9;1840.9.19,10.4,10.16;1841.2.15,5.2,5.23,6.15,6.16,6.24,6.28,7.28,9.5
郭骥远 1849.9.22
郭廉访 1844.12.8;1845.10.27
郭梅卿 1849.11.14
郭藕舲 1858.7.29
郭沛霖 1844.4.23;1849.9.22
郭世亨 1836.10.8

郭嵩焘(筠仙)1859.1.24
郭文汇(郭韵泉、韵泉)1840.2.8,2.9
郭仪霄(羽可)1834.11.9
郭与可(与可)1834.8.22,8.24,10.26,11.6,11.25,11.26,12.15,12.24;1835.1.27,2.26,3.2,3.24,4.27,5.15,5.17,5.26,6.9,6.13,6.14,7.2,7.3,7.7,8.28,8.30,9.10,9.23,10.31,11.7,11.23,11.30,12.19,12.23;1836.1.6,2.4,2.7,3.9,3.19,5.2,6.3,6.22,6.24,7.16,8.3,8.11,8.17,9.6,9.14,9.27,10.6,10.10,12.29
郭雨三(雨三)1840.10.15;1841.2.1,9.13;1849.10.29,11.29;1851.3.29
果敬事 1844.9.17

H

哈当阿 1847.10.21
海槎 1861.1.6,1.8,1.23
海查 1861.2.5,2.14,2.24,3.4,3.6,3.7
海帆 1834.5.31
海舲 1851.3.20,4.30
海绿 1861.6.21,6.24,8.11,8.19,8.31,12.21,12.22;1862.1.1,1.14,1.15
海门 1841.12.26;1848.4.22,6.25,8.8;1851.3.14,9.4
海琴 1845.9.15;1847.11.13,11.15;1848.1.13,1.16,4.9,6.26,10.4,10.20,10.25,12.6,12.11;1849.1.12,2.16,9.22;1850.7.25,7.28,8.30;1851.7.28
韩凤章 1835.5.26,5.29
韩锦云 1848.2.21
韩仁山 1847.3.2;1848.10.23;1849.4.16,5.4,5.22,8.18,11.2,11.14,12.2,12.6;1850.5.18,6.7,7.9,8.27,10.1,10.20,11.5;1851.4.5,5.28,11.21
韩荣光(韩珠船、珠船)1834.6.1,6.20;1835.3.9,3.11,7.31,8.1,10.22;1836.2.1
韩三桥(三桥年丈)1834.6.19,11.6
韩文和 1847.4.3
韩禧 1841.3.28
涵香 1834.4.18
韩小舲(小舲)1834.10.3;1835.10.10,10.17;1840.8.22;1851.10.13
韩小庭 1847.9.26;1848.3.30
韩小亭 1848.7.22
韩荫 1878.6.6
韩子贞 1834.7.21;1835.1.18,3.27,4.14
旱槎 1841.12.16
翰芬 1836.1.7,1.9,11.30,12.3;1837.1.30;1844.4.4;1847.3.17,4.12,5.5,11.16;1849.2.18,5.4,11.19,11.22;1850.12.5
翰楼 1834.2.11,4.7

翰坪 1836.9.20
翰屏 1836.9.24,10.15;1841.6.18,6.29
翰香 1834.3.4,3.31,4.8,4.13,4.19,4.20,5.21,5.23,5.25,5.30,6.11,6.18,7.13,9.6,9.9,10.22,11.12,11.14,12.31;1835.1.28,1.31,2.1,2.14,2.16,4.24,7.16,8.24,9.23,10.18,11.16,12.17;1836.1.16,2.7,3.1,3.21,9.16;1841.2.16;1844.12.29;1845.1.26,6.25;1847.4.12;1848.5.27
皓亭 1879.3.27;
何○○1851.6.10
何槎客 1836.4.25
和淳 1841.3.28
何大经(何左卿)1840.11.4
何冠英(冠英、何杰夫、杰夫)1836.6.7;1840.7.10;1841.1.16,4.23;1847.7.6,7.16,8.24,9.28,10.9;1848.10.7;1858.7.3,7.6,7.9,7.29,8.8,8.23,8.27,10.15,12.7;1859.1.16,1.20,4.10,4.21,7.3,10.23,10.24,12.9;1860.1.18,4.3,4.8,5.24,6.2,6.28,7.22,8.27
何桂芬 1850.4.17
何桂清(根云、桂清)1840.2.16,5.22,11.24;1841.12.26;1844.3.16,4.23,6.27;1845.1.16,2.5,3.29;1850.5.17,9.25;1861.8.21,8.22,11.1;1878.4.11,9.28;1880.5.20
何寒江 1847.10.21
何俊(何亦民、亦民)1840.3.16;1841.2.23,2.27;1858.5.7,5.13,6.25,6.29,11.1
何俊英 1840.12.1
何老五 1849.12.6
何莲仙 1841.5.13
何凌汉(何仙槎、仙槎)1834.6.11,9.30,10.6;1835.6.13,9.6,11.13;1836.3.17,11.5
何茂垣 1835.11.5
何青士 1858.3.17
何秋涛(何愿船、愿船)1858.3.5,3.9,9.2,12.15;1859.5.26
何绍基(何子贞、子贞)1844.6.16;1848.1.29,3.6;1849.7.1;1850.1.22,3.3
何绍瑾 1848.7.31
何绍京(何子愚、子愚)1851.3.9;1858.3.9,7.20;1860.1.5
何绍业(何子毅)1834.10.3
何慎修 1841.2.25;1847.4.3
何栻(廉昉、莲舫)1841.2.25;1845.10.16;1848.12.11;1861.3.25
何廷谦(棣珊)1859.8.7,8.15;1861.9.21;1862.1.8
何彤云 1850.3.29;1851.6.21
何新甫 1858.2.23
何雨人 1835.9.5;1840.7.11;1849.11.6;1851.12.26
何裕(何伯冰)1849.4.1

何裕承(何小笠、小笠)1847.3.6;1848.12.1;1849.9.15;1850.5.26,7.18,9.8;1851.8.18
何元恺 1851.8.14
何兆瀛(青耜)1840.3.10
何忠骏(何伯凝)1858.2.22
何子永(子永)1841.7.6;1847.9.28,12.12;1848.4.7;1851.3.2,3.4,3.20,4.30,9.13,9.18,11.22
贺长龄(贺藕耕)1835.8.1
鹤峰 1842.1.4;1844.4.7,8.19;1847.4.2
鹤盟 1859.3.7
鹤樵 1859.9.25;1878.2.5,2.28,3.20;1879.6.1,6.25;1880.5.5,6.20,11.16;1881.6.26;1882.1.22
鹤生 1834.4.7;1836.3.14,3.19,3.23,3.28,3.31,4.1
鹤笙 1836.3.8,3.11;1847.10.6
鹤树 1860.3.18
鹤松 1845.5.18
鹤亭 1847.3.10;1850.5.7,6.24
鹤溪 1840.3.11,6.10,8.15,9.25,10.19,11.29;1841.3.7,5.30,6.8,8.12,8.24;1844.3.14,7.18;1845.3.27,5.6;1847.3.10,4.3;1848.2.18;1849.3.1,3.17;1850.5.21
赫轩贺 1840.8.31
恒山 1849.9.21;1859.9.3,10.26,11.8
恒通 1847.2.28
蘅洲 1840.4.25,5.23,8.30,9.29,10.19
蘅舟 1840.10.22
衡洲 1840.12.8
洪 1851.1.11
洪观 1848.5.17
洪钧 1879.8.25
洪裔云 1851.1.27
洪乐吾(乐吾)1845.7.27;1847.3.2,3.31;1848.12.13,12.18;1849.3.16,4.5,5.2,8.5,8.19,9.10,11.18;1850.2.21,6.9,6.17,9.8,10.11,10.12,10.15,11.3,11.13,11.14,12.17;1851.1.18,1.20,2.26,3.19,5.7
洪畸孙(洪子龄)1834.8.11
洪述祖(荫芝、荫之)1844.4.5;1847.8.12;1848.1.9,8.18;1880.4.26,5.11,8.8,9.13,9.21,9.22
垕山 1835.8.6
呼延枨 1849.7.31
呼延桭 1851.5.31
胡传(铁花)1852.2.18
胡春圃 1844.12.20
胡德璜 1836.3.4
胡桂芬 1860.12.21
胡家玉(胡小蘧、小蘧)1848.7.31;1880.11.28
胡骏声(芑香)1844.3.27,4.16,7.7,11.21,11.22,11.23,11.24,11.29,12.8,12.13,12.27;1845.1.16,1.31,10.7,10.9

胡林翼 1840.4.7,7.20
胡清绶(胡若卿、若卿)1834.2.12,4.7;1835.2.9,2.12,2.16,3.12,4.10,4.22,4.24,5.2,5.8,5.17,6.14,7.10,9.15,11.7,12.7;1836.2.7,3.3,3.11,7.17,8.29,11.24,11.28;1840.3.28,4.18,4.27,5.3,5.13;1844.11.19;1849.3.13
胡秋湖 1849.6.14,6.15
胡瑞澜 1849.8.25,9.17
胡润芝(润芝)1836.6.24,8.1,9.22,10.1,10.8,11.10;1837.1.15;1840.2.27,3.29,6.22,7.20,12.9;1841.1.10,3.23,4.11,4.15,6.8,7.15
胡升 1835.1.8;1844.11.12
胡实甫 1841.8.31;1844.7.11
胡水云 1840.12.4
胡天培 1835.3.4,3.20;1836.4.27
胡铁山(铁山)1836.2.7,3.3,3.5,7.17;1840.11.5;1841.3.20,3.24,5.11,5.24,7.12,8.7,8.22,8.25;1844.6.4,11.23;1848.9.24
胡希白 1849.11.19;1851.1.10
胡小白 1834.3.2,3.29
胡兴仁(胡恕堂)1858.7.18
胡应泰 1844.8.21
胡芸台(芸台)1879.5.24;1880.11.26,11.30,12.13
胡正仁(胡心莲、心莲)1835.8.24,21.17;1836.3.6,3.8,3.13,3.16;1840.3.11,4.11,8.1,8.8,8.25,8.31,10.13,10.26,11.14;1841.2.15;1844.2.27,6.16;1845.6.30
护舫 1847.4.11
护航 1847.5.25;1849.3.13,11.29;1859.5.18,6.8,6.11,6.17,8.26,9.19,11.17,12.25,12.27;1860.4.24,9.16
花傅勋 1844.11.4
花客 1834.10.22;1835.5.22
花沙纳(花松岑、松岑)1836.12.7;1840.6.2;1844.3.11;1845.10.3;1849.4.6,9.14;1850.4.17;1851.12.20;1858.4.12,8.24
花小云 1850.9.24
花隐 1845.7.12;1847.2.17
花咏春 1835.2.11,2.28
华伯 1859.9.16;1860.2.3
华金寿 1879.7.11
华绮园 1835.2.10;1836.3.30
华日新 1849.7.7
槐庐 1880.11.16
槐卿 1840.8.15;1841.1.1
欢伯 1880.11.21
黄彬 1860.3.18
黄炳堃(笛楼)1878.3.24
黄崇忠(锦潭)1861.12.29
黄绰 1844.4.23
黄琮(黄矩卿)1847.5.3
黄恩彤 1840.6.11
黄凤楼(黄五云、五云)1835.8.23;1836.3.1,3.6;1840.5.21,7.7;1845.

7.30;1861.6.22,7.6,7.26
黄桂馥 1841.9.2
黄经 1847.4.22;1859.7.10
黄爵滋 1841.6.19
黄乐之(爱庐、黄爱庐)1840.2.22,4.6;1841.1.17;1847.4.22;1848.2.4
黄礼元(莪庵)1834.2.11,3.6,3.31,4.3,4.8,12.19;1844.11.22
黄立诚(庚垣、黄庚垣郎中)1834.4.14;1841.1.12,9.12
黄联桂(小蟾)1851.7.17,9.22,10.3,12.1,12.7,12.9,12.10;1852.1.13,1.15,2.3,2.8
黄鲁溪(黄杏川、杏川)1835.7.27;1836.3.6,3.12,10.22,10.24;1840.6.18;1841.2.6,2.8
黄培芳(香石)1835.11.22
黄蒨园(蒨园)1858.8.23,10.7
黄爽(黄又园、又园、右原)1835.1.20,1.25,8.5;1836.3.27;1841.4.23;1844.4.18
黄廷珍 1835.9.27
黄桐勋 1841.2.25
黄统(伯垂)1861.10.20,10.23
黄献之(献之)1834.5.26,5.28;1835.10.28;1845.4.24
黄小园(小园)1847.3.10;1848.12.4
黄新甫 1840.5.23
黄杏村 1858.5.3
黄艳之(艳之)1834.7.21,8.27,9.23,11.25,11.26,11.28,11.29,12.3;1835.5.29,6.11,9.3,10.6,10.8,11.14;1836.12.22,12.27
黄彝年 1879.7.1
黄右爰 1835.2.15
黄右园(右园)1835.4.26;1836.6.22,9.29,10.3,10.7;1840.5.26;1841.3.22,4.22,5.15,6.1;1842.1.6,1.7;1844.7.28,8.20,11.10,12.19
黄玉阶(蓉石)1836.8.7
黄钺(黄左田)1836.9.20
黄赞汤(黄莘农、莘农、黄徵三、徵三)1835.11.14;1836.3.6,7.3,10.20;1840.3.22,3.23,3.26,4.11,4.15,4.16,6.12,6.26,7.2,9.11,9.15,9.27,10.18,12.10;1841.5.17;1847.4.5,5.6,8.23;1848.5.10,7.5;1849.7.1,9.17;1858.3.28,4.3,5.1,5.27,7.10,7.16,8.9,8.14,9.10,9.26,10.11,10.23,11.3,11.18,11.21,11.22,11.25,12.4,12.8,12.9,12.10,12.14,12.17,12.24,12.31;1859.1.4,1.9,1.10,1.26,1.28,2.1,2.6,2.23,3.2,3.7,3.8,3.15,3.23,3.26,3.27,4.5,4.13,4.18,4.19,4.21,4.28,5.2,5.7,5.9,5.14,6.17,6.20,9.13,11.26;1860.1.18,2.15;1861.2.6
黄增 1835.3.28,3.29
黄钊(香铁)1835.10.24
黄兆麟(绂卿)1848.2.27;1880.5.11
黄知州 1834.5.1
黄直元 1879.6.20

黄钟音 1844.4.23
黄倬（黄恕皆、恕皆）1844.9.17；1849.8.10，12.9；1858.12.23；1859.7.7，7.8
黄子幹 1847.5.18；1850.8.14
慧成（慧）1840.6.11；1841.2.12，7.20；1845.10.16；1847.4.3，6.12，9.14；1848.3.11，9.8
蕙卿 1859.12.3
慧生 1849.5.28，6.9，6.24，6.26，7.28，8.26，9.3，10.4，10.19，10.22，10.24，11.10，11.16，11.20，11.23，11.27；1859.3.7，4.18，4.23，5.14；1878.2.5，2.13，2.17，3.8
慧世兄 1844.3.11
红生 1840.3.24，9.17，10.19；1841.2.26，5.4，5.11，5.18，8.22；1842.1.7；1844.3.7，4.9，6.29，9.11；1845.4.28，5.2，6.23，7.3，8.7，8.12，9.22；1848.4.9，4.10；1849.3.28；1851.3.11
红雪 1850.8.23，10.6；1851.6.2
侯国璋 1836.10.21
侯圻（侯大令）1835.2.10，2.28
侯叶塘 1835.2.11
侯云登（侯梯月）1858.12.29
厚存 1845.3.27
厚林 1845.4.23
厚卿 1844.5.20，5.21，6.4，6.7，7.12，7.15，8.11，8.17，8.31，11.16，11.17，12.4，12.6；1845.5.27
厚山 1844.6.21，6.22
惠年（菱舫）1881.10.26

J

缉甫 1845.8.27；1847.5.22；1878.11.29；1879.4.9，7.14，8.31
积民 1844.7.7；1845.3.27，8.25
吉春 1850.1.17
吉福 1848.1.29
吉甫 1835.10.16；1841.1.9；1848.4.28
吉明 1844.4.23
吉人 1834.5.19，5.28，7.8，8.3，8.20，10.1，10.27，10.31，12.14，12.28；1835.1.15，1.24，1.26，2.12，2.16，3.8，4.3，5.23，6.25，7.17，7.20，7.24，10.15，11.10，11.27，12.27；1836.1.14，1.21，3.9，3.22，3.27，4.27，7.15，8.20，9.26，10.7，11.15，12.24；1840.6.19，12.8；1841.5.1；1847.12.29，12.30；1848.1.18，1.19，1.26，3.17，3.18，3.20，3.21，3.24，3.26，3.28，5.26，9.6，12.13，12.15；1849.5.3，5.5，6.15，6.16，6.17，6.28，6.29，6.30，7.1；1850.1.15，1.27，1.28，1.29，1.30，1.31，2.1，2.2，2.3，2.5，7.3，7.4，7.5，7.6，7.7，7.8，12.2，12.3；1851.6.13，6.15，7.23，8.2；1860.3.3
吉寿 1847.2.28；1848.2.16
吉太老师 1840.11.11，12.17

吉仙 1859.4.27;1860.1.31,4.26
吉祥(吉老师、吉履庵)1840.8.31,10.6,10.22,11.3;1841.4.24,8.19,12.20;1844.3.4,5.10,7.14,8.14;1845.4.28;1848.1.23;1851.4.18,4.21,5.10,5.11
吉斋 1835.2.15;1836.10.9;1840.9.20
济南太守 1845.3.20
季海 1840.5.12,6.1,6.27
季衡 1860.1.19
季虎 1848.1.20,5.11,5.16
季君 1836.3.6
季兰 1849.11.4
季眉 1840.8.5
济堂 1849.3.17
继庭 1849.2.9
季梧 1880.4.3,4.12,5.12,5.14,5.21,5.22
季锡畴(范卿)1880.6.28,7.1,8.3,8.18,8.22,10.3,10.10,10.26,12.2;1881.1.23,1.26,1.31,2.22,4.1,4.14,5.16,5.29,6.21,9.23,11.21;1882.2.9
季相 1878.6.7,7.3
季修 1879.8.27
季玉 1848.2.15,9.23;1849.12.3;1850.2.13,2.22
计振礽 1849.9.22
季芝昌(季仙九、仙九)1834.9.5,11.24;1840.2.22;1841.12.15;1847.8.14,12.25;1848.1.21,11.12,11.20;1849.10.29,11.8,11.15;1850.1.21,9.11,11.1;1851.4.2,6.20,7.8
贾琮 1840.8.31
贾克慎(贾亮才)1841.6.5
贾六世兄 1850.9.14
贾石生 1851.6.10
贾世叔 1845.7.27
贾世陶 1844.9.13
贾孙世兄 1879.7.10
贾太师 1841.1.3,12.23;1848.1.16
贾芸生(芸生)1836.11.26;1879.6.25
贾桢(贾老师、贾筠堂师、筠堂师)1835.5.28,9.27;1836.4.24,9.24;1837.2.4;1840.8.31,10.17,11.9,11.13;1841.1.18,2.21,2.25,5.10,7.5;1844.3.18;1845.3.29,4.12;1847.10.29,11.17;1849.8.23,11.4;1850.4.17,9.26,10.26;1859.2.26;1860.2.13,2.24,3.4
稼航 1860.11.30
拣泉 1841.8.3
建侯 1840.6.14,6.15,12.30
见卿 1880.12.18
溎山 1881.7.2
见庭 1841.2.27,12.19;1844.3.24
姜宫孺 1844.5.21,5.22
江国霖 1844.8.5
江季安 1835.7.1;1836.2.11,7.25
江龙门 1835.6.14,10.22,10.23

姜人镜 1849.11.13
江容舫 1859.11.12;1861.6.26
姜熙樽 1841.1.7
姜芝庭(芝庭)1851.3.2,4.20,5.7
蒋方正 1840.8.31
蒋继珠 1851.3.1
蒋铬经(研贻)1859.2.11,2.16,2.18,3.20,4.9
蒋琦淳(蒋申甫)1844.4.23,9.17;1845.5.18,5.20
蒋少霞 1834.7.28
蒋生 1860.1.22
蒋绳曾(墨汀)1834.2.11,2.16;1840.2.9,8.24,10.10,10.19;1844.11.16;1845.9.22;1847.3.4;1848.6.6,8.7;1849.2.9,9.23,10.24;1850.8.24,8.29,9.29,10.28,12.7;1851.2.10
蒋斯崇 1848.1.22
蒋松生(松生)1858.7.2,7.20,8.4,8.13,9.22,12.29;1859.1.24,3.12,3.15,6.21,6.23;1860.2.7,6.2,6.3;1878.7.14;1879.8.27
蒋太老师 1849.7.27;1850.7.8
蒋锡宝 1844.4.15
蒋霞远(蒋濂生)1851.10.2
蒋祥墀(蒋丹林丈)1834.6.17;1835.11.3
蒋小美 1840.3.22
蒋小榭 1836.3.28
蒋元溥(蒋誉侯、誉侯)1834.9.2;1835.6.12,10.8;1836.3.13,4.1,11.4;1840.5.18,8.31;1841.1.28,2.15,3.20;1844.9.4;1845.7.21;1848.11.13;1850.4.17
蒋章卿 1835.12.12
蒋兆骆 1836.8.26
蒋志厚 1849.9.22
蒋子祥 1858.8.13
焦东岩 1836.8.7;1840.3.28;1841.1.1
焦桂桥(桂桥)1849.2.7,6.16;1851.4.15;1858.11.14
焦笠泉(笠泉)1835.11.14;1836.3.6
椒圃 1845.6.28
蕉石 1879.5.28,5.31
焦佑瀛 1841.2.25
解元 1841.4.10
介明 1840.10.20
介如 1848.8.8,9.18
介生 1862.1.22
金蔼如 1836.4.2,7.1,7.25,8.13,8.23,8.28,8.31,9.2,9.4,9.7,9.12,9.13,9.17,9.22,9.24,9.27,9.29,10.1,10.4,10.5,10.6,10.7,10.9,10.10,10.11,10.13,10.14,10.16,10.17,10.18;1840.5.10,5.18,11.21,12.3;1847.4.16,5.18,5.23
金伯 1879.6.25
金殿山 1836.11.16
金国均(可亭、小珊)1840.4.7,8.31,11.10;1844.9.16;1845.5.17,5.23,

5.25,6.4,8.28,9.2,9.6,9.10,9.16,9.21,9.22,9.24;1847.5.6;1851.7.20,11.6;1880.10.13
金鹤清 1850.4.17
金梅生 1858.5.17
金桥 1835.11.10,11.11;1836.4.8,4.23,6.29,7.21,7.25,7.31,8.13,8.23,10.10,10.11,10.18,10.23,10.25,11.1,11.10;1837.1.1
金少伯 1851.4.8,4.28
金寿康(金丙燮)1847.3.31
金文榜(静如)1881.3.7
金心畬 1841.5.1;1847.11.28;1850.6.7
金亚伯 1834.9.5
金叶客人 1841.7.17
金圆如 1847.3.2
金肇海 1848.2.21
金肇洛 1850.4.17
靳光祖 1840.4.29
晋阶 1835.6.21
晋康(安舟、少谷)1840.8.21;1841.8.12;1844.9.5,9.25;1845.2.1,2.6;1847.5.1,12.23;1849.1.3,3.17,11.14;1850.4.11,5.23,8.10,12.26;1851.9.2,11.25
覲唐 1859.7.25,8.14,8.21,8.30,9.24,9.26,10.7,10.20,11.3,11.16,11.18,11.23,11.24,11.29,12.11,12.15;1860.7.26;1861.10.7
晋勋 1849.3.11,6.5
晋斋 1834.7.26
经摩 1840.10.15
荆山 1840.11.26;1845.10.10,10.16;1848.10.31;1850.4.16
京士 1879.12.23;1880.4.9,5.6,8.21
景廉(秋坪)1836.4.18;1859.2.7
景祁 1860.2.14
景山 1850.7.4
景善 1879.7.11
景心桥 1844.10.11
景庄母舅 1834.2.9,2.20,4.6
敬叔 1845.3.26,3.31,5.5
敬琴舫 1845.5.19
镜侯 1841.12.10;1847.9.27;1849.1.4;1851.5.10
镜湖 1860.9.7
镜清 1849.3.4;1850.7.16,11.21
镜泉 1848.8.28,12.11;1849.3.25,4.17,5.15,10.11,11.21;1850.7.26,8.5,8.7,9.8。10.19,10.23,10.26,11.3,11.11,12.11;1851.1.6
镜仁 1860.4.24
敬如 1881.2.7,5.22
静叔 1834.4.13
静亭 1860.4.22;1861.5.11
敬斋 1848.9.24;1858.8.28;1860.7.4
敬之 1880.8.28,8.30
九缘 1880.3.22
菊坪 1834.4.13

菊如 1845.1.3,2.6
菊生 1878.3.20,3.31,5.15,12.4;1879.5.23;1880.7.26,8.27,11.19;1881.8.3
菊庄 1850.8.10
莽臣 1860.5.21
矩庭 1841.2.15,6.4,6.17,9.1;1844.3.5;1850.4.6
钜卿 1840.8.17
君标 1878.12.23
君明叔 1835.9.5
君山 1849.5.28,5.29,6.9,6.25,10.4,10.18,10.22,11.16,11.20
君珊 1849.11.27
均生 1840.12.18;1841.5.11

K

柯亭 1845.2.6
可庵 1847.3.13,5.17;1848.10.30;1849.9.11;1851.8.17,9.13,9.14;1858.5.10;1859.3.20,3.27,12.5
克王 1860.1.28
克斋 1841.12.20;1842.1.4;1844.3.8,3.29,7.1;1845.9.27;1848.8.4,11.2;1850.9.9,9.15;1860.12.15
孔 1851.1.11
孔醇甫(醇甫)1849.4.5;1851.6.25
孔广钟 1880.7.7
孔继勋(孔炽庭、炽庭)1835.4.22,8.30,9.5,12.17;1836.1.21,4.27,6.28
孔老三 1851.1.6
孔倩华(倩华)1848.5.22,5.23;1851.3.20;1852.2.7
孔生 1881.5.12
孔宪恭(孔蒨华、蒨华)1847.4.3,7.8,7.16,12.12;1848.12.12;1850.1.14;1851.1.12,3.22,4.30,9.11,9.13,11.22,12.7;1852.1.21
孔宪谷(玉双)1859.12.2;1861.8.10
孔宪彝(孔绣山、绣山)1840.4.30;1845.5.1,8.15;1848.11.6,12.6;1849.6.23,9.6;1850.4.28,8.28,10.3;1851.1.21,3.2,3.20,3.22,4.30,5.16,6.8,8.15;1858.3.5,10.30;1859.1.21,11.26,12.2;1861.5.16
孔醉棠(醉棠)1879.4.5,4.8,4.13,10.1,12.30;1880.2.15,3.21,7.26,8.3,8.10
宽略 1860.3.13
匡源(匡鹤泉、鹤泉)1840.3.3,5.16,6.11,8.24,10.8,10.10;1841.7.24,7.30;1844.4.15,8.21;1845.4.3,5.19;1848.1.29;1849.8.23
况澄 1835.3.26
况澍 1835.3.26
奎福 1850.4.17
奎润 1880.3.20,6.17
奎照(玉庭)1834.4.8;1844.12.10
昆冈 1878.8.8

L

赖子猷(赖雪舟)1851.4.8,4.28,10.

19
兰池 1878.9.19,10.20,11.6,11.7
兰畦 1850.11.24
兰樵 1844.8.19,6.14
兰生 1878.5.13;1880.6.13;1881.6.2
兰史 1844.7.12;1850.1.7,1.12,1.21,6.6,9.12,10.2,10.14,12.29,12.30;1881.10.4,10.5
兰庭 1841.12.7;1844.5.21,6.2
兰厓 1841.12.8
兰言 1849.5.21,6.17,6.21,6.27,7.6,7.11,7.18,7.26,7.30,8.5,8.7,8.10,8.16,8.22,8.27,8.30,9.6,9.16,9.21,9.25,10.9,10.11,10.12,10.14,10.18,10.25,10.27,11.2,11.3,11.9,11.14,11.18,11.20,11.22,11.26,12.3,12.10,12.12,12.15,12.27;1850.1.1,1.7,1.14,1.21,1.23,2.13,2.18,2.21,2.22,2.23,3.6,4.13,4.21,5.7,5.14,5.17,5.22,6.6,6.7,6.8,6.13,6.16,6.17,6.19,6.25,8.30,9.2,9.7,9.10,9.21,9.23,9.27,10.1,10.4,10.6,10.14,10.15,10.16,10.20,10.30,11.2,11.5,11.7,11.11,11.15,11.22,11.27,11.29,12.15,12.19,12.21,12.24,12.25,12.29;1851.1.3,1.4,1.6,1.9,1.12,1.14,1.18,1.20,1.23,1.27,1.31,2.3,2.5,2.7,2.9,2.10,2.11,2.12,2.14,2.16,2.18,2.20,2.21,2.23,2.25,2.27,3.5,3.8,3.10,3.14,3.16,3.18,3.20,3.22,3.24,3.26,3.30,3.31,4.5,4.6,4.7,4.11,4.12,4.17,4.19,4.22,4.22,4.24,4.27,4.29,4.30,5.4,5.6,5.7,5.8,5.11,5.14,5.16,5.17,5.18,5.20,5.22,5.24,5.27,5.29,5.30,6.1,6.6,6.10,6.11,6.12,6.13,6.15,6.16,6.19,6.20,6.21,6.23,6.25,6.26,6.28,6.30,7.2,7.3,7.4,7.7,7.10,7.11,7.15,7.17,7.18,7.21,7.22,7.26,7.27,7.29,8.1,8.4,8.5,8.6,8.9,8.11,8.13,8.15,8.18,8.20,8.22,8.23,8.27,8.31,9.1,9.3,9.4,9.5,9.6,9.11,9.12,9.13,9.15,9.21,9.22,9.24,9.26,9.27,9.28,9.29,9.30,10.2,10.3,10.4,10.5,10.6,10.7,10.10,10.13,10.14,10.15,10.17,10.19,10.20,10.22,10.26,10.28,10.31,11.2,11.3,11.5,11.6,11.8,11.10,11.14,11.16,11.17,11.20,11.21,11.22,11.24,11.25,11.26,11.28,12.1,12.2,12.4,12.5,12.6,12.7,12.9,12.10,12.12,12.13,12.15,12.17,12.19,12.20,12.22,12.23,12.24,12.26,12.29,12.30;1852.1.1,1.3,1.4,1.6,1.8,1.9,1.10,1.11,1.14,1.15,1.16,1.18,1.20,1.22,1.24,1.26,1.29,1.31,2.1,2.3,2.5,2.6,2.7,2.9,2.11
兰岩 1859.7.17,8.7;1861.1.14,

9.17
兰洲 1848.11.3
兰庄 1840.8.26;1849.6.13
朗甫 1834.4.6,4.8;1844.12.12
朗瑛 1847.11.14
朗英 1848.2.28
朗源 1834.2.15,4.9,9.2
劳崇光(辛阶)1840.7.10,11.18;1841.2.16,3.27;1844.11.19;1847.3.22,8.29
老范 1881.4.15
老祥 1880.4.13
勒方锜(少仲)1879.9.26
雷成朴(雷震初、震初)1848.1.30;1849.6.11;1851.6.18
雷丰(松存)1845.10.9
雷维翰 1844.9.17
雷以诚 1849.9.17
雷竹泉(竹泉)1834.11.26;1835.2.5,10.10,10.22,10.24,12.1,12.7;1836.1.19,3.26,5.2,6.10,7.16,10.29,11.2,11.25,12.3;1840.6.27,11.17,11.28;1841.8.30
黎光曙 1840.4.7,8.31
黎樾桥 1836.3.13
黎兆棠(黎兰仲、兰仲)1859.8.1,8.3
李蔼如 1840.4.14,5.16;1849.2.10;1851.1.8
李宝之(宝之)1834.8.21,9.26,10.22,10.27;1835.1.9,1.26,1.28,2.1,2.4,2.16,3.12,4.10,5.2,5.13,5.14,8.12;1836.3.31,4.1,4.10,4.19;1841.3.14,3.26,5.21,6.16,6.26;1844.3.14,9.27;1845.4.24,5.16;1847.3.13,4.26,6.29;1848.5.27;1849.5.26,6.14,9.23,10.24;1850.4.17,5.23,10.12,10.17,12.20
李辰垣(李紫亭、紫亭)1845.6.14;1847.10.13,10.19;1848.8.13
李承霖(李雨人)1840.5.27,7.4;1847.10.6;1848.1.29,2.21;1851.8.15
李慈铭(莼伯、莼客、纯客)1859.9.20,10.27,11.6,11.12;1860.8.27;1861.1.2,1.24,1.27,2.5,2.8,2.11,2.19,3.4,4.10,4.14,5.8,5.16,5.28,6.6,6.14,6.29,8.17,9.14,9.25,11.1,11.3;1862.1.2,1.17,1.18,1.20;1878.2.20,6.3,7.19,9.7,9.8,11.27;1879.2.26,4.11;1880.3.18,3.20,6.10,6.11,8.18,9.6,9.13,11.20;1881.1.24,1.26,5.29,5.30,9.27,10.2;1882.2.4
李村 1860.12.10;1861.3.18,5.7,6.20,9.2
李调元(羹堂)1834.2.13;1835.3.26
李方(李镜塘)1835.8.27,8.28,9.27;1840.4.2,4.3
李福泰(星衢)1844.3.19
李傅元(橘农)1878.2.15;1879.10.28
李光涵 1834.12.26;1835.11.6

李国楠 1860.2.26
李国杞 1835.9.27;1836.4.21
李海帆 1836.12.7;1840.4.23,5.13;1841.2.21,2.26,4.9,7.15;1844.7.14;1845.6.14,8.15;1847.6.6,6.29,7.23,8.16,8.29,10.15;1848.2.2,2.21,3.8,5.14,5.17,5.26,10.28;1849.5.16,7.11;1850.6.3,10.12,12.17;1851.5.12,5.22,5.24,12.28;1852.1.21,2.9
李菡 1840.4.7
李鸿章(少荃)1851.2.27;1878.7.2;1881.4.24
李鸿藻(李兰孙)1851.4.28,10.19
李侯 1878.2.7,3.13,8.22,9.24,12.1;1879.5.10,6.22,10.1,10.28;1880.5.5
李煌 1841.6.19
李嘉端 1849.9.17
李嘉瑞(铁梅)1840.3.24,8.5;1841.3.13;1848.11.7
李钧(李梦韶、梦韶)1844.9.4;1847.3.24;1851.4.5
李焜 1845.3.22
李兰卿(兰卿)1834.3.22,3.24,3.27,3.29,4.6,4.7,5.14
李联芳 1879.7.1
李临驯 1844.7.7
李禄生(禄生)1858.2.28,3.18,4.1,4.8,4.10,5.11,8.27,8.31;1859.5.25;1860.2.3,2.8,2.25,2.26,3.12,3.14,3.31,4.2,4.30,5.3,5.14,6.5,6.10,6.12,6.25,7.9,7.19,7.26,8.15,8.27,9.9,9.10,9.21,9.22,11.21,11.30,12.18,12.22,12.23,12.29;1861.1.16,1.18,2.16,2.21,3.5,3.11,3.20,3.31,4.11,4.14,4.19,4.20,5.2,5.3,5.14,5.17,5.22,7.15;1878.3.21,7.20;1879.1.25
李銮扬 1860.2.26
礼南 1861.7.26
李品芳(春皋)1836.4.21;1841.2.19,6.19
李清凤(古廉)1836.9.13
李晴川 1841.12.19
醴泉 1879.1.2;1880.5.7;1882.1.8
李汝楫 1848.12.11
李汝峤 1836.6.7
李山农(山农)1861.3.9,8.10,9.17
李少白(少白)1848.9.25;1851.1.12
李少峰 1836.6.23
李受轩(受轩)1841.11.30,12.2,12.30;1844.2.26,3.13,4.14,6.13,7.6,7.7,7.27;1845.6.8;1858.11.15,11.17;1859.9.21,10.24,12.30
李述堂(述堂)1861.4.4,4.5,4.6,4.7,4.8,4.30,5.2,7.17,11.23,11.24,11.25,11.26,11.28
李思庆(季云、李季云)1836.3.13,9.28,12.7;1840.3.19,4.11,4.17,4.22,4.27,5.8,5.18,5.23,6.2,7.23,7.30,8.30,9.15,10.14,11.8;1841.

1.5,1.15,4.12,5.3,6.22,7.9,7.23;1847.8.24;1848.,12.3;1850.8.3
李太封翁 1847.8.29
李太守 1861.7.14
礼堂 1861.7.15
李棠阶 1840.8.6
李天锡 1834.5.8
礼王 1878.5.21,12.8;1879.11.18;1880.6.27,9.5,12.11
李文敏(捷峰)1881.5.13
李文田(若农、芍农、仲约)1861.7.18,8.10,8.20,8.23,8.30,9.2,9.4,9.5,9.7,9.10,9.11,9.12,9.14,9.17,9.18,9.19,9.21,9.23,9.25,10.12
李问樵(问樵)1848.4.7,9.19;1850.9.10,10.2,10.15;1851.1.6,3.26,4.8,4.28,5.2,5.24,9.12;1859.8.12;1878.7.24;1879.2.10;1880.5.29,6.5,12.25;1881.2.23
李希郊 1840.10.18
李锡文 1859.9.14
李咸东 1849.10.9
李湘棻 1837.1.15
李湘蕖(李云舫)1850.10.13
李翔 1837.1.3
李小平(小平)1851.8.6,8.22,9.15,9.22,9.27,9.30,10.5,10.22,10.25,11.2,11.3,11.14,11.21,11.24,11.26,12.6,12.9;1852.1.3,1.6,1.8,1.13,2.1,2.9;1858.2.19
李小轩 1859.8.1
李惺甫 1841.3.11
李星沅(李石梧、石梧)1834.5.26,6.5,6.21,7.12,12.10,12.13,12.27;1835.1.14,2.24,3.26,5.24,6.15,6.20,6.30,7.27,8.12,8.21,8.24,11.19,11.30;1836.1.1,8.20,12.1;1840.2.21,6.12,11.25;1841.1.7;1850.6.18
李学殖 1841.3.16
李彦彬(李兰屏、兰屏)1834.5.17,5.25,6.29,6.30,9.3;1835.2.4,5.21
李应田(研卿)1859.3.26
李育(李梅生)1844.8.20
李郁华 1879.6.20
李元 1834.10.8
李龠通 1844.11.10
李芸舫(芸舫)1840.8.27,9.15,10.16,10.19,12.26;1844.6.23;1858.12.23
李椬堂 1840.10.29
李长官 1834.3.20,6.14
李芝林(芝林)1834.4.3,4.8;1835.5.31,10.12;1840.7.17,12.30;1844.5.29
李宗昉(芝龄)1836.5.27;1840.2.26;1844.4.2
李中堂 1879.3.31;1881.10.27
李拙生(拙生)1835.5.12,10.6
李子皆(子皆)1848.12.13,12.18;1849.5.31;1851.5.21,7.3,8.5

李子斋(子斋)1851.4.24,4.28,8.1
李佐贤(李竹朋、竹朋)1844.4.23,7.26;1858.7.1,7.4,7.19,8.23,8.24,9.18,10.1,11.2,11.15,11.28,12.5,12.6,12.15,12.16,12.27;1859.1.4,4.13,5.3,5.18,5.25,5.30,6.12,6.30,7.3,8.9,9.3,9.5,10.1,10.2,10.9,10.21,12.6,12.10,12.20,12.29,12.30;1860.1.16,2.12,3.11,4.8,4.9
厉恩官 1844.8.21
利谷 1878.9.26
立山 1845.7.28
栗太守 1844.4.12;1847.2.25,5.12;1848.1.22,7.11
荔仙 1849.5.15,6.25,10.5,11.22;1851.9.5,12.20,12.23
荔香 1858.11.1;1859.3.26,5.25,8.19,9.2,9.4,9.8,9.10,9.15,10.10,10.27,10.29,11.2,11.7,11.9,12.28;1860.1.1,1.31,2.3,3.27,4.15,4.17,4.20,4.23,6.16,6.26,6.29,7.6,7.15,7.29,9.17
荔芷 1861.9.20
连成 1859.2.7;1860.1.28
濂甫 1861.8.4
莲甫太世叔 1835.2.16
廉谷 1879.10.14
莲炬 1841.2.27
廉清凯 1881.11.1
莲裳 1845.9.30
廉生 1879.12.8
联唐 1860.3.13
联星 1851.8.28;1852.1.4
廉兆纶(廉琴舫)1841.6.24;1845.5.20,10.12;1849.9.22;1858.2.25;1860.1.28
廉仲 1860.12.22;1861.1.16,1.23,2.21,3.11,3.25,3.31,4.2,4.14,4.18,4.19,5.2,5.7,5.14,5.19,5.29,5.30,6.1,6.3,6.10,6.15,6.18,6.20,6.30,7.1,7.4,7.8,7.15,7.24,7.25,7.30,7.31,8.1,8.2,8.3,8.4,8.8,8.10,8.15,8.16,8.19,8.25,8.27,8.28,9.4,9.5,9.9,9.13,9.15,9.16,9.17,9.18,9.20,9.24,9.28,10.3,10.10,10.20
炼师清泉 1834.4.19
练廷璜(练笠人)1834.4.16
梁爱莲 1835.11.1
良庵 1844.3.6,7.5;1849.3.2,4.5,7.30,7.31,12.10;1850.10.4,11.5,11.7,11.13,12.21,12.29;1851.1.14,2.21,3.24;1859.10.27
梁宝常(楚香、梁楚香)1845.10.1;1848.4.20.
梁丁辰 1844.11.6
梁国琮 1844.4.23
梁国珍 1841.2.23
梁海楼(海楼)1840.12.10;1841.8.23;1847.3.8,3.17,7.29;1848.1.6;1858.4.19,12.19

梁敬事 1836.6.7
梁绍献 1845.10.16
梁同新(矩亭、梁矩亭)1836.6.28,7.2,9.1,10.2;1841.1.21,9.6;1851.12.10
梁章钜(梁芷林)1835.10.19
梁竹虚(竹虚)1860.11.25;1861.1.27,3.9,5.27,6.10,6.11,6.14
蓼生 1845.5.23
廖炳枢(廖紫垣)1880.4.28
廖鸿荃(廖钰夫、钰夫)1835.9.8,11.13;1836.3.17,5.27;1840.8.31
廖匡渠 1858.9.26
廖老师 1840.10.8,10.26,11.9,11.10;1841.1.18,3.23;1845.7.3;1851.9.3
廖鸣荃 1852.1.23
廖惟勋(廖卓峰)1837.1.17,1.29;1847.7.2
廖玉夫(玉夫)1835.9.7;1840.8.17,8.21;1850.6.29,10.13
廖竹峰 1840.2.10
林 1852.1.18
林伯恬(伯恬)1858.3.5,4.2,5.30,8.31,9.12,12.19;1859.1.24
林聪彝(听孙)1859.5.24
麟东 1847.2.28;1848.2.16,5.17;1851.5.2;1852.1.26
林范亭 1848.5.8
林鹗腾 1848.2.21
麟河台 1834.4.25
林鸿年(林勿村、勿村)1836.6.7,7.22;1840.2.27,8.6,8.8;1848.6.5;1849.4.5;1859.11.3
麟庆(见亭、麟见亭)1836.1.29,3.2;1841.2.23,4.16,7.15
麟魁 1848.5.17
麟奎 1878.8.23
林士傅 1835.9.27
林士鈖 1852.1.26
麟泰(麟石峰)1851.3.26
麟夏 1879.6.25
麟翔 1860.3.13
林扬祖(岵瞻、林岵瞻)1834.11.6;1840.6.10,6.11,6.13;1841.4.28;1847.2.28,7.27,8.15;1848.2.18;1849.5.9,9.22;1850.7.25;1851.3.3;1859.2.22,9.20,9.21,10.9
林映棠 1847.5.20
林则徐(林少穆、少穆)1834.3.6,3.12,3.22,4.5,4.7;1835.3.13,5.10,5.14;1836.2.13,7.3,7.5;1837.1.6;1840.6.10,7.20;1847.3.13
林镇甫(镇甫)1851.3.6,3.10,4.20,4.30;1852.1.29
麟洲 1836.7.18,8.19,8.31,9.17,9.24;1840.2.24;1847.6.17;1849.8.1
麟舟 1840.5.24;1860.11.15
玲宝 1850.8.29
龄公 1878.5.21
灵桂 1841.6.15;1849.9.22;1860.1.28;1879.5.15,10.19;1880.12.2

凌树绩 1860.2.26
凌霞(子与)1880.11.21,11.29;1881.1.3,2.28,6.22,8.19,9.3,9.6,11.29,12.18
铃太守 1849.4.3;1850.1.11
灵香泉(香泉)1849.9.19;1859.12.6
灵香生 1850.9.12
菱舟 1840.3.1,3.5,5.30,12.28;1841.4.7,5.15,6.10;1847.2.19;1860.6.4,7.6,7.10,7.25,8.11,8.12,8.14,8.16,8.22,8.23,8.25,8.27,8.29,9.1,9.7,9.10,9.15,9.19,9.20,9.21,9.22,10.3,10.31,11.1,11.4,11.24,12.5,12.7,12.8,12.11,12.14,12.20;1861.1.2,1.4,1.6,1.8,1.11,1.12,1.18,1.22,1.25,1.28,1.30,4.17
菱洲 1840.5.11,6.12,12.25;1841.3.26,4.21,5.27,9.12,9.14;1847.8.5;1860.7.9,7.15,7.19,8.9,9.3,9.5,11.18,11.27,11.28,12.4,12.24,12.27,12.30;1861.1.31
岭梅 1840.3.28,3.29,4.12,4.13,4.17,6.16,6.17,12.17;1841.8.24;1844.11.20,11.28;1845.1.19;1847.5.6,5.13;1851.2.10,2.11
刘宝楠(刘楚桢)1848.5.20,8.31
刘埠(刘拙庵)1848.7.29;1881.2.24
刘成万 1844.4.23
刘佳 1835.1.13
刘德熙 1834.6.20,10.4;1835.10.8
刘锋试 1841.2.25
刘姜 1851.9.8
刘堃 1844.12.29
刘昆(刘韫斋)1849.9.15,9.22;1851.6.11
刘琅 1844.11.13
刘良驹 1835.2.19
刘泖生 1858.7.26
刘岷(玉昆)1861.7.26
刘慕韩 1836.9.3
刘佩泉 1858.12.12
刘庆凯 1844.10.25
刘铨福(刘子重)1858.4.5
刘瑞芬(刘芝田)1878.6.20
刘书年(刘仙石)1848.10.3;1850.4.17,10.2
刘廷检 1849.6.20
刘谊 1836.2.2
刘绎(刘詹岩、詹岩、瞻岩)1835.6.25,8.11,9.4,9.11,9.13,9.19,10.8,11.22;1836.1.19,3.6,3.12,4.19,4.24,4.26,6.10;1837.1.26,1.28,2.1;1840.10.7,11.13,11.28,11.29;1841.2.25,5.10;1850.11.9,11.15
刘映丹 1840.2.5,4.22,5.9
刘源濬 1835.8.24
留云 1850.8.29
刘肇绅(刘默园)1834.7.26
刘仲海 1848.2.29,7.12
刘最昌(刘仲寅)1836.3.28
柳村 1841.1.12,2.4,2.9,3.17

柳际青 1835.4.25
柳坪 1849.2.23,8.10;1850.3.6,3.26,6.29,10.5,10.15;1851.3.14,6.30
柳平 1850.1.23;1851.9.8,9.13
柳商贤(质卿)1878.5.27;1880.4.2,4.3,4.30,5.14,5.21
柳生 1959.7.20
六希 1880.6.20;1881.2.4,3.9;1882.1.22
六溪 1880.11.22,11.28
龙道台 1848.2.7
龙观察 1848.2.6
龙光甸 1849.11.22
龙景韶(龙薰琴、薰琴)1849.5.29,6.2,7.24,7.31;1860.4.29,5.15;1881.10.2
龙启瑞(翰臣)1841.2.25,6.25,12.24,12.26;1844.6.27;1845.6.13,10.16;1847.3.10,11.12;1848.2.29
龙望如(望如)1849.7.4,7.24;1850.11.24
隆文 1840.4.7
龙元僖 1844.8.21
隆云章 1840.10.27
龙芝台 1847.11.8
娄涧筠(涧筠)1834.12.25;1835.1.7,6.14;1840.7.7,11.10,12.9;1841.8.8,8.9
娄谦 1834.12.22;1835.1.5,6.17,11.18;1836.8.9,8.11
娄伍 1861.4.22
楼月潭(月潭)1858.10.6,10.11,10.18,10.27,11.2,11.7,11.8
卢风 1841.7.15
卢立峰(立峰)1834.11.19,11.20;1835.1.18,5.13;1841.1.1,5.25
炉青 1878.12.28;1880.2.3;1881.1.18
卢毓嵩 1841.3.28
鲁山 1847.4.12,8.30,9.1,9.18,10.3
陆秉枢(陆眉生、眉生)1858.4.10,6.26,8.18,12.3;1860.12.18
陆醇卿(醇卿)1848.10.19,12.13;1849.4.16;1850.4.4,7.28
陆费玉泉 1834.7.13;1840.3.15;1844.2.22;1847.3.27,6.11,12.12;1848.2.3,6.8;1849.1.1,1.11
陆果泉(果泉)1834.3.18,3.24,4.2,4.12
陆继煇 1879.7.30
陆继辂(陆祁孙、祁孙)1835.3.3,3.14
陆建瀛(立夫、陆立夫)1834.11.26,11.30;1835.3.15,8.10;1836.5.2;1840.10.16,10.17;1841.3.16,3.19;1842.1.3;1847.10.10
陆金祐 1848.6.19
陆莱庄 1834.2.10
陆兰亭(兰亭)1834.7.14;1836.10.10,10.11,10.13;1847.5.6

陆老三 1849.4.3;1851.6.20
路莲垞 1840.9.29
陆懋修(九芝)1880.6.15;1882.1.20
鹭门 1834.12.2;1840.9.16;1841.1.1
陆绮云 1851.4.11
陆润庠(凤石)1878.3.24,8.25;1879.2.15,4.1,8.9,12.10,12.18;1880.2.15;1881.12.30
路慎庄 1840.6.11
陆寿门(寿门)1878.6.3,7.9,7.15,8.16,8.19,10.19;1879.1.23,12.25,12.27;1880.1.8,1.10,1.20,1.21,1.22,4.27,8.20,8.21,9.4,9.6;1881.1.7;1882.1.26,1.30
陆嵩(陆听之)1850.3.31,4.3
陆小雅 1851.5.4
路小洲(小洲)1836.10.5;1840.6.13,12.25;1841.4.7;1848.7.1;1851.5.1
陆心鉴 1835.2.3,9.8;1847.4.19
陆心农(心农)1840.11.7,12.5;1841.6.25;1851.1.31,8.12;1858.6.26;1859.2.18,8.2,9.28
陆耀(朗夫)1861.5.6
陆应谷(稼堂、陆稼堂)1840.8.31,10.8,12.11;1849.2.24;1850.4.19,6.3,6.12,8.31,9.1,10.6
陆有仁(静轩、陆静轩)1841.12.27;1850.9.24
陆酉山(酉山)1848.6.27,6.29
陆玉成 1836.2.22
陆元烺 1851.11.30
陆增祥(陆二先生、陆先生、星农)1845.8.6,9.22;1847.5.25,7.30;1848.1.10,1.11;1849.12.26;1850.5.8,5.20,6.4;1851.5.22,8.18;1859.2.16
陆之翰 1881.6.2
陆子范 1845.5.8
崙仙 1841.6.2;1849.11.10
罗惇衍 1840.6.21;1851.6.11
罗绕典(罗苏溪)1836.3.14,11.30
罗汝怀(研生)1859.7.12
萝山 1847.8.21
萝杉(萝侄)1858.4.26,5.4,5.6,5.12,10.13,11.19;1859.1.24,8.15,9.11,10.11,10.30,12.27;1860.6.3,6.24;1861.4.25,6.13,9.2
罗松溪(松溪)1840.5.11,5.13
罗文俊(萝村)1840.8.5,8.15,9.20,9.29;1841.2.4,12.12;1844.9.17
罗讦庭(讦庭)1840.12.2;1858.11.15
骆秉章(骆籲门、籲门)1840.4.7,6.6,8.17,8.31,10.26;1835.10.25;1841.5.26,12.2;1844.3.15
骆朝贵 1847.10.21
吕朝瑞(吕九霞)1859.8.1
吕倌孙 1851.6.11
吕俭孙(尧仙)1836.7.20,9.12;1841.1.19,2.20,6.5,8.8;1845.2.2;1847.3.3,5.9,12.27;1848.2.20,9.

2;1849.2.22;1850.4.10
履卿 1844.12.27,12.29;1845.1.6,9.18,9.19;1847.3.13,5.6,5.17,9.9,9.11;1848.3.20,8.3;1849.4.18,4.19,8.18,8.19,12.28;1850.12.31;1851.3.27;1859.2.18,2.19,6.3,7.25,8.2,9.22,11.22;1860.2.3,3.10,3.12
侣笙 1850.3.22,5.8,5.22
侣生 1850.3.27;1860.1.17
侣甥 1859.2.18,3.12,3.14,3.25,5.9,5.26,5.28,6.17,7.27,7.29,8.30,8.31,9.1,10.4,11.17,11.22,12.3,12.12;1860.1.20,2.29,3.12,3.14,5.5,5.6,6.2,6.3
吕贤基 1851.7.10
侣香 1859.10.8
吕信 1850.4.17
吕耀斗(庭芷)1860.6.11,7.7,7.17;1861.1.22,3.5,5.15,9.12

M

马八 1850.6.21;1851.8.13
马亟文 1841.3.28
马谷生(谷生)1841.8.30,9.1;1845.5.11,10.19;1847.3.2,3.6,11.15;1848.4.7,5.25,6.6,9.7
马光型 1844.10.6,10.7
马寿金(介樵、马介樵)1841.6.24,12.14;1845.4.8,6.24;1847.5.9,7.9,8.14,11.2,11.7,12.27;1848.1.298.8,11.6,11.7;1849.7.6,11.14;1851.3.7;1860.1.5
马湘帆(湘帆)1834.11.3,11.6,12.31;1835.9.5;1836.9.3,10.3;1840.6.13,6.22,7.1,7.4,7.5,7.13,7.19,8.13,8.19,8.20,8.27,8.29,10.18,11.5,11.7,11.15;1841.2.16,2.19,3.2,3.3;1845.6.2,6.16;1848.6.13
马远亭 1850.3.31
马仪清(马芸湖)1858.11.9
马钊 1845.1.7
马振衢 1841.2.25;1845.10.16
马芝生 1847.3.7
麦太守 1849.3.1
毛灿公 1878.5.21
毛昶熙 1878.5.21
毛鼎亨(毛春门)1844.10.26
毛瀚 1851.12.23
毛老师 1840.8.8
毛启蕃 1844.10.26,11.6
毛庆善(叔美)1834.3.2;1836.4.1,4.4;1840.2.9,4.12;1841.3.18,3.19,3.25;1844.5.28,11.24,12.4,12.22;1845.2.1;1847.5.6,5.17;1848.2.20,3.20,6.27;1849.3.24;1851.6.27,8.6
毛树棠(毛芾村)1835.9.27;1836.5.27;1840.10.12,12.4
毛子刚(子刚)1848.2.23;1850.10.19

楙公 1878.5.21
茂垣 1835.1.28,7.26,10.10;1836.1.26;1840.3.21,3.29,4.24,5.19,5.28,6.7,6.14,6.23,6.28,7.1,7.9,7.13,7.14,7.19,7.27,7.30,8.2,8.12,8.13,8.18,8.20,8.26,8.27,8.29,9.11,9.12,9.13,9.28,10.16,10.29,11.5,11.7,11.14,11.18,11.25,11.30;1841.1.4,2.3,3.2,3.3,3.20,4.14,4.19;1848.3.14,9.23,10.30,11.9;1849.11.23;1850.9.17,11.7,11.11
茂元 1841.2.15
眉伯 1878.5.22,8.4,8.18,9.28,11.28;1879.1.25,5.27,5.30,6.25,11.17,11.19,11.24;1880.1.8,2.2,3.15,5.20,8.3,8.5,8.13,9.20,12.15,12.23,12.31;1881.2.20,4.18,7.27,8.1,8.10,8.11,9.15,10.12
梅垞 1834.2.9,2.12,3.25,4.9;1844.11.20,11.28,12.30;1845.1.15,1.29
眉川 1859.10.4
梅峰 1860.1.8
梅启照 1881.5.22,7.5
梅巧玲(慧仙)1859.11.28
梅生 1858.5.19,8.27;1860.12.16,12.17,12.19,12.21,12.25;1861.5.9
枚生 1859.2.18,5.2,6.21,6.23;1860.2.3,6.2,9.6
眉叔 1836.7.27,9.4,11.10;1837.1.12,1.19;1840.7.5
枚叔 1840.2.28,3.2,3.4,3.18,3.27,4.8,4.28,4.29,5.10,5.31,7.1,7.2,7.18,7.25,7.30,8.7,8.9,8.10,8.22,9.19,10.13,10.19,11.5,11.7,11.9,11.24,11.27,12.3,12.7;1841.2.17,2.19,2.27,5.15,7.13,8.11,9.12;1844.7.12;1845.4.12;1847.2.18,8.5
梅调鼎(友竹)1834.2.9,2.12,2.28,3.1,3.27,4.6,4.13,11.29;1835.2.8
梅曾亮(梅伯言)1835.10.22
枚仲 1858.5.12
梦伯 1850.6.3
梦蝶 1850.8.7;1851.6.7
梦坡 1841.1.9
梦韵 1849.7.24
绵森 1859.2.7;1860.3.13
勉甫 1861.9.14;1880.2.17
冕山 1848.12.21
缪嘉谷(缪心如、心如)1840.11.19;1841.7.17,12.7;1848.9.10
缪铃 1835.6.14
敏斋 1851.3.14,3.31,4.20,10.4;1858.9.14
铭甫 1851.6.21
茗生 1859.7.17,8.7
明小亭 1849.3.5
明小庭 1849.4.5
明谊 1849.1.9,6.11
墨农 1861.9.2

墨卿 1841.8.19,9.8,12.5;1844.3.4;1845.8.3;1847.4.13,10.17;1848.3.9
默汀 1840.7.30
莫潍 1835.3.27
莫仙李 1834.7.20
莫友芝(子偲)1859.9.17,9.21
莫榆芳(榆芳)1835.3.27,3.29
木君 1836.3.6,3.13;1840.5.20;1841.3.1,5.20;1849.3.18;1858.9.1,12.5,12.10,12.28;1859.2.6,2.8,3.25,4.17,4.30,5.27,5.31,6.9,6.24,7.1,7.9,8.15,8.20,9.25,10.13,10.24,11.6,11.9,12.25;1860.1.2,1.18,2.15,2.17,3.12,3.21,3.31,4.5,4.19,6.4,6.6,6.7,6.13,6.25,7.2,7.21,7.27,8.13,8.21,8.28,9.7,9.11,9.16,11.3,11.19,11.26,12.3;1861.1.12,2.11,2.27,3.21,3.27,4.8,4.16,4.30,5.20,5.21,7.9,7.25,7.28,8.18,8.21,8.24,8.26,8.31,9.8,9.13,9.16,9.22,11.2,11.16,11.17,12.2,12.11,12.13,12.18,12.20,12.31;1861.1.3;1862.1.12,1.21
牧君 1841.2.20
穆克登布 1847.10.21
穆隆阿 1860.1.28
牧人 1835.3.28;1840.3.17,3.18,3.28,4.2,4.24,5.17
穆太老师 1840.10.7,10.26;1841.7.5
穆腾阿 1881.7.5
穆馨阿(穆吟涛)1835.9.22
穆荫 1849.4.5
穆彰阿(鹤舫、穆、穆鹤舫、穆老师)1834.9.8;1836.3.17,5.27;1840.10.12;1841.6.19;1845.3.29,4.12;1847.6.24;1848.2.2,3.31,4.11,9.1;1849.1.2,1.14,10.6,11.30,12.18;1850.2.19,11.2

N

南山 1841.3.9
倪澧 1840.7.8;1841.3.9,7.29,7.30;1847.12.1,12.2;1848.1.27,8.8
倪世渔 1848.1.31
倪先春(倪梅生)1860.12.6
倪研渔 1847.5.24;1848.8.18
倪子久 1858.10.31
念堂 1848.2.26,2.27
宁理堂(理堂)1841.12.24;1847.9.19;1850.9.14;1858.9.16
牛镜塘 1835.3.16,8.22;1841.2.12
牛坤 1836.10.12
牛裕山 1859.3.4
钮福保(钮松泉、松泉)1834.2.16,2.21,4.3,4.12,4.13,11.14,11.19,11.25;1837.1.26;1840.2.10,2.27,3.24,4.18,4.23,5.10,5.24,6.1,6.18,7.10;1841.2.10,2.12;1844.7.19,7.20,8.23;1845.4.9,7.25,9.11;1847.

3.15;1848.8.26;1849.10.4;1850.2.18;1851.3.22
钮福厚 1841.2.25;1845.10.16;1851.10.19
讷年伯 1840.12.18
讷生 1847.5.15;1850.3.21,3.25,7.25,7.28,10.3

O

欧大令 1844.6.14
欧国成 1844.5.11
欧仁衡(平朔)1879.10.2
鸥山 1840.9.24
欧阳石甫 1859.8.1
耦耕 1835.8.3
藕舲 1858.11.20;1859.8.10;1861.2.19,2.27,12.11;1881.3.8
藕塘 1840.8.16;1841.3.7
藕香 1851.2.21

P

潘宝鐄 1879.7.1
潘铎(潘木君)1840.4.7;1858.3.17,11.15
潘馥(筱雅、筱侄、小雅侄)1858.3.2,3.18,4.6,5.6,5.8,6.8,6.15,6.16,7.2,7.15,7.17,7.30,8.1,8.3,8.25,8.27,9.5,9.11,10.2,11.19,12.1,12.19;1859.2.25,3.10,4.9,4.16,5.14,5.19,5.22,6.8,6.15,7.10,7.11,7.18,7.22,7.28,7.29,7.31,8.8,8.10,8.12,8.13,8.15,8.19,8.24,9.4,9.11,9.12,10.4,10.11,10.14,10.16,10.28,10.30,11.3,11.25,12.25,12.29;1860.1.4,1.5,1.11,1.22,1.23,2.4,2.27,3.8,4.26,5.3,6.3,6.15,6.19,6.30,7.8,8.16,9.2,9.3,9.7,9.11,9.14,9.17,9.18,11.16;1861.7.14
潘观保(辛之、辛侄)1848.6.18;1858.5.31,6.2,6.4,6.5,6.8,6.12,6.15,6.23,7.12,7.25,7.30,8.2,8.11,8.12,8.19,8.21,8.27,9.1,9.8,9.11,9.22,9.23,9.26,9.30,10.14;1859.3.7,5.10,5.14;1879.3.4
潘鹤生 1847.12.13;1848.1.30;1849.6.9,11.25,11.26
潘鸿诰(望之师)1834.3.1;1835.5.24;1840.4.20,7.21,7.25,8.1,11.21,12.3,12.17;1841.8.6,8.8
潘介繁(椒坡)1849.6.20,6.25,7.4,7.8,7.31,9.10,9.15,9.22,10.24,10.29,10.31,11.20,12.17,12.27,12.30;1850.1.2,1.7,1.15,1.22,2.1,2.12,3.21,5.5,5.13,5.21,5.27,6.14,6.15,6.21,7.4,7.18,7.30,8.10,8.23,8.24,9.12,9.15,9.20,9.29,10.2,10.3,10.24,10.27,11.3,11.4,11.6,11.9,11.20,11.30,12.22;1851.1.18,1.22,2.1,2.3,2.27,3.8,3.22,4.3,4.12,4.20,4.27,5.

15,5.18,6.2,6.4,6.5,6.22,6.28,6.30,7.6,7.13,7.30,8.3,8.5,8.12,8.25,8.29,9.2,9.28,10.3,10.6,10.11,11.4,11.9,11.15,11.18,11.23,11.29,12.22,12.25;1852.1.4,2.4,2.10

潘菊有 1858.3.29

潘霹(伟如、伟侄)1860.5.3;1862.1.24;1879.5.26;1880.8.25,8.31,9.17,9.18,9.19,9.26,9.27,9.28,10.4;1881.1.29,3.30,7.7,8.5,8.11,8.19,11.17,11.28;1882.1.26

潘仁麟(砺甫、砺侄)1834.4.13;1844.11.16,11.20,11.28,12.30;1845.1.3;1859.3.20,6.16,11.17

潘世恩(大人、父亲、潘)1834.2.16,2.18,2.19,3.4,3.10,3.12,3.15,3.24,3.28,4.8,4.12,5.8,5.14,5.15,5.19,5.26,6.11,6.18,7.1,7.10,8.1,8.16,9.1,9.6,9.20,10.15,10.20,10.21,10.28,11.2,11.12,11.15;1835.1.9,1.19,1.31,2.1,2.3,2.5,2.8,2.15,3.10,3.16,3.20,3.22,4.5,4.10,4.11,5.2,5.5,5.21,6.18,6.22,6.29,7.17,8.20,8.24,9.9,9.12,9.19,9.23,10.4,10.9,10.18,10.27,11.13,11.16,11.21,11.26,12.4;1836.2.7,2.17,3.15,3.17,3.21,4.4,4.5,4.11,4.19,4.21,6.6,6.8,6.17,6.21,7.10,7.23,7.25,8.8,8.12,8.18,9.13,9.25,11.5;1837.1.27;1840.2.5,3.7,3.25,4.6,4.7,5.11,5.21,5.26,6.2,6.5,6.17,6.21,7.8,8.23,8.27,10.7,10.21,10.29,11.20,12.13;1841.1.13,1.25,2.3,2.5,2.25,2.26,3.9,4.9,4.17,5.17,6.12,6.14,6.17,6.20,7.20,12.7,12.23;1842.1.2;1844.2.18,2.21,2.27,2.29,3.20,5.11,5.20,6.8,6.9,6.10,6.17,7.2,7.4,8.8,8.15,9.15,11.4,11.12,11.13,11.15,12.25,12.28;1845.1.6,1.24,1.31,3.19,3.20,4.7,5.2,5.8,5.28,6.17,6.21,9.6,9.21,10.27;1847.2.26,3.15,3.24,4.12,4.19,4.20,5.23,5.29,6.5,6.7,6.18,9.10,9.20,11.4,11.11,11.12,12.15,12.25,12.26,12.29;1848.2.6,2.14,3.2,3.9,4.11,4.16,4.18,4.29,5.3,5.4,5.8,6.7,6.17,6.21,8.31,9.4,9.29,10.4,10.23,12.13,12.20;1849.1.15,2.5,2.27,3.22,3.25,4.28,5.3,5.8,5.11,6.19,7.6,7.8,7.29,8.14,10.7,12.4;1850.2.26,2.27,3.23,3.25,4.27,5.19,5.31,6.27,7.3,7.4,7.8,7.11,7.12,8.17;1851.1.11,1.22,2.26,9.29,9.30;1852.1.26

潘世兄 1844.11.6;1850.4.25

潘澍(醴如)1861.4.24,4.25,4.28,4.30,5.24,6.1,11.12,11.30

潘锡恩(潘芸阁、芸阁)1835.12.1;1841.2.12;1844.11.9

潘希甫(补、补弟、补之)1834. 2. 10, 2. 15, 3. 11, 3. 22, 3. 25, 3. 29, 3. 30, 4. 6; 1835. 11. 15; 1836. 3. 11, 4. 1, 4. 24, 4. 27, 4. 29, 7. 6, 7. 7, 8. 6, 8. 10, 8. 29, 9. 16, 10. 10, 11. 18, 11. 20, 11. 24, 11. 30, 12. 2, 12. 13, 12. 31; 1837. 1. 13, 1. 30; 1840. 7. 21, 7. 25, 8. 1, 8. 16, 9. 19, 10. 21, 11. 21, 12. 3, 12. 12, 12. 17, 12. 19; 1841. 1. 9, 2. 14, 3. 13, 4. 1, 5. 3, 5. 4, 5. 13, 6. 12, 6. 14, 6. 19, 6. 20, 7. 10, 7. 12, 8. 1, 9. 3, 12. 3, 12. 7, 12. 10, 12. 13, 12. 14, 12. 17, 12. 21, 12. 25, 12. 27, 12. 31; 1842. 1. 2, 1. 7, 1. 10; 1844. 2. 21, 2. 28, 3. 1, 3. 2, 3. 3, 3. 5, 3. 6, 3. 7, 3. 15, 3. 16, 3. 17, 3. 18, 4. 5, 4. 18, 4. 21, 4. 22, 4. 23, 5. 4, 5. 12, 5. 14, 5. 17, 5. 26, 6. 6, 6. 7, 6. 21, 6. 23, 6. 28, 7. 6, 7. 27, 8. 3, 8. 4, 8. 9, 8. 14, 8. 15, 8. 16, 8. 17, 8. 18, 8. 22, 8. 25, 9. 9, 9. 15, 9. 17, 9. 19, 9. 20, 9. 21, 9. 22, 9. 24, 9. 26, 9. 29, 11. 18, 12. 8, 12. 9, 12. 22; 1845. 1. 12, 1. 23, 1. 27, 1. 30, 3. 25, 3. 30, 4. 2, 4. 6, 4. 23, 5. 12, 5. 13, 5. 16, 5. 17, 5. 18, 5. 19, 5. 23, 5. 27, 5. 28, 5. 29, 6. 4, 6. 10, 6. 12, 6. 13, 6. 16, 6. 17, 6. 20, 6. 23, 6. 28, 6. 29, 7. 1, 7. 10, 7. 19, 7. 21, 7. 25, 7. 30, 8. 3, 8. 6, 8. 7, 8. 11, 8. 17, 8. 18, 8. 20, 8. 27, 9. 1, 9. 3, 9. 6, 9. 9, 9. 11, 9. 12, 9. 16, 9. 18, 9. 21, 9. 23, 9. 24, 9. 27, 9. 28, 10. 3, 10. 5, 10. 7, 10. 9, 10. 11, 10. 14, 10. 15, 10. 21, 10. 25, 10. 27, 10. 30; 1847. 2. 15, 2. 20, 2. 25, 3. 2, 3. 4, 3. 8, 3. 10, 3. 15, 3. 26, 4. 5, 4. 12, 4. 13, 4. 15, 4. 18, 4. 20, 4. 21, 4. 26, 4. 29, 5. 2, 5. 4, 5. 8, 5. 16, 5. 22, 5. 23, 5. 24, 5. 25, 5. 29, 6. 5, 6. 11, 6. 14, 6. 15, 6. 17, 6. 18, 6. 19, 6. 20, 6. 21, 6. 23, 6. 25, 6. 30, 7. 9, 7. 16, 7. 17, 7. 25, 7. 30, 8. 10, 8. 13, 8. 20, 9. 1, 9. 7, 9. 14, 9. 18, 9. 20, 9. 23, 9. 24, 9. 28, 10. 1, 10. 3, 10. 9, 10. 10, 12. 9, 12. 10, 12. 16; 1848. 1. 2, 1. 23, 1. 24, 1. 30, 2. 2, 2. 4, 3. 2, 3. 3, 3. 27, 3. 28, 4. 13, 5. 11, 5. 21, 6. 1, 6. 21, 7. 27, 7. 30, 8. 2, 8. 26, 8. 30, 9. 2, 9. 21, 9. 22, 10. 26, 10. 28, 11. 8, 11. 10, 11. 17, 11. 19, 12. 15, 12. 20, 12. 29; 1849. 1. 1, 1. 3, 1. 26, 2. 13, 2. 19, 2. 23, 3. 14, 4. 6, 6. 20, 6. 21, 6. 24, 6. 25, 7. 7, 7. 8, 7. 12, 7. 21, 7. 25, 7. 29, 7. 31, 8. 2, 8. 5, 8. 18, 8. 26, 8. 29, 9. 3, 9. 8, 9. 10, 9. 13, 9. 17, 9. 22, 9. 23, 10. 1, 10. 3, 10. 13, 10. 18, 10. 23, 10. 24, 10. 28, 10. 29, 11. 4, 11. 13, 11. 19, 11. 20, 11. 24, 12. 27, 12. 30; 1850. 1. 2, 1. 7, 1. 8, 1. 10, 1. 18, 1. 31, 2. 8, 2. 12, 2. 26, 2. 27, 3. 4, 3. 20, 3. 21, 3. 23, 4. 8, 4. 11, 4. 16, 4. 18, 4. 19, 4. 27, 5. 5, 5. 13, 5. 14, 5. 15, 5. 21, 5. 23, 6. 5, 6. 8, 6. 10, 6. 13, 6. 15, 6. 21, 6. 27, 7. 3, 7. 5, 7. 9, 7. 14, 7. 16, 7. 18, 7. 19, 7. 22, 7. 25, 8. 2, 8. 10, 8. 17, 8. 23, 8. 28, 8.

29,9. 3,9. 12,9. 17,9. 20,9. 25,9. 29,9. 30,10. 5,10. 6,10. 12,10. 15,10. 16,10. 19,10. 29,10. 31,11. 3,11. 6,11. 10,11. 13,12. 2,12. 6,12. 15,12. 18,12. 22;1851. 1. 5,1. 22,1. 29,2. 1,2. 3,2. 20,3. 6,3. 8,3. 13,3. 20,3. 22,3. 28,4. 7,4. 12,4. 17,4. 20,4. 22,4. 27,4. 30,5. 6,5. 7,5. 15,5. 18,5. 21,6. 2,6. 4,6. 5,6. 8,6. 9,6. 10,6. 15,6. 22,6. 28,7. 6,7. 30,8. 3,8. 5,8. 8,8. 10,8. 14,8. 21,8. 24,8. 29,9. 2,9. 9,9. 10,9. 17,9. 20,9. 23,9. 28,10. 3,10. 5,10. 6,10. 11,10. 19,10. 23,10. 24,10. 26,10. 28,11. 4,11. 8,11. 19,12. 8,12. 18,12. 22,12. 25,12. 27;1852. 1. 4,1. 9,1. 17,1. 28,1. 29,2. 2,2. 7,2. 10;1858. 8. 8,8. 19

潘心畲 1834. 4. 6

潘心斋(心斋)1858. 7. 11;1880. 10. 13

潘行 1835. 6. 22,12. 13

潘仪凤(东园侄、东侄、凤侄)1840. 10. 26;1858. 3. 4,3. 5,3. 27,3. 29,4. 2,4. 3,4. 19,4. 24,4. 30,5. 1,6. 2,6. 3,6. 15,6. 24,6. 25,6. 30,7. 14,8. 1,8. 8,9. 8,9. 9,11. 11,11. 12,11. 25,11. 26,11. 30,12. 22;1859. 3. 8,3. 28,4. 1,5. 14,5. 15,6. 16,7. 11,7. 12,7. 16,9. 2,9. 3,10. 5,10. 12,10. 14,11. 17,11. 27,11. 28,11. 29,12. 23;1860. 1. 17,2. 3,2. 19,4. 23,4. 27,4. 28,5. 11,5. 12,5. 14,5. 15,11. 27,11. 28,12. 8,12. 9,12. 13,12. 29;1861. 1. 20,3. 17,3. 18,5. 7,10. 19,10. 31

潘友邻(友邻)1858. 3. 29,4. 27

潘曾玮(四弟、玉弟)1840. 10. 26;1844. 9. 27,9. 29,12. 25;1845. 1. 31,2. 2,3. 22,8. 6,9. 22;1847. 9. 14;1848. 11. 11;1849. 1. 17,4. 1,6. 25,10. 24,12. 3;1850. 9. 3,11. 8;1851. 2. 26,5. 3,6. 8,6. 9,7. 13,8. 12,9. 10,10. 13,10. 16,10. 26,11. 8,12. 20;1852. 1. 9;1858. 2. 21,2. 26,3. 9,3. 26,3. 27,3. 29,4. 2,4. 3,4. 5,4. 11,4. 12,4. 15,4. 23,5. 6,5. 9,5. 10,5. 15,5. 16,5. 28,5. 29,5. 30,6. 3,6. 11,6. 15,6. 21,6. 24,6. 25,6. 26,6. 30,7. 8,7. 10,7. 13,7. 17,7. 18,7. 23,8. 1,8. 17,8. 23,8. 24,8. 29,9. 9,9. 11,10. 1,10. 2,10. 12,10. 17,10. 23,10. 28,11. 2,11. 5,11. 6,11. 8,11. 20,11. 25,11. 26,11. 30,12. 3,12. 10,12. 11,12. 18;1859. 1. 7,1. 15,1. 18,1. 19,1. 29,1. 30,2. 10,2. 11,2. 18,2. 19,2. 22,3. 1,3. 12,3. 13,3. 21,3. 25,4. 20,4. 21,5. 2,5. 15,5. 21,5. 28,6. 13,7. 5,7. 6,7. 27,7. 28,8. 19,8. 20,8. 21,9. 11,10. 4,11. 7,11. 20,11. 21,11. 29,12. 3,12. 27;1860. 1. 2,1. 18,1. 19,1. 22,2. 22,4. 7,4. 9,6. 8,7. 10,7. 17,8. 18,10. 9,11. 26,11. 28,12. 1,12. 8,12. 9;1861. 1. 8,1. 9,2. 1,2. 2,2. 9,3. 9,3.

10,3.30,5.9,6.18,6.19,6.21,7.5,7.14,8.21,8.22,10.31;1862.1.29;1878.3.12,3.14,3.16,6.9,7.18,7.23,9.1,9.4,9.10,9.26,9.27,10.12,10.13,11.4,11.20,11.30,12.19;1879.1.22,2.5,2.24,3.2,3.21,3.30,4.3,4.7,4.8,4.26,4.29,5.18,5.28,6.20,8.28,9.2,9.4,9.19,9.24,10.14,11.17;1880.2.2,4.1,4.14,6.1,6.10,6.15,7.8,7.9,8.5,9.28,12.9;1881.2.6,2.27,3.12,4.12,5.13,5.21,6.17,6.22,7.31,8.31,9.15,11.14,11.17,11.29,12.7

潘曾沂(大兄、功兄)1834.2.15,2.20,2.27,3.11,3.22,3.25,3.29,4.1,4.7,4.10,4.12,4.13,4.26,6.5,10.8,11.19;1835.5.27;1836.1.25,6.14;1840.2.16,5.22,5.30,9.20,12.3;1841.1.14,1.16,2.14,2.19,3.11,4.17,6.29,8.13,9.10,9.13;1844.5.27,5.28,6.1,8.7,9.28;1845.3.26,4.3,4.16,4.19,4.23,5.5,5.6,5.16,5.30,6.4,6.21,6.29,7.12,7.13,7.14,7.15,7.16,7.25,7.31,8.18,8.25,8.27,8.28,9.1,9.28,10.7,10.9;1847.3.4,3.11,5.6,5.23,6.28,7.15,7.22,8.12,8.14,9.7,10.1,10.16,10.19,10.21,10.26,11.14,11.16,11.24,11.29,11.30,12.2,12.16;1848.1.13,1.16,1.23,1.24,2.4,3.2,3.3,3.25,4.8,4.15,4.17,4.24,5.19,5.28,5.29,5.31,6.21,6.26,6.29,7.5,7.27,7.30,7.31,8.2,8.26,8.30,9.2,9.14,9.21,9.22,9.29,10.27,11.6,11.17,11.19,11.27,12.29;1849.1.3,1.6,1.10,1.16,1.26,2.15,3.5,3.24,4.8,4.24,5.8,5.30,6.2,6.13,6.27,7.1,7.11,7.12,7.16,7.21,7.29,8.9,8.10,8.20,8.24,8.24,9.14,9.18,10.27,11.1,11.5,11.11,11.16,11.22,11.26,12.6,12.11,12.26;1850.1.3,1.17,1.23,2.2,2.4,2.6,2.16,2.27,3.13,3.21,3.27,4.13,4.14,4.25,5.5,5.21,6.3,6.11,7.12,7.22,7.31,8.22,8.31,9.3,9.20,10.1,10.11,10.19,11.3,11.13,11.26,12.18,12.28,12.31;1851.1.2,1.7,1.12,1.16,1.23,1.26,2.6,2.9,2.10,2.24,2.26,3.7,3.17,3.27,4.6,4.8,4.22,4.27,5.5,5.18,5.19,5.25,6.11,6.24,6.28,7.9,7.23,8.11,8.24,8.25,9.6,9.10,9.19,9.25,10.9,10.18,10.19,11.3,11.10,11.11,11.22,12.8,12.22,12.31;1852.1.10,1.20,1.31

潘曾莹(二兄、星兄)1834.2.17,2.18,2.19,2.27,3.15,3.28,4.7,4.10,5.18,5.24,6.5,6.17,6.19,6.20,7.8,7.27,8.11,9.9,9.28,10.7,10.9,11.9,11.14,12.29;1835.1.9,1.28,2.1,2.4,2.5,2.8,2.10,2.16,4.22,4.24,4.27,5.17,6.14,7.11,7.28,8.

1,10.22,10.24,11.26,12.15,12.17;1836.1.19,1.22,1.26,2.2,3.1,3.5,3.9,3.28,3.30,4.24,4.29,7.19,7.30,8.25,9.22,10.1,10.18,10.29,11.2,11.5,12.1,12.7,12.21;1837.1.24;1840.5.28,7.30,8.18,10.4,10.10,10.19,10.26;1841.4.1,4.29,5.2,6.12,6.19,7.10;1844.2.22,9.19,9.27,9.29,11.4,11.28,11.29,12.4,12.25,12.28,12.29;1845.1.27,1.31,2.2,5.7,7.23,8.6,9.22;1847.5.15,6.20,9.14,12.11;1848.2.10,7.31,9.25,10.7,11.3,11.21;1849.2.6,2.9,5.28,6.25,9.23,10.24;1850.3.23,4.17,10.21,10.25,10.26,10.29,10.30,11.8;1851.4.7,4.17,5.3,6.8,6.9,7.6,9.23,10.16,10.26,11.8,12.2,12.7,12.16,12.20;1852.1.9;1858.2.21,2.26,3.4,3.5,3.8,3.9,3.26,3.27,4.2,4.3,4.24,5.9,6.24,7.16,8.9,8.13,8.30,9.9,9.26,10.15,11.16,11.21,12.24;1859.1.9,1.15,1.20,1.26,2.14,2.28,3.2,3.27,4.5,4.13,4.18,4.19,4.30,5.6,5.22,5.26,5.27,5.28,6.7,6.14,6.21,6.23,7.7,7.11,7.30,8.4,8.14,8.27,9.2,9.16,9.20,9.23,10.4,10.30,10.31,11.6,11.29,12.11,12.27,12.28;1860.1.18,2.13,2.15,2.25,4.9,4.21,7.2,12.23;1861.2.20,2.27,5.21,6.29,7.12,7.28,9.16,12.18,12.27;1862.1.7;1878.2.7,2.28,3.24;1879.2.25

潘志颖(熙年)1880.3.21,3.28,4.26,5.14,5.21,5.23;1881.2.20

潘志枬(子宜)878.6.21,8.20

潘祖年(年儿)1878.10.18;1879.11.5,12.6;1880.6.1,9.17,10.26,12.20;1881.7.19,8.1

潘祖谦(济之、济侄)1878.3.20,3.31,4.28,5.12,5.18,5.27,6.15,7.5,7.8,7.12,7.14,7.18,7.31,8.5,8.9,8.11,8.17,8.27,9.1,9.4,9.25,9.26,9.29,10.9,10.10,10.11,10.30,10.31,11.3,11.16,11.17,11.25,11.28,12.12;1879.1.25,2.7,3.2,3.6,3.8,5.14,5.17,5.18,6.8,6.27,7.21,8.12,10.1,10.27,11.16,11.29,12.12;1880.1.8,1.15,1.27,2.2,3.10,4.1,4.2,4.18,4.28,5.3,5.7,5.21,6.11,6.27,6.28,7.1,7.8,7.9,7.24,7.31,8.10,8.11,8.17,8.23,8.25,8.30,8.31,9.4,9.10,9.12,9.13,9.20,9.22,9.28,10.8,10.24,10.25,11.8,11.9,11.11,11.22,11.23,11.24,11.29,12.15,12.23,12.31;1881.1.7,1.14,1.19,2.17,2.20,3.12,3.17,3.24,3.30,4.8,4.18,4.19,4.20,5.2,5.12,5.13,5.21,5.31,6.14,6.22,6.25,7.6,7.17,7.20,7.24,7.27,8.5,8.10,8.11,8.19,8.29,8.31,9.15,9.21,10.2,11.14,11.28,12.1,

12.7,12.9,12.27;1882.1.7,1.26,2.16
潘祖同(谱琴、谱侄、同侄、祖同侄)1835.5.21;1847.5.2,5.22,5.26,6.4;1848.2.6,3.14,6.6,9.12;1849.1.25,2.6,2.9,3.30,9.24,10.24;1850.11.8;1851.2.1,6.22,6.24,6.28;1858.5.15,6.24,7.23;1859.8.15,8.17,10.28,10.30;1878.7.12,7.14,7.19,7.23,8.5,8.9,8.11,8.17,8.19,9.1,9.3;1879.9.2,9.30,10.14,10.27,11.4,11.16,12.26;1880.4.14,5.20,5.21,6.28,7.5,8.11,8.25,9.10,9.20,10.8,10.24,10.25,11.8,11.9,12.15;1881.2.20,4.8,5.31,7.6,8.29,8.31;1882.1.7
潘祖颐(竹岩、竹侄)1841.7.31,8.7;1845.8.19;1879.5.14,6.25,10.5;1880.3.10,5.7,7.1,9.28,11.8,11.9;1881.6.14
潘祖荫(凤儿、凤笙、凤升、荫儿、子、祖荫)1834.2.17,2.22,4.9,4.13,4.26,9.9,9.24;1835.1.13,2.12,3.8,3.22,4.18,5.2,9.25;1836.2.17,8.30,10.17;1840.2.17,10.26,10.31;1841.1.30;1844.3.3,9.20,9.22,11.5,11.23,12.21,12.31;1845.1.31,2.1,6.9,8.6,9.22;1847.2.21,2.22,2.24,2.26,3.1,3.25,5.25,5.30,6.1,6.8,6.16,7.18,10.25,11.4;1848.2.9,2.10,2.14,2.20,2.25,2.28,3.29,5.8,5.17,5.29,5.30,6.5,6.6,7.13,8.1,8.7,8.31,9.9,10.4,10.5,10.7,10.22,11.3,11.26,12.13;1849.1.14,1.15,1.19,1.25,2.6,2.8,2.9,2.11,2.12,2.27,3.11,3.19,3.27,3.30,4.1,4.2,4.8,4.9,4.14,4.16,4.18,4.22,4.24,4.30,5.4,5.7,5.8,5.13,5.14,5.18,5.19,5.23,5.27,5.30,6.2,6.6,6.10,6.12,6.15,6.17,6.19,6.21,6.26,6.27,7.1,7.5,7.8,7.11,7.12,7.16,7.17,7.21,7.22,7.26,7.31,8.5,8.9,8.10,8.12,8.14,8.19,8.20,8.21,8.24,9.3,9.6,9.13,9.14,9.16,9.18,9.22,9.25,9.28,10.2,10.3,10.8,10.12,10.13,10.17,10.21,10.30,11.2,11.9,11.12,11.19,11.20,11.22,11.29,12.10,12.11,12.14,12.20,12.22,12.24,12.25;1850.1.16,2.14,2.15,2.17,2.20,3.9,3.11,5.8,9.27,9.28,9.30,10.1,10.11,11.8,11.18;1851.1.26,1.31,2.6,2.24,2.26,5.3,6.2,6.22,6.24,6.28,7.6,9.10,10.3,10.11,11.8,11.29,12.2,12.7,12.20,12.22;1858.3.2,3.6,3.12,3.19,3.31,4.9,4.23,4.28,5.3,5.12,5.23,5.25,5.26,6.3,6.8,6.9,6.12,6.15,6.16,6.18,6.22,6.27,7.1,7.10,7.21,7.27,7.29,8.1,8.3,8.6,8.13,8.14,8.16,8.17,8.24,8.25,8.26,8.29,8.31,9.5,9.11,9.12,9.19,9.20,

9. 21，9. 23，10. 1，11. 18，11. 19，11. 21，11. 22，11. 25，12. 2；1859. 1. 16，2. 18，3. 1，3. 8，3. 14，3. 15，3. 18，3. 21，3. 24，4. 2，4. 12，4. 14，4. 23，5. 2，5. 3，5. 7，5. 12，5. 16，5. 18，5. 22，5. 26，6. 4，6. 6，6. 14，6. 17，6. 21，6. 22，7. 5，7. 7，7. 14，7. 15，7. 29，8. 2，8. 6，8. 10，8. 21，8. 22，8. 24，9. 3，9. 11，9. 25，9. 28，10. 1，10. 4，10. 5，10. 12，10. 16，10. 19，10. 22，10. 28，10. 30，10. 31，11. 14，11. 21，11. 29，12. 6，12. 8；1860. 1. 11，2. 8，2. 12，2. 20，3. 6，3. 10，3. 14，3. 20，4. 6，4. 10，4. 16，4. 27，5. 19，5. 22，6. 2，6. 3，6. 6，6. 18，6. 22，6. 25，6. 30，7. 2，7. 10，7. 11，7. 18，7. 22，7. 23，7. 31，8. 9，8. 17，8. 20，8. 25，8. 29，9. 2，9. 3，9. 7，9. 8，9. 10，9. 13，9. 16，9. 19，9. 22，9. 25，9. 26，9. 28，10. 4，10. 6；1861. 4. 25，4. 26，4. 27，6. 6，8. 22，9. 10，9. 19，11. 13，12. 17；1878. 2. 26，3. 4，4. 6，4. 20，4. 22，4. 26，5. 4，5. 21，5. 26，6. 8，6. 19，6. 25，8. 8，8. 23，9. 7，9. 20，9. 29，11. 19，11. 28，12. 8，12. 20，12. 25，12. 28；1879. 1. 6，1. 18，2. 11，2. 13，2. 17，2. 18，2. 24，2. 25，3. 2，3. 22，3. 29，4. 2，4. 7，4. 9，4. 11，4. 17，4. 20，4. 30，5. 15，6. 4，6. 5，6. 10，6. 14，6. 18，6. 19，6. 24，6. 25，7. 27，9. 6，9. 9，9. 22，10. 10，10. 12，10. 19，11. 6，11. 7，11. 9，11. 18，11. 19，11. 29，12. 8，12. 17；1880. 1. 21，1. 27，2. 11，2. 25，3. 11，3. 24，3. 30，4. 15，5. 13，5. 14，5. 19，5. 22，5. 24，5. 27，6. 17，6. 27，7. 21，7. 24，7. 27，8. 20，9. 5，9. 14，9. 17，9. 27，9. 29，10. 9，11. 3，11. 17，12. 2，12. 11；1881. 1. 4，1. 15，2. 1，2. 6，2. 13，2. 28，3. 9，3. 29，4. 8，5. 22，6. 18，6. 26，7. 5，7. 20，8. 30，9. 23，11. 1，11. 22，11. 26，11. 27；1882. 2. 5

潘遵祁（顺、顺兄、顺之）1834. 2. 10，2. 15，2. 22，2. 23，3. 6，3. 7，3. 11，3. 22，3. 25，3. 29，3. 30，4. 7，4. 9，4. 10，4. 12，4. 13，4. 19，5. 17，6. 28，7. 4，7. 25，11. 14，11. 19，11. 25，11. 29，12. 22，12. 24；1835. 1. 13，1. 22，2. 14，2. 19，2. 21，3. 22，3. 23，4. 1，4. 18，6. 14，6. 16，6. 22，7. 14，8. 13，9. 11，9. 19，9. 22，11. 17，12. 11，12. 13；1836. 1. 7，2. 2，2. 5，3. 11，3. 25，4. 8，4. 9，6. 5，6. 7，6. 8，6. 14，7. 2，7. 6，7. 17，7. 26，8. 1，8. 29，11. 18，11. 24，11. 30，12. 2，12. 31；1837. 1. 13，1. 25，1. 26；1840. 2. 7，2. 9，2. 16，2. 20，2. 26，3. 16，3. 20，3. 27，3. 31，4. 4，4. 22，4. 23，5. 1，5. 16，5. 22，5. 30，6. 7，6. 16，6. 20，7. 15，7. 21，7. 25，7. 29，8. 1，8. 16，8. 23，8. 24，9. 20，9. 29，11. 8，11. 21，12. 3，12. 12，12. 19；1841. 1. 4，1. 12，1. 14，1. 16，1. 27，2. 10，3. 13，3. 16，3. 18，4. 15，4. 16，5. 5，6. 5，6. 19，6. 20，6. 29，7. 10，7. 12，7. 17，8. 7，8. 13，9. 3，12. 7，12. 10，12. 13，12. 14，12. 17，12. 21，12.

25,12. 27,12. 31;1842. 1. 2,1. 5,1. 10;1844. 2. 19,2. 28,3. 1,3. 2,3. 3,3. 5,3. 6,3. 7,3. 8,3. 15,3. 16,3. 17,3. 18,3. 23,3. 26,4. 1,4. 2,4. 3,4. 5,4. 9,4. 10,4. 13,4. 16,4. 18,4. 21,4. 22,4. 23,5. 4,5. 12,5. 14,5. 17,5. 18,5. 24,5. 28,6. 1,6. 2,6. 4,6. 5,6. 6,6. 7,6. 11,6. 21,6. 28,7. 6,7. 12,7. 17,7. 21,7. 27,8. 1,8. 4,8. 7,8. 14,8. 15,8. 16,8. 17,8. 18,8. 20,8. 22,8. 25,9. 8,9. 9,9. 14,9. 15,9. 19,9. 20,9. 21,9. 22,9. 25,9. 26,9. 29,11. 18,11. 28,12. 4,12. 22,12. 28,12. 29;1845. 1. 12,1. 31,3. 25,3. 26,3. 27,4. 1,4. 6,4. 11,4. 23,5. 2,5. 4,5. 16,5. 17,5. 22,5. 28,5. 29,6. 5,6. 10,6. 12,6. 13,6. 16,6. 17,6. 18,6. 20,6. 28,7. 5,7. 13,7. 14,7. 16,7. 19,7. 21,7. 30,7. 31,8. 6,8. 7,8. 11,8. 20,8. 25,8. 28,8. 29,9. 28,10. 18,10. 20;1847. 5. 4,5. 5,5. 6,5. 8,5. 11,5. 16,5. 18,5. 22,5. 23,5. 29,6. 3,6. 5,6. 6,6. 9,6. 11,6. 14,6. 15,6. 17,6. 18,6. 19,6. 20,6. 21,6. 22,6. 23,6. 25,6. 29,6. 30,7. 2,7. 4,7. 9,7. 12,7. 17,7. 23,7. 27,8. 3,8. 6,8. 8,8. 10,8. 12,8. 20,9. 30,10. 14,10. 21,11. 19,11. 20,12. 10,12. 12,12. 16;1848. 1. 2,1. 13,1. 16,2. 2,2. 4,3. 7,3. 8,4. 13,4. 15,4. 17,5. 19,5. 21,5. 23,9. 21,9. 22,11. 17,11. 19,12. 29;1849. 1. 3,1. 25,1. 26,2. 19,2. 23,4. 5,4. 8,5. 19,5. 30,6. 2,7. 8,7. 9,9. 8,12. 18,12. 20;1850. 1. 17,2. 17,2. 19,4. 8,4. 11,5. 19,5. 21,6. 3,8. 1,9. 8,9. 29,10. 30,11. 20;1851. 1. 3,1. 15,1. 16,1. 26,4. 1,9. 15,11. 25,11. 28;1852. 1. 5,2. 13,2. 14;1859. 2. 16,2. 18,4. 20,4. 21,6. 17,12. 27;1860. 2. 5,2. 7,2. 19,5. 5,5. 6;1878. 2. 5,3. 30,3. 31,4. 29,5. 14,6. 12,6. 15,9. 5,9. 29,10. 18,11. 18,11. 19;1879. 1. 22,2. 5,2. 11,4. 8,4. 14,5. 14,6. 15,7. 4,7. 28,9. 24,10. 19,11. 8,11. 19,11. 24,11. 29,12. 13,12. 31;1880. 2. 29,3. 21,3. 29,5. 23,6. 8,6. 15,8. 7,9. 20,9. 28,11. 4,11. 23;1881. 2. 2,4. 5,4. 13,5. 19,10. 23;1882. 2. 5

潘遵怡(怡侄)1858. 5. 19,5. 20,6. 16;1859. 10. 4,10. 30;1860. 4. 27;1861. 12. 5;1878. 6. 19,9. 18,10. 30,11. 17,11. 24,11. 25;1879. 1. 22,5. 18,6. 27,7. 24,7. 31,8. 12,8. 28,9. 2,9. 4,9. 19,10. 22,12. 11;1880. 4. 26,6. 1,6. 4,7. 7,7. 9,8. 30,8. 31,9. 1,9. 4,11. 29;1881. 3. 24,7. 24,8. 5,8. 28,8. 29,11. 28;1882. 2. 14

庞大厓 1835. 8. 19

庞鸿书 1880. 7. 7

庞钟璐(宝生、宝笙、庞宝生)1840. 3. 15,3. 19,3. 30,4. 7,4. 20;1844. 3. 27;1849. 6. 25;1858. 4. 20,5. 7,8. 13

裴淡如 1841.8.29,12.6;1844.3.31,4.6,7.22,7.29,8.11;1845.4.28,4.29,5.24,5.30,6.1,6.3,6.24,6.25,6.26,7.6,7.31,8.1,10.24,10.25;1849.4.20,5.29,6.2,7.5;1881.7.3
裴石麓(石麓)1851.3.30,4.28,8.9,8.15;1859.8.7
裴意园 1848.8.29
培之 1859.6.12;1879.5.28,6.4,6.29;1880.8.6;1881.5.3
佩鹤 1879.7.28;1880.3.29
佩泉 1849.9.26;1851.3.31
佩之 1834.10.22
彭邦畴(春农、彭春农)1835.1.7,1.9,2.20;1836.1.19,1.28;1840.11.18
彭涵霁 1849.9.22
彭涵霖 1851.7.10
彭嘉炯 1841.2.25;1845.10.16
彭久综(彭味之)1850.6.21
彭榴轩(榴轩)1859.1.21,1.24,4.28;1860.5.21
彭七 1880.6.1,6.13;1881.6.2,12.14
彭瑞毓(彭子嘉)1858.2.25
彭溯贤(彭芍庭、芍庭)1847.4.12;1858.3.10,6.9;1859.3.22,4.26;1860.6.27;1878.8.27,9.13;1879.3.23
彭萧九 1847.5.23
彭心笠 1844.11.10,11.11
彭以竺 1836.6.7
彭颖墀(颖墀)1835.12.26,12.31;1836.4.23;1840.7.26,10.16,10.19,10.22,11.4;1844.10.1,10.2
彭玉麟(雪岑)1878.2.23,2.28,3.19,3.24,6.3,9.8,9.9;1879.6.20;1880.4.22,6.10,9.13,9.16;1881.1.24,1.27,5.29,5.30,10.2;1882.2.4,2.11
彭云墀(云墀)1834.10.7;1835.7.8;1836.3.2,4.24,4.25,7.16,7.19,9.16,10.14,10.18,12.6,12.21;1837.1.13,1.25,1.28;1840.9.19,9.22;1841.6.4;1849.7.6
彭蕴灿(朗峰)1834.2.15
彭蕴章(彭咏莪、咏莪)1834.5.17,5.24,6.2,6.29,8.2,8.8,10.13,11.2,12.12;1835.1.9,1.12,1.15,1.21,1.25,1.28,2.15,2.16,3.18,4.24,5.6,5.19,6.4,6.19,7.12,8.7,8.14,8.24,8.31,9.9,10.8,11.2,11.8,11.12,11.24,12.10,12.15,12.23,12.28;1836.1.5,1.14,1.16,2.1,2.24,2.29,3.28,4.11,4.26,5.2,6.16,6.26,7.12,9.1,9.21,10.15,10.24,11.9,12.12,12.18,12.20,12.31;1837.1.11,1.26;1840.9.14,9.28,10.16,11.8;1841.1.9,2.15,3.20,4.15,4.29,8.25;1844.3.26,5.8,7.27,12.2;1845.3.31,6.24,6.27,7.11,8.19,10.19;1847.4.13,10.23;1848.1.30,8.3,12.2,12.3;1849.2.23,9.14,10.2;1850.2.20,2.25,3.24,5.11,5.13,

7.17,8.3,9.3,10.3,10.14,11.6,11.7;1851.2.25,3.29,4.2,4.7,6.9,6.26,7.7,12.18;1858.3.1,7.12;1859.7.8;1860.1.10;1861.5.8,12.17
彭杜高(艾圃)1881.8.19
彭祖寿(彭菊樽)1858.4.1
彭祖贤(芍亭)1859.1.17,3.11
苹江 1848.5.29;1849.6.22;1851.10.13;1852.1.9
萍江 1858.8.27,9.2,9.20;1859.2.25,2.27,3.23,5.13;1860.5.18
平如 1880.3.30,3.31,4.25,5.11,6.1,6.9
蒪孙 1879.3.21
蒲贵和 1860.2.26
普泉 1847.10.4;1858.4.16,4.23,11.6;1859.1.14,4.6
濮栩生 1835.10.14
濮诒孙(濮少霞)1858.9.16

Q

七格 1847.10.21
戚觐宣 1840.7.10
戚小容(小容)1849.12.9;1851.9.14,10.13
戚贞(戚子固)1847.5.31,9.14
琦昌 1850.9.26
祁翰香 1834.4.7,5.24,5.28;1836.9.9,10.7;1841.2.15
祁敬 1880.12.11
祁寯藻(春圃师、祁、祁春圃、祁稽察、祁中堂)1836.7.27;1837.2.1;1841.3.28,6.19;1844.4.23,6.27;1849.1.14,8.30,8.14,8.23,10.6,10.27,11.23;1850.5.19,6.5,7.14,7.29,8.14,8.18,9.11,11.2,11.6,12.13;1851.1.3,2.1,3.4,3.16,3.18,3.28,6.17,8.11,9.8,12.28;1852.1.19,1.20,1.22,1.27;1858.2.23,8.11,8.15,10.19,12.18;1859.6.28,9.6,12.9;1860.2.15,4.7,5.18,6.28,1860.9.5
祁世长 1880.9.29;1881.6.26,11.26
祁叔和 1858.10.15
耆松 1849.8.17
齐通政 1851.10.19
耆英(介春、耆相、耆中堂)1848.6.12,7.9,12.5,12.15;1849.2.24,10.15,11.26;1861.7.26
祁之镠 1851.9.19;1858.4.6
芑堂 1841.2.22
启秀 1879.3.2,6.5
搴云 1841.3.23;1844.8.24,8.29;1847.5.2;1848.3.1,8.7
骞云 1845.5.19;1848.8.12
钱拜亭 1858.12.27
钱宝廉 1878.6.26
钱朁醇 1847.5.19
钱德 1878.8.23
钱恩棨(钱芝门、芝门)1858.6.22,8.27,11.26;1859.5.18,6.11,9.19

钱福昌(钱辰田)1836.3.14
钱警哉(警哉)1847.9.27,12.2;1848.1.10,1.11,3.8,7.31;1851.3.29,4.11,5.5
钱萍矼(萍矼)1848.4.1,9.11;1859.4.22
钱世铭(警斋、钱警斋)1840.12.30;1847.7.18,9.24,11.14,12.1;1848.3.7,3.12;1851.2.10
钱勖(揆初、钱揆初)1858.8.30,8.31,9.11,9.18,10.8,10.18;1859.1.22,3.10,3.12,6.17,8.3,8.5,8.29,9.13,11.14,12.25;1860.1.4,1.14,2.22,2.26
钱仪吉(心壶)1847.12.22
钱臻 1836.10.17
钱振常(篪仙)1878.2.23,2.25
钱振伦 1844.7.7
乔晋芳 1844.7.7
乔濬泉(濬泉)1836.3.13,12.7;1840.5.22,8.7,11.17,12.5,12.12;1848.8.23
乔联璧 1851.1.27
乔松年(鹤侪)1851.6.21;1860.11.28
乔小泉(小泉)1834.4.7;1851.3.30,8.27;1862.1.10
秦炳文(宜亭)1844.4.6;1845.4.28,6.1
琴舫 1841.12.9,12.14;1844.3.27,4.17,5.3,6.15,7.5,7.7,7.27,8.5;1845.5.23,6.20,7.21;1847.8.14,8.20;1848.4.8,9.19,9.24;1849.2.22,3.19,6.21,12.23;1851.7.26,7.27,7.28,7.29;1858.7.12,8.1;1859.2.20;1860.12.26;1861.5.31
秦金鉴 1851.4.5
秦鼐士 1858.8.7
琴山 1836.1.14,10.24,11.14,11.15;1837.1.9;1841.12.3;1847.3.26
琴仙 1849.6.25
秦缃业(淡如、秦淡如)1840.2.28,4.2,4.10,4.20,4.30,6.6
秦钟简 1879.6.20
沁泉 1840.8.10
清安东 1849.1.11
清甫 1858.8.4;1859.8.29,12.5;1860.3.30
清平 1844.10.25
青樵 1847.5.9
青桥 1848.10.4;1851.3.30,4.24,5.6,5.7,10.16,12.6
清珊 1859.12.2
清盛 1852.1.17,1.26
青士 1835.8.11;1836.3.1;1837.1.2;1840.9.11;1849.4.6;1859.2.6,2.23,5.26,8.31,9.11,10.18,11.4,11.6;1860.1.13,1.18,2.12,2.15,2.21,3.3,4.10,4.19,6.3,6.12,6.13,7.2,7.10,7.14,8.15,8.22,8.23,8.28,9.2,9.11,9.14,9.16,10.29,11.3,11.19,11.26,12.3,12.19;1861.1.21,1.26,1.29,2.3,2.27,3.10,3.21,3.27,

4. 20,5. 11,5. 21,6. 11,6. 14,7. 9,8. 1,9. 3,9. 13,9. 14,9. 15,9. 16,9. 22,9. 29,10. 24,10. 27,11. 2,12. 9,12. 18,12. 20,12. 24;1861. 1. 3;1862. 1. 12,1. 26;1880. 2. 6
青棠 1849. 6. 21;1850. 1. 21,6. 8,8. 23,9. 12;1851. 4. 29,6. 2
清溪 1835. 3. 26
晴初 1844. 4. 5,5. 12,5. 28;1847. 4. 1,4. 4,4. 11;1850. 12. 21
晴峰 1840. 11. 12
晴里 1851. 9. 24
庆阁学 1844. 9. 10
庆惠 1859. 2. 7
庆明 1860. 3. 13
庆锡(庆秋泉、秋泉)1847. 4. 2,4. 27,7. 24,9. 11;1848. 7. 14;1850. 11. 19;1858. 7. 5
庆勋 1840. 6. 11
庆云浦 1858. 5. 21,9. 14
庆芸浦 1858. 9. 21
庆筠圃(筠圃)1859. 12. 5;1860. 8. 31
琼枝 1840. 11. 18
秋蘅 1859. 2. 26
邱荣堂 1850. 3. 31,4. 3
秋士 1859. 8. 28
秋堂 1849. 4. 6
邱璋 1848. 2. 21
屈侍读 1835. 7. 29
劬庵 1841. 7. 26;1845. 7. 17;1848. 5. 30
瞿嘉祐(瞿侍御)1835. 3. 22;1847. 3. 31
权伯英(伯英)1858. 8. 20,9. 4;1859. 2. 21,2. 27,3. 12;1860. 7. 22
铨林 1881. 1. 15
全庆(全小汀、全中堂、小汀)1841. 9. 3,9. 4;1847. 11. 30,12. 1;1848. 5. 7;1849. 7. 26;1850. 6. 21,9. 26,10. 6;1851. 1. 5,6. 23;1858. 4. 6,10. 18;1859. 1. 21,3. 5,8. 10;1860. 2. 24;1861. 1. 13,6. 29;1878. 6. 5;1880. 3. 19,6. 13,8. 20;1881. 6. 1

R

仁山 1834. 2. 23;1835. 3. 27,4. 15,4. 20,4. 23,4. 24,4. 26,4. 27,4. 30,5. 9,5. 12,5. 13;1840. 4. 10,4. 13,4. 17,11. 13;1841. 2. 16,4. 12;1844. 11. 25;1847. 3. 22,6. 6,6. 17,6. 18,7. 16,8. 11,8. 13,9. 14,9. 18,9. 20,9. 23,9. 28,10. 31,11. 8,11. 15,11. 17,11. 18,11. 30,12. 22;1848. 1. 3,2. 22,3. 6,3. 14,3. 24,4. 4,4. 9,4. 11,4. 12,4. 17,4. 29,5. 2,5. 16,5. 31,6. 5,6. 6,6. 19,8. 1,8. 3,8. 21,9. 2,9. 10,9. 12,9. 25,10. 9,10. 22,10. 27,12. 11,12. 26;1849. 1. 7,1. 22,2. 18,5. 12,6. 3,6. 25,8. 10,8. 26,9. 17,9. 23,10. 1,11. 29,12. 17,12. 30;1850. 1. 2,1. 5,2. 8,2. 25,3. 11,3. 30,6. 15,7. 31,9. 7,9. 12,9. 23,10. 30,12. 27,12. 28;1851.

1.9,1.22,2.24,2.27,3.20,4.7,4.27,4.30,6.5,7.28,8.4,8.8,8.29,9.10,9.14,9.18,9.20,9.26,10.7,10.13,11.23,11.26,12.22;1852.1.7,1.19,2.10;1858.7.12;1859.1.24,7.7;1860.9.16;1861.4.21,5.26,7.3,7.11
任为琦 1835.2.15
仁斋 1859.1.13
蓉畴 1834.4.13
蓉史 1878.12.12
容塘 1847.11.30
蓉洲 1845.10.7
如月 1858.12.3
阮 1835.11.13;1836.5.27
阮大令 1841.3.23
阮福(赐卿、阮赐卿)1835.8.1,9.5,12.15;1836.8.11,10.30;1840.8.18,8.21,8.30,9.14,9.16,10.17,11.17,11.27;1841.8.5,8.7;1845.10.6;1848.7.30,8.22
阮亨(梅叔、阮梅叔)1834.4.20,5.31,7.9;1841.3.21
阮祜(阮受卿、受卿)1835.8.18,8.24,8.31,9.5,9.26,9.29,11.15,11.26,12.9,12.15;1836.1.7,1.11,3.24,3.29,4.15,4.18,6.11,6.14,7.1,7.28,7.30,8.11,9.6,9.23,10.5,10.14;1837.1.6;1840.2.21,2.27,3.3,3.18,4.12,4.14,5.22,6.1,6.5,6.30,7.19,10.18,11.17,11.27;1841.2.9,2.25,4.18,5.5,5.31,6.24,6.24,7.30,8.5,8.8,8.16,8.19;1844.6.21,8.22;1845.4.10,7.8,7.10,8.11;1847.4.3,4.6
阮老五 1835.5.19
阮庭 1847.11.18,12.20;1848.11.12
阮文藻(阮士良)1837.1.29
蕊仙 1849.6.23,6.25;1850.10.4;1851.5.21,8.23,9.3,12.29;1852.1.8
瑞 1847.7.18
瑞常(瑞芝生)1834.9.26;1844.6.27;1849.8.25,11.13;1851.7.20,7.22,11.11
瑞春 1849.4.5;1851.3.19
瑞道台 1849.2.25;1850.1.11;1851.6.25
瑞联 1881.8.30,11.27
瑞诗轩(诗轩)1849.4.18,4.19
睿王 1847.3.17,6.24,6.27,8.21,9.7,10.25;1848.3.31,4.11,5.8
瑞兴 1849.1.9,5.22;1850.7.13
若汀 1859.8.29
闰臣 1845.4.11,5.1,8.23,10.23;1847.2.23,6.2,6.8,6.9,7.8,8.2,8.7,11.25;1848.2.12,2.28,3.1,3.22,4.1,4.2,7.4,8.30,9.6,11.4,12.4;1849.6.14,10.18;1850.5.18;1851.3.20
闰农 1847.3.6;1849.6.16,6.17,9.10
润之 1859.6.10

S

萨大年(萨兰台、兰台)1841.4.24,9.

3;1844.3.15;1851.4.8,4.28;1878.2.26
萨林阿(萨香林)1840.10.28
赛尚阿(鹤汀、赛)1848.2.18;1849.1.14,10.27,12.8;1850.10.22,12.5,12.12;1851.1.19,2.1,2.24,4.10
三秦 1880.5.14
三寿(三连斋、三联斋)1845.5.19;1848.2.21;1850.5.3
三有 1845.1.12,1.17,1.23,2.2;1847.11.16,11.29,12.2
桑春荣(桑百斋)1841.3.28;1851.1.10
僧王捡吧阿哩 1860.9.19
珊林 1834.6.1,7.16,7.17,9.23,10.25,12.12;1835.4.27,6.28,7.22,7.24,12.28;1836.3.12,3.24,4.26;1844.5.17
珊拾 1860.1.22,6.20,11.17,12.5;1861.2.9
单懋德 1841.2.7
单懋谦(地山、单地山)1835.12.25,12.27;1836.1.14,4.16;1840.4.7,9.25,10.9;1841.2.6,2.7,2.8
善溥泉 1835.5.19
善循 1848.4.1
商岩 1849.4.2
少川 1861.5.19,6.1,6.10,6.18,6.20,6.30,7.1,7.4,7.10,7.30,10.8,10.10,10.14,10.17,10.18,10.20,12.4,12.15,12.20,12.30,12.31;1862.1.24
绍德 1849.4.5
少峰 1835.8.6;1840.3.11,4.15,10.1,10.16,11.4;1841.8.1;1844.2.29;1845.5.12,5.22,5.23,5.25,5.29,6.4,6.9,6.12,6.16,6.17,6.20,6.27,6.28,6.30,7.12,7.30,8.6,8.11,8.20,8.28,9.6,9.7,9.9,9.16,9.21,9.22,9.24;1847.5.15,9.14,10.23,11.5,11.10,11.11,12.6,12.16;1848.2.6,2.15,4.14,5.3,5.28,5.29,6.10,7.6,7.27,7.30,8.12,8.13,9.21,9.22,10.25,10.27,11.10;1849.1.3,4.18,9.18,10.2,10.21,10.24,11.22;1850.2.14,5.8,7.27,11.11;1851.1.26,6.2,6.24,6.28,7.6;1858.12.22;1859.12.1,12.7
少甫 1844.11.17;1879.6.11
邵海珊 1859.8.1
邵亨豫(汴生)1880.5.27,9.9;1881.8.30
少梁 1849.5.15;1850.10.7
少舲 1845.1.21
邵纶 1844.9.17;1848.1.29
邵纶绶 1848.5.17
少梅 1841.12.15;1844.4.21;1847.5.25;1849.6.16;1851.2.2,2.9,3.26;1852.2.11;1878.2.28,9.23,10.29,11.28,11.30;1881.8.24
少明 1860.4.18
少农 1858.3.28

少卿 1845.10.6
少泉 1851.4.28
少如 1860.1.20
少甥 1858.6.16
少松 1844.12.4
少唐 1879.8.27
邵香明(香明)1845.9.25;1847.3.2,3.31,8.11;1848.2.21,4.10,6.11,10.5;1849.1.4
邵小峰 1858.7.11
邵懿辰(蕙西、惠西、位西)1841.2.25,3.1,3.27,5.5,6.18,7.26;1845.10.16;1847.9.13;1849.1.12;1850.5.4,6.21,6.26;1851.1.23,2.27,5.15,5.21,5.22,7.19,10.23
少园 1847.5.2,5.15
少斋 1861.6.7,6.9,7.6,7.11
少旃 1840.12.9
申甫 1847.3.25,3.28;1848.12.4;1849.1.13;1850.7.15
申启贤 1835.9.27
申少君 1851.10.6
申之 1879.5.24
沈 1852.1.18
沈保靖(沈仲维)1878.6.20
沈秉掷(沈春桥)1836.4.9
沈丹谷(丹谷)1834.8.6,11.13,11.17
沈第(松门先生)1835.6.1;1836.7.16;1841.3.23,12.5
沈枫桥 1834.6.17;1835.2.5
沈贡九(贡九)1847.4.2;1848.1.31
沈桂芬(沈中堂)1851.7.10;1879.6.5
沈经翰 1841.2.25;1845.10.16
沈宽夫(宽夫)1847.7.5,8.10,9.12,11.3;1848.4.19,4.22,11.4;1849.4.24;1850.11.5
沈岐(沈饴原、饴原)1834.5.30,6.17,9.18,12.27;1835.2.5,8.24,9.14,10.23,12.15,12.31;1840.7.28,12.21;1841.2.1,2.1
沈庆藩(亘之)1836.3.9;1844.12.11
沈汝潽 1860.3.18
沈寿嵩 1851.10.19;1852.1.26
沈涛(沈西雍、西雍)1840.3.24,3.27,3.30,5.22,5.24,11.8,11.9;1841.1.6;1842.1.5;1845.4.7,6.5;1848.10.30
沈廷炤(芷桥)1834.2.16
沈维生 1858.5.19,8.25
沈西雝 1835.3.27
沈小梅(小梅)1847.3.6;1848.11.14;1850.8.18,8.19,9.23,10.2,10.11,11.3,11.13;1851.1.24,1.31,2.7,2.12,3.12,3.31,4.6,4.20,4.30,7.8,7.30,9.19,9.26,10.21,12.28;1852.1.4,1.20;1858.12.25;1859.5.8
沈小石 1849.4.1
沈垚 1835.9.1;1836.1.17
沈阴庭 1849.8.23
沈瀛(朗庭)1840.2.27,6.5,6.6;1841.5.7;1844.11.25;1845.1.17,3.19,4.6,6.3;1849.1.13,2.26;1850.

2.18,6.21,7.29;1851.7.13;1858.10.17,12.14;1859.1.24,7.8,10.12;1860.1.26
沈元泰 1844.9.17
沈兆霖(朗亭、沈朗亭)1836.6.16,6.24,7.27,8.27,9.6,9.8,9.12,9.20;1840.3.7,6.21,12.16,12.19;1841.4.25,8.12;1844.12.12,12.27;1845.7.25,9.25;1847.3.22,12.20;1849.12.4;1850.9.5,9.12;1851.3.21,7.10,11.28;1852.1.23,1.24;1858.2.25,3.26;1859.7.7,12.20;1860.11.19,12.5;1861.1.29,2.11,3.1,6.28,6.29
沈兆沄(沈云巢、拙安)1834.4.7;1840.3.5,4.23,5.2,5.6,7.18,7.29,8.24,9.23;1878.2.15,3.24;1880.10.19
沈振麟(凤墀、沈凤墀)1851.6.9;1880.9.3
沈子朴 1835.5.12
沈子庾 1835.6.14
沈祖望(也鲁)1840.10.4,10.19;1841.1.28;1845.10.28;1847.5.9,8.21;1848.4.13,4.23;1849.1.11;1851.12.3,12.7
慎生 1878.6.5,6.27,6.30,8.22,8.24,9.21,11.7;1879.2.26,2.28,5.12,7.30,10.1;1880.2.15,2.17,6.10,6.12,9.15,9.19;1881.1.27,5.30,6.1,7.25,10.2,10.5;1882.2.10
生甫 1860.8.7
笙叔 1880.10.29,11.5,11.7,11.9,11.10
盛康(旭人)1879.7.10
施道生 1851.4.9
实庵 1848.11.9;1849.4.17
石方涑(石君)1880.3.26
实甫 1835.1.26;1840.12.21;1841.1.1,9.1;1844.7.12
石甫 1836.7.15,8.3
石华 1840.7.31,8.1
石磷 1880.3.30,3.31
石鹿 1859.7.17
石伦 1841.3.28
石纶(石愚泉、愚泉)1840.3.18,4.15,5.13,7.10,7.27,8.19,8.30,9.14,10.6,10.15,12.24;1841.3.4,3.26,4.30,5.17,7.7,7.18
石琴 1841.8.5,8.7;1844.4.9;1849.4.5
石生 1844.2.22,11.29;1847.7.18,7.25,8.6;1848.4.22,6.6,8.7;1849.2.6,2.9,10.24;1850.8.24,8.29
石岳生 1836.4.8
石心 1834.2.13,2.24,4.12;1844.12.21
石竹堂 1834.3.2,3.25,3.29,4.7
史淳 1848.2.21;1849.7.1;1851.8.4
史莲生 1858.4.20;1859.2.28
史鸾坡 1835.11.14;1836.3.6,7.29
史穆堂 1841.6.8

史台 1844.9.4
史致谔(史士良)1847.3.23;1848.10.29
史致俨 1834.9.8;1836.5.27
士键 1849.5.31
士良 1845.8.13;1847.3.10;1848.2.20;1860.6.8
式卿 1858.7.20,8.4
守之 1851.8.17
寿臣 1841.4.28;1860.5.21;1861.3.3
寿君 1849.12.15;1850.5.22
寿民 1881.5.19
寿名 1880.10.26;1881.7.19
寿平 1880.8.15
寿卿 1840.5.25,5.28,7.30,9.15;1841.7.23,8.17,8.24;1842.1.1;1845.3.30,4.8;1847.5.10;1848.2.18,5.9,6.26;1849.1.3,8.21;1850.4.9,9.1;1851.3.7
受田 1841.12.12
受之 1847.7.16,8.24,9.28;1848.1.14
舒畅 1850.8.10
叔华 1836.3.26
菽林 1840.11.17
殳庆源(殳积堂)1844.10.26;1847.11.13
叔桃 1881.8.2
舒兴阿 1844.8.21;1851.2.1,9.1
叔用 1878.9.21
菽雨 1840.4.28,5.20,6.12
书元 1850.11.8
叔云 1860.8.27;1861.1.2,1.27,2.5,2.11,4.10,4.14,5.8,5.16,5.28,6.6,6.19,6.29;1862.1.2,1.20,1.23
叔昫 1862.1.17
舒云溪 1851.4.24
叔之 1834.2.9;1844.11.29;1845.2.4
树庵 1844.5.4
墅桥 1836.12.19
漱方 1860.5.6
漱石 1851.9.23
树斋 1834.5.17,5.18,5.31,6.5,7.11,7.22,8.2,8.11,9.20,9.25,9.28,10.2,10.16,12.15;1835.8.12,8.24,10.29,11.11,12.12;1836.1.8,4.15,5.2,8.29,9.1,10.27,12.13,12.14;1837.1.28;1841.1.19,3.11,5.6;1845.3.31;1850.12.19;1851.1.28,3.18
述斋 1840.10.16,11.22
述之 1879.11.1,11.5;1881.3.17
帅承瀚 1840.10.12
双圃 1840.9.22;1841.4.9
双珊 1836.7.19,10.18
顺王 1850.10.22
说斋 1847.3.6;1848.9.6;1849.6.16;1850.11.3,11.13;1851.3.31,4.20,4.30,5.6,9.8
硕云保 1847.10.21
思白 1851.5.16
思台 1840.10.19;1841.4.19;1844.

2.24,9.13;1845.6.28,8.11;1847.8.30;1848.11.1,11.29;1849.5.22,7.15,8.26,10.16,11.20,12.27;1851.9.2
四农 1835.3.24,5.27,6.14
松盟先生 1834.5.24;1835.5.9;1836.2.4
松年 1840.4.7
松森 1878.5.21,6.26;1879.11.18;1880.5.27
嵩生 1850.11.5
嵩太老师 1847.9.26
宋惠人 1858.2.28
宋晋 1847.3.23;1848.1.29;1849.8.25
宋廉甫 1845.5.26
诵青 1858.8.29
诵孙 1845.3.29
宋翔凤(宋于庭、于庭)1835.3.23,3.24,3.29,4.2,4.15,4.19,4.26,4.29,5.7,5.11,5.17,5.18,5.20,5.28,5.30,6.1,12.27;1836.1.1,4.22,8.22,8.23;1837.1.17,1.20;1859.10.5
宋小石 1836.4.7
宋小榭 1836.4.24
宋雪帆(雪帆)1848.9.10,11.9;1858.2.21,2.28,9.1;1860.2.24,2.26,3.4,11.3;1861.6.13
宋延春(小墅)1836.10.11,10.18;1841.12.1,12.13;1842.1.9;1844.2.26,4.19,7.7;1849.4.30;1850.2.22,3.25;1851.3.14,6.30,7.7,9.13,12.4,12.14
宋玉珂 1849.9.22
苏宾嵎 1836.4.27
苏扶车 1845.3.22
苏敬衡(蕉林、苏蕉林)1836.6.7,9.2,9.24;1841.2.22;1847.6.12;1850.6.25
苏勒布 1850.4.17
苏松龛(松龛)1836.10.9;1840.4.1
苏孙瞻(甘渔)1841.12.31;1842.1.1;1844.5.31
苏廷魁 1841.3.28
肃顺(肃裕庭、裕庭)1840.3.27,4.3,4.17,5.9,6.24;1841.3.19,5.12,8.8,8.24,8.28,12.19;1845.8.26;1848.2.24;1859.1.19,3.5;1860.3.4,3.13
肃王 1850.10.22;1851.2.15;1879.5.15,6.10,10.10;1880.3.30,7.21;1881.3.9,4.8
素仙 1850.5.7;1851.8.5,8.9,8.15,8.23,9.1,9.3,9.9,9.11,9.30,10.2,10.3,10.5,10.19,10.25,10.28,11.2,11.10,11.14,12.1,12.4,12.5,12.6,12.9,12.24;1852.1.6,2.3,2.7
孙葆元(孙莲塘)1836.7.4;1850.4.17
孙鼎臣(孙芝房)1841.2.25;1845.10.16;1847.8.12;1849.6.20
孙符卿 1849.8.23
孙汉卿 1858.8.31

孙楫(孙驾航)1858.5.7
孙家醇 1851.9.24
孙家艮 1844.10.28
孙晋墀 1845.5.19
孙老前辈 1841.7.27,7.29
孙铭恩(兰检)1836.4.22,12.1,12.21;1840.4.25,8.31,10.20;1841.2.19,2.25;1844.9.17;1848.9.16,9.19,9.27,11.2,12.1;1849.4.24,9.15;1850.4.17,11.11,11.24,12.31;1851.3.10,4.10,4.17,6.19
孙佩泉 1851.4.20
孙锵鸣 1849.7.1,9.17
孙容(萝峰)1840.6.6
孙如仅(孙亦何)1859.8.1
孙瑞龄 1847.3.27
孙瑞珍 1849.9.22
孙世兄 1844.3.10
孙寿祺(孙子福)1848.3.29
孙太老师 1840.10.18
孙廷璋(孙莲士)1850.11.18
孙琬 1844.11.14
孙小坪 1835.2.10,8.1
孙衍庆(柳君、孙柳君)1835.3.20,3.21,3.27,4.22,4.30,5.6,5.9,5.15,5.29;1836.4.10,4.18,5.2;1840.3.25,3.28,4.18,4.28,5.15,5.22,5.24,5.26,6.10,6.22,7.2,7.18,7.25,8.28,9.22,10.13,10.15,12.11,12.25;1841.2.19,2.20,2.22,2.23,3.20;1844.4.5,4.6,7.30
孙衣言(孙琴西)1858.3.26
孙诒经 1879.1.6;1880.5.27
孙颖生 1851.11.21
孙园 1850.4.17
孙曰庠 1841.7.6
孙云溪 1848.2.21
孙中丞 1844.12.1
孙子和(子和)1834.4.25,4.26;1835.7.20,7.24,7.29,8.27,11.12,11.23,11.27;1836.1.28,1.29,9.25,9.26
孙子珊 1851.12.14

T

泰侄孙 1880.8.11
谭墨庄(墨庄)1858.7.1,9.29
谭宗浚(叔裕)1878.4.6;1880.4.19,4.22;1882.1.22,12.10
谭祖钧 1847.5.8
谭祖同 1844.11.7
汤 1840.10.12
汤金钊(汤敦甫)1835.9.27;1850.10.17,12.25
汤俊(敬亭)1841.12.8,12.17;1844.4.5,4.18,5.17,6.2,6.7;1845.3.29,6.28;1849.4.9;1850.4.28,9.15;1860.6.13;1861.1.7,5.31,7.29
汤铭斋 1848.4.28
汤世兄 1835.8.27
汤太老师 1840.10.30

汤修 1852.1.26
汤云松 1844.7.7
唐伯华 1848.11.5;1851.3.2,3.22,4.20,5.6,8.5,8.20,9.1,9.3,9.18,10.15,11.20,12.1,12.4,12.9,12.24;1852.1.3,1.30,2.3
唐业谦(受堂)1840.10.29
陶宫保 1837.1.6
陶际尧 1841.9.9
陶菊香(菊香)1834.4.7;1836.8.1;1847.5.23
陶梁(凫芗、陶凫香)1840.4.19;1841.2.2,2.20,5.2,5.30,7.2,7.4,8.21;1848.9.25;1849.12.1;1850.1.7,2.20,3.26,4.11,5.7,7.19,9.3,9.19,10.6,10.12,11.9,11.11,11.30;1851.1.12,1.18,2.11,2.28,3.19,3.22,4.7,6.9,6.14,6.14,7.6
陶柳泉 1836.1.28
陶鹿侨 1844.10.2
陶曼云 1858.7.19
陶士霖 1836.4.21
陶澍(陶云汀、云汀)1835.11.15;1836.1.19,1.29,2.7
陶芝堂 1835.3.31
特登额(特芳山)1848.3.9;1849.1.14;1851.2.1
特克什布 1847.10.21
梯云 1851.1.29;1859.3.9,5.9,6.17,9.22,12.13,12.28;1860.2.4;1879.6.11
惕如 1850.10.15
薙云 1850.11.7,12.19
天成 1840.2.26,5.30,6.20,7.25;1841.1.16,6.20,7.12,8.13;1845.6.21;1847.10.14;1848.2.4,8.2;1849.7.11,7.16
天顺 1840.12.19;1841.8.13;1847.10.21,11.2
天喜 1851.9.13
田雨公 1844.4.23,8.21;1849.7.31
调甫 1859.9.13,9.19
条三 1834.6.1;1835.9.13,12.19,12.21;1841.4.18
条山 1834.10.3
条生 1834.8.14,9.18
铁庵 1847.3.22,8.20;1851.3.14
铁华 1834.2.12,4.9,4.10,11.7;1844.11.17,12.4;1849.5.28,5.29,11.23;1851.1.27;1859.3.8,5.2,5.15
铁老师 1850.8.5
铁樵 1844.11.24
铁琴 1840.9.20
铁仁山 1841.5.21;1847.3.24
铁如 1844.11.24
铁太守 1849.11.2
听泉 1849.12.10;1850.12.21;1851.1.14,2.21,5.18,5.21,5.29,6.12,7.4,7.7,7.27,8.5,8.6,8.17,8.20,9.1,9.3,10.3,10.15,11.2,11.8,11.20,11.21,12.1,12.24;1852.1.3,1.6,1.8,1.13,1.30,1.31,2.3

廷堪 1859.1.13
通甫 1840.3.30,8.28
彤甫 1860.11.28
童华 1849.7.31;1880.5.27
桐门 1834.2.16,4.19;1835.2.19,2.21,5.18,8.9,8.13,9.11,9.19,9.22,10.16,12.11,12.13;1836.2.8,2.22,4.4,4.8,12.6,12.31;1840.2.7,2.26,3.25,3.27,4.20,4.22,4.23,5.1,5.22,5.30,6.20,7.29,8.1,8.23,9.20,10.26,11.21,12.17,12.19;1841.1.4,1.14,1.16,3.18,4.15,6.19,6.20,7.10,7.12;1842.1.6,1.9;1844.8.30,11.23;1845.1.15
桐门表叔(桐门叔)1834.11.7;1835.4.18,6.16
桐生 1848.2.10,7.13,8.7,11.3;1849.3.27,9.23;1850.5.8,6.16,8.23;1851.6.2,7.6,11.8,12.18;1852.2.12
同叔 1834.2.13,2.23;1840.3.31;1845.1.6
童以炘 1849.8.25
涂岑 1835.3.1
图南 1841.1.1
涂庆澜 1879.6.20
托爱山 1840.12.30

W

万庵 1847.10.17
万崇 1878.8.23
万礼门(礼门)1835.12.20,12.23
万藕舲 1858.4.22,9.10
万青藜 1844.6.16;1851.6.11
汪宝荣(铁蕉)1834.2.12,3.27,3.31;1844.11.25
汪本铨(汪衡甫、衡甫)1836.10.30;1840.11.28,12.8;1844.7.26,9.17;1847.4.5
汪承元(慕杜、汪慕杜)1850.10.3;1859.2.20
汪道森 1841.2.20
汪笛船 1851.6.10
汪德英(汪珠林、珠林)1835.1.10,3.29,4.23,4.28,5.2,5.6,5.30,6.1,6.19,7.16,12.7;1836.2.9,3.6,3.16,3.19,3.25,4.5,4.7;1840.3.31,11.21,12.3;1841.6.20;1844.11.16,11.17,12.12;1845.1.5;1848.3.17,3.18,7.31,8.2;1849.2.19,6.21;1850.12.7;1851.1.7;1859.3.8;1860.5.1,5.2
汪栋(仙梅)1840.10.25
汪方川 1835.9.20
汪恒斋 1836.10.6,10.12,10.13
汪棰(铁芸)1834.2.10,2.22,2.28,3.27,4.9,4.11,4.13,4.19,4.26,5.17,5.23,5.25,6.5,6.14,6.22,7.6,7.14,7.25,8.4,8.11,8.21,9.1,9.15,9.21,10.8,10.21,10.22,10.28,11.2,11.7,11.19,11.21,11.28,12.19;

1835.1.9,1.10,1.11,1.13,1.17,1.22,2.7,2.14,2.18,2.19,3.10,3.17,3.23,3.26,4.1,5.8,5.14,5.22,5.27,6.11,6.14,6.17,6.22,7.4,7.14,7.20,8.7,8.12,8.13,9.11,9.19,9.22,10.26,11.7,11.17,11.20,12.1,12.8,12.11,12.12,12.13;1836.1.3,1.7,1.14,1.16,2.4,2.5,2.22,2.24,3.5,3.11,3.22,3.29,4.1,4.4,4.5,4.20,5.2,6.5,6.7,6.30,7.2,7.6,7.7,7.26,8.7,8.10,8.29,9.7,9.16,9.17,9.29,10.1,10.11,11.5,11.24,11.30,12.2,12.24;1837.1.13,1.25,1.26,2.4;1840.2.9,2.26,3.15,3.20,3.25,3.27,4.22,4.23,5.1,5.22,5.30,6.16,6.20,7.15,8.1,8.16,9.5,9.17,9.20,9.25,10.13,11.1,11.5,12.25;1841.1.4,1.22,2.10,3.20,3.23,3.25,4.7,5.5,5.13,6.5,6.8,6.14,6.20,6.29,7.10,7.12,7.17,7.31,8.1,8.6,8.7,9.3,12.13;1842.1.1;1844.2.28,3.25,3.26,4.20,5.20,5.29,5.30,6.7,7.14,8.6,8.7,9.4,11.16,11.17,11.20,11.23,11.29,12.4,12.16,12.27;1845.1.6,1.13,1.17,1.22,1.24,2.5,3.31,4.23,5.8,5.10,5.16,6.21,6.21,7.12,8.6,8.7,8.25,8.27,9.2,9.21,9.22,10.7,10.9;1847.2.17,3.1,3.4,4.14,4.25,5.6,5.23,6.10,6.11,6.19,7.10,7.26,7.27,8.14,8.18,8.24,8.25,8.29,9.5,9.6,9.9,9.13,9.14,9.23,10.1,10.14,11.2,11.4,11.11,11.14,11.16,11.30,12.12,12.28;1848.1.7,2.1,2.3,2.4,3.18,3.27,3.28,4.3,4.25,5.8,5.9,5.19,5.24,6.22,6.25,6.27,8.2,8.13,9.14,9.21,9.22,10.27,10.28,11.9,11.10,11.27,12.6,12.20;1849.1.3,1.25,1.26,2.10,2.11,2.18,2.23,3.16,3.29,4.5,4.8,4.24,5.1,5.4,5.19,5.23,5.28,5.29,6.10,6.12,6.19,6.21,7.16,7.17,7.21,7.28,8.21,8.24,9.22,9.28,10.9,10.11,10.22,11.9,11.20,11.22,11.23,12.6,12.11,12.26,12.29;1850.1.7,1.14,1.23,2.4,2.6,2.13,2.16,3.23,3.24,3.27,4.7,6.5,6.14,7.30,7.31,8.22,9.17,9.20,11.12,11.13,12.4,12.18;1851.1.7,1.27,3.27,5.2,6.11,6.20,6.21,7.28,8.25,9.25,10.20,10.21,12.19,12.20;1852.2.18

汪堃(安斋、汪安斋)1836.3.29;1840.5.2,5.9;1841.3.16,5.2,5.8,6.8,6.28,7.15,8.4,8.24,12.3;1844.6.5,6.21,8.19,8.31;1845.3.27,7.2,9.2;1847.5.2,8.7,9.8,10.3;1849.3.22,4.3,4.8,5.1,5.9,5.14,5.17,5.19;1850.9.27,10.3,10.15,11.12,11.15,12.18,12.29;1851.1.18,6.4,6.10,7.28,8.10,8.29,10.28,12.31;1878.4.29,6.18,12.6;

1879.2.25,3.14
汪老 1859.7.10
汪鸣銮(柳门)1878.2.6,3.12,3.15,3.16,3.20,3.24,5.15,6.9,7.19;1879.4.3,4.13,6.25,7.30,8.10
汪鸣相(朗渠、汪朗渠)1835.3.3,5.28,7.21
汪全诰 1851.10.19
汪润 1849.9.22
汪三世兄 1836.1.19
汪森(铁峰)1834.2.9,3.11,3.22,3.27,4.9,4.13,4.26,5.23,7.28,8.4,8.11,8.14,8.21,11.2,11.19,12.19;1835.1.17,2.6,2.14,2.18,3.23,3.26,4.1,4.28,5.8,5.27,6.22,8.9,8.13,10.16,11.7,12.1,12.8;1836.2.24,3.28,4.4,6.30,8.1,10.16;1837.1.13;1840.4.23,6.16,7.15,11.21;1841.1.4,2.10,5.5,5.13,6.5,6.12,6.14,6.29,7.17,8.6,8.7,9.3;1845.1.3
汪少安(少安)1834.9.22,11.29,12.3;1835.6.2,6.30,7.4,7.9,7.10,7.20,8.8,8.9,8.26,9.24,10.9,10.10,11.25,12.23;1836.1.3,1.7,1.8,4.17,12.29;1840.7.21,7.22,8.30
汪世芬(蕙舫)1859.9.18
汪守和 1834.9.8
汪树梓 1841.4.12
汪体乎 1835.9.5
汪廷儒(汪醇卿)1851.10.26
汪西躔 1851.6.24
汪锡珪(秉、秉斋)1834.2.9;1842.1.9;1844.11.16,11.20,11.27,11.29,12.4,12.11,12.13,12.20,12.25,12.29,12.31;1845.1.3,1.9,1.17,1.19,1.24,1.27,2.2,3.31,4.16,4.22,5.23,5.27,6.21,8.20,8.26,8.27,8.28;1848.2.3,5.28,5.29,12.30;1849.5.19,5.23;1850.11.12,11.13;1851.1.2,2.26,12.31;1859.2.16,2.18,2.19,3.12,3.13,3.26,4.30,5.26,5.28,6.15,6.27,6.28,7.27,7.29,8.21,10.2,10.5,10.18,11.22;1860.1.16,3.3;1861.10.31
汪喜孙(孟慈)1835.7.26,8.27,9.5,11.1;1840.12.19,12.20
汪祥驹 1837.1.5
汪啸庵(啸庵)1835.2.15;1836.3.13,8.21;1840.7.3,11.17,11.30,12.8,12.12;1841.7.8;1850.12.24;1851.3.19;1858.6.19;1859.1.4,3.6,9.5;1861.12.19
汪心阶(心阶)1841.1.6,4.15,5.1,5.2,8.28,9.3;1845.5.16;1848.6.5
汪学源(理庵)1834.2.23,3.3,3.23,3.25,4.9,4.13,5.23,6.30,7.4,8.6;1836.4.2;1840.3.27;1841.7.4,7.12;1844.2.28;1845.8.18,8.22,8.24,8.25,8.28,9.1,9.6,9.7,9.9,9.13,9.15,9.16,9.18,9.21,9.22,9.24;1848.1.28

汪巽泉(巽泉年丈)1834.12.25,12.29;1835.9.13
汪曜奎(汪星阶、星阶)1841.3.16;1844.12.12;1847.5.2;1848.1.6,2.18,2.20,5.20,6.16,7.3,7.27;1848.8.1,8.6,8.8,8.10,8.12,8.14,8.18,8.19,8.20,8.21,8.22,8.23,8.24,8.26,8.29,9.1,9.2,9.3,9.5,9.8,9.10,9.12,9.14,9.15,9.17,9.18,9.20;1849.1.1,4.3,5.17;1850.1.11
汪寅(汪子山)1844.7.26
汪于泗 1841.3.12
汪元方 1840.8.6;1851.6.11
汪云任 1841.4.4,4.7
汪韫斋 1847.9.8
汪藻(鉴、鉴斋)1834.3.27;1840.3.15,3.16,3.19,3.21,3.30,4.2,4.7,4.8,4.9,4.13,4.23,4.24,6.14,6.16;1841.3.19,3.20,3.21,3.25,4.1,4.7,5.11,5.13,5.17,5.24,6.23,6.24,7.1,7.12,7.14,8.22,8.25;1844.5.20,5.20,5.22,5.26,6.4,6.6,6.7,6.8,6.15,6.21,7.12,8.5,8.17,8.19,8.22,8.31,9.19,9.20,9.26,9.27,10.1,11.16;1845.3.25,3.30,4.6,5.4,5.12,5.18,5.28,6.9,6.10,6.13,6.16,6.18,6.28,7.1,7.12,7.17,8.25,8.27;1847.5.6,6.19,10.19;1848.2.3,5.28,5.29;1848.7.31;1849.3.14;1850.2.3;1851.1.2;1859.3.25,6.13,6.15,6.27,6.28,7.27,7.29,9.2,9.3,11.22,11.23,11.28,11.29;1860.1.16,2.3,3.3,5.11,5.12,11.13;1861.2.3,7.5
汪振基(艮山、汪艮山)1834.5.30;1835.1.17,3.9,7.23,8.21,9.5,9.6,9.14,12.23,12.19;1836.2.24,10.4,10.23,10.24,12.29;1840.4.7,6.27,6.30,8.21,8.24,12.30;1841.4.14,6.1,9.10,4.10;1851.4.18,10.14,10.16
汪之昌(振民)1878.12.6
汪忠增 1835.9.20;1836.9.25,9.26
汪梓(楚园)1844.3.25,5.21,11.29,12.30;1845.3.31;1847.3.1,9.6;1848.12.29;1849.1.3,1.25,3.16,6.15,6.17,8.9,8.10,11.29;1850.1.18,12.31;1851.4.19,12.31;1859.3.25;1860.1.20,2.23
王 1841.6.19;1847.7.18
王蔼棠(蔼棠)1834.7.19;1840.2.29,5.11,12.15;1841.3.7;1847.12.20;1848.5.17;1850.10.3
王菱堂 1840.11.18
王百期 1836.7.21
王炳镂 1841.3.29
王炳瀛(莲洲、王莲洲)1840.12.24;1841.2.271845.3.27,10.1;1847.7.13
王泼龄(北堂)1834.7.27,8.8,9.23,10.27,11.8,12.18;1835.1.24,1.26,2.12,7.27,8.27,10.10,10.15,11.1,

11.4;1836.1.28,4.2;1841.7.17,8.1,12.3
王鼎(定九师、王定九师)1836.4.21;1840.8.31,10.22;1841.2.23,2.25,3.285.2,8.28
王东槐 1844.9.17
王发桂 1836.6.7;1849.6.20
王藩 1835.9.27;1836.4.21
王凤翔 1845.9.25
王芾村 1860.2.22
王孚远 1834.7.26
王赓荫 1840.8.31
王广荫 1849.9.22
王桂 1840.6.21;1845.3.22
王汉槎(汉槎)1840.3.22;1841.7.24;1845.5.17;1847.8.6
王化起(基之)1860.2.25
王积顺 1840.7.20
王家璧 1841.3.14
王嘉福(王铁卿)1845.8.23
王楗 1847.5.8
王建衡 1847.8.29,11.6;1848.1.28
王景淳 1849.9.22
王堪 1851.10.3
王可庵 1851.8.15
王蓝岑 1880.10.7
王老师 1840.8.8,10.7,11.9,12.16;1841.1.18
王兰赓 1850.11.27
王楞仙(桂官)1880.3.30
王莲府 1834.10.2
王莲甫 1835.2.8
王莲士 1836.7.4
王履谦 1848.1.29
王曼 1844.9.17
王茂荫(王子槐、子槐)1847.4.12;1851.11.17,12.20;1858.2.17,5.13,5.28,6.3;1859.1.4;1861.3.13
王梅孙(梅孙)1859.1.221881.9.1,9.26,10.28,11.5,11.8,11.20,11.27
王梦庚(槐庭、王西躔)1834.4.8;1836.4.16,4.23,12.1
王梦楼 1834.4.18,4.19
王墨池 1849.8.29
王清如(清如)1841.9.8;1844.5.25;1847.3.28,4.9;1848.4.25;1849.1.14;1850.7.27
王庆云(王雁汀)1851.6.23
王容洲 1858.5.19
王芮川 1844.8.27
王若溪(若溪)1834.9.28;1835.6.12,9.26,11.30,12.15,12.28;1836.1.16,4.25,12.3;1837.1.23;1840.3.19,6.30,7.22,11.16,11.17;1841.2.23,4.15,7.24;1844.6.5,9.21
王少坡(少坡)1840.3.29,10.19
王世叔 1841.6.2
王寿南 1858.4.21
王叔原 1840.10.7
王颂蔚(芾卿)1880.4.5,4.6,5.4,5.31,6.17,7.7,8.1,8.9,10.10
王太老师 1840.11.13

王玮庆 1840.4.7
王文经 1847.4.3
王西园 1847.5.22
王霞九(霞九)1841.1.4;1844.5.4
王湘 1841.12.10;1844.11.4,11.6;1848.1.5
王筱泾 1858.8.13
王小山 1840.6.13,6.14;1846.3.17;1858.4.19,11.15,11.26;1860.3.12
王晓珊 1848.3.30
王小轩 1858.8.2
王小厓(小厓)1840.3.11,3.25,6.12,7.7,7.17,8.30,11.10,11.17;1841.6.14,6.15;1847.3.1,3.10;1858.9.25;1859.1.21;1860.9.7;1861.11.3,11.4
王欣堂(欣堂)1844.12.1,12.10;1845.3.31,9.28;1847.4.4,4.12,8.21;1848.7.23,7.24,12.29;1849.2.13,12.28;1850.3.23,8.31;1851.1.7,3.16,3.17,12.20
王懿德 1851.3.19
王遹昭 1840.8.31
王荫昌 1845.10.16
王与山 1851.5.12
王月川 1858.10.21
王云岫 1835.1.1
王允灌 1841.3.28
王藻(王菽原)1835.6.16;1836.3.28
王增谦 1849.11.7;1859.3.14
王正谊 1835.9.25
王之翰 1879.10.10;1880.3.20,3.30,5.13,6.17
王植(王晓林、晓林师)1836.4.21,7.25,7.31,9.24,11.26;1837.2.4;1840.9.12;1841.2.21,3.13,6.2,8.18;1848.3.29,3.30,5.29,5.31;1849.2.18;1851.5.1,5.9
王治 1841.4.18
王子兰 1845.7.25
王子卿(子卿)1858.5.14,5.19,5.30
王祖培 1841.9.14
望洲 1880.12.21
薇园 1834.2.23,4.13
惟勤 1850.8.8
维新 1851.2.9
伟卿 1845.8.23,10.14
纬卿 1861.10.1,10.23,11.2
味根 1845.6.21,7.15,7.16,10.7,10.9;1849.5.18
魏侣仁 1859.7.15
魏源(默深、魏默深)1834.3.2;1844.5.11
蔚卿 1851.1.23,2.25,3.22,3.30,4.20;1860.3.1
魏卿 1861.1.13,1.17,12.25,12.26
味秋 1878.3.24
蔚如 1879.5.30
渭西 1841.2.27
魏元煜 1836.11.26
味侄 1858.6.19;1859.4.18,10.4,10.30,10.31;1878.7.22

温葆淳 1848.1.29
温东川 1840.7.9,7.9;1848.1.17
温启封(温云心)1834.12.26
温肇江(翰初)1834.5.18,5.25,6.5,6.27,6.28,7.4,7.8,7.9,7.12,7.16,7.24,7.29,8.5,8.7,8.10,8.13,8.18,8.26,9.5,10.21,11.11,12.28;1835.2.24,3.24,5.24,6.18,9.5,10.7,12.6;1836.3.6,3.13,7.8,11.28,12.2,12.19,12.27;1840.4.21,6.16,7.18,7.27,7.30,10.8,10.19,11.9,12.10;1841.4.25,6.1,7.1,7.4
温忠善(晴舫、温晴舫)1836.3.19,8.25,11.12;1858.12.29
文川 1844.11.14
闻德 1851.8.6,8.28,9.27,10.25
文东川 1840.11.9,11.11
文方伯 1844.12.8
文格 1851.8.4
文昆泰(文西镇、西镇)1834.7.10,8.22;1836.4.18,4.19,4.20;1844.5.5
文老三 1849.4.5
文禄 1847.2.28
文鸾坡 1836.11.16;1840.2.26,3.17,3.23,5.31,6.29,9.26,11.18
文卿 1878.5.4;1880.4.22;1881.3.10
文庆(孔修、文孔修太老师)1840.7.20;1841.4.12;1844.4.23;1845.9.9;1847.9.20;1849.1.14
文瑞 1848.1.29;1849.7.31
文石 1861.4.3,8.6
文树桐(树桐世兄、文世兄)1840.11.9;1841.8.10;1845.10.25;1847.6.12,9.21,9.25;1848.8.3,11.1;1849.1.18,4.17
文蔚(露轩、文老师、文露轩师、文师)1840.8.31,10.6,11.9,12.17;1841.1.10,3.28;1842.1.4;1847.9.14,9.21;1848.4.15;1849.4.17,9.21;1850.9.9;1858.9.14;1859.9.4
文渭川(渭川)1858.3.30,4.6,8.24;1859.1.4,3.20
文祥 1848.2.16
文煜(文星岩)1849.4.5;1878.5.21;1879.4.30,6.14
文玉(文式如)1881.10.13,11.25
文岳 1847.2.28;1848.5.17
文岳英(文小南)1847.9.1
文之 1836.8.21
问桥 1859.8.14;1878.10.18;1880.5.25
问畲 1844.11.24;1845.2.5,7.31,8.1,10.21,10.22;1847.4.12,6.15,8.18,9.21,10.1;1848.1.6,1.30,2.3,2.28,3.27,3.28,4.7,5.26,6.8,9.3,9.5,9.26,12.6,12.25,12.29;1849.3.31,6.17,8.12,12.1;1850.6.6,7.9,8.31,9.25,12.21;1851.1.29,4.9,7.25;1859.2.3,3.8,4.2,4.20,4.21,5.9,5.26,5.28,5.31,6.17,7.27,7.29,8.30,8.31,9.1,9.17,9.20,9.22,

10.9,11.15,11.17,11.22,11.29,12.12,12.28;1860.1.17,2.3,2.4,2.23,5.2,5.5,5.6,6.2,6.3
问桃 1834.7.29,8.6;1841.6.9
翁大年(叔均)1861.9.14
翁同龢(叔平、翁叔平)1849.6.13;1860.9.11,9.23,12.9;1861.3.28;1879.6.24;1880.10.9
翁同爵(翁玉甫)1858.4.11
翁同书(翁祖庚、祖庚)1840.5.18,9.11,11.11;1841.1.1;1847.3.21;1848.2.21,7.16
翁心存(二铭)1851.9.1;1860.1.15
翁玉泉 1841.4.28;1848.2.26
翁祖烈(翁次竹)1836.6.7,7.1;1848.2.18
倭仁(艮峰、昆峰)1835.9.27;1836.4.21,10.4;1840.3.31,4.1,5.19,9.29,10.19,12.6;1841.3.7,3.22;1844.3.6,3.16;1847.3.10
乌贺 1878.12.18
乌拉喜崇阿 1879.7.30;1881.7.5,11.26
梧庵 1834.3.10,3.21,3.27,4.3,4.10,4.12,4.16,4.19,4.20,5.21,5.23,7.6,7.14,8.4,8.21,9.1,9.2,9.15,9.21,10.8,10.21,10.28,11.2,11.7,11.19;1835.1.8,1.10,1.12,1.13,2.7,2.18,2.19,2.21,4.30,5.8,5.22,5.24,5.27,6.11,6.14,7.18,8.7,8.12,8.13,10.18,10.27,11.7,11.14,11.17,12.1,12.8;1836.1.3,2.22,2.24,3.5,5.2,6.30,7.2,7.3,7.6,8.18,8.25,8.29,9.7,9.17,9.29,10.11,10.13,12.24;1837.1.11,1.13;1840.3.16,3.20,4.12;1844.11.16;1845.4.16,4.23,5.5,7.12,7.13,7.15,7.16,8.28,10.9;1849.5.19;1858.4.3,4.28,5.17,5.27,8.8,9.11,10.1,10.3,10.30,12.6,12.24;1859.1.8,1.24,1.25,2.3,2.10,2.16,2.18,3.6,3.8,3.12,3.13,3.24,3.25,4.1,4.8,4.22,4.23,5.1,5.19,5.20,5.28,6.8,6.12,6.26,6.27,6.28,7.11,7.13,7.22,7.27,7.29,7.31,8.9,8.20,8.27,8.30,8.31,9.3,9.4,9.26,10.9,10.19,10.20,10.31,11.1,11.17,12.3,12.10,12.14,12.19;1860.1.2,1.20,2.1,2.5,2.21,2.24,2.26,3.12,3.14,3.18,4.4,4.20,4.25,5.11,5.12,6.2,6.3,6.14
吴蔼人 1844.3.6,3.8
吴蔼余(蔼余)1841.12.4,12.13;1844.9.5;1845.5.26,6.26,10.23;1847.4.5,4.26,5.12,6.9,7.13,8.12,8.16,8.28,8.29,10.1,11.3,11.21;1848.2.23,3.31,4.24,5.17,6.11,7.8,8.5,9.16,10.17,11.18,12.6;1849.1.27,2.16,3.4,3.5,3.14,3.30,4.4,5.3,5.12,6.8,6.26,8.18;1850.1.5,6.6
吴斑 1841.2.7

吴邦彦 1847.4.11;1848.1.31
吴保东 1851.6.21;1852.1.23
吴葆晋(吴红生)1858.5.13
吴保泰(南池、吴南池)1840.6.16,12.22;1848.2.21;1852.1.25
吴朝宾(朝宾)1847.4.5,5.15
吴次园 1848.10.27
吴大衡(谊卿)1880.4.17,4.22,8.1;1881.12.9,12.30;1882.2.6
吴大令 1844.11.8
吴鄂棠 1835.3.27
吴福年 1841.2.25;1849.9.17
吴穀祥(吴秋农)1841.7.31
吴光业(吴补之)1834.6.2,6.10,8.29;1835.5.7;1836.3.1,4.22,4.26,4.27,8.9,8.28;1841.12.5,12.9;1845.8.15,10.1;1848.5.26;1849.4.5;1850.3.25,6.16,10.12;1851.4.7
吴广生 1836.10.29
吴拱宸(次垣、吴次垣)1845.5.19;1849.12.6;1850.7.28,12.17;1851.2.27,3.1,3.27,4.6,4.29,5.14,5.21,6.5,6.14,8.12,8.23,9.16,9.19,10.4,10.13;1852.1.9,1.10;1861.12.27;1862.1.22
吴珩(我鸥)1840.8.4,9.11,9.24,12.8;1841.1.18,2.19,2.20,2.22,2.28,3.12,3.19,3.25,9.5,12.27
吴吉昌 1841.9.12
吴嘉洤(吴清如)1835.11.13;1844.4.23
吴杰(梅梁、吴梅梁)1834.5.18,5.29,6.15,6.25,7.18,7.21,7.26,7.31,8.17,8.31,9.14,9.26,10.1,10.4,10.12,10.14,10.31,11.7,12.21;1835.1.17,2.8,2.11,2.15,2.16,2.26,3.12,3.14,3.15,3.16,4.29,5.12,5.29,6.13,6.21,6.26,7.16,7.26,8.24,8.30,9.10,9.27,10.31,11.18,12.9;1836.3.9,3.16,3.17,3.31,4.16,4.21,5.29,7.4,7.5,7.12,12.16;1840.4.5;1841.5.26
吴经浩 1836.8.1
吴景萱(硕卿)1859.1.11,1.19,1.24,2.26,2.28,3.5,3.12,3.18,4.8,5.10,5.14,5.19,6.9,6.12,6.21,6.27,7.2,7.11,7.20,7.24,7.25,7.31,8.24,8.30,9.20,9.22,10.8,10.11,10.14,10.16,10.28,10.29,10.30,11.25,12.19,12.27,12.29;1860.1.6,1.9,1.22,2.8,2.19,3.1,4.16,4.22,4.30,5.14,6.5,6.9,6.10,6.13,6.20,6.25,7.20,8.9,8.15,8.17,8.25,8.26,9.7,9.10,9.12,9.21,9.22,10.6,11.2,11.5,11.19,11.30,12.11,12.13,12.25,12.29;1861.1.1,1.10,2.14,3.19,4.19,5.2,5.10,5.12,5.14,5.17,6.22,6.29,8.6,8.26,9.2,9.29,10.3,10.20;1878.2.6,10.21,11.7,12.14;1879.3.27,5.28;1881.10.3
吴敬羲(薇客、吴薇客)1840.6.14,6.

30,8. 11,10. 16,11. 29;1841. 5. 21;1848.2.21
吴敬义 1849.9.22
吴骏昌 1848.9.28;1849.8.25
吴俊民(俊民、吴醉生、醉生)1834.9.28;1835.8.25;1840.3.24;1850.3.22,3.27,5.8,6.16,7.23,7.30,8.4,8.6,8.12,8.23,8.24,8.29,10.28;1858.3.9,3.13,3.17,4.5,4.23,4.28,5.4,5.16,5.27,6.21,6.24,6.25,7.8,7.10,7.13,7.17,7.18,7.25,8.1,8.8,8.17,8.23,8.24,8.27,8.29,9.5,9.9,10.13,11.2,11.6,11.11,11.12,11.20,11.25,11.26,12.10;1859.1.7,1.9,1.11,1.29,1.30,3.7,4.18,4.23,5.14,5.15,5.20,6.21,6.27,6.29,6.30,7.5,7.6,7.11,7.16,7.22,7.28,8.11,8.13,8.17,8.29,10.18,10.22,10.30,10.31,11.17,11.23,12.8;1859.1.7,1.9;1860.1.16,4.27,4.28,5.6,5.11,5.12,6.2,6.3,6.4,6.5,6.9,6.11,9.27
吴楷(辛生)1845.1.24,6.28
吴梁 1859.11.22
吴茗 1848.5.6
吴捧纶(柳桥)1841.2.25;1844.3.29
吴其浚(瀹斋)1836.10.20
吴锵如(锵如)1835.3.5,3.6,4.29
吴荣光(荷屋、吴荷屋)1834.12.26,12.29;1835.1.1,1.5,1.9;1836.11.14;1837.1.15;1840.2.27
吴蓉坡 1851.7.13
吴若准(次平、吴次平)1834.7.27,9.4,10.1;1835.10.19;1836.1.15,3.29,3.30,4.1,7.15,7.25,7.31,9.6,10.30,11.1,11.4,11.15,11.25,11.26,12.3,12.5;1837.1.31;1840.4.6,7.18,7.21,8.14,9.13,9.24,9.27,10.4,10.8,10.26,10.30,11.5,11.9,11.17,12.14;1841.1.2,1.12,5.21,6.23,8.5,12.13,12.13;1844.6.28,7.17,8.9,9.21,9.26,11.29;1845.3.28,5.21,5.26,6.16,6.21,6.23,6.28,7.16,7.19,8.11,10.8,10.15,10.25;1847.4.15,4.30,5.22,6.7,6.15,7.5,7.12,7.16,8.23,9.11,9.12,10.1;1848.2.16,3.1,4.2,7.6,7.23,10.5,10.21,11.19,11.29;1849.3.8,3.18,3.30,4.5,6.2,7.7,7.8,7.25,8.22,9.8,10.12,10.23,10.28,11.17,12.7;1850.3.20,4.4,4.10,6.7,7.28,7.30,8.28,11.9;1851.1.16,3.9,3.22,3.29,5.6,5.9,5.19,5.23,7.16,8.10,9.28,10.28,11.4,12.13,12.22;1852.2.4
吴少岩(少岩)1879.9.14,11.15,12.13;1880.1.29
吴少占 1852.1.16,2.3
吴昇照 1852.1.6
吴实甫 1835.3.31
吴时行 1844.11.15
吴士桢 1852.1.21

吴树梅 1879.7.30
吴崧圃 1834.7.26
吴台 1859.10.19
吴棠(芝桥)1851.3.30,4.20
吴廷琛(棣华年丈、棣华丈、吴棣华丈、吴丈棣华)1834.3.2,3.8,3.29,4.7,4.8;1840.11.21,12.3;1841.4.9
吴廷芬 1880.5.13
吴廷溥 1845.6.5
吴炜 1836.11.23
吴文林 1835.9.27;1836.4.21
吴晓沧 1880.8.26
吴辛畬(辛畬)1841.9.5;1849.2.22
吴心畬 1858.2.24
吴新之(新之)1847.3.10;1849.2.22,6.5;1858.3.24,4.1,4.19,4.26,5.2,8.13,8.30,9.26,12.4
吴峋 1879.8.25
吴荫培(颖芝)1880.4.27
吴语樵(语樵)1878.9.4;1879.5.18
吴毓金 1835.28
吴郁生(蔚若)1880.3.24,4.11,4.18,4.22,9.10
吴云①(吴玉松、玉松年伯、玉松年丈)1834.3.8,3.22,4.6,4.7
吴云②(平斋、吴平斋)1845.7.25;1859.11.23;1860.2.3;1878.5.11,6.18,7.20,9.4;1879.5.16,6.14;1880.8.29,8.30,11.23;1881.1.7;1882.2.16
吴篇斋 1834.10.22
吴筠轩(筠轩)1849.6.16;1851.6.10,8.24,9.18,11.22;1858.10.5;1859.6.13,7.17
吴增嘉 1834.8.10
吴兆麟 1851.10.19
吴振棫 1840.7.4
吴钟骏(崧甫、吴崧甫)1834.5.19,5.21,5.28,6.11,7.3,7.4,7.6,7.8;1835.1.8,1.9,1.12,1.14,1.26,2.6,2.16,2.20,3.8,3.27,3.28,4.26,5.13,6.4,6.12,6.22,7.1,7.7,7.11,7.20,8.1,12.25,12.26,12.27,12.28,12.30;1836.1.14,2.26,2.29,3.10,3.11,3.13,3.18,4.4,4.16,4.27,5.1,7.15,10.20,11.15,12.12;1837.1.13,2.3,2.4;1841.3.26,4.9,4.11,5.25,6.3,6.16,6.26,6.27,8.16,9.5;1844.12.10;1847.3.23,5.10,5.16,7.5,7.5,7.13,7.30,11.12,11.24;1848.1.7,1.21,2.8,4.8,5.17,7.5,8.2,8.13,8.15,12.29;1849.3.17,4.6,5.9,5.24,9.17,10.3;1850.4.22,5.5,6.19,11.3
伍 1847.2.24
伍辅祥 1849.9.22
伍兰畴 1848.7.25
午桥 1859.5.17,5.26,6.7,9.8
武汝清 1848.9.21
伍仲常(仲常)1841.12.7,12.27;1844.4.9,9.11;1845.3.27,6.22,9.6,9.28;1847.2.20,3.2,4.26,8.14,

9.13,9.28;1848.3.26,9.14;1849.5.14
晤丹 1848.5.15

X

惜凡 1878.2.15,2.28,3.7,6.7;1881.10.21
昔凡 1880.5.2,5.11,6.10
夕峰 1840.2.27
西谷 1834.9.14
西恒 1847.8.29
西际堂(际堂)1850.8.21,9.23,10.2;1851.3.12,3.26,9.11
西拉纳 1849.2.26
西楞额 1848.5.17;1850.8.14,8.15;1852.1.26
西七爷 1850.4.15
溪上 1850.10.15
西太守 1850.3.21
熙引之(引之)1840.12.10,12.12,12.26;1841.1.21,2.16,5.2,12.3;1844.2.29,4.19;1847.10.18,11.12;1849.3.10;1851.1.18
西垣 1848.12.6;1849.6.26
希斋 1880.1.21
锡珍 1880.5.27;1881.11.27
锡子受(子受)1840.11.1;1841.1.26;1848.6.19;1849.9.3
席慧文(怡珊)1850.5.17
禧静斋 1851.7.25
霞峰 1836.8.31,10.10,10.11,10.18,11.9;1840.9.20;1841.4.27
夏宝晋(词仲、慈仲)1840.3.21;1841.3.15
夏春圃(春圃)1834.7.26;1836.10.20;1844.4.5,12.21;1845.2.6,10.7,10.9;1849.1.14;1859.3.20
夏家镐 1881.1.15
夏润甫(润甫)1851.10.15,12.1,12.4;1852.1.16,2.3
夏廷 1849.7.17,12.16;1850.3.25,11.9;1851.3.24,4.2;1858.9.10,10.16;1859.2.15,2.27,11.28;1860.6.8
夏廷桀(夏拾珊)1840.5.31;1841.1.17
夏廷桢(幹园、夏幹园)1840.7.24;1841.3.14,3.15;1847.12.1,12.2;1848.1.24
夏修恕(夏森圃)1834.8.28;1835.8.1
夏云焕 1851.1.27
夏执如(执如)1836.3.29;1841.4.14
仙露 1848.7.8
仙楣 1841.3.19
仙桥 1840.8.30
先生 1847.3.4,7.27
咸龄 1844.11.10
咸斋 1845.5.17;1849.7.4;1850.3.21,9.15,9.29,10.1,10.2,10.3,10.5,10.13,11.3;1851.1.18,2.27,3.22,7.13,8.12,10.11
宪泉 1841.2.17

湘芙 1844.11.16,11.19,11.24,11.28,12.9;1845.1.13,1.30
香谷 1850.1.7,12.29;1851.2.9,2.21,3.8,3.11,3.24,4.25,6.6,6.7,6.11,6.12,6.26,7.7,7.30,8.13,9.5,9.6,10.4,11.8,12.23
香莲 1850.10.15
香林 1840.10.30;1841.1.12,2.23,5.12
湘林 1841.12.27;1845.6.17;1851.3.20
湘门 1834.5.20,5.31,9.18;1835.1.8,2.22,7.11,9.27,10.14;1840.9.30,10.3,12.3
湘坡 1834.9.27;1835.11.8;1836.2.9;1841.12.8;1844.9.5;1845.7.10;1847.3.10,3.26,9.9,12.29;1850.5.17
襄卿 1840.6.21
香溪 1860.2.20;1861.12.30;1880.9.14;1881.3.1
香岩 1849.4.14,4.16;1861.10.13
翔云 1878.12.24
萧韩溪 1836.3.1
萧金门(金门)1850.11.13;1851.3.31,4.20,4.30,7.2
箫九 1850.7.28
萧老三 1851.3.13
萧良驹 1841.3.11;1851.11.21
小保 1851.12.20
小慈 1861.5.11,5.14
筱村 1834.6.5,12.25;1835.1.3,2.16,5.7,12.25,12.27;1836.1.14,10.29
小舫 1860.2.12,3.10,3.29,6.28;1861.6.11,9.16
晓枫 1835.10.24
小峰 1847.3.6;1848.11.3;1851.3.31,4.20,10.12,12.28
晓峰 1850.12.23
小谷 1834.5.25,8.13;1835.2.16,2.25;1836.4.12,6.14,6.24,7.8,8.20,9.25,11.19;1837.1.17,1.26;1840.5.12
小顾 1844.11.13
小厚 1844.1.17
小莱 1840.5.7,7.8,8.2,8.9,8.17,11.1,11.27;1841.2.20,3.23,4.11,4.12,5.7,5.31,6.2,6.16,6.19,6.20,6.24,7.3,7.19,7.26,8.1,8.24,8.31,9.5,9.11;1842.1.8,1.10;1844.2.26,3.14,4.4,5.22,6.3,6.21,6.22,8.22,9.21,10.6;1845.4.4,5.14,7.2,9.13;1847.3.2,3.14,4.20,5.2,6.11,6.18,7.12,7.30,9.6,9.28,10.26,12.7;1848.2.17,7.31,9.3;1849.2.5
小莲 1879.7.10
晓舲 1851.3.15
晓梅 1845.1.13
小牧 1840.12.5
小鸥 1845.1.13,9.18;1851.10.8

小潘 1840.8.2
小匏 1841.2.7,2.8
小坪 1835.5.27,7.19,12.8,12.21,12.30;1836.8.22;1844.6.15
小坡 1836.7.5,10.30,12.9,12.21;1837.1.9;1840.5.20,6.21,8.29,9.12;1841.5.2;1861.6.19,6.21;1862.1.4
小浦 1836.6.27,7.2,10.14;1840.8.10;1847.7.13,8.10,9.6
小谱 1840.
筱泉 1859.5.21;1862.1.14
小蓉 1851.8.17,8.21,8.28,8.30,9.1,9.15,9.16,9.17,9.18,9.19,9.19,10.8
小如 1859.8.30,8.31
小山 1845.5.5,6.24,7.10,10.4;1850.4.8;1858.9.1;1859.1.4,3.4;1860.4.24;1861.6.30,7.6
晓珊 1848.4.22,4.25
小石 1835.8.12,10.25;1836.7.27,10.28;1840.2.24,3.13,3.28,4.10,4.11,5.9,5.10,6.16,6.22,7.6,7.17,7.26,8.4,8.16,9.16,9.19,10.16,11.1,11.5,11.8;1841.3.10,4.21,4.26,7.8;1847.11.25;1848.6.21,11.13,11.29;1849.3.27;1850.11.5;1851.3.25,4.17,6.30
筱石 1840.5.18,6.4,7.9,7.28
小宋 1835.4.22,4.30,5.11,5.27,10.27;1860.8.13
小棠 1841.4.17
小亭 1841.6.18;1847.11.15;1851.6.18
小庭 1844.6.14;1847.6.6,8.10;1848.10.19
小新官 1851.12.20
小轩 1849.9.21;1850.5.7,9.9;1859.8.10;1862.1.17
小瀛 1840.5.7,6.19;1841.7.7
小筠 1841.7.3
小云 1844.10.26;1849.9.25;1850.7.19,9.10,10.19,11.15,12.24;1851.3.6,6.19,8.7,11.9;1852.1.24;1858.10.16;1859.1.4,3.17,4.23,10.24;1860.2.25;1861.7.31
小舟 1841.2.20
孝达 1878.2.21,3.15,4.1;1879.8.9;1880.6.11,7.18,9.7;1881.3.23,5.30,5.31,10.2,10.5
啸山 1845.9.28
笑山 1859.1.18;1860.12.30;1861.1.11,1.17
啸箴 1880.8.24
撷孙 1835.1.24
谢方壶 1840.4.5
谢桂生(桂生)1858.6.27,7.11,7.20
谢汉 1835.3.28
谢煌 1848.10.17
谢介园(介园)1834.2.9,2.13,4.6,4.9,8.2,9.9,10.27,11.5,11.9;1835.2.1,2.16,3.12,4.2,4.22,4.

27,5.2,5.17,8.24,9.1,10.6,10.17,10.22;1836.2.7,4.27,4.29,6.14,8.12,10.10,12.18;1837.1.1,1.4,1.13;1841.3.15,3.19;1847.5.6
谢荣棣(方斋、谢方斋)1840.4.7,9.19,10.4,10.19;1847.3.10,3.23
谢上元 1849.12.27
谢主事 1858.11.5
谢增 1850.6.4
馨伯 1859.7.24
心诚 1841.12.24
辛度 1848.9.24
辛甫 1847.3.26
新甫 1851.5.6;1861.9.3
辛农 1840.5.23,6.11,7.22
薪圃 1841.12.29;1844.6.6,7.5,8.1,8.5;1845.6.20
新桥 1844.6.24
心泉 1860.3.8;1861.1.19,3.29,3.30,6.3
莘畬 1834.5.18,5.30,6.28,8.20,9.3;1835.2.14,9.10,12.11;1836.1.1,1.20,2.4,11.22;1837.1.21;1845.7.12;1848.8.20,8.22;1852.1.29;1858.8.24;1859.4.6,10.4;1862.1.11
心畬 1834.11.18;1835.3.27,4.28,5.6,7.21;1836.3.1,3.12,7.25,12.22;1840.3.13,9.15,10.12;1841.7.17,9.2;1847.10.5;1848.5.10;1849.3.7;1851.1.18,3.9,12.23;1861.11.5,11.10,11.17;1862.1.14
辛师云 1836.11.30
心泰 1861.12.29
新堂 1851.6.20,6.21,7.29;1852.1.8
心田 1849.2.22
心香 1836.1.16,1.23;1847.5.2
心一 1858.2.16,2.27,3.17,3.27,4.11,4.30,6.16,6.20,6.25,6.29,7.5,7.6,7.9,7.18,7.19,7.31,9.18,9.21,9.27,9.29,10.4,10.8,10.11,10.13,10.18,10.20,10.24,10.28,11.11,11.18,11.23,11.25,11.27,12.1,12.4,12.13,12.18,12.23,12.26;1859.1.13,1.16,1.22,1.28,1.29,2.3,2.9,2.10,2.15,2.21,2.23,3.3,3.4,3.24,3.28,3.30,4.17,4.25,4.26,4.27,4.29,5.4,5.10,5.17,5.20,5.23,5.29,6.1,6.5,6.7,6.12,6.14,6.18,6.22,6.25,6.28,7.2,7.6,7.13,7.19,7.21,7.22,7.24,8.3,8.7,8.18,8.23,9.19,9.21,9.30,10.3,10.6,10.8,10.9,10.17,10.19,10.23,10.27,10.29,11.14,11.22,11.28,12.1,12.3,12.7,12.12,12.19,12.24,12.26,12.28;1860.1.1,1.3,1.9,1.12,1.14,1.16,1.17,1.20,1.25,1.30,1.31,2.5,2.10,2.14,2.17,2.19,2.22,2.26,2.28,3.6,3.13,3.14,3.16,3.22,3.25,3.26,3.29,4.3,4.10,4.13,4.20,4.25,4.29,4.30,5.1,5.

8,5.11,5.17,5.20,5.23,6.16,6.17,6.18,6.24,7.4,7.15,7.17,7.24,7.29,7.31,8.14,8.21,8.26,8.30,9.10,9.15,9.21;1879.6.20
辛芝生 1836.7.30;1841.8.30
星伯 1836.3.1,9.12,9.17,9.22,9.30,10.25,11.10,11.14,11.15;1837.1.7,1.31,2.3;1858.2.27,3.27,4.22
星江 1835.1.26,7.4,9.8,10.8,10.14,10.29,10.30,12.11,12.16;1836.6.23,6.27;1837.1.4;1840.9.29,12.21;1841.1.1,2.15
兴润斋 1860.6.13
星堂 1847.8.15;1851.5.21,5.29,7.3,7.7
惺堂 1851.6.12,8.5,9.3;1852.1.13,2.3
星吾 1849.2.7
星玉 1845.1.12,8.25
惺斋 1836.9.29
杏春 1834.2.10,4.2;1836.4.1,4.4,11.30;1840.3.27,3.31,4.12,6.16,6.17,8.23,8.24;1841.3.15,3.16,6.14,8.24;1844.3.23,4.5,4.18,4.24,5.17,5.23,5.31,6.7,6.21,6.23,7.2,7.3,7.6,7.14,7.17,7.27,7.29,8.6,8.9,8.12,8.14,8.17,8.18,8.22,8.25,9.1,9.15,9.17,11.16,11.20;1845.1.7,1.19,1.29,4.7,6.10;1847.8.24,8.25;1848.1.24,2.1,7.6;1849.1.10;1851.1.3,1.26,4.6,10.21;1859.1.23,12.22;1860.2.12
杏春年 1851.12.20
杏村 1849.2.15;1858.9.30
杏红 1840.8.6
杏闰 1845.5.21
熊定卿 1858.8.14
熊东岩 1835.4.23,4.27
熊民怀 1845.5.6
绣珊 1847.4.23
徐宝谦(亚陶)1878.2.17,2.27,5.6,5.7,5.8,5.9,5.10,5.11,5.12,5.13,5.17,6.3,7.4,7.5,7.6,7.7,7.9,7.11,7.13,10.24,11.15,12.2,12.6,12.12,12.23;1879.1.1,1.3,1.4,1.5,1.10,1.11,1.12,1.13,1.14,1.15,1.20,1.23,1.30,2.1,2.6,2.10,2.12,2.19,3.1,3.11,3.21,3.31,4.3,4.10,4.12,4.16,5.30,6.20,6.21,6.22,7.18,7.19,7.20,7.21,7.22,7.23,7.24,7.25,7.26,7.27,7.28,7.29,7.30,8.6,8.9,8.16,8.17,8.19,8.26,9.5,9.7,9.15,9.16,9.18,9.24,10.4,10.9,11.21,12.1,12.7,12.11,12.30;1880.1.6,3.3,3.31,4.26,5.7,5.9,5.14,5.16,5.19,5.25,5.26,5.27,6.7,7.1,7.4,7.25,9.2,9.11,9.24,10.4,10.29,12.10,12.24;1881.1.21,2.8,2.10,2.11,2.14,2.21,3.29,4.9,4.10,4.15,4.23,5.3,5.10,5.11,5.12,5.13,5.15,5.29,6.27,7.15,7.23,8.7,8.12,8.27,9.7,

9.8,9.9,9.10,9.11,9.12,9.13,9.14,9.15,9.16,9.17,9.18,9.19,9.20,9.21,9.22,9.23,9.25,9.29,10.1,10.3,10.5,11.9,12.4,12.5,12.8,12.12,12.22;1882.1.26,2.2,2.3,2.12,2.13
徐宝山 1836.3.13,11.13
徐宝善(莲峰、廉峰、徐莲峰)1834.3.4,5.31,6.20,7.2,7.27,12.10,12.20,12.31;1835.1.8,1.14,2.21,5.19,5.30,6.15,6.30,8.28,10.12,10.18,10.22,11.13,11.24,12.17;1836.1.8,1.22,2.2,3.5,7.27,8.28,12.14,12.18,12.19;1837.1.21
徐昌恩(徐炳烈)1860.2.26
徐昌绪(徐琴舫)1858.8.29
徐春江 1844.8.13
徐淡涯 1860.8.10
徐东生 1847.8.31
徐栋 1841.3.28
徐思庄(柳臣)1834.5.29,12.26;1835.9.23,9.27,10.31,11.2,12.1,12.31;1836.2.2,3.8,3.10,4.2,4.19,6.20,7.14,8.19,10.2,11.17,11.19;1837.1.20;1840.4.4,8.21;1841.2.15,2.25,2.27;1844.4.14;1847.5.17
徐凤翔 1835.1.8,3.22
徐黼庭 1849.5.1
徐公 1847.3.3,3.5,3.15,3.16,3.18,11.13,11.14,11.21
徐广绂 1835.9.27;1836.4.21
徐继畬 1852.1.23
徐金镜(徐芸岘、芸岘)1834.2.17;1835.5.11,10.27,10.30;1836.4.3,4.11
徐经历 1840.2.13
徐夔典(石林、徐石林)1835.7.17;1836.2.3,3.1,7.16
徐莱(芸渠)1841.2.25;1845.10.16;1849.2.7,6.16;1850.4.22
徐来峰(来峰)1849.6.26;1851.5.16,6.8,10.26,12.23
徐琪 1835.9.27
徐芑亭 1835.11.17,11.20
徐卿五 1851.5.2
徐让泉(让泉)1836.11.21,12.14,12.18,12.20
徐仁本(玉崖)1835.9.10
徐上镛 1840.4.7
徐石溪(石溪)1834.12.15,12.21,12.25;1835.1.20,5.15;1836.3.5,12.31;1837.1.15;1840.12.16,12.19;1841.7.6
徐士谷(稼生、徐稼生)1836.6.7,6.23,7.9,8.7,9.3,10.3;1841.6.17,7.4,12.8;1844.9.17;1847.8.1;1851.6.11;1859.8.23;1860.2.22,4.17
徐士芬(诵清、辛庵、惺庵、徐惺庵)1834.5.19,6.25,7.26,7.28,8.23,9.3,9.18,10.8,12.17,12.21;1835.1.16,1.18,2.12,5.16,8.1,8.21,9.10,

9.24,10.10,11.5,11.24,12.7,12.26;1836.2.27,4.11,6.22,7.7,9.16,10.20,10.21,12.31;1837.1.13,1.26;1840.3.29,11.13,11.22;1841.5.10;1844.4.23,8.5;1845.4.3;1858.6.1,6.6,6.9,6.10,6.30,7.23,8.3,8.19,8.20
徐树铭(寿蘅、寿衡)1851.6.21;1858.9.1;1860.1.19;1879.3.8;1882.1.25
徐松(徐星伯)1834.9.4
徐桐(徐荫轩)1858.12.15;1878.5.21;1879.3.2,6.14;1880.5.27
徐熙(翰卿)1836.8.13
徐先生 1847.11.6;1879.1.4
徐相 1840.10.18;1847.4.2
徐琮(筱涟)1834.4.25,4.26
徐小涟(小涟)1844.11.6;1845.3.27
徐忻(徐吟香、吟香)1836.9.4,10.11;1881.9.15,11.1
徐心梅 1835.5.15,6.14
徐一琴 1840.12.22;1841.5.9
徐一芹 1841.8.7
徐瀛 1850.6.26
徐有壬(君青、徐君青)1835.5.4;1841.3.2
徐玉丰 1849.9.22
徐元勋 1849.7.11
徐远春 1835.6.10
徐远堂(远堂)1835.1.2,1.3,6.7;1836.8.17,8.18
徐云瑞 1835.9.27
徐芸□1841.2.28
徐泽醇(徐梅桥)1844.11.5;1849.11.25,11.30;1858.10.7
徐璋 1836.2.10,2.11
徐兆丰(乃秋)1849.10.24
徐之铭(新斋、徐新斋)1844.2.29,3.10,3.17;1848.1.23;1849.1.1;1851.4.20
徐志导(孟卿、徐孟卿)1851.6.10,9.18,12.28
徐仲如 1840.12.9
徐鼒 1845.7.22
许八叔 1844.5.13
许宾嵎(宾嵎)1834.5.19,6.19,10.7,11.3;1835.1.18,3.1,5.7,5.16,6.9,8.22,10.10,10.13,12.16;1836.1.17;1847.4.2;1850.4.20
许春园(春园)1835.12.14;1836.10.1;1840.3.18,3.30,3.31,4.7,4.18,4.28,5.1,7.21,9.25,9.26,10.4,10.13,11.8,11.18,11.30,12.3,12.4;1841.7.31,8.1,8.7,8.26,9.3;1844.3.23,3.27,4.15,5.3,5.14,11.13
许达京 1860.3.18
许海帆 1834.11.22;1835.1.25,2.13,2.15,8.18,12.23;1836.1.17,4.16
许景澄 1879.7.11
许乃安 1835.9.27;1836.4.21
许乃济(许青士)1835.8.1;1836.

4.28
许乃普(滇生、滇翁、许、许滇生、许老师)1834.6.7;1840.4.14,4.17,9.15,10.12,11.18;1841.3.7,6.19;1845.3.27,4.12,5.18;1849.6.23;1850.1.5,7.29;1851.10.26;1852.1.26;1858.8.29;1859.3.22,4.10,4.14,6.2,7.7,8.31,10.4,11.2;1860.2.24,4.17,5.16;1861.1.7,5.8
许乃钊(信臣、许信臣)1837.1.23;1844.4.17;1845.10.26;1847.6.22;1848.11.19,12.12;1849.9.17
许其光 1850.6.4
许球(许玉叔、玉叔)1834.5.29,11.4;1835.1.14,2.20,3.29,8.5,12.31;1836.3.1,3.23,4.22,6.26,7.14,7.19,8.17,10.6,10.29,12.14
许仁山 1848.8.16,8.17,9.19;1849.3.29,8.16,11.10,12.4;1850.5.16,5.31,6.7;1851.6.8;1858.2.25,12.31
许润身 1860.5.18
许诵恒(少珊、许少珊)1840.2.29,4.20,6.6,7.5;1841.2.25,2.28,4.8,5.25,7.6,8.16,12.17;1844.3.5;1845.8.20,9.13,9.30,10.4,10.16,10.23;1847.2.23,7.16;1848.3.12,5.3,5.17,6.2,6.6,7.28,8.9,8.13,8.26,8.28,9.16,11.21,12.5,12.19;1849.8.17;1850.1.22,4.6,4.11,6.10,8.19,10.15;1851.1.6,2.2,3.14,3.24,3.26,3.31,4.30,5.2,6.15,7.15,8.8,9.1,9.18,9.19,10.8,12.21,12.28;1852.1.3,1.7,1.18,1.24,1.31;1879.11.29
许祥光(宾衢、许宾衢)1834.6.7;1840.9.15;1841.1.10;1844.4.15,4.17;1847.4.3;1850.3.30,3.27,4.6,4.20,6.9,7.13,7.26,8.19,9.15,10.6,11.24;1851.3.8,3.14,3.19,6.16
许心臣 1836.12.30
许亦崧 1847.10.7
许应骙 1880.5.37,6.27;1881.1.4
许应麟 1847.4.2
许应镍(许星台)1851.7.21
许有麟 1879.8.9
许云生 1845.5.19;1848.2.21
栩斋 1852.1.18
许振祎 1844.4.23
许宗衡(海秋、许海秋)1834.7.5;1835.3.24,3.28,5.15;1836.11.24;1837.1.11;1858.6.29
许宗正(星东)1847.3.26,11.1
许祖淳(少山、许少山)1840.11.27,11.27;1841.2.20;1847.3.2,6.2,8.13;1848.4.2;1851.4.20
序卿 1844.4.7
薛汝勤(汝勤)1858.12.6;1859.1.12,3.7,6.28;1860.6.15;1861.10.2,12.13
薛允升 1881.8.30,9.23
雪门 1834.2.9,2.11

雪堂 1835.12.16
雪轩 1859.5.21,11.23;1860.1.18
选楼 1835.3.31
学醇 1849.6.14
雪香叔 1834.4.7,4.12
荀伯 1840.8.1,9.29,10.19;1841.2.15,3.12,8.29;1844.3.19,3.23
旬舫 1848.5.17

Y

雅安 1836.5.2
稏村 1850.5.29
亚村 1859.4.8
亚桃 1879.4.29,7.8;1880.3.4,3.15,3.17,3.20,3.23,3.26,4.3;1881.9.27,10.20
亚侄 1880.9.16
烟杉(烟杉侄)1848.8.9,8.23,8.24,9.12,9.27,10.2,10.31,11.4,11.29;1849.1.7,3.16,3.26,4.5,5.18,5.31,6.17,6.24,8.13,10.18,10.24,12.17,12.27,12.30;1850.1.2,2.12,3.4,4.11,5.12,5.14,10.15,10.17,10.27,11.6,11.18,12.18,12.20;1851.1.22,2.22,3.13,3.27,4.22,4.26,4.27,6.27,8.5,11.29,12.25;1852.2.10;1858.4.6,4.8,4.9,4.23,4.26,5.4,5.16,5.17,5.22,5.27,7.15,7.17,7.21,8.3,8.25,8.26;1859.7.18,7.19,7.20,8.11,8.12,8.13,8.15,9.4,9.11,9.12,9.20,11.3,11.17,11.25,12.15,12.16,12.27;1860.1.12,1.23,2.4,3.22,4.3,4.23,4.26,5.19,5.22,8.5,8.6,9.21;1861.1.21,2.3,2.15,4.21,4.22,4.30,5.4,7.5,11.12,11.14;1878.2.24;1880.2.5
颜河帅 1849.10.20,10.23
严良训(迪甫、严迪甫)1834.5.20,5.26,5.28,8.3,8.29,10.16,11.18,12.19;1835.1.26,2.12,2.16,4.3,5.6,5.18,6.25,7.20,8.27,9.4,10.15,10.21,10.25;1836.1.3,1.14,2.21,3.10,3.22;1837.1.30;1841.4.23;1845.10.28;1848.11.3;1850.12.15;1851.1.18,3.29,4.7,4.22
阎乃兢 1859.5.1
研农 1850.4.28
颜培瑚 1851.7.20
研秋 1860.2.25
颜桐门 1834.9.16;1835.5.16,5.24;1836.4.1,12.10;1837.1.30
颜锡惠 1836.11.20
颜以焕(叙五)1849.9.3
延斋 1851.10.11
严子辰 1859.4.29
衍庭 1841.11.30,12.19,12.26
晏端书 1844.6.16
彦和 1880.10.26;1881.2.4
砚农 1878.2.19
砚生 1860.11.15;1880.9.7

燕堂 1845.6.5,7.28
砚贻 1834.2.11,2.12,2.16,2.19,2.20,2.23
杨炳堃(蕉雨太守、杨蕉雨)1834.8.9,10.20,10.21,10.22,12.10,12.11;1849.3.2,3.4
杨伯夔 1834.5.13
杨道生(幹村先生、杨幹村)1835.5.11,12.28;1836.2.24,4.15;1840.3.23,4.1,12.7,12.9
杨殿邦(叠云、杨叠云)1840.7.1,8.6,8.7,10.29,12.16;1841.12.2
杨法龄(薰卿)1849.8.18,12.16;1859.12.15,12.16;1860.2.11,2.14,3.6,3.27,3.30,4.14,4.25,5.2,6.28,6.30,7.3,7.8,7.24
杨福 1844.11.16
杨福祺 1844.6.27
杨庚 1835.3.7,3.14
杨观察 1844.11.5
杨桂山(桂山)1834.7.30,8.18,12.1,12.4;1835.1.30;1861.2.15,5.6;1865.6.10,6.17,7.18
杨鸿吉 1850.10.15
杨近光 1835.11.10
杨钜源 1841.1.10,1.11;1847.3.4;1848.1.28
杨浚(雪沧)1879.10.7,10.8;1880.4.26,4.30,5.5
杨奎猷 1847.10.21
杨铭柱(杨昆峰)1836.10.3
杨能格(简侯)1840.6.11;1849.5.22;1859.6.17;1860.1.16,12.1
杨培 1841.3.28;1844.10.16
杨琪光 1879.12.4
杨清臣(清臣)1834.7.2,7.8,7.13,9.18,12.23;1835.11.30;1836.2.14;1837.1.18;1840.3.18;1841.2.27
杨清川 1841.6.17
杨清卿(清卿)1836.3.9,3.22,3.29,5.2;1844.8.7;1845.4.3;1849.3.16;1858.7.2‘’1880.1.22,5.23
杨式谷 1845.10.16;1849.7.1
杨泗孙(滨石、杨滨石)1850.10.16;1859.1.24,1.25,6.17
杨文荪(杨芸士、芸士)1834.4.7;1835.25;1836.6.17;1845.2.5,8.26,8.27;1847.5.6,5.17,9.9,9.11,11.14;1848.3.20,3.27,3.28,6.27,8.3,11.3,11.6,11.18;1849.3.24,12.28;1850.12.31;1851.4.1,8.6
杨小葠(小葠)1840.12.16,12.19
杨星山 1834.8.2
杨星珊 1834.8.9
杨沂孙(咏春)1880.3.26
杨彝珍(性农)1879.12.4
杨英轩(英轩)1836.6.21,7.9
杨枣和 1850.8.21
杨之灏(篑山、杨篑山廉访)1834.7.26;1836.2.14,2.15,7.8;1837.1.8,1.9;1840.3.12
杨宗濂(杨艺芳)1880.12.28

杨宗伊 1880.7.7
仰思 1841.7.21
姚半仙 1851.3.13
姚东升(姚晓珊)1848.4.18
尧封 1859.11.11
姚福增(姚湘坡)1834.3.30,10.24;1844.9.17
瑶甫 1845.1.29
姚恭训 1834.11.20;1840.3.21;1841.1.3;1848.3.30
姚光发 1848.2.21
姚衡(雪逸)1847.11.21
尧农 1840.10.22
瑶生 1841.3.20,4.8,4.15,4.19;1844.5.21;1847.4.1,4.11;1849.12.26;1850.2.12,3.21,5.5,5.13,6.13,6.14,6.15,7.4,8.10,8.23,8.24,8.29,9.12,9.20,9.29,10.1,10.2,10.3,10.5,10.13,10.24;1851.6.28,6.30,7.6,7.13,7.23,8.3,8.29,9.2,9.6,9.8,9.10,9.20,10.3,11.23,11.29,12.25;1852.2.10;1858.5.27,7.23,12.22;1859.2.26,11.29;1860.6.24
姚湘圃(湘圃)1834.9.4;1836.10.25
姚燮(梅伯、姚野桥、野桥)1835.5.29,5.30,9.17,10.12,11.5,11.13,11.24,12.4,12.17;1836.1.8,1.12,1.22,3.29,5.1,6.2,8.6;1840.3.29,4.24,5.21844.6.1,6.3;1879.11.26;1880.10.24,10.25
姚晏(姚圣常)1847.11.21
姚莹(姚石甫)1834.4.7;1836.6.25,7.3,8.2
姚余庵 1835.5.10;1836.8.30
姚元之(伯昂、姚伯昂)1834.9.8,12.29;1835.6.17;1836.5.27;1845.5.29,9.14
瑶侄 1859.1.24,2.28,7.20,12.8,12.17;1860.3.12,7.16,7.17
姚祖同(姚亮甫)1841.9.11
药房 1847.7.13;1848.7.30
耀年 1881.5.22
野云 1834.6.20,6.25
叶伯华 1834.12.25;1835.10.13,10.26,12.1;1836.3.26,8.6,10.2,10.14,11.2;1837.1.2
叶传桂 1837.1.29
叶道芬(香士)1847.10.13;1848.1.31,4.13;1849.8.9,8.10;1851.3.17
叶恒泉 1840.2.7
叶覲仪(棣如、叶棣如)1835.3.7,9.5,10.8,10.25;1836.3.1,7.25,8.11;1840.5.31;1844.6.23,7.26;1845.10.17;1847.4.6;1848.7.14;1849.2.26,8.23
叶梦草 1834.6.20
叶名琛(昆臣)1836.10.4,12.1
叶名澧(润臣、叶润臣)1840.3.4,9.21,11.18;1841.1.17,2.2,5.11,12.22;1847.3.2,4.3,7.16;1848.1.9,6.6,7.9;1849.3.12,5.9;1850.12.15;

1851.1.21,1.23,1.27,2.22,3.8,3.11,3.22,3.26,4.17,4.20,4.30,5.2,5.6,8.9,10.6,10.8,12.7;1858.5.17,5.30,10.7;1859.3.11,4.13,4.19
叶庆熊 1836.11.26
叶申芗(小庚、叶小庚司马)1834.3.6;1836.8.2,12.25,12.27;1841.8.21
叶湘筠 1849.7.21,7.30
叶筠潭(筠潭年丈、筠潭丈)1834.5.18,5.21,5.30,6.5,6.6,6.17,6.20,7.16,8.2,8.23,9.18,10.8,10.23,10.29,11.25,12.20,12.29;1835.1.9,2.3,2.5,2.15,3.5,4.27,5.7,5.19,6.11,6.14,6.22,7.7,7.23,8.18,10.8,12.7;1836.1.28,3.17,9.26,10.29;1840.6.3
伊拉东阿 1860.3.13
伊桑阿 1847.2.28
伊少竹(少竹)1840.9.11,9.14
一亭 1841.3.20,3.25;1844.12.29
一斋 1834.4.9;1840.11.21,12.3;1841.4.15
诒安 1851.3.20,4.30
宜崇 1836.4.21
彝丹 1850.10.7
颐道 1845.1.4
怡琴侄 1851.10.28
诒堂 1859.2.21
宜廷 1847.9.18
怡王 1879.3.2,10.19;1880.6.17;1881.1.15,5.22
怡悦亭 1840.6.15
怡云 1836.10.18
宜振 1878.12.8
倚树 1850.9.27,11.7,12.29;1851.3.24
倚云 1840.5.18;1851.2.11
谊庵 1851.5.9
易长桢(晴江、易晴江)1834.6.2,6.3,12.26;1835.3.30
艺芬 1835.10.6;1840.2.28
奕格 1848.5.17
奕劻 1859.2.7
易门 1834.4.6;1844.11.24
奕钦 1848.9.24
翊卿 1841.3.14
奕庆 1860.3.13
奕唐 1840.12.22;1841.5.19;1851.10.26
奕庭 1844.4.17;1850.9.8
意园 1835.11.12;1840.3.7,3.9;1844.4.5;1845.4.11;1847.8.23;1850.7.15,8.1
益斋 1834.3.27;1842.1.6,1.9;1844.11.16;1847.6.19
易卓梅 1844.11.2
荫北 1881.2.4,2.11
荫斋 1844.12.4
殷兆镛(谱经、殷谱经、殷庶常)1841.3.2,4.15,6.8,12.12;1844.7.5,7.26;1845.4.4;1848.8.25;1859.1.23,7.8

吟梅 1847.5.15
吟棠 1859.9.6,9.7,10.5;1861.7.15
尹孚 1835.6.13,8.25,10.29,12.3;1836.1.4,1.20,3.28,11.12;1840.4.25;1841.1.16,4.13
尹甫 1880.4.2,4.4,4.7,4.18,5.11,5.21,5.25
尹琳基 1879.8.9
饮生 1851.4.30
饮渔 1834.2.13
英桂 1847.11.15;1848.4.13
英老二 1848.4.22
英绶 1841.3.28
英香岩 1858.10.7
瀛门 1835.8.12,8.30,9.24,10.20,12.15;1836.11.2;1837.1.14;1840.11.15;1841.4.26
颖道 1841.7.15
颖生 1844.3.5,4.17,7.22;1845.6.4,8.24;1847.11.15;1848.2.18,4.29;1849.2.8,5.23;1851.3.20,11.26
映榆 1834.4.12
应芝 1840.10.16;1841.1.4
涌泉 1858.11.8
尤范轩(范轩)1834.12.20;1835.3.5,4.30,7.15,7.18,7.23,7.25,7.27,8.5,8.11,8.14,8.25,8.28,8.30,8.31,9.2,9.5,9.7,9.8,9.10,9.12;1836.3.3,3.5,5.30,6.4,10.22,10.24,12.11,12.27;1837.1.27,1.29;1840.3.20,12.29
由庚 1835.10.21;1836.3.11;1840.3.12,3.15,12.10,12.13;1841.2.11
尤世兄 1840.12.30
尤崧镇(榕畴、尤榕畴)1834.2.11,2.12,2.19,2.20,2.26,4.6,4.7,4.12;1844.11.28,12.1;1845.1.27,2.3,2.5
尤研香(研香)1841.12.27;1848.1.23
友庚 1844.12.30
友莲 1850.10.27;1861.3.25,3.26,3.27,3.30;1862.1.8
友林 1858.5.19,6.20,7.4,8.1,8.2
有庆(有老师、有侍读庆、有余庵师)1834.10.12,10.27;1835.5.28,5.30,6.12,9.16;1836.1.9,11.19;1840.5.1,5.21,8.6,11.2;1841.8.24
1834.10.12;1840.8.6
有世兄 1840.9.24,11.11
又滨 1861.8.9
又臣 1860.9.22;1861.8.9,12.27
又村 1841.12.23
右村 1851.10.26
幼丹 1879.10.18
幼峰 1847.11.9
幼泉 1844.5.26
又山 1834.2.16,2.19,3.15,4.12;1835.7.14,8.13;1847.9.8;1880.4.26
右轩 1851.12.4
幼瑜 1834.10.3

又爰 1835.6.12
幼竹 1840.3.16,4.10,5.20,5.29,9.22,11.15,12.11,12.12;1841.4.11,12.10;1844.3.28;1848.4.13;1849.1.14,11.10;1859.9.12
余庵 1834.6.11,7.25,7.26,10.7,11.19;1835.2.27,6.12,6.25,6.28,7.24,9.17,11.14,12.8,12.14;1836.1.16,3.18,4.10,7.7,8.1,8.22,11.1,12.29;1841.3.2
俞焜(俞云史)1835.10.11
于绍彝 1849.5.19
愚庭 1847.5.25,8.6
愚亭 1847.9.12;1851.9.23,12.7
俞望之 1858.8.31,9.11,10.28,10.30;1859.3.15,8.3,8.29,9.13
俞蔚伯 1858.6.22
俞香屏 1840.3.31
虞意琴(意琴)1850.1.7,9.15,9.19,11.28,12.29;1851.2.11,2.21,3.6,3.8,5.7
余毓祥 1836.10.30
禹畴 1851.8.15,8.17,9.14,9.15
雨帆 1836.11.2;1841.8.10,8.23;1848.2.18;1849.4.5
雨舲 1860.2.25,8.11
雨人 1844.7.27;1847.3.18,5.8,6.21;1848.2.18
语山 1851.9.24,9.26
禹山 1860.11.28
雨园 1834.4.6,4.8
裕诚(裕中堂、裕堂)1851.6.26,7.10,12.20;1852.1.19,1.22
豫厚安(厚安)1836.2.29;1847.3.6;1851.5.22
豫堃(厚庵、豫厚庵、豫坤)1840.3.11,3.12,9.18,9.19
雨轩 1851.5.20
豫庵 1834.2.10,3.30,4.7,4.9
玉臣 1841.8.29;1881.2.4
裕诚 1851.2.1
毓观察 1840.7.19
裕光 1848.2.16
裕贵 1851.9.22
毓衡 1840.7.16
毓科 1840.4.4;1841.4.8
毓林 1844.12.22
玉六 1859.7.17,8.7
玉樵 1840.12.21
裕庆 1851.5.16
玉泉 1835.2.1,8.26;1840.7.30,10.4,10.19;1841.2.6,6.4;1844.9.19,11.16,11.27,12.2,12.4;1845.1.17,1.23,1.24,1.27,3.20;1847.12.13;1848.9.12;1849.2.19,3.27,3.30,6.18,10.6,10.11,10.21,11.23;1850.2.4,2.14,2.26,4.20,4.26,5.8,5.30,5.31,6.16,7.11,9.24,9.30,10.11,11.11,11.16,11.24;1851.1.18,1.26,2.6,2.24,3.8,4.6,5.17,5.18,6.22,6.24,6.28,7.6,7.29,8.3,8.10,8.23

玉森 1860.4.12,5.5
玉珊 1860.3.25,9.10
玉山 1860.9.17
玉生 1841.2.26;1859.4.12,5.21,6.21,7.21,8.16,8.23,10.4,12.5;1860.1.13,1.26,5.21,8.24,9.18;1862.1.24
玉甥 1859.9.19,9.22,10.15
豫师(锡之、豫锡之)1858.12.28;1859.2.13
玉堂 1848.7.27,7.30;1850.5.9
裕亭 1837.2.3;1840.3.15;1841.2.7,2.21,2.22;1845.9.14
豫王 1879.6.10,12.8;1880.1.27;1881.1.4
玉溪 1881.6.22
毓晓 1849.11.24
玉厓 1835.3.29,4.14,4.26,4.29,5.11,5.16,5.24,9.11;1836.3.1,6.8,6.13
豫益 1840.6.30,7.2
玉雨 1878.2.23;1881.5.27;1882.1.22
原□1850.8.10
袁春帆 1851.3.30,4.28
袁绩懋(藕庵、袁绩楙)1841.2.25,7.21;1845.10.16
元郎 1847.5.6
元少峰 1851.4.20
元亭 1847.7.16
元庭 1848.5.6
原庭 1848.5.23
袁希祖 1860.3.13
袁玉麟 1835.9.27;1836.4.15
袁泳锡 1850.4.17
曰谷 1834.5.17,6.8,6.9,6.24,6.28,7.6,7.10,7.12,7.19,7.25,9.23,10.7,10.17,10.18,10.19,10.20,10.21,10.22;1835.1.26,2.15,3.13,3.21,4.4,4.5,4.6,4.7,4.8,4.9,4.10,4.11,4.12,4.13,5.21,5.23,6.7,6.8,6.9,6.19,8.4,8.29,9.25,9.26,9.27,12.6;1836.4.27,6.19,8.17,8.20,8.21,10.7,10.10,10.14,10.25,11.15,11.23,12.25,12.27,12.29,12.30,12.31;1837.1.1,1.2,1.5,1.6,1.7,1.13,1.15,1.16,2.3,3.17,3.18;1840.6.17,11.21;1841.4.24;1844.7.23
月波 1861.12.21
月帆 1841.11.29,12.30;1844.7.21;1845.8.7;1851.1.6,1.23,3.20,4.17,4.20,4.30,5.6,5.9,8.31,9.21;1878.4.28;1879.3.6;1881.3.24
云伯 1840.3.12,3.17;1844.4.5
云帆 1836.10.14
云峰 1841.2.28;1880.2.3
筠孚 1841.4.12
筠福 1859.2.13
筠阁 1841.5.31,6.20
筠谷 1841.12.9;1844.4.16,6.22,11.4,11.6;1845.3.26;1848.1.19

云阶 1879.7.10
云林 1841.2.5,12.7
匀梅 1879.3.19;1880.2.2
筠浦 1858.10.14;1859.3.22,3.29;1860.2.24,3.17,11.30;1861.5.11
云樵 1847.9.8;1851.4.6;1859.5.21,7.6,7.17,8.7,8.9,10.2;1860.4.13;1861.9.18
筠樵 1858.6.30
云渠 1841.12.8
云泉 1851.5.21,6.27,7.3,7.7,7.27,8.5,8.6,9.1
云生 1840.5.18,6.11,9.17,11.13;1844.2.26,4.19,7.21,7.23;1847.11.2;1848.4.14,11.28,12.23;1851.2.27,4.3
云笙 1840.12.4,12.12
云史 1836.6.13
云士 1851.6.4
云书 1834.5.26
云台 1859.7.30,11.22,11.23;1860.2.3;1880.11.23
云雯 1849.11.24
云溪 1847.8.20;1848.5.28,6.18,6.21;1849.12.11
芸轩 1859.8.7
芸庄 1851.4.30
恽光宸 1844.7.26
韵和 1858.10.11,10.24,12.6;1859.1.8,2.7,2.11,2.23,5.10,5.23,6.15,6.24,8.26,11.17;1860.1.1,2.28,4.2,5.16,6.9
韫卿 1849.6.25;1850.8.19;1851.8.5,10.25,11.2,11.21,12.4;1852.1.13
韵秋 1849.7.14,7.22,7.28,7.30,8.1,8.3,8.7,8.27,8.29,9.1,9.9,9.30,10.2,10.14,10.20,11.10,11.13,12.9;1850.1.9,1.21,1.22;1851.5.19,5.20,5.21,5.23,5.29,6.7,6.8,6.16,6.21,6.23,7.11,7.15,7.17,7.18,7.27,7.29,8.13,8.20,8.27,9.1,9.9,9.13,9.15,9.27,9.30,10.5,10.7,10.13,10.14,10.15,10.20,10.22,10.25,11.2,11.3,11.7,11.8,11.10,11.20,11.21,11.22,11.24,11.26,12.3,12.4,12.6,12.9,12.13,12.20;1852.1.1,1.2,1.3,1.6,1.13,1.19,1.29,1.31,2.1,2.3,2.5,2.7,2.8;1858.9.3,9.11,9.16;1859.1.28
运球 1847.5.2
韵球 1847.5.17
韵珊 1840.5.2,5.6,7.4;1841.4.12;1849.11.4,11.10,11.20;1850.9.11
韫山 1849.10.11,12.3;1850.11.15,12.24;1851.4.5,6.12
韵山 1849.12.5,12.23
篔笙 1840.12.3
韵亭 1860.3.28
恽彦彬 1879.7.30
韫斋 1845.10.25;1848.6.6,8.25;1849.8.29,9.12;1859.2.25,2.27,4.

5;1861.12.16

Z

载崇 1860.1.28,3.13
载岱 1859.2.7;1860.1.28
载容 1860.1.28
载垣 1860.3.13
载鹭 1860.3.13
曾 1847.7.18
曾国藩(涤生)1850.9.26;1881.12.21
曾协均(笙巢、曾笙巢)1850.11.22;1851.4.8,6.2,6.10,10.10,10.11,10.12,10.28;1852.1.31;1858.5.7,9.9,9.18,11.24,11.25;1859.7.19,11.5;1860.3.22,12.31
增云轩(云轩)1847.3.13,3.26;1848.5.22
曾云章 1880.7.7
曾兆鳌 1848.2.21
曾卓如(卓如)1834.4.14;1835.2.18,12.28;1836.8.26;1837.1.11,1.26,1.30;1840.10.27;1841.1.26;1850.5.17,5.21,6.15
查处 1834.7.25,10.21,11.19,12.19;1835.1.17,2.14,3.17,4.16,6.14,9.11,9.22,11.7,12.8;1836.1.7,2.5,3.5,4.4,9.29,11.24,12.24;1841.6.5,6.29
查家 1841.9.3
查老大 1847.5.29
查老四 1847.12.8
查四 1840.5.16
查诜 1847.4.3
查小老大 1849.12.30
查小老四 1851.10.28
查砚君(砚君)1834.6.26,9.21,10.6;1835.4.30,5.16;1836.1.26,3.13,4.27,4.30,7.2,8.29,9.29;1841.2.10;1845.6.28
查玉彭(玉彭)1847.3.27,6.9,7.17,7.24;1848.2.9;1850.5.24,5.29,10.24,10.31,11.5,11.6
湛田 1860.4.25;1878.3.24,3.27
张□1850.4.27
章安行(铁珊、章铁珊)1835.3.13,4.29,4.30,5.11,5.21,9.15;1840.3.15,3.16,3.17,3.19,3.21,3.30,4.7,4.9,4.23,4.24,11.8;1841.3.20,4.8,5.3,5.17,6.23,6.24;1844.3.24,4.19,11.23
张白也(白也)1840.8.22,12.26;1841.8.13,8.15
张百揆(张吟舫、吟舫)1840.10.14;1847.12.1;1848.8.29;1849.3.2,3.4
张百熙 1879.8.25
张邦佺 1835.7.25
张本先 1841.2.25
张炳 1841.2.25
张大令 1840.6.9;1850.8.20
张鼎甫(鼎甫)1841.2.25;1880.4.2,

4.4,4.7,5.11,5.21,5.25
张鼎辅 1845.10.16;1851.10.19
章敦甫 1835.7.18
张芾(张小坡、张小浦)1836.9.7;1841.3.28,5.2;1848.5.17,8.4;1849.8.23,9.17
张鹤生 1836.8.26;9.6;1847.3.10,9.28,9.29,10.1,10.3,10.6,10.8,10.11,10.15,10.16,10.23,10.25
张鏷 1844.9.17
张吉人 1859.8.1
张际亮(亨甫)1836.4.2;1840.4.23
张家栻 1847.5.18
张鉴(秋水先生、张秋水)1835.5.2,5.9,9.1;1836.1.16,1.17;1840.3.27,3.30,12.12;1841.3.15;1845.1.11,1.12
章荆帆 1835.9.5
张九德(蔼亭)1836.7.2
张老七 1849.4.5
张澧中 1844.9.17
张廉泉 1847.3.2
张莲洲 1848.2.16,2.21;1848.9.5
张亮基(石卿、张石卿)1841.12.17,12.21;1844.3.2,3.5,3.7,4.1,6.23,8.6,8.15,8.22,9.11,9.24;1845.3.31,4.23,5.3,5.5,6.24,7.4,7.8,7.13,8.12,8.16,9.10;1848.3.15;1849.7.17;1859.6.17
张鳞(张小轩)1835.2.24,3.16,6.25,8.19
张茂辰(张良哉)1858.3.16
张鸣珂(公束)1879.12.31
张梦麟 1845.3.24
张企苏(企孙)1850.7.5,8.27
章梫(一山)1835.1.26,4.23,6.13;1836.1.29,3.10,4.5,6.17,11.10;1837.1.3;1840.6.1,6.2;1841.2.4,2.17,3.12,7.24,12.3,12.17;1847.5.2;1849.2.12;1879.9.20
章琼 1849.7.31
张荣组 1841.2.25;1845.10.16
张荣祖(润农)1848.6.16;1851.3.21
张山轩 1860.5.9
张深(张茶农)1841.1.10
张是彝 1880.7.7
章嗣衡 1847.9.12
章瑄香(瑄香)1834.5.19,6.3,6.4,6.17,6.25,7.8,8.1,8.3,8.10,8.15,8.18,8.22,9.21,9.23,9.30,10.15,10.25,10.27,11.5,11.7,11.9,11.30,12.18,12.23;1835.1.7,1.12,1.24,1.28,2.8,3.11,4.24,5.7,5.9,6.3,6.28,7.10,7.11,7.18,7.19,7.25,7.26,8.11,8.19,9.8,9.13,9.18,10.8,10.10,10.17,10.28,11.4,11.5,11.24,11.26,12.23,12.29;1836.1.1,1.22,1.26,1.28,2.11,2.27,3.11,3.12,3.17,3.24,3.25,6.30,7.2,7.12,7.27,8.19,8.20,9.4,10.24,12.13;1837.1.13
张集馨(椒云、张椒云)1834.12.26;

1836.3.14;1837.1.30;1841.3.17,3.19;1859.9.19
张霁亭(张沄卿)1878.6.26,12.8;1879.5.15
张蒋塘 1835.8.23
张鹏逵 1845.10.1
张启苏 1859.1.15
张清翰 1840.8.31
张铨 1849.4.5;1850.6.9
张莳孙(莳孙)1835.8.29,8.30,9.22,10.16;1836.2.3,3.12,4.12;1837.1.31
张松坪(松坪)1858.4.15,4.16;1859.6.22,8.1;1860.3.3,8.7,9.22
张璲 1859.2.17,2.18
张太师 1841.12.30
张桐 1849.8.25
张同登 1844.8.20
张薇阶(薇阶)1834.11.30;1835.2.21,3.30,9.5,11.28,12.1;1836.3.1,9.2,10.16,11.3;1837.1.29
张文澂(文澂)1878.11.19;1879.2.25,7.1
张锡庚(星白、张星白)1836.6.7;1840.7.20,7.22,7.29,11.17;1841.2.4;1851.3.10;1858.8.17,8.20,9.1
张祥河(诗舲、张诗舲)1834.5.8,5.17,5.19,5.30,5.31,7.25,7.26,8.31;1840.4.27;1844.4.11;1848.2.2,3.4;1851.3.22;1858.2.21,4.5,5.7,6.24,9.1,9.15,9.26,11.9,11.12,12.19;1859.1.27,4.5,4.27,5.20,5.26,10.6,10.10,10.13,11.5,11.6,11.13,11.18,12.10;1860.1.19,1.20,1.29,1.31,3.4,3.10,3.17,4.19,5.12,6.10,7.1,7.13,7.31,8.7,8.24,9.4,11.1,11.3,11.16,12.18,12.28;1861.1.3,1.9,1.17,2.17,4.16,5.23,6.30,8.7,8.20,9.12,9.13,10.3,11.2
张祥鉴(张韶台)1840.4.27
张祥晋 1848.4.24;1849.10.20
张小峰 1847.3.2;1850.9.29;1851.3.2
张小珣 1847.4.8
张星伯 1858.2.21
张星灿 1835.9.27;1836.4.21
张星鉴(问月)1861.1.2,1.4,2.23,3.4,3.27,5.11,6.2,6.15,6.16,6.23
张修府(东墅)1851.3.16,8.31
张曜孙(张仲远、仲远)1845.4.23,4.26,4.29,5.20,5.24,5.25,8.23,10.7,10.10,10.14,10.25;1847.2.16;1848.8.2;1850.7.13
章永康 1860.2.26
张沅度 1834.10.26
张云藻 1836.12.1;1841.3.28
张咏仙(咏仙)1835.2.8,3.26,5.10,7.12
张佑之(佑之)1835.9.16,11.6;1836.8.26;1841.2.5;1848.5.25;1859.9.1;1860.1.13

张玉良（璧田）1836. 1. 26，2. 21；1840.2.21,5.19,5.21,5.28,7.13,7.20,8.20,9.17,9.21,11.16,11.17,11.22,12.2,12.3;1841.1.9,2.15,2.28,5.4,6.14,6.24,6.27,7.8,8.9,8.12,8.20,12.21;1844.6.12;1848.12.23;1849.6.26;1850.2.20
章赞卿 1847.4.3;1851.6.13,9.16
张之洞（香涛）1878. 2. 24，8. 17，9. 10，9. 11，9. 21；1879. 7. 10；1880. 1. 29，5. 5，9. 18，9. 22；1881. 1. 23，1. 26；1882.1.22
张之万（子青）1840. 11. 9，12. 4；1841.4.10,8.10,8.29,9.3;1844.4.21,6.14,8.11;1849.7.31;1851.8.4;1859.7.8,10.24
张稚春 1847.11.14
章质夫 1835.12.19,12.28;1836.3.19
张子冈（子冈）1851.10.24,11.2,12.19,12.20,12.22;1852.1.31
张左泉（左泉）1834.7.5,8.19,8.27,8. 31，10. 8，10. 31，12. 15，12. 16；1835.1.30,8.24,8.26,12.26,12.29;1836.3.10,3.16,9.13;1837.1.17,1.21;1840.11.15,11.16,12.26;1841.1.3
招庭 1845.5.7
招云 1851.10.21,12.28
赵 1844.3.30
赵必顺 1834.11.30
赵炳堃 1847.4.3
赵尔巽 1879.7.30
赵光（蓉舫、赵蓉舫）1840.6.5,6.7,6.20,7.10;1841.2.12,2.21,3.13,6.8;1842.1.2;1845.10.19;1849.3.26,3.27;1850.5.21;1851.3.13;1859.2.11,2.21,4.24,6.22;1860.2.11,2.25
赵厚子 1841.7.20
兆怀 1834.3.4
赵怀芳 1852.1.24
赵菊言 1836.11.5
赵克祖 1841.1.16
赵老师 1841.6.17,7.20;1844.3.15,4.3;1845. 3. 27，5. 11，6. 2；1847. 6. 15，6. 16；1848. 1. 23；1851. 3. 10，7. 13,10.8
赵禄保 1841.1.30
赵青榴 1851.4.28
赵申嘉（芸西、赵芸西）1836.3.4,3.9;1840.4.26
赵述园（述园）1840. 9. 21，9. 22；1841.8.26
赵新楣 1858.11.15
赵元益（静涵）1880.5.2
赵昀 1849.7.11
赵云桥（云桥）1849.5.14,8.20,8.21,10.5,10.28,11.17;1850.1.3,4.10,4.12,5.7,5.23,6.23,7.13,9.22;1851.1.30,9.14;1858.11.15;1859.4.17
赵之谦（益甫）1880.10.21;1881.4.

21,4.22
赵致和 1834.5.27
赵子白(子白)1834.5.22,6.10,8.30,9.1,9.19;1835.1.26,7.17;1836.8.22,10.22,10.28
赵子洲 1836.10.2
喆生 1834.7.25
柘人 1840.9.29
真宝 1848.11.3
珍宝 1852.2.12,2.13
贞孚 1861.4.24,5.24,6.7,7.6,7.23,8.10,8.24,9.15,11.10,11.12,11.30,12.22
贞符 1861.6.26
贞谷 1878.9.26
振甫 1878.3.12
震卿 1880.6.21
震斋 1845.3.27
郑蔼人 1840.4.20,8.16,9.13,11.12
郑秉醇 1850.10.5
正大 1834.3.28
郑敦谨 1849.4.5
郑芾庵 1840.10.20
郑家麟 1841.7.15,7.16
郑兰(谱香)1848.4.22;1850.4.16,4.17,9.5,11.16;1851.9.23,12.7
郑亲王 1850.12.24
郑琼诒 1844.9.17;1848.2.21;1850.4.17
郑瑞麒 1835.11.12;1847.3.16
郑绍谦 1836.4.21
郑训方 1835.6.26
郑言绍 1880.7.7
郑于蕃 1841.1.14
郑元璧 1848.2.21;1851.1.6
郑云麓 1834.10.21;1835.1.23;1836.2.25,3.8
郑藻如 1878.6.20
郑之彪 1840.11.7
郑祖琛(梦白、郑梦白)1835.1.20,1.21,4.19,10.28,11.3;1836.2.18,5.27;1845.2.1,2.2;1847.4.6,8.2;1848.3.24,6.23,8.28;1849.1.19,4.18,4.19;1850.2.8
郑祖经 1834.4.20
枝衡 1850.6.21
芝坪 1879.4.28
芝樵 1847.11.7
支清彦(少鹤)1840.4.7,5.2,5.17,5.22,6.21,7.30,10.4,10.19,10.26,10.30;1841.6.2,6.16,7.2,7.13,7.30,8.22,8.25;1844.3.14;1848.1.29;1849.8.26,9.5,9.8,9.21,9.23,9.26,9.29,10.15,10.20,10.24,11.20,11.27
芝生 1840.5.3,8.20,9.12,10.16,11.27,12.31;1845.4.4,8.18;1848.3.1;1850.5.26;1859.3.3;1860.2.25,11.17;1861.1.6
芝台 1844.3.31,6.3,6.5;1845.3.31,9.13;1847.4.29,7.5,8.15,9.27;1848.4.25,11.21;1849.2.18,5.24,

6.13,8.13,10.11;1850.5.28,7.31,8.1;1860.2.24;1861.3.19
芝先 1850.6.21
芝仙 1851. 5.17
芝香 1851.7.29
芝馨 1841.5.21,7.21,9.7;1844.6.12;1847.7.24;1848.10.9;1849.2.22,6.17,11.23;1850.6.22;1859.2.10,3.13,10.29
芝兴 1860.9.12
芷桂 1859.7.13
芷卿 1840.3.20
芷仙 1850.6.8,6.16,6.19
芷香 1848.2.4;1851.7.26,7.27
稚蘅 1851.3.16,8.31
稚梅 1858.7.31,10.2
至堂 1834.6.5,6.29,7.19,7.22;1835.3.29
稚香 1859.3.29;1860.3.22
志勋(志小轩)1850.10.17;1851.2.28,4.18,10.9
雉云 1851.2.9,2.11,3.5,3.16,3.18
稚云 1851.2.21,4.5,4.22,4.29,5.8,5.16,5.17,6.11,6.12,6.20,7.2,7.7,7.22,7.26,7.29,8.6,8.9,8.23,8.28,9.3,9.11,9.13,10.3,10.5,11.3,11.6,11.26,12.10
钟承露 1834.4.20
钟濂 1879.6.14
钟梁 1848.4.15
钟良 1848.12.17
钟七禧 1850.9.1
钟维 1845.10.16
钟小亭 1847.3.29
钟亦英(亦英)1851.3.31,4.8,4.28
钟音鸿 1844.9.17
种圭 1841.3.11
仲长 1844.3.7
仲篪 1850.10.27
仲华 1840.5.28
仲建 1849.6.26,9.1,9.11,10.19;1850.2.23,3.18,4.28,5.26,6.2,6.18,7.5,7.18,8.28;1861.2.12,2.13,5.11
仲健 1861.5.3
仲莲 1880.1.15,6.1,6.13
仲连 1880.10.10
仲铭 1844.3.8
仲田 1881.6.2;1882.1.22,2.17
仲庭 1844.7.20
仲汶 1861.12.7
仲用 1879.10.28
周炳鉴 1844.9.17;1848.2.21
周春祺 1836.4.21
周德祚 1841.2.25
周颚 1840.6.21;1841.12.23;1849.7.18
周恩绶(艾衫)1836.3.30
周凫香 1851.7.20,8.10,8.14,10.8,10.16,10.24,11.8;1852.1.10,1.27
周銮诒(周荟生)1878.12.17
周际云 1836.2.10,9.25

周晋麒 1879.8.25
周开铭 1879.7.11
周开麒 1836.4.21
周凯（芸皋、周芸皋）1834.8.14；1835.3.27，11.30
周连仲 1845.5.19
周瑞清 1879.7.1
周石生 1835.9.5
周士镗 1841.12.20
周寿昌 1849.9.22
周受田 1841.3.22
周澍 1834.6.13
周焘 1844.11.4，11.6
周桐舫（桐舫）1835.5.15；1845.3.27，7.9，9.1
周闲（存伯）1859.8.28，8.29
周晓村 1834.9.5
周小村（小村）1836.3.1，7.15，10.28，11.15；1837.1.31；1840.12.10
周小湖（小湖）1834.8.5，8.22，8.24，12.3，12.23，12.31；1835.3.11；1836.4.16；1840.2.2.8；1848.1.21
周星诒（季贶）1859.9.15，9.17
周学濬（缦云）1845.6.16；1850.6.5
周学源（岷帆）1851.10.16；1859.10.21
周诒端（筠心）1834.5.18
周雨亭 1841.5.30
周曾毓（采三、周采三）1837.1.1，1.4，1.11，1.13，1.15，1.19，1.24，1.31；1840.5.22，6.12，12.2；1841.3.12，8.12，8.14；1844.4.8；1849.4.4，7.28，7.29；1858.8.29
周芝田 1834.9.5
周宗海 1848.5.8
周祖培（周芝台）1836.4.14；1845.4.12；1849.12.9
朱百谷 1845.10.17
朱百顺 1834.12.26
朱昌颐（朵山）1840.11.5，11.26；1841.2.5，5.5，7.28；1844.4.23，6.16；1845.9.3
朱成烈 1841.12.23
朱淳（朱瀛山）1836.4.21，7.8，9.18
朱德澄 1849.9.22
朱德琏（朱绶堂）1840.7.15
朱尃 1851.12.20
朱恩绂（菊尊）1859.11.6
朱凤标（桐轩）1841.12.14；1845.3.29；1851.6.20
朱济之 1840.3.9
朱琦（兰友）1834.3.29
朱锦琮 1844.10.18，10.19
朱九山 1835.6.28；1836.3.14
朱右曾（朱咀霞）1851.4.5
朱钧（小沤、朱小沤）1844.5.22；1845.9.9，9.10，9.19；1847.2.16，9.28，9.29；1848.8.24，8.25，8.28；1849.3.16；1851.10.14；1859.2.17，2.18；1860.1.16
朱俊卿 1851.4.8，4.28
朱克敏（时轩）1851.6.26，6.28，6.

30,7.6,7.9,7.13,7.30,8.3,8.5,8.12,8.25,8.29,9.2,9.28,10.3,11.9,11.15,11.23,11.29,12.25;1852.1.4,2.4,2.10
朱兰(久香)1850.4.17;1851.2.28,3.1;1852.1.10
朱兰坡 1834.3.2
朱丽宣 1835.6.24
朱莲芬(水芝)1859.9.10
珠舲 1836.1.22
朱琦(伯韩、朱伯韩)1835.7.17;1858.4.3,4.9,5.7
朱其镇 1840.4.7
朱棨 1835.3.27
珠泉 1841.5.25
朱壬林(朱小云)1844.10.24,11.6
朱荣 1840.10.14
朱瑞金 1845.3.23
朱少蓝 1858.5.19
朱士达 1841.4.14
朱绶(西生、朱西生)1834.2.20,4.6,4.7,4.12;1835.3.26,3.27,5.7,5.10;1836.12.11,12.13
朱桐仙(桐仙)1841.8.18,8.19
朱筱沤 1844.5.21
朱筱鸥 1844.12.31
朱为弼(蕉堂、朱蕉堂、朱菽堂)1834.7.5,11.17,12.20
朱文镜 1879.8.25
朱文涟(野苹、朱野苹)1836.6.22,7.9,7.17;1837.1.3
朱学勤(修伯、朱修伯)1848.9.19;1859.7.17,8.1,8.7;1861.8.26
朱亦云(亦云)1847.7.18,7.25;1849.3.31
朱颖艧(颖艧)1834.5.18,5.22,5.24,5.29,7.26,9.26,9.28,10.27;1835.2.15,10.16,10.18;1836.7.31,8.10
朱应元 1841.3.28
朱友松 1836.3.28
朱元少(元少)1849.9.26;1851.3.2
朱兆鸿 1880.7.7
朱智 1878.8.23;1880.7.21,8.20
朱仲青 1847.11.27
朱子庚 1844.11.15
朱嶟 1836.5.27;1840.10.12;1844.7.26
竹年侄 1881.10.12
竹坪 1848.12.10
竹桥 1834.2.9,3.25;1840.11.21,12.3;1841.4.16;1844.11.16,12.30;1845.1.22,1.29,3.26,5.5,5.7,7.31;1849.3.16,6.10,6.12;1850.1.17,5.19,5.20,6.6;1851.1.3,2.10,2.11,4.12,12.20
竹卿 1859.11.15
竹如 1835.2.21;1840.3.30,7.24,7.25,9.21,9.22;1841.5.26;1850.6.9,6.14,6.16,7.6,9.18,10.18;1851.4.19,6.11,8.17
竹珊 1858.6.3,11.4,11.8;1859.3.

21,8.17
竹堂 1834.4.7;1844.11.21
竹梧 1848.2.4,6.26
竹香 1841.12.12
竹笑 1849.5.16;1850.4.21
祝 1852.1.18
祝兢 1841.12.1
祝庆藩(蘅畦、祝蘅畦)1834.5.31,6.19;1835.5.26,9.15;1836.9.7;1840.6.6,8.1,12.22;1844.6.4;1845.8.30;1847.3.17
祝三 1851.5.31
祝筠泉(筠泉)1851.5.29,6.12,9.3,11.21,12.1,12.4,12.9,12.24;1852.1.6,1.8,2.3;1858.9.14;1859.9.4,11.5;1860.4.1
篆香 1834.2.26
庄受祺(卫生、庄卫生)1840.5.17,6.7,6.14,7.1,7.21,8.21,8.30,9.20,9.23,9.25,10.8,10.13,10.22;1841.12.8,12.27;1844.6.7,7.4,7.6;1845.5.19,6.17,8.21,8.23,8.23,10.14;1847.3.11,10.22
庄西樵 1835.4.21
卓秉恬(海帆阁学、海帆侍郎、海师、卓、卓海帆、卓老师)1834.5.30,6.17,8.10,12.15,12.29;1835.1.12,2.3,7.15,7.20,12.7;1836.1.16,1.26,3.17,5.27,7.27,7.29,10.30,11.5,12.19;1840.5.20,10.6,10.12;1841.2.12,5.9,5.19,6.19,7.20;1844.3.10,3.30;1845.5.14,5.29;1847.4.3,6.24,7.11,9.21,12.14;1848.3.31,4.11,5.8,9.1;1849.1.2,3.1,3.2,3.14,3.17,6.14;1850.4.17,5.19,5.21,10.22;1851.1.19,2.1,6.20,9.8,9.12,10.5,10.19,12.30;1852.1.1,1.7,1.13,1.18,1.20
卓枋 1850.4.17
卓晋 1851.5.22
灼叔 1848.2.4
滋园 1860.2.25
灼之 1845.1.26,2.1;1849.4.5,4.8,7.11;1850.1.23;1851.1.7,1.15,1.16,12.20
资生 1860.3.22
资哉 1860.12.11,12.27;1861.1.11,3.5,8.9,11.2;1862.1.8
资斋 1849.6.16
滋斋 1861.10.1
子宾 1840.6.30
子承 1861.12.15,12.20,12.24,12.31;1862.1.2,1.21,1.27
子芬 1879.9.22;1881.5.25
子芙 1847.5.15
子恭 1836.7.20,8.3,8.13,8.19,9.17,9.22,9.30,10.4,10.6,10.7,10.8,10.10,10.11,10.24,11.9,11.10,11.15,12.2;1841.4.11,4.17,5.21,5.27,5.29,6.4,7.14,7.16,8.22;1845.5.21,9.18;1849.11.18;1850.10.13;1851.3.1,10.16

子固 1835.9.19;1837.1.25;1840.7.7;1841.6.4;1848.10.27;1851.8.23,8.27

子鹤 1834.5.23,8.5,8.8,8.9,9.17,9.21,9.26,9.28,10.7,10.21,10.22,12.20,12.26,12.29;1835.3.8,9.9,10.14,11.22,11.29,12.23;1836.4.24,6.17,7.22;1837.1.8;1840.5.17,6.9,7.8,7.18,8.28,9.23,9.28,10.16,11.22;1841.1.18,4.8,6.29,7.18;1844.5.16,6.26;1845.4.8,6.23,8.28;1847.3.11,9.20,10.29,12.14;1848.4.5,5.15,7.14,11.3;1849.1.4,1.14,1.16,8.14,8.17,10.7,12.11;1850.2.11,3.12,4.30,5.5,5.30,6.24,7.10,7.22,9.3;1858.3.22,4.12,4.15,4.30,5.8,5.19,5.27,6.3,6.17,6.29,7.4,7.14,7.16,8.3,8.9,8.16,9.13,9.26,9.29,10.17,10.22,10.23,10.24,11.3,11.4,11.11,11.16,11.18,11.21,11.23,11.25,11.26,11.27,12.2,12.3,12.4,12.12,12.14,12.24;1859.1.5,1.9,1.12,1.24,1.25,1.26,2.1,2.2,2.4,2.6,2.19,2.23,3.2,3.3,3.8,3.15,3.16,3.21,3.23,3.27,3.31,4.5,4.13,4.19,4.22,4.25,4.27,4.29,4.30,5.5,5.6,5.7,5.11,5.26,5.28,5.29,5.31,6.14,6.21,6.23,6.24,7.1,7.22,7.30,8.4,8.9,8.14,8.25,8.28,9.3,9.6,9.16,9.22,9.23,9.25,9.28,10.8,10.9,10.14,10.15,10.22,10.30,11.2,11.7,11.20,11.29,12.2,12.7,12.24,12.28;1860.1.2,1.7,1.18,1.29,2.7,2.15,2.24,3.5,3.7,3.10,3.15,3.19,3.21,3.23,3.25,4.9,4.21,4.27,5.10,6.2,6.14,6.17,6.21,6.22,6.23,6.25,7.2,7.12,7.17,7.21,8.5,9.10,9.11,9.12,9.15,9.16,9.21,10.29,10.30,11.3,11.19,11.20,12.2,12.3,12.11,12.21;1861.1.10,2.1,2.4,2.7,2.20,2.27,3.2,3.14,3.27,3.28,4.8,4.15,5.8,5.11,5.12,6.8,6.16,6.23,6.29,7.3,7.12,7.25,7.26,7.28,8.5,8.11,8.24,8.25,11.7,12.11,12.23

子衡 1840.12.23

子厚 1850.9.27,10.4,11.7,11.23,12.19,12.21;1851.1.14,1.26,2.9,2.21,3.5,4.4,4.5,4.14,4.22,4.27,4.29,5.8,5.16,5.17,5.20,5.21,5.29,6.11,6.12,6.20,6.21,7.2,7.3,7.7,7.17,7.24,7.26,7.27,7.29,8.5,8.6,8.13,8.18,9.3,9.9,9.13,9.15,9.22,9.23,10.3,10.5,11.2,11.3,11.6,11.21,11.26,12.22;1852.1.12

子嘉 1835.8.11;1836.6.30;1858.3.26,8.19,10.27;1859.5.5,6.8,7.3,10.9,10.13;1860.5.5,5.16,9.18,12.12;1861.3.8,3.10

子晋 1851.6.22;1861.3.22,3.24,3.

25,3.29,3.30,3.30,12.23;1862.1.4,1.8
子京 1880.5.14
子静 1880.3.21,4.25,5.14,5.24,8.25,8.31,9.17,9.27,9.28
子久 1835.9.10,9.10,10.25;1840.3.16,4.12,4.13,5.6,5.31,6.6,6.8,6.22,6.27,8.20,9.24;1841.2.28,4.24,5.13,7.1;1858.12.4;1861.1.7;1862.1.27
紫君 1858.9.8
子钧 1878.7.28
子均 1878.8.22,9.23,11.2,11.18,11.23,12.23;1879.12.30
子俊 1861.6.19,6.21,6.28,7.10,8.11,8.19,8.29,9.6,9.10,9.17,12.16,12.22;1862.1.1,1.9,1.14
子莱 1840.8.18
子廉 1845.9.29;1849.6.26
子良 1860.12.31
子梅 1848.8.25;1850.9.15;1859.5.16;1860.3.24
子年 1859.6.26
子耆 1840.6.8,8.3,8.29
子乔 1835.2.13,2.18,3.7,5.18,12.14,12.15;1836.3.24,5.2,11.2,11.5,11.25,12.18;1837.1.24
子荞 1850.4.16,12.26
子珊 1835.3.18,3.26;1849.3.10
子山 1841.5.2,12.7;1844.2.22,5.29,5.30,6.3,6.4,6.5,7.20,11.17,11.23;1845.1.15,3.30,4.6,5.4,5.12,5.17,7.6;1847.3.30,4.1,4.11,4.19,4.25,4.27,4.29,6.13;1848.6.21,6.25,9.21,9.22,11.14;1849.5.24;1850.9.15;1851.1.19,8.10,8.29,9.4,10.28
子双 1851.4.17
子诵 1835.10.24
子颂 1840.7.25
紫庭 1847.11.9;1848.3.3,4.1,8.24,11.9
子万 1834.7.17,7.18;1835.10.8;1836.1.28,4.6,6.29,7.2,7.9,7.13,7.19,7.31,10.17,11.8,12.9,12.24;1837.1.20;1840.7.4,10.6,10.9,10.13,10.18;1841.3.16;1844.4.13;1845.4.30
子文 1849.1.9
子锡 1859.7.17,8.7
紫仙母舅 1834.3.29
子雅 1835.9.19
子野 1841.3.20,4.8
子彝 1834.8.22,8.27,10.11
子英 1860.9.12,9.17
子鱼 1849.8.29
子余 1861.7.15
子元 1849.1.3;1881.6.10,6.14
子贞 1834.5.25,8.13;1835.1.26,5.18,7.9,7.20,11.8,11.11,12.29;1836.1.27,7.16;1837.1.11;1841.12.1;1844.4.2;1845.7.8,10.10;

1847.3.10,7.6,10.31;1848.2.18,3.5,4.14,5.27,7.23,12.1;1849.5.15,6.20;1858.4.26;1859.11.10,11.30,12.17,12.19;1860.1.5
子舟 1840.2.27,4.7,4.11,5.18,5.27,12.30;1841.4.30
邹逢春 1848.9.14
邹基 1836.4.19
邹隽之(隽之)1879.12.13,12.19,12.30
邹鸣鹤(钟泉、邹钟泉)1834.10.31;1840.4.1,4.6,12.11,12.13;1850.11.24;1851.4.10,4.18
邹振杰 1844.4.23
醉堂 1879.6.25,11.19;1880.1.15,5.11,5.20,6.12,7.5,7.10,8.1,8.30,10.19,10.25,11.22;1881.3.12,4.9,4.21,4.22,6.11,7.19,12.30
左昂(巢生、左巢生)1840.3.17,10.26,11.24,12.14;1845.4.24;1860.2.14;1861.8.9,10.4
左景桥(景桥)1851.4.8,4.28,5.24,8.27,9.8,9.12,11.15;1852.1.27
左瑞芝 1880.8.3
左瑛华 1851.5.31
左宗棠(季高)1881.3.4
左宗植 1851.3.2

《中国近现代稀见史料丛刊》已出书目

第一辑

莫友芝日记
汪荣宝日记
翁曾翰日记
邓华熙日记
贺葆真日记
徐兆玮杂著七种
白雨斋诗话
俞樾函札辑证
清民两代金石书画史
扶桑十旬记(外三种)

第二辑

翁斌孙日记
张佩纶日记
吴兔床日记
赵元成日记(外一种)
1934—1935中缅边界调查日记
十八国游历日记
潘德舆家书与日记(外四种)
翁同爵家书系年考
张祥河奏折
爱日精庐文稿
沈信卿先生文集
联语粹编
近代珍稀集句诗文集

第三辑

孟宪彝日记
潘道根日记
蟫庐日记(外五种)
王癸避难日志　辛卯年日记
嘉业堂藏书日记抄
吴大澂书信四种
赵尊岳集
贺培新集
珠泉草庐师友录　珠泉草庐文录
校辑民权素诗话廿一种

第四辑

江瀚日记
英轺日记两种
胡嗣瑗日记
王振声日记
黄秉义日记
粟奉之日记
王承传日记
唐烜日记
王锺霖日记(外一种)
翁同龢家书诠释
甲午日本汉诗选录
达亨老人遗稿

第五辑

袁昶日记
吉城日记
有泰日记
额勒和布日记
孟心史日记·吴慈培日记
孙毓汶日记信稿奏折（外一种）
高等考试锁闱日录
东游考察学校记
翁同书手札系年考
辜鸿铭信札辑证
郭则沄自订年谱
庚子事变史料四种（外一种）
《申报》所见晚清书院课题课案汇录
近现代“忆语”汇编

第六辑

江标日记
高心夔日记
何宗逊日记
黄尊三日记
周腾虎日记
沈锡庆日记
潘钟瑞日记
吴云函札辑释
新见近现代名贤尺牍五种
稀见淮安史料四种
杨懋建集
叶恭绰全集
孙凤云集
贺又新张度诗文集
王东培笔记二种